U0528158

東周列國志

白话版

[明]冯梦龙 / 著

曲君伟 华博 / 编译

上

时事出版社
北京

图书在版编目（CIP）数据

白话版东周列国志 /（明）冯梦龙著；曲君伟，华博编译 .—北京：时事出版社，2023.4
ISBN 978-7-5195-0528-8

Ⅰ.①白… Ⅱ.①冯… ②曲… ③华… Ⅲ.①章回小说 – 中国 – 明代 Ⅳ.① I242.4

中国版本图书馆 CIP 数据核字（2022）第 249241 号

出 版 发 行：	时事出版社
地　　　　址：	北京市海淀区彰化路 138 号西荣阁 B 座 G2 层
邮　　　　编：	100097
发 行 热 线：	（010）88869831　88869832
传　　　　真：	（010）88869875
电 子 邮 箱：	shishichubanshe@sina.com
网　　　　址：	www.shishishe.com
印　　　　刷：	三河市华润印刷有限公司

开本：787×1092　1/16　印张：62　字数：1700 千字
2023 年 4 月第 1 版　2023 年 4 月第 1 次印刷
定价：198.00 元
（如有印装质量问题，请与本社发行部联系调换）

前 言

对于历时五百多年的东周时代,清初著名文学家蔡元放如此评价:

列国之事,是古今第一个奇局,亦是天地间第一个变局。

世界之乱,已乱到极处,却越乱越有精神。

"古今第一个奇局"是如何个乱法?

由于周的统治日渐式微,诸侯国势力日益强大,各国政治、经济发展的不平衡,由此形成大国争霸的局面,风雷激荡,烽烟四起,战火连天。

《春秋》记载的军事行动有四百八十余次。司马迁说:春秋之中,"弑君三十六,亡国五十二,诸侯奔走不得保其社稷者,不可胜数。"

春秋初期有一百四十多个诸侯国,连年兼并后只剩较大的几个互相攻伐。东周的后半期,直至秦统一六国,由春秋所剩下的几个诸侯大国仍继续互相征战。

为什么说"越乱越有精神"呢?

知识文化方面。春秋战国时期,是中国古代历史发展中最重要的一个转型期,旧贵族衰落,新庶民地位上升,知识不再是少数统治阶级的专利,出现各种不同学派,学风日盛,呈百家争鸣的局面。

治国理政方面。春秋战国各列国中,上至君王,下至卿士,守信立身,不惜功名生命的事例比比皆是。他们的思想以仁爱为根本,拥有安定天下、惠及万民的志向,引导君王走向内圣外王的正途,其行为和理念成为后世资政辅治之参照。

民族精神方面。在五百多年的兵荒马乱中,英雄辈出,群星灿烂。有赏罚严明、胸怀大度的王侯,有忠贞不渝、有勇有谋的将相,也有见义勇为、机智果敢的豪侠。这一时期的人和事,在历史上是非常典型和代表性的,它几乎是后世是非成败的理论源头，更是后人为人处世的标准和榜样。

至于读东周的意义，还是用蔡元放的话总结：

由周而秦，是古今变动大枢纽，其变动却自东迁以后起，逐渐变来。其中世运之升降，风俗之厚薄，人情之淳漓[淳厚浮薄]，制度之改革，都全不相侔[音谋，相等]。子弟能细心考察，便是稽[考察]古大学问。

用兵是第一件大事，兵法是第一件难事。其中变化无端，即专家也未必能晓彻。今既读了《列国志》，便使子弟胸中平添无数兵法。《列国志》有益子弟不少。

出使专对，圣人也说是一件难事。惟《列国志》中，应对之法最多，其中好话歹话，用软用硬，种种机巧，无所不备。子弟读了，便使胸中平添无数应对之法，真是有益子弟不少。

稽古、用兵、专对，都是极大极难学问。今却于稗官[演义小说]得之，岂不奇绝！

目 录

上册

001	第 一 回	周宣王闻谣轻杀	杜大夫化厉鸣冤
009	第 二 回	褒人赎罪献美女	幽王烽火戏诸侯
018	第 三 回	犬戎主大闹镐京	周平王东迁洛邑
027	第 四 回	秦文公郊天应梦	郑庄公掘地见母
036	第 五 回	宠虢公周郑交质	助卫逆鲁宋兴兵
045	第 六 回	卫石碏大义灭亲	郑庄公假命伐宋
054	第 七 回	公孙阏争车射考叔	公子翚献谄贼隐公
064	第 八 回	立新君华督行赂	败戎兵郑忽辞婚
070	第 九 回	齐侯送文姜婚鲁	祝聘射周王中肩
077	第 十 回	楚熊通僭号称王	郑祭足被胁立庶
086	第十一回	宋庄公贪赂构兵	郑祭足杀婿逐主
097	第十二回	卫宣公筑台纳媳	高渠弥乘间易君
106	第十三回	鲁桓公夫妇如齐	郑子亹君臣为戮
113	第十四回	卫侯朔抗王入国	齐襄公出猎遇鬼
124	第十五回	雍大夫计杀无知	鲁庄公乾时大战
131	第十六回	释槛囚鲍叔荐仲	战长勺曹刿败齐
140	第十七回	宋国纳赂诛长万	楚王杯酒虏息妫
150	第十八回	曹沫手剑劫齐侯	桓公举火爵宁戚
161	第十九回	擒傅瑕厉公复国	杀子颓惠王反正
170	第 二十 回	晋献公违卜立骊姬	楚成王平乱相子文
181	第二十一回	管夷吾智辨俞儿	齐桓公兵定孤竹
192	第二十二回	公子友两定鲁君	齐皇子独对委蛇
200	第二十三回	卫懿公好鹤亡国	齐桓公兴兵伐楚

209	第二十四回	盟召陵礼款楚大夫　会葵邱义戴周天子
219	第二十五回	智荀息假途灭虢　穷百里饲牛拜相
228	第二十六回	歌扊扅百里认妻　获陈宝穆公证梦
235	第二十七回	骊姬巧计杀申生　献公临终嘱荀息
242	第二十八回	里克两弑孤主　穆公一平晋乱
249	第二十九回	晋惠公大诛群臣　管夷吾病榻论相
257	第 三 十 回	秦晋大战龙门山　穆姬登台要大赦
265	第三十一回	晋惠公怒杀庆郑　介子推割股啖君
273	第三十二回	晏蛾儿逾墙殉节　群公子大闹朝堂
282	第三十三回	宋公伐齐纳子昭　楚人伏兵劫盟主
292	第三十四回	宋襄公假仁失众　齐姜氏乘醉遣夫
302	第三十五回	晋重耳周游列国　秦怀嬴重婚公子
311	第三十六回	晋吕郤夜焚公宫　秦穆公再平晋乱
320	第三十七回	介子推守志焚绵上　太叔带怙宠入宫中
330	第三十八回	周襄王避乱居郑　晋文公守信降原
339	第三十九回	柳下惠授词却敌　晋文公伐卫破曹
349	第 四 十 回	先轸诡谋激子玉　晋楚城濮大交兵
359	第四十一回	连谷城子玉自杀　践土坛晋侯主盟
367	第四十二回	周襄王河阳受觐　卫元咺公馆对狱
375	第四十三回	智宁俞假鸩复卫　老烛武缒城说秦
383	第四十四回	叔詹据鼎抗晋侯　弦高假命犒秦军
391	第四十五回	晋襄公墨缞败秦　先元帅免胄殉翟
400	第四十六回	楚商臣宫中弑父　秦穆公殽谷封尸
407	第四十七回	弄玉吹箫双跨凤　赵盾背秦立灵公
417	第四十八回	刺先克五将乱晋　召士会寿余绐秦
426	第四十九回	公子鲍厚施买国　齐懿公竹池遇变
434	第 五 十 回	东门遂援立子倭　赵宣子桃园强谏
444	第五十一回	责赵盾董狐直笔　诛斗椒绝缨大会
454	第五十二回	公子宋尝鼋构逆　陈灵公衵服戏朝
462	第五十三回	楚庄王纳谏复陈　晋景公出师救郑
470	第五十四回	荀林父纵属亡师　孟侏儒托优悟主
479	第五十五回	华元登床劫子反　老人结草亢杜回

下册

489	第五十六回	萧夫人登台笑客	逢丑父易服免君
496	第五十七回	娶夏姬巫臣逃晋	围下宫程婴匿孤
504	第五十八回	说秦伯魏相迎医	报魏锜养叔献艺
513	第五十九回	宠胥童晋国大乱	诛岸贾赵氏复兴
521	第 六 十 回	智武子分军肆敌	偪阳城三将斗力
529	第六十一回	晋悼公驾楚会萧鱼	孙林父因歌逐献公
538	第六十二回	诸侯同心围齐国	晋臣合计逐栾盈
546	第六十三回	老祁奚力救羊舌	小范鞅智劫魏舒
553	第六十四回	曲沃城栾盈灭族	且于门杞梁死战
562	第六十五回	弑齐光崔庆专权	纳卫衎宁喜擅政
570	第六十六回	杀宁喜子鱄出奔	戮崔杼庆封独相
578	第六十七回	卢蒲癸计逐庆封	楚灵王大合诸侯
588	第六十八回	贺虒祁师旷辨新声	散家财陈氏买齐国
595	第六十九回	楚灵王挟诈灭陈蔡	晏平仲巧辩服荆蛮
605	第 七 十 回	杀三兄楚平王即位	劫齐鲁晋昭公寻盟
614	第七十一回	晏平仲二桃杀三士	楚平王娶媳逐世子
624	第七十二回	棠公尚捐躯奔父难	伍子胥微服过昭关
634	第七十三回	伍员吹箫乞吴市	专诸进炙刺王僚
645	第七十四回	囊瓦惧谤诛无极	要离贪名刺庆忌
654	第七十五回	孙武子演阵斩美姬	蔡昭侯纳质乞吴师
662	第七十六回	楚昭王弃郢西奔	伍子胥掘墓鞭尸
672	第七十七回	泣秦庭申包胥借兵	退吴师楚昭王返国
682	第七十八回	会夹谷孔子却齐	堕三都闻人伏法
693	第七十九回	归女乐黎弥阻孔子	栖会稽文种通宰嚭
704	第 八 十 回	夫差违谏释越	勾践竭力事吴
713	第八十一回	美人计吴宫宠西施	言语科子贡说列国
724	第八十二回	杀子胥夫差争歃	纳蒯瞆子路结缨
737	第八十三回	诛芈胜叶公定楚	灭夫差越王称霸
749	第八十四回	智伯决水灌晋阳	豫让击衣报襄子

759	第八十五回	乐羊子怒餟中山羹　西门豹乔送河伯妇
768	第八十六回	吴起杀妻求将　驺忌鼓琴取相
779	第八十七回	说秦君卫鞅变法　辞鬼谷孙膑下山
789	第八十八回	孙膑佯狂脱祸　庞涓兵败桂陵
798	第八十九回	马陵道万弩射庞涓　咸阳市五牛分商鞅
808	第 九 十 回	苏秦合从相六国　张仪被激往秦邦
818	第九十一回	学让国燕哙召兵　伪献地张仪欺楚
827	第九十二回	赛举鼎秦武王绝脰　莽赴会楚怀王陷秦
836	第九十三回	赵主父饿死沙丘宫　孟尝君偷过函谷关
845	第九十四回	冯谖弹铗客孟尝　齐王纠兵伐桀宋
856	第九十五回	说四国乐毅灭齐　驱火牛田单破燕
864	第九十六回	蔺相如两屈秦王　马服君单解韩围
873	第九十七回	死范睢计逃秦国　假张禄廷辱魏使
884	第九十八回	质平原秦王索魏齐　败长平白起坑赵卒
896	第九十九回	武安君含冤死杜邮　吕不韦巧计归异人
906	第 一 百 回	鲁仲连不肯帝秦　信陵君窃符救赵
915	第一百一回	秦王灭周迁九鼎　廉颇败燕杀二将
924	第一百二回	华阴道信陵败蒙骜　胡卢河庞煖斩剧辛
933	第一百三回	李国舅争权除黄歇　樊於期传檄讨秦王
940	第一百四回	甘罗童年取高位　嫪毐伪腐乱秦宫
949	第一百五回	茅焦解衣谏秦王　李牧坚壁却桓齮
958	第一百六回	王敖反间杀李牧　田光刎颈荐荆轲
966	第一百七回	献地图荆轲闹秦庭　论兵法王翦代李信
974	第一百八回	兼六国混一舆图　号始皇建立郡县

第一回
周宣王闻谣轻杀　杜大夫化厉鸣冤

词曰：

道德三皇五帝，功名夏后商周；英雄五霸闹春秋，顷刻兴亡过手！

青史几行名姓，北邙无数荒丘；前人田地后人收，说甚龙争虎斗。

话说那周朝，自周武王姬发发兵讨伐无道的殷纣王大获全胜之后，便上应天命即了天子之位。此后，又有周成王、周康王继位，他们都是能够保持先王基业的有为君主。再加上周公、召公、毕公、史佚等一班贤臣辅政，周王朝步入了一个崇尚文治、抑制战火、物产丰饶、百姓安乐的时期。

可到了武王第八代孙——周夷王时，伴随着王朝境内分封的各诸侯国逐渐强大，诸侯朝见天子的仪式开始荒疏怠慢起来。武王第九代孙周厉王暴虐无道，结果被居住在国都里的百姓所杀。这也是此后千百年来普通民众反抗暴政、发动叛乱的开端。多亏周公和召公二人齐心协力匡扶社稷，拥立太子姬靖登上了王位，他便是周宣王。此时当政的周宣王也是位英明之主，他任用了方叔、召虎、尹吉甫、申伯、仲山甫等一批贤臣，重新恢复了文王、武王、成王、康王时的政治措施，使周王朝赫然由衰败而复兴起来，有诗为证：

夷厉相仍政不纲，任贤图治赖宣王。

共和若没中兴主，周历安能八百长！

再说那周宣王虽然勤于政务，但并没有像周武王那般时刻牢记上天的训诫，时刻反省自己的行为；周朝虽说中兴，却再也比不上成王、康王在位时教化流行、四方来朝的盛景。到了周宣王三十九年，境内西部的少数民族姜戎违抗号令，周宣王御驾亲征，结果在千亩这个地方吃了大败仗，战车、步兵都蒙受了巨大损失。

宣王愤愤不平，打算再次兴兵讨伐，又担忧士兵的数量太少，便亲自到太原"料民"。所谓"料民"，是指将当地的人民按照户籍逐一查阅，核查人数、车马、粮食、草料的多寡，统计后再做好征调这些兵士和军用物资出征的准备。尽管身为太宰的仲山甫多次劝阻，因周宣王对上次失败耿耿于怀，根本听不进去。后人有诗写道：

犬戎何须辱剑铭？隋珠弹雀总堪伤！

皇威亵尽无能报，枉自将民料一场。

再说周宣王在太原统计完人口回来的路上，行至距离国都镐京〔今西安市长安区〕不远的地方，催促车驾连夜进城。这时候忽然看见城里的小孩子几十个凑成一群，一边拍手一边唱着儿歌，声音十分整齐。宣王便停下车驾听他们唱歌，只听他们唱的是：

月将升，日将没。

檿弧箕箙，几亡周国。

宣王非常厌恶这几句歌词所含的寓意，便让那赶车的人传令，将这些小孩儿全部抓起来审问。小孩子们吓得四散奔逃，侍卫捉住了他们当中年纪最大和年纪最小的两个孩子，让他们跪在宣王的车驾前面听候发落。

宣王生气地问道："这几句歌词是何人所编？"那年纪小的孩子心惊胆战，竟说不出话来；那个年纪稍大点的孩子战战兢兢地回禀道："此歌并非我们所编。三天前，有位穿红衣服的小孩儿来到这市场上，教会我们念这四句歌词。也不知道是怎么回事，很快便在城中传开了。不光我们唱，如今满国都的小孩儿都不约而同地传唱这几句歌词。"宣王又问道："那个穿红衣服的小孩儿如今在什么地方？"那孩子回答道："他教会我们唱歌之后就走了，我们也不知晓他去往何处了。"

宣王沉默了很长时间，然后命令手下把这两个小孩儿赶走。随后又将负责管理市场的官员召来，吩咐他将自己的命令传遍国都："倘若再发现有孩子传唱这几句歌词，严惩不贷，且连同他的父亲、哥哥一同下狱问罪。"当晚，宣王连夜赶回宫中不提。

第二天早朝时分，朝廷的三公六卿、文武官员齐集在大殿之下，向宣王参拜行礼。待行礼完毕后，宣王就把昨夜里所听到的小孩子们唱的歌谣向他们讲述一遍，然后问道："诸位，这几句歌谣到底应当作何解释呢？"

担任大宗伯职务的召虎上前答道："檿，本是山上的一种桑木，可用来做弓，所以叫檿弧。箕是一种野草的名字，可将其编织成箭袋，所以叫箕箙。依臣的愚见，这歌词预示着咱们国家恐怕要陷入跟弓箭有关的灾祸。"

太宰仲山甫闻言站出来道："弓箭就是指国家用来打仗的武器。联想到如今大王您刚去太原地区统计人口，一心希望报姜戎之仇，倘若战争连年不断，我国要面临亡国的危险！"

宣王听后虽不出声，却点了点头，然后问道："这些歌谣的始作俑者是一个穿红衣服的小孩儿，那这个红衣小孩儿又是什么人呢？"

主管天象、担任太史职务的伯阳父回答道："凡是流传于街市间那些找不到出处的话，叫作'谣言'。有时上天为了警告或者劝诫施政者，会命令天上的火星化身为小孩子来到人间，编造一些评价时政的谣言让孩子们学着说，这叫'童谣'。这东西，往小的方面说暗示着某个人的前途吉凶，往大的方面说则关系着国家社稷的兴衰存亡。由于下凡的是火星，因而衣服的颜色是红的。如今，这几句暗示亡国危险的童谣，应该是上天特意派来警告大王的。"

宣王道："假如朕现在赦免了姜戎的罪过，停止在太原的军事行动，将武器库里所藏的弓箭全都烧毁，再下令禁止全国民众制造、买卖弓箭，能避免这场灾祸吗？"

伯阳父答道："微臣观察天象，发现这场灾祸的征兆已经成型，地点好像就在王宫内部，和宫外弓箭的事没什么关系，其预示着以后有太后、王后或其他后宫之主扰乱朝纲的祸事。况且谣言中说'月亮将升，太阳将落'，太阳乃是人间君主的象征，月亮则象征着女人，太阳落而月亮升，阴盛而阳衰，这不正预示我周朝将出现女人干预国政的情况吗？"

宣王想了想，迟疑地说道："目前我依靠姜王后主管后宫事务。姜王后为人贤惠淑德，她进奉给我的嫔妃，都经过其千挑万选，这为祸朝纲的女人又从何而来呢？"

伯阳父回答道："谣言里说的是'将升'和'将没'，原本指的就不是眼前的事。况且，谣言中之所以用'将'字，就是说这事儿有可能发生但也不见得真的会发生。只要大王从今往后多多修身养性、广施德政，便可破解这场灾祸，自然会化凶为吉。至于那些弓箭什么的，既然与童谣无关，也就用不着烧掉了。"宣王听了他这番话，将信将疑，心中藏着疑问，不大开心地结束了朝见，起驾回宫了。

回宫后，姜后把他迎进后宫。入座之后，宣王就把大臣们的话详细地向她讲述了一遍。姜后大惊道："大王，宫里刚刚发生了一件奇怪的事，正想向您禀报呢。"宣王赶紧问："出了什么怪事？"姜后道："先朝厉王时曾留下一个老宫女，今年已经五十多岁，自先朝开始怀孕，到今天已经有四十多年了，昨天夜里才诞下一个女孩。"宣王听了大吃一惊，忙问道："这个女孩现在何处？"姜后回答道："臣妾寻思着，这个女人怕是个不祥之物，已经命人用草席包裹，扔到二十里以外的清水河中了。"

宣王立刻宣召那老宫女进宫，询问她怀孕的原由。老宫女跪下回答道："奴婢听说夏朝桀王末年，褒城有位神人变成两条蛟龙，降落在王宫的院子里，口流涎沫，忽然像人一样说起话来。它们对夏桀王说道：'我们乃是褒城的两位君主。'桀王惊恐万分，想杀掉这两条龙，便命太史官占卜吉凶，结果是杀之不吉；于是改变主意想把它们轰走，又命太史官算了一卦，结果还是不吉利。太史官上奏道：'神人降临凡间，必定预示着吉祥的兆头。大王何不将它们的涎水保留收藏起来呢？这涎水乃是龙的精气，收藏起来必将带来福气。'桀王听后有点动心，命太史官再次占卜，结果得了一个大吉之兆，于是就在龙的前面摆上钱币进行祭祀，取来金盘收取龙涎，然后放在朱红色的匣子中。这时忽然风雨交加，两条蛟龙腾空而去。桀王命令将这龙涎仔细保存在宫内库房中。这龙涎从夏末传到殷商，又在殷朝经历了六百四十四年，传了二十八代君主。传到我们周朝后，又快过了三百年，从来也不曾打开看过。到先王末年，那匣子里忽然放出光来，掌库官赶紧禀报先王。先王问：'这匣子里存放了什么东西？'掌库官取出记事簿呈献给先王，当年收藏龙涎的事都写在那簿子上面。先王便命人打开匣子一看究竟。侍臣打开金匣子，手捧着里面的金盘呈给先王。先王伸手去接盘子，一不留神失手将盘中的匣子掉在地上，里面收藏的龙涎流了满地，忽然化作一条初生的鳖，在院子里来回转悠，侍从们在后面追赶它，一直追到王宫，它却忽然没了踪影。那时候奴婢才十二岁，偶然间踩在那幼鳖爬过的印迹上，心里好像有什么感觉，从此肚子就一天天地大起来，仿佛怀孕了一般。先王怪罪奴婢没嫁人就怀孕，便把我囚禁在冷宫里，到现在已经四十年了。昨天夜里奴婢腹中突然十分疼痛，然后生下一个女婴，看守我的内侍不敢隐瞒，只好禀报给娘娘知晓。娘娘说这是个怪物，不能留下，命令内侍把她带走，扔到河沟里。奴婢真是罪该万死！"

宣王道："这些都是先朝的事，和你没什么关系。"他喝令老宫女退下，随后又命守宫的内侍前去清水河查看那女婴的下落。不一会儿，内侍回来禀告道："那女婴已经被流水冲走了。"宣王这才把心放回肚子里。

第二天早朝，宣王召太史伯阳父出列，将龙涎的事告诉他，对他说道："这个女婴已然被淹死在河沟里了，你再试着占卜一下，看看宫中妖气消除得怎样了？"伯阳父算完之后，献上卦辞，上边写着：

哭又笑，笑又哭。羊被鬼吞，马逢犬逐。慎之慎之，檿弧箕箙！

宣王不明白卦上这些话的意思。伯阳父解释道："以十二地支相关的属相来推算：羊代表未，马代表午。又哭又笑，是又悲又喜的象征，这灾祸大约发生在午未之年。根据我的推测，妖气虽然已经被逐出宫中，但是并没有被彻底清除。"宣王听了他的解释，心里很不高兴，于是发布了一道诏令："命有关部门在城里城外，挨家挨户地查问那怪物女婴的下落。不管死活，只要有人能从河里把她捞上来献给朝廷，便赏棉布、丝绸各三百匹；倘若有收养、藏匿起来不上报朝廷的，一经街坊邻里举报，举报人可获得上面提到的全部奖励，而窝藏者则满门抄斩。"宣王又命令上大夫杜伯专门负责监督这件事。由于卦辞上有一句"檿弧箕箙"，周宣王担心还有另外的可能，又命令下大夫左儒监督、带领司市官在民房、市场和茶楼酒肆来回巡逻，禁止民众从事制造和买卖用山桑木制造的弓以及用野箕草编织的箭袋，违者一律处死。司市官不敢怠慢，领着一班差役，一边向老百姓宣讲上边的命令，一边在全城范围内巡视。那时候，城里的老百姓无人敢违抗这一命令，但乡下的百姓还未知悉此事。

巡逻进入第二天，有一个妇人进城，手中抱着几个箭袋，正是用野箕草编成的，还有一个男人背着十来把用山桑木制造的弓跟在她后边。这夫妻二人住在偏远的乡下，特地来赶城里正午时分的集市来做买卖。二人还没进城门，刚好被司市官迎面撞上，大喝一声："拿下！"手下的差役，先将那妇人抓住。那男人一见势头不对，把弓扔在地上，快步逃脱。司市官便将妇人锁了起来，连弓带箭袋，一同押到大夫左儒那里。左儒心道："这次拿获的这两样东西，正好应了那几句谣言，况且太史伯阳父说惹来灾祸的是个女人，现在已经捉到这个妇人，应当可以向大王交差了。"他于是隐瞒下男子的事不报，仅向宣王报告妇人违命的事情，并称依法应该处死。宣王便下令将这个妇女处死，她的桑弓箕袋被拿到集市上公开烧毁，以警告那些造卖桑弓箕袋的人。后人有一首诗评价此事道：

不将美政消天变，却泥谣言害妇人。

漫道中兴多补阙，此番直谏是何臣？

话分两头，却说那位卖桑木弓的男人，他急急忙忙逃走后，心里纳闷："官府众人要捉拿我夫妻二人，究竟为何缘故？"由于还想继续打听妻子的消息，这天晚上他就暂且在离城十里之外的地方歇息。翌日早上，人们纷纷传道："昨天北门有位妇人被抓，因为她违禁制造贩卖桑木弓箕袋，被捕后立时被处死了。"男人这才知晓妻子已经去世，他走到荒郊野外无人的地方，流了些伤心的眼泪。不幸中的万幸是自己逃脱了这场杀身大祸，于是他放开脚步急急忙忙地逃出国都。

走了十来里路，他来到清水河边，远远地看见各种各样的鸟儿边飞边叫。走近一看，原来是一个草席包裹浮在水面上。这群鸟用嘴衔着这包裹，边衔边叫，眼看即将靠近岸边了。

那男人叫了一声："奇怪！"他走上前去将那群鸟赶走，从水里捞起这席包，拿到草坡上解开查看。只听得一声啼哭，里面原来是一名女婴。这个男人心中盘算道：这女婴不知道被何人抛弃，那么多鸟儿将她从水中衔出来，将来必定是个大富大贵的人，若我现在将她抱回去抚养，如果将来成为贵人，我也便有了依靠。于是他解下布衫，将这女婴包好了，抱在怀里。随后，他便开始琢磨到何处去避难，最后决定到褒城去投奔朋友。明朝中叶著名的隐士徐霖作了一首诗，专门讲述这名女婴能够活下来的怪事：

怀孕迟迟四十年，水中三日尚安然。

生成妖物殃家国，王法如何胜得天！

自从处死了那卖桑弓箕袋的妇人，周宣王以为童谣所预言的灾祸已经铲除，心里终于踏实下来，也不再与群臣商议太原发兵的事。从此接连数年周朝都没发生什么大事。

到了周宣王四十三年，一日朝廷举办大型祭祀活动，宣王暂时居住在斋宫里。这天二更时分，斋宫内人声寂然。忽然，宣王看见一位国色天香的女子，从西方缓缓走来，径直步入宫殿内庭。宣王责怪她违犯了斋禁的命令，大声呵斥，并急忙呼唤手下人上前捉拿这女子。不料叫了半天，也没一个侍卫应声。那个女子脸上一点儿害怕的神色都没有，径直走进供奉大周祖先历代先王灵位的太庙里，先大笑了三声，继而又大哭三声，随后不慌不忙，将那大周江山七位先王的牌位捆成一束，提着向东离去。宣王连忙站起身来，独自奋力向前追赶，忽然间惊醒，原来是做了一个梦。

宣王心知此梦并非吉兆，因此心神恍惚，他勉强走进太庙行礼。祭祀的各种礼仪刚一结束，他就立刻回到斋宫里换衣服，派手下人悄悄将太史伯阳父叫来，把梦里的情形都告诉了他，请他分析一下吉凶。伯阳父沉默了一会儿，启奏道："三年前曾广为流传的那几句童谣，大王您难道忘了吗？我一直都提醒您：'那童谣预示着女人乱国的迹象，妖气并没有完全根除。'况且，那卦上也有又笑又哭的预言，大王您如今又做了这个梦，与那预言完全相符。"宣王大惊道："前些年我已经杀了那个妇人，难道还不足以破除'檿弧箕箙'的预言吗？"伯阳父摇摇头，严肃地说道："天道深奥难测，有些预言需要到揭晓答案的时候才能验证。更何况，一个普通的村妇如何能影响国家的兴亡气数呢？"宣王沉吟不语，半天不说一句话。

他忽然记起三年前，曾经命令上大夫杜伯督促率领司市官查访妖女的往事来，才意识到那女婴并未消失，至今依然不知下落。祭祀大典接近尾声，宣王草草将祭肉分赐给群臣，便火速回朝，百官按惯例进宫来叩谢赐肉之恩。宣王借机询问杜伯道："本王命你前去查访那妖女的消息，缘何迟迟不来向朕报告？"杜伯迟疑地回禀道："臣奉命前去查访女婴下落，并未找到任何蛛丝马迹。后来听闻北门那妖妇已被正法，应验了那童谣的预言。臣实在担忧这样没完没了的搜索，会惊扰到国都里的百姓，所以便中止了搜查行动。"

宣王听后大怒道："既然是这样，那你为何不明明白白地向我禀告？本王看你分明是不将我的命令当回事，自作主张，任意妄为。像你这样的不忠之臣，留着有什么用？"说完便大声呼叫两边的武士："将他推出朝门，斩首示众！"直吓得文武百官个个面如土色。

忽然，文官这边走出一位官员来，一把拉住了杜伯，连声道："使不得，使不得！"宣王一看这个人，正是担任下大夫的左儒——他是杜伯的好朋友，俩人曾同时出仕任职。那左儒跪下给宣王磕头，劝谏道："臣听闻，昔日尧当政的时候，天下闹了九年的水灾，也没有影响他建立盖世大业；汤统治的时期，赶上七年旱灾，也不妨碍他大展王图霸业。上天的灾变尚且对社稷没什么妨害，又怎么能尽信人间的妖孽之事祸乱国家呢？今日大王若杀了杜伯，我担心国都里的老百姓会将这妖孽乱国的谎言到处传播。若传到外族人耳中，必会对我朝兴起轻视怠慢之心。希望大王宽恕杜伯！"

宣王大怒，说道："左儒，为了杜伯，你居然违抗君主的旨意，这种看重朋友而轻视君王的做法，实在是取小节而失大义！"

左儒毫无惧色地说道："大王，事情并非如此。如果君王是对的而朋友是错的，我就会违背朋友的意思而顺从君王；如果朋友做得对而君王做得不对，我就会违背君王的意思而倾向朋友。今天这件事，杜伯罪不至死，大王若执意杀他，天下人必然认为您不是一位英明的君王。如果我没有站出来劝阻您，天下人也必然会认为我不是位忠实的臣子。大王今日如果执意要杀杜伯，那么请您允许我跟他一起赴死。"

宣王怒气未消，大声道："朕想杀杜伯，就像拔掉一根低贱的蒿草，何必在这里多费口舌？"说着，大喝一声道："快快把杜伯拉出去斩首！"武士们便将杜伯推出宫门斩了。左儒回到家中，自刎而死。后来，隐士徐霖作诗称赞他道：

贤哉左儒，直谏批鳞。是则顺友，非则违君。

弹冠谊重，刎颈交真。名高千古，用式彝伦。

杜伯死后，他的儿子隰叔投奔了晋国，后来在晋国做官，担任主管刑法的"士师"一职，他的子孙也就姓了"士"。因为他担任大夫所获得的封地在"范"这个地方，所以也姓范。后人痛惜杜伯忠诚却被枉杀，便在位于西安市东南的杜陵地区给他盖了庙，称之为杜主庙，又叫右将军庙，此庙直到明代依然还在。当然，这是后话了。

再回过头来继续说宣王。次日早朝，他听闻左儒自杀的消息，震惊之余，也有点儿后悔杀了杜伯，闷闷不乐地回了宫。这天夜里，他躺在床上辗转反侧，怎么也睡不着，此后便得了精神恍惚的病，说起话来语无伦次，经常遗忘事情，后来便慢慢不能上朝了。姜后知道他病重，也就不再说那些劝他勤政的话。到了宣王四十七年秋天，周宣王的病稍见好转，便想到城外去游猎，以此来解闷取乐。于是传令内侍，命司空准备君王的车驾，司马召集整训驾车的车夫，太史占卜挑个好日子。

到了那日，宣王乘坐由六匹骏马所拉的装饰着玉石的车辇，右边随侍着大臣尹吉甫，左边有名将召虎拱卫，旌旗对对迎风招展，武器森森反射日光，一大队人马浩浩荡荡地向国都东郊进发。

那东郊一带，原野一马平川，向来都是打猎的好地方。宣王好长时间都没巡幸此处，一到此处便觉得神清气爽，于是下令在这里安营扎寨。他吩咐士兵道："本王今日定以下规矩：一不许践踏庄稼；二不许烧毁树木；三不许侵扰老百姓住的地方。无论猎获多少飞禽走兽，都必须全部上交，然后再论功行赏；倘若有私藏不交者，追查出来必定重重治罪！"此号令一出，人人奋勇，个个争先。只见：进退转弯，驾车者使尽了赶车的技巧；前后左右，弓箭手们出尽了张弦搭箭的风头；猎鹰猎狗仗着此等情境横冲直撞，狐狸野兔被游猎的气势吓得到处乱窜。弓弦响处血肉狼藉，利箭到处羽毛乱飞。这场围猎，真是好不热闹！宣王心里非常高兴。

眼看太阳快落山了，宣王下令结束围猎活动。军士们将猎物整理捆束好，奏凯而归。走了不到三四里，宣王在车上打了个盹，忽然看见老远的地方有一辆小车迎面直冲过来。近前一看，车上站着两个人，他们胳臂上挂着朱红的弓，手里拿着赤红的箭，向宣王打招呼道："大王您别来无恙？"

宣王定睛一看，发现车上的人乃是上大夫杜伯与下大夫左儒。宣王大吃一惊，可一揉眼的工夫，人和车又都不见了踪迹。宣王急忙询问手下人，左右侍卫都道："微臣等并没有看见这两个人。"

宣王又惊又疑的时候，又看见那杜伯、左儒驾着小车，来来回回地在宣王的车前面打转，却一直不离去。宣王怒气冲冲，大声喊道："你们这两个罪犯的鬼魂，竟敢冒犯本王的威仪！"说着他拔出太阿宝剑，朝着空中挥去。只见杜伯、左儒齐声骂道："无道的昏君，你不修德政，枉杀无辜，如今你的气数已尽，我们专程前来申冤报仇。你还我们命来！"话音未落，二人挽起朱弓，搭上赤箭，便向着宣王的心窝射来。宣王大叫一声，昏倒在玉辇上，慌得那尹吉甫脚都麻了，急得那召虎眼跳不止，赶紧和一帮属下动手，用姜汤救醒了宣王，可宣王还是不停大叫心口疼。众人立刻飞速驾车进城，扶着宣王进宫救治。这时，随驾的各军士们还没来得及领赏，就草草地散了。真是乘兴而来，败兴而归。隐士徐霖有一首诗写这件事道：

赤矢朱弓貌似神，千军队里骋飞轮。

君王枉杀还须报，何况区区平等人。

第二回

褒人赎罪献美女　幽王烽火戏诸侯

上回说到周宣王去国都东郊游猎，遭遇杜伯、左儒的鬼魂索命，回到宫里便病倒了，一闭上眼就看见杜伯、左儒站在近前，他心里明白自己已病入膏肓，也就不肯再吃药。三日以后，宣王的病情越来越严重。那时周公早已告老退休，仲山甫也已去世许久。于是宣王把尹吉甫、召虎两位老臣叫来交代后事。二位重臣径直地走到宣王的床前，跪下磕头问安。宣王连忙命令内侍将他们扶起来。宣王靠在绣工精美的被褥上，强打精神对两位老臣言道："本王依靠着众位爱卿的辅佐，在位四十六年，南征北伐，国家安宁。没想到这次一病不起。朕的太子宫湦，年纪虽已经不小了，可生性愚钝、不明事理，希望你们全力辅佐他，不要坏了祖宗传下的基业！"两位老臣连连磕头领命，然后告辞出宫。

两位老臣刚出宫门，迎面碰上了太史伯阳父。召虎私下悄悄对伯阳父道："以前听到那几句童谣时，我就曾讲过，国家恐怕要面临由弓箭引起的灾变。如今大王亲眼看见恶鬼拿着朱红的弓和赤色的箭射他，以致病得这么严重。童谣中所讲到的预兆已然应验，大王这病怕是好不了了。"伯阳父点头道："我夜里观察天象，有颗妖星隐藏在紫微星的光环里，朝廷恐怕还有别的灾变，大王就算身亡也未必可以抵消这次灾变。"尹吉甫闻言大怒，朗声说道："常言道'天定胜人，人也定能胜天'。你们只片面地强调天道，却忽视人的努力因素。若一切都由天数确定，那要我们这些文武百官有什么用？"说完，众人各自散去。

没过多长时间，官员们再次聚集在宫门口等待宣王的消息，听说宣王病重，百官都不敢回家。当天夜里，周宣王驾崩。姜后在宫中传出懿旨，命令老臣尹吉甫、召虎率领文武百官，协助太子宫湦为去世的周宣王举办葬礼，并让宫湦在宣王灵柩前正式继承天子的称号，宫湦就是历史上的周幽王。

周幽王下诏书将第二年作为新王即位的元年，并立申伯的女儿为王后，立儿子宜臼为太子，并将王后父亲的爵位由伯位升至侯位。史官有首诗赞美宣王的中兴盛世道：

于赫宣王，令德茂世。威震穷荒，变消鼎雉。

外仲内姜，克襄隆治。干父之蛊，中兴立帜。

宣王逝世之后，姜后因悲痛过度，没过多久也撒手人寰。这使得周幽王从此没了忌惮之人。幽王此人，生性粗暴残酷、刻薄寡恩、喜怒无常。在为宣王守丧期间，他就与手下人打闹嬉笑，喝酒吃肉，没有一点儿哀伤的意思。自从姜后去世后，幽王更加肆无忌惮，每天沉湎于声色犬马，不理朝政。岳父申侯三番五次地劝谏，他全然当作耳旁风，申侯眼见不能劝谏，便申请返回申国去了。也合该是西周的气数将尽，尹吉甫、召虎这一班老臣也都相继去世。幽王就另外重用周虢公、祭公和尹吉甫的儿子尹球，将他们并列封为朝廷品位最尊的三公。

这三个人都是溜须拍马、贪图名利的家伙，只要是幽王想干的事，他们就忙不迭地赶紧去办。那时候朝廷中只有担任司徒一职的郑伯友是位正人君子，可是幽王既不信任他，也没重用他。

某日幽王上朝，镇守岐山的官员派人送来奏章，上面道："泾河、黄河、洛河这三条大河，于同一天内发生地震。"幽王听后，不但不害怕，反而笑着说："无论是山崩还是地震，都是些平常的自然现象，何必特地前来禀告？"于是便不理会此事，退朝回宫。太史伯阳父见此一幕，拉着大夫赵叔带的手，长叹一声道："泾河、黄河、洛河这三条大河都发源于岐山，怎么能发生地震呢？当年夏朝兴起之地——伊洛河干枯而夏朝灭亡，商朝兴起之地——黄河干枯而商朝灭亡。如今三条大河都发生了地震，大河的源头将会被堵塞。大河如果被堵塞，岐山一定会崩裂。这岐山乃是我们大周太王的发祥之地，这座山一崩，那我们周朝还能安稳吗？"

赵叔带问道："假如国家将有大灾难，大人您觉得大概发生在什么时候？"伯阳父弯了弯手指头道："不出十年。"叔带大惊，问道："您是如何知道的？"伯阳父道："善事做满了就会带来福气，恶事做满了就会引来灾祸。十，是数字中最满的一个，这预示着大祸或许十年之内就会来到。"

赵叔带叹息道："天子不把朝政当回事，任用那些奸佞之臣，我所担任的大夫一职，原本应该负责向天子进谏，我一定要尽臣子的责任去规劝国君。"伯阳父担心地说道："只怕说了也没什么益处。"两个人在一旁窃窃私语半天，早有人报告给虢公石父。石父担心赵叔带进宫劝谏幽王，将他奸佞的形象说破，就先发制人，径直进宫，把伯阳父与赵叔带私下议论的话，都讲给了幽王听，污蔑他们诽谤朝廷、妖言惑众。幽王听后，不以为然地说道："一群狂妄之徒胡乱评议国政的话，就像田野的水汽在阳光下散发的声音那般无趣，有什么值得听的！"

再说那赵叔带满怀一腔忠义之心，屡次想进谏规劝幽王，都没有找到机会。过了几天，驻守岐山的地方官又发来表章禀报道："三条大河现今都已枯竭，岐山也崩裂了，压坏了许多民房。"幽王听后一点儿都不担心，而是忙着叫手下人到处搜罗美女,为他充实后宫。赵叔带于是上表劝谏幽王道:"山崩水竭,象征着国家经济枯槁,预示着国君面临巨大危险,是国家的不祥之兆。何况,岐山是先王基业的发源地,一旦崩塌,非同小可。倘若大王您趁现在灾祸未现之际,能够勤于政事、体贴百姓,寻求贤才辅佐朝政,还有希望消除这次大灾难。可为何您不竭尽所能去寻求贤才,反去大肆搜罗什么美女呢?"石父在旁,急忙跳出来对周幽王道:"我朝已经定都在风水更好的丰、镐地区,国祚肯定能传到千秋万代!那岐山好比已经被扔掉的破鞋,就算坏了又有什么要紧?赵叔带长久以来就存有轻视大王的心理,借这次的事端来说您的坏话,请大王详察。"幽王点头道:"石父的话一点都不错。"于是就罢了赵叔带的官职,把他赶回乡下去了。赵叔带叹息道:"俗话说,不要进入陷于危险的国家,也不要居住在有战乱的国家之中,昔日殷商的旧臣箕子前来我大周朝见,经过殷商故都旧墟,眼见宫室败坏,里面长满了禾黍,内心悲伤,因而作了《麦秀》之歌。后此歌便为亡国的代名词。我实在不忍心看着周朝也有'麦秀'之时!"于是他带着妻儿老小举家搬到晋国去了——他就是后来晋国大夫赵氏的祖先,赵衰、赵盾等都是他的后代。后来,赵氏与韩氏将晋国分裂为三国,均位列诸侯。当然,这也是后话了。后人曾有诗叹惜道:

忠臣避乱先归北,世运凌夷渐欲东。
自古老臣当爱惜,仁贤一去国虚空。

再说大夫褒珦,从褒城来到国都,却听说赵叔带被免职赶出国都,急忙进宫劝谏幽王道:"大王您不把上天降灾的迹象当回事,罢黜驱逐贤臣,恐怕国家从此就要空虚疲敝,江山面临不保的险境。"幽王闻言大怒,下令把褒珦关进牢房。从此,群臣诤言进谏的路子就被堵死了,贤才豪杰也纷纷离开朝廷,四散而去。

话分两头,再说那个卖桑弓箕袋的男子,怀里抱着妖女,逃奔到褒城。他想抚养这女婴长大,可又缺乏奶水等食品。恰好有个名叫姒大的人,他老婆生了个女儿没能养活下来,于是男子就送他些布匹之类的礼物,多次恳求,终于把这女婴收养在他们家。待女孩长大之后,为她取了个名字叫褒姒。说来也怪,论年纪褒姒虽然只有十四岁,可是身材却像十六七岁可以出嫁的模样。再加上褒姒眉目清秀,唇红齿白,头发挽起来就像托着一片乌云,手指排起来如同削齐的白玉,真个是如花似月、倾国倾城的容貌。只是,由于一来姒大住在穷乡僻壤,二来褒姒年纪还小,虽然长得天姿国色,却也没有人前来下聘礼订婚。

却说褒珦的儿子洪德,偶然因收取田租之事来到乡下,凑巧碰上褒姒在门外井边打水。褒姒虽然是一副村姑的打扮,依然掩盖不住她那绝世的容颜。洪德见了大吃一惊道:"像这样的穷乡僻壤,竟会有这样的绝色美女!"心里暗暗盘算:"父亲被关在镐京的监狱里已经三年了,还没被释放出来。若是能将这个女子献给幽王,定能替父亲赎罪。"于是到邻居家打听这女孩的名字等一些相关情况。

洪德回家禀告母亲道:"父亲不过因为直言劝谏而冒犯了天子,并没犯什么十恶不赦的大罪。如今天子荒淫无道,到处征求美女扩充后宫。此处有个叫姒大的人,他的女儿是位绝色美女。如果多用黄金和丝绸为代价,将她买来献给天子,以此来请求他宽恕父亲的罪责,出狱一事肯定大有希望。这可是当年散宜生救文王出狱的计策啊。"他母亲听后,大喜道:"这计策如果行得通,我们又何必心疼什么黄金丝绸呢。你马上动身前去办这件事。"

洪德于是亲自来到姒大家,与姒大讨价还价,最终谈妥了价钱。他用棉布丝绸三百匹,将那褒姒买回了家。然后将褒姒颇为用心地改造了一番——给她准备的洗澡水是兑了香料的热水,为她准备的食物是美馔佳肴,为她准备的衣服是绣花的华美服饰,又教给她各种礼节,最后将她带到了镐京。

洪德先用钱打通了虢公的关节,求他转奏幽王道:"臣褒珦自知罪该万死。我的儿子洪德怕我死了再也不能复生,费尽心思地寻找到一位美女,名叫褒姒,特地进献给大王,以替我赎罪。希望大王一定要饶恕我!"

周幽王听了虢公的禀报,马上宣褒姒上殿。待行礼之后,幽王抬头观看,只见这女子的容貌气度前所未见,流盼之际,光艳照人,不由得龙颜大悦。这些年全国各地虽也有进献美女,可姿色连褒姒的万分之一都比不上。周幽王大喜过望,也没跟申后打招呼,就将褒姒安置在别宫,并传旨赦免褒珦,出狱官复原职。当天晚上幽王就和褒姒同床共眠,其鱼水之欢,自不必多言。从此,幽王与褒姒二人坐着的时候腿挨腿,站着的时候肩并肩,喝酒时必交杯,吃饭时则共用餐具,如胶似漆,形影不离。幽王沉迷于美色,一连十天不上朝。在宫门口等待召见的群臣,连幽王的面也见不着,全都唉声叹气地离去了。这是幽王四年的事。有一首诗可以为证:

折得名花字国香,布荆一旦荐匡床。
风流天子浑闲事,不道龙漦已伏殃。

周幽王自从得到褒姒后,迷恋她的美貌,终日与其在华美的琼台上作乐。大约三个月的时间里,再也没到申后的宫中去过。早有人将种种情况禀告给了申后。申后听了不胜愤怒,某一天突然带领宫女们径直闯到琼台,正碰上幽王和褒姒联膝而坐,那褒姒也不站起来迎接。申后心中恶气再也忍耐不住,厉声骂道:"哪来的贱人,到这儿来侵扰秽乱内宫!"幽王生怕申后动手,将身子挡在褒姒前面,替她回答道:"这是我新选进宫的美人,还没为她定下名分位次,所以没去拜见你,你不必因此发火。"申后骂了一场,心怀怨恨离去。褒姒问:"刚才来的这女子是什么人?"幽王道:

"这是朕的王后。你明天应该去拜见她。"褒姒不愿意，一言不发。到了第二天，仍然没去拜见正宫王后。

再说申后在宫里因担忧而闷闷不乐。太子宜臼见母亲有心事，便跪着问道："母亲贵为六宫之主，有什么不开心的事吗？"申后忧心忡忡地说道："你父王宠爱那个褒姒，竟全然不顾妻妾的分别。若是将来这女人得了势，咱们母子二人怕连立脚的地方都没有了！"于是就把褒姒不来朝见，以及不起身迎接的事，详详细细地告诉了太子，说着说着，悲从中来，潸然泪下。太子生气地说道："这事不难。明日是朔日〔旧历每月初一叫朔。每逢朔日，国君必须上朝去接见大臣〕，父王必然要上朝理事。母亲您可以派宫女到琼台去采摘花朵，引那个贱人出来观看。那时，待孩儿将她痛打一顿，替母亲出了这口恶气。即便父王生气怪罪下来，责任也全在我身上，和母亲您没关系。"申后连忙阻止道："儿子你可不能乱来，咱们还得从长计议。"太子满腔怨恨地出了宫。

第二天早上，幽王果然上朝议事，大臣们都来到了朝堂。太子故意派几十名宫女到琼台底下，不问情由，胡乱采摘琼台下的花朵。从琼台里边走出一群宫女拦住道："这些花是万岁栽种给褒娘娘闲时观赏的，不得毁坏，否则罪过可不小！"

太子这边的宫女反唇相讥道："我们乃是奉了东宫太子的命令，要采花供奉给正宫王后娘娘，谁敢阻拦！"两边宫女彼此间争吵叫嚷起来，惊动了台上的褒姒，她亲自走出来查看，知晓了事情原由后，忍不住怒从心头起。正要发作之时，没想到太子突然出现，褒姒一点防备也没有。

那太子是仇人见面，分外眼红，赶上一步，揪住褒姒梳着华丽发髻的乌黑长发，大声骂道："贱婢！你是什么样的人？既没有名分，又没有地位，也敢自称娘娘，真是目中无人！今天也让你知晓我是什么人！"说着，攥起拳头就打。

才打了几拳，一众宫女们害怕幽王怪罪，一齐跪下磕头，高声喊道："太子千岁，饶了她吧！什么事都要看大王的面子！"太子也担心伤了她的性命，也就马上住了手。那褒姒含羞忍痛，回到琼台里面，心中已然明白这是太子在替他母亲出气，止不住地流下了眼泪。宫女们劝解道："娘娘不必悲伤哭泣，大王自然会为您做主！"话音未落，幽王已经退朝，径直走进琼台。一进门，就看见褒姒头发蓬松凌乱，眼中泪珠簌簌流下，奇怪地问道："爱姬今天为什么到现在还没有梳妆打扮？"褒姒一把扯住幽王的袖子，马上大声哭诉道："太子带着宫女在台下乱摘琼台的花朵，我又没得罪太子，可他一看见我，就对我连打带骂，要不是宫女们苦苦劝阻，我的性命怕是难保。求大王您千万替我做主！"说完，呜呜咽咽，哭个没完没了。

那幽王心里倒也明白，就对褒姒道："你不去拜见他的母亲，以致招来今日之事。

这事应该是王后派他干的，并非太子的本意，你可别错怪了人。"褒姒怒道："太子这是要为他母亲报仇，今日看他的意思，不杀了我绝不会善罢甘休。若是只有妾身自己，死了没什么可惜的，可是妾身自打蒙大王您临幸，已经怀孕两个多月了。现在妾身这一条命，其实是两条命。求大王您放我出宫，以保全我们母子这两条性命。"幽王闻听褒姒有孕，大喜过望，口中劝道："爱姬你先好好休息休息，我自有处置的办法。"当天就立即传下旨意道："太子宜臼，一向爱逞血气之勇，素来不懂礼仪，对长辈不能奉养顺从，暂且发配到申国，听取申侯教训。太子的老师东宫太傅、少傅等人教导无方，统统免去官职！"

太子想要进宫进行申辩，幽王吩咐守卫宫门的卫士，不许替他通报。太子只好驾车自行到申国去了。申后好长时间不见太子进宫请安，便差宫女去打听，这才知道已经被贬到申国去了，剩下她一个人孤掌难鸣，每天都在责怪丈夫和想念儿子中含着眼泪过日子。

再说褒姒怀孕已满十个月，后来生下一个儿子。幽王对其爱如掌上明珠，给他起名叫伯服，于是慢慢就有了废掉嫡长子宜臼，改立幼子伯服为太子的念头。可惜总是找不到借口，难于启齿。虢公石父揣摩到幽王的心意，就和尹球商量，暗地里传话给褒姒道："宜臼已经被赶到他母亲的娘家去了，伯服正该登上嗣君太子的位子。宫里边有娘娘您的枕边之言，外边有我们二人协力扶持，还怕成不了大事？"褒姒闻言非常高兴，回复道："全仗二位爱卿尽心扶持，若将来伯服真继承了储君位置，今后必定与二位共同治理天下。"从那时起，褒姒便暗中派心腹手下人，日夜伺机寻找申后的短处。宫里宫外，都安插了耳目，宫中的风吹草动，没有她不知道的。

回过头来再说申后，她独自一人深居后宫，连个伴儿都没有，整日里流泪哭泣。有个年长的宫女，明白她的心事，跪下启奏道："娘娘既然想念太子殿下，为何不写封信，秘密地送到申国，让殿下上表给万岁，表示愿意悔过承认错误？要是感动了万岁，把他召回东宫来，你们母子团聚，这不是美事一件吗？"申后听后，点头道："你这话虽然很有道理，就怕找不着人替我送信。"宫女道："我母亲温氏，非常精通医道，娘娘可以假装有病，召我母亲进宫号脉治病，然后命她把这封信带出宫，让我哥哥送去申国，保管万无一失。"

申后应允了，便写了封信，信的大意是："天子昏庸无道，宠信妖女，致使我们母子分离。如今妖女生了个儿子，她受宠的地位日益稳固。你应该向你父王上个奏表，假装悔过自己的错误，表中可以这样写：'我已幡然悔悟，愿意改过自新，请父王宽恕，赦免我的罪责！'如果你父王放你回朝，咱们母子重逢，再作打算。"信写完后，她就假装有病卧床不起，派人召温老太太入宫诊脉。早有人将此事报告给褒姒知晓。褒姒略一思索，便道："这里边肯定有传递消息的嫌疑。等温氏一出宫，你们就去搜查她的身上，就知道事情的底细了。"

再说温氏奉诏来到正宫，女儿已经提前告诉她事情的原委。申后先假装让她号脉，然后从枕头边取出信来，千叮咛万嘱咐道："马上连夜将信送去申国，可千万别耽误了！"并当场赏给她两匹彩缎。

温老太太怀里揣着那封信，手里捧着两匹彩缎，得意扬扬地走出来。刚到宫门，就被守门官拦住盘问道："你这些缎子是从何处得来？"老太太回道："我来给王后号脉，这是王后赏赐的。"守门官又问："你还夹带着别的东西没有？"温氏连忙回答道："没有。"守门官正要放她过去，旁边又走来一个人道："不搜搜她的身上，怎么能知道有没有夹带呢？"说着便拉着温氏的手回转过来。温氏东躲西闪，脸色显露出惊慌的神色。守门官起了疑心，更加坚持要搜她身，于是一齐围上去，温氏衣襟在拉扯间被撕破，信便露了出来。

守门官搜出申后写的这封信，便连信带人一起押到琼台，来见褒姒。褒姒拆开信一看，心中大怒，让人把温氏关在一间空屋当中，不许走漏消息。又把那两匹彩缎，亲手剪扯，碎成一片一片的。幽王走进后宫，只见满桌子都是剪碎的缎子，连忙询问这缎子的来历。褒姒眼含热泪答道："妾身不幸进了这深宫后院，阴差阳错地蒙受到您的宠爱，以致受到正宫娘娘的嫉妒。又不幸生了儿子，受到的嫉妒就更深了。如今正宫娘娘写信给太子，信的结尾这样写道：'再作打算'。这打算肯定是暗藏着谋害我们母子性命的计划，请大王为妾身做主！"说完，把信进呈给幽王御览。幽王认得申后的笔迹，又问谁是送信的人。褒姒道："现在那个温氏就在这里。"幽王立刻命令把她拉出来，不由分说，拔出宝剑一下就把她砍成两段。隐士徐霖作诗评论这件事道：

　　未寄深宫信一封，先将冤血溅霜锋。

　　他年若问安储事，温媪应居第一功。

当晚，褒姒又在幽王面前撒娇卖痴道："贱妾母子的性命，可都掌握在太子的手上。"幽王不屑地说道："有朕做主，太子能对你们做什么呢？"褒姒哭哭啼啼地说道："大王您龙驭宾天之后，少不得太子继承君位。如今王后整天在宫里抱怨诅咒，万一他们母子掌了大权，我和伯服，恐怕死无葬身之地了！"说完，呜呜咽咽，又哭出声来。幽王想了想道："我曾打算把王后和太子都给废了，立你为正宫娘娘，伯服为东宫太子。可就怕大臣们不同意，这可怎么办？"褒姒咬牙切齿道："臣子听君王的话，这是顺理成章的事情。君王听臣子的话就是大逆不道。大王把您的意思传谕给大臣们知晓，先看看朝野之中都是什么意见。"幽王道："爱姬说得有理。"当天晚上，褒妨先派心腹传话给虢公和尹球二人，让他们预先想好上朝时的说辞。

早朝的礼仪完毕后，幽王宣公卿大臣们上殿，开口就问道："王后因为嫉妒怨恨而诅咒我，已难以继续担任'天下之母'的正宫王后一职，能不能将她提来问罪？"虢公石父道："王后乃是六宫之主，即便犯了法，也不能够拘捕审问。如果她的德行不配担当王后的职位，只要传旨把她废掉就行了。您可以再挑一位贤德的王后作为天下母亲的楷模，那样才是我朝子孙万代的福气。"尹球紧接着也出班奏道："臣下听闻褒妃的德行贞洁娴静，足以继任王后来主持中宫事务。"

幽王点点头，又道："可太子目前还在申国，如果废掉了申后，那太子又该怎么处置呢？"虢公石父奏道："臣听说'母亲依靠儿子的富贵而富贵，儿子凭借母亲的富贵而富贵'。如今太子因犯了罪责而被贬居申国，侍奉父母的温清之礼〔指儿女对父母的侍奉活动〕早已荒疏多时。况且陛下既然已经废黜了他的母亲，怎么还能接着留用她的儿子？臣等都愿意举荐伯服担任东宫太子。若能如此安排，真乃国家社稷的大幸！"周幽王听罢大喜，立即传旨将申后打入冷宫，废掉宜臼的太子名位，降为平民百姓。册封褒姒为王后，伯服为太子。如果有敢于提出反对意见的臣子，就认定是宜臼的死党，按重罪惩处。这件事发生在幽王九年。

朝堂两边的众位文臣武将，心里虽然都有不平之意，可知道幽王心意已决，多说徒然为自己招来杀身之祸，对这件事也没有丝毫益处，于是都闭嘴不言。太史伯阳父长叹一声道："大王放逐谏臣，废黜王后，驱逐太子，君臣、父子、夫妻之间的纲常伦理道德都一一违背，周朝灭亡的时刻指日可待了！"当天便告老还乡了。其余大臣们，与他同时辞职回乡的人很多，朝里就剩下尹球、虢公石父、祭公易等一帮奸臣小人随侍在幽王身侧。周幽王从早到晚都和褒姒在宫里边寻欢作乐。

褒姒虽然篡夺了正宫娘娘一职，受到幽王的专宠，可是从来也没露过笑脸。幽王想讨她的欢心，叫来乐师敲鼓撞钟，吹拉弹唱，宫女唱歌跳舞，进献美酒，可褒姒一点高兴的意思也没有。幽王不解地问："没想到爱姬讨厌听音乐，那平日的爱好是什么呢？"褒姒摇头道："我没什么喜好。只记得从前有次亲手撕破彩绸，那声音脆爽动听。"幽王大喜道："爱姬既然喜欢听撕绸子的声音，怎么不早说呢？"当下命令司库每天送一百匹彩绸过来，命令那些有力气的宫女撕着玩，以取悦褒姒。奇怪的是，褒姒虽然喜欢听撕绸子的声音，可依旧不见笑脸。

幽王奇怪地问道："爱姬为什么还是不笑呢？"褒姒回答道："贱妾从生下来就没笑过。"幽王听闻后，信誓旦旦地保证道："无论如何，朕必须要让爱姬开口笑一次。"于是下令道："不管宫里宫外，有谁能让王后开口一笑，就赏他千金。"石父出了个主意道："当年，因为西方的部族日益强盛，先王担心他们进犯我国，就在骊山下面建造了二十多座烽火台，又架上几十面大鼓，一旦发现贼寇入侵，就点起狼烟，狼烟燃起便会直冲云天。附近的诸侯见此情形，就会派兵前来救援，然后再敲起那些大鼓，催其他诸侯们尽快赶来。这么多年来，天下一直太平无事，烽火狼烟也始终没再点燃过。您要是想博王后一笑，必须和她一道去游骊山，然后半夜里点起烽火，诸侯派的援兵必然马上赶到，长途跋涉赶到后又找不到敌寇，王后必定会大笑无疑。"幽王大喜过望道："这主意妙不可言！"于是就和褒姒一块儿乘车到骊山游玩。到了晚上，便在骊宫里摆下酒宴，传令点起烽火。

当时郑伯友正在朝中任职，在这次骊山之行中，他以司徒的身份担任幽王的前站向导。听闻幽王的命令大吃一惊，急忙赶到骊宫启奏幽王道："这些烽火台，是先王所建用来防备敌人进犯等紧急状况的设施，诸侯们对其都深信不疑。今天您无缘无故点起烽火，这是在戏弄诸侯啊！将来若真有了什么外敌入侵的情况，大王即便点起烽火，诸侯也必定不再相信，到那时拿什么来招集兵马以救急呢？"幽王勃然大怒，道："如今天下太平，有什么事值得招集兵马！我和王后这次出游骊宫，没什么好玩的，不过略微和诸侯们开个玩笑。以后不管发生什么事，都与你没关系！"

幽王不听郑伯友的劝阻，大举点燃烽火，然后又命人敲起大鼓，鼓声像打雷一样，火光映红了天空。国都附近的诸侯们担心镐京发生了战事，一个个立即领兵点将，连夜赶到骊山。可是，诸侯赶到之后，只听见楼阁里传出笙管笛箫奏乐的声音。幽王正和褒姒饮酒行乐，让人去跟诸侯们致谢道："幸而没有外敌来犯，不过劳烦你们白跑了一趟。"诸侯们面面相觑，收起旗子，灰头土脸地走了。褒姒这时在楼上，靠着栏杆看着诸侯们忙来忙去却徒劳无功，不自觉地拍着巴掌大声笑起来。幽王一看，魂飞天外，喜道："爱姬这一笑，百媚俱生，这都是虢石父的功劳！"于是赏赐给石父千金。现在人们口口相传的成语"千金买笑"，大约便起源于此处。后来隐士徐霖写了首诗，专门说这件"烽火戏诸侯"的事情，诗曰：

良夜骊宫奏管簧，无端烽火烛穹苍。

可怜列国奔驰苦，止博褒妃笑一场！

再说申侯得知幽王废申后立褒姒的事情后，就上奏表劝告幽王道："当年夏桀因宠信妹喜而导致夏朝灭亡，纣因宠信妲己而导致商朝灭亡。如今大王宠信褒妃，废嫡子太子之位而改立幼子，既违背夫妻的礼义，又伤了父子的感情。桀纣的事，又重现于今日；夏商之祸，只怕指日可待。希望大王您收回这道错误的谕令，或许还能避免亡国的大祸。"幽王看完之后，拍案大怒道："这老贼怎么敢说出如此大逆不道的话！"石父煽风点火道："申侯目睹太子被赶走，早就对您心怀不满。如今听闻王后和太子都被废了，心中有造反之意，所以才敢怒斥您的罪过。"幽王勃然大怒道：

"要是这样的话，该怎么应对呢？"石父继续奏道："申侯本来就没什么别的功劳，只不过靠王后才加官进爵。如今王后和太子都被废了，申侯的爵位也应该降级，让他继续当他的申伯。以后您再发兵讨伐他的罪行，大概就没什么后患了。"幽王准奏，下令削去申侯的爵位。又命虢公石父为大将，调动兵将，准备战车，开始筹建攻打申国的大军。

第三回
犬戎主大闹镐京　周平王东迁洛邑

话说申侯上了奏表之后，便派了细作在镐京探听消息，很快便打听到幽王命虢公石父为大将，不日就将领兵前来攻打申国。探子日夜兼程赶回来，将此消息报告给申侯。申侯听后大惊失色，对群臣道："我们申国国力羸弱，军力低微，怎能抵挡得了朝廷的大军？"

大夫吕章献策道："幽王无视道义，废嫡子而立幼子，忠臣们纷纷辞官归乡，百姓们怨声载道，这是将自己孤立起来的势头啊！如今西边的少数民族部落犬戎兵强马壮，又与我们申国接壤，主公可马上写信给犬戎的首领，向他借兵攻打镐京，以解救王后。我们必须要让天子传位给前太子宜臼，这就是上古创业之贤相伊尹及周公所致力的大业啊！古语道：'先发制人。'千万不能错过机会。"申侯点头道："这话有理。"于是准备了一车金银绸缎，派人带着求援信前去犬戎借兵，并许诺将来攻破镐京之日，国库里的金银绸缎，任凭他们搬运拿取。

犬戎首领听闻后，大喜道："你们中原天朝大国的天子失德乱政，申侯以国舅的身份，召我前来征伐无道，扶立东宫，这也是我向来秉持的意愿。"于是他征发了一万五千人的军队，分成三路，右先锋由孛丁担任，左先锋为满也速，犬戎首领亲自统领中军。一时间，刀枪遍地，把道路都堵塞了；旌旗飘飘，将天空都遮住了。申侯也征发了本国的兵马前来相助。

两国军队浩浩荡荡，杀奔镐京而来。这次行动极为迅速，出其不意，很快联军便将镐京里三层外三层围了个水泄不通。周幽王听闻发生了兵变，大惊失色道："谋划不密，祸事先发。我们还没起兵讨伐申侯，他所借的犬戎兵倒先来了，此事如何处置？"石父启奏道："大王您赶紧派人去骊山点起烽火，诸侯的救兵必会星夜赶来，那时我们里外夹攻，必定稳操胜券。"幽王听从了他的意见，派人去烽火台点火。可时间过去许久，连一点儿诸侯兵马的影子都没见到。这都是由于前些日子诸侯们被幽王胡乱点燃烽火所戏耍，以为这次又是假报险情，所以无人肯派兵前来。

幽王见救兵不来，犬戎又日夜攻城，就对石父道："反贼的战斗力不知道是否强悍，卿可以先率领军队出城去测试一番。朕在城内检阅挑选精兵强将，随后便跟在你后面出城迎战。"石父本来就不是能征惯战的大将之才，这时候只好勉强接下将令，率领二百辆兵车，打开城门杀了出去。

申侯在战场上远远看见石父出城，指着他对犬戎的首领道："这便是那欺君误国的奸贼，千万别让他跑了。"犬戎首领听了道："谁替我将他擒拿过来？"帐下大将孛丁道："小将愿去。"于是一拍战马，挥舞着大刀直奔石父杀过去。斗不上十个回合，石父就被孛丁一刀斩杀于战车下。犬戎首领和满也速一齐向前冲杀过来，喊杀声惊天动地，大军杀进镐京城。那些犬戎军队见屋子就放火，遇人就举刀砍杀，连申侯也阻挡不住，只能听凭他们胡作非为，镐京城里顿时大乱。

周幽王还没来得及检阅军队，便知晓了贼兵进城的消息，他见势头不好，便用小车载着褒姒和伯服开了后宫门往外逃。司徒郑伯友从后边赶上来，大声呼喊道："大王别害怕，臣来为您保驾！"

出了北城门，小车顺着弯弯曲曲的山路往骊山逃去。半路上又遇到了追来的尹球，他禀报道："犬戎烧毁了宫殿，劫掠了国库。祭公已经死在乱军之中了。"幽王一听，愈加胆战心惊。

郑伯友命人再次点起烽火，烽火狼烟直冲云天，可救兵依然没有到来。犬戎的军队一直追到骊山脚下，把骊宫团团围住，口中高喊："别让昏君跑了！"幽王和褒姒只吓得抱成一团，面对面不停地掉眼泪。郑伯友献计道："现在情势已十万火急！事不宜迟，臣愿拼着性命保护您杀出重围，前去投奔其他诸侯国，然后想办法东山再起。"周幽王大哭道："朕当日不听叔父您的金玉良言，以至沦落到如今这个地步。今天我们夫妻父子的性命，可全部托付给叔父您了！"郑伯友本是周厉王的少子、周宣王的弟弟，所以幽王称他为叔父。当下郑伯友便命人在骊宫前边放起一把火，以此来迷惑犬戎军队，自己则领着幽王从骊宫后边冲出来。

郑伯友手持长矛，在前边开路。尹球护着褒姒母子，紧随在幽王身后。没走多远，就被犬戎军队拦住去路——原来敌将古里赤早已埋伏于此处。郑伯友气得咬牙切齿，上前迎敌交战。战了没几个回合，一矛将古里赤挑下马来。犬戎兵见郑伯友骁勇善战，一时间四散惊逃。

幽王他们继续跑了半里路，身后又响起了喊杀声，原来是右先锋孛丁领着大军追了上来。郑伯友叫尹球保着幽王他们先走，自己断后，边战边退，却被犬戎的骑兵横冲直撞，队伍断成两截。郑伯友被围在中间，他全无惧色，手中长矛使得神出鬼没，冲在前面的敌人纷纷中矛。犬戎首领见此情形，便命令四面的军士放箭，箭密集得像雨点似的，里面的周军将士与郑伯友全部阵亡。可怜这位周朝的忠臣贤侯，今日惨死在万箭之下。

左先锋满也速，早将周幽王的车辆以及随从擒住。犬戎首领看见车里边有个人身穿龙袍，腰围玉带，知道此人乃是幽王，就一刀把他砍死在车内，伯服也一起被他杀死。褒姒因为其绝世容颜而免于一死，被犬戎首领用快车载回毛毡帐篷里，供其寻欢取乐。尹球躲在幽王的车里，也被犬戎兵找出来斩杀了。

据统计，幽王在位共十一年。当日卖桑弓箕袋的男人，捡了清水河边的妖女逃到褒国——这个妖女就是褒姒，她蛊惑君心，欺辱正宫王后，才害得幽王今日落了个国破人亡的下场。昔日那首童谣道："月将升，日将没。檿弧箕箙，实亡周国。"如今这些事，正应验了童谣中的预言，看来周朝的命运早在宣王的时候就已经注定了。东屏先生有一首诗写道：

多方图笑掖庭中，烽火光摇粉黛红。
自绝诸侯犹似可，忍教国祚丧羌戎。

又有陇西居士李贺写了一首评论这段历史的诗：

骊山一笑犬戎嗔，弧矢童谣已验真。
十八年来犹报应，挽回造化是何人？

又有一首绝句，说尹球等无一善终，可为后世奸臣的反面教材。诗云：

巧话谀言媚暗君，满图富贵百年身。
一朝骈首同诛戮，落得千秋骂佞臣。

还有一首绝句，歌颂郑伯友忠君体国的高尚精神。诗曰：

石父捐躯尹氏亡，郑桓今日死勤王。
三人总为周家死，白骨风前那个香？

且说申侯进入镐京城内，远远看见宫中起火，忙带着申国的兵士入宫，一路忙着扑灭宫中大火。入宫后，申侯先把申后从冷宫里放出，再一直寻到琼台，也没发现幽王和褒姒的踪迹。有人用手指着前方道："大王已从北门逃出去了。"申侯心中料想幽王可能去了骊山，慌忙率军追赶。半路上迎面遇到犬戎的首领，两车靠近，各自询问对方的战绩。当听犬戎首领说昏君已然被杀时，申侯大吃一惊道："我的初衷只是想让大王纠正错误，复申后、太子之位，却没料到弄成这个样子。后世人们谈到不忠之臣，一定会将我作为口实啊。"赶忙命人将幽王的尸体收殓好，准备祭品为其举行了葬礼。犬戎首领笑着道:"国舅,你这就叫妇人之仁啊!"

申侯回到京师,安排酒宴,款待犬戎首领。国库中的珠宝玉器已统统被搬空,他只好又额外搜集了十车金银绸缎,赠送给犬戎首领,指望他能心满意足地撤军回国。却不料犬戎首领把手刃幽王这件事当成天大的功劳,竟带着手下军队盘踞驻扎在镐京城里,每天饮酒作乐,丝毫没有退兵回国的意思。心怀怨恨的老百姓们把这笔账都算到了申侯身上。申侯无可奈何,只好写了三封密信,派人送往三路诸侯那里,约他们发兵救援朝廷。那三路诸侯是哪三位呢?分别是北路晋侯姬仇、东路卫侯姬和、西路秦君嬴开。申侯又派人去往郑国,把其父郑伯友战死的消息,告诉了世子掘突,请他发兵报仇。

单说郑国世子掘突,这年才二十三岁,身长八尺,英俊果毅。一听说父亲战死,心中不胜悲哀愤怒,于是便身穿丧服,带领三百辆战车,星夜奔赴镐京而来。早有探子将此事禀告犬戎首领,请他预先做好准备。掘突刚到镐京,就准备发动进攻。公子成功阻道:"我军日夜兼程赶路,如今士兵们十分疲劳,连喘息的机会都没有。我们应该先修筑好工事,等其他诸侯的军队到齐,然后再合力进攻,这才是万全之策。"掘突摇头道:"为了替君王和父亲报仇,我们只能进,不能退。况且犬戎军队骄狂自满,我军以初到精锐之师攻击这些得意忘形倦惰不已的敌人,必定攻无不克。倘若等诸侯的军队都到齐了才发动进攻,岂不怠慢了军心?"于是便率领军队直逼城下。

可城上偃旗息鼓,一点儿动静也没有。掘突大骂:"狗畜牲!怎么不出来决一死战?!"但城上还是没人答话。掘突便在城下喝令士兵们做好攻城的准备。忽然听到树林里边巨锣声响,一支军队从后边杀了过来。原来这是犬戎首领所制定的计策,预先就将军队埋伏在城外。掘突大吃一惊,急忙举枪前来应战。这时候,城上也响起一阵锣声,只见城门大开,又有一支军队杀出来。前面有孛丁,后面有满也速,掘突被两面夹击,抵挡不住,大败逃走。犬戎兵马追赶了三十多里才收兵回城。

掘突一边聚拢残兵败将,一边对公子成道:"我不听您的话,所以导致吃到这场败仗。现在应当如何应对才好?"公子成建议道:"此地离卫国国都濮阳城不远,卫侯为人老成,极有经验,咱们何不前去投奔他?郑国、卫国的军队合在一处,必能得偿所愿。"掘突同意他的意见,吩咐军队一路向濮阳进发。

大约走了两天,他们看到前方烟尘滚滚,只见有数不清的战车像一堵墙似的迎面冲过来。战车中间坐着一位诸侯,他锦袍金带,面容苍老,满头白发,飘飘然有神仙的风采。这位诸侯,就是卫武公姬和,当时已经八十多岁了。

掘突把车停下,大声呼喊道:"我乃是郑国的世子掘突。犬戎军队攻进周朝国都,我父亲死在战场上,我的军队也被打败,特地前来向您求救!"卫武公拱手回答道:"世子请放心。寡人已发动了全国的兵马前去救援京师,听说秦国、晋国的军队不久后也会到达,还怕那些放羊贼吗?"掘突让出道路,请卫侯先行一步,然后自己也调转车辕,重回镐京,在离城二十里的地方,分两处安营扎寨。接着他又命人去打探秦、晋两国起兵的消息。

那探子回来报告道:"西边金鼓之声震天,战车之音动地,大旗上写着一个大大的'秦'字。"武公喜道:"秦国虽然是附庸于大国的小国,可他们非常熟悉犬戎的风俗习惯,士兵们又很勇悍。"话未说完,北边探子来报:"晋国军队也到了,已经在北门处安营扎寨。"武公大喜道:"这两国的军队都到了,胜券在握了!"当即派人前去同秦、晋二君互通消息。

不一会儿,两位君主都来到武公的营帐,大家互相慰问。两位君主一见掘突身穿孝服,就问武公道:"这位是什么人?"武公道:"他是郑国的世子。"接着就把郑伯友死于国难以及幽王被杀的事详细叙述了一遍,两位君主听后不住地叹息。

卫武公道:"老夫年迈浅薄,只是身为臣子,救国杀敌,义不容辞,所以拼出老命前来这里勤王。可若要讲消灭这些敌人,就全靠你们两位国君了。现在我们该采取什么样的计略呢?"秦襄公道:"犬戎的目的,不过是想抢夺金银珠宝和男女奴隶罢了。他们认为我们的军队初来乍到,不会攻城,肯定不会有什么防备。今天半夜,我军可以分成东、南、北三路攻城,只留下西门不打,放他一条逃路。但让郑世子在西门外埋伏,等他们逃出城后,再从后边追杀,一定能大获全胜!"武公大喜道:"这主意太妙了!"

话分两头。再说在镐京城里的申侯得知四国的军队已经到了,心中大喜,就和小周公咺偷偷商量道:"我们只等四国联军开始攻城,就在里边打开城门接应。"然后他又劝犬戎首领先把搜刮来的金银珠宝绸缎布匹收集起来,派右先锋孛丁率军押送回国,以此来削弱犬戎军的势力;再建议满也速带领全部兵马出城迎敌。犬戎首领把这些当成好主意,全部听从照办。

却说那满也速在东门外扎下大营,同卫国的兵马正面对垒,双方约定第二天正式交战。没想到,当晚半夜三更时分,犬戎被卫军偷袭了大营。满也速提刀上马,匆忙应战。怎奈手下士兵四散奔逃,他双拳难敌四手,只好混在士兵当中一起逃窜。三路诸侯率领军队齐声呐喊,开始攻城。忽然城门一下子打开,三路人马一拥而进,没遭遇丝毫抵抗便攻进了镐京城内。原来这都是申侯的计策。

犬戎首领从睡梦中惊醒,跨上战马,径直跑出西门,随身携带的士兵只剩下几百人,又遇到郑国世子掘突拦路厮杀,正在危急之际,遇到领着残兵败将赶来的满也速，双方混战一场，犬戎首领这才得以逃脱。掘突也不敢穷追不舍，收兵入城与诸侯相见，这时天已经大亮了。敌军来不及带走营中的褒姒，褒姒上吊自缢身亡。唐代诗人胡曾有一首诗感叹道：

  锦绣围中称国母，腥膻队里作番婆。
  到头不免投缳苦，争似为妃快乐多！

  申侯大摆宴席，款待四路诸侯。只见坐在首席的卫武公放下筷子，站起来对诸侯行礼道："如今我们的君主罹难，国家四分五裂，岂是我们这些臣子喝酒庆功的时候？"听了这话，大家一同起身肃立拱手道："我等愿听您的教诲。"武公见状，大声道："国不可一日无君。如今太子宜臼还在申国，我们应立刻迎回他继承王位，诸位认为如何？"秦襄公点头赞叹道："君侯您这些话，就像文王、武王、成王、康王显灵亲口说出的一样。"郑国世子掘突主动请缨道："晚辈不才，在这次大战中寸功未立。这迎立新王一事，我愿出一点微薄之力，以实现先父报国的夙愿。"武公十分欢喜，举起酒杯提前犒劳他。于是大家就在酒席上当场写成表章，又准备好新王的车驾。几位君主都表示要派出军队，帮助掘突前去迎接新王。掘突推辞道："此行本就不是去打仗，哪用得了那么多士兵？我只需带着自己的人马就足够了。"申侯主动道："我们申国有三百辆战车，愿意担任公子您的向导。"第二天，掘突就动身前往申国，迎接太子宜臼回京继位为王。

  再说宜臼居住在申国，整日心事重重，不知国舅申侯这一去吉凶如何。忽然有人前来报告，说郑国的世子带着申侯和诸侯的联名表章，到此迎接他回镐京，心里倒吃了一惊。展开表章后，才知道父亲幽王已被犬戎军队所杀，父子连心，天性所至，不由得放声大哭起来。掘突劝慰道："太子应该以国家社稷为重，希望您尽早回京继承王位，以安抚百官以及人民。"宜臼哭着道："我所担负的不孝名声现在已经传遍天下了！事到如今，也只好赶紧起程回京。"

  不多时，宜臼与掘突便赶回到了镐城。周公首先骑马进城，派人打扫宫殿。在事先占卜确定的吉日那天，国舅申侯带领着卫、晋、秦三国君主，连同郑世子掘突和一班在朝的文武官员，出城三十里外将太子迎接入城。宜臼望着残破不堪的宫殿，眼泪禁不住流下来。进宫后，太子立刻觐见了母亲申后，然后穿戴起天子的礼服和礼帽，到太庙去祭祀祷告，继承了天子之位。这就是历史上的周平王。

  平王升殿，接受众位诸侯百官拜贺之后，便传召申侯上殿，真诚地对他说道："朕以一个被废黜的太子身份，最终得到继承王位的机会，这都是舅舅您的功劳啊。"说完便传旨要将他的爵位由"申侯"擢升为"申公"。申侯急忙推辞道："陛下，千万不可。我这个人赏罚不明，政务不通。镐京失而复得，这都是诸位诸侯前来救援的功劳。今日此难，都因臣下不能禁止犬戎的暴行，以致先王罹难。臣身上所担负的罪责，虽万死不能赎，怎么还敢领赏呢？"申侯对平王为其加官进爵的任命，态度坚决地拒绝了三次。平王只好作罢，准他官居原职。

卫武公又出班启奏道："褒姒母子仗着先王的宠爱，扰乱人伦，石父、尹球等人欺君误国，虽然以上诸人都已身死，也应当追免他们生前全部的封号。"对于他们这些奏对，周平王全都批准了。

此外，平王开始追封诸位有功之臣。卫侯姬和晋升为卫公，又将河内地区作为附庸国封给了晋侯姬仇。郑伯友因保护君王而战死，赐谥号为"郑桓公"。世子掘突继承父亲的爵位，被封为"郑伯"，并加赐祊邑地区的土地一千顷作为其封地。秦国原是附庸于大国的小国，这次周王特意加封秦君为秦伯，使其正式成为诸侯。

此外，小周公咺官拜太宰之职，尊奉申后为太后，褒姒和伯服都被废为平民。至于虢公、尹球、祭公三人，平王姑且感念其祖先对朝廷有功，再加上他们也是因为勤王才死，只是免去他们本人的爵号，仍允许其子孙承袭家族爵位。平王又出榜安民，抚慰镐京受到连累的百姓。随后大宴群臣，君臣尽欢而散。有诗为证：

百官此日逢恩主，万姓今朝喜太平。

自是累朝功德厚，山河再整望中兴。

第二天，诸侯前来谢恩，平王又加封卫公姬和为司徒，郑伯掘突为卿士，留在朝里和太宰咺一同辅政。只因为申侯、晋侯本国领地邻近犬戎，担忧边境出现战事，不能留在朝中任职，便拜别平王返回本国。申侯见掘突十分英勇刚毅，就将自己的女儿嫁给掘突，申侯的女儿就是武姜。

再说犬戎，自从到镐京扰乱了一番之后，便熟识了来往中原的道路，虽被诸侯驱逐出镐京，可是其锋芒并未受挫，再加上犬戎国王自以为损耗许多军力却没有得到回报，心怀怨恨，于是便再次大举进攻，侵占周朝边境的疆土，岐山、丰京地区的土地一半都被犬戎所占据。此后，犬戎兵锋渐渐逼近镐京，烽火连月不绝。再说那镐京城里的宫殿，自从被犬戎放火焚烧后，十间里剩不下五间，到处是颓壁残垣，光景十分凄凉。平王一来考虑国库空虚，没有财力重建宫殿，二来怕犬戎早晚再次攻入镐京，于是便萌发了将国都迁到洛邑〔今日洛阳〕的念头。

有一天，群臣朝拜以后，平王对他们说道："我的祖先成王，当年既然已把国都定在镐京，却又下令花费大量人力物力营造洛邑，此举有何深意呢？"大臣们齐声启奏道："洛邑所处的地理位置，正是天下的中心，四方诸侯前来进贡时到此地的路程距离都十分合适，所以成王便命召公按风水选址，命周公负责兴建王宫，建成后将其称为东都。洛邑宫殿的建筑规模、样式，均与镐京相同。每年诸侯前来朝贡的时候，天子便巡幸东都，接见诸侯，这实在是便民的举措啊。"

周平王听后若有所思道："如今犬戎的军队逼近镐京，说不定什么时候又会发生战祸，因此朕考虑把都城迁到洛邑，你们觉得怎么样？"太宰咺表示赞同道："眼下镐京的宫殿大多被烧毁，重建十分不易，况且重修一事劳民伤财，容易引发百姓抱怨。要是犬戎乘机进攻，如何来抵挡？迁都到洛邑，实在是最好的办法。"两班文武官员，都把犬戎当作心头大患，于是齐声道："太宰的话十分有道理。"只有司徒卫武公低下头长叹不已。

周平王看见了便问道："司徒为何独自默默无语？"武公这才缓缓开口道："老臣今年已经九十多岁，承蒙君王您不嫌我老迈，这才愧居六卿高位。假如微臣知道些什么而不说，是对大王的不忠；假如微臣说的观点和众臣不一样，又显得不能与朋友们和睦相处。然而微臣宁可得罪朋友，也不能犯下欺君之罪。想这镐京，左有形势险要的崤山和函谷关，右有物产丰富的陇西和蜀地，依山靠水，沃野千里，说到天下间最优越的地势，没有比这儿更好的了。洛邑虽然位于天下的中心，但地势平坦开阔，是一块四面受敌的地方，因此先王尽管同时建造了两个都城，却始终居住在西都镐京，以求掌握天下的要害。保留东都洛邑，只是为了一时的巡查罢了。大王如果放弃镐京而迁都洛邑，恐怕王室从此就要衰微了。"

周平王摇头道："目前犬戎已经侵占并夺取了岐山和丰京地区，其势甚为猖獗。更何况镐京的宫殿眼下已然残破不堪，丝毫没有当日的雄伟景象。朕将国都东迁到洛邑的想法，委实也是迫不得已。"武公又启奏道："犬戎生性凶残，狡猾犹如豺狼，实在不该让他们进入大周的国门。当日申侯借兵的举动实在是失策，如同打开大门迎接强盗，致使他们攻入镐京烧毁宫殿，连先王都被其杀戮，这是不共戴天的仇恨啊！大王如果从今天起立志自强，勤俭节约，爱护人民，整训军队，崇尚武事，效仿历代先王那样南征北战，将来俘获犬戎的首领，将其进献到太庙中，或许可以洗雪今日国破君亡的耻辱。如果只是隐忍退避，以弃镐京、迁洛邑的做法来应对犬戎的攻势，今日我退一尺，敌人明日就会进一尺，被这样蚕食下去，我担心丢的怕不只是歧山、丰京地区这么简单了。昔日尧舜在位时，就住在茅草屋顶、黄土台阶的房子里，大禹居住在低矮的宫室中也不觉得简陋。国都是否壮观，难道仅取决于宫殿吗？请大王深思熟虑一番！"

太宰咺听了，站出来启奏道："司徒此语乃是安稳平常的看法，而不是改革变通的建议。先王荒废政事、灭绝人伦，完全是自己引来了贼寇，这事已不值得再去多追究他的过错了。如今，大王虽然已经重整了朝堂，但只是在名义上恢复更正了天子的名号，国库依然空虚，兵力仍旧薄弱。老百姓成了惊弓之鸟，畏惧犬戎就像害怕豺狼虎豹一般。一旦犬戎铁骑长驱直入，民心必定瓦解，这误国的罪名，谁又能承担呢？"

卫武公听后接着反驳道："申侯既然能召来犬戎，也一定能够想办法让其回国。大王可以派人去问他，肯定会有妙计献上。"君臣正商量之际，国舅申侯派人携带告急文书赶到殿前。平王展开一看，奏章的大意是："犬戎的侵扰行动一直没有停止，我申国面临亡国之祸。请大王念在我们血肉之亲的情份上，速速发兵救援。"看到此处，周平王终于下定决心，决断道："舅舅眼下自己都顾不了自己，还能管朕的事？迁都的事，朕现在已下定决心了。"于是命令太史官挑选黄道吉日，将国都东迁至洛邑。

卫武公再次启奏道："臣目前担当的司徒这个官职，专管教化百姓。大王一走，百姓也会背井离乡、四散而去，我这失职之罪便难辞其咎了。"于是他提前张贴榜文通告百姓："如有愿意跟随天子车驾东迁的，马上做好准备，一齐起程。"主管朝廷祭祀事务的官员起草了文书，将迁都的原因祭告了太庙中供奉的历代先王。到了迁都那天，由大宗伯怀抱着七位先王的牌位，登车作为先行向导。秦伯嬴开听说平王要东迁，亲自率军前来保驾。老百姓们扶老携幼，一同跟随东迁的人不计其数。

想当年，周宣王在大祭那天夜里，梦见一位美貌的女子，先是大笑三声，继而又大哭三声，随后不慌不忙，将那大周江山七位先王的牌位捆成一束，提着向东离去。现在回想起来，大笑三声，正应幽王为了褒姒在骊山烽火戏诸侯的事；大哭三声，则指的是幽王、褒姒、伯服这王室三人都死于非命；七位先王的牌位被捆成了一束提着向东而去，也正应了如今的国都东迁。宣王的梦全部都应验了。

还有太史伯阳父的占卜预言："哭又笑，笑又哭。羊被鬼吞，马逢犬逐。慎之慎之，檿弧箕箙。"其中的"羊被鬼吞"，指的是周宣王于宣王四十六年遇鬼而亡，那年恰是己未羊年。"马逢犬逐"，指的镐京于幽王十一年被犬戎入侵，那年适逢庚午马年。从此，西周便灭亡了，天数早已定下如此结局，也能看出伯阳父高明神准的占卜之术。

第四回
秦文公郊天应梦　郑庄公掘地见母

话说平王将国都东迁，车驾到了洛邑后，只见街市繁华，店铺林立，宫殿雄壮，和镐京没什么区别，心中大喜。国都已然定下来，四方的诸侯都上奏表祝贺，还进贡了很多地方特产。只有位于荆山地区，被周人认为是南蛮部落的荆国没有任何表示，平王就和大臣们商议，准备起兵讨伐他们。大臣们劝谏道："野蛮无礼的荆国，很长时期都没有受到教化的感悟，直到宣王征伐以后才把他们收服。宣王命他们每年只进贡一车菁茅草，用于祭祀时缩酒，不要求他们进贡其他东西，以此表示对他们的笼络和维系之意。如今我朝刚搬迁了国都，民心还没有安定下来，倘若大王派军远征，胜负很难预料。更好的处理方法是暂且包容，使他们感念您的恩德，从而自愿前来朝贡。要是蛮荆始终坚持奸邪，不知悔改，等我军兵力充足，再去征讨他们也不迟。"从此平王再也不提南征的事了。

秦伯嬴开曾派兵护卫平王，这时来向平王辞行回国。平王道："如今岐山、丰京一带的地区，一半都被犬戎侵占了，爱卿此番归国，若是能将犬戎统统驱逐出去，这些地方朕全都赏赐给你，以稍稍酬谢爱卿这几年鞍前马后替朕效力的功劳。今后爱卿若能永做大周西部属国的诸侯，岂不是一件美事吗？"自此，秦伯嬴开进位为公，是为秦襄公。

秦襄公跪在地上行稽首礼，接受了平王的任命。回国后立即整顿兵马，制订消灭犬戎的计划，不到三年，就将犬戎大军杀得七零八落。犬戎的大将孛丁、满也速等，都在两军对阵中战死，犬戎首领被迫远远地逃到西部蛮荒之地。岐山、丰京一带地区都划归秦国所有。秦国开辟了上千里的疆域，从此一跃而成为大国。隐士徐霖曾写诗评论这件事道：

文武当年发迹乡，如何轻弃畀秦邦？

岐丰形胜如依旧，安得秦强号始皇！

再说这秦国乃是上古帝王颛顼的后裔。颛顼的后人中有个叫皋陶的，在尧当政的时期出任掌管诉讼刑狱的"士师"一职。皋陶有个儿子叫伯翳，曾辅佐大禹治水，放火焚烧山林，驱赶野兽，凭借累积起来的功劳而被赐姓为"嬴"，后来为舜主管放养畜牧的事务。

伯翳生了两个儿子：若木、大廉。若木的封地在徐，自夏、商两朝以来，世世代代都是徐国诸侯。到商纣王统治时期，大廉的后代中有个叫蜚廉的人，擅长奔跑，一天能跑五百里。他有个儿子名叫恶来，有绝世的力气，能够徒手击败虎豹，撕裂它们的皮。这父子俩凭借才能和勇武，都成为纣王的宠臣，帮助纣王为非作歹。

后来，周武王推翻了商朝，杀了蜚廉以及恶来。蜚廉的小儿子名叫季胜，季胜的曾孙名叫造父，因擅长调教马匹和赶车而得到周穆王的赏识，传说其曾将骅骝、绿耳等名马献给周穆王，周穆王因此将赵地赐给他作为封地，造父也就是晋国赵氏的祖先。

造父的后代有个人叫非子，居住在一个叫犬邱的地方，非常擅长养马，周孝王任用了他，命他在汧水和渭水两条河之间放马，马匹的数量大大增加。孝王非常高兴，就把非子分封到秦地，成为一个附庸国的国君，使他延续嬴氏先祖的传承，人们将其称为嬴秦。嬴秦的爵位传了六代，传到了秦襄公，因援救平王有功而被加封为秦伯，此后又得到岐山、丰京地区，势力日益强大，便将都城定在雍，开始和其他诸侯通婚和亲。襄公死后，他的儿子文公继位，那时正是周平王十五年。

一天，秦文公在梦中见到鄜邑的田野间有一条黄色的蛇从天而降，落在山坡上。那黄蛇的蛇头像车轮那样大，头在地上，尾巴却能与天际相连。忽然间那黄蛇变成一个小孩，开口对文公说道："我乃是天帝的儿子。天帝任命你为白帝，负责主持西方的祭祀活动。"说完便消失不见了。

第二天，文公召太史敦前来为他占卜解梦。敦启禀道："白色代表的是西方。如此看来，大王的势力覆盖西方，乃是天帝的命令，若主持祭祀天帝的活动，一定能带来福报。"文公觉得有理，就在鄜邑垒起祭祀的高台，并修建了一座白帝庙，称为鄜畤，按时用白牛祭祀天帝。

同时，陈仓地区有一位猎人捕获了一头野兽，外表像猪，但身上长满了刺，不管怎样都杀不死。人们不知道这野兽的名字，就想着牵来献给文公。走到半路，遇到两个小孩，指着这野兽道："这野兽的名字叫作'猬'，经常藏在地中，吃死人的脑子。如果捶它的头，就能杀死它。"那只猬也说起人的语言来："这两个孩子乃是野鸡精，名叫'陈宝'，有谁能抓住雄的那只就可以称王，抓住雌的那只就能称霸。"两个小孩被它说破身份，马上变成野鸡飞走了。那只雌鸡，落在陈仓山的北坡，化成了一只石鸡。再看那只猬，也失去了踪影。猎人非常惊讶，赶紧跑去禀报文公。于是文公又在陈仓山建了一座陈宝祠。

还有一件奇事，说终南山上有一棵大梓树，文公想砍了它作为修筑宫殿的木材，可锯它锯不断，砍它砍不进。此时，忽然狂风暴雨大作，砍树的人只好收工。当天夜里有个伐木人睡在山下，半夜听见不少鬼怪向大梓树贺喜，大梓树也频频发出致谢的回应。其中一个鬼道："秦国要是派一些披头散发的人，并用红丝线把你整棵树绕上再砍，你又如何应对呢？"大梓树的神灵默不作声。第二天，这个人就把昨夜听到的鬼话禀报给了文公。文公就按他所说的办法，再一次命人砍树，那大梓树不一会儿就被锯断了。只见有头青牛从断树里跑出来，径直跑进雍河。文公听说后，便派骑兵在河边等着袭击它。青牛力气极大，将那骑兵顶倒在地上。骑兵解开头发披散在脸上，青牛十分害怕，再也没敢出来。文王便在秦军中建立了一支披头散发的骑兵部队，号称"髦头军"，后来成为秦王的仪仗。文公又在河边建了一座怒特［指的是健壮勇武的公牛］祠，用来祭祀大梓树的树神。

当时有资格主持祭天活动的人，仅周天子平王一人而已。鲁国国君鲁惠公听说秦国僭越礼制，用周天子的礼仪祭祀天帝，便派太宰让来到洛邑，请求允许鲁惠公到国都南郊主持祭祀天神的仪式。平王不允许他这样做。鲁惠公大怒道："我的先祖周公为大周立下汗马功劳，连这祭祀的礼仪和乐曲都是我先祖所制定。作为他的子孙，寡人举办一下仪式，有什么不行？再说，天子您不能禁止秦国僭越，又怎么能禁止我们鲁国祭天？"于是便越礼在南郊主持了祭祀天神的仪式，所用规模、仪仗可以比肩周王室的天子规格。平王知道后，也不敢将其问罪。从此，周王室的权威便日益削弱，诸侯们开始各自为政，互相攻打讨伐，天下战乱频发，进入多事之秋。史官有诗感叹道：

　　自古王侯礼数悬，未闻侯国可郊天。
　　一从秦鲁开端僭，列国纷纷窃大权。

再说郑国世子掘突继承了郑国国君之位，他就是历史上的郑武公。趁周朝混乱之际，郑武公吞并占有了近邻东虢和郐国的土地，将都城迁到郐地，改名为"新郑"，又将荥阳改名为"京城"［此京城并非国都的意思，而是一座城市的名字，位于今郑州市荥阳东南］，并在地势险峻的制邑设置了关卡，即后世名闻天下的虎牢关。从此郑国的势力也日益强大，郑武公和卫武公同为总管周王朝政事的卿士。到了平王十三年，卫武公去世，郑武公开始独掌周朝国政。由于郑国的都城在荥阳，与周朝国都洛邑邻近，郑武公有时在朝廷都城洛邑，有时在郑国国都，相互往返，并没有确切的驻地。

单说郑武公的夫人，也就是申侯的女儿姜氏，生了两个儿子，长子名叫寤生，次子名叫段。长子为什么叫作寤生呢？原来姜氏夫人生他的时候，不曾依照当时风俗在身下铺草席，而是于睡梦之中诞下了他，醒后才发现他已出生。姜氏见此情形，心中大吃一惊，因此将他起名叫寤生，心里也开始有了讨厌长子的想法。后来姜氏生下二儿子段。段长得一表人才，面容白得仿佛搽了一层香粉，嘴唇红得就像涂了一抹朱砂，并且他力大无比，精于骑射，武艺高强。姜氏心中便偏爱这个二儿子，心道："假如段能继承君位，不比寤生强十倍？"因此多次在丈夫武公面前夸赞次子的贤良，认为应该将其立为世子，以继承国君的位置。武公摇头道："长幼次序，不能颠倒紊乱。更何况寤生又没有什么过失，怎么能够废长而立幼呢？"于是便立寤生当了世子。只把一个小小的共城，作为段的食邑封地，人们就把段称为共叔段。姜氏心里更加不高兴。

等到武公去世，寤生继位，就是历史上的郑庄公。郑庄公接替父亲担任了周朝的卿士一职。姜氏夫人见共叔段没权没势，心里愤愤不平，就责备郑庄公道："你继承了父亲的爵位，封地达到数百里，可只让你的同胞兄弟在弹丸之地容身，你于心何忍？"郑庄公道："母亲若有命令，我唯母亲您的意见是从。"姜氏想了想，道："能不能将制邑那个地方封给他？"郑庄公道："制邑以地势险要而著称，父王曾留下遗命，不许分封给任何人。除此之外的地方，母亲的命令我必定遵从。"姜氏想了想道："既不能封，那就退而求其次，把京城封给他也可。"郑庄公心中不愿，所以默不作声。姜氏见此情形，脸上现出怒色道："你若还不答应，就只能将你兄弟放逐到别的国家去，让他自己想办法另找出路养家糊口吧。"郑庄公连声道："不敢，不敢！"然后唯唯诺诺地退了出去。

第二天上朝议事时，郑庄公把共叔段宣上殿来，要把京城那个地方封给他。大夫祭足劝阻道："千万不可。常言道：天无二日，民无二君。京城规模庞大，城墙有三百丈的宏伟气势，土地宽阔，人民众多，和我们的国都新郑不相上下。何况共叔乃是太后姜夫人的爱子，如果把这个大城封给他，就成为我们郑国的第二个国君了！若是他仗着太后的宠爱胡闹，将来必有后患。"郑庄公无奈地说道："可这是我母亲的命令，我怎么敢违背呢？"于是便把京城封给了共叔。

共叔谢恩之后，入后宫来向母亲辞行。姜氏命令手下人退出去，私下对共叔段说道："你哥哥不念手足兄弟之情，对你十分刻薄。今天虽然把京城封给你，却是我再三恳求的结果。他虽然勉勉强强答应了，可内心未必顺得下这口气。等你到了京城，应该赶紧着手招兵买马，整顿军备，暗地里做好准备。将来倘若有机可乘，我会派人与你做好约定。到时你出动军队袭击新郑，我给你当内应，郑国就唾手可得了。要是你能代替寤生坐上郑国国君之位，我就死而无憾了！"共叔听从了母亲的命令，于是就搬去京城居住。从此郑国的老百姓都改口把共叔段叫作"京城太叔段"。

太叔段被赋予开置府署、委任僚属的"开府"权力。开府那天，郑国西部及北部边境城邑的两地地方长官都来拜贺。太叔段对他们道："你们两位所掌管的土地，如今都属于我的封地，从今往后，贡税都要缴纳到我这里来，兵马车辆也要听我的征用调遣，不得违抗延误！"这两位地方官早就知道太叔乃是太后的爱子，目前仍有继承国君位置的希望。今日又看他丰神俊朗，品行出众，不敢当面违抗，于是暂且口头上答应下来。太叔又以打猎为借口，每天出城操练军队，并把郑国西部和北部两城邑的老百姓，全都登记到军队的花名册中。后来还借口打猎，乘机夺取了京城与国都新郑之间的鄢地以及黄河南岸的廪延地区。这两个地方的行政长官逃回郑国国都，把太叔段领兵夺取城邑的事，从头到尾详细地奏禀给郑庄公。

　　郑庄公听后只是微微一笑。这时殿上群臣中有位官员，高声叫道："太叔段该死！"郑庄公抬头一看，原来是上卿公子吕。公子吕，字子封，乃是郑伯的宗室，颇有见识。郑庄公问道："子封，你有什么高见？"公子吕昂然道："臣听闻'臣子不能擅自动兵，若擅自动兵，就必须处决他'，如今太叔在内仰仗太后的宠爱，在外则自恃京城城坚墙固，整天练兵习武，他的目的就是不篡夺了您的君位决不会罢休。请国君您给我一支军队，臣径直打下京城，将太叔段五花大绑押回国都，这才能免除后患。"郑庄公道："太叔的错并未达到十恶不赦的地步，怎么能诛杀呢？"公子吕道："现在我国西北边境的两处城邑都被太叔段收入囊中，连鄢和廪延也落入他手，先君打下的土地，怎么能让他一天天割据抢走？"郑庄公笑着道："太叔乃是母亲姜氏的爱子，寡人亲爱的弟弟，寡人宁可失去国土，怎么能伤了兄弟的手足之情，又怎么能违抗太后的意思呢？"

　　公子吕又据理力争道："臣所忧虑的，并不仅仅在于失去土地，臣实在是担忧您失去社稷呀。现在郑国人心惶惶，很多人眼见太叔的势力一天天强大起来，都怀着观望的念头。这样下去，过不了多久，都城里的老百姓怕也会对国君您怀有二心了。主公您今天容得下太叔，恐怕将来太叔容不下您，到那时再后悔可就来不及了！"郑庄公道："爱卿你不要胡乱猜测了，寡人会好好考虑此事的。"

　　公子吕走出朝堂，对正卿祭足说道："主公只重宫内的私情而忽视国家的大计，我十分担忧啊！"祭足听后，微笑道："主公才智过人，这件事一定不会坐视不管，只是大庭广众之下，耳目众多之地，不便泄露详情。你是王亲贵戚，又是朝廷的上卿，倘若私下求见主公，他肯定会与你说出真实的看法。"

　　公子吕便照他的话，再次请求郑庄公私下接见他。郑庄公奇怪地问道："爱卿求寡人私下接见你，有什么事吗？"公子吕恳切地说道："主公继承大位，并不是太后的本意。万一将来她与太叔段里应外合，郑国中枢之地横生变故，郑国就怕不再为您所有了。臣寝食难安，所以再来请您好好考虑考虑！"

郑庄公默然良久，幽幽道："这事关碍到太后呢。"公子吕道："主公难道没听说过周公杀管、蔡的典故吗？当年周武王弟弟管叔鲜与蔡叔度心怀不轨，武王死后，他们联合纣王之子武庚发动叛乱。周公被迫出兵讨伐，诛杀了武庚、管叔，流放了蔡叔。当断不断，反受其乱。请主公早点决断。"郑庄公道："这事寡人也已经考虑好久了！太叔段虽然不守臣道，但尚未有明显的叛乱迹象。寡人若此时杀他，姜氏必然会从中多方阻挠，徒然招惹外人议论。不但会说寡人不讲兄弟手足情义，怕是还有人会说寡人不孝。寡人现在将他放任不管，任凭他肆意妄为。他自以为得志，有恃无恐，必定会更加肆无忌惮。等到他真的谋逆造反，那时候寡人公开地治他的罪，百姓们必定再也不敢帮着他，姜氏也没有什么可说的了。"

公子吕想了想，又道："主公您远见卓识，真不是我们这些臣子比得上的。可就怕夜长梦多，太叔段的势力一天一天地壮大起来，就好像杂草蔓延一样难以剪除，那可怎么办？如果您一定要后发制人，必须想办法引诱他早点动手。"郑庄公问道："爱卿你有什么好计策吗？"公子吕低声道："主公您好久没去周朝国都洛邑上朝，无非是怕太叔段趁机启衅。现在您可以假装放出风声，说您要前去觐见周天子。太叔段听了这个消息，会认为国都无人镇守，继而兴兵争夺新郑。臣预先领兵埋伏在离京城不远的地方，趁他出城的时候，攻入占领京城。主公您再从廪延方向一路杀过来，那时太叔段腹背受敌，他即便插上冲天的翅膀，还能飞出您的手心吗？"

郑庄公大喜道："爱卿此计太妙了！只是千万不能泄露给外人知道。"公子吕辞别郑庄公，走出宫门后叹了口气道："祭足真是料事如神啊！"

第二天早朝，郑庄公假意传下一道诏令，命大夫祭足监管政事，协助其料理政务，而自己则前往洛邑拜见周天子。姜氏听闻此消息，不由得喜出望外道："太叔段当上郑国国君的机会来了！"于是写了一封密信，派心腹之人送到京城，信中约太叔段在五月上旬兴兵偷袭都城新郑。这是四月下旬发生的事。

公子吕事先派人在交通要道上埋伏，抓获了送信的人，当场格杀，然后把信悄悄地送给郑庄公。郑庄公拆开信封读完信，重新封好，另外派人假装太后心腹送给太叔段，并索要了太叔段的回信。信中太叔段与太后约定，以五月初五这天为期，要姜后到时候在城楼上竖一面白旗，自己便能知道接应的地点。

郑庄公获取了太叔段的回信，大喜道："太叔段的自供状在这里，看姜氏还能怎样庇护于他！"于是进宫向姜后辞行，只说是要去周朝，出城后却往廪延的方向悄悄地进发。公子吕则率领着二百辆战车，去京城附近埋伏起来。

却说太叔段接到母亲姜夫人的密信，和他的儿子公孙滑商量，派公孙滑前往卫国借兵，并对卫国许下了丰厚的报酬。太叔段本人则带着京城及城西城北两地的军队，借口自己奉郑庄公的诏令回都城监理国事。祭旗劳军之后，他扬扬得意地出了城。公子吕预先派出十辆兵车，化装成商人模样，混进京城，等到太叔段的军队出城后，就在城楼上放起火来。公子吕望见城内火光一起，马上便带兵冲来。城内接应之人，打开城门迎接他们，不费吹灰之力，便占领了京城。公子吕进城后马上出榜安民，榜上详详细细地讲述了郑庄公如何爱护幼弟、太叔段如何忘恩负义的事，满京城的人都在议论着太叔段的劣迹。

再说太叔段出兵没两日，就听说了京城失守的消息。他心里十分慌乱，便连夜回兵，驻扎在城外，准备开始攻城。只见他手下的士兵纷纷交头接耳，原来军营中有人接到城内家人的来信，信中说"郑庄公对太叔段如此宽厚仁德，太叔段却不仁不义"。

一传十，十传百，士兵们都说道："我们背叛正统的君主，却跟从叛贼谋反，天理难容啊！"于是一哄而散。太叔段清点士兵数，发现已逃了一大半，明白军心已变，便急忙朝着鄢邑方向逃跑，没想到郑庄公的军队早就在鄢邑等候了。太叔段心中盘算道："共城乃是我原来的封地，可暂且去那里安身。"于是便逃入共城，闭门自守。郑庄公率领军队攻城，那共城只是区区一个小城邑，怎么挡得住两路大军同时进攻？就像泰山压在鸡蛋上一般，转瞬之间共城便被攻破。太叔段听说郑庄公就要来到，叹息道："母亲您害了我了！如今我还有什么面目见兄长呢！"说完便自刎身亡。胡曾先生曾写诗评论：

宠弟多才占大封，况兼内应在官中。
谁知公论难容逆，生在京城死在共。

另外还写了一首诗，指责郑庄公故意放纵共叔段为患，以此来堵住母亲姜氏的嘴，真是千古奸雄啊！诗曰：

子弟全凭教育功，养成稔恶陷灾凶。
一从京邑分封日，太叔先操掌握中。

郑庄公抚摸着太叔段的尸体，大哭道："傻兄弟啊，何至于沦落到如此地步！"然后命人检查太叔段的行装，姜氏寄来的那封信还在其中。于是郑庄公便把它和太叔段的回信放在一个信封中，派人快马加鞭送回国都新郑，让祭足进呈给太后姜氏查阅。随后便下令把姜氏送到颖城安置，将自己的誓言转告给姜氏："除非将来到了黄泉，此生再也不跟母亲您见面了！"

姜氏看到这两封信，羞愧难当，自己也觉得没脸与郑庄公相见，当时便离了宫，搬到颍城居住了。郑庄公回到国都，看不到姜氏，不禁良心发现，长叹一声道："我不得已而杀了弟弟，怎么忍心再逼母亲离去？我真是不讲天伦情义的罪人！"

再说颍城有位官员，名叫颍考叔，为人正直无私，有"孝顺父母，友善兄弟"的美名。他见郑庄公把姜氏安置到颍城居住，就对别人说道："做母亲的虽然不像母亲，可做儿子的却不能不像儿子。主公此举，违反了礼教道德！"于是他就找来几只鸮鸟，假借进献野味之名，前来求见郑庄公。

郑庄公接见了他，看到他献上鸮鸟，就问："这是什么鸟？"颍考叔回答道："这鸟的名字叫鸮，它们白天连泰山那么大的东西都看不见，夜里倒能明察秋毫，小事物能看得明白。这鸟幼年时母亲辛辛苦苦喂养它，等年纪大些，反倒将母亲啄死吃掉，真是不孝顺的鸟，因此将它捉来送给您吃。"郑庄公听后，虽知道他是在指桑骂槐，但又发作不得，只好默默无语。

正赶上厨子呈上来了一只蒸羊，郑庄公命手下人割下一条前腿赏赐给颍考叔吃。颍考叔把上面的好肉都挑出来，用纸细细包好，藏到衣袖里。郑庄公很奇怪，问他为何这样做。

颍考叔回答道："微臣家里还有老母需要奉养。微臣家中贫困，每天都亲自去山中抓些野味，只求老母吃得愉悦，但老母一生却从来没吃过这么美味的食物。现在国君您赏给了微臣，可老母亲连一小片肉都没吃上。微臣想起母亲，如何能咽得下去呢？因此想把这肉带回去，做成肉羹，送给母亲。"郑庄公感叹道："爱卿你这样的人才能被称为孝子啊！"说完后，不由自主地凄然长叹。

颍考叔见状，问道："主公您为何长叹？"郑庄公感叹道："你有母亲可以赡养，能够尽一个儿子的孝心。寡人虽然贵为一方诸侯，此事反不如你！"颍考叔假装不明白是怎么回事，问道："您的母亲姜夫人还在世，且安然无恙，您怎么说没有母亲可以尽孝呢？"郑庄公就把姜氏和太叔段合谋袭击新郑，以及姜氏被安置到颍城的事情，从头到尾细述了一遍，最后道："寡人已经立下了黄泉之誓，现在后悔也来不及了！"

颍考叔回答道："太叔已经身亡，姜夫人只剩下主公您一个儿子，您若不奉养，和那鸮鸟有什么区别？倘若您真为这黄泉相见的誓言发愁，微臣倒有一个主意，可以化解。"郑庄公大喜过望，连忙问道："爱卿有什么好主意？"颍考叔回答道："可以先派人把地挖开，直到可以看见泉水，然后在那里建个地下室，将姜夫人接到里边居住，再派人向她禀告您的思念之情。微臣料想那姜夫人思念儿子的心情，不会比您思念母亲的差。主公您在号称'黄泉'的地下室里和母亲见面，对于当日许下的'黄泉之誓'，没有任何违背啊。"

郑庄公大喜过望，立即命令颍考叔征调五百名壮汉，在曲洧地区的牛脾山下，向下挖地十多丈深，直到泉水涌出，然后在泉水旁边用木头修建了地下室。地下室修好之后，又架设了一座长梯。颍考叔赶到颍城去拜见太后武姜，委婉地向她说明了郑庄公的后悔之意，并说郑庄公现在打算将她接回去尽孝养老。姜氏听后又悲又喜。

颍考叔先把姜氏奉迎至牛脾山下的地下室里。郑庄公乘坐着车驾也到了这里，顺着梯子下来，拜倒在地，口中说道："儿子寤生不孝，很久都不曾向母亲早晚请安，请太后您恕罪！"姜氏凄然道："这都是老身我的过错，与你无关。"急忙伸手把郑庄公扶起，母子二人抱头痛哭。然后二人顺着梯子走出地洞，郑庄公亲自扶着武姜上了车辇，自己则手持马鞭随侍在母亲车旁。都城里的老百姓见郑庄公母子同时回返，无不额手相庆，交口称赞郑庄公的孝道。这都是颍考叔从中调解的功劳。胡曾先生有一首诗评论这件事：

黄泉誓母绝彝伦，大隧犹疑隔世人。

考叔不行怀肉计，庄公安肯认天亲！

郑庄公感激颍考叔成全了他们的母子之情，就册封他大夫的爵位，与公孙阏一同掌管兵权。

再说太叔段的儿子公孙滑，从卫国请来了援军。走到半路，听说父亲已经被杀，于是又逃回卫国，向卫国国君卫桓公哭诉伯父郑庄公杀弟囚母的事。卫桓公乃是上文中协助平王登基的卫武公的孙子。他听完事情始末后，大怒道："郑国国君无道，我应当为公孙滑前去讨伐他。"于是便发兵准备攻打郑国。

第五回

宠虢公周郑交质　助卫逆鲁宋兴兵

话说郑庄公听闻公孙滑起兵侵犯郑国边境的消息，便向群臣们征求对策。公子吕启奏道："常言道：'斩草不除根，明春再又生。'照常理来看，公孙滑此次能侥幸逃脱一死，本该庆幸不已，如今反倒煽动卫国的军队前来攻打我国，这必定是卫侯不知晓太叔段袭击新郑的罪行，所以才会发兵援助公孙滑。依照微臣的愚见，主公您不如修书一封，派人送给卫侯，说清楚事情的来龙去脉，卫侯必定撤兵回国。那时候公孙滑将面临孤立无援的境地，不费一兵一卒就能擒住他。"郑庄公点头道："你说得很对。"于是派使者送信给卫侯。卫桓公拆开信，读道：

郑国国君寤生郑重恭敬地写下这封信，送交贤明的卫侯殿下：

寡人家门不幸，兄弟骨肉之间互相残杀，实在愧对邻国贤明的卫侯。可是，寡人将国内最好的地方京城封给兄弟作为领地，对他不可谓不好；段依仗母亲的宠爱犯上作乱，实在狂悖不恭。寡人念及祖宗先人创业不易，为守住世代相传的大业，不得不痛下决心除掉太叔段。寡人的母亲姜氏，因为溺爱太叔段致其身死，内心感到十分不安，因此避开寡人前往颍城居住，眼下寡人已亲自前去将母亲迎回新郑奉养。如今，郑国的叛逆公孙滑隐瞒他父亲的罪行，投奔了贵国。贤德的卫侯并不知晓他父子做下的那些不仁不义之事，因此派军队进攻我国。寡人扪心自问、反省，并没有什么过错，只希望贤德的卫侯能与我郑国同气连枝，共讨乱臣贼子，切勿伤害我们两个唇齿相依的邻邦之谊。如此，敝国将感到无比荣幸！

卫桓公读完信后，大吃一惊道："太叔段多行不义，自取灭亡。寡人为公孙滑而兴兵攻打郑国，实在是助纣为虐啊！"之后，马上派遣使者将攻打郑国的兵马撤回来。不料，使者还未抵达，公孙滑率领军队趁廪延城的郑军没有防备，已经攻下了廪延。

郑庄公大怒，命大夫高渠弥出动二百辆战车，前去夺回廪延。此时卫国的军队已经撤回本国，公孙滑孤立无援，敌不过郑国，只好放弃廪延，逃奔卫国。公子吕率郑军乘胜追击，一直攻到卫国都城郊外。卫桓公将大臣们全部召集过来，商量攻守策略。

卫桓公同父异母的弟弟公子州吁勃然大怒道："水来土掩，兵来将挡，这有什么好迟疑的？"大夫石碏启奏道："不行，不行！郑兵这次前来，完全是因为我国帮助公孙滑作恶而导致的结果。郑伯不久前派人送信给国君，我们不如也写封回信给郑伯，向其引咎谢罪。如此不必刀兵相见，郑国就会自行退兵。"卫桓公点头道："爱卿说得很有道理。"于是，就让石碏写封回信，送交郑伯。上写：

卫国国君卫完郑重恭敬地致信周王的卿士、贤德的郑侯殿下：

寡人误听信了公孙滑的谎言，说在尊贵的郑国发生了国君杀害弟弟、囚禁母亲、使侄儿无立身之处的恶行，所以兴兵讨伐贵国。现在读了您的来信，这才知晓京城太叔大逆不道的事情，心中悔恨之意不能用言语来表达。因此，寡人立即派人召回前去进攻廪延的军队。如果能得到您的原谅，寡人必将那公孙滑五花大绑献给郑国，以恢复两国往日的友谊。只希望您能细细思量！

郑庄公看完信道："卫侯既然承认了错误，寡人还有什么别的苛求！"

再说太后姜氏，听闻郑庄公派军队讨伐卫国，担心公孙滑被杀，绝了太叔段的传承，就向郑庄公苦苦哀求道："还请国君看在逝去的父亲武公面子上，饶您侄儿一命吧！"郑庄公既碍着母亲姜氏的情面，又寻思公孙滑已然孤立无援，也成不了什么气候，就给卫桓公写了回信，信里道：

寡人愿意遵从您的建议将军队撤回郑国，郑、卫两国重修旧好。公孙滑虽然有罪，但寡人那谋逆的弟弟只有这一个儿子，请您将他收留在卫国，以延续太叔段的后代。

同时，郑庄公命令高渠弥撤回进攻卫国的军队。公孙滑最终老死在卫国，这是后话了。

却说周平王因郑庄公很久不在朝里理事的缘故，心中有所不满。刚好西虢国君虢公姬忌父前来朝见——忌父是厉王朝中佞臣虢公石父的孙子。平王与忌父聊得十分投机，于是就对忌父道："郑侯父子掌管朝政已有些年头了，如今却好久不来国都供职，朕想让爱卿暂时代理政务，爱卿不可推辞。"虢公忌父听后大惊，跪在地上叩头道："郑伯不来国都处理政务，肯定是郑国内部出了问题。臣如果在此时取代他，郑伯不光要怨恨臣，而且怕是要怨恨到大王您身上呢。臣不敢接受这个任命！"再三谢绝，并回本国去了。

原来，那郑庄公虽然身在郑国，却在洛邑留了心腹，随时打听朝中的消息，一有风吹草动，立即传回报告。今日平王想要将政务托付给虢公的事情，他又怎会不知道，当天他就坐马车迅速前往周都城洛邑。朝见礼毕，郑庄公启奏道："臣承蒙圣恩，与我父相继掌管大周朝政，可臣实在没有什么才能，有辱于眼下担任的职位，臣愿意辞去卿士的爵位，退回自己的藩属封地，以遵守臣子的节操。"平王道："爱卿很久未来国都主持朝政，朕的心一直都是悬着的。现在看到爱卿来了，仿佛鱼儿得到水那样高兴，爱卿为何说出这些话来？"

郑庄公又启奏道："由于臣的国内发生了弟弟叛逆而引发的内乱，所以耽误了很多来朝辅政的时间。眼下郑国的国事刚刚处理完毕，臣就披星戴月地赶回朝廷，走在路上听到一些传闻，说大王您有心将政务委托给虢公。臣的才能比虢公差了千倍万倍，怎敢空占职位而不作为，因此获罪于大王呢？"

平王听郑庄公突然说到虢公的事，心中惭愧，满脸羞红，勉强言道："朕和爱卿分别了这么久，也知道爱卿国里边出了大事，就想命虢公暂且替爱卿管几天政事，以待爱卿再度回来辅政。虢公再三推辞不就，朕已批准他回国了。爱卿你千万不要产生疑虑之心！"郑庄公再次启奏道："当今的朝廷，乃是大王您的朝廷，而不是臣的朝廷。这用人的权力，大王您可以自己掌控。假如虢公的才能足够辅佐您治理天下，臣理应让出卿士的职位。否则，群臣们一定会认为臣因为贪图权势而不知进退。希望大王仔细考虑！"

平王涨红了脸，无奈地说道："爱卿父子为周朝立过大功，所以朕才把国家大事先后托付给你们父子，过去四十多年来，我们君臣始终相处融洽。如今爱卿对朕有了猜疑之心，朕如何才能表白自己的心意呢！爱卿如果坚持信不过朕，朕就命令太子姬狐到郑国去做人质，怎么样？"

郑庄公再次跪倒在地，推辞道："从政或是离职，都是臣子的职责，哪有让天子派人质去臣下那里的道理？如果真的那样做，恐怕天下人都以为臣在要挟大王您呢，臣万死也难赎其罪！"周平王摇头道："话不是这样说的。爱卿治国有方，朕想让太子到郑国去了解民情、了解施政方针，并借此来化解我们君臣间的疑虑。你若坚决推辞，就是真的怪罪于朕了。"郑庄公再三推辞，不敢接受这道旨意。

大臣们见此情景，就对平王启奏道："依臣等共同商量的意见，大王如果不派个人质到郑国，就无法消除郑伯的疑虑之心；可如果只有大王这边派人质到郑国，又使郑伯违背了做臣子的道义。不如君臣双方交换人质，两边都可以放下猜忌之心，这才是两全之策。"平王大喜道："这种做法最好！"于是郑庄公先将世子姬忽送到洛邑来做人质，平王也把太子姬狐送去郑国作为人质。史官评论周郑交质这件事时，认为君臣之间的猜忌到此时已不复存在。有一首诗这样写道：

腹心手足本无私，一体相猜事可嗤。

交质分明同市贾，王纲从此遂陵夷！

自打交换人质以后，郑庄公就留在周都洛邑辅政，一时相安无事。周平王在位总共五十一年，他去世后，郑庄公与周公黑肩一同执掌朝政，让郑国世子姬忽返回郑国，并派人迎接周太子姬狐回洛邑继承周天子位。

太子姬狐因父亲过世悲痛万分，又因未能侍奉病重的父亲，以及没能亲自为死去的父亲穿戴入棺而内疚，悲伤过度，到了洛邑没多久便去世了。他的儿子姬林继位，这就是历史上的周桓王。诸位诸侯闻讯都赶来洛邑奔丧，并参见新天子。虢公忌父最先赶到，一举一动都合乎礼数，众人都非常喜爱他。

周桓王一直对父亲姬狐之死感到哀伤，并认定他父亲的死是因为到郑国去当人质造成的，再加上见郑庄公在朝里专权的时间太久，心里十分疑虑和害怕，私下和周公黑肩商议道："郑伯曾要求身为周太子的先父到郑国去当人质，他心里必定看不起朕。君臣之间，日后怕是难以相安无事。虢公待人处事谦恭守礼，朕打算把国家大事交给他管理，爱卿你意下如何？"周公黑肩迟疑道："虽然郑伯为人刻薄寡恩，并非一个忠实顺从的臣子。可昔日我朝东迁之时，晋国、郑国立的功劳非常大。如今您刚刚继位，立刻就剥夺他的权位，交到别人手中，郑伯心中必然十分愤怒，会有骄横强暴的举动，此事大王您不可不防备。"桓王决然道："朕不能坐等着受制于他，我心意已决。"

第二天，桓王在早朝上对郑庄公道："爱卿乃是先王倚重的大臣，朕不敢把你留在朝臣之中受委屈，爱卿请回自己国家安身吧。"郑庄公愣住了，随即启奏道："微臣早就应该让出职位了，现在立刻就辞职回国！"说罢就愤怒地出了宫，对别人说道："这个忘恩负义的黄口小儿，不值得我辅佐啊！"当天就坐马车启程回郑国。

世子姬忽率领诸位官员出城迎接，询问他归国的原因。郑庄公就把桓王不再任用他的话详细地叙述了一遍，在场诸人都表现出了愤慨和不满。大夫高渠弥启奏道："主公您父子两代辅佐周王，功劳很大。何况先太子姬狐在我国当人质的时候，从来不曾缺过礼数。现在周天子弃用主公而启用虢公，实在不讲道义！何不派军攻破洛邑，废黜当今天子，另立一位贤能的周室后嗣继任天子？届时，天下诸侯，谁人不怕郑国？天下诸侯霸主的大业指日可待啊！"

郑国大夫颖考叔连忙劝阻道："千万不可！君臣的伦理，可以比作母子，主公您不忍心将母亲姜氏当作仇人，又怎么忍心将君王当作仇人呢？主公只要隐忍一年半载，再去洛邑朝拜天子，天子一定会回心转意的。主公千万不能因一时气愤，损害了您父亲为保全臣子节操而死的道义。"

大夫祭足也上前启奏道："依臣的愚见，两位重臣提出的办法可以兼收并行。臣愿带兵直抵周朝的疆界，借口今年灾荒严重，只好在温国〔今河南温县〕和洛邑之间的周朝领土上寻一口饭吃。如果周王派军队前来问罪，我们就有了借口开战。要是不来责备，主公再入朝也不晚。"郑庄公同意了这个建议，命祭足率领一支军队出发，让其见机行事。

祭足带兵来到温国和洛邑疆域交接的地方，找到温国的大夫道："我们郑国今年灾荒严重，粮食匮乏，特来向温国大夫您借千钟粮食。"温国的大夫以没有接到桓王的命令为理由，拒绝给他粮食。祭足大怒道："如今大麦、小麦正好成熟，完全可以作为资助我郑国的粮食，我们自己可以去收割，何必非得求你！"于是派士兵手持镰刀，分头将田里的大小麦全部收割，祭足亲自带领精兵来往接应，满载而归。温国的大夫知道郑兵强悍，并不敢和他们开战。

祭足带领军队在边界上休养了三个多月后，又带兵到了洛邑周边的成周。时值七月中旬，祭足见田里的早稻已经成熟，于是吩咐士兵假扮成商人模样，将车子埋伏在各个村子里。在三更时分，士兵们一齐动手把成周郊外的稻穗全部割完，五更的时候便全部聚齐撤退。这样，成周郊外农田中的稻谷被洗劫一空。

等到成周的守将察觉此事，点齐军马出城去追，郑兵早已远走高飞。这两个地方的行政长官都写了奏表送到洛邑，向桓王禀告，详细讲述了郑兵盗割稻穗的事。桓王大怒，想要兴兵问罪。周公黑肩劝阻道："祭足虽然偷盗了二地的稻麦，但毕竟是边界上的小摩擦，郑伯未必知道祭足的所作所为。昔日郑国的开国君主郑桓公姬友与先王宣王乃是亲兄弟，诸侯国中关系与我们最为亲近。因为这一点小事而得罪至亲，十分不值得。如果郑伯心里不安，一定会亲自来向您赔礼修好。"桓王同意了他的建议，只命令边界一带的守军多加防备，不能让他国的军队再次入境，并对郑国军队偷割稻穗一事并不计较。

郑庄公见桓王一点儿问罪的意思都没有，果然心里开始不安，于是便商议前往洛邑去赔罪的事宜。正想动身前往洛邑，忽然有人前来报告道："齐国有使臣来到我国！"郑庄公接见齐国使臣的时候，使臣向郑庄公转达了齐国君主齐僖公吕禄甫交给他的任务，即约郑庄公到石门去会面。郑庄公正想结交齐僖公，于是欣然前去赴约。两位国君见面后，歃血为盟，约定结为兄弟，有事互相关照。僖公借此机会问道："您的世子姬忽可曾娶妻？"郑庄公回答道："还没呢。"僖公大喜道："寡人有个心爱的女儿，虽然还不到出嫁的年龄，可是十分聪慧有才。如果您不嫌弃，愿嫁给您的世子为妻！"郑庄公大喜，连声道谢。

等到回国之后，郑庄公就对世子姬忽说了此事。世子姬忽回答道："我听闻'妻者齐也'这句话，也就是说，夫妻应当门第家境相当。正因各方面都般配，所以才称为配偶。如今咱们郑国小而齐国大，大小并不般配，孩儿不敢高攀。"

郑庄公奇怪地说道："如今提出结亲请求的是齐国，并非我们有意高攀。再说，假如你和齐侯成了翁婿，每逢遇到困难，还可有个依靠。我的孩子，你为什么要拒绝这门婚事呢？"

姬忽昂然回答道："大丈夫应立志自强独立，怎么能仰仗于婚姻这种裙带关系呢？"郑庄公见他有志气十分高兴，也就不再勉强于他。后来，齐国的使臣到郑国来，听闻世子姬忽不愿结这门亲事，回国奏报僖公知晓。僖公赞叹道："郑世子真称得上是谦谦君子啊。寡人的女儿年纪还小，且等到以后再来商议也可以。"

后来有人写诗来嘲笑那些执意攀龙附凤之人都不如郑忽辞婚的举动：诗曰：

婚姻门户要相当，大小须当自酌量。

却笑攀高庸俗子，拚财但买一巾方。

有一天，郑庄公正在和群臣们商量去洛邑朝拜周桓王的事，突然卫国使者前来禀报卫桓公逝世的消息。郑庄公仔细询问来使，方才知道卫国公子州吁犯上作乱、弑杀卫君的事情。郑庄公忍不住跺脚叹息道："我们郑国快要遭受战乱了！"大臣们连忙询问道："主公依据什么推断我国将有战乱发生？"郑庄公叹息道："州吁此人一向好战，如今既然已经篡夺了卫君的位子，必定会依靠发动战争来显示他的志向。郑国和卫国因公孙滑一事已经产生了嫌隙，如果卫国想挑起战事，其兵锋必定先指向我们郑国。我们应当尽早做好迎战的准备。"

暂且按下郑国不表，单说卫国的公子州吁是怎样犯上弑君的呢？这要从头说起。

自从扶持周平王上位的老功臣卫武公去世后，他的儿子，也就是卫庄公继承了君位。卫庄公的夫人，乃是齐国东宫娘娘的妹妹，名叫庄姜。庄姜十分美貌，但一直没有诞下儿子。卫庄公的偏妃，乃是陈国国君的女儿，名字叫厉妫，也没有诞下一儿半女。厉妫有个妹妹，名字叫作戴妫，随姐姐一起嫁给了卫庄公，生了两个儿子，一个名叫卫完，一个叫卫晋。庄姜此人生性贤良，没有嫉妒之心，把卫完看作自己的亲生儿子一般教养，又挑选了一名宫女献给庄公。卫庄公宠幸了这个宫女，宫女生下一个儿子叫作州吁。

州吁生性残暴好战，喜欢谈论打仗的话题。卫庄公溺爱州吁，放任他胡作非为。大夫石碏曾经规劝卫庄公道："微臣听说真心爱孩子的父母，会以方正的大义教导他们，不要让孩子走到邪路上去。被宠爱过度的孩子一定会骄横，若生性骄横，就一定会生出祸乱。主公若真想传位给州吁，就应当把他立为世子。如若不然，就应该稍加管束他，使他不会惹出因骄奢淫逸而导致的祸害。"对于这个规劝，卫庄公完全听不进去。

石碏有个儿子，叫作石厚，和州吁交情极好，经常结伴出去打猎、骚扰百姓。石碏曾经将石厚狠狠鞭仗五十下，然后锁在一个空房子里，不许他出去。结果石厚翻墙跑出府，住到了州吁的府里。二人关系极好，连吃饭都在一个桌上，后来石厚索性连家也不回了，石碏拿他一点办法都没有。

卫庄公去世后，公子完继位，也就是卫桓公。桓公生性软弱，石碏知道他必定没什么作为，就告老归家，不再过问朝政。没有他的制衡，州吁更加肆无忌惮，整天和石厚混在一起，谋划篡位的诡计。

这时正赶上周平王的丧报传来，周桓王姬林登基为新王，卫桓公想去洛邑吊唁平王，并祝贺周桓王。石厚大喜，对州吁言道："大事要成了！明天主公要动身前往洛邑，公子可在西门外设置酒席为其践行。到时预先在城外埋伏五百名穿戴整齐的士兵，等酒过数巡之际，您从袖子里拔出短剑将卫完刺死。他的随从中要是有不服从您命令的人，立刻将他们斩首。这诸侯的职位，唾手可得。"

州吁听罢大喜过望。于是命令石厚事先带领五百名勇士，埋伏在西门外。州吁自己驾着马车，把桓公迎到出行的驿馆，那里早已安排好了酒席。

州吁躬身向桓公敬酒道："兄侯您即将要远行，我略备几杯薄酒为您饯行。"卫桓公感动地说道："又叫贤弟费心了。寡人此次远行，不过一个来月就能回来，烦请贤弟暂时管理朝政，务必小心在意。"州吁点头道："兄侯尽管放心。"

酒过半巡，州吁站起来把金盏倒满酒，进献给桓公。桓公一饮而尽，然后也斟满了一盏酒回敬州吁。州吁伸出双手去接，假装失手没接住，金盏掉在地下。他赶忙拾起来，假装要去刷洗。桓公不知有诈，命手下人取新的金盏重新倒酒，还想再递给州吁。州吁趁此机会忽然迅速迈步闪到桓公背后，抽出短剑从桓公身后刺入，剑尖直透前胸，桓公当场重伤身亡。这时候正是周桓王元年三月。

陪同桓公出行的大臣早就知道州吁武力出众，石厚又率领五百名士兵围住了驿馆，众人自忖战胜不了他们，只好投降归顺。州吁命人用车载着桓公的尸体匆匆埋葬，对外假说是得了急病而死，州吁于是接替桓公当了卫国国君，封石厚为上大夫。桓公的弟弟卫晋闻讯逃到了邢国。

记录历史的大臣作了一首诗，感叹卫庄公宠溺州吁导致了卫国内乱。诗云：

教子须知有义方，养成骄佚必生殃。

郑庄克段天伦薄，犹胜桓侯束手亡。

州吁即位刚刚三天，就听闻外边沸沸扬扬，都在传说他篡位杀兄的事情，于是把上大夫石厚找来商议道："寡人想用进攻邻国的手段来立威，来震慑和制约卫国的老百姓，想问问爱卿，哪国最该被讨伐？"石厚想了想道："我卫国和其他邻国都没什么过节，只有郑国当年借公孙滑之乱讨伐过我国，先君桓公向他们服罪乞求罢兵，这是卫国的国耻！主公若要开战，对象非郑国不可。"州吁迟疑道："可是，郑国和齐国曾订有石门之盟，两国联结为一体。卫国要是发兵攻打郑国，齐国必定派兵前来援救郑国，我们一个卫国怎么敌得过两个国家？"

石厚启奏道："当今天下，所有不是以姬氏为君的异姓国家中，只有宋国势力最大；所有以姬氏为君的国家，只有周公姬旦建立的鲁国号称'天子叔父之国'，地位最尊贵。主公如果想要攻打郑国，必须派使者出使宋国和鲁国，请它们出兵援助，并集合陈国、蔡国的军队，五国共同发动进攻，何愁不能取得胜利？"

州吁想了想，疑惑地问道："陈、蔡都是小国，向来顺从周王。郑国和周王室最近关系紧张，陈、蔡两国肯定知道这件事，召唤它们前来伐郑，不愁它们不来。只是像宋、鲁这样的大国，怎能强迫它们出兵呢？"石厚又启奏道："主公您只知其一，不知其二。当年宋穆公从其兄长宣公手里接过了君位。穆公即将去世的时候，心中念着哥哥传位的恩德，于是舍弃了自己的儿子子冯，将君位传给了哥哥的儿子与夷。子冯怨恨父亲，嫉妒与夷，逃到了郑国。郑伯收留了他，还经常打算为子冯而攻打宋国，剥夺与夷的君位。如今若联络与夷一同进攻郑国，怕是正中他的下怀。再者，鲁国的国政现在都掌握在大夫公子翚的手里，公子翚乃是鲁惠公姬弗湟的庶子，兵权在手，独断专行，把国君鲁隐公看成摆设一般。如果我们花大价钱贿赂公子翚，鲁国军队必定前来无疑。"

州吁大喜，当天就派遣使者前往鲁、陈、蔡三国去了，唯独出使宋国的人选难找。石厚就推荐了一个人，此人姓宁，名翊，乃是卫邑中牟人。石厚说："此人极有辩论之才，可以派他出使宋国。"州吁批准了他的建议，命宁翊动身去宋国求取援军。

宁翊到了宋国后，宋殇公问他："卫国为什么要攻打郑国？"宁翊回奏道："郑伯不讲道义，杀害弟弟，囚禁母亲。公孙滑逃亡到我国，郑伯依然容不下他，又派遣大军来我卫国讨伐。先君桓公畏惧他们兵威势强，不得已表示服罪。如今我卫国新国君要雪先君之耻，希望能与宋国齐心打击共同的敌人郑国，所以前来向您借兵相助。"

殇公疑惑道："寡人与郑国从来没有矛盾，你却说郑国是我们共同的仇敌，这话恐怕说错了吧？"宁翊道："请让您的手下人全部退出去，宁翊才能详细、完整地说给您听。"殇公立刻叫手下人退下，侧着身子恭敬地问道："先生有什么赐教？"宁翊反问道："君侯的职位，是从谁那里继承过来的？"殇公道："当时是我叔叔穆公传给我的。"宁翊接着道："父亲死了，儿子继承他的职位，这是自古以来的常理。您的叔叔穆公虽然有尧、舜的品行，可无奈的是他的儿子子冯却一直因失去君位而怨恨不已，虽然身在卫国的近邻郑国，但他心里时刻也没忘记想要夺取宋国的君位。郑伯当初做主接纳了公子冯，如今双方的交情已日益深厚。一旦郑伯拥立公子冯，派军队帮他夺位，宋国人因感念昔日穆公的恩德，也会念念不忘让公子冯继位，那时候内外生变，君侯您的位置就危险了！如今这次行动，名义上讨伐郑国，实际上也是为君侯您除掉心腹大患。君侯您若是愿意主持领导这次行动，敝国卫国愿意出动全国的军队，连同鲁、陈、蔡三国的兵马，一齐为您效劳，郑国的灭亡指日可待啊！"

宋殇公本来就有些忌恨公子冯，宁翊这一席话正中他的下怀，于是便答应派军队参战。宋潜公的五世孙、宋国宗室、大司马孔父嘉，乃是殷商成汤的后代，为人正直无私。他听说殇公听信了卫国使者的说辞要起兵伐郑，急忙赶来劝阻道："主公千万不能听信卫国使者的说辞！如果把郑伯杀弟囚母的行为定为十恶不赦的大罪，那么州吁杀兄篡位，难道就没有罪吗？希望主公考虑周全！"殇公认为自己已经许诺宁翊出兵，不能毁约，于是不听孔父嘉的劝阻，定下日期准备出兵。

鲁国的公子翚接受了卫国的厚礼贿赂，也不问国君隐公的意见，自己领着军队前来与卫国汇合。陈国、蔡国的兵马也如期而至。五国中宋殇公的爵位最高，就被大家推选为盟主。卫国的石厚充当先锋，州吁亲自领兵殿后，带足了粮草，犒劳四国的军队。五国共出动战车一千三百辆，将郑国都城新郑的东门围得水泄不通。

眼见大兵压境，郑庄公向群臣们询问对策。是战是和，大臣们意见纷纷，不能统一。郑庄公笑着道："诸位爱卿提供的计策都不算太好。州吁最近做出了弑兄篡位的倒行逆施之举，不得民心，因此才以从前的过节为借口，向四国借兵来攻打我国，其目的无非是想借军事行动立威，以震慑卫国的百姓。鲁国的公子翚贪图卫国的丰厚贿赂私自出兵，并非由鲁国国君做出的参战决定。陈、蔡两国与郑国本无仇怨，都没有一定要作战到底的打算。只有宋国忌惮公子冯居住在郑国，乃是真心实意地帮助卫国打这场仗。寡人若先把公子冯送到长葛去居住，宋兵必然移师前去追踪。寡人再命公子吕带五百名步兵，从东门出城，去挑战卫国的军队，然后假装失败逃回城中。州吁已经取得了名义上的胜利，他的目的已经达成，卫国内部尚未安定，怎么敢长久率军逗留此处，撤军的速度必然很快。寡人听说卫国的大夫石碏智勇双全，对卫国非常忠心，绝不会坐视州吁这逆贼壮大，卫国国内不久就会发生变故，到时候州吁自顾不暇，怎么还能加害我郑国呢？"

于是就派大夫瑕叔盈率领一支军队，护送公子冯前往长葛。又派使者前去对宋殇公道："昔日公子冯为躲避杀身之祸而逃到郑国，郑国不忍心杀害他。现在已命令他在长葛等候应有的惩罚，请殇公自去处罚他。"宋殇公果然改变军队的行军方向去包围长葛。蔡、陈、鲁三国兵马见到宋兵改变路线也都有班师回朝的意思。忽然有士卒前来报告，说公子吕出了东门单向卫国军队挑战，其他三国君侯便站在军营的围墙上袖手旁观。

却说石厚带兵和公子吕交锋，没过几个回合，公子吕便倒拖着画戟大败而逃，石厚率领军队追到东门下时，公子吕已跑进城里。石厚派士兵们把城外的稻禾全部割走，用来慰劳参战的将士，随后传令撤退。州吁见他回返，奇怪地问道："还未取得像样的胜利，爱卿怎么回来了？"石厚命在场的随从们退下，这才说出撤退的缘故，州吁听后十分赞同。

第六回
卫石碏大义灭亲　郑庄公假命伐宋

话说石厚小胜了郑军一场，就想传令班师回国。诸将都不明白他的意图，便一齐来向州吁禀告道："眼下我军士气正盛，应该乘胜进攻，为何突然急着撤军？"州吁也因此事感到疑惑不解，就将石厚召来询问原因。

石厚回答道："臣有一句话要说，请您先命左右人等退下。"州吁便命手下人出去。石厚这才缓缓说道："郑国的军队向来强悍，而且其国君还是周朝的卿士。现在他们已被我军击败过一次，足以树立起您的威信了。主公您刚刚即位，卫国的局势还不稳定，如果长时间率军在外征战，恐怕国内会发生变故。"州吁猛然醒悟，道："如果不是爱卿这番话，寡人还没考虑过这些情况呢。"

没过多时，鲁、蔡、陈三国都前来祝贺卫国的胜利，而且各自表示了班师回国的意思。于是联军就解除了对新郑的围困，各自撤退。从包围新郑到解围班师，总共才不过五天时间。石厚自以为战功赫赫，命令三军将士齐唱凯歌，前呼后拥地护卫着州吁得意扬扬地回国了。

半道上只听见乡村百姓唱歌道：

一雄毙，一雄兴，歌舞变刀兵，

何时见太平？恨无人兮诉洛京！

州吁听歌词中有讥讽自己杀兄篡位、伐郑班师的意思，生气地问道："看来卫国的百姓还没有完全顺从寡人呢，这可怎么办才好？"石厚启奏道："微臣的父亲石碏，昔日位列上卿，一向为卫国百姓所信服和爱戴。主公如果能够将他征召入朝，与其一同管理国政，那您的君位一定会稳定下来。"州吁于是便命人取出一双白璧，五百钟白小米，派人携带这些礼物前去问候石碏，同时征召他入朝议事。石碏借口自己病得很重，坚决不接受征召。

州吁又去询问石厚道:"爱卿,你的父亲不肯入朝为官,寡人想亲自去拜见他,询问治国大计,你觉得怎样?"石厚摇头道:"主公即便亲自前往,他也未必肯见您。不如让微臣带着您的命令前去询问一下。"于是回家去见父亲,将新国君州吁的敬慕之意转达给他。

石碏淡淡地询问道:"新国君想要征召我入朝,到底为了什么?"石厚连忙回道:"只因为现在民心还未顺从,新君担忧国君的位子不稳,想请父亲您替他想个好办法。"石碏道:"但凡是诸侯即位,都要禀告周天子,经过周朝的认证,才能名副其实。新君如果能够前去觐见周天子,获得周王赏赐的诸侯礼服、礼帽、车辆和章服,那便成为真命天子认定的正统诸侯,百姓还有什么话说?"石厚大喜道:"父亲此话十分正确。可若无故入朝参见,周王一定会起疑心,必须得先找人替国君向周天子通报一下才可以。"石碏点头道:"陈国国君妫鲍向来忠顺周朝,不管朝贡还是觐见都依足礼数从未缺席,天子因此特别赏识宠信他。我卫国和陈国一向关系和睦,最近又有借兵相助的情谊。要是新国君能亲自前去陈国拜见陈侯,请陈侯去向周王通报情况,之后再出发前去觐见天子,还会困难吗?"石厚立即将父亲说的话转告给州吁。州吁大喜,马上准备好会见诸侯的礼品,命上大夫石厚随军护驾,向陈国进发。

话说石碏与陈国的大夫子鍼,平日结下了深厚的友谊。石碏割破手指,写下了一封血书,秘密派遣心腹之人送到子鍼那里,再托他把血书转呈给陈桓公。那封信的内容是这样的:

卫国臣子石碏恭敬地致信贤能的陈侯殿下:

卫国狭小,上天却降下重灾,国内不幸发生了弑杀君侯的大祸。这虽然是卫侯的叛逆弟弟州吁做出的恶行,实际上微臣不孝的儿子石厚因贪图禄位在其中起了助纣为虐的作用。这两个叛贼若不伏诛,将来各国的乱臣贼子就会接踵而来,遍于天下了!老夫已经年迈,靠自己的力量无法除掉这两个恶贼,实在对不起死去的国君。如今这两个逆贼一同前去朝见贵国国君,其实是老夫想出的谋略。希望贵国能将他们抓捕正法,以主持正义,彰显臣子的纲常。如此,不仅是我卫国的幸运,也实在是天下的大幸啊!

陈桓公读完信,问子鍼道:"爱卿,你看这事该如何处理?"子鍼回奏道:"卫国所憎恨的,也是陈国所憎恨的。现在他们来陈国,是自寻死路,不能放过他们。"桓公朗声道:"你说得对。"于是制订了擒拿州吁的计划。

再说州吁和石厚抵达了陈国,还不知晓已经中了石碏的计策。陈侯派自己的弟弟公子佗到城外迎接,将他们请到馆驿安置。同时转达了陈侯的命令,请他们第二天到太庙中与陈侯相见。

州吁见陈侯接待他的礼仪十分尊贵殷勤,心中不胜欢喜。第二天,为了表示隆重,陈桓公命人在太庙中设置了用于照明的火炬,自己站在主人的位置,接引宾客的官员分立左右两旁,排列得十分整齐。

石厚先到一步,只见太庙的门口,立着一面白色的牌坊,上面写着:"身为臣子却不忠、身为儿子却不孝的人,不允许进入此太庙!"石厚大吃一惊,问大夫子鍼道:"立这个牌坊是什么意思?"子鍼恭敬地回奏道:"这是我们陈国先君的遗训,我们主公将它记在这个牌坊上,时刻不敢忘记。"石厚心中疑虑尽去。

一会儿,州吁的车驾也抵达了太庙,石厚将其引下车,站在来宾的位置上。迎接宾客的官员前来禀报,请他们进庙。州吁身佩玉饰,手持象征诸侯身份的圭璧,正准备上前鞠躬行礼。只见站在陈侯旁边的子鍼大喝一声道:"周天子有命:'今日只捉拿弑君的逆贼州吁、石厚二人,余人全部赦免。'"话音未落,侍卫们先把州吁擒住。石厚急忙拔剑反抗,一时心急,剑怎么也拔不出鞘,只好徒手格斗,打倒了两名陈国侍卫。太庙左右两边,都埋伏着全副武装的士兵,此时一齐围上来,把石厚绑缚起来。随行保驾的卫国兵将们,此时还在太庙外面观望。子鍼将石碏的来信宣读了一遍,众人才知道州吁、石厚之所以被抓获,乃是石碏的主意,也是天理昭昭,报应不爽,于是纷纷散去。

史官有诗感叹道:

州吁昔日佐桓公,今日朝陈受祸同。

屈指为君能几日,好将天理质苍穹。

陈侯当场就想把州吁、石厚明正典刑,以治其罪。大臣们都劝阻道:"石厚乃是石碏的亲生儿子,目前我们并不知晓石碏打算如何处理这件事。不如请卫国自己给他们定罪,以后也不会出现什么不良后果。"陈侯听后,猛然警醒,点头道:"诸位爱卿说的有道理。"于是便把这君臣二人分别押到两处不同的地方监禁,州吁关在濮邑,石厚关在陈国国都,使他们不能传递消息。又派人连夜快马加鞭赶去卫国,找石碏报信。

却说石碏自打告老归家之后一直足不出户,听说陈侯派了使者来到,立即命车夫备好车,同时派人请诸位朝臣在朝堂里边相见。众位大臣听闻他的召集都大惊失色。

石碏来到朝堂里边,将陈侯的书信当众启封阅读,百官这才知道州吁、石厚已被羁押在陈国,正等侯卫国的大夫前去,共同议定两人的罪责。大臣们齐声说道:"这是关乎社稷存亡的大事,全凭石国老作主。"石碏高声道:"两个逆贼都身犯十恶不赦的大罪，必须公开审理，处以极刑，以告慰先君的魂灵，哪位大人愿意去陈国处置此事？"担任卫国右宰一职的丑昂然说道："乱臣贼子，人人可得而诛之。我虽然没有什么才能，但内心也存有与全体卫国人民一样的愤怒。处死逆贼州吁的时候，我必当监斩。"

大臣们都道："右宰大人肯定能办好这件大事。篡位的元凶州吁依法应当处死，但石厚只是跟随州吁作恶，可以从轻发落。"

石碏闻言勃然大怒，道："州吁所做下的恶果，都是由逆子石厚所酿成。诸位大臣替他说情请求轻判，莫非疑心我存了袒护儿子的私心吗？老夫必须亲自去陈国一趟，亲手杀了这个贼子，不然我石碏没有面目去祖先的祖庙祭拜！"石碏的家臣獳羊肩见状，连忙出列说道："国老，您不必发怒，我愿意代替您前去处理此事。"于是，石碏就派右宰丑前往濮邑监斩州吁，派獳羊肩去往陈国国都监斩石厚，另外准备诸侯专用的车马仪仗去邢国迎接公子晋回国继位。

昔日鲁国太史左丘明修《左传》，写到这里时，称赞石碏道："为了大义而诛杀亲子，真是位一心事君、忠诚无私的大臣啊！""大义灭亲"这个成语，便来源于此。史臣有诗评论这件事道：

公义私情不两全，甘心杀子报君冤。

世人溺爱偏多昧，安得芳名寿万年！

陇西居士李贺也作了一首诗，说石碏明知石厚不仁不义，有谋逆的打算，却不先杀之以除后患，是为了来日实现连州吁一同铲除所定下的计谋。这首诗这样写道：

明知造逆有根株，何不先将逆子除！

自是老臣怀远虑，故留子厚误州吁。

再说右宰丑和獳羊肩一同造访陈国都城，先去参见了陈桓公，感谢他替卫国去除祸乱的恩德，然后分头处理事务。右宰丑到了濮邑，把州吁押到闹市的刑场上。州吁一看见右宰丑，大声叫喊道："你是寡人的臣子，怎么敢杀我？"右宰丑冷笑道："我卫国前不久就有一起臣子弑杀君王的先例，我不过仿效你当日的做法罢了！"州吁听后沉默不语，只得低头受死。

獳羊肩去了陈国的都城监斩石厚。石厚哀求道："我所犯罪行理应受死。只求将我押上囚车，见父亲最后一面，然后便毫无怨言地引颈受戮。"獳羊肩叹息道："我就是奉了你父亲的命令，来诛杀你这个逆子的。你若当真想念父亲，我会提着你的头颅前去见他！"说完拔出剑将石厚斩杀。

公子晋从邢国返回卫国，把杀州吁的情况祭告了卫武公姬和之庙，重新为卫桓公发丧，然后继承了君侯之位，他就是卫宣公。宣公尊封石碏为国老，其家可以世世世代代继承卿士之位。从此,卫国和陈国日益亲近和睦。

再说郑庄公见五国联军的攻势已被瓦解,正想派人前去长葛打探消息。忽然听到手下报告称:"公子冯已由长葛逃回新郑,正在朝堂门外等候您的召见。"郑庄公召他进来询问详情。

公子冯告诉郑庄公道:"长葛已经被宋兵攻破,敌军占据了城池。我拼死杀出重围,逃到您这里,请求得到您的庇护!"说罢放声大哭。郑庄公抚慰他一番,仍让他住在馆驿里,供应的日常物品非常丰富。

没过几天,传来州吁在濮邑被斩首、卫国已另立新君的消息,郑庄公说道:"当年州吁攻打我国的行为,乃是自作主张,和新君并没有什么关系,寡人并不想向卫国寻仇。可是当日进攻我国的主谋乃是宋国,寡人要先去讨伐他们。"于是召集群臣,询问讨伐宋国的计策。

大夫祭足出班道:"前些日子,联合出兵伐郑的一共有五个国家。现在若我郑国前去讨伐宋国,其他四国必定惊惧不已,担心会成为我军下一个目标,可能会一齐发兵援助宋国,我军不见得能稳操胜券。为今之计,不如先派使者去陈国讲和,再用重金去结纳鲁国。如果鲁、陈两国都跟我国和好,那么宋国就势单力薄了。"郑庄公采纳了他的意见,派使者前去陈国讲和。

陈侯不同意讲和,公子佗劝说他道:"亲近仁者而善待邻邦,是国家安定繁荣的法宝。郑国此次主动前来讲和,我们不应该拒绝他们的善意。"陈侯摇头道:"郑伯此人阴险狡诈,难以琢磨,怎能轻易相信?若非如此,宋国、卫国都是大国,为何没听说郑国前去讲和,反倒先上我们这个小国来讲和了?这乃是离间之计。况且我国曾经跟随宋国一起前去进攻郑国,现在私自与郑国讲和,宋国一定恼恼不已。与郑国讲和,却失去宋国信任,又有何好处呢?"于是拒绝接见郑国派来的使者。

郑庄公眼见陈国拒绝和解,大怒道:"陈国所依仗的,无非是宋国和卫国罢了。卫国内乱刚平定,连自己都顾不上,怎么还有余力去帮助别人?等寡人结交、拉拢了鲁国,一定集合齐国、鲁国的军队先报了宋国的攻打之恨,接着移师前去攻打陈国,必定势如破竹。"

祭足启奏道:"主公,情况并非如此。众所周知,我们郑国强,他们陈国弱。如今是我国请求讲和,陈国必然将这看成是离间之计,所以不会同意。假如主公命令驻陈边境的军士乘其不备,入侵陈国的边境,一定会大获全胜。届时主公再派一位能言善辩的使者去陈国归还俘虏和物品,以此表明我们和谈的诚意,陈国必然会接受讲和的提议。抚平陈国的情绪后再慢慢商量伐宋的办法,这才最为妥当。"郑庄公回心转意道:"爱卿所言极是。"于是派驻守边境的将领率领五千步兵假装外出打猎,偷偷进入陈国境内，大肆掠走百姓及军事物品，合计约一百多车。陈国驻守边境的官员迅速把这件事禀报给了陈桓公。

陈桓公大惊失色，正召集群臣们商量对策的时候，忽然有人前来禀告："朝堂门外有郑国的使臣颍考叔，携带着国书请求君侯接见，并说此行的目的是前来归还俘虏和物品。"陈桓公便问公子佗道："郑国的使臣来此，寡人应当如何处理？"公子佗道："郑国与我国互通使者乃是好意，不可再次拒绝。"陈桓公认为他说的有道理，于是就召颍考叔前来进见。颍考叔参拜之后，把国书呈交给陈桓公。陈桓公启封观看，书信大概的意思是这样的：

郑国国君寤生恭敬地致信贤德的陈侯殿下：

您因蒙受周天子的恩宠而成为诸侯，寡人也勉为其难地当上了周天子的臣属，我们两国理应互相交好，做共同效命周王室的诸侯国。但近来郑国向贵国议和的提议未获您的首肯，我国驻守边境的官吏就私自揣测郑、陈两国之间有矛盾，擅自开启战端侵掠陈国。寡人听闻这个消息后，睡不安枕，辗转反侧。现在寡人命人将此次掠夺来的人口物资，全部奉还贵国，并派下臣颍考叔前去谢罪。寡人愿意与陈侯您结为兄弟之好，希望您能答应这个请求。

看完信，陈侯才明白郑国请求和好的确出自真心，于是便用尊贵的礼节优待颍考叔，并派遣公子佗代表陈国回访郑国，从此陈、郑两国和好如初。

陈国之事完结后，郑庄公对大夫祭足说道："陈国的事情已经解决，进攻宋国的事又该怎么办呢？"祭足回答道："宋公爵位尊贵，宋国也号称大国，周天子尚且以宾客的礼节优待他，要讨伐它绝不能轻举妄动。主公最近一直想到洛邑去朝觐周王，只因先有齐侯相邀在石门会面，后有州吁率领五国联军讨伐我国，才耽误到现在。如今主公应先去洛邑朝觐周天子，然后假称奉了天子的命令，号召齐、鲁两国合力出兵攻打宋国。这样师出有名，万万没有不胜的道理。"郑庄公大喜道："爱卿你谋划事情思虑周密，可谓万无一失啊。"这时候，周桓王即位已经三年多了。郑庄公便命世子忽代他监理国事，自己和祭足一同动身去洛邑朝见周桓王。

朝见这天正好是十一月初一。根据古制，夏朝以古历的一月为一年之初，殷代以十二月为每年的开端，周朝则以十一月为岁首。所以十一月初一乃是周朝新年的开始，正是满朝祝贺新年的好日子。周公黑肩劝周桓王提升礼节规格来善待郑伯，以此勉励各诸侯国。周桓王素来不喜欢郑伯，又回忆起郑国军队在温国、洛邑地区抢割稻麦的往事，怒气冲冲地对郑庄公说道："郑卿，你郑国今年的收成怎么样？"郑庄公不知此话何意，只好敷衍地回答道："托大王您天一般的洪福，今年水灾、旱灾都未光顾郑国。"周桓王冷笑道："幸亏你郑国五谷丰登，那温邑的麦子和成周的稻谷，朕终于可以留给自己吃了。"郑庄公见周桓王用话讽刺他，便闭上嘴一句话也不说，立即拜辞周桓王退出门外。按常规，诸侯前来朝拜周王，周王必定会设宴慰劳，并用币帛等物品慰劳他们，可周桓王既不设宴款待郑庄公，也没赐予什么币帛，只命人送去十车黍米，并留言道："暂且以此作为郑国应付荒年的储备物资。"言下之意，依然在讽刺郑国借口饥荒派兵劫掠温洛二地的举动。

郑庄公十分后悔此次前来朝见的举动，他面露不悦地对祭足言道："大夫你劝寡人入朝，可如今周桓王如此怠慢，口出讽刺之言，还拿黍米来挖苦我们。寡人想拒绝他的赏赐，应该如何措辞？"祭足连忙回答道："诸侯眼下之所以尊重我们郑国是因为您家几代都是周朝的卿士，长期伴随在天子身边。天子赐赠的东西，不论多寡，都被认为是'天子的恩宠'。您若拒绝而不接受，在别人看来，分明是您和天子之间有了隔阂。郑国要是失去了天子的信任，又要怎样赢得诸侯的敬重呢？"

君臣二人正在议论的时候，忽听有人前来禀报，说周公黑肩来访，并私人赠送了郑庄公两车彩缎作为礼物。在交谈时，周公的礼节非常周到，与郑庄公交谈了好长时间才告辞离去。

郑庄公如坠雾中，回头问祭足道："周公来此有何深意？"祭足微微一笑，回答道："周桓王有两个儿子，长子叫沱，次子叫克。周桓王特别宠爱次子，曾嘱咐周公多加辅助并成为他的羽翼，将来必有争夺太子之位的计划。所以周公今天提前来结纳我国，使我们将来可以成为他的外援。此事可从长计议，但主公接受他所赠送的彩缎，眼下却正好派上用场。"郑庄公疑惑地问道："可以派上什么用场？"

祭足笑道："郑国此次前来朝见周王，诸侯没有不知此事的。如今我们将周公所赠送的彩缎分别放在十辆大车之上，外部再用锦袱覆盖住。离开国都洛邑那天，可对外宣称为'周王所赐'，车上再放上天子赏赐有功诸侯的象征着'专征讨'的朱红弓和桑木箭，假传命令道：'宋公很长时间不向周王朝贡，主公亲承天子之命率兵征讨宋国。'以此来号召诸侯，要求他们负起跟从讨伐宋国的责任。诸侯若不响应，便是违抗周天子的命令。我们大张旗鼓，郑重其事，诸侯必会信服。宋国虽然是大国，难道还敢抵挡奉天子之命出征的军队吗？"

郑庄公大喜，拍着祭足的肩膀称赞道："爱卿真是神机妙算！寡人全依照爱卿的计策来办！"陇西居士李贺有一首咏史诗这样写道：

彩缯禾黍不相当，无命如何假托王？
毕竟虚名能动众，睢阳行作战争场。

郑庄公离开了周朝边境，一路上假传王命，宣扬宋国不守臣节、久不入朝的罪状，听到的人无不信以为真。这话一直传到了宋国。宋殇公听后心中惊惧交加，派使者秘密禀告给卫宣公知晓。卫宣公就联合了齐僖公，想要令宋、郑两国讲和，约定了谈判日期，定好在瓦屋这个地方会面，希望双方能够歃血为盟，各自放下旧怨。

宋殇公派人给卫宣公送去很多厚礼，约卫宣公提前在犬邱会面一次，商议与郑国和谈之事，然后再驾车同行抵达瓦屋。齐僖公也按时赶到此处。唯独郑庄公爽约未至。齐僖公叹息道："郑伯没有来，和谈的事就失败了！"说完便打算驾车回齐国。宋殇公却硬要留下他，想与齐国结盟。僖公虽然表面上答应，心中却存着在一旁观望的打算。只有宋、卫两国情谊深厚，真诚地相互结纳，然后各自回国。

周桓王一直都想罢免郑伯在朝中的职位，用虢公忌父来取代他，在周公黑肩极力劝阻之下才打消了这个念头。他任命忌父为右卿士，将政事全部托付给他处理。郑庄公被封为左卿士，实际上不过挂了个虚名。

郑庄公听到这消息，笑着说道："料想那周桓王绝不可能剥夺寡人的爵位！"后来又听闻齐、宋缔结同盟，就请祭足出谋划策。祭足笑道："齐国、宋国之间原本没有深交，此次结盟完全是因卫侯在中间撮合的缘故。两国虽然名义上结成同盟，可实际不是出于本心。主公如今将周王的命令同时传达给齐、鲁两国，并且托鲁侯去联合齐侯，请求合力讨伐宋国。鲁国与齐国疆域相连，世代都通过联姻结成亲家，鲁侯如果和我国联合举事，齐侯也必定不会违背誓约。蔡、卫、郕、许这几个国家，也应该传递檄文征召他们，这才算得上是'公讨'。若有不响应讨宋号召的国家，我们就率领兵马去讨伐他。"

郑庄公按照他的计划，先派使者去鲁国，许诺将来开战之时所夺得的宋国领土，全部归鲁国所有。公子翚是个贪得无厌的小人，听到这番承诺便欣然同意出兵。他禀告了鲁君之后，转头又约好齐侯，与郑国在中丘地区集合。齐侯任命他的弟弟夷仲年为大将，出动兵车三百辆，鲁侯命令公子翚为大将，出动兵车二百辆，前来协助郑国攻打宋国。

郑庄公亲自统率公子吕、高渠弥、颍考叔、公孙阏等一班将士，自己带领中军前进。郑庄公在军中树立起一面大纛旗，名叫"蝥弧"，用大辂车装载，上面写着"奉天讨罪"四个大字。又把象征着"专征讨"的朱红弓和桑木箭悬在车上，号称自己以卿士身份为周王讨伐罪臣。夷仲年统率着左军，公子翚统率右军，耀武扬威地杀向宋国。

鲁国军队在公子翚的率领下，抢先抵达了一个叫老桃的宋国城市。驻守此处的宋将领兵前来迎战，公子翚奋勇当先，只一阵就杀得那些宋兵丢盔弃甲，四散逃命，被俘虏的宋兵有二百五十多人。公子翚将告捷的文书飞报郑庄公，又把郑庄公迎接到老桃处安营扎寨。会面的时候，公子翚献上俘虏。郑庄公大喜过望，赞不绝口，命幕府中的官员为公子翚记上第一功。此后，郑庄公命人杀牛款待士卒，并休整三天，养精蓄锐。然后分兵攻打宋国，郑庄公命令颖考叔同公子翚率军攻打郜城，公子吕为接应；命公子阏和夷仲年领兵攻打防城，高渠弥作为接应。郑军把大本营扎在老桃，专等各路兵马报捷。

却说宋殇公听闻三国兵马已经入境，吓得面如土色，急忙向司马孔父嘉询问对策。孔父嘉启奏道："臣曾派人到周王城洛邑打听消息，并没听说天子下过讨伐我国的命令。郑伯嘴上说是奉周王的命令，其实是假传王命，齐、鲁两国只是掉进他的圈套中罢了。现在三国既然已经联合在一起，这种情势下，也不能与它们硬碰硬。事到如今，只有一个办法可以使郑国军队不战而退。"

宋殇公疑惑地问道："如今郑国军队已经得到好处，怎么肯马上撤兵呢？"孔父嘉道："郑国假传王命，将各个诸侯国都征召了一遍，可眼下响应它们号召的只有齐、鲁两国。想当年我们联合攻打郑国的时候，宋、蔡、陈、鲁等数国共同作战。现在，鲁国贪图郑国的贿赂，陈国也与郑国讲和，成为郑国一党。没和郑国结盟的，只有蔡、卫两国。如今郑伯亲自率领军队攻打宋国，骑兵、步兵必定数量众多，其郑国国内守备势必空虚。主公如果能拿出重金，派使者带着前去向卫国告急，请卫国联合蔡国派出轻骑偷袭郑国，那时，郑伯听说本国被敌军入侵，必然将军队撤回救助本国。作为召集人的郑国军队如果退去，齐国、鲁国的军队还能单独留在这里吗？"宋殇公大喜，随后却陷入沉思，道："爱卿这条计策虽妙，可是，若非你亲自前往游说，卫国的军队未必就肯立即出动。"孔父嘉点头道："臣可以前去游说卫国。另外臣还要您给臣派遣一支军队，为蔡国援军充当向导。"

宋殇公当即挑选了步兵以及战车二百辆，任命孔父嘉为将军，携带黄金、白璧、彩缎等礼物，连夜前往卫国，请求卫君出兵袭击郑国。卫宣公接受了这些礼物，便派右宰丑率领军队跟着孔父嘉从小道进发，出其不意，直逼荥阳。世子忽和祭足急忙传令守城，可是为时已晚，被宋、卫两国的军队在城外掳去了数不清的人畜和物资。

右宰丑还想要攻城，孔父嘉阻止他道："但凡执行轻装袭击任务的军队，依仗的不过是敌人没有防备而已，得到好处就可以收兵了。如果将军队驻扎在坚固的城墙下攻城，等郑伯率领大军回兵救援，届时我军腹背受敌，那便会陷入死地，无法突围了。我们不如向邻近的戴国借路返回，全军安安全全地撤回本国。估计等我们离开郑国的时候，郑庄公也应该已经离开宋国前线了。"右宰丑听从了他的意见，派人去向戴国借道。

戴国君主以为宋、卫两国联军此行的目的是想袭击戴国，便关上城门领兵登上城头防守。孔父嘉大怒，便在离戴城十里的地方与右宰丑分别扎下前后两个营寨准备攻城。戴国军队固守城池，数次出城交战，双方互有胜负。孔父嘉派人前往蔡国求助。

这时候，颍考叔等人所率的军队已经攻克了郜城，公孙阏等人也率军攻破了防城，各自派人向郑伯的大本营报捷。恰好世子忽的告急文书也送到了大本营。

第七回
公孙阏争车射考叔　公子翚献谄贼隐公

话说郑庄公收到了世子忽的告急文书，立即传令班师回国。夷仲年、公子翚等齐、鲁两国将领来到大本营求见郑庄公，七嘴八舌地问道："我们这些副将们取得了一些战果，正准备乘胜追击，却忽然听闻主将您发出的撤兵命令，这是为何？"郑庄公乃是一位奸雄，素来足智多谋，担忧他们生出二心，便隐瞒了宋、卫两国联合袭击郑国的情况，只对他们言道："寡人奉周王之命前来讨宋，如今仰仗你们几位上国的精兵强将夺了两座城池，已足以抵得上天子原定的割地惩罚了。再说，我周朝向来厚待前朝殷商的后裔，宋国乃是殷商王室之后，所以被称为宾王。周朝赐予的所有宾王公爵中，宋国国君的公爵位又是最上等的，一直都被周天子所尊重，寡人又如何敢多加责罚呢？我军已经占领的郜城、防城两座城池，齐国和鲁国出力最多，理应各自获得一城，寡人一点儿都不敢占为己有。"

齐国大将夷仲年连忙推辞道："贵国奉了天子之命出兵征伐宋国，我齐国紧随贵国，只是稍微出了点力罢了。从礼节上说，这也是理所当然的，决不敢接受城池这么大的酬劳。"他再三谦让，坚持不受。

郑庄公便对鲁国将领公子翚道："既然齐国公子不肯接受城池的酬谢，那这两座城全部送给鲁国国君吧，以此来酬谢公子您在老桃立下的头功。"公子翚为人贪婪，便不推辞，拱手为礼连声道谢。之后他便另外派手下的偏将领兵分别守卫郜、防二城。

郑庄公大摆宴席，犒赏军队，临别时宰杀牲畜，与夷仲年、公子翚对天盟誓道："我们齐、鲁、郑三国结为联盟，共同患难、相互爱护。今后不论哪国遭遇战事，其余两国必定将各自派出兵车、步卒相助。倘若违背这个誓言，神明必不饶恕！"

单说夷仲年返回齐国，见到齐僖公，详细地将夺取防城的情况讲了一遍。齐僖公道："当日寡人曾和郑伯在石门订下盟约，约定以后遇到困难要互相帮助，如今虽然帮助郑国攻下了城池,可按理还是应当将城池送给郑国,你做得很对。"夷仲年点头道:"可惜郑伯不肯接受,于是两座城池全都给了鲁国了。"僖公由此认为郑庄公确实大公无私,对其赞叹不已。

再说郑庄公班师回朝,行到半路时,又接到本国的一道战况报告,里面说道:"宋、卫两国已移师前去攻打戴国。"郑庄公听后笑道:"寡人早就知道这两国成不了什么气候!孔父嘉名头很大,看来却并不懂兵法,宋国在我三国联军攻势下本身已自顾不暇,孔父嘉率军来此是宋国为了逼迫我军回师而进行的自救行动。哪有人在自救的时候还跑去招惹新的敌人呢?宋国将其对郑、鲁、齐的愤怒移到戴国身上,这等于又为宋国增加了一个敌人啊!寡人应当以妙计击溃他们。"于是命令四位将领分为四队,各自给他们传授了计划,命令他们悄悄地秘密向戴国进发。

再说宋、卫两国军队合在一处共同攻打戴国,又派人请求蔡国的军队前来助战,他们本满怀希望可以一鼓作气地成功攻下戴城,忽然听到有人前来禀报:"郑国派遣大将公子吕率领军队营救戴国,在离城五十里远的地方安营扎寨。"

卫国右宰丑说道:"昔日东门之役,这个公子吕曾是我国逆贼石厚的手下败将,他完全不擅长打仗,根本不值一提!"过了一会儿,又有兵士前来报告道:"戴国的国君得知郑国军队来救援的消息,已经开城门将他们接进城中了!"

孔父嘉忧心忡忡道:"这座城池原本唾手可得,没想到郑兵前来援助的速度如此之快,恐怕又要费上许多时日了,这可怎么办才好?"右宰丑道:"戴国既已经等来了援兵,必然会联合起来向我们挑战,我们一起到高台上去,仔细观察城里的动静,以做好万全的准备。"

两位将军刚登上壁垒高台,正在谋划之际,忽然听到一阵连珠炮响,只见戴国的城墙上插满了郑国的旗号,公子吕全副武装,站在城楼上高声喊道:"依仗三位将军的全力帮助,我国国君已经占领了戴城,主公命我对三位多多致谢!"

原来郑庄公所设计的策略,就是对外谎称公子吕领兵援助戴国,其实郑庄公悄悄躲在战车里,只等骗过戴国守军进城后,就把戴国的国君赶走,并吞并了其军队。城中的军民,连日来因守城之战疲惫不堪,又向来知晓郑庄公的威名,谁敢抵抗?戴国几百年代代相传的城池,不费吹灰之力就落入郑国之手。戴君带领家眷投奔了西秦。

孔父嘉眼见自己费心劳力,却被郑庄公白白占据了戴城,胸内怒火中烧,愤怒地将头盔扔在地下道:"我今天和郑国誓不两立!"右宰丑劝说道:"郑伯老奸巨猾,最善于用兵,他肯定还有后招。倘若派军队里外夹攻,我军就危险了!"孔父嘉已被愤怒冲昏了头脑,怒气冲冲地说道:"右宰大人为何说出这话,如此胆小!"

两人正在争论，忽听有士兵报告道："城里派人前来下战书。"孔父嘉立即批下"明日决战"的回复，然后又知会卫、蔡二国的将领，想将三国兵马一齐后退二十里，以避免相互发生冲突。孔父嘉的军队位居中央，蔡、卫两国的军队分居左右营，彼此间相隔不超过三里。

三军刚刚扎下营寨，还未获得喘息的机会，忽然听到军营后边一声炮响，火光连接天际，战车声震耳欲聋。有探马前来禀报道："郑兵已经杀过来了！"孔父嘉大怒，手持方天画戟，登上战车迎战，却发现战车的声音突然消失了，火光也全部熄灭不见。

孔父嘉刚准备回营，营寨左边又响起炮声，火光不绝。等孔父嘉出营查探时，左边的火光又灭了，右边开始炮声连连，一片火光隐隐约约出现在树林之外。孔父嘉道："这必定是那老奸贼的疑兵之计。"于是下令道："军中敢有乱动者，斩！"刚过一会儿，左边火光再次出现，并伴随着震天喊声。忽听有士兵前来报告道："左边蔡军的营寨被郑军所劫！"孔父嘉大惊道："我应当亲自去救援他们。"

孔父嘉才刚出了军营大门，只见右边火光再度亮起，真不知是哪一路的兵马到了。孔父嘉喝叫驾车的车夫道："你只管驾车驶向左边蔡军的大营。"驾车人忙乱中犯了大错，反驾车往右边去了，正遇到一队兵车，双方互相击打刺击，大约混战了一个多时辰，才知道对方乃是卫国的同盟军。双方亮明身份之后，便合兵一处，同去中军本营。到达后才发现，这中军大本营已被郑军将领高渠弥趁机占据了。

在孔父嘉急忙命令掉转车头的时候，右边杀出颍考叔，左边冲出公孙阏，两路兵马齐到。公孙阏截住右宰丑，颍考叔截住孔父嘉，分成两队进行厮杀。东方渐渐出现拂晓的亮光，孔父嘉无心恋战，夺路逃走。逃跑路上遇见了高渠弥，又厮杀了一阵。孔父嘉抛弃了战车，快速步行逃出重围，跟随他的士兵只剩下二十多人。右宰丑在此役中阵亡。宋、卫、蔡三国的车马步卒，都被郑国所俘获。而他们前面所抢到的郑国郊外的人畜辎重，又重新回到郑国手中。这场大胜，主要归功于郑庄公的妙计。史官有诗称赞道：

主客雌雄尚未分，庄公智计妙如神。

分明鹬蚌相持势，得利还归结网人。

却说郑庄公新得了戴城，又兼并了宋、卫、蔡三国的军队，大军高奏凯歌，满载而归。郑庄公开始大摆宴席，款待参战的诸位将领。诸将端着酒杯轮番向郑庄公敬酒献词。郑庄公自以为对郑国人有恩德，便流露出得意的神色，举起酒杯，将酒洒在地下，昂然道："寡人依赖天地祖宗的神灵，仰仗诸位爱卿的力量，开战则必获全胜，威名超过许多爵位比我还高的诸侯，与古时的诸侯霸主相比，方伯怎么样？"

群臣大为赞叹，齐声大呼千岁，唯独颍考叔默不作声。

郑庄公察觉到颍考叔不言语便睁大眼睛瞪着他，颍考叔发觉郑庄公正在瞪着自己便启奏道："国君您这话有些不妥！那些能担任方伯职务的人，都是接受周天子的任命而担任一方诸侯的领袖，他们拥有可以独自决定征伐有罪诸侯的特权。他的命令没人敢违抗，他的号召没人敢不响应。如今国君您虽然率领诸侯们一同声讨宋国的罪行，可这属于假传王命，周天子其实根本不知道这件事。更何况，您假托王命发出进攻宋国的号令，蔡、卫两国非但不响应，反而帮助宋国入侵郑国，郕、许这样的小国竟敢公然不参与您的联军。方伯的威名，原来仅仅是这样吗？"

郑庄公听后，微笑道："爱卿说得很有道理。蔡、卫两国此次全军覆没，小小惩戒的目的已经达到。现在寡人想出兵向郕、许两国问罪，爱卿觉得先攻打哪国合适？"

颍考叔思考片刻，道："郕国邻近齐国，许国邻近郑国。国君您既然想给两国加上违抗王命的罪名，就该正式公开地宣告他们的罪行，再派遣一位大将协助齐国攻打郕国，胜利后再请齐国军队一同前来攻打许国。倘若攻下郕国就归齐国所有，攻下许国就归郑国所有，这样就不违背两国共事的友谊。等到战事已定，再将捷报呈现给周天子，也可以遮掩四方诸侯的耳目，掩盖一下事实真相。"

郑庄公大喜道："好主意！但是必须要依次进行。"于是先派使臣去齐国，把即将向郕、许两国问罪的事告诉齐僖公。僖公欣然应允，派大将夷仲年率军伐郕，郑国派大将公子吕率兵前去助战，两军径直攻进了郕国的国都。郕国人大为惊恐，于是派人向齐国求和，齐僖公接受了他们的求和条件。然后僖公派使臣跟随公子吕回到郑国，询问攻打许国的日期。郑庄公便约齐僖公在"时来"这个地方会面。这时乃是周桓王八年春天。

公子吕回国途中染上疾病，回国不久便去世了。郑庄公非常伤心，痛哭道："子封你不能再辅助我，寡人仿佛失去了右臂啊！"于是郑庄公优厚地抚恤了他的家人，提拔其弟弟公子元为大夫。此时，公子吕担任的正卿职位空缺，郑庄公想任用高渠弥补缺，世子忽私下劝阻道："渠弥此人贪婪且凶狠，不是一位正人君子，不能让其担任如此重要的职务。"郑庄公点头同意。于是任命祭足为上卿，以代替公子吕的职位，又任命高渠弥为亚卿。

且说到了这年夏天，齐、鲁两国国君都来到时来这个地方，与郑庄公当面商议出兵的日期，最终定在秋日的七月初一，三方的军队在许地聚齐。

郑庄公回到郑国后，便开始大规模地检阅军队，挑选吉日，在太庙祭告了祖先，然后将众将聚集在演武场。郑庄公重新制作了"蝥弧"大旗，用铁条系结，竖立在大车之上。只见这大旗旗面用锦缎织成，一丈二尺见方，上面缀着二十四个金铃，绣着"奉天讨罪"四个大字,旗杆长三丈三尺,威武异常。

郑庄公传下号令道:"若有能够手持大旗,步伐依然像平日那般闲庭信步的壮士,寡人就任命其担任先锋,当场把这辆大辂车赐给他!"

话音未落,队伍中走出一员大将,只见他头戴银盔,身穿紫袍金甲,生得面似黑炭、苍髯如虬、浓眉大眼。众将定睛一看,原来是大夫瑕叔盈。他走上前去对郑庄公禀报道:"臣能做到。"说罢仅用一只手便将旗杆拔出,紧紧握在手中,向前行进三步,接着退后三步,仍然放回车中,丝毫没有气喘,军士们无不高声喝彩。瑕叔盈大叫道:"赶车之人何在?赶快过来为我将此车驾回!"

他正要向郑庄公谢恩,队伍中又走出一员大将。只见他头戴一顶插有野鸡尾翎装饰的头盔,额上系着绿锦制成的抹头巾,身穿绯红色的战袍与犀牛皮制成的战甲,口中高声喊道:"仅仅拿着旗子走几步,并不是什么稀罕的本领,臣能将大旗挥舞起来。"众人上前一看,却原来是大夫颍考叔。

赶车的车夫原本想为瑕叔盈将车赶走,却见颍考叔口吐大话,不敢上前,暂且站住脚在一边观看。

只见颍考叔左手撩起衣襟,伸出右手打开铁条,从背后倒拔那大旗,耸身一跳,那旗杆早被拔起到其手中。颍考叔迅速用左手搭住旗杆,顺势转身,再用右手托起大旗,左右旋转,如同使用长枪一样将那旗舞得呼呼直响。那面大旗被卷起又重新张开,张开又再被重新卷起,一旁观看的人们全都大惊失色。郑庄公大喜过望,道:"颍考叔真乃一员虎将!理应接受此车的赏赐,并担任先锋一职。"

话还没说完,队伍中又走出一位少年将军。只见那人脸白得像是抹了一层粉,嘴唇像涂了一抹朱砂,头戴束发紫金冠,身穿金线织成的绿袍,指着颍考叔大喝一声道:"你能舞旗,难道我就不会舞?这大辂车暂且留下给我吧!"说着大步走上前来。

颍考叔见他来势凶猛,一手握着旗杆,另一手挟着车辕,飞也似的逃走了。少年将军不肯舍弃,顺手从兵器架上抄起一支方天画戟,紧随其后追出演武场。快要追到大路上时,郑庄公派大夫公孙获来传话解劝。那少年将军见颍考叔已跑远,怒气冲冲地回返,口中恨道:"此人藐视我们姓姬的宗室里没有人才,我一定要杀了他!"

这位少年将军是谁?原来就是宗室之中担任大夫一职的有为青年,名叫公孙阏,字子都,是天下第一等的美男子,向来深受郑庄公的宠幸。孟子曾说过:"不知子都之姣者,无目者也。"指的就是此人。公孙阏平时恃宠骄横,又自恃勇武过人,一向与颍考叔不和。回到演武场后,他依然怒气冲冲。郑庄公夸赞他的勇气道:"二虎不能相争,寡人自会妥善处理。"说完另外赏赐给公孙阏一驾车马,同时也赏了瑕叔盈。两人各自谢恩返回散去。

隐士徐霖有诗评论此事道:

军法从来贵整齐,挟辕拔戟敢胡为!

郑庭虽是多骁勇,无礼之人命必危。

到了七月初一这日,郑庄公留下祭足与世子忽镇守国都,亲自统领大军往许城进发。齐、鲁两国诸侯,已提前在离城二十里处扎营等候。三位君主见面相互叙礼,共同商议,齐侯位居中间,鲁侯位居右边,郑庄公位居左边。

当天,郑庄公大摆宴席,权当替二位君主接风。齐僖公从袖内取出一纸檄文,檄文上列举了许国国君未尽职责、不向天子朝贡的罪行,如今三国奉了王命前来讨伐。鲁国和郑国国君看过之后,一起拱手道:"必须这样写,才叫师出有名。"三方约定次日早上合力攻城,并先派人将这封讨伐的檄文用弓箭射进城中。

次日早上,三座军营各自放炮发起进攻。那许国的君主许庄公只是个男爵,住在小小的国都内,城墙不高,护城河又不深,被那三国的兵马密密匝匝围了个水泄不通,城里的人十分惊惶不安。可因那许庄公是位有道之君,素来深得人心,老百姓愿意为他坚守城池,所以联军急切间攻不进去。齐、鲁两国的君主,原本不是此次攻打许国的主谋,其进攻并不太卖力。要论主力,还得看郑国的将领,人人奋勇,个个逞强。其中最卖力的当属颖考叔,他因与公孙阏在演武场争夺大车的缘故,此次越发要施展些能力给众人看看。

到了第三天的中午时分,颖考叔站在高大的辂车上,把那"蝥弧"大旗用胳臂挟在肋下,奋力往上一跳,第一个登上了许城的城墙。

城下的公孙阏眼明手快,见颖考叔已经抢先登上城墙,嫉恨他得了头功,于人丛中看准了颖考叔,嗖地一声射出一支冷箭。那支箭正好射中颖考叔的后心,使他连同那大旗一起从城上倒跌下来。

瑕叔盈只以为颖考叔被守城的敌兵射杀,一股怒气涌上心头,太阳穴中几乎迸出火星,随手从地上抓起那面大旗,纵身一跃上了许城城墙。他举着大旗绕城一圈,大声呼喊道:"郑国国君已经登上城墙了!"城下众位军士望见城上绣旗飘扬,以为郑庄公真的已经登上城墙,勇气增了百倍,一齐登城,然后砍开城门,放齐、鲁两国的兵马进来,随后三位君主一同进城。许庄公换了平民的衣服混在逃兵和老百姓中间,逃奔卫国去了。

齐僖公出榜安民以后,要将所获许国的土地让给鲁隐公。鲁隐公坚持推辞不肯接受。齐僖公道:"讨伐许国的计划本是郑国提出的,既然鲁侯不愿接受,那许国的土地就应该归郑国所有。"郑庄公满心打算想吞并许国，因看见齐、鲁二侯互相谦让，只好假意推辞谦让一番。

三个人正在议论之际，忽然有人前来传报道："有一位自称许国大夫百里的人，领着一个小孩前来求见。"三位君主便叫他们进来。百里一进门便哭倒在地，叩首哀求道："请诸位君主为太岳留下一位祭祀祖先的后裔吧！"

原来话中所谓的太岳，相传为帝尧时的一位官员。许国国君是尧时太岳伯益的后代，所以百里有此一说。

齐僖公问道："你领着的这个小孩是何人？"百里叩首道："我国国君没有儿子，这是国君的弟弟，也就是许叔，名字叫新臣。"齐、鲁二侯，都面露凄切的表情，显然对其有了怜悯的意思。郑庄公看见此情此景，心中有了主意，想将计就计，便改口道："寡人本是被王命所逼，这才跟随二位君主前来讨伐罪国许国。若是吞没了许国的土地，并非正义的举动。如今许君虽然逃亡在外，可许国的传承不能就此断绝。既然他的弟弟许叔还在这里，并且有许国的大夫百里可以托付国政，君臣俱在，应当将许国的土地归还他们。"

百里推辞道："小臣只不过想在这君逃国破的时节，为我许国王室保全一个年幼的孤儿罢了！怎敢有别的指望呢？"郑庄公故做大义凛然的样子，说道："寡人要将许国重新归还你们，确实出自真心。只是担心你们的新君年幼，不能处理国事，寡人将派人前来帮助。"于是他将许国一分为二：东边那半，命百里辅佐新国君许叔新臣在那里居住；西边那半，由郑国大夫公孙获在那里居住。名义上是帮助许国，实际上跟监视和看守没有两样。齐、鲁两国国君不知是计，还以为郑庄公此举处理妥当，连声称好。百里同许国新国君新臣拜谢了三位君主。三位君主也各自收兵回国。隐士徐霖有一首诗，单说郑庄公的狡诈。诗云：

残忍全无骨肉恩，区区许国有何亲！

二偏分处如监守，却把虚名哄外人。

后来，许庄公老死在卫国。许叔新臣居住在许国东半部，一直受到郑国的制约束缚。直到郑庄公去世后，公子忽与公子突争夺君位多年。先是公子突继承君位而公子忽逃亡在外，而后公子忽复位而公子突外逃。那时的郑国陷入了纷乱的局面，后来驻守西边许国的公孙获也病死了，许叔新臣才跟百里设计潜回许都重整朝堂。当然，这都是后话了。

再说郑庄公回到郑国后，重赏了瑕叔盈，又思念阵亡的颍考叔，放不下这个心结，心中痛恨射杀颍考叔的凶手，可又不知道凶手的名字。于是便命此次出征的军士，每一百个人为一"卒"，献出一头猪，每二十五个人为一"行"，献出狗、鸡各一只，然后召来巫师书写咒文,用咒语祈求神明惩罚、加祸射杀颍考叔的凶手。公孙阏见此行为,暗地里嘲笑不已。

这样的诅咒活动持续了将近三日,郑庄公亲自率领大臣们前来观看。巫师刚把祝文点着,就看见一个人蓬头垢面,径直走到郑庄公面前,跪下哭道:"臣颍考叔率先登上许城城墙,做了什么对不起国家的事情,反被奸臣公孙阏暗算?他因心中怀着当日争车之仇,用冷箭将臣射死。臣已得到天帝的恩准,许诺让公孙阏为臣偿命。承蒙主公如此垂怜挂念,臣纵然在九泉下,也日夜感念您的大恩大德!"说完,这人用手直插自己的喉咙,喉咙里喷出的鲜血如注涌出,此人当场丧命。

郑庄公认出死去之人乃是公孙阏,急忙命人前来救治,可公孙阏已经叫不醒了。原来,公孙阏被颍考叔的阴魂附体索命,自己在郑庄公面前坦白交待了罪行,直到此时大家方才知道原来用暗箭射死颍考叔的正是公孙阏。

郑庄公叹息不已。为回应颍考叔显灵的举动,他命人在颍考叔的老家颍谷修了一座庙,派人按时祭祀。如今的河南登封县,就是颍谷故地,这座庙就是著名的颍大夫庙,又叫纯孝庙。颍考叔事母甚孝,所以被人们称为"纯孝"。当年他本是颍地一名小官,后听闻郑庄公与母亲武姜失和,特意携带几只鸮鸟觐见,最终调解了郑庄公与武姜之间的紧张关系。因此,在郑庄公挖掘地下室与母亲和好的地点——洧川也建有这样一座庙。李贺有一首诗讥讽郑庄公道:

争车方罢复伤身,乱国全然不忌君。
若使群臣知畏法,何须鸡犬黩神明!

郑庄公又分别派遣两名使者携带礼物前往齐、鲁二国道谢。齐国之行并无意外,单说去鲁国的使臣回到郑国后,将原本携带去鲁国的礼物原封不动地上缴,送去的国书甚至都没有开启。郑庄公十分惊讶,召使者询问其中的缘故,使者启奏道:"臣一进鲁国境内,就听闻鲁侯被公子翬所弑杀,鲁国已经另立新君。接收国书的国君已不符合,因此不敢贸然送出。"郑庄公道:"鲁侯谦让宽厚,是位贤君,为什么会被杀呢?"

使者启奏道:"鲁侯被弑杀的缘由,微臣已详细探听清楚了。鲁国先君,也就是鲁侯父亲鲁惠公的结发嫡夫人很早就已过世。他的宠妾仲子被立为继室,生了个儿子名字叫作轨,鲁惠公一直想立他为太子。鲁侯乃是别的偏妃所生的儿子。惠公去世以后,群臣们认为鲁侯年龄大,就拥戴他做了国君。鲁侯继承了父亲的遗愿,经常对别人言道:'鲁国乃是轨的天下,只是由于他年纪尚小,寡人才暂居王位,替他管理国家。'

"后来公子翬要求鲁侯封自己担任太宰这个官职,隐公道:'等日后轨长大接掌了君位，你自己去求他。'公子翚听后，怀疑鲁侯有猜忌轨的心思，于是就私下里启奏鲁侯道：'微臣听说过这样一句话，叫作：'利器入手，不可借人。'主公已然继承爵位当上君主，老百姓们也心悦诚服，将来您去世时，就该把君位传给自己的子孙。为何还要用什么'暂时代理君位'的说法引起旁人的邪念？如今轨日渐年长，恐怕将来会对您不利。微臣斗胆，请求将他杀死，为主公除去这个隐患，您觉得如何？

"鲁侯听罢，用手捂起耳朵，道：'你莫非疯了，怎么能说出如此的胡言乱语！寡人已经派人在菟裘这个地方建造了宫殿，计划今后在那里养老，过不了多久寡人就要传位给轨了。'公子翚默默无言退下，深悔自己说错了话，十分担心鲁侯将这一段话告诉轨，轨将来即位后必定会治他的罪。

"于是，公子翚当天深夜前去拜见轨，反诬陷道：'主公见你年纪越来越大，担心你将来争夺君位，今天特意召我进宫，秘密嘱咐我采取行动将你杀害。'轨十分害怕，就求救于公子翚。

"公子翚说道：'他不仁，我不义。公子若一定要免于灾祸，就非做出一番大事不可。'轨说道：'他当鲁国国君已经十一年了，大臣和人民都十分信服他。要是大事不成，反要受此连累遭殃。'公子翚说道：'我已经为公子您定好计策了。主公还未继位之时，曾经和郑国国君在狐壤这个地方交战，结果被郑国所俘虏，囚禁在郑国大夫尹氏的家中。尹氏素来祭祀一个神明，叫作钟巫。主公暗地里也向钟巫祈祷，谋划出逃返回鲁国。某次他又卜了一卦，得了个大吉之兆，于是便将实情告诉了尹氏。当时尹氏在郑国正不得志，就与主公一起逃回了鲁国。主公因此在城外兴建了一座钟巫庙，每年冬天必定亲自前往祭祀。如今又到祭祀的时候了，主公前去祭祀则必定暂住在鸢大夫的家中。我事先派遣勇士假扮干活的普通人混杂在附近，主公肯定不会怀疑，等主公睡熟了的时候刺杀他，这件事靠一个人的力量就能完成。'

"轨听后，疑惑道：'此计策虽好，可是这弑杀君王的坏名声又怎么从我们自己的身上摆脱呢？'公子翚道：'我预先叮嘱勇士得手后赶快潜逃，将罪名归结到鸢大夫身上如何？'轨大喜，向公子翚下拜道：'大事要是成功，一定用太宰一职来酬谢您。'"公子翚依计而行，果然弑杀了鲁隐公。现在轨已经即位为君，公子翚当上太宰，用声讨鸢氏以摆脱自己弑君的罪名。国都里的老百姓都知道内情，只是都害怕公子翚的权势不敢说而已。"

郑庄公听完后，就问群臣们道："鲁国国君被杀，新君即位。讨伐鲁国或者联合鲁国，哪种对我国有利？"

祭足回禀道："鲁国和郑国世代交好，不如依旧与其联合。微臣料想那鲁国很快就会派使者来我郑国了。"话音未落，鲁国的使者已经抵达了馆驿。

郑庄公先派人前去询问来意，鲁国使者说道："新君即位，特地来巩固先君与郑国结下的友谊，并且来邀约贵国国君与我们主公会面订立盟约。"郑庄公以厚礼接待了鲁国的使者，并约定夏日四月中旬在越地与鲁君会面，双方歃血立誓，永远和睦相处绝不违背。从此鲁、郑两国信使来往不绝。这时乃是周桓王九年。

后人隐士徐霖读史至此，认为公子翚兵权在手，无论伐郑还是伐宋，都专横独断、横行无忌，叛逆行为已现端倪。后来发展到请鲁隐公杀害自己的亲弟弟轨，隐公自己都说他是胡言乱语。如果当时就公开表明他的罪行，处死后陈尸于市场示众，弟弟轨也一定会对隐公感恩戴德。可是隐公却告诉公子翚要让位的事，从而激成了弑君叛逆的恶行，这难道不是隐公优柔寡断自取其祸吗？

有一首诗叹息道：
跋扈将军素横行，履霜全不戒坚冰。
菟裘空筑人难老，寯氏谁为抱不平。

又有一首诗讥讽鲁隐公钟巫之祭毫无用处。诗是这样写的：
狐壤逃归庙额题，年年设祭报神私。
钟巫灵感能相助，应起天雷击子翚！

再说宋穆公的儿子公子冯，自从周平王末年逃到郑国后，至今依然居住在郑国。忽然一天手下前来报告道："宋国有使臣来到郑国，迎接公子冯回国，想要立他为国君。"郑庄公疑惑地问道："莫非宋国的君臣想以此计把公子冯哄骗回去杀掉？"祭足说道："请主公先接待使臣，自然有国书解释其用意。"

第八回
立新君华督行贿　败戎兵郑忽辞婚

话说宋殇公姓宋，名与夷，自其即位以来，屡次对外发动战争，单说伐郑就已经有三次了。第一次是参与了卫国州吁联合五国兵围郑国东门之战；第二次是宋师移兵长葛，攻破郑军；第三次为卫、宋联合偷袭郑国。究其原因，只因能威胁到他君主之位的公子冯在郑国避难，所以他因忌生恨，进攻郑国。

宋国的太宰华督，素来与公子冯极有交情，眼见殇公多次对郑国用兵，嘴上虽不敢劝阻，心里却十分不满。孔父嘉是掌管军队的大臣，华督又怎么能不怨恨于他？多次想寻找借口将他杀害，只因他是殇公重用的人，手里又有兵权，始终不敢动手。

自从宋兵伐戴全军覆没之后，孔父嘉只身逃回宋国，国都的百姓们颇有怨言，纷纷传道："宋君不体恤百姓，轻率出征，黩武好战，害得国中百姓妻子变成寡妇，孩子沦为孤儿，人口日益减少。"华督派出心腹之人在大街小巷中散布流言，道："国君这几次开战，都是孔司马出的主意。"宋国人信以为真，都怨恨孔父嘉，这正中华督下怀。

华督又听闻孔父嘉的继室魏氏容貌十分艳丽，世上很难有女子能和她相比较，便以不能见她一面为生平恨事。

忽然有一天，魏氏回娘家探望父母，跟着娘家人到郊外扫墓。时值阳春三月，绿柳如烟，繁花似锦，正是未婚男女踏青的时节。那魏氏本不该掀开车帘偷看外边的风景，以致生出后面的事端来。

此时华督恰好也正在郊外游玩，突然与魏氏相遇，询问后知道是孔司马的家眷，大吃一惊道："想不到人世间还有这样的绝色女子，真是名不虚传！"相见之后，华督日思夜想，失魂落魄。"要是我的家中能拥有这样一位美人，下半辈子足矣！只有将其丈夫杀掉，才能把这女子夺过来。"从此，华督谋害孔父嘉的决心越发坚定。

这时正值周桓王十年春天，孔父嘉在演武场检阅兵马，军纪十分严明。华督派心腹之人在军中传言道："孔司马又想出兵攻打郑国，昨天与太宰会面，已经商议确定，所以今天整顿军队。"

士兵们人人恐惧，三三两两结队，都到太宰府去诉苦，求华督前去劝阻殇公，不要发动战争。华督故意将大门紧闭，只派看门人从门缝里好言好语地抚慰他们。越是这样，士兵们求见的心情越迫切，门口的人越聚越多，其中还有不少人携带着武器。看着天色已晚，却还得不到觐见太宰的机会，士兵们开始叫喊起来。有古语道："使人聚集起来容易，要让其散去就很难了。"

　　华督明白军心已变，便内披铁甲，外穿常服，佩带宝剑，全副武装地走出来，传令打开大门，命令士兵们原地立定，不许喧哗。自己则站在门口，先用一番假慈悲的谎言稳住众人的心，然后道："孔司马屡次主张发动战争，百姓们深受其害，可是主公对他偏听偏信，不肯听从我的劝诫。三天之内，又要大举进攻郑国。我们宋国的老百姓有什么罪，要受这样的苦！"激得在场的士兵们咬牙切齿，一声声地高喊道："杀了他！杀了他！"

　　华督假装解劝道："你们千万不可轻举妄动，若是让孔司马知晓，前去奏报主公，你们的性命难保！"众位士兵们昂然道："我们父子亲戚，在连年征战中已死伤过半。现在又要大举出征，那郑国猛将如云、士卒雄健，如何打得过他们？左右都是死，不如杀了孔父嘉这个奸贼，为我宋国人民除害，死而无怨！"

　　华督又说道："'丢石头打老鼠时，要顾忌到满屋子易碎的器皿'。要除掉孔司马，一定会牵连到后面的国君。孔司马虽然可恶，但他却是主公实打实最为宠信的大臣，这件事决不能做！"士兵们鼓噪道："若是太宰为我们做主，就算那个无道昏君，我们也不惧怕他！"他们一边说，一边扯住华督的衣袖不放，一齐喊道："我们愿随太宰前去杀了那个坑害人民的奸贼！"

　　当下诸位士兵帮助赶车的人把车驾赶过来，华督被诸位军士簇拥着上了车，车里边有心腹之人紧密跟随。众人一路高喊呼啸，径直来到孔父嘉的私宅，将院子团团包围。

　　华督吩咐下去："你们先不要声张，等我叫开门，进到府里再发动进攻。"这时已是黄昏时分，孔父嘉正在屋内喝酒，听到外面响起很急的敲门声，派人到外面询问，得到的答复是："华太宰亲自到府，有机密要事与您商议。"

　　孔父嘉赶忙整理好衣服和帽子走出大堂迎接。手下人刚打开大门，外边传来一片呐喊声，士兵们蜂拥而入。孔父嘉心中慌乱，刚要转身逃走，华督早已登上厅堂，大叫一声道："残害人民的奸贼在这里，为何还不动手？"孔父嘉还没来得及说话，人头早已落地。华督带领心腹之人，直奔里屋，抢了魏氏，登上车就离开了孔府。

　　魏氏为人刚烈，万般无奈之下，在车里边偷偷解下了束腰的丝带，系在自己的喉咙上，决心自缢而死。等车驾到达华督家门口时，魏氏已经气绝身亡。华督叹息不已，吩咐手下之人将魏氏尸首拉到郊外野地里草草埋葬，并严令手下人不许将这事泄露出去。可叹华督连一夕之欢都未染指，白白地造就这一场万劫不复的灾祸，心里岂能不后悔呢？

参与事变的那些士兵们乘机把孔家的私人财物洗劫得一干二净。孔父嘉只有一个儿子，名字叫作木金父，当时年纪还小，家臣们抱着他投奔了鲁国。后来以其父亲的名字当中的"孔"作为姓氏，后代就是孔氏。著名的孔子仲尼，就是木金父的第六代子孙。

且说宋殇公听闻孔父嘉被杀，慌乱间手足无措。又听说华督曾跟着造反的士兵一起前往杀害孔父嘉，心中大怒，马上派人前去传召华督，想治他的罪，华督假说自己病重不能前来参见。殇公传令准备车驾，想亲自前去吊唁孔父嘉。

华督听闻这个消息，急忙叫来执掌军队军法事务的军正官，对他言道："当今主公宠信司马孔父嘉，这你也知道。如今你手下的军士们擅自将孔父嘉杀害，你能逃脱罪责吗？先君宋穆公当年舍弃儿子子冯，而把君位传给了主公。主公反而以德报怨，任用孔父嘉，对子冯栖身的郑国发动了无休无止的进攻。如今孔父嘉引颈受戮，正是天理昭昭、报应不爽的道理。不如趁机一并做出将国君也除去的大事，再迎立先君的儿子子冯回国即位，将一件株连九族的祸事转为拥立新君的大功劳，难道不是美事一件吗？"

那军正官点头道："太宰您的话，正合大家的心意。"于是号召士兵，一起埋伏在孔父嘉门口。只等宋殇公一到，士兵们突然呐喊着冲杀出来，殇公的随行侍卫慌乱中四散而逃，宋殇公于是死在乱军剑下。

华督听闻殇公的死讯，急忙穿着粗麻布缝制的孝服赶到现场，假惺惺地发出悲痛的声音。然后用击鼓的方式将大臣们都聚齐，草草地将参与兵变的一两个士兵拉出来定了罪砍了头，以掩众人耳目。

华督提议道："先君穆公的儿子公子冯，如今正在郑国避祸，国里的百姓都忘不了穆公的恩惠，如今应该迎立他的儿子公子冯回来继承君位。"文武百官们畏惧他的权势，唯唯诺诺地应允后退了下去。

华督就派遣使者到郑国去报丧，并且迎接公子冯回宋国。同时他把国库里收藏的金银珠宝取出来，派人向其他诸侯行贿，明确地将立公子冯为君的缘故告知各国。

再说郑庄公接见了宋使，接受了国书，早就知道了他的来意，便整顿、准备适当规格的车驾，隆重地送公子冯回宋国继承君位。公子冯要出发之时，跪在地上哭着对郑庄公道："子冯能苟延残喘活到今日，都是托您的照顾，今日万般庆幸能回返故国，去延续祖先的传承。今后我虽为宋国国君，一定会以郑国大夫自居，把您当成天子一样看待，绝不敢生出二心。"郑庄公听后也哽咽了。

公子冯回到宋国，华督拥立他当上君主，这就是历史上的宋庄公。华督仍然担任太宰一职，送去各国的贿赂都被各国所接纳。齐、鲁、郑国国君在稷这个地方会面，以确定、承认宋庄公的合法地位，并让华督担任宋国官职最高的国相一职。

史官有一首诗感叹道：

春秋篡弑叹纷然，宋鲁奇闻只隔年。

列国若能辞贿赂，乱臣贼子岂安眠！

还有一首诗，单说宋殇公违背道义，因忌恨而一定要铲除子冯，如今被其手下所弑也是命运使然。诗是这样写的：

穆公让国乃公心，可恨殇公反忌冯。

今日殇亡冯即位，九泉羞见父和兄。

单说齐僖公结束这次会面，从稷地返回，中途接到示警的军报道："今有北方少数民族北戎的首领，派遣元帅大良、小良率领一万戎兵前来侵犯我齐国的边境，如今已经攻破祝阿，兵锋直指历下。守城的将领抵挡不住，连连发来告急文书，请求主公您火速返回齐国。"

齐僖公感叹道："以往北戎多次侵扰我国，只不过搞些偷鸡摸狗的小动作。这次大举入侵，若是让其得了好处再离开，北部边疆将来只怕是再也没有安宁的日子了。"于是分别派人去鲁、卫、郑三国借兵，一面召集公子元、公子戴仲等大将前去历下地区迎敌。

再说郑庄公听说齐国陷入北戎入侵的忧患，就传召世子忽来，对他言道："齐国和郑国原本就是盟友，且以往每次郑国开战，齐国必定前来相助，现在他们来郑国借兵，我国应当迅速发兵前去救援。"于是挑选三百辆战车，任命世子忽为大将，高渠弥为副将，祝聃为先锋，披星戴月地往齐国进发。

后来世子忽听说齐僖公在历下驻军，就径直前往历下相见。此时，鲁、卫两国的军队尚未到达。齐僖公感激不已，亲自出城来犒赏郑军，与世子忽商议击退戎军的计策。

世子忽说道："北戎主要的军队都是步兵，少有兵车，进攻机动性强，却也容易溃败。我军使用坚固但笨重的战车，不容易被击溃，但进攻的机动性很差。话虽然如此，戎兵生性浮躁轻敌，军纪涣散，贪婪而不懂得合作，胜利的时候互不相让，战败的时候互不救援，可以用诱敌深入的策略击败他们，更何况北戎军仗着刚打了胜仗的气势必定会贸然发动进攻。如果我军派一支非主力军队前去迎战戎兵，假装大败而逃，戎兵必定会来追赶。我军预先埋伏好兵马等待他们前来，追兵碰上埋伏，必定会大吃一惊，四散奔逃。他们逃跑，我军追赶残兵败将，必定大获全胜。"

齐僖公听后，大喜道："这计策真是妙极了！寡人率领齐兵在东面埋伏，以遏制敌人前锋的进攻；公子率郑兵在北面埋伏，从后面追杀敌人。我们前后夹击，万无一失。"世子忽接受了命令，亲自前往北路，分成两处埋伏起来。

齐僖公又将公子元叫来传授计略道："你可领兵在东门埋伏，只等戎兵前来追赶时，迅速杀出来。"又命公孙戴仲领一支人马前去诱敌深入。僖公叮嘱道："你此次前去迎敌，只许输不许赢。只要将敌军引到东门埋伏的地方，就算立了大功。"

军队分派完毕，公孙戴仲便出城挑战。北戎将军小良持刀跃马，领着三千名戎兵出寨迎敌。两军交锋，打了约莫二十来个回合，戴仲假装气力不济，回车就跑。虽是逃跑，却不进北城门，而是绕着城墙向东门逃去。小良紧追不舍，尽全力在后追赶。大良见前方的戎兵取胜，便指挥全军一起在后面追赶。

快到东门之时，忽听炮声大震，战鼓喧天，四周的蒺藜芦苇等野草里全是伏兵，如同群居的蜜蜂或苍蝇一般密密麻麻地聚在一起。

小良急忙喊道："不好，中计了！"拨转马头回身就跑，反而把后面的军队冲得乱七八糟，大部队站不住脚，一齐窜逃起来。公孙戴仲与公子元军队合在一起，开始追赶。大良命令小良在前边开路，自己亲自断后，边战边逃，落在后边的戎兵都被齐兵抓住杀死。

戎兵跑到鹊山地区，回头看追兵已越来越远，才慢慢获得喘息的机会。正要支锅烧水做饭，只听山坳里喊声大起，一支兵马冲过来，口中高叫："郑国大将高渠弥在此！"大良、小良慌忙上马，无心恋战，夺路就逃。高渠弥随后大举追杀。

刚跑了几里路，前面呐喊声再起，却是世子忽率军杀到，后面公子元率领的齐兵也赶到了。两军杀得戎兵七零八落，四散逃命。小良被祝聃射了一箭，正中脑袋，从马上掉下身亡。大良单枪匹马杀出重围，正撞上世子忽的战车，措手不及，被世子忽当场格杀。这一仗生擒穿着上等戎甲的北戎精兵三百多人，杀死的戎兵根本数不过来。世子忽把大良、小良的头颅以及俘虏全都押解到齐侯的军营前去请功。

齐僖公大喜，道："要不是世子这般智勇双全，戎兵怎能如此轻易便被打败？如今我们齐国政局重新安定，都是拜世子你所赐！"世子忽道："我只是偶然效了一点儿力，哪里值得您这样夸奖？"

于是齐僖公派人去阻止鲁、卫两国的军队继续行军，以免他们继续长途跋涉前来参战。又命令大摆宴席,专门款待世子忽。酒席之间,僖公又提起联姻之事道:"如果你不嫌弃,我的女儿愿意嫁去郑国侍奉你。"世子忽再三谦让。

酒宴散去以后,齐僖公派夷仲年私下向高渠弥问道:"我家主公敬慕世子忽雄才大略,愿意与其结为姻亲。上一次我国国君专门派遣使者前去提亲,结果未能得到郑君的首肯。今天我国国君亲口对世子提起此事,世子还是执意不肯结亲,不知究竟是何意?大夫您若是能促成这桩婚事,我就请求国君,送给您白璧两双、黄金二千两作为酬谢。"

高渠弥接受了这任务,便来见世子忽,详细地说出齐侯的敬慕之情,并说"若能结成姻亲之好,他日能得到齐国这样的大国相助,也是一件美事"。世子忽慢慢说道:"当年,齐国还未因借兵而有求于我国的时候,蒙齐侯慧眼看中,想与我结亲,当时我尚且不敢高攀。如今我奉命来救援齐国,侥幸获得一场胜利,如果就这样带着齐侯的女儿回国,别人必定会说我是倚仗此次功劳,强行求娶齐国公主,到那时怎样才能自我辩解?"高渠弥一再怂恿、劝说,世子忽始终不肯答应。

第二天,僖公又派夷仲年前来提亲,世子忽又推辞道:"我还未将此事禀告父亲。若没能得到父亲的允许,私自定婚有罪。"当天他就辞别僖公回郑国去了。齐僖公大怒道:"我有如此优秀的女儿,还怕找不到称心如意的夫君?"

再说世子忽回国以后,便把辞婚的事禀告了郑庄公。郑庄公心中惋惜,叹息道:"我儿你能自立功业,不怕将来没有好姻缘。"

大夫祭足私下对高渠弥道:"我们主公王宫内受宠的姬妾很多。公子突、公子仪、公子亹这三人,都存着图谋君位的念头。世子如果和大国联姻,将来必定可以借助他们的势力引为外援。依我之见,就算齐国没开口提亲,也应该主动去求婚,怎么能自己剪断自己的翅膀呢?大夫,您跟着世子同去齐国,如何不劝谏他?"高渠弥闻言苦笑道:"我已说过这话,可世子不采纳又有什么办法?"祭足叹着气离去。隐士徐霖有首诗,单单评论世子忽辞婚之事道:

丈夫作事有刚柔,未必辞婚便失谋。
试咏《载驱》并《敝笱》,鲁桓可是得长筹?

徐霖此诗中提到的《载驱》和《敝笱》是两首诗名,都出自于《诗经·齐风》。按一些历史书籍的说法,这两首诗都是为了讽刺齐僖公的女儿文姜而作。《载驱》里面的内容主要是讽刺文姜出嫁之后,仍回齐国与她同父异母的兄长齐襄公私通。《敝笱》则主要讽刺文姜的丈夫鲁桓公不能阻止文姜的淫乱行为。

"鲁桓可是得长筹"此句也有说法:齐僖公想把女儿文姜许配给郑公子忽,结果被拒绝,于是将文姜嫁给了鲁桓公姬允。但鲁桓公后来却因发现文姜与其兄齐襄公私通一事而遭杀害。此乃后话。徐霖此诗句目的在于反问：郑公子忽因拒婚而失了君位，同鲁桓公与文姜成婚最终身死，不知哪一种才算是好的谋划？

书归正传。高渠弥向来和公子亹交情深厚，听了祭足这话，更加努力去结交他。

世子忽曾对郑庄公说："高渠弥和子亹暗中勾结，来往十分密切，其用意深不可测。"郑庄公就当面用世子忽的话来责备高渠弥。高渠弥表面上不承认，回头立即把此事告诉了公子亹。公子亹挑拨道："昔日我父亲想任用你当正卿，因为世子阻拦而作罢，现在又想要断绝我们之间的交往。父亲尚且在世，他就这样对待我们。若父亲去世之后，他岂能再容得下咱们？"

高渠弥劝解道："世子为人优柔寡断，不会用诡计害人，公子不必担心。"话虽如此，子亹和高渠弥从这时起便和世子忽生了嫌隙。后来高渠弥杀公子忽拥立子亹为君根源都因此事而起。

再说祭足为世子忽出谋划策，请他与陈国结为姻亲，并和卫国修好："陈、卫两国刚刚和好，如果和郑国结盟，联合成鼎足之势，足够保全我国了。"世子忽深以为然。

祭足便对郑庄公说起此事，派使者前去陈国提亲。陈侯同意了婚事，世子忽亲自到陈国迎娶了陈侯之女妫氏回国。

鲁桓公也派使者前去齐国求婚。只因齐侯答应了他的求婚，将女儿文姜许配给鲁侯，才又生出许多事端来。

第九回
齐侯送文姜婚鲁　祝聘射周王中肩

话说齐僖公生有两个女儿，都是绝色的美女。大女儿已嫁到卫国，就是卫宣姜，后文另有关于她的故事。单说僖公次女文姜，生得极其美艳，眼睛像秋水一样清澈，脸庞像芙蓉一样艳丽。若将她与鲜花相比，艳丽相等却比花善解人意；若将她与白玉相比，白净相当又比玉多了些袭人的香气。真是一位绝代佳人，古今难寻的国色美女。这女子不但貌美，而且还博古通今，出口成文，因此叫作文姜。

齐僖公的儿子叫作诸儿，生来便是个酒色之徒，与文姜虽为兄妹，但是同父异母的兄妹。诸儿只比文姜年长两岁，俩人从小便在宫里边共同生活，玩耍嬉戏。文姜渐渐长大，出落得如花似玉。此时诸儿已是情窦初开，见文姜如此美貌多才，且平日里举止轻浮，便常常有调戏她的心思。那文姜也并非良人，妖淫成性，又是个不顾礼仪道义的人，说话间常常透露出戏谑的意思，有时谈到市井小民那些猥琐下流的肮脏事，她完全不避讳。

诸儿生得一表人才，身材高大伟岸，粉面朱唇，是一位天生的美男子。从外表看来，与文姜倒算是天生的一对。只可惜他们生在同一个家庭，具有兄妹的名分，不能结为夫妻。如今在一处生活，从小一起长大，没什么男女礼教束缚，后来两人逐渐发展到肩并着肩、手拉着手，少年男女间能做的事情都做了。只是碍着身边的宫女、内侍，单单没有同床共寝罢了。这也是由于齐侯夫妇溺爱子女的缘故，没有预先采取防范措施，以致一双儿女做出禽兽一般的行为。后来诸儿被弑杀，整个齐国危在旦夕，祸事都由此而起。

自从郑世子忽击败了戎兵之后，齐僖公便在文姜面前夸奖他如何英勇无双，如今要替她向世子忽提亲，文姜听后喜不自胜。后来听说世子忽坚决不肯接受这桩婚事，她心里郁郁寡欢，竟染上了一场病，晚上喊热，早上叫凉，精神恍惚，不思茶饭。有一首诗说此时的文姜道：

二八深闺不解羞，一桩情事锁眉头。

鸾凰不入情丝网，野鸟家鸡总是愁。

世子诸儿趁机以探病为名义，经常闯进文姜的闺房，挨着她的床头坐下，借口询问妹妹身体是否不适，伸手在文姜身上四处抚摸。尽管旁边总有随侍的宫人，也仅能让他没再做出更进一步的淫乱举动而已。

某日，齐僖公偶然来文姜这里探视，发现诸儿也在闺房中，便责备他道："你们两人虽然是兄妹，但按礼法也应当避嫌。今后你只要派宫女前来问候就行了，不必亲自过来。"

诸儿唯唯诺诺，不甘心地退了出去，从此二人见面的次数便越来越少。没多久，齐僖公便为诸儿迎娶了宋国国君的女儿，鲁国、莒国也都按规矩为诸儿献上了媵妾[指的是随嫁的小妾]。诸儿爱慕贪恋新婚妻妾，兄妹间的交往日益稀少。文姜在深闺之中非常寂寞，再加上思念诸儿，病情日益恶化。但她只能将这事藏在心中辗转反侧，很难说出口来。正像古话说的那样："哑巴吃黄连，有苦说不出。"有一首诗可以为证：

春草醉春烟，深闺人独眠。

积恨颜将老，相思心欲燃。

几回明月夜，飞梦到郎边。

却说那鲁桓公继位的时候，年纪已经不小，可一直尚未聘请正室夫人。大夫臧孙达对桓公进言道:"在古代,国君十五岁就应生儿育女了。而主公您如今连主持后宫事务的正宫娘娘的位置都空着,将来祭祀的时候,按例必须由嫡长子主持,到那时怎么办?正宫夫人位置虚悬,主公没有一男半女,这不是重视社稷安危的做法。"公子翚也跟着启奏道:"臣听闻齐侯有位心爱的女儿叫文姜,本打算嫁给郑世子忽为妻,可是没能如愿。主公何不前去向齐侯提亲?"鲁桓公点头道:"那就按照你们的意思办吧。"鲁国便马上派公子翚前去齐国求婚。

齐僖公因为文姜缠绵病榻,便请鲁使缓些日子再商量这婚事。宫女却把鲁侯向齐国求婚的喜讯报告给文姜知晓。这文姜患的本就是心病,这种心病移情别恋便会好转,得知这个消息后,文姜心中稍微舒适些,病情日渐好转。

后来等到齐、鲁两国国君为了宋庄公一事,一同前往稷地会面时,鲁桓公又当面向齐侯请求联姻。齐侯便应承来年再做打算。到了鲁桓公三年,鲁桓公又为婚事亲自跑到嬴地同齐侯见面。齐僖公被他的殷勤所感动,终于答应了亲事。鲁侯就在嬴地献上纳征的聘金,与当时寻常礼仪规定的规格相比,鲁国的聘礼、仪式加倍隆重,齐僖公非常高兴。双方约定婚期定在秋日九月份,齐僖公亲自送文姜到鲁国成婚,鲁桓公届时将派公子翚到齐国迎接文姜。

齐国的世子诸儿听闻文姜即将嫁到别的国家,从前对妹妹那些轻狂的爱慕之心,不觉又旧情复燃,派宫女假装送花朵给文姜,顺便夹带了一首诗:

桃有华,灿灿其霞。当户不折,飘而为苴。

吁嗟兮复吁嗟!

文姜收到这首诗,细细品味。诗中说:"桃花之华,光辉灿烂像云霞一般。当时没能折回家中欣赏,结果眼睁睁看着花儿枯萎了,叹息啊叹息!"字面上说的虽是桃花,其实指的是自己。兄长这诗,便是在告诉她,当日双方你情我愿,却不能相恋,现在她要出嫁了,就像逝去的花朵,他叹息不已!

思索至此,文姜便明白了诸儿诗外之意,马上做了一首诗回复道:

桃有英,烨烨其灵。今兹不折,讵无来春?

叮咛兮复叮咛!

诸儿读到这首回复诗,心中极为高兴。文姜的诗,字面直译过来便是:"桃树之英,枝叶茂盛颇有灵性。今年虽错过了折回家中欣赏的时机,难道不能等到明年春暖花开之时再来吗?切记啊切记!"这分明是告诉他来日方长,二人必能成其好事。从此,诸儿便知道文姜也对自己有意,爱慕、贪恋她的感情变得热切起来。

不久,鲁桓公派公子翚亲自前往齐国迎娶文姜回鲁国。齐僖公因为疼爱女儿,所以一直想亲自送她去鲁国。诸儿听说这消息后,就对僖公请求道:"听说妹妹即将嫁给鲁侯，齐鲁两国世代交好，这桩姻缘可真称得上天作之合。鲁侯此次既然没有亲自前来迎娶，我们就必须有亲人前去相送，以免出了岔子。父亲您政务繁忙，身系国家社稷，不便远离。孩儿虽然不才，愿意替您前去送亲。"

齐僖公迟疑道："寡人已经亲口承诺要亲自前往送亲，怎么可以失信呢？"话音未落，就有人前来报告道："鲁侯把车驾停在齐、鲁两国交界的谨邑地区，专门等候迎娶新娘。"

齐僖公夸赞道："鲁国不愧是礼义之国啊！鲁侯不在国都等候，却来到齐、鲁交界的地方迎亲，就是担心劳烦寡人长途跋涉地进入鲁国境内啊！既如此，寡人愈加不可不去了。"诸儿见僖公去意已决，默默无言地退了下去。文姜心里也怅然若失。

这时是秋日九月上旬，婚期已迫在眉睫。文姜到六宫去向诸位妃嫔道别之后，到东宫来向诸儿道别。诸儿大摆筵席，隆重招待。两人四目相对，心里都依依难舍，只恨多了妻子元妃在旁边坐着，而且父亲僖公还派了宫女前来守候，二人无法互诉衷情，不由得暗暗叹息。

临别之际，诸儿慢慢挨到车前，低声说道："妹妹你千万留心，别忘了'叮咛'那句诗。"文姜在里面悄声回答道："哥哥您保重，总会有再相见的那日。"

齐僖公命令诸儿镇守国都，暂摄政务，自己则亲自将文姜送到谨邑，与鲁桓公会面。鲁桓公向齐僖公行了翁婿大礼，然后设宴款待僖公，跟随僖公前来送亲的随从都有重赏。事情办完后，僖公便告辞返回齐国。

桓公领着文姜到本国举行成亲大典。齐国是个大国，文姜本人又生得花容月貌，因此桓公十分敬爱妻子。按照礼仪，成婚第三日到庙中参拜之后，鲁国高等官员以及宗室的夫人，全都前来拜见新国君夫人文姜。齐僖公又派他的弟弟夷仲年到鲁国回访。自此，齐、鲁两国的关系越来越密切。后来有位不知姓名的诗人作了一首诗，单说文姜出嫁一事道：

从来男女慎嫌微，兄妹如何不隔离？
只为临歧言保重，致令他日玷中闱。

话分两头。再来说周桓王自从听说郑庄公假传自己的王命前去讨伐宋国心中怒不可遏，终于任命虢公林父全权处理朝政，罢黜了郑庄公。郑庄公听到这消息，心里怨恨周桓王，一连五年未去朝贡。周桓王大怒道："郑寤生无礼至极！此次如果不去讨伐于他，诸侯怕是都要效仿他这种胆大妄为的行为。朕必须亲率王师，前去声讨他的罪行。"

虢公林父劝说道："郑国国君几代担任卿士，如今陛下夺了他的职权，所以他才不来朝贡。大王应暂且下令让其他诸侯前去征伐他，不必亲自领兵前往，以免亵渎了您的天威。"周桓王听后,勃然变色道:"寤生的欺君之罪,已不止一次。朕与寤生誓不两立!"于是征召蔡、卫、陈三国的军队共同兴兵讨伐。

这时陈侯妫鲍刚刚去世,他的弟弟妫佗〔字伍父〕,杀死陈国太子妫免,自立为君,将妫鲍的谥号定为"陈桓公"。老百姓们不服,纷纷逃散。

周桓王令陈国发兵,公子佗刚刚即位,不敢违背周王的命令,只好征召战车步兵,派大夫伯爰诸统率军队,向郑国进发。蔡、卫两国也各自派兵跟随周桓王出征。周桓王命令虢公林父率领右军,统率着蔡、卫两国的兵马;令周公黑肩率领左军,将陈国的兵马调归他统率;周桓王亲自率兵担任中军,并负责左右策应。

郑庄公听说周桓王的军队就要抵达,便召集大臣们前来商议对策,可群臣谁也不敢先出声。后来祭足先开口道:"天子亲自领兵前来,质问我国不去朝贡的罪责,说起来名正言顺。主公不如派遣使者前去向周王认罪,或许能转祸为福。"

郑庄公闻言大怒道:"周王剥夺了寡人管理周朝政务的权力,又将战争强加给郑国,郑氏三代勤王的功绩就此付诸东流。这次若不能挫伤他的锐气,祖宗传给寡人的基业怕是难保。"高渠弥启奏道:"陈国和郑国向来和睦,他们发兵跟随天子,也是不得已。蔡、卫两国和我郑国有深仇大恨,必然全力为天子效劳。天子发雷霆之怒,亲自领兵征讨我国,其锋芒锐不可挡,我们应该避其锋芒,修筑好防御工事,立足于防守之势以待时机。等天子的求战欲望稍微懈怠一点,要战还是要和,再按照我们的意愿来决定也不迟。"

大夫公子元进言道:"以臣子的身份同君王开战,在道义上站不住脚,必须速战速决。臣虽然不才,愿献上一计。"郑庄公大喜,问道:"爱卿有什么计策?"

子元道:"周王的军队既然分为三路,我军也应当分三路应战才是。左右二支军队,都结成方阵,以左军迎战他的右军,以右军对抗他的左军,主公自领中军大部队迎战周王。"郑庄公不解地问道:"这样做就肯定能大获全胜吗?"

子元笑道:"陈侯妫佗杀君新立,老百姓们不服从他,虽然勉强服从周王的征召前来作战,其军心必定不稳。如果命令我右军率先向陈国兵马出其不意地发起攻击,陈兵必然四处逃窜。再命令左军直奔蔡、卫两国军队而去,蔡、卫听说陈国已败,也会一触即溃。然后我三路兵马合兵一处,进攻周桓王的中军部队,万万没有不胜的道理。"郑庄公听罢,大喜道:"爱卿对敌人的情况了如指掌,有了爱卿你的辅助,仿佛故去的公子吕依然在世啊!"

君臣正在商议的时候,忽然接到边疆守将传来的报告:"周王大兵已到我国边境的繻葛地区,三个大营之间的传令兵络绎不绝。"郑庄公笑道:"只需要攻破周王的一个大营,其余两个都不足为惧。"于是命大夫曼伯领一支军队作为右军;命正卿祭足率领一支人马担任左军；自己则亲自率领大将高渠弥、原繁、瑕叔盈、祝聃等坐镇中军，并将"蝥弧"大旗牢牢竖立在中军大帐处。

祭足看到此景，进言道："我国之所以制作'蝥弧'这面旗帜，是因为要讨伐宋国。旗上面绣着'奉天讨罪'四个字，如果去讨伐诸侯可以使用，若是与天子开战，就不能再用了。"郑庄公点头道："寡人倒是忘了这点！"于是便命令用别的大旗换下"蝥弧"，依然派瑕叔盈执掌。这面"蝥弧"大旗从此便收藏在郑国的武器仓库内，后来再也没有上过战场。

高渠弥观察了一会儿周军，进言道："以微臣所见，天子似乎对兵法很有研究，这次交战不可轻视。请采用'鱼丽'阵法迎敌。"郑庄公不解地问："'鱼丽'阵法怎样排列？"高渠弥道："以二十五辆战车在前边组成横向队列，每辆车上横向载着甲之士五人，每辆战车在前面横向攻击，再派兵士五五二十五人紧跟在战车后面，查漏补缺。车上若是伤了一人，后面的二十五位甲士中便补上一人，只能进攻不许后退。这种阵法极其坚固、密集，胜多负少。"郑庄公点头道："好阵法。"郑庄公率领三军将士在临近繻葛的地方安营扎寨。

周桓王听说郑庄公出兵抵抗怒不可遏，更想亲自出战。虢公林父将他劝住。第二天，双方各自排出阵势。郑庄公传令道："左右两军，不许轻举妄动，只等中军大旗展扬挥舞，便一齐发动进攻。"

且说周桓王准备了一番斥责郑国的言辞，专等郑国国君出阵与其对峙时，当着两军阵前怒斥郑庄公，以打击郑军的士气。却不料郑庄公虽然列阵相迎，却只是把守阵门，一点儿动静都没有。周桓王派人前去挑战，并没有人应战。

快到午后时，郑庄公估计周桓王的军队已经懈怠，就叫瑕叔盈将那中军大旗挥舞开来，左右两军兵士也一齐敲起战鼓，只听得鼓声如雷，士兵们个个奋勇向前冲杀。

且说曼伯领兵杀入周桓王左军，陈国的兵士原本就没有斗志，刚一交战就被冲散，反将后面的周兵阵型冲乱了。周公黑肩遏制不住败兵之势，大败而逃。

再说祭足领兵杀入周桓王的右军，专门找打着蔡、卫两国旗号的军队进攻。这两国兵马抵挡不住郑国军队的进攻，各自寻路逃窜。虢公林父提着剑立于战车前，约束士兵的行为道："敢乱动者，就地斩首！"祭足见此情形，不敢逼得太紧，林父就带着自己的人马缓缓后撤，没折损一兵一将。

再说周桓王在中军大帐中，听见敌营中鼓声震天，知道郑军已然出战。他正准备率军迎战，只见士兵们一个个交头接耳，队伍还未开战便已经乱了。原来士兵们远远望见败兵奔逃而来，知道左右二营必然出了问题。此时连中军也立不住脚，被郑国的兵马像一堵墙似地推进。祝聃在前面，原繁在后面，曼伯、祭足也率领得胜的左右两军前来汇合。

郑军合力夹攻，直杀得周桓王的军队车翻马倒，将死兵亡。周桓王马上传令赶快撤退，并亲自断后，边走边走。祝聃远远地望见绣花车盖下有一个衣甲鲜明之人，料想便是周桓王，便睁大眼睛，瞧得清清楚楚后一箭射去，正中周桓王左肩。幸亏周桓王所穿铠甲坚厚，伤势不算重。祝聃见一箭得手，便催动战车径直冲去。

正在这危急时刻，虢公林父前来救驾，与那祝聃展开交锋。原繁、曼伯也一齐冲上前来，各展手段。忽然郑国中军传令撤退的鸣金声急急响起，双方于是各自收兵。周桓王领兵在直退三十里外的地方扎寨。周公黑肩也逃了回来，对周桓王道："陈国军队不肯卖力，以致遭此大败。"周桓王羞愧地说道："这都是朕用人不当所造成的后果！"

祝聃等撤兵回到大本营，前来面见郑庄公，不解道："臣已经射中了周王的肩膀，周王心惊胆战，战意全失。臣正要追赶上去，生擒那周王，主公何故鸣金收兵，把将士们撤回来？"

郑庄公道："寡人打这场仗，根本的原因就是天子不圣明，以怨报德，今日应战，实在迫不得已。现依仗诸位爱卿的力量，郑国得以保全，没有受到损害，寡人已经心满意足了，怎敢再生出别的奢望？真要按照卿家所言擒住了天子，又该怎么发落他呢？即使是这次用箭射伤天子已经不应该了，万一天子伤重而亡，寡人便背上杀君的罪名了！"

祭足点头道："主公这话说得很对。如今咱们郑国的兵威已经树立，料想那周王必定十分畏惧。现在我们应该马上派使臣前去问安，稍稍对天子献上点殷勤，要让天子知道，射伤他的肩膀并非主公的本意。"

郑庄公点头道："此行非你祭足去不可。"郑庄公下令准备了十二头牛、一百只羊，还有粮草等物品合计共一百多车，连夜送到周桓王军营内。祭足再三跪拜，惶恐地道："身犯死罪的臣子寤生，因不忍心看着郑国灭亡所以领兵自卫。没想到军中号令不严，竟伤害到大王的龙体。寤生不胜惶恐、战栗之至，谨派遣臣祭足前来赔罪，在大王辕门之前等候发落，并恭敬地询问大王您的身体是否无恙，顺便为大王您献上一些微薄的礼品，暂且作为您劳军之用。只求天子大发怜悯而宽恕我等！"

周桓王听后默默无言，脸上有了些惭愧的神色。虢公林父在一旁替周桓王代答道："寤生既然知道自己身犯何罪，应当从宽处理，暂且宽恕了他吧。来使，你现在便可谢恩回去了。"祭足再次跪拜行礼，然后退了出去，又到周王各军营里到处探问军士，道："怎么样？没事吧？"

史官有诗感叹道：

漫夸神箭集王肩，不想君臣等地天。

对垒公然全不让，却将虚礼媚王前。

又隐士徐霖有诗讥周桓王，认为他不该轻易派军队去讨伐郑国，简直是自取其辱。诗这样写道：

明珠弹雀古来讥，岂有天王自出车？

传檄四方兼贬爵，郑人宁不惧王威！

周桓王兵败回到洛邑，心中的怒火完全按捺不住，便想向天下传下檄文，共同声讨郑寤生轻视天子之罪。虢公林父劝阻道："大王已经因轻易出兵而吃了败仗，如今若再传檄四方，是张扬自己吃了败绩的消息。再说，诸侯中除了陈、卫、蔡三个国家，其余诸侯都跟郑国结为一党。如果您发出征兵的命令，却没有诸侯响应的话，白白为郑国所笑。而且郑国已经派大夫祭足前来劳军谢罪，可以借此赦免他的罪责，以开郑国自新之路。"周桓王无话可说，从此再也不谈郑国的事。

再说蔡侯因派兵跟随周桓王伐郑，在途中听说陈国发生了叛乱，老百姓不服篡位的公子佗，于是回去后领兵袭击了陈国。

第十回
楚熊通僭号称王　郑祭足被胁立庶

话说陈桓公有个庶出的儿子叫作妫跃，他是桓公的偏妃蔡姬所生。蔡姬是蔡宣侯的女儿，所以蔡姬的儿子公子跃的舅舅就是蔡侯姬封人。此次陈、蔡两国的军队，一同奉周桓王的命令前去讨伐郑国。陈国领兵的将领是大夫伯爰诸，蔡国领兵的将领乃是蔡侯的弟弟蔡季。

蔡季私下里向伯爰诸打听陈国最近的篡位之事，伯爰诸叹息道："新君妫佗虽然篡位自立，可是国内的老百姓心里都不服他。再加上此人酷爱打猎，经常穿着老百姓的衣服到郊外去打猎，荒废国政，将来陈国国内肯定要发生变故。"蔡季奇怪地问道："为什么不声讨他的罪行，将他杀掉？"伯爰诸又叹息道："我内心不是不想杀了他，只恨自己力量有所不足啊！"

等到周桓王进攻郑国受挫，三国的军队各自返回本国后，蔡季就将伯爰诸所说的情况禀告给了蔡侯。蔡侯想了想，说道："陈国的太子免既然已被杀，按顺序应当轮到寡人的外甥即位。妫佗是犯上弑君的奸贼，怎么能容忍他长久地占据尊位呢？"蔡季回奏道："妫佗此人酷爱打猎，待他下次前去打猎之时，可以派军发动突袭，将其弑杀。"蔡侯认为此计可行，于是便秘密派遣蔡季率领一百辆战车，在两国交界的关口潜伏等待，只等妫佗出来打猎，便前去袭击他。

蔡季派遣的间谍前去打探消息，回来报告道："陈国国君妫佗三天前出来打猎，现在就在我军驻扎的关口附近。"蔡季大喜道："我的计策就要成功了！"于是把手下的兵马分为十队，都装扮成猎人的模样，一边装作打猎，一边前进。刚好遇到妫佗的队伍射中了一头鹿，蔡季驾车飞奔过去，抢走了那头鹿。妫佗大怒，独自前来捉拿蔡季。蔡季回车便跑，妫佗领着兵士在后边追赶。

只听一声响亮的金锣声，埋伏的十队兵马一齐冲上前，把陈国国君妫佗擒住。蔡季大声喊道："我并非别人，正是蔡侯的弟弟蔡季。因你们国家的逆贼妫佗犯上弑君，如今我奉了哥哥的军令，到这里讨伐这个逆贼。此次我只杀他一个人，其余人等都不问罪。"

陈国随行众人全都跪倒在地，蔡季用好话一一抚慰一番，又说道："你们已故国君的儿子妫跃，是我们蔡侯的外甥，如今要扶持拥立他为陈国国君，诸位以为如何？"在场众人齐声回答道："如果真能这么办，十分符合我国百姓的心意，我们自愿在前边为贵军领路。"

蔡季听后，当场就把妫佗斩首，将他的头挂在车上，长驱直入地进入陈国领土。那些跟着陈国国君妫佗出来打猎的一班随从们，如今都在前面为蔡季的军队开道，向陈国百姓表明，蔡国人此次前来是为了讨逆贼立新君。因此，虽然蔡国大军开进了陈国国都，陈国的街市并没有发生动乱，百姓们欢呼雀跃，夹道相迎。

蔡季到了陈国都城后，命人将妫佗的头颅放到陈桓公的庙里献祭，并拥立公子跃当了陈君，这就是历史上的陈厉公。这是周桓王十四年的事情。公子佗从篡位到其被杀，一共才一年零六个月。为了这短暂的富贵，甘愿背上万年的恶名，岂不是愚蠢至极？

有诗为证：
弑君指望千年贵，淫猎谁知一旦诛！
若是凶人无显戮，乱臣贼子定纷如。

陈国自从公子跃即位为君后，同蔡国非常和睦，连续多年没有发生什么大事。

且说南方有个大国，名叫楚国，国君以"芈"为姓，世袭子爵。楚国国君一族本出自上古时代颛顼帝的孙子重黎。重黎曾经担任过帝喾高辛氏时掌管火政的官员，可以光照天下，因此被赐名叫"祝融"。

古时候，祝的含义是大，融的含义是明，祝融的意思即为火神。当时的人们认为重黎生前是火正之官，死后将变为火神，所以用祝融为他命名。重黎死后，他的弟弟吴回继承了祝融这个称号。吴回有个儿子叫陆终，娶了殷周时期西北部大族鬼方国君的女儿为妻。他妻子怀孕足足十一年，后来割开身体左胁，生下三个儿子；再割开右胁，又诞下三个儿子。

这些儿子中，长子叫樊，己姓，被封于卫墟，称为夏伯，成汤伐夏桀时被灭。

次子叫参胡，董姓，被封于韩墟，周时为胡国，后被楚国所灭。

三子名叫彭祖，彭姓，被封于韩墟，称为商伯，商末的时候方才被灭国。

四子名叫会人，妘姓，被封于郑墟。邻国后来被郑武公所灭，其领土也就是后来的新郑，本书第四回中已有提及。

五子叫安，曹姓，被封于邾墟，也就是如今的山东邹县一带。

六个儿子中最小的一个叫季连，姓芈。楚国国君便是他的后代子孙。

姓芈的后代当中，有位叫鬻熊的大贤，博学有道，周文王、周武王都曾拜他为师。后代便将他名字中的"熊"字当成姓氏。周成王的时候，下诏命人推举周文王、周武王时立有功劳之人的后代，结果找到了鬻熊的曾孙熊绎，将其封到江南一带的荆蛮地区，赐予他相当于子男爵位的方圆五十里的田产，在丹阳建立都城。

君位传了五世，到了熊渠手中。熊渠很得江汉一带百姓的拥护，就僭越本分自称为王。周厉王凶残暴戾，熊渠害怕他派大军前来讨伐，便去掉了"楚王"的名号，不敢再以王自居。后来又传到第八代熊仪，他的字叫若敖。又再传到第九代熊眴，也就是蚡冒。蚡冒去世后，他的弟弟熊通弑杀了蚡冒的儿子，自立为君。

熊通此人残暴好战，内怀僭越称王的念头，只是眼看各诸侯拥戴周朝，朝贡不绝，因此暂时存着观望的念头不敢称王。等到周桓王在郑国吃了败仗，熊通觉得无所顾忌了，僭越称王的决心就此下定。

担任执掌楚国军政大权的最高长官——令尹一职的斗伯比，乃是楚国宗室出身，启奏道："楚国很久以前就已经除去王的称号了，如今要恢复这个尊号，必须先用武力震慑，制服其他诸侯国才行。"

熊通询问道："要用何种方法才能制服它们？"斗伯比回奏道："汉江东边的国家只有随国最大。国君您先派遣大军到随国边境，再派使臣去向他们议和。随国若是拜服，则汉、淮流域诸国没有谁敢不顺从您。"熊通同意他的说法，就亲自率领大军在随国的瑕城驻扎，然后派大夫薳章去随国议和。

随国有一位贤臣，名叫季梁，还有一个奸臣，名叫少师。随国国君喜欢阿谀奉承的小人而疏远贤士,所以少师深受宠信。等到楚使来随国议和的时候,随国国君召来这两位大臣询问对策。季梁启奏道:"楚国强大而随国弱小,楚国今来议和,其意图难以揣测。不如暂时表面上应承他们而暗地里整顿军备修筑工事,这样才能保证不出差错。"少师道:"臣请求带着和约条款前去刺探楚军军情。"随国国君就派少师带着盟约前往瑕城与楚国结盟。

斗伯比听闻少师要来的消息,启奏熊通道:"臣听说,这个少师是个浅薄的小人,因谄谀国君而得宠。如今奉命以使臣的身份前来探听我们的虚实,我们应当把精兵强将都隐藏起来,专门把那些老弱残兵展示给他看。他回去后,随国肯定会轻视我军,其军心必然骄躁。骄傲的人一定会放松警惕,然后我国便可得偿所愿了。"

楚国大夫熊率比反对道:"随国还有一位贤臣季梁在,这么做如何能够瞒过他的眼睛?怕是白费力气,于事无补。"斗伯比答道:"这个计策不是为了眼下,我是为了今后做打算。"熊通同意了斗伯比的这一计策。

少师进了楚国军营,左右观察,只见武器老化、盔甲生锈,士兵非老即弱,看上去不堪一击,于是便表现出得意自负的神色。他对熊通道:"你我两国各守自己的疆域,不知贵国这次来议和是什么意思?"熊通虚与委蛇地应对道:"我国连年灾荒,粮食歉收,百姓疲敝羸弱,实在害怕周围那些小国联合起来反对我国,所以想与贵国结为兄弟之国,互相结为唇齿相依的外援。"少师回答道:"汉江东边的那些小国,都服从我随国的号令,您不必担心。"熊通于是跟少师订立了盟约。少师离去后,熊通便传令班师回国。

少师回国来见随国国君,详细叙述了楚军羸弱不堪的样子:"楚人十分庆幸能够和我国结盟,盟约缔结后便迫不及待地立即撤军,可见他们实在是太畏惧我随国了!请国君您给我一支普通的军队,在后面追踪袭击他们,就算不能把楚军全部俘虏带回,也能俘获掠走一半楚军。如此楚国今后便不敢小看随国了。"随国国君认为他说得非常有道理。

他们刚要起兵,季梁听说了这件事,径直进来劝谏道:"使不得,使不得!楚国自若敖、蚡冒以来,几代君主都勤修国政,侵犯江、汉一带也有很多年头了。熊通杀侄自立,更是一个凶狠残暴的人。如今他无缘无故地前来讲和,肯定包藏祸心。现在故意把老弱病残的军士展示给我们看,大概是在设下引诱我们的计策,要是前去追赶必将落入他们的圈套。"随国国君命人卜了一卦,结果是"不吉",也便没有前去追赶楚军。

熊通听闻季梁阻止了随国的追兵,又将斗伯比叫来商议。斗伯比奏道:"请通告诸侯在沈鹿地区聚会。若是随国派人前来参加,那就表示他们已经服从我国了。假如他们不来，就用背叛盟约的罪名讨伐随国。"熊通于是派使臣四处告知汉东各国，约好夏季四月初一在沈鹿这个地区聚齐。

到了四月初一这天，巴、庸、濮、邓、鄾、绞、罗、郧、贰、轸、申、江等各国都到了，只有黄、随两国没来。熊通就派薳章去斥责黄国，黄国派使臣前来赔罪；又命屈瑕前去斥责随国，随国国君不认为自己有错。熊通于是亲自率兵讨伐随国，驻扎在汉水、淮河两条河流之间的地区。

随国国君召集群臣询问抵挡楚军的办法。季梁进言道："楚国刚刚整合了诸侯，派大军进攻我随国，其锋芒十分锐利，不可轻敌。不如用谦卑的言辞去同他们讲和。楚国如果听从我们的意见议和，重修旧好也就达到了目的。要是他们不听从，理亏的便是楚国了。楚军因我方言辞卑微地讲和，就会欺负藐视咱们，士兵便会有松懈懒惰的心理；我军看到楚国拒绝讲和的行为，士兵就会有愤怒的心理。我军愤怒而敌军懈怠，或许可以与楚军一较高下，随国可能会因此而幸免于难！"

少师听闻后在旁边挽起袖子，伸出胳臂，大声说道："你为何如此惧怕楚军！这次楚国人远道而来攻打我国是自己送死来了！若是不迅速发起进攻，只怕他们又会像上次那样跑掉了，岂不可惜！"

随国国君被他的豪言壮语迷惑了，亲自领兵抗楚，在青林山下布阵。他命少师担任"戎右"一职，负责用长枪击刺敌人；任命季梁担任"御"一职，负责控制战车；随国国君位居战车左侧的主将位置，负责射箭；三人同乘一辆战车。

季梁爬到战车顶上去观察楚军军情，然后对随国国君道："楚军分成左、右两军，按照楚国的习俗以左为上，楚国国君熊通一定在左军阵中，国君所在之地，必定集中了很多精锐的部队。请您下令专门攻打楚国右军，倘若右军被我们击败，左军的士气必定大为沮丧。"少师昂然反对道："避开楚国的国君不敢进攻，岂不让楚国人笑话？"随国国君听从了少师的话，先对楚国的左军发动进攻。

楚军开放战车放随军进来，随国国君杀到战阵里面，楚军在四周埋伏的军队全部杀了出来，人人勇猛，个个雄壮。少师和楚将斗丹交战，没过十个回合，便被斗丹斩杀坠下车来。季梁保着随国国君拼死抵抗，楚军毫无退却的迹象。

随国国君只好弃了战车，换上普通士兵的服装混在士兵里逃跑。季梁拼死杀出一条血路，这才冲出重围。突围后他清点人数，发现幸存的士兵只剩十之三四。

随国国君羞愧地对季梁说道："孤不听你的话，所以才沦落到了这个地步！"又问道："少师在哪里呢？"有士兵看到少师被杀的情景，便将此事禀报了随国国君，随国国君不住地叹气。季梁生气地说道："这个误国的小人，国君您还可惜他做什么？如今的情况，只有马上与楚国讲和才是上策。"随国国君点头道："现在，孤将国事托付爱卿了。"季梁于是去楚军大帐求和。

熊通见季梁前来求和,大怒道:"你的国君背弃盟约,不来参加聚会,并率领军队抗拒寡人的讨伐。现在打败了才来求和,根本毫无诚意。"季梁面不改色,从容地回答道:"那时候,我国的奸臣少师,倚仗君主对他的宠信,贪功好战,强迫我们国君亲自参战,出战实在不是我国国君的本意。如今少师已经战死,我国国君也知道自己有错,特地派我前来向您赔礼道歉。您如果能原谅我国,我随国将带领汉东各国,每天都服从楚国调遣,永远臣服于楚国。希望您仔细考虑一下!"

斗伯比对熊通进言道:"上天不想让随国灭亡,所以才除去了那个阿谀奉承的奸佞之臣。随国眼下还不能直接灭掉,不如同意和他们讲和,让他们率领汉东的诸侯,到周天子那里去歌颂楚国的功绩,再借用周天子赐予的'王位'名号来镇服南方各族蛮夷,这对我楚国有百利而无一害。"熊通道:"说得对。"

于是熊通就派薳章私下告诉季梁:"我们楚国国君的势力覆盖江汉,想要借助周天子赐予的名位以镇服南方各族蛮夷。如果贵国能在此事上施以援手,率领汉东各族诸侯去请周王室赐封我们楚君为王,若真的有幸受到天子册封,我们楚国国君的这份荣耀实在全拜贵国所赐。我国国君现在就收兵,以等待贵国的决定。"

季梁回来后,把这事说给随国国君听。随国国君不敢不遵从,就自己上疏,以汉东诸侯代表的名义歌颂楚国的功绩,请求周王室把王的称号赐给楚国,以此来压制南方各族蛮夷。周桓王不同意楚国称王的请求,直接驳回。

熊通听说后,勃然大怒,道:"孤的祖先熊鬻,有辅佐教导文、武二王的功劳,却只封了一个小小的国,且远在偏僻的荆山地区。如今我国疆域日广,人民众多,南方各族蛮夷无不俯首称臣,而天子却不加封我的爵位,这就是有功不赏。郑国人射中了天子的肩膀,而天子不能前去讨伐,这就是有罪不罚。既不能奖赏功臣,也不能惩罚罪臣,怎么能做天子呢!退一步来讲,楚王这个称号,孤先祖熊渠曾经自封过,孤只不过把它恢复过来,还用得着周王室来册封吗?"

于是他便在军营里自立为楚武王,与随国结了盟后班师回国。汉东各诸侯国,都派使臣前去祝贺。周桓王虽然对楚国这一行为十分气愤,但也拿他没办法。从此周王室更加衰弱,而楚国则更加贪得无厌。熊通死后,传位给儿子楚文王熊赀,后者把国都迁到郢,统治着南方各族,迫不及待地表现出企图入侵中原地区的势头。后来要不是召陵之师、城濮之战,那么其侵犯中原的势头就无法遏制了。

话分两头,再说郑庄公自从击败周桓王的军队后,大大地嘉奖了一番公子元的功劳,又将栎邑这个大城封给公子元居住守护,待他就如同小国的国君。其他大夫也各有封赏,唯独祝聃的功劳没有记录在案,也没有奖赏。祝聃亲自到郑庄公面前询问原由，郑庄公为难地解释道："若是寡人给射伤天子的人论功行赏，只怕别人会在背后议论、批评寡人。"祝聃心中愤恨，后因背上生了毒疮而去世。郑庄公私底下送了很多财物给他家人，命人将他厚葬了。

周桓王十九年夏天，郑庄公染上重疾，将祭足召到床头，对他道："寡人一共生育了十一个儿子。除世子忽外，子突、子亹、子仪都有贵人的相貌特征。其中子突的才智福分，似乎又在其他三个儿子之上，那三个儿子都没有享尽天年、得以善终的相貌。因此寡人想传位给子突，你觉得如何？"祭足道："世子忽的生母邓曼，乃是您的正妻，世子忽又是嫡长子，您把他当太子来培养已经很长时间了，而且世子忽屡建大功，百姓们都信服、爱戴他。您今日要废嫡立庶，臣实在不敢赞同！"

郑庄公摇摇头，叹息道："寡人知道，子突不是个安心做臣子的人，如果要立子忽为君，只有把子突送到他外祖父宋国那边了。"祭足点头道："没有比父亲更了解儿子的人了，请您下命令吧。"郑庄公叹了口气道："只怕我郑国从此不得安宁了！"于是下令把公子突送到宋国居住。五月，郑庄公去世，世子忽即位，就是历史上的郑昭公。昭公即位后，派大臣们分别出访各国。祭足责任最重，负责出访宋国，顺便察看下子突的情境。

再说公子突的母亲，乃是宋国豪族雍家的女儿，名字叫作雍姞。雍氏一族大都在宋国做官，宋庄公非常宠信他们。公子突被逐出郑国去宋国定居后，非常想念他的母亲雍姞，就同雍氏一族商议回郑国的计策。

雍家的人将这情况禀报给了宋庄公，宋庄公答应替他想办法。刚好祭足因国事造访宋国，宋庄公高兴地说道："子突回郑国的事，关键就在这个祭足身上了。"于是就叫南宫长万预先率领甲士在大殿里埋伏，只等祭足前来拜见。

祭足到来后，刚行完礼，甲士们快步走出来，要把祭足拘禁起来。祭足大声呼叫道："外臣我犯了什么罪？"宋庄公道："将其暂且押到武器库再说。"于是祭足就被囚禁在武器库里，甲士们在武器库周围把守，水泄不通。祭足惊疑交加，手足无措，坐不安席。

到了晚上，太宰华督带着酒亲自到武器库来为祭足压惊。祭足惊疑地问道："我国君主让我前来结交贵国，并没有不妥之处，不知道为何触怒了贵国君主？是我们主公的礼数有所欠缺，还是在下这个使臣不够称职？"华督笑道："都不是。你们郑国的公子突出自雍家，这事谁不知晓？如今公子突回到我们宋国蛰伏，我们主公十分怜悯他。再说世子忽懦弱怕事，实在不堪担任君主的重任。大夫你要是能办成废忽立突这件大事，我们主公愿意和你世代结为姻亲，希望大夫你仔细思考这件事！"

祭足为难地说道："我们新国君即位，是由先君遗命所定。若我一个当臣子的将君主废了,诸侯就要来问我的罪了。"华督摇头道:"据我所知,你们郑国先君十分宠爱雍姞,母亲受宠,儿子的身份就应当尊贵,如此说来,公子突继承君位不也顺理成章吗?再说篡位杀君的事哪国没有呢?世人只看你力量是否强大,你若强大,谁又能向你加罪?"接着,他又附在祭足耳边小声说道:"我们现在的国君即位,不也是先废后立?先君穆公传位给与夷,国君一度失去继承权,后来我除掉与夷,国君方才得以即位。你若下定决心要办这件大事,我们国君可以担保你没事。"

祭足紧皱着眉头不说话。华督又恐吓道:"你若是执意不肯,我们国君就会下令任命南宫长万为大将,出动六百辆战车,护送公子突到郑国争位。出兵那一日,将把你斩首来祭旗,那我和你也就只有今天这最后一次见面了!"祭足心中十分恐惧,只得答应下来。华督又再三让他对天发誓。祭足无奈,只好发誓道:"若我不拥立公子突为国君,请神明诛杀我!"

史官作了一首诗讥祭足道:
丈夫宠辱不能惊,国相如何受胁陵?
若是忠臣拚一死,宋人未必敢相轻!

搞定此事后,华督连夜回去报告宋庄公道:"祭足已听命于我们了。"

第二天,宋庄公派人传召公子突到密室里,对他道:"寡人曾和雍家的人有言在先,答应送你回郑国。如今郑国因立新君前来通报,新君有一封密信给我,信中言道:'请您一定要把公子突杀掉,郑国愿割让三座城池作为谢礼。'寡人不忍心杀你,所以偷偷告诉你。"

公子突大惊失色,跪下哀求道:"子突我遭受不幸,流亡到宋国,子突的性命已完全属于您了。如果能借君主您的力量,使我重见先人的宗庙,只要是您想要的,都可以送给您,岂止三座城呢?"宋庄公大喜道:"寡人已将祭足囚禁在武器库中,正是为了公子你的缘故。要办这件大事非祭足不可,寡人要让你们结盟。"

于是又派人将祭足召来和公子突见面,还召来了雍氏,众人把废子忽、立子突的事情说清楚。三人歃血为盟,宋庄公亲自担任主持盟约的盟主,太宰华督也到场参与其间。

宋庄公又迫使公子突立下誓约,除了三座城池之外,必须要用白璧一百双、黄金一万镒和每年送来粮食三万锺的代价,以作为酬谢宋国帮助他即位的礼物,祭足也签了名字作为凭证。公子突急于回国即位,全盘接受了这些条件。

宋庄公要公子突将国家大事全权委托给祭足处理,公子突也应允了。宋庄公又听说祭足有个女儿,便命蔡足将其许配给雍氏的儿子雍纠,还让祭足立即带雍纠回郑国成亲,并授予雍纠大夫的官职,祭足也不敢反对。

公子突和雍纠都换上老百姓的衣服，假装成做买卖的商人，驾车跟着祭足，于九月初一抵达郑国，藏在祭足的府中。祭足假装有病，不能上朝，诸位大夫都到祭足府中问安。祭足埋伏了一百名披甲的死士藏在装饰墙壁的帷幕里，然后请大夫们到里屋相见。

大夫们一见祭足面色红润，穿戴整齐，大吃一惊道："相君您没病，为何不去上朝？"祭足阴森森地说道："不是在下的身体生了病，而是我们国家病了。先君宠爱公子突，叮嘱过宋公照顾于他。如今宋公就要派南宫长万为大将，率领战车六百辆，辅佐公子突前来攻打郑国。我国新君上任，局面尚未安定，如何抵挡得了宋国的虎狼之师？"大夫们面面相觑，不敢回答。

祭足见此情景，大声道："现在若想让宋兵撤走，只有废了公子忽立子突为君才行。公子突现在就在此处，诸位从还是不从，请说一句话来决定！"

大夫高渠弥因世子忽曾阻止郑庄公封他做上卿，向来和世子忽有嫌隙，握着剑挺身而出道："相君这番话，实在是国家的福气，我们愿意拜见新君！"

诸位大夫听了高渠弥的话，以为他与祭足早已有了约定，又瞧见墙外帷幔之中隐隐透出人影，每个人心中都十分惊惧，便一起唯唯诺诺地表示同意。

祭足便把公子突请出来，让他在上座坐定。祭足和高渠弥率先跪下行礼，其余大夫们无可奈何，只能一齐跪倒拜伏在地。祭足预先写好了有大夫们联名上奏的表章，派人送给郑昭公，里面写道："宋国以重兵拥立公子突，臣等不能再侍奉君主您了。"祭足自己又单独写了封密信，信里写道："主君，您能够继承君位，其实并不是先君的意思，而是臣祭足力争来的。如今宋国为拥立公子突而囚禁了臣，要挟臣参加他们的同盟。臣担心就算自己死了，也对国君您没有益处，已经亲口答应了他们。如今宋军就要抵达城外，诸位大臣们畏惧宋国的强大，一同计划要去迎接公子突。主公您不如暂时退位，容臣寻找机会，再设计将您接回复位。"信的末尾又写下一句誓言："如果违背这些誓言，必受重谴，太阳为证！"郑昭公接了表章和密信，自知孤立无援，流着眼泪与妗妃道别，逃到卫国去了。

九月十二日，祭足拥立公子突即位，就是历史上的郑厉公。郑国大小政事，都由祭足处理。祭足将女儿嫁给雍纠，把她称为雍姬。又向厉公请示，赐予雍纠大夫的职位。

雍氏原本就是郑厉公的外公家，厉公在宋国避难时，和雍氏来往密切，所以厉公宠信雍纠的程度，只比宠信祭足稍差一点而已。自从厉公即位，老百姓们慢慢都顺服安定下来。只有公子亹、公子仪两个人心怀不满，他们又担心厉公加害，新君即位当月，公子亹便逃往蔡国，公子仪则逃到了陈国。

宋庄公听闻公子突的君位稳定了下来，就派人带着国书前来祝贺。哪知因为这次祝贺，又挑起了两国的战争。

第十一回
宋庄公贪赂构兵　郑祭足杀婿逐主

话说宋庄公派人送信给郑国道贺，同时索要郑国事先允诺割让的三座城池以及一百双白璧、一万镒黄金和每年进贡给宋国的三万锺粮食。郑厉公召祭足前来商议。

郑厉公悔恨地说道："当初为了急于回国夺取君位，因此任凭宋国肆意索取好处，寡人一点都不敢驳回他的条件。现在寡人刚一即位，宋国便来责令索要补偿，如果按照他们的要求付给，我们的国库就被一扫而空了。更何况，寡人刚继位，就丢了三座城池，岂不让邻国耻笑吗？"

祭足回禀道："国君可以用郑国人心还不安定，割让领土怕会生出变乱的借口来推辞割地的要求，只说我国愿意把三城的贡赋转献给宋国，而答应的白璧、黄金，暂时先交付三分之一，再婉言道歉。至于每年缴纳的三万锺粮食这点，您可以请求从明年开始上缴。"郑厉公听从了祭足的建议，写信回复宋庄公。信中写道："先进贡献上三十双白璧、三千镒黄金，那三城的贡赋约定在秋后初冬交纳。"

宋国使者回国禀报了宋庄公，宋庄公一听勃然大怒道："子突当年已经陷入死地，是寡人令他的状况起死回生。他流亡我国的时候贫窘困顿，是寡人使他再度富贵起来。当初许诺寡人的财物，原本就是郑昭公子忽的财物，与子突有什么关系，居然胆敢如此吝啬！"立即又派使臣坐镇郑国专门索取，要求郑国一定要如数上交，而且马上就要接管三城，不愿接受只给三城贡赋的条件。

郑厉公又跟祭足商议，决定再给宋国送去两万锺粮食。宋国的使臣离去后又返回郑国，传来宋庄公的话："如果不将许诺的财物全数送来，那就让祭足亲自来宋国回话。"

祭足对郑厉公说道："昔日宋殇公即位之时，公子冯逃到我郑国，曾受到先君郑庄公百般照顾，这才有了今日。宋国国君受我先君庄公的大恩大德，分毫都没有报答。现在仗恃拥立您即位的功劳贪得无厌而且口出狂言，蛮横无礼，我们不能听凭他予取予求。臣请求奉国君您的命令前去出使齐国和鲁国，请他们代为从中调停。"

郑厉公疑惑地问道："齐、鲁两国肯为我们郑国所用吗？"祭足点头道："前些年，我国先君庄公讨伐许国、宋国的时候，没有一次不是与齐、鲁一同并肩作战的。更何况，当年公子翚弑杀鲁隐公、拥立鲁侯，就是因为先君郑庄公支持才最终成功的。鲁侯当上国君，我们先君实际上帮了大忙。即使齐国不以我郑国为重，鲁国肯定是不会推辞的。"

郑厉公又问："即便如此，那他们又能怎样从中斡旋呢？"祭足回答道："当初华督弑杀了宋殇公，改立子冯为国君时，我们先君和齐、鲁两国都接受了宋国的贿赂，并促成了此事。鲁国接受了宋国的至宝郜鼎，我国则接受了宋国的宝物商彝。现在我们可以分别对齐君和鲁君说，我们要将至宝商彝归还宋国。宋公由此便会想起从前先君对他的恩情，一定深感惭愧，然后主动放弃索要财物的行为。"郑厉公听后大喜道："寡人听了祭足您的这番话，真是如梦初醒。"立即派遣使者，带上财物礼品，分头前去齐、鲁二国，告知郑国已经另立新国君的事，并告诉两国宋庄公忘恩负义，不停地讨取贿赂的情形。

前去鲁国的使者，到了鲁国后就前去执行通知的任务。鲁桓公听罢，笑着说道："当年宋公向我们鲁国行贿，仅用了一个鼎。而现在已经得了郑国那么多贿赂了，他还是不满足吗？寡人应当亲自前去充当说客，这几天就动身前往宋国，为你们国君解决这件事。"郑国使者拜谢告辞回国。

再说另一位郑国使者出使齐国执行外交任务，那时齐国的国君还是齐僖公。僖公一向因为击败戎人的功劳而感激郑昭公子忽，曾数次打算把次女文姜许配给子忽而结成姻亲。虽然因子忽极力推辞的缘故而没有成真，但齐僖公内心到底还是偏向子忽一些。现在郑国废子忽而立子突为君，齐僖公自然非常不高兴。

他问郑国使者道："郑国国君子忽犯了什么罪，为什么突然将其废掉另立新君呢？要当你们郑国的国君，难道这么困难吗？寡人将亲自率领各诸侯的人马，到郑国的都城外与你们新国君相见。"然后，对郑国进献的财物和礼品一律不接受。

使者回国将此情形禀告郑厉公。厉公大惊，对祭足说道："寡人如今受到齐僖公的责备，必定会发生战争，该怎么办才好？"祭足回奏道："臣请求前去操练部队，整顿战车，提前做好准备，敌军若是前来就出城迎战，有什么可怕的！"

且说鲁桓公派公子柔前往宋国，商议两国君主会面的时间。宋庄公说道："既然鲁国国君放出话来，有心与寡人订下会面之约，寡人应该亲自恭敬地到鲁国去造访，怎么敢劳烦贵国国君远道而来相会呢？"公子柔回国禀报了鲁桓公。鲁桓公再派人前去相约，最后双方斟酌之后，商定在两国中间的扶锺地区聚会，时间是周桓王二十年秋天的九月。

宋庄公和鲁桓公在扶锺地区见了面。鲁桓公先代表郑国感谢宋国的恩情，并且替郑国开口恳求宋国减免一些酬劳。宋庄公道："郑国国君受寡人的恩惠太深了！就好比说，他原本只是枚鸡蛋，寡人孵化并庇护了他，他方才长成今日的雄鸡。郑国国君许诺给寡人的礼物，当时他是真心实意地答应了。如今他回国篡夺了君位，马上背弃当日许下的诺言，寡人岂能无动于衷！"鲁桓公劝道："贵国赐予郑国的这些大恩情，郑国国君怎敢忘记呢？只是他当国君的日子太短，国库空虚，一时不能够按照约定的数目付清。可是只要宽限些时间，早晚肯定会如数献上，绝不会违背当日的承诺。在这件事上，寡人可以力保郑国不会赖账。"

宋庄公又说道："像金玉这些财物或许可以用国库不充盈的说法来搪塞，而交割三座城池这件事，不就是几句话的事情吗？为什么推三阻四呢？"

鲁桓公笑道："郑国国君担心的是失去祖宗传下的基业被各国所耻笑，所以希望用这三城的赋税来代替。寡人听说郑国已经缴纳万锺粮食给贵国了。"

宋庄公嗤之以鼻，回道："我国收下的两万锺粮食，是原本约定中每年进贡三万锺的一部分，和这三城的赋税没关系。更何况当时许诺的那些财物，如今还没缴纳上一半。现在已经这样拖沓，等过些时间，郑国国君完全忘了寡人的恩情，寡人的这些酬劳还有什么指望呢？希望您尽早帮我国讨要回来！"鲁桓公见宋庄公十分固执，闷闷不乐地结束了此次会面。

鲁桓公回国之后马上派遣公子柔出使郑国，述说了宋庄公不肯宽限的情况。郑厉公又派大夫雍纠捧着商彝，呈献给鲁桓公，言道："这原是宋国的宝物，我国国君不敢擅自留下，请送还给宋国以代替那三座城池吧。另外，我国再进献白璧三十双、黄金二千镒，求君侯您再去好言解释一番。"

鲁桓公情非得已，只好亲自前往宋国，约宋庄公在谷邱地区会面。两国君王相互见礼之后，鲁桓公又代郑厉公向宋庄公表示歉意，并呈上郑国所给的白璧和黄金，说道："您上次提到郑国昔日许诺的财物，还未交够一半之数，寡人严肃地责备了郑国国君，郑国因此又尽力勉强凑出这些财物交纳。"

宋庄公没有表示谢意，却反问道："那三座城池什么时候交割？"鲁桓公为难道："郑国国君考虑到祖先世代守护基业不易，不敢因他私人所受恩德的缘故就轻易地舍弃先人传下的疆域。现在敬献上一件宝物，可以代替三城。"然后命令身边侍卫把一个用黄绸锦缎包裹的物品高高地捧着，跪着进献到宋庄公面前。

宋庄公听到"私人所受恩德"几个字，眉头微微皱起，已经表现出不高兴的样子。等到打开包袱一看，认出那是商彝——当初他贿赂郑庄公的物品，脸色一下子就变了，但他假装不认得商彝，问道："这东西有什么用处？"鲁桓公说道："这是贵国的珍宝，郑国的先君郑庄公从前曾经帮过贵国的忙，承蒙贵国将这件宝物赠送于他，庄公将它看作稀有珍宝收藏起来。如今继承君位的郑国新君不敢继续夺人所爱，将其仍然奉还给贵国。希望您考虑到往日帮忙的情分，就免了郑国割让的城池吧！这样的话，不要说如今的郑国新君，就连郑国的先君庄公都会感激您的恩赐。"

宋庄公见他提起旧事，不觉两颊通红，喃喃回应道："以前的事情，寡人已经忘得差不多了，待寡人回国问一下以前的相关人员。"两国君主正在谈论的时候，忽然有人前来报告道："燕国国君前来拜见宋国国君，如今车驾已经到了谷邱地区。"宋庄公便邀请燕国国君与鲁国国君在同一个地方会面。燕国国君对宋庄公道："我国疆域与齐国相邻，经常受到齐国的侵略讨伐，寡人希望能够仰仗宋公您的威望，向齐国求和，以保存我国社稷。"宋庄公满口应允。

鲁桓公对宋庄公道："齐国与近邻纪国也是世仇，曾有偷袭纪国的企图。宋公您如果愿意代表燕国前去与齐国讲和，那么寡人就代替纪国前去齐国求情，让他们重修旧好，和平共处，免受战争之苦。"三国国君便一同在谷邱结为同盟。鲁桓公回到鲁国之后，从秋天等到冬天，并没有听到宋庄公的回音。

在此期间，宋国一直派使者前去郑国催要财物和城池，派出的使者络绎不绝。郑厉公又派人前去恳求鲁桓公，鲁侯又前后在虚、龟两个地方约了宋庄公两次，以解决郑、宋二国的矛盾。而宋庄公却没有前来，只是派使者对鲁桓公道："我国国君与郑国的纠纷已经有约在先，您不要再过问此事了。"桓公怒不可遏，大骂道："一般人若是贪得无厌又不讲信用尚且不可，何况一国的国君呢！"于是转道前去郑国，与郑厉公在武父地区会面，约定联合出兵讨伐宋国。对此，隐士徐霖有诗评道：

逐忽弑隐并元凶，同恶相求意自浓。

只为宋庄贪诈甚，致令鲁郑起兵锋。

宋庄公听说鲁桓公怒不可遏，便料想与鲁国的良好关系不会再持续下去了。又听闻齐僖公因子忽的缘故不愿意帮助郑厉公，于是派公子游去齐国请求结盟，并向齐僖公诉说郑厉公背约失诺、忘恩负义的事："我国君主对于帮他废黜子忽一事觉得有愧于心，愿意同您一起协力进攻子突，恢复原国君子忽的君位。此外，我国国君还想代燕国向您求和。"

这位出使齐国的使者还没回到宋国，宋国边境的官吏便发来报告道："鲁、郑两国发动军队前来侵犯，兵锋强盛，如今就要逼近睢阳了。"宋庄公大惊失色，急忙召集诸位大夫商议迎敌的方法。

公子御说劝谏道："军队士气的衰落与旺盛，在于出师是否名正言顺。我国贪图郑国的贿赂，如今又背弃了鲁国的友谊，鲁、郑两国如今师出有名。不如承认我国的过错,向两国请求和解,平息冲突、避免战争,这才是上策。"南宫长万则反对道:"敌军已经兵临城下,我们若连射一箭的自救举动都没有,这是向对方示弱的表现,哪里像个大国的样子呢?"太宰华督也开口道:"长万的话非常有道理。"于是,宋庄公便不听从御说的劝谏,任命南宫长万为大将领军迎敌。长万推荐猛获担任先锋,出动三百辆战车迎战。两军在战场上排开阵势,鲁桓公、郑厉公并排乘车走出队伍,停在两军阵前,单单挑明要宋庄公出阵答话。

宋庄公心中惭愧,便假托身体有病拒绝出来见面。南宫长万远远地望见对方阵中两顶绣盖正迎风飘扬,知道那是两国君主所在之处,于是用手拍了拍猛获的脊背道:"今天你若不建功立业,还要等什么时候?"

猛获领了命令,手中握着钢矛,催动战车径直向前冲去。鲁、郑两国国君见他来势汹汹就将自己的战车往后退一步,左右两边冲出两员上将,鲁国的乃是公子溺,郑国的则是大将原繁,他们二人各驾战车迎住猛获。

公子溺与原繁先询问来将姓名,得到的回答是:"我乃宋国先锋猛获是也!"原繁哈哈大笑道:"无名小卒,不要脏了我的刀斧,赶快回去换你们的大将前来决一死战。"猛获大怒,举起钢矛直直刺向原繁,原繁抡起大刀接战。子溺指挥着鲁军就像铁桶一般包围上来,猛获力战两位大将竟然毫无惧色。

鲁国将领秦子、梁子,以及郑国将领檀伯,一拥而上,围战猛获。猛获寡不敌众,气力不加,被梁子一箭射中右胳膊,双手无法握住钢矛,只能束手就擒。他所带领的战车和士兵们,几乎都被鲁、郑联军所俘虏,只逃脱了五十多个步兵。

南宫长万听闻猛获战败的消息,气得咬牙切齿,道:"不将猛获夺回来,我有何面目回城!"于是命令他的长子南宫牛,率领三十辆战车前去挑战,并叮嘱他道:"你假装战败,引诱敌人到西城门,我自有计策对付他们。"南宫牛领命立即出阵,横握长戟大骂道:"郑国子突,忘恩负义的贼,竟然自己前来送死,何不速速投降!"正巧碰上一名郑国将领带着几名弓箭手,单车匹马巡视战阵。他欺负南宫牛年轻,便上前与其交锋。还没战上三个回合,南宫牛便调转车头逃跑,郑将紧追不舍。即将追到西城门时,四面炮声骤起,南宫长万从后面把郑将截住。南宫牛也调回车头,前后两下夹攻。郑将连发了好几箭,都没有射中南宫牛,自己心里就慌了神,被南宫长万跳到战车上,单手就把他擒住。

郑国大将原繁听说他手下的偏将单车匹马前去迎敌,担心他遇到意外,就同檀伯带领军队迅速跟上来。只见宋国的城门大开,太宰华督亲自率领大军出城接应南宫长万。这时候,鲁国大将公子溺也带领秦子、梁子前来助战。两军一直厮杀到黄昏时分,双方又各举火炬照明混战,一直杀到鸡叫天明才停战收兵。这一战宋军损兵折将，伤亡惨重。南宫长万把俘虏的郑将献上请功，并请求宋庄公派使者到郑军大营里商议，想用这员郑将换回猛获。宋庄公批准了他的建议。宋国使者到了郑营，说明交换俘虏的事，郑厉公接受了宋国的请求。于是双方各自用囚车把战俘推到阵前，彼此交换。郑将返回郑营，猛获回到宋国城中。这一天双方各自休整，没有爆发战斗。

再说公子游到齐国去商谈联盟的事情。齐僖公对公子游说道："郑国子突将他哥哥赶出国门，自己当了国君，这件事寡人深恶痛绝。但是，寡人如今正在同纪国交战，还没有余暇谈论结盟的事情，假如贵国肯出兵帮助寡人讨伐纪国，那寡人还能不帮助贵国攻打郑国吗？"公子游向齐僖公辞行，回复宋庄公去了。

再说鲁桓公和郑厉公在大营当中正商议攻打宋国的计策，突然听闻手下来报："纪国有使者前来紧急求救。"鲁桓公马上下令召见，纪国使者呈上国君的书信，信中写道："齐国军队攻打纪国，其攻势十分凌厉，纪国危在旦夕，请鲁国国君您念在我们两国世代姻亲的份上，迅速派出一旅精兵，救我国于水火当中。"

鲁桓公读完之后大吃一惊，对郑厉公说道："纪国国君向孤告急，孤不能不去救他。以孤所见，宋国都城也不是一时半刻便可攻下的，不如退兵先救纪国。事到如今，估计那宋国国君也不敢再来向贵国勒索了。"郑厉公点头道："您既然率领军队前去救援纪国，寡人也愿意带领我国全部军队跟随您一同前往。"鲁桓公非常高兴，立即命令军队拔寨起程，与郑军一同向纪国进发。鲁桓公在前面先行三十里，郑厉公带领郑国军队负责断后。

宋国先收到了公子游从齐国发来的消息，后来又发现敌人营帐有移动的迹象，担心鲁、郑军队另外设置了诱敌深入的计策，所以也不追赶，只是派探子远远地打探消息。探子回报道："敌军已全部撤出我国国境，果真奔纪国去了。"宋庄公这才放下心来。

太宰华督建议道："齐国既然允诺帮我国攻打郑国，我国也应当出兵帮齐国攻打纪国。"南宫长万自告奋勇道："微臣愿带兵前去讨伐纪国。"宋庄公便派出二百辆兵车，仍然任命猛获为先锋，日夜兼程地前去帮助齐国。

再说齐僖公与卫国国君约好，又派人前去号召燕国军队出兵，一同对纪国宣战。卫国刚准备发兵，国君卫宣公却于此时病死。世子朔继位当了国君，就是历史上的卫惠公。卫国正处于君主去世的国丧期间，按理说不宜出兵，但卫惠公畏惧齐国势大，不敢推辞，只得派兵车二百辆相助齐国。燕国国君向来害怕被齐国吞并，正想趁这个机会与齐国搞好关系，便亲自带领军队前来助战。

纪国国君眼见三国军队实力强劲，不敢出城迎战，只是深挖沟壑，加高城墙，加筑防御设施，严防死守，等待援兵。忽然有一天探子前来报告道："鲁、郑两国国君前来救援我国了。"纪国国君登上城头远远望去，果然是援兵到了，不禁喜出望外，便下令安排接应事宜。

再说鲁桓公率先抵达纪国，和齐僖公相遇在两军阵前。桓公率先开口道："纪国乃是我鲁国世代的姻亲，听闻他们得罪了贵国，寡人亲自前来，请求齐侯您赦免他们。"齐僖公大怒道："当年我先祖哀公，因为纪国人向天子进谗言诬陷而被周夷王放进大锅中活活烫死，到今天已经历经八代国君。这不共戴天的深仇大恨一直都未能报。鲁侯来此是为了帮助您的亲戚，寡人来此是为了报我的仇恨，今天的事，只有在战场上一较高下了。"

鲁桓公大怒，当即命令公子溺发动战车出战，齐国大将公子彭生迎战与他厮杀。那彭生有万夫不挡之勇，公子溺怎么能敌得过他？鲁军阵中秦子、梁子二将一齐上前交锋，依然不能取胜，仅能做到勉强招架而已。卫、燕两国君主收到齐、鲁两军已经交战的消息，也赶来合兵一处发动进攻。听闻后方的郑国军队已经赶到，原繁率领檀伯等将领径直冲向齐僖公的大本营。纪国国君也命令他弟弟嬴季领军出城帮助鲁军，发出震天的喊声。公子彭生不敢继续恋战，急忙调转战车回到大本营。六国的战车士卒，混在一起相互拼杀。

交战中，鲁桓公碰到了燕国国君，责备他道："前不久，宋、鲁、燕三国在谷丘地区发誓共同进退。盟约的字迹未干，宋人就背弃盟约，寡人前去讨伐了宋国。燕伯您今天也要仿效宋国的做法吗？眼下您只知道讨好齐国，难道就不为燕国做长久的打算吗？"

燕君自知失信理亏，低头避开鲁军，对外只推说吃了败仗，率军逃跑了。卫国没有国君坐镇，他们的军队首先被击溃。齐僖公的军队也吃了败仗，被杀得尸横遍野，血流成河。彭生中了箭，差点一命呜呼。正在齐军危急存亡的关头，听闻宋国的增援军队赶到，鲁、郑二国这才收兵。胡曾先生曾有咏史诗道：

明欺弱小恣贪谋，只道孤城顷刻收。

他国未亡我已败，令人千载笑齐侯。

宋军刚到纪国，还没有来得及喘口气，鲁、郑两国就各派一支军队径直冲杀过来，宋军连营地都来不及建立就大败而逃。齐、卫、燕、宋各国收拾残兵败将，分头撤回国内。齐僖公不断回头怒视纪城，向天起誓道："有我齐国就没有纪国，有纪国就没有我齐国，我与纪国势不两立！"

再说纪国国君获救之后，连忙迎接鲁、郑两国君主进城，大摆宴席，盛情款待，对参战的士兵们进行了丰厚的犒赏。嬴季上前说道："这次齐军大败而归，对我纪国的仇恨怕是更深了。今日趁您们二位国君在，希望能给我们筹划一个保全纪国的计策。"鲁桓公缓缓道："如今还没有万全之策，此事必须从长计议。"第二天，纪国国君把鲁、郑两国国君一直送出城外三十多里，这才垂泪告别。

鲁桓公回国之后，郑厉公又派人前来修好两国关系，巩固当年两国在武父地区签订的盟约。从此，鲁、郑两国成为一党，宋、齐两国结为一派。此时，郑国镇守栎地的大夫子元已经去世，祭足禀报过厉公之后，让檀伯继任。这事发生在周桓王二十二年。

齐僖公因为在纪国吃了败仗，心中气愤忧郁，最终发展成疾病。到了当年冬天，他已经卧床不起，弥留之际，将世子诸儿召到病榻前嘱咐道："纪国乃是我齐国世世代代的仇人，能灭掉纪国的人才是齐国的孝子。你如今接掌齐国的国君之位，必须要把此事看成人生最为重要的头等大事。不能报这大仇的君主，死后不要进入我齐国的宗庙！"诸儿跪下叩头，接受僖公的教诲。

齐僖公又召来自己弟弟夷仲年的儿子公孙无知，命他叩拜诸儿。僖公转头嘱咐诸儿道："寡人同母所生的弟弟已经去世，就只留下这一个儿子，你一定要好好照顾他，给他的服装、礼节、俸禄，像我现在给他的标准就可以了。"说完，齐僖公便闭上眼睛离开了人世。齐国的大臣们帮助诸儿操办丧事，继承国君之位。这就是历史上的齐襄公。

宋庄公对郑国恨之入骨，于是派使者把郑国所献纳的金玉分别送去贿赂齐、蔡、卫、陈四国，请求四国派兵帮助他报仇。齐国因为僖公刚刚去世，只派大夫雍禀带领一百五十辆战车前来相助。蔡、卫两国也各派遣将领率兵会同宋国一起攻打郑国。

郑厉公想要出兵迎战，上卿祭足劝阻道："千万不行！宋国本身就是大国，如今出动了整个国家的军队气势汹汹而来。假如此战失利，我郑国的社稷难保；即便侥幸打胜，也将会与这几国结下无休无止的仇怨，我国今后再也没有安宁的日子了。不如避其锋芒，坚守城池，放任他们在城外掠夺。"

郑厉公虽想出战，但因祭足反对，因此犹豫不决。祭足于是自作主张，下令全城百姓坚守城池，若有请求出战的人全部问罪。

宋庄公看郑国不出城迎战，就在郑国都城新郑东郊大肆抢劫，并用火攻破新郑的东大门，进入城内，一直攻到郑国的祖庙太宫，并把放在祖庙檩子上用来架屋瓦的木条椽子全部运走，这才撤军回国。这一行为是为了侮辱郑国，以报当年宋国都城商丘东城的南门被郑军烧毁的旧怨。

宋国撤兵后，郑厉公郁郁不乐，叹息道："寡人被祭足所束缚，这国君当得还有什么意思呢？"从此心中就暗暗滋生了除掉祭足的念头。

第二年春天，周桓王病入膏肓，就将周公黑肩召到床前，嘱托道："君位必须由嫡长子继承，这是礼法制度规定的。但次子克，一向都是朕所钟爱的，现在要把他托付给爱卿你。将来长子佗去世后，要让弟弟克继承王位，到时只有靠爱卿你主持这件事了。"说罢便驾崩了。周公黑肩遵照周桓王的遗命，拥立嫡长子，也就是太子佗，登上了王位，这就是历史上的周庄王。

郑厉公听闻周王室正在举行天子的丧礼，准备派使者前去吊唁。祭足态度坚决地对此进行劝谏，他认为："周王是我国先君庄公的仇人，祝聃当年曾射中了周桓王的肩头，如果现在派人前去吊唁只能自取其辱。"郑厉公虽勉强同意了祭足的意见，心中却更加生气。

某天，郑厉公在后宫园林中游玩，只有大夫雍纠在旁陪伴。厉公见到园中飞鸟在自由飞翔、鸣啼，不禁凄凉地叹了口气。

雍纠见此情形，便上前问道："眼前正值春光融融的景象，就连百鸟也莫不快乐地翱翔，主公您贵为一国诸侯，却有着不太高兴的神色，到底为什么呢？"厉公感叹道："百鸟要飞要叫，完全自由自在，不受任何人的制约。寡人虽贵为诸侯，却反不如这小小的飞鸟，因此觉得不大高兴。"

雍纠低声道："主公您所忧虑的，莫非是执掌我国大权的那位事无巨细都独断专行的大夫吗？"郑厉公看了他一眼，默不作声，又长叹了一声。

雍纠接着启奏道："臣听闻古人说：'君主就好比父亲，臣下好比儿子。'儿子若不能为父亲分担忧愁，就是不孝；臣下不能为君主排除困难，就是不忠。只要主公您不认为我雍纠是一个难堪大用的人，有事就可以委托臣去办理，臣定竭尽全力去完成任务！"

郑厉公听后，就命其他侍从人员退出去，然后看了雍纠好一会儿，终于开口说道："爱卿，你难道不是祭足钟爱的女婿吗？"雍纠回道："女婿的名分倒是有的，但钟爱却未必。祭氏将女儿嫁给我，其实是因为宋公的逼迫，祭足身陷囹圄不能违抗，不是出自他的本心。祭足每次提到昭公子忽时，依然透露出怀念的意思，只是因为害怕宋国才不敢实施改换国君的计划。"

郑厉公听后，道："爱卿，你若能杀掉祭足，寡人就让你接替他的职位。只是不知道爱卿你有何打算呢？"雍纠低声道："眼下东郊已被宋军劫掠破坏，变得残破不堪。老百姓的屋子还没有重新整修。主公明日可以下令让司徒前去修整房舍，然后再让祭足带上粮食、财物，去那里安抚百姓，臣就按惯例在东郊摆上宴席招待他，然后用毒酒将其毒死。"厉公大喜道："这件事寡人就交给爱卿了，爱卿一定要谨慎小心！"

雍纠回到自己府中，见到妻子祭氏时，不自觉地表现出慌乱的神色。祭氏心中起了疑心，就问丈夫道："朝中今天发生了什么事吗？"雍纠慌忙答道："没发生什么大事。"祭氏缓缓道："我未听你言，但看您神色，今日朝中绝对有大事发生。我们既已结为夫妻，就是一个整体，无论夫君您要做的是大事还是小事，都请让我知晓。"

雍纠干笑道："夫人你多虑了。今日国君想让你父亲前往东郊安抚居民，到时候，我将在东郊设宴席款待他，祝他老人家长寿，没什么别的大事。"祭氏疑心道："你想招待我父亲，何必跑到郊外去呢？"雍纠搪塞道："这是国君下的命令，你不必多问了。"

祭氏更加怀疑，就用酒将雍纠灌醉，然后趁着他半醉半醒、稀里糊涂的时候，故意问雍纠道："国君命令你杀掉祭足，你怎么忘了呢？"雍纠糊里糊涂地答应道："此事我怎么敢忘掉呢？"

次日早上起床后，祭氏正色对雍纠道："你想谋害我父亲，我已全都知道了。"雍纠大惊失色道："根本没有这种事。"

祭氏淡淡说道："昨天夜里你喝醉了酒自己说出来的，不必再遮遮掩掩了。"雍纠沉默了半天，然后迟疑地问道："如果真有此事，你会怎么做？"祭氏坚定地说道："我已经嫁给夫君为妻，自当听从丈夫吩咐，又有什么可说的呢？"雍纠听罢十分感动，就把他和郑厉公密谋毒死祭足的事一五一十地告诉了祭氏。

祭氏听罢，有点担心地说道："我父亲怕不一定会去东郊。到行动的那一天，我提前一天回娘家，怂恿父亲去东郊，你认为如何？"雍纠大喜，道："事情若是成功，我将接替你父亲的职位，连你也会感觉荣耀的。"

临近动手之日，祭氏果然提前一天回到娘家。她询问自己的母亲道："父亲和丈夫这两个人对我来说，哪个更亲近呢？"母亲回答道："都是你最亲近的人。"祭氏没有得到自己想要的答案，又问道："这两个人如果真的比较起来，哪个更亲？"母亲不假思索地说："父亲要比夫君更亲。"祭氏不解地问道："为什么这么说呢？"母亲道："没有出嫁的女孩，她的丈夫并没有确定的人选，但早已知道父亲是谁；已经出嫁的女儿可以再嫁他人，但却没有更换父亲的道理。夫妻结合乃是出于后天的安排，而父女之间的缘分则是由天命决定的。由此可见，丈夫怎么能和父亲相比呢？"

母亲的话虽然无心，却点醒了有心而问的女儿。祭氏泪流满面地说道："女儿今日为了父亲，不能再顾及与夫君的情分了。"于是将雍纠的计划秘密禀告给母亲。

她的母亲大惊失色，急忙转告丈夫祭足。祭足听罢，淡淡地道："你们不要再谈论这件事了，到时候我自有计划。"

到了那天，祭足命令心腹之人强鉏，带了十余名勇士，身上暗藏锋利的刀刃，跟随他前去东郊。他又命令公子阏带领一百多名护院士兵，在郊外接应，以防发生意外。

祭足前往东郊，雍纠早在半路上迎接，摆上了丰盛的酒宴。祭足笑着说道："我为国家的差事而奔波，按礼法来看是理所当然的，何必劳你摆下如此丰盛的酒宴呢？"雍纠赔笑道："如今郊外春色怡人，只不过是略备薄酒，让您消除疲劳罢了。"说完就斟满一大杯酒，跪在祭足面前，满面堆笑地祝祭足长寿百岁。

祭足假装搀扶他，先用右手握住雍纠的胳膊，然后用左手接过酒杯，将酒浇到地上。只见被酒浇到的地方火光四溅。祭足大声喝道："你这匹夫怎么敢算计我！"命令左右侍卫道："给我动手！"

强鉏和诸位勇士一拥而上把雍纠擒住，当场斩首，把他的尸体扔到护城河里去。郑厉公预先在郊外埋伏了披甲武士，命他们帮助雍纠谋害祭足，但这些士兵早已被公子阏搜出来，杀了个七零八落。

听闻这个消息后，厉公惊恐万分地说道："祭足肯定容不得寡人了。"于是出逃到蔡国去了。后来有人告诉他说，是雍纠向祭氏泄了密，以致祭足提前做了准备。郑厉公便叹息道："我们谋划的是国家大事，雍纠却让妇人参与，他死得真不冤枉啊！"

且说祭足听闻厉公已逃出国都，就派郑庄公胞弟共叔段的孙子，也就是公孙滑的儿子——公父定叔前往卫国，迎接郑昭公子忽重新登上国君之位。办完此事后，祭足如释重负，说道："我终于没有失信于原来的国君子忽啊！"

第十二回
卫宣公筑台纳媳　高渠弥乘间易君

前文曾数次提到的卫宣公，姬姓，名晋，为人荒淫放纵，生活颇不检点。自做公子时开始，就与他父亲的一名叫作夷姜的小妾私通，生下一个儿子，寄养在宫外，起名叫作急子。宣公即位为君后，元配夫人邢妃不得他的宠爱，只有夷姜深受宠幸，二人就同明媒正娶的夫妇一样双宿双栖。卫宣公还许诺夷姜，立急子为国君继承人，并将此事托付给右公子职。

后来急子长大成人，已经十六岁了，卫宣公为他聘定了齐僖公的长女作为正室妻子。出使齐国定亲的使者回国后，卫宣公听他说僖公这个女儿有绝世美女的风姿时，心内贪图此女美色，就产生了将其据为己有的念头，但这龌龊的念头又无法说出来。卫宣公便广招能工巧匠，在淇河边上建了一座高台，雕栏玉砌，深宫多室，迂回宛转，极为华丽，起名为新台。

造好之后，卫宣公先以出使宋国为名，将急子支开，然后派左公子泄前往齐国把齐僖公的长女姜氏迎到新台，自己抢先迎娶了这个女子，此女就是前面提到的宣姜。当时的卫国人作了一首叫《新台》的诗，如今收录在《诗经·邶风》中，专门讽刺卫宣公的荒淫行为：

新台有泚，河水弥弥。燕婉之求，蘧篨不鲜！
鱼网之设，鸿则离之。燕婉之求，得此戚施！

"蘧篨""戚施"都是用来形容丑恶容貌的词语，现在以此来比喻卫宣公，讽刺意味十足。这首诗中说宣姜本来是要寻找一位如意郎君，却不曾想到被许配给这个丑恶的丈夫。后人读到这段历史时，就说齐僖公的两个女儿，长女宣姜、次女文姜都非良善之辈。宣姜和公公成婚，文姜和哥哥通奸，天理人伦，走到这一步就算彻底灭绝了。有人作诗感叹道：

妖艳春秋首二姜，致令齐卫紊纲常。
天生尤物殃人国，不及无盐佐伯王！

急子从宋国回到卫国，到新台前来复命。卫宣公就让他以拜见庶母的礼仪参拜宣姜，急子竟然丝毫没有怨恨的意思。

自从娶了宣姜为妾之后，卫宣公从早到晚只去新台寻欢作乐，把从前的宠妃夷姜撇到一边。他在新台一住就是三年，同宣姜接连生了两个儿子，大的取名叫作寿，小的取名叫作朔。自古便流传着这样一句话："母亲若受宠爱，儿子便会显贵。"卫宣公因为偏爱宠信宣姜，就把从前怜爱急子的感情，全都又转移到了寿和朔的身上，心里打算在他去世后，把卫国的江山传到寿、朔兄弟的手中，他就心满意足了。这样看来，急子似乎反倒成了一个多余的人。

因为公子寿天性善良敦厚，对待兄弟十分友爱，和急子就如同是同胞兄弟那样亲近，每每在他父母亲跟前为兄长急子说好话周旋。那急子又天性温柔，举止恭敬而谨慎，从没有失德的地方，所以卫宣公也没有显露出废除他的意思。但卫宣公暗地里将公子寿托付给左公子泄，叮嘱将来一旦他去世，就扶持寿继承君位。

那公子朔虽然和公子寿是一母所生的同胞兄弟，但贤明程度却截然不同。他年纪还小，但天生极其狡猾，仗着他母亲得宠，暗地里偷偷地网罗了一些死士和党羽，一直怀有篡位的野心。他不仅憎恶怨恨急子，而且把亲生兄长寿也看成了眼中钉、肉中刺，只是事有轻重缓急，所以他首先考虑除掉急子。

公子朔经常用话挑拨、刺激母亲道："眼下父亲虽然另眼看待我们母子，但急子是父亲最年长的孩子，我们两个是弟弟。将来父亲若要传位，无法逃离'按照长幼的顺序来继承'这个原则。况且，夷姜被母亲您夺走了父亲的宠爱，心中的怨恨已经累积很多。若是将来急子当上国君，夷姜就是国母太后，那时我们母子就没有安身之处了！"

宣姜原本是急子要聘娶的正室夫人，如今却嫁了卫宣公，生下的孩子又深受宠爱，也觉得急子对自己来说是块绊脚石。于是就和公子朔合起伙来，每每在卫宣公跟前说急子的坏话。

某日，正赶上急子的生日，公子寿摆下宴席为哥哥贺寿，公子朔也出席了宴会。宴席之间急子和公子寿两人交谈十分融洽亲密，公子朔插不上嘴，就推说自己身体不舒服提前告辞。

退席后，他径直跑到母亲宣姜面前，双眼流泪，撒下弥天大谎。他告诉母亲道："孩儿我好心好意地和哥哥寿一同为急子祝寿，急子酒过三巡，仿佛开玩笑似的，开始用'儿子'来称呼孩儿。孩儿心中不愿意，便说了他几句。他却说道：'你母亲原本该是我的妻子，你即便称呼我为父亲，从礼法上来说，也是理所当然的。'孩儿还想再开口说话，没想到他便高举手臂要打我，幸亏哥哥寿把他劝住，孩儿这才逃离酒席，来到这里。孩儿受此奇耻大辱，希望母亲禀告父亲知晓，为孩儿作主。"宣姜信以为真了。

等到卫宣公来到她的宫中，宣姜就呜呜咽咽地把事情告诉宣公，如此如此，这般这般，然后又添油加醋道："急子他还想玷污贱妾我，他对朔说道：'我的母亲夷姜，原本是父亲的庶母，最后还不是被父亲迎娶为妻？更何况你的母亲本来就应该是我的妻子，父亲只不过像借贷一样暂时借去用用，将来少不得要和卫国的江山，一同归还给我。'"

宣公大怒，就召来公子寿追问此事，公子寿疑惑道："哥哥并没说过这话。"卫宣公半信半疑，没有处罚急子，只是派内侍去传自己的谕命给夷姜，责备她不能好好地管教自己的儿子。夷姜满腔怨气，却又无处申诉，于是自缢身亡。隐士徐霖作诗感叹道：

父妾如何与子通？聚麀传笑卫淫风。

夷姜此日投缳晚，何似当初守节终！

急子非常哀痛，他想念母亲，但又害怕父亲发怒责怪，只能背地里偷偷哭泣。公子朔又和宣姜一起诽谤急子，说急子因为亲生母亲死于非命，就口出怨言，说日后要杀了他们母子为其母亲偿命。卫宣公本来不相信有这样的事，但无奈嫉妒的妾妃和谎话连篇的儿子日夜撺掇，一定要宣公杀了急子，永绝后患，由不得宣公不答应。但卫宣公考虑再三，踌躇不已，总觉没有杀害长子的正当理由，必须借他人之手，在外面的路上把他杀掉，才能掩人耳目。

这时候，正赶上齐僖公号召各诸侯国助他讨伐纪国，为此向卫国借兵。卫宣公便和公子朔商议，假托与齐国商定出师日期的名义，派急子前去出使齐国，并专门赐予他竿顶用白色旄牛尾装饰的旗帜。

这次前去，会路过一个叫作莘野的地方，是由卫国到齐国必经的交通要道。乘船到此的急子，必定会在此登陆。如果选在这里暗算急子，他肯定毫无防备。

公子朔平时私下里偷偷网罗的一批亡命之徒，今日正好派上了用场。公子朔命令他们假装成强盗，提前埋伏在莘野地区，只要看见白旄旗过来，就一齐冲出去动手，事情完成后拿着白旄旗来交差，自然会有重赏。公子朔将这些事情安排妥当以后，回报给宣姜知道，宣姜心中十分欢喜。

却说公子寿当日看见父亲把内侍们统统打发走，单单召弟弟公子朔商议事情，就起了疑心。他借口进宫看望母亲，以探听母亲的口风。宣姜是个不知道隐瞒的人，就把此事告诉给公子寿，并叮嘱他道："这是你父亲的主意，想为我们母子除掉后患，千万不可泄露给别人知晓。"

公子寿知道这计划已成定局，劝说毫无用处，便私底下悄悄地来见急子，将父亲要害他的计划全盘托出："这次出使齐国，莘野是必经之路。若兄长您路过那里，怕是凶多吉少，不如暂且逃奔到其他国家，另想好的计策。"

急子摇头叹息道:"作为儿子,以服从父亲的命令为孝顺。违背父亲的命令,就是忤逆的儿子。这世上哪有不孝从父亲的国家?我即使想出逃,又能逃到哪里去呢?"于是收拾行装登船,毅然地踏上了前往齐国的道路。

公子寿流着眼泪苦苦劝说,但急子始终不肯听从劝阻,他心中思索道:"我的兄长真是一位大仁大义之人啊!这次他出使齐国,假如死在强盗手中,父亲必定要立我为国君继承人,到时我怎样证明自己的清白呢?儿子不能违背父亲的命令,弟弟也不能眼睁睁看着兄长去死,我应当赶在兄长的前头出发,代他去死,如此兄长他必可幸免于难。父亲若听说我死了,或者能够幡然悔悟,如此我也就能达到慈孝两全的目的,将来也会博得个流芳千古的美名。"

于是他另外找了一条船,载上酒食,迅速往河的下游追去,请求为急子践行。急子却推辞道:"君命在身,不敢在此逗留耽搁。"公子寿就把酒席搬到急子船上,斟满一樽敬献给急子。还未开口,泪珠就不自觉地滴落到杯中。

急子连忙接过来一饮而尽。公子寿擦拭眼泪劝阻道:"哥哥,酒已经被泪水弄脏了!"急子笑道:"我正想畅饮弟弟的一片真情啊!"

公子寿擦掉眼泪道:"今天这顿酒,应当就是你我兄弟二人诀别前的最后一顿酒了,哥哥若是明白弟弟的情意,务必多饮几杯。"急子流泪道:"兄弟你这样说了,哥哥我怎么敢不尽兴饮酒!"兄弟二人泪眼相对,彼此劝酒畅饮。

这顿酒,公子寿存心少饮便有所保留,急子却酒到杯干,不一会儿就陷入沉醉,发出鼾声,睡了过去。

公子寿对急子的随从说道:"国君的命令不能延误,兄长急子沉醉,我要代替他前去出使齐国。"当即取过白旄旗,故意插在船头醒目的位置上,带领自己的随从人员踏上去齐国的道路。

临行前,他吩咐急子的随从们,要他们好好地守护照顾急子。他从袖子里取出一封信,交给他们道:"等世子酒醒之后,便可将这封信进呈给他阅览。"安排妥当后,公子寿便立即下令开船。

当船接近莘野地区,正要收拾车子登岸的时候,那些事先埋伏在这里的亡命之徒,认出了白旄旗,便以为那一定是急子到了,发出一声呼喊,如马蜂一般簇拥着冲杀过来。

公子寿挺身而出,大声喝道:"我乃是卫国国君的长子,奉命出使齐国,你们是什么人?敢来挡路抢劫!"众贼齐声回答道:"我们就是奉了卫宣公的密旨,前来取你的脑袋!"说着拔刀就砍。公子寿的随从一看敌人来势凶猛,又不知事情的来龙去脉,一时大惊失色、四散奔逃。可怜公子寿引颈受死,众贼人割下他的头来,盛在一个木匣里，一起登上急子的那条船，将白旄旗隐藏起来，调转船头，驶向卫国。

再说急子所饮的酒量原本不多，过了一会儿便已醒转，却找不到公子寿。随从们把公子寿的信呈交给他。急子拆开阅读，只见书信上只有这样几个字："小弟已代兄长前往齐国，兄长应当迅速逃离卫国避祸。"

急子忍不住流下眼泪道："弟弟为了我前去抵挡灾祸，我必须赶快追上去。不然的话，那些贼人恐怕就要误杀弟弟了。"

幸运的是，随从们都还守在身边，于是便坐上公子寿的船，催促船夫们快速前进。这船行进的速度犹如风驰电掣、飞鸟翱翔一般。

这一晚月明如水，急子心中惦念弟弟，眼睛紧盯前方，连眨都不眨一下。突然他在船头方向发现了公子寿所乘坐的船，大喜过望，道："老天庇佑，我弟弟还未出事！"随从们觉得不对，说道："这条船行进的方向，是面朝我们而来的，而不是离开卫国去齐国的方向，事情怕是有点不对头。"急子心生疑虑，就叫随从将船靠拢过去。

两船靠近之后，来船的楼台和船桨都看得清清楚楚。只见船中坐着一帮强盗，却并不见公子寿的影子。急子更加怀疑，于是假装问道："主公命你们办的事情，可全办妥了没有？"众贼听他说出了此行的秘密，便以为是公子朔派来接应他们的人，于是捧起那个木匣子回答道："事情已办妥了。"

急子接过匣子打开一看，发现里面盛的是公子寿的人头，仰天大哭道："苍天哪！冤枉啊！"众贼大惊失色，问道："父亲杀掉自己的儿子天经地义，冤枉什么？"急子痛哭道："我才是真正的急子。因为我得罪了父亲，父亲下令杀掉我。死的这位是我弟弟公子寿，他身犯何罪，你们为什么要杀他？你们赶快砍下我的头，回去献给我父亲，这样才能赎你们误杀的罪过。"

贼人当中有认得这两位公子的人，在皎洁的月光下仔细地对其进行辨认，吃惊道："我们真的搞错了行刺对象！"众贼就把急子斩首，把头一起收进木匣子里面。急子的随从们也四处逃命去了。

《诗经·卫风》里面有一首叫作《乘舟》的诗，这首诗说的就是他们弟兄二人争死的事：

二子乘舟，泛泛其景，愿言思子，中心养养！

二子乘舟，泛泛其逝，愿言思子，不瑕有害！

有人认为，创作此诗的诗人不敢明说自己的意图，只是假托追忆乘舟的人，以寄托他的哀思。

再说众贼连夜回到卫国都城，先去面见了公子朔，呈上白旄旗，然后又把两位公子先后被杀的情况，详细地叙述了一遍。当时他们还担心因误杀了公子寿而获罪，谁曾想，这就好像一箭射杀了双雕，正中了公子朔的下怀。因此他私自拿出金钱财物，重赏了群贼，自己却故作惊慌地跑到宫中对母亲说道："不知何故，哥哥公子寿把白旄旗插在船上，先一步到了莘野，因此枉送了自己性命。幸运的是急子随后赶到，上天有眼，他竟自己吐露真名，也就给哥哥寿偿了命。"

宣姜虽对公子寿的死非常悲痛，但心中十分庆幸除掉了急子，拔去了这颗眼中钉，真是悲喜各半。母子俩在一起商议，暂时不要把这件事情说给宣公知道。

却说卫国朝中的两个大臣，左公子泄原本受了卫宣公的嘱托，要辅佐公子寿为国君，右公子职原本也受了卫宣公的嘱托，要辅佐急子为国君，因而他们二人一直关注自己要辅佐的公子。二位公子走后，这两人分别派人去探听二位公子的消息，结果回来的人将详细情况告诉了他们。左公子泄与右公子职原本各为其主，难免相互争斗，当他们收到二位公子双双遇害的消息之后，就不由得同病相怜起来，二人聚在一起商量对策。

等到卫宣公早朝的时候，二人径直来到朝堂上，拜倒在地，放声大哭起来。宣公吃惊地询问他们哭泣的缘故。公子泄、公子职二人异口同声，就把急子和公子寿被杀的情由，详详细细地讲述了一遍。"请主公允许我们把二位公子的尸体收回安葬，以尽当初受您所托辅佐公子的情分。"说完二人哭声愈加高亢。

卫宣公虽然不喜欢急子，但十分疼爱公子寿，猛然听闻两个儿子同时遇害，一时面色如土，半天说不出一句话。后来他由痛心转为悲伤，泪如雨下，连连叹息道："宣姜误导了我，宣姜误导了我啊！"立即召来公子朔追问原委，公子朔却推说不知道。

卫宣公大怒，命令公子朔立即缉拿杀人凶手。公子朔口头答应，实际上只是虚与委蛇，他怎么肯将杀人的贼人交出来？

自从这次受惊以后，卫宣公又因想念公子寿而积忧成疾，终于病倒了。每当他闭上眼睛，就看见夷姜、急子、公子寿等一班人，在他面前哭哭啼啼。群臣祷告神明祖宗，都没什么效果，半个多月后，卫宣公便去世了。

公子朔为父亲操办丧事，并继承了国君的位置，这就是历史上的卫惠公。当时，公子朔年仅十五岁，一上台就罢免了右公子职和左公子泄的官职，不再任用他们。另一个同父异母的哥哥公子硕，字昭伯，心中愤愤不平，连夜离开卫国跑到齐国去了。公子职和公子泄非常怨恨卫惠公，每每想着要替急子和公子寿报仇，只因时机不成熟而不敢轻举妄动。

话分两头，再说卫惠公姬朔刚刚当上国君那年，因为派兵帮助齐国攻打纪国，被郑国所击败。正在痛恨郑国的时候，突然有人报告说郑国派来了使者，便召郑国使者询问来意。

从使者口中，他得知郑厉公已经逃出郑国，郑国的大臣们要迎接原来的国君郑昭公子忽回国，重新登上国君的位置。卫惠公心中非常高兴，立即派遣车辆和士兵护送子忽回郑国。

祭足对郑昭公多次下拜，对自己当年不能保护国君的行为致歉。昭公虽然没有治他的罪，但内心对他的成见已经非常深，因而对他的礼遇要比当年冷淡了。祭足自己也察觉到这点，平日曲身弯腰、小心谨慎、惴惴不安，每每说自己生病不参加朝政会议。

高渠弥向来不受昭公喜欢，等到昭公再次回国执政后，他总担心被昭公所害，就暗地里网罗了一些亡命之徒，为除掉子忽拥立子亹做准备。这时，逃到蔡国的郑厉公也在极力巴结蔡国人，他派人传话给檀伯，说想借栎这个地方做自己复起的根据地，檀伯没有答应。郑厉公就派蔡国的人伪装成商人，在栎地来往做生意，并趁此机会收买了一些栎地人，暗中约定替他做内应，寻找机会杀掉了檀伯。

郑厉公迁到栎城居住，把城墙加固加高，把护城河挖长挖深，大力铸造盔甲兵器，扩充军队，准备袭击郑国国都，从此栎城便成了郑国的敌对方。

祭足听闻这个消息之后大惊失色，急忙禀报郑昭公，命令大夫傅瑕带着军队驻扎在大陵这个地方以封锁郑厉公进攻郑国的道路。郑厉公得知郑国有了准备，派人前去央求鲁桓公，代他向宋国谢罪，又许下将来重新当上郑国国君以后，仍然会补齐以前欠下财物的诺言。

鲁国使者到了宋国，宋庄公的贪念再度死灰复燃，就联合蔡、卫二国，共同努力想把郑厉公送回郑国当国君。当年卫惠公姬朔有送郑昭公回国复位的大功劳，而昭公回国后却没派使者带礼物前来拜谢，所以他一直怨恨昭公，就和宋庄公联合在了一起。因他自从当了国君以来，并没有和其他诸侯会过面，所以亲自带兵参战。

公子泄对公子职说道："此次国君带兵远征，我们若要行动正是最好的机会！"公子职点头道："如果要行动，那必须先确定下国君的人选。百姓有了君主，才能保证国家不陷入混乱。"正在他们秘密商议的时候，守门人前来报告道："大夫宁跪有要事前来拜访。"两位公子就把宁跪迎进府来。

宁跪道："两位公子难道忘了急子、公子寿这两位乘船人的冤屈吗？眼下这个复仇的机会千万不能失去啊！"公子职点头道："我们正在商议未来国君的问题，只是还没有合适的人选。"宁跪道："以我之见，在先君这些公子当中，只有黔牟为人仁慈厚道，值得我们辅佐，而且他是周桓王的女婿，用这个身份可以弹压住国内百姓的非议。"

于是三个人就歃血盟誓，下定决心行动。接着又暗中联合了以前跟随急子和寿的下属，在国都假传一条消息道："卫惠公前去讨伐郑国，遭遇失败，已经战死。"于是他们拥立公子黔牟当了国君。等到群臣朝拜完毕后，当场公开宣布了姬朔陷害两位哥哥致使父亲气死等恶劣行径，重新隆重地为急子、寿举办了丧事，并派使者把卫国又另立新国君的事情报告给周天子。

宁跪领兵在郊外建立军营以截断卫惠公的归路。公子泄想要杀了宣姜，公子职劝他道："宣姜虽然有罪，但她是齐襄公的亲妹妹，杀了她，怕是会得罪齐国。不如留她一命，以便与齐修好。"于是就让宣姜搬出正宫，在另外的宫中居住，每月的供奉待遇一如既往，没有减少。

再说宋、鲁、蔡、卫四国联军合力进攻郑国。郑国大夫祭足亲自率领主力军赶到大陵与傅瑕合力迎敌，随机应变应付战事，没有出现重大的军事失误。四国联军眼见短时间不能取胜只好各自引兵回国。

单说卫惠公进攻郑国寸功未立，反倒在回国的半路上，听闻左右二公子在国内发动了政变已经改立黔牟为国君的消息，于是便投奔了齐国。齐襄公一见他就开心地说道："这是我的外甥啊！"马上收留了他，平日给他的生活待遇非常优厚，并答应将来出兵帮助他恢复君位。

卫惠公姬朔便对齐襄公许诺道："如果能有回国再当国君那一天，卫国仓库中的宝物、玉璧，全部献给您作为谢礼。"齐襄公大喜。说话之间，突然有人前来报告说："鲁桓公的使者来到我国。"

原来齐襄公曾向周天子的女儿求婚，如今周天子答应了。但是，天子将女儿嫁给诸侯，由于其地位与诸侯不相等，必须要委托同姓诸侯代为主婚。周天子便命令鲁桓公担任此次婚礼的主婚人，把女儿王姬下嫁给齐襄公。鲁桓公想亲自来齐国和齐襄公当面商量这件事。齐襄公猛然想起已嫁给鲁桓公的妹妹文姜，很久没有见到她了，为何不借这个机会把她也一同请来呢？于是就派使臣前去鲁国迎接鲁桓公，一并将文姜迎来齐国。

诸位大夫前来询问出兵卫国、帮助卫惠公复国的日期。齐襄公沉吟道："卫国新君黔牟也是周天子的女婿，寡人如今正打算和周王室结亲，出兵卫国这件事只好暂时推迟了。"

但他又担心卫国君臣会杀害宣姜，就派公孙无知把卫惠公即位后逃到齐国的同父异母的哥哥公子硕送回卫国，并私下嘱咐无知，叫公子硕和庶母宣姜通婚，作为帮助卫惠公恢复君位的一步棋。

公孙无知接受了命令，就和公子硕一同回到卫国，与卫国的新国君黔牟见了面。这时候，公子硕的正室妻子已经去世。无知就把齐襄公要公子硕和宣姜结婚的意思，陈述给卫国君臣，并通知了宣姜。那宣姜倒也愿意，卫国众臣向来厌恶宣姜僭越占据着国母、中宫的位置，如今要贬低她的称号和地位，全都乐见其成。只是公子硕念及父子的人伦观念，坚决不肯答应。

公孙无知私下里对公子职说道："这件事若办不妥，我如何回去向我国国君复命？"公子职也怕因此失去了齐国的欢心，于是定下计策，派人请公子硕前来参加酒席宴会，宴席中间让歌女舞女们频频向其劝酒，把公子硕灌得烂醉，然后再让人将他扶到宣姜住的别宫中，与宣姜同床共枕。公子硕醉得稀里糊涂的时候，与那宣姜做了男女之事。

酒醒后，公子硕追悔莫及，但生米做成了熟饭，后悔也没有用了，宣姜就和公子硕结为了夫妇。两人后来生了五个儿女。大儿子名叫齐子，早早夭折，二儿子名叫戴公申，三儿子名叫文公毁，两个女儿后来分别成为宋桓公、许穆公的夫人。撰写历史的史官作诗叹息道：

子妇如何攘作妻，子烝庶母报非迟！

夷姜生子宣姜继，家法源流未足奇。

这首诗指的是当初卫宣公和父亲的小妾夷姜通奸，夷姜生下了儿子急子。而如今他的儿子公子硕，也和他的妻子结了婚，并生下五个儿女。这似乎是卫国王室的家风，而不仅仅是新台荒诞之事的报应。

话分两头，再说四国退兵后，郑国大夫祭足从大陵回到都城，因为旧君郑厉公子突依然盘踞在栎城，始终是郑国的心头大患，因此他一直在思考一条抵御郑厉公的计策。后来想起齐国和郑厉公原来在讨伐纪国之战中结下了仇怨，上次为了助郑厉公复位，四国军队齐聚，唯独齐国的军队没有参与。况且郑国的新国君又刚刚即位，正好借此机会前去重修旧好。后来又听说鲁桓公即将为齐襄公主婚，齐、鲁将又结成同盟。于是他奏报给郑昭公知道后便亲自带上礼物，去齐国缔结合约，并计划通过齐国联合鲁国。要是能得到齐、鲁两国的帮助，自然可以抵御宋国。

自古有云："智者千虑，必有一失。"祭足只知道防备郑厉公，却不知道身边高渠弥的阴谋早已设好，只是顾虑祭足足智多谋，他才不敢轻易动手。如今见祭足远行去齐国，便无所忌惮了。

高渠弥秘密派人把公子亹迎到府中，乘郑昭公冬天举行祭祀的机会，在半路上埋伏了自己手下的死士，突起发难，弑杀了郑昭公，却假装说昭公是被强盗所杀。于是高渠弥就拥立公子亹坐上了国君的宝座，并派人以公子亹的命令，召祭足回郑国，与高渠弥共同执掌郑国国政。

可怜郑昭公恢复君位，还不满三年，就遭了乱臣的祸害。后来隐士徐霖阅读史料，读到这里时评论说，郑昭公还是太子的时候，就已经知道高渠弥为人恶毒，后来他曾两次当上国君，都不能把高渠弥这个小人除掉，留下此人反而自取其祸，难道不是昭公自己优柔寡断而导致的祸患吗？作诗叹息道：

明知恶草自当锄，蛇虎如何与共居？

我不制人人制我，当年枉自识高渠！

第十三回
鲁桓公夫妇如齐　郑子亹君臣为戮

话说齐襄公见祭足亲自前来交好，就欣喜地接纳了他的建议。襄公正要派使臣回访郑国，却听闻高渠弥弑杀昭公、拥立子亹为新君的消息。齐襄公心中大怒，当时便有兴兵前去讨伐郑国的计划，但因鲁桓公夫妇即将抵达齐国，只好暂时把郑国的事情搁置起来，亲自到泺水岸边去迎接等候桓公。

却说鲁桓公的夫人文姜，看见齐国的使者前来迎接，心中也很想念哥哥齐襄公，就想借回娘家的名义和鲁桓公同行。鲁桓公十分溺爱他的妻子，没有拒绝。大夫申繻劝谏桓公道："'女有室，男有家'，男女都有自己的配偶，这是古人留下的礼法制度。礼法不能被破坏，一旦破坏，社会就会乱套。女子出嫁以后，娘家的父母如果依然在世，每年可以回家看望一次父母。如今文姜夫人的父母亲都已去世，哪有妹妹回娘家看望哥哥的道理？我们鲁国以遵循礼法的名义立国，怎能做出这种不符合礼法的事？"鲁桓公虽然深以为然，但因已经答应过文姜，就没有听从申繻的劝谏。

鲁桓公夫妇二人一同前往齐国，当他们的车驾行到泺水岸边时，齐襄公早已提前等候在那里。他殷勤地接待了鲁桓公，嘘寒问暖了一番，然后便一同驾车启程，来到齐国国都临淄。

鲁桓公传达了周王的命令，把王姬和齐襄公的婚事商议妥当。齐襄公非常感激，首先摆上最隆重的宴席，盛情款待桓公夫妇；然后派人把文姜迎到后宫，对外只说文姜要和从前认识的一些宫妃们见面。

谁知襄公早就建造好一间密室，在这间密室中另外举行了一次私密的酒宴，单独与文姜叙说别后的思念和感情。宴席进行期间，兄妹二人四目相对，眉目传情，你贪恋我的美色，我爱慕你的容颜。最后，两人竟然不顾人伦礼法，做下了男女苟合之事。

之后，两人相互迷恋，舍不得分开，于是文姜便留宿在宫中。一直到了第二天上午，日上三竿时分，二人还抱在一起酣睡没有起床。却把鲁桓公撇在宫外，冷冷清清地过了一夜。

鲁桓公因此心中起疑，便派人到后宫中探听详细情况。探子回来禀报道："齐襄公如今还没有正妻，只有偏妃连氏，是大夫连称的叔伯妹妹，向来不得襄公的喜爱，齐襄公已好长时间不与她见面了。文姜夫人进了齐国后宫，只是与齐襄公在一处联络感情，并没有与别的宫妃相聚。"鲁桓公心中明白，这两人肯定在一起做下无耻之事了，恨不得一步跨进齐国后宫，查看二人的底细。

恰好这时，有下人前来报告道："文姜夫人出宫了。"鲁侯怒气冲冲地等她到来。一见到她就直接问道："昨夜你在宫里和谁一起喝酒？"文姜回答道："和连妃在一起。"桓公又问道："喝到什么时候散席？"文姜回答道："我与连妃分别许久，不觉说了很多话，一直聊到月亮高挂墙头时分，大概是半夜吧。"鲁侯又问："你哥哥可曾前来相陪饮酒？"文姜勉强回答道："我兄长并不曾来我席间。"

鲁桓公冷笑问道："难道丝毫没有兄妹之情吗？齐侯竟然不来相陪？"文姜掩饰道："我们饮酒饮到一半的时候，兄长曾经来劝过一杯，然后马上就离开了。"桓公又问道："酒宴散席后，你为什么不出宫呢？"文姜道："夜太深了，出宫不太方便。"鲁桓公又问道："那你昨夜在什么地方歇息？"

文姜有点急了，大声道："君侯，您这就不对了！为什么要如此盘问我？我齐国宫中那么多闲置的空房，难道还少得了我睡觉的地方？臣妾昨晚自己在西宫留宿，那是我出嫁前所住的地方！"

桓公再问道："那为何今日你起得这么迟？"文姜道："昨夜饮酒太过疲倦，今天起得迟了。今早梳妆打扮花了些时间，不觉时间已这么晚了。"桓公继续追问道："那昨晚谁陪你休息的？"文姜道："宫女啊！"

鲁桓公又问道："你哥哥襄公在哪儿下榻呢？"这话问到了点子上，文姜不自觉地满面通红，怒道："做妹妹的哪管哥哥下榻的地方！君侯这话问得可笑！"桓公别有用心地说道："但只怕当哥哥的，却要好好管管妹妹睡觉的地方呢！"

文姜反驳道："你这话是什么意思？"鲁桓公冷笑道："自古男女有别，你昨夜留宿在后宫，兄妹睡在一张床上，寡人已全知晓了，不要再隐瞒和狡辩了！"文姜嘴上虽然含糊其词，百般抵赖，哭哭啼啼，心中却十分惭愧。

鲁桓公身在齐国，对此事无可奈何，心中虽十分愤怒，却不敢发作出来，真是所谓的"敢怒而不敢言"。他马上派人去向齐襄公告辞，打算等回到鲁国再处理这件事。

却说齐襄公自己也知晓做下了一件大错事，文姜出宫的时候，他难以放心，便秘密派遣心腹力士石之纷如跟随而去，打听鲁桓公夫妇见面后说了些什么话。

石之纷如回来禀报道：鲁侯与文姜夫人发生了争吵，他们说了这样这样的话。齐襄公大惊失色道："寡人也料到了，鲁侯早晚必定会知晓此事，但事情败露得也太早了吧！"

过了一会儿，看到鲁国使臣过来辞行，齐襄公就更明白这是他与文姜的事泄露的缘故。于是他坚持要请鲁桓公到齐都城临淄城南的牛山去游玩，游玩后就送鲁桓公回国。鲁桓公本不想去，齐襄公派人连续催促了数次。桓公没法子，只得遵命乘车同襄公一起出城。文姜独自留在行宫内，闷闷不乐。

却说那齐襄公，一来是舍不得文姜回鲁国去，二来怕鲁桓公怀恨将来报复。他一不做，二不休，吩咐公子彭生等到散席之后，亲自送鲁桓公回行宫，计划半路上在车里结束了鲁桓公的性命。彭生记起当年在讨伐纪国之战里那一箭之仇，毫不犹豫地接受了这项任务。

在牛山宴会那日，齐襄公摆下了丰盛的美酒佳肴，歌女们载歌载舞献艺。齐襄公加倍殷勤，频频劝酒，而鲁桓公只是低头不语。齐襄公命令众大夫们轮流举杯劝酒，又叫宫女内侍们跪着捧杯相敬，鲁桓公心中忧郁气愤，也想借酒浇愁，不觉就酩酊大醉了，与齐襄公告别的时候，甚至无法起身行礼。齐襄公命令公子彭生把桓公抱上了车。彭生便借机和鲁桓公同坐一辆车。

距离临淄城大约还有二里路的时候，彭生见鲁侯睡熟不醒，伸出双臂就抓向他胸前肋骨。彭生力大无比，双臂如同铁棒一般，鲁侯的肋骨竟然被他拉断，大叫一声，血流满车，就此死去。彭生对随行众人喊道："鲁侯喝醉后中了邪，加快速度进城，报告主公得知。"众人虽然感到此事有些蹊跷，无奈碍于彭生勇武，不敢多说一句！史臣作诗写道：

男女嫌微最要明，夫妻越境太胡行！
当时若听申繻谏，何至车中六尺横？

齐襄公听闻鲁侯暴死，装出伤心啼哭的样子，马上命人举办隆重的入棺仪式，并派人通知鲁国前来迎接鲁桓公的灵柩。鲁桓公的随从回国后，详细地禀报了桓公在车中受害的经过以及缘由。大夫申繻说道："国不可一日无君，我们暂且辅佐世子同主持国君的丧事，等丧车到达鲁国那天，立刻举行继位仪式。"

鲁国公子庆父，他的字为"孟"，乃是鲁桓公的偏房长子。他义愤填膺，举起拳头怒声道："齐侯这般乱伦而不守礼法，我君父无辜受到牵连而被害，请拨给我战车三百辆去讨伐齐国，声讨他们的罪行！"

大夫申繻对他的请求感到左右为难，便私下问谋士施伯道："我们可以讨伐齐国吗？"施伯摇头道："这是因男女间的暧昧关系而导致的事件，不能让邻国知道这件丑事。更何况如今鲁弱齐强，即便讨伐也未必能取胜，反倒把丑闻显露于世了。我认为不如暂时含恨隐忍，姑且以追究鲁侯车中被害的责任，促使齐国杀掉公子彭生，以此理由向其他诸侯国解释此事，齐国肯定会听从这项建议。"

申繻把这个建议告诉庆父，然后命施伯起草了一份国书。按照礼制，世子居丧期间不能公开出来发言，于是借助大夫的名义，派人到齐国，奉送国书并迎回丧车。齐襄公拆开那封信，只见信上写道：

鲁国外臣申繻等人，向尊敬的齐侯殿下行礼：

我国国君奉周天子的命令，不敢贪图国内的享乐生活，不辞辛劳地前去贵国商议您的婚姻大事。君主身体康健地去齐国，如今却不能活着回到鲁国，街头巷尾的人们议论纷纷，都以车中发生了谋杀国君的事件为谈资。如果没人出来为这件事负责，诸侯们必定会传播这件令齐、鲁两国都蒙羞的耻辱之事。希望您把彭生明正典刑，以堵天下之口。

齐襄公看完信，立即派人召彭生来到朝堂之上。彭生自以为立了大功，昂然走进宫中。却不料襄公当着鲁国使臣的面责骂他道："寡人因鲁侯饮酒过量，这才命你扶他上车回城。你为什么不小心侍候，竟使鲁侯暴死呢？你难逃罪责！"然后大声命令左右侍卫把彭生绑起来，押到市集上斩首。

彭生大声喊冤道："同自己的妹妹私通淫乱而杀害妹妹的丈夫，这都是你这无道昏君的所作所为，今日又把罪责推诿给我！倘若死后有知，我必化做妖孽，前来取你性命！"齐襄公连忙堵住自己耳朵，连声叫人把彭生拉出去斩首，左右随从见状都大笑起来。

齐襄公一面派人到周王那里感谢赐婚，并定下迎娶的婚期；一面派人将鲁侯的丧车送回国。文姜却仍然滞留在齐国，没有回鲁国。

鲁国大夫申繻带领世子姬同到郊外去迎接桓公的灵柩，在灵柩前举行了丧礼，然后姬同继承君位，他就是历史上的鲁庄公。依靠申繻、颛孙生、公子溺、公子偃、曹沫等一班文武官员，鲁庄公开始重新治理、整顿鲁国的朝纲。

庄公异母的哥哥公子庆父、异母弟弟公子牙、嫡亲弟弟季友也一同参与国政。申繻又向庄公推荐了具有雄才伟略的施伯，庄公任命他担任"上士"的官职。鲁国决定在次年修改年号，这时正是周庄王四年。

鲁庄公召集群臣前来商议如何解决为齐襄公主婚一事。施伯出班奏道："我国如今有三大耻辱，君主您知道吗？"庄公不解地问道："什么是我国的三大耻辱？"施伯回答道："先君的丧礼虽已经办完，可是却留下了坏名声，这是第一大耻辱；先君的夫人至今滞留齐国不回，引发世人议论纷纷，这是第二大耻辱；齐国现在是我国的仇国，而且君主您还处在守孝期间，却得去为齐侯主婚，若推辞不去则违反了王命，若不推辞则被天下人所耻笑，这是第三大耻辱。"

鲁庄公猛然觉醒，大惊失色，问道："怎样才能免除这三大耻辱呢？"施伯回答道："想要让别人不厌恶我们，必须自己先美化自己；想要人家不怀疑我们，必须自己先相信自己。当年先君继位之时没有获得周天子的任命，如果趁此次主婚之机向周王请求承认先君的合法地位，以荣耀的名声伴随先君瞑目于九泉之下，则第一大耻辱破除了。先君的文姜夫人滞留齐国，应该派人按礼节前去迎她回来，以促成主公尽孝的美名，如此则第二大耻辱可免。只有这主婚一事，最难两全其美，但也有办法做到。"

鲁庄公连忙问道："有什么办法？"施伯道："可将周天子女儿王姬的公馆建在郊外，命我国的上大夫前去迎接，并恭送她去齐国，君主借口要为先君守孝的原因，推辞掉就可以了。这样一来，上不违背周天子的命令，下没有扫了大国之颜面，中没有失了守孝之礼数，如此这第三大耻辱也去掉了。"庄公大喜道："申繻说爱卿你'智过于腹'，智慧超出一般人，果然如此！"于是逐条逐项地按他的建议去办。

却说鲁君派大夫颛孙生出使周国，请求迎接王姬，趁此机会将精美昂贵的礼品送给周王，请求为鲁国先君正名，以使其在九泉下瞑目。周庄王答应了鲁国的请求，准备挑选一名使者前去出使鲁国，赐鲁国先君正式的名号。

周公黑肩想要担任出使鲁国的使者，庄王不同意，另派了大夫荣叔前去鲁国。原来庄王的弟弟王子克，很受先王周桓王宠爱，周公黑肩曾接受了周桓王照顾王子克的临终嘱托。庄王怀疑黑肩有外心，怕他私自与诸侯国结交，为王子克结交党羽，所以不任命他为使者。黑肩心中也知道庄王猜忌自己，于深夜前去造访王子克府邸，商议想要利用王姬出嫁之际，聚众造反作乱，杀掉庄王，立子克为新天子。大夫辛伯听说了他们的计划，将此报告给庄王知道。周庄王于是杀死黑肩，放逐了子克。子克逃往燕国，这件事按住不提。

且说颛孙生把王姬送到了齐国，趁机觐见齐襄公，声称奉鲁庄公之命，要迎接夫人姜氏回鲁。齐襄公尽管十分不舍将文姜送回鲁国，但碍于公众的议论，只好放文姜回鲁。临行之际，兄妹俩彼此拉着衣袖难舍难分，互道了千遍珍重："将来必有相见那日！"然后各自挥泪而别。

那文姜，一来贪图与他哥哥淫乱快活，舍不得齐襄公，二来她的所作所为违反常理，败坏人伦，羞于回到鲁国，因此每行一步，就要休息一会儿。车驾到了离鲁国很近的禚地，见自己暂住的旅宫十分整齐，叹息道："这地方既不属于鲁国，也不属于齐国，正是我的家啊。"于是吩咐随从回去告诉鲁庄公道："我这位失去了丈夫的寡妇，天性喜欢清闲舒适，不乐意再返回鲁国宫中居住。如果硬要我回去，除非是在我死之后。"

鲁侯心中也明白她是没脸回国，便在祝丘地区建了一座公馆，迎接姜氏前去居住。从此姜氏便往来于齐国、鲁国两地，鲁侯的礼物与问候，四季不断。后来史官们发表评论，认为鲁庄公对于文姜，论情则是生身之母，论义则是杀父之仇。假如文姜当真回到鲁国，反倒是件难以相处的麻烦事，只好住在齐、鲁两地之间，这样也保全了鲁侯尽孝的名声。隐士徐霖有诗写道：

弑夫无面返东蒙，禚地徘徊齐鲁中。
若使腆颜归故国，亲仇两字怎融通？

话分两头。再说齐襄公谋杀了鲁桓公之后，齐国百姓议论纷纷，都道："齐侯毫无礼义廉耻之心，干这种淫乱又丧尽天良、伤天害理之事。"襄公心中十分惭愧，急忙派人去迎王姬到齐国完婚，可百姓们的议论并没有停止，齐襄公便打算做一两件好事，以收买百姓之心。他心想："郑国弑杀了君主，卫国驱逐了国君，这都可以用来大做文章。但是驱逐国君的卫公子黔牟，乃是周天子的女婿，寡人如今刚与王姬结婚，暂时还不能与黔牟作对。不如先去讨伐郑国的弑君之罪，诸侯必然因此而畏惧、服从我。"

话虽如此，却又担忧出兵攻打郑国，胜负未知，于是齐襄公便假意派人给郑国新君子亹送了一封信，约他到地处齐、郑之间的卫国小城首止相会，商议建立同盟事宜。子亹闻讯大喜："齐侯竟然放低身段与我国结交，我郑国这下子稳如泰山了！"便打算让高渠弥、祭足一同前往首止，祭足推说有病没有前去。

原繁私下秘密地询问祭足道："我们的新国君打算和齐侯结交，您应辅佐他办成此事，为什么却不一同前去呢？"祭足回答道："齐侯此人强悍而残忍，虽继承了大国，却狂妄自大，看起来有图谋我们新君的心思。况且先君昭公当年为齐国立有大功，齐国非常缅怀他。大国的心思很难猜测，若是其主动前来结交小国，必然心怀叵测。这次前去会面，我们的新君和随行诸臣怕是都要被杀了啊！"原繁道："若是您的话成真，那么郑国国君的位子应当属于何人呢？"祭足微笑道："必定落到子仪手中，他有君主的相貌，先君庄公就曾经说过这话。"原繁："别人都说您足智多谋，所以我暂且用这件事来试探一下您是否真的料事如神。"

到了会面那一天，齐襄公命令王子成父和管至父两位将领，各自带百余名心腹死士，服侍左右，力士石之纷如则紧跟于齐襄公身后。

高渠弥领着子亹一同登上盟誓的祭坛，与齐襄公见面行礼已毕。齐襄公的宠臣孟阳手捧装血的玉盂跪着请二位君主饮下。齐襄公正看着他，孟阳突然站起身来。

齐襄公便抓住子亹的手，厉声问道："郑国先君昭公，到底因何而死？"子亹脸色大变，惊颤交加，竟说不出话来。高渠弥无法，只好代替君主回答道："先君自然是因病而死，怎么劳烦齐侯您亲自过问呢？"齐襄公道："可寡人听说先君是在冬祭的时候碰到贼人，根本不关疾病什么事。"高渠弥眼见掩饰不过去，只好勉强说道："先君原来就有受寒的病，又因遇贼人而受到惊吓，所以才暴病身亡。"

齐襄公却不为所动，继续问道："君主出行，必定侍从众多，戒备森严。这贼人从何而来？"高渠弥回答："我国的嫡子和庶子争夺君位的明争暗斗，已不是一天半天的事了。他们各自都培植羽翼，若有人乘机发难，谁又能防备得到呢？"

齐襄公又问："你们可曾抓到这些贼人没有？"高渠弥回答道："至今仍在缉拿追查之中，还没有找到贼人的踪迹。"襄公大怒说道："那些贼人就在眼前，还要劳烦贵国追查缉拿吗？高渠弥，你接受国家的高官厚禄，却因为私仇而弑杀君主。今日到了寡人面前，竟还敢拿谎话遮遮掩掩！寡人今天要为你的先君报仇！"他扭头向力士喊道："快给我动手！"高渠弥不敢争辩，束手就擒，石之纷如便把高渠弥捆绑起来。

子亹连连跪地叩头哀求道："这事与孤没有关系，都是高渠弥一人所为。乞求您饶恕我一命！"齐襄公怒道："你既然知道高渠弥的所作所为，为什么不追究他的罪责？你如今自己到九泉之下去向先君辩解吧。"说完将手一招，王子成父和管至父带着百来名心腹死士，一拥而上，向那子亹身上一阵乱刀，子亹当场死于非命。跟随子亹前来的随从，见齐国人的势力太大，无人敢动手，一时间四散而逃。

齐襄公转头对高渠弥说道："你的君主已经了结了，你还奢望活命吗？"高渠弥凄然答道："我自知罪大恶极，只求您赐我一死！"齐襄公森然道："只给你一刀，太便宜了你。"于是把他带回齐国，命令在国都南门对他执行车裂之刑。

齐襄公打算以此举措来赢得诸侯们的尊敬，因而故意采用了这酷刑，以扩大此事的影响。高渠弥被处刑之后，齐襄公命令把他的头挂在南门上示众，并贴出榜文道："凡叛逆造反的逆臣贼子，都应该看看他的下场！"

另外，齐侯派人收拾郑君子亹的尸体，将其草草埋在东城之外，同时派使臣前去郑国报告道："对待贼臣逆子，周天子早有一套处置的刑罚。你国高渠弥主谋杀害先君，擅自立小妾所生的儿子继承君位，我齐国君主对于郑国先君遇难身亡悲痛不已，已替郑国将他们定罪并正法了。希望贵国尽快另立新君，我们两国就能够重修旧好。"

原繁听闻这消息后，感叹道："祭足的智慧，我根本比不上啊！"郑国众大夫共同商议迎立新君之事，叔詹道："我们的旧君厉公子突还在栎地，为什么不去把他接来即位呢？"祭足摇头道："已经出逃的君主，不能再接回来使得宗庙受辱了，不如另立公子仪。"原繁也表示赞成这个提议。于是他便派人到陈国去迎接公子仪，让公子仪回国继承君位。同时任命祭足做上大夫，叔詹为中大夫，原繁为下大夫。

子仪继位后，便将郑国的军政大权全部委托给祭足处理，祭足安抚百姓，整修军备，同时派使臣到齐、陈等诸侯国修好。随后郑国又接受了楚王的任命，答应年年向楚进贡，声明永远是楚国的附属国。在栎地虎视眈眈的郑厉公无机可趁，郑国从此稍稍安稳了一些。

第十四回
卫侯朔抗王入国　齐襄公出猎遇鬼

却说周天子的女儿王姬到了齐国同齐襄公成了婚。那位王姬天生性格贞静贤良，沉默寡语，喜欢清闲幽静，而齐襄公则是奸猾狂妄、荒淫无耻之辈，夫妻之间相处并不融洽。王姬来到宫中仅仅几个月的时间，已经完全知晓了襄公与他妹妹通奸的丑事。王姬有苦难言，默然叹息道："像这样蔑视人伦、违背伦理的家伙，连禽兽都不如。我不幸嫁给这种人，真是命运不济啊！"从此以后，王姬整日郁郁寡欢，不久便积郁成疾，不到一年的时间便离开了人世。

齐襄公自从王姬死后更加肆无忌惮。他心里想念妹妹文姜，便以外出狩猎为名，时不时地去到禚地。同时他也会派人前往祝丘，秘密地把文姜接到禚地，一天到晚寻欢作乐。由于他担心鲁庄公因此事发怒，便想以武力威胁鲁国。于是齐襄公亲自带领大军攻击纪国，占领了纪国的邢、鄑、郚三个城邑的土地。大军兵锋直指酅城，齐襄公派人去通知纪侯："你应当快快写下投降书，以免大军破城之日王室灭绝。"纪侯叹息道："齐国乃是我国的世仇。寡人决不能只为了苟且偷生，便在仇人的朝堂上低头屈膝！"纪侯的夫人伯姬，乃是鲁惠公之女，他让夫人写了一封信，派人送往鲁国求救。

齐襄公料到此事，发出警告道："有敢来援助纪国的诸侯，寡人就先调转军队进攻他！"鲁庄公此时派使者前去郑国，想与郑国约定一同起兵救纪。郑国国君子仪，由于担忧驻扎在栎的厉公偷袭郑国，不敢率领军队前去救援纪国，便派使者告诉鲁庄公，推辞出兵的要求。鲁庄公孤掌难鸣，军队来到滑地后，慑于齐军的军威，不敢再前进，只在滑地驻扎留宿了三天，便又返回了鲁国。纪侯听闻鲁军已返回国内，思忖此番终是无法守住国家，于是把老婆孩子和整个国家托付给弟弟嬴季，自己到祖宗的庙上辞行，大哭了一场，在半夜时候出了城门，便再也没人发现他的踪迹。

临危受命的嬴季问各位大臣们道："为国捐躯和使国家存续下去，哪一个更重要？"大臣们一致回答道："保存国家社稷更加重要。"嬴季又道："假如能够存续纪国的传承，寡人难道还怕自己受委屈吗？"于是嬴季便写了投降书，表示愿意做齐国的外臣，待在鄑地看守纪国的宗庙。

齐侯答应了他们的条件。嬴季就把纪国土地、人口的数字，全部进献给齐国，再三叩头乞求怜悯。齐襄公接收了纪国全部的名册和户籍，并在纪国祖庙旁边，拨出三十户封邑以作为纪国的祭祀用度，册封嬴季为庙主。

纪侯的妻子纪伯姬因为惊吓在此期间死去，齐襄公命令以诸侯国夫人规格的葬礼安葬伯姬，以此来讨好鲁国。伯姬的妹妹叔姬，乃是过去跟随伯姬一起陪嫁给纪侯的妃子，齐襄公想要把她送回鲁国，可是叔姬却义正辞严地拒绝道："一个女人的信条，就是嫁夫从夫，从一而终。我生为嬴家的妇人，死了也是嬴家的鬼，除此之外，我还能去哪里呢？"齐襄公于是顺其自然，听凭她居住在鄑地，为纪侯守节。过了几年，叔姬去世。有史官称赞她道：

世衰俗敝，淫风相袭。齐宫乱妹，新台娶媳。禽行兽心，伦亡纪佚。小邦妾媵，矢节从一。宁守故庙，不归宗国。卓哉叔姬，《柏舟》同式！

齐襄公吞并纪国的那一年，正是周庄王七年。

同一年，楚武王熊通因随国国君不来朝见他，再度率兵前去讨伐随国。大军还没到随地，楚武王突然去世了。楚国代行相国权力的令尹——斗祈、执掌军政的莫敖——屈重秘密隐瞒下此事，没有为楚王发丧。他们派出小股精锐部队以迅雷不及掩耳之势抄小道直逼随国都城。随国国君惊惧交加，被迫求和。屈重伪传楚武王的命令，与随国国君达成了同盟协议。等楚国的大军过了汉水，这才为楚王举办了丧事。楚王的儿子熊赀继承王位，就是历史上的楚文王。楚国的事情暂且按下不表。

再说齐襄公灭掉纪国后胜利而归，文姜在其回国的路上迎接她哥哥。到了祝丘，摆上了规格极高的盛宴，兄妹俩以两国国君相见的礼仪，相互祝酒应酬，大大奖赏了齐军将士。随后文姜又同齐襄公一起来到禚地，在那里流连淫乱。

这时，齐襄公又让文姜写信，召鲁庄公到禚地来相见。庄公担心落得个违抗母亲命令的名声，只好到禚地来拜见其母文姜。而文姜又命令庄公以外甥见舅舅的礼节去拜见齐襄公，并要对齐襄公厚葬纪伯姬一事表示感谢。庄公也不能违抗这个命令，勉强遵照文姜的意思去见了齐襄公。

齐襄公大喜，用隆重的礼节款待了鲁庄公。在这期间襄公刚刚有了一个女儿，文姜因为庄公还没有迎娶嫡妻就让庄公与襄公的新生女立下婚约。鲁庄公大惊道："那个女孩还是个小婴儿，不是我妻子的合适人选。"文姜大怒，喊道："你想疏远你母亲的娘家吗？"而齐襄公此时也表示反对，认为两个人的年龄相差得实在太过悬殊了。

文姜却听不进去，说道："就算等二十年再嫁过来，也不算太迟。"齐襄公怕因此而失去文姜的欢心，鲁庄公也不敢违抗母亲的命令，俩人只好答应这婚约。齐、鲁两国君主原本就是甥舅之亲，现在再次加上翁婿连亲，亲上加亲，关系情分自然更加亲密。

定下婚约后，齐襄公和鲁庄公两位君主一同驾车奔驰在禚地野外打猎。鲁庄公箭无虚发，九射九中，齐襄公赞叹不已。

有个齐国的村民看到了，私下小声指着鲁庄公开玩笑道："这人就是我们君主的干儿子。"庄公听到后勃然大怒，让随从过去追踪那个人，然后杀掉了他。对此举动，齐襄公也没责怪鲁庄公。记载历史的史官对鲁庄公只听母亲的话却不记得父亲之死、忘记了杀父之仇反与仇人结亲一事，曾作诗讥诮道：

车中饮恨已多年，甘与仇雠共戴天。

莫怪野人呼假子，已同假父作姻缘！

自从鲁、齐二公缔结婚约、一同打猎之后，文姜更加无所顾忌，不时便与齐襄公聚在一起淫乱。有时在鲁国防城，有时在齐国谷地，有时甚至直接来到齐国都城，公开在宫中留宿，就好像一对名正言顺的夫妇。齐国国内有人作诗《齐风·载驱》一首，以此来讽刺文姜。这首诗写道：

载驱薄薄，簟茀朱鞹。鲁道有荡，齐子发夕。

汶水滔滔，行人儦儦。鲁道有荡，齐子游遨。

薄薄，指的是所乘的车快速奔驰的样子；簟，就是席子，用来铺在车上用；茀，指的是遮蔽车后身的席子；朱鞹，是上了红漆的兽皮；鞹，指去毛的牛羊皮。以上这些都是车上的装饰品。齐子，指的是文姜，是说文姜乘着这辆车到了齐国。儦儦，意思是众多的样子，也就是说文姜带了数量庞大的仆人。

另一首诗《齐风·敝笱》，则是讽刺庄公的。这首诗是这样写的：

敝笱在梁，其鱼鲂鳏。齐子归止，其从如云。

敝笱在梁，其鱼鲂鳏。齐子归止，其从如雨。

敝笱在浃，其鱼唯唯。齐子归止，其从如水。

诗句中的笱，指的是捕鱼的工具；就是说，已经破损的捕鱼网，是不能捕捉到大鱼的。用此来比喻鲁庄公不能控制防范其母文姜，放任她的仆人随便出入，而毫无办法管束。

且说齐襄公从禚地回到齐国之后，流亡齐国的卫国国君惠公姬朔热情地迎上来，祝贺齐襄公灭掉纪国的业绩，再次询问齐襄公攻打卫国为其复国的日期。齐襄公沉思片刻，说道："现在我妻子王姬已经去世，寡人与卫国新君黔牟的亲戚关系也算解除了，发动进攻也没有阻碍了。可如果要讨伐卫国，必须要联合各路诸侯，否则不算正义的举动。卫君你再稍等几日。"卫惠公向襄公表示感谢。

过了几日，齐襄公派使者去请宋、鲁、陈、蔡四国的国君相会，共商进攻卫国、帮助卫惠公复位的事宜。齐襄公起草了一份战书。战书中写道：

上天把灾祸降临到卫国，出现了两个乱臣贼子泄和职，他们大逆不道，擅自废除卫君再立新君。致使卫君流落我国，至今已有七年之久。每当想到此事，孤坐不安席，夜不能寐。因我齐国近日边境战事频繁，故未立即出兵讨伐。今日幸而略有空闲，举我齐国全部的人力、物力、兵力，愿意跟在各位诸侯的身后，跟随、辅佐卫君，以诛杀卫国那不应当即位的国君！

这时候，正是周庄王八年的冬天。

齐襄王派出五百辆战车，统领大军同卫惠公朔先期赶到卫国边境。不久，四国的国君也分别带兵赶到卫国边境，这四路诸侯分别是：宋闵公捷、鲁庄公同、陈宣公杵臼、蔡哀侯献舞。卫国新立的国君黔牟听闻五国联军压境，立即与公子泄和公子职进行商议，派大夫宁跪向周天子告急。

周庄王问各位大臣道："有谁能替我救援卫国？"这时周公忌父、西虢公伯都回禀道："我王室自从攻打郑国失利后，威信折损严重，已经有指挥不动各路诸侯的趋势。现在齐侯姜诸儿不顾念其与王姬的关系，纠集了四国的兵力，以帮助卫国国君复位的名义进攻卫国。这借口名正言顺，军威雄壮，不能强行与他们为敌。"

话音刚落，站在朝堂左班中最下面的一位大臣挺身站了出来，大声说道："二位大人这话值得商榷！四个国家只是兵力稍微强了一些，可如何能称得上名正言顺呢？"众人定睛一看，原来是担任下士职位的大臣子突。

周公忌父疑惑地问道："一国的诸侯丢了君位，其他诸侯协助他复位，如何不是名正言顺？"子突回答道："黔牟担任卫君之事，已经由天子首肯。黔牟既然当上卫君，子朔必然要被废掉。二位大人不以周王的命令为公理，却以帮助诸侯回国复位为公理，这一点子突百思不得其解呀！"

西虢公回答道："军国大事，须量力而行。现在我周王室势力衰弱，已不是一天半天的事情了。当初打郑国那一役，故去的先王曾亲自坐镇中军，尚且中了祝聃一箭。时值今日，王位已经传了两代，还没能向郑国讨还血债。更何况，眼下这四个国家的兵力超过当年郑国兵力的十倍。在这种情况下，我周朝孤军前去救援卫国，如同拿鸡蛋去碰石头，除了白白亵渎、降低天子的威望之外，对如今的情况有什么好处呢？"

子突反问道："大凡天下之事，公理战胜力量是常事，力量战胜公理却是偶然的变数。周王的命令，就是公理。短时间的强与弱以力量来决定，而千秋百世的胜利决定因素则是公理。如果蔑视公理为所欲为，没有一个人挺身而出质问他，那么千古流传下来的是非标准从此颠倒过来，天下将不会再有真正的大王存在了！如此，诸公还有什么脸面自称为王朝的卿士呢？"西虢公无话可答。

周公问子突道："假如现在我军前去援助卫国，你能够担当这项大任吗？"子突回答道："对于违犯王命的诸侯，周天子有根据轻重加以惩罚的九种方法，这些都是由司马掌管的。子突我职务低微，才能浅劣，确实不能胜任此职。但倘若真的无人愿意统军前去救援，子突我不敢只顾着保全自己的性命，愿意代司马前去救援卫国。"

周公又问："假如你率军前去救援卫国，能保证必胜吗？"子突答道："子突如今统军出征，已经占据了道义、公理这些胜利的因素。如果凭借我大周历代先王文、武、宣、平的在天之灵，主持公道，仗义执言，令这四个国家悔过自己的罪恶，这将是我周王室的福分。必胜这个词，不是子突我敢向诸位保证的。"

这时大夫富辰出班说道："子突的话磅礴雄壮，依臣所见，可以让他带兵前去救援卫国。这样做，也可以使天下人知晓，我周王室并非没有人才。"

周王便同意由子突领兵前往救援，于是让宁跪先回卫国报信，周王的军队随后开拔出发。

却说这周、虢二公，忌惮子突立下功劳会令自己颜面尽失，只拨给他二百辆战车。子突并不因此推辞抱怨，向周祖庙祷告辞别后，便率领部队出发。

此时，五国的军队已经打到卫国都城，形势危急。卫国的公子泄和公子职昼夜巡视都城的防守情况，并经常眺望远方，望眼欲穿，希望周王的救兵能尽快赶来解围。却不知道子突兵微将寡，如何能阻挡得了五国的虎狼之军呢？还没有等到子突安营扎寨，五国的军队便冲过来大杀一场。这二百辆战车势单力孤，如同一碗热汤泼进了漫天大雪中，瞬间便全军覆没。

子突悲叹道："我奉王命而战死沙场，不失为一名忠义之鬼！"于是亲手斩杀数十人，然后拔刀自刎身亡。隐士徐霖曾作诗赞叹子突道：

虽然只旅未成功，王命昭昭耳目中。

见义勇为真汉子，莫将成败论英雄！

卫国守城的军士听说前来救援的周国军队已被击败，争先恐后地四处逃窜。齐国的军队首先攻上城墙，随后其他四国联军的士兵也登上了城墙，砍开了城门，放卫惠公朔进城。而公子泄、公子职连同宁跪一起招集了那些零散士兵，保护着国君黔牟向外出逃。正好碰上鲁国的军队，又是一场厮杀。宁跪抢先夺路而逃，而国君与两位公子全被鲁军所擒。宁跪自知依靠自己的力量不能救出他们，叹了口气，逃往秦国避难去了。

鲁庄公生擒这三人后，把他们当作战俘献给了卫惠公，卫惠公朔不敢擅自决定是留是杀，便献给了齐国。齐襄公大声命令刀斧手，把泄、职二位公子斩了。由于国君黔牟乃是周王的女婿，与齐国又有姐妹夫的连襟关系，因此赦免不杀，放他回周国去了。

然后，卫惠公朔敲钟击鼓，宣布他重登君位，并将国库中所藏的宝玉全部送给了齐襄公作为礼物。齐襄公说道："鲁侯擒住了三位公子，其功劳也不小！"便把卫惠公送他的宝玉，分出一半给鲁庄公。同时齐襄公又让卫惠公另外拿出财物，分别送给宋、陈、蔡三国。此乃是周庄王九年的事。

却说齐襄公自从击败子突、放黔牟回周以后，十分担心周王派兵讨伐，就任命大夫连称担任将军，管至父担任副将，带兵驻守战略要地葵邱，意图封住东南方向的道路，以防备周军的攻势。临行前，二位将军前来觐见齐襄公，说道："驻守边城十分操劳辛苦，臣不敢推辞不去，只是想问一下，我们驻守葵邱的任期到何时结束呢？"

接见他们的时候，齐襄公正在吃瓜，便随口说道："现在正是瓜熟的时候，等明年瓜再度成熟之时，寡人就派人去将你们换回来。"于是二将统兵前往葵邱驻扎，不知不觉一年时间过去了。

忽然有一天，守边的士兵进献了新瓜给二将尝鲜。看到瓜，两位将军马上想起了去年与齐襄王的"瓜熟之约"，便相商道："如今正到了应该换防的时候，为什么主公不派人前来替换我二人呢？"于是二将特地派心腹前往国都去打听消息，这才听说齐襄公眼下在谷城和文姜寻欢作乐，已经有一个月没回都城了。

连称听后大怒道："王姬去世以后，我妹妹连后理应继承她的正室夫人位置。这不讲人伦道理的昏君，不顾伦理，日日在外面荒淫无度，却放任我们暴露在边陲风吹雨淋。我一定要杀了这昏君！"他扭头对管至父说道："你应当助我一臂之力。"管至父回答道："等到今年瓜熟时分便来替换我们，这是主公亲口许下的诺言。恐怕主公自己忘了这个承诺，我看不如主动派人前去请求换防。如果我们的请求不被批准，军士必然群情激奋、相互埋怨；如果我们要造反，这些军士也可为我们所用。"连称忙道："好主意，就这么办。"于是派人向齐侯进献新瓜，并趁机请求换防。

齐襄公听后大怒道："替换或者召回是寡人的决定，哪有臣下自己请求替换的道理！再等一年，明年瓜再熟一次，他们就可以回来了。"

前去送瓜的人把此话告诉了连称，后者气愤不已，便对管至父说道："我现在想做一件刺杀国君的大事，你有什么好的计谋吗？"管至父回答道："若是要做除掉国君这样的大事，必须事先想好君主的继承者，然后才有成功的希望。公孙无知是公子夷仲年的儿子。先君齐僖公因为一母同胞的缘故，非常宠爱仲年，并爱屋及乌，对公孙无知十分喜爱。无知从小就被收养在宫中，所穿的衣服礼数以及待遇，同继位的世子诸儿的待遇几乎没有什么差别。自从主公继位后，因为无知一向在宫中居住，曾经同主公摔跤，无知用脚将主公勾倒在地，主公心中不悦。后来有一天，无知的车驾与大夫雍廪在路上相遇，双方都抢着先走，又发生了争执。主公对无知的不逊行为大为恼怒，便疏远并罢黜了他，把无知的爵位待遇降了大半。对此，无知心里已经记恨很久了。他每每想要作乱造反，只是苦于没有帮手。现在我们不如秘密地联系一下无知，里应外合，刺杀国君这事一定会成功。"

连称又问："在什么时候动手最好？"管至父道："我们主公生性喜欢打仗，又酷爱打猎。正如猛虎离开自己巢穴的时候最容易被别人制服，只要事先探听好他外出的准确时间，就能抓住这个良机。"连称想了想，说道："我妹妹一直幽居宫中，因为失宠于主公，心中一直存着怨恨主公的想法。我们如今可以嘱咐无知，让他暗中与我妹妹联合起来，打探主公外出的准确时间，派人连夜前来报信给我们知道，这样才不会误事。"于是连称又派心腹把一封信秘密送给无知。信是这样写的：

贤良的公孙公子过去一直受到先祖的宠爱。如今待遇却被剥夺大半，就算是路上的普通百姓，也对您的遭遇感到愤愤不平。况且这昏君狂淫昏聩，一天比一天更甚，致使朝堂政令朝定夕改，反复无常。我等驻守葵邱已经一年有余，他曾答应今年瓜熟时派人前来替换我们，现在却失信了。我驻守葵邱的三军将士，愤恨至极，意图奋起对抗。如果您觉得有机可乘，我连称等将士愿效犬马之劳，竭力拥戴您。我连称的妹妹在宫中因失宠也满腹怨恨，这是老天爷赐给您的内应势力。望您斟酌，千万莫失良机。

公孙无知看了信后大喜过望，马上回信道：

看来上天也厌恶乱伦荒淫之人，所以让我知晓了将军的真心。将军的心里话，无知深为敬佩。早晚会有消息报告您的。

无知偷偷地派他的侍女去联系连称的妹妹连妃，并且出示了连称的亲笔信给她看，说道："若大事成功那天，一定立您为国夫人。"连妃答应了做内应这件事。

周庄公十一年十月，时近冬季。齐襄公听闻姑棼地区的野外有一座贝邱山，乃是飞禽走兽聚集的栖息地，是个打猎的好地方，于是事先通知宫廷服侍的名叫费的侍者以及其他人，准备好车马随从，打算于下个月出发去贝邱山打猎。连妃马上派宫中的宫女送信给公孙无知。无知连夜派人给葵邱送信，通知连、管二位将军，约定在十一月初，一同发动政变。

连称得知这个消息后，问管至父道："主上此次到外面游猎，都城守备空虚，不如不管那昏君，我们带兵直接杀进国都城门，拥立公孙无知登位，你觉得怎么样？"管至父回答道："主上与邻国的关系很和睦，如果他向邻国借来援兵，我们如何抵挡？不如在姑棼埋下伏兵，先杀了这昏君，然后再拥戴公孙无知登位。只有这样，才能保证万无一失。"

那时驻扎在葵邱的守边将士，由于在外服役的时间太久，没有不想家的。连称秘密传下命令，各军备好干粮，前往贝邱山发动政变，将士们人人都乐于跟随，不在话下。

再说齐襄公在十一月初一那天驾车前往贝邱山游猎，随身只带了力士石之纷如，以及宠臣孟阳等一班人，带着猎鹰，牵着猎狗，准备好好射猎一番，故而没让一个大臣跟随。

他们一行人先来到姑棼——那里原来便建有一座专供国君外出临时居住的行宫，齐襄公他们在行宫玩了整整一天。当地的居民进献酒肉，齐襄公开怀畅饮，一直喝到晚上。由于天色已经很晚，齐襄公等人只好留宿在此。

第二天，齐襄公起驾前往贝邱山。一路上只见树林茂密，蓬松杂乱，藤萝繁茂昏暗。襄公在一处高地停下车，下令放火焚烧树林，然后把这一处包围起来准备射猎，把鹰犬也都放出去搜寻猎物。火借风势，愈烧愈烈，狐狸、兔子等小动物被火烧得四处乱窜。突然窜出一头巨猪，看起来就像没长角的牛、没花纹的虎一般，从烈火中飞奔而出，竟然跑到高土丘上，蹲卧在襄公的车驾前面。此时众人都已出发在四周奔驰射猎，只有孟阳一人站在齐襄公的旁边。

齐襄公回头对孟阳道："爱卿你替我射死这只大猪。"孟阳睁大眼睛看过去，大声惊呼道："这不是猪，是死去的公子彭生呀！"襄公大怒道："胡说！彭生怎么敢来见寡人呢？"伸手便夺过孟阳的弓，向那只大猪射去，可连射三箭都没射中。

那大猪直立起身子，两个前蹄像人的双手一般拱起，模仿人走路的样子，并放声大叫，那啼叫声悲惨难听，吓得襄公毛骨悚然，从车上倒栽下来，左脚因此摔伤，此外还脱落了一只带有丝纹的鞋，那只大猪叼了那只鞋逃走了。隐士徐霖曾作诗评论道：

鲁桓昔日死车中，今日车中遇鬼雄。

枉杀彭生应化厉，诸儿空自引雕弓。

这时，内侍费与其他随从都赶来了，扶起齐襄公，让他躺到车上，传令下去，停止打猎，重新返回姑棼的行宫过夜。

齐襄公自己感觉精神恍惚，心中烦躁，此时军中打更人已经打过二更，齐襄公由于左脚疼痛难忍辗转反侧不能入睡，便对孟阳道："你扶着寡人慢慢地走几步。"要走路时，他才发觉少了一只鞋。先前从车上摔下来时，他因为惊吓，竟不知有一只鞋遗失了，到此刻方才发现。

他让仆人费前去取鞋，费回禀道："鞋被那只大猪叼去了。"齐襄公心中厌恶他话里提到大猪，勃然大怒道："你既然跟随寡人出来，怎能不先看一看寡人脚上是否穿着鞋？如果真是被大猪叼去，当时为什么不早说？"说完之后，他手执皮鞭鞭打费的背部，一直抽到血流满地才停手。

仆人费被鞭打后，含泪走出门去，正巧遇上带着几个人前来打听消息的连称。连称一伙人就将仆人费用一根绳子捆起来，问他："那多行不义的昏君如今在什么地方？"费慌乱地答道："在卧室里"。

连称又问道："他已经睡着了吗？"费回答道："还没有睡着。"

连称举刀要砍死费，费忙求饶道："不要杀我，我可以先进去，为你们充当耳目。"连称不相信他。

费连忙说道："我刚被他用鞭子抽成重伤，也想杀掉这个恶贼。"然后脱下上衣把后背展示给连称看。连称看到费的后背血肉模糊就相信了他说的话，松开了捆绑费的绳子，叮嘱他进去做内应。紧接着连称又招呼管至父引领众将士杀进行宫。

且说仆人费进了行宫大门，正好碰上了石之纷如，便把连称要叛乱之事告诉了他。两人于是一同造访卧室，把这消息禀告给齐襄公。

齐襄公惊惶失措，不知如何是好。仆人费献计道："现在形势已经十分危急了！如果能派一个人假装主公，躺在床上，主公藏在窗后，幸运的话，仓促进来杀人的叛乱者不辨真假，或许主公能幸免于难。"孟阳下拜道："臣受主公您过于常人的恩惠，愿意以身相代。"

随后，孟阳立刻躺在床上，把脸转向床里，齐襄公亲自解下自己的锦袍盖在了孟阳身上。襄公随后低下身子藏到了窗户后面，问仆人费道："那你准备怎么办呢？"费回答道："我将与纷如一起前去抵挡贼人。"

齐襄公充满歉意地问："你后背上的创伤不疼吗？"费回答："臣连死都不逃避，还怕这点疼痛吗？"齐襄公感慨道："真是一位忠臣啊！"

随后，仆人费命令石之纷如率领侍卫们守住大门，自己则单独提着快刀，假装去迎接贼军，实际上想趁机刺杀连称。

这时候，造反诸军已经攻进了大门，连称握剑一马当先，在前开路。管至父则命一队军士排列在门外设防，以防出现变故。仆人费见连称来势凶猛，没有时间详细说话，上前一步，举刀便向连称刺去。他哪里知道，连称身披厚重的铠甲，短刀根本刺不透。相反，费却被连称一剑劈过去，砍掉了两个手指。连称又添上一剑，劈下费的半个脑袋，费顿时死于大门中间。

石之纷如又握着长矛来挑战，双方大约战了十来个回合，连称且战且进，纷如却步步后退，一时失误被石阶绊倒，也被连称一剑砍死了。

连称于是率军闯进了卧室。此时侍卫们早已受惊四处逃散。在团花图案的锦帐之中，躺着一个人，身上覆盖着锦袍。连称手起剑落，那人的人头掉离枕头。连称举起烛火一照，发觉那人年龄很小，连胡须都没有。

连称大惊道："死的这个人不是昏君。"马上派人搜遍了房中，并没有齐襄公的踪迹。连称亲自举着蜡烛四处查看，忽然发现窗槛的下面露出一只带有丝纹的鞋子，便知窗户后面藏着人，这人不是齐襄公姜诸儿又能是谁？

连称推开窗户看的时候，只见那昏君因为脚疼蹲成了一堆，一只脚上穿着带有丝纹的鞋子，而连称刚才所见的那只鞋，应当是先前被大猪叼去的那只，现在不知为什么会出现在窗槛之下，这分明是屈死的冤鬼的所作所为，岂不令人毛骨悚然！

连称认得齐襄公，就像抓小鸡仔一般，一把将其提出窗户外，摔到地上，大声骂道："多行不义的昏君！你连年征战，穷兵黩武，祸国祸民，这是不仁；违背你父亲的命令，疏远公孙无知，这是不孝；兄妹淫乱，公然违反伦理，肆无忌惮，这是无礼；不考虑边陲将士的遭遇，约定日期却不派人替换，这是无信；仁、孝、礼、信，你四种德行全都没有，还算得上是个人吗？我今天要为屈死的鲁桓公报仇！"说完便把齐襄公砍成几段，用床单包裹了他的尸体，和孟阳一起埋在了窗下。统计齐襄公在位的时间，只有五年。

史官们评论此事时说，齐襄公平时疏远朝堂上的大臣，却亲近那些内侍或者小人，如石之纷如、孟阳、仆人费等。齐襄公平时经常给这些人许多好处，这些人也帮助齐襄公为非作歹。因此，这些小人虽然在政变中视死如归，也不能说他们具有忠臣义士的伟大气节。

连称、管至父二人，只因在边陲驻守时间太久没有被替换就犯上作乱、篡杀君主，应该看作是齐襄公恶贯满盈，上天想借那二人之手除掉他而已。昔日彭生在临刑前曾大声疾呼道："我死后必化做妖孽，前来取你性命！"后来大猪的出现绝非偶然之事。隐士徐霖曾作诗纪念费、石等人死难的事。诗中写道：

捐生殉主是忠贞，费石千秋无令名！

假使从昏称死节，飞廉崇虎亦堪旌。

飞廉，指的是殷纣王时期的阿谀之臣，当年周公诛纣伐奄，把飞廉赶到东海边然后杀了他。崇虎，即同一时期的崇侯虎，他本是纣王时的一大诸侯，曾经诬陷西伯（即周文王）造反，致其被囚于羑里多年。西伯被释放后，率军讨伐崇侯虎，将其击杀。

隐士徐霖又写诗对齐襄公发表感叹道：

方张恶焰君侯死，将熄凶威大豕狂。

恶贯满盈无不毙，劝人作善莫商量。

连称、管至父重新整顿军队之后率兵直奔齐国国都临淄。公孙无知事先已经召集了一些自己的势力，一听说襄公被杀的消息，便马上带兵前去打开城门接应连、管的军队进城。

连称、管至父二人假意散播流言道："我们曾收到已故先君僖公的遗命，辅佐公孙无知继承齐国君位。"把连妃立为国夫人，任命连称担任正卿一职，并称其为国舅。管至父担任亚卿一职。原来的各位大夫们虽然勉强接受了这些位次，但心里不服。

只有雍廪再三向无知叩头，对当年与无知车驾争先之罪表示道歉，态度极其卑微恭顺。

无知赦免了他的罪责，依然让他担任大夫一职。齐国的世卿名氏——高氏、国氏借口有病，不来朝见，无知也不敢罢他们的官职。管至父劝说无知，贴出告示招揽贤才，以此收揽人心。趁这个机会向无知推荐自己的同族后代管仲，无知便派人去召管仲前来。

管仲到底肯不肯应召，且听下回分解。

第十五回
雍大夫计杀无知　鲁庄公乾时大战

却说管夷吾，身材魁梧，相貌堂堂，精神凛凛。他学识渊博，精通典籍，有经天纬地的才能、济世匡时的谋略。

管仲曾经同鲍叔牙一起经商，到最后分钱的时候，管仲总是多拿一倍的钱，鲍叔牙的仆人们个个心怀不平，而鲍叔牙却笑道："管仲并非贪图这区区的小钱，只因家中贫寒无法支付生活所需的开销罢了，我心甘情愿把这笔钱让给他。"

他们又曾一起带兵跟随出征，每次到了战场上，管仲总是混在殿后的军队里；而到班师返回故土时，他又总是跑到前面的队伍中，因此很多人都嘲笑管仲胆小。鲍叔牙却道："管仲家中还有老母亲要奉养，他千方百计要活下去，是为了能回去侍候老母，难道他真的害怕战斗吗？"

管仲多次为鲍叔牙谋划事务，可结果往往不如所愿。鲍叔牙不但没有表现出失望，反而说道："不过是时机不对罢了！人的一生本来就会有幸运或者不幸。假使管仲走运的话，谋划起事情来一定百无一失。"管仲听到这话后，感慨地道："生我的人是父母，了解我的人却是鲍叔啊！"于是俩人结成生死之交。

当时齐襄公姜诸儿继位为君，他生有二子。长子名字叫作纠，是出身鲁国的陪嫁妃子所生；次子名字叫作小白，是出身莒国的陪嫁妃子所生。尽管二人都不是嫡妻宋国夫人所生，可都已长大成人，齐襄公想为他们寻找师傅来教导他们。

管仲对鲍叔牙道："我们的君主只有两个儿子，将来接替君位的人，不是公子纠，就是公子小白。我同你分别辅佐他们一人，等到将来某一位公子继位的时候，我们就互相向公子推荐对方。"鲍叔牙深以此为然。于是管仲便和召忽一起做了公子纠的师傅，鲍叔牙则做了公子小白的师傅。

后来，齐襄公想要接文姜到禚地与他寻欢作乐，鲍叔牙对公子小白说道："一国之君因为淫乱之名而被天下人所知，这让我国百姓耻笑不已。如果马上中断与文姜的关系，还可掩饰一下；如果继续与其来往，就会像决了堤的水，必将泛滥成灾。公子您一定要向主公进谏。"

小白果然去劝齐襄公道："鲁侯的死，已经引起了人们的闲言碎语，人们谈到此事的时候，意见分歧，言语间发生许多争执。男女有别，父亲您不能不注意避嫌啊。"

齐襄公听后勃然大怒道："黄口小儿说这么多话做什么！"说完他伸脚去踢小白。小白只好一路小跑退出宫中。

鲍叔牙听说后，说道："我听过这样一句话：'人如果淫乱不堪，必定会遭受特别严重的灾难。'主公如此骄淫，齐国怕是要遭遇大祸。公子和我应当尽早到别的国家去避祸，等待时机以图大业。"小白深以为然，问道："那您说应该去哪国避祸呢？"鲍叔牙想了想道："大国往往喜怒无常，我看不如到莒国去。莒国是个小国，离齐国近，又是公子您母亲的故国。第一，因为它是小国，自然不敢慢待我们；第二他离齐国近，一旦齐国有变，一天时间就可以回来。"小白点头道："好，就这么办。"于是他们就跑到了莒国。齐襄公听说后，既没有追究，也没有让他们回国。

等到公孙无知篡位，派人来请管仲时，管仲说道："这帮人刀已架在脖子上了，还想连累我吗？"他便与召忽一同商量外逃，因为公子纠的母亲老家在鲁国，便带着公子纠到鲁国去。鲁庄公让他们居住在生窦地区，每月按时给他们提供生活财物。

周庄王十二年二月初春时节，齐国新君公孙无知改换了国号，定为公孙无知元年，朝廷文武百官前来庆贺，聚集在朝堂大厅等候。众人朝拜之时，见连称、管至父二人竟公然位居群臣首位，脸上都出现怨恨的神色。

大夫雍廪知道众人并不愿依附公孙无知等人，于是说谎道："我家有位从鲁国来的客人，他说'公子纠将要借来鲁国的军队进攻齐国'。不知各位大人听说此事没有？"众位大夫同声答道："没听说。"雍廪也没有再说下去。

等退朝之后，众位大夫互相约好，一起来到雍廪的府中，打听公子纠率鲁军进攻齐国的详细情况。雍廪率先开口道："各位大人认为这事怎么办？"大夫东郭牙答道："先君襄公虽然荒淫无道，可他的儿子公子纠有什么罪？我们这些人天天盼望他能回到齐国。"众人都表示同意，甚至有人竟因此而流泪痛哭。

雍廪点头道："廪当初对无知卑躬屈膝认错，难道说我真的没有礼义廉耻之心而故意迎合讨好他吗？实际上我是为了委曲求全，将来图谋大业啊。各位大人若是能够助我一臂之力，共同铲除犯上作乱弑君篡位的恶贼，扶持先君襄公的儿子登上国君之位，难道不是一件正义之举吗？"

东郭牙便问雍廪的计划，雍廪说道："上卿高傒，字敬仲，是齐太公的六世孙，乃是我齐国的名臣。他家世代都是齐国的股肱之臣，为人素来德高望重，为人们所信服。连称、管至父这两个贼子，如今身负叛逆之名，如果能够得到高傒只字片语的美言，便会获得如同千钧之力的支持，但是他们心中也自知不太可能。如果我们请敬仲设下酒宴，去请这两个贼子，他们必然毫不推辞地前去赴宴。我再进宫去，假装要对公孙无知禀报公子纠派兵讨伐齐国的消息。那无知是个愚笨又没勇气的家伙，趁他惊慌失措的时候，我就拔出刀向他刺去，有谁能救得了他呢？然后点火为信号，高家就关起门来诛杀这两个叛贼，定然易如反掌。"东郭牙思索了一下道："敬仲嫉恶如仇，为了国家社稷而做出这样自贬身份的事，应当不会推辞。我尽力说服的话，应该会使他答应。"于是就去把雍廪的计略告诉高傒，高傒应允依计而行。便让东郭牙去连、管两家转达高傒要宴请他们的消息。

连称、管至父果然心花怒放，都按时赶到了高府。高傒举起杯说道："我们的先君生前失德之处很多，老夫我每日都为齐国的存亡担忧。如今幸亏二位大夫拥立了新君，老夫也获得静守祖庙的机会。过去很长一段时间，我因年老多病，不能去朝堂之上议事，如今庆幸贱体的病情稍微有所好转，特地置备了一桌酒席，以报答二位对老夫的恩情，并想把我子孙后代的荣辱安危托付给二位大人。"连称与管至父推让了半天。

高傒告诉下人把外面大门紧紧关闭，说道："今日喝酒，不尽欢绝不散去。"他转身提前吩咐下人道："决不能来报告外面的任何消息，只有等城中出现烟火的信号，那时再来报告。"

却说雍廪怀里藏着匕首径直前去敲宫门。见了无知后，雍廪奏报道："公子纠率领鲁国的军队，马上就要到达齐国。为今之计，必须早点想出应对敌人的计策。"无知大惊失色地问道："国舅如今在何处？"雍廪回答道："国舅与管大夫到郊外喝酒还未回来。各位官员都聚集在朝中，就等着您前去商量此事。"无知相信了他的话。

刚进了朝堂，还没有坐下，众大夫就一拥而上，雍廪从他身后刺了一刀，鲜血流满了君主的座位，无知顿时便断了气。统计无知当国君的日子，总共才一个月多一点。真是悲哀啊！

连夫人听说发生了政变，在宫中上吊自缢。

史官作诗评论道：

只因无宠间襄公，谁料无知宠不终。

一月夫人三尺帛，何如寂寞守空宫？

此时，雍廪马上让人在朝堂外面点起一堆狼烟来，那浓烟直冲九霄。高傒此时正在款待宾客，突然门外传来击板声，外面仆人禀报道："外面起火了！"

高傒马上站起来，向里屋走去。连称和管至父二人觉得莫名其妙，正要问他突然离席的缘故，走廊四处埋伏的士兵猛然杀出来，把连、管二人砍成几段。他们虽然也带了不少随从，无奈身无寸铁，瞬间一同毙命。

雍廪和各位大夫这时陆续来到高府，共同商议后续事宜，将连、管二人的心肝挖出来，用以祭奠齐襄公。高傒一面立刻派人去姑棼的行宫，取回襄公的尸体，重新装殓出殡,大办丧事;一面派人去鲁国迎接公子纠回国继承君位。

鲁庄公听闻此事非常高兴,打算为公子纠准备护送的军队。施伯劝道:"齐、鲁两国,不是你强便是我弱。齐国如果没有君主,对我鲁国来说是利好。请您先不要轻易出兵,只要静静观察齐国的局势就好。"庄公听后,一时竟拿不定主意了。

这时,鲁国夫人文姜因为其兄长齐襄公被杀马上从祝丘回到鲁国国都,天天劝她儿子庄公派兵去攻打齐国,以讨伐公孙无知的杀君之罪,为她兄长报仇。等到听说无知被杀死,齐国派使者前来迎接公子纠回国即位时,文姜心中不胜欢喜。她拿定主意要帮助公子纠即位,便催促庄公速速派兵保护其启程回国。庄公被母命所迫,便不听从施伯的意见,亲自带领三百辆战车,任命曹沫做大将,秦子和梁子为左右护从,护送公子纠回齐国。

管仲对鲁庄公说道:"公子小白如今在莒国,莒国到齐国的距离比鲁国到齐国近多了。如果公子小白先回到齐国,那么争位的主动权就落到他手中了。希望您能给臣一些好马,我先去拦截、阻击公子小白。"鲁侯道:"不知阁下要多少兵马?"管仲答道:"三十辆兵车足够了。"

却说公子小白听闻齐国国内发生了政变,君主之位虚悬,便与鲍叔牙商议,向莒国借了战车一百辆,护送他们回齐国。而此时管仲正带着兵马昼夜兼程飞驰赶来拦截。

当他来到即墨这个地方时,听说莒国的人马已经过去,便又在后面紧追不舍。又追了三十多里,正遇上莒国的军队停车做饭吃。管仲看到小白端正地坐在车中,就上前鞠躬道:"公子别来无恙,如今您这是要去什么地方?"小白点头道:"打算回国为父亲奔丧。"管仲劝谏道:"公子纠乃是先君长子,按理应该负责主持操办先君的丧事。公子您应该稍微在此休息一阵子,不要让自己这般辛苦。"

鲍叔牙听说后,大声道:"管仲,你请暂时退到一旁,现在你我二人各为其主,不必多说。"管仲看到周围的莒兵个个怒目直视,大有立即拼杀的神色。他担心此时立即动手寡不敌众,便装作答应退到了后面。趁人不备之时,管仲突然弯弓搭箭,瞄准了公子小白,嗖的一声射过来。

公子小白大叫一声,口吐鲜血倒在车上。鲍叔牙急忙冲过来抢救,随从们全部大叫道"不好了!"并一起痛哭起来。管仲则带领那三十辆战车,快马加鞭地跑远了。

管仲在路上自言自语道:"公子纠福星高照,命中该当上君主啊!"回来后便向鲁庄公做了汇报,然后摆上美酒与公子纠举杯相庆。此时,公子纠、管仲以及鲁国军队终于放下心来,一路上地方官员进献美食,殷勤招待,他们便放心大胆地一边享用,一边缓慢前进。

然而他们没想到的是,管仲这一箭,只射中了小白身上衣服的带钩。小白知道管仲是神射手，担心他再补一箭，一时急中生智，咬破自己的舌尖，假装喷出一口血便倒下了，竟连鲍叔牙也被骗过了。

鲍叔牙发觉小白是诈死，放下心来，道："管仲虽已离去，很有可能卷土重来。我们的行动一定不能放慢速度。"说完便让小白换了服装，坐上有遮蔽的轻便卧车，抄小路快速行驶。即将到达临淄的时候，鲍叔牙单独坐着一辆车先进入临淄，四处拜见各位大夫，大大称赞了小白的贤德。诸位大夫们为难地说道："公子纠也快到齐国了，怎样处理这种情况呢？"

鲍叔牙昂然说道："齐国接连有两位君主遭到弑杀，若不是贤明的君主，决不可能使国家从动乱中安定下来。诸位原本打算去迎接公子纠继承君位，而公子小白却先到了齐国，这实在是天意使然啊！鲁国国君之所以送公子纠回国，其目的是想得到重重的报酬。当年宋国拥立子突做君主，后来便没完没了地索要报酬，致使两国间的战祸持续了数年之久。如今我齐国处于多事之秋，能承受得起鲁国没完没了的勒索吗？"

诸位大夫问道："那么我们用什么借口来谢绝鲁国呢？"鲍叔牙道："只要对他们说我齐国已经有了君主，他们自然就会退回去。"大夫隰朋和东郭牙齐声说道："叔牙的话很有道理。"于是众人欢迎小白入城继承君位，他就是历史上鼎鼎有名的齐桓公。隐士徐霖对射钩一事单独作诗一首道：

鲁公欢喜莒人愁，谁道区区中带钩？

但看一时权变处，便知有智合诸侯。

鲍叔牙说道："君位已定，但鲁国的军队还没来到，应该想办法阻止他们继续前进。"于是便派仲孙湫前去迎接鲁庄公，告知齐国已经有了新君主。鲁庄公听闻小白没死，恼怒地道："自古以来都是立长子继承君位，小儿子怎么能当君主呢？孤决不能让三军将士就这样徒劳无功地撤回。"于是他不理会齐国的要求，继续进军。仲孙湫只好回来禀报齐桓公。

齐桓公大惊道："鲁国军队不肯撤退，我们该怎么办？"鲍叔牙笑道："我们自然是派军队去赶走他们。"于是任命王子成父统率右路大军，以宁越为副将；东郭牙统率左路军队，以仲孙湫为副将；鲍叔牙辅佐齐桓公亲自统率中路大军，任命雍廪为先锋官。总共出动了战车五百辆。

兵力分配完毕后，东郭牙提出建议道："鲁侯考虑到我军已做好准备，决不会长驱直入杀奔临淄。乾时这个地方水草充足，是驻扎军队最好的地方。如果我们在此地设下埋伏等着他们钻进去，然后乘其不备，一定会大破鲁军。"鲍叔牙鼓掌称赞道："好主意。"于是便让宁越、仲孙湫各自率自己的部队，分路去埋伏；命令王子成父、东郭牙从别的地方去抄鲁军的后路；雍廪负责正面挑战，诱敌深入。

却说鲁庄公与公子纠率领军队到达乾时的时候，管仲上前提出建议道："小白刚刚即位，人心尚未依附，我们应乘此时机迅速发动进攻，齐国内部必定会发生变故。"鲁庄公心中恼怒他谎报小白死讯，讽刺道："要是你管仲的话都对，那小白早已被射死许久，如今也不需孤费心劳力地进军了。"于是便不听他的建议，下令三军在乾时安营扎寨。鲁侯的营地驻扎在前面，公子纠的营地驻扎在后面，两营相隔二十里路。

次日早晨，探子前来禀报："齐军已经赶到，其先锋官雍廪正在外面挑战。"鲁庄公对诸将说道："若能攻破齐国先头部队，齐国都城内自然便会人心惶惶了。"于是带领秦子和梁子驾驶战车来到两军阵前，叫雍廪出来，亲自责备他道："你是密谋诛杀叛贼的始作俑者，当时苦苦恳求我鲁国送回公子纠做你们的新国君。今日却又改立小白，你们的信义在哪里？"于是取弓搭箭要射雍廪。

雍廪假作羞愧的样子，抱头鼠窜。鲁庄公便命令曹沫前去追杀。雍廪掉转战车回头迎战，战了几个回合又向后逃跑。曹沫急追不舍，奋起勇武，握着画戟追赶上来，却一下子被鲍叔牙的军队团团围住。曹沫陷入重围，左冲右突，身上中了两箭，拼死战斗，方才得以冲出重围。

却说鲁国将军秦子、梁子担心曹沫有所闪失，正要前去接应，忽然听闻左右两边炮声齐响，齐国宁越、仲孙湫的两路伏兵一齐冲杀出来，鲍叔牙带领的中军部队像一堵厚厚的墙一样向前逼进。由于三面受敌，鲁军抵挡不住，士兵们慢慢开始四处逃窜。

鲍叔牙传下命令道："谁能够抓住鲁侯，就赏给他一万户的封地。"并命令在军中大声宣扬、传达这个命令。秦子急忙拔下鲁侯中军主帅的绣字黄旗，将其扔到地上。梁子则再度拾起那支旗，插到自己车上。秦子问他为何这么做，梁子答道："我要以此来迷惑齐军，掩护主公脱险。"鲁庄公见形势十分危急，跳下战车，乘上另外一辆由一匹马拉的小型轻便马车，换上便衣逃跑了。秦子则紧紧地在后面跟着，保护鲁庄公杀出了重围。

齐将宁越远远看见绣旗，于是认定鲁庄公就在旗下的一辆车中，便指挥军队将其围了好几层。这时梁子脱掉了头盔，露出脸给齐军看，说道："我只是鲁国的一名将军，我们的君主已经离开此地很远了。"

鲍叔牙知道齐军已大获全胜，便下令鸣金收兵。仲孙湫献上了缴获的鲁庄公所乘战车，宁越则献上战俘梁子，齐桓公命令将其在军中就地斩首。

因为王子成父和东郭牙这两路大军还没有消息传来，齐桓公就把宁越、仲孙湫留在乾时驻扎，大军主力部队则先凯旋回国。

再说管仲等人因负责管辖武器装备和粮草而留在后营,听闻前营战败的消息,便让召忽辅佐公子纠坚守营地,他则亲自率领全部后营的兵车前去接应,正好遇到狼狈逃回的鲁庄公,双方合兵在一处。这时杀出重围的曹沫也收拾了残兵败将逃回这里,统计一下兵马后发现,士兵十成中损失了七成。管仲叹息道:"我军士气已完全丧失,此地不可久留。"于是军队连夜拔营撤退。

走了不到两天的时间,忽然看见前面有战车挡路,原来是王子成父和东郭牙率军前来抄鲁军的后路。曹沫举起画戟高喊道:"主公快快撤离,我今日即便战死在这里,也要拦住齐军!"又回头看看秦子,说道:"你可以前来助我一臂之力。"秦子便上前与王子成父厮杀,曹沫自己拦住东郭牙厮杀。管仲趁机保护鲁庄公,召忽保护公子纠,夺路而逃。

有一位穿红袍的小将在后面急追鲁庄公,鲁庄公一箭射出,正中其前额。又有一位穿白袍的齐将追上来,庄公也把他射杀了。这样,齐兵才稍微放缓了追赶的速度。

此时管仲命令鲁兵把他们的武器、粮草、盔甲、战马之类的物品沿路丢弃,故意引齐军士兵抢夺,如此方才得以逃脱。曹沫的左胳膊挨了一刀,如此仍刺杀齐兵无数,最后竟脱出重围,回到鲁国。秦子则战死于两军阵前。史官评论鲁庄公的乾时大败时说,这实在是他咎由自取,有一首诗写道:

子纠本是仇人胤,何必勤兵往纳之?
若念深仇天不戴,助纠不若助无知。

鲁庄公等人脱离了虎口后,好像漏网之鱼,急急逃窜。隰朋和东郭牙从后面紧追不舍,一直追过汶水河,把鲁国境内汶阳的土地全部夺走,并在当地留下守军,这才收兵撤回,鲁国人不敢前去争夺,齐军大获全胜,凯旋班师。

再说齐桓公小白早晨上朝,众官员全部前来祝贺。鲍叔牙上前启奏道:"公子纠如今还在鲁国,有管仲和召忽辅佐他,鲁国又充当他的后台,我齐国的心腹大患依然存在,还不到祝贺的时候。"齐侯小白问道:"那怎么办呢?"鲍叔牙回禀道:"乾时一战,鲁国君臣上下都已被打得心惊胆战了。臣以为,应当再统率三军人马直逼鲁国边境,只说前去讨伐公子纠,鲁国必因恐惧而接受我们的条件。"齐桓公点头道:"好,寡人下令,让全国的军队都听从您的调遣。"鲍叔牙于是检阅、调动军队,带着大军直奔汶阳,重新清理、划分了国界。之后,他派公孙隰朋前去为鲁侯送了一封信。信中这样写道:

齐国外臣鲍叔牙,恭敬地拜会贤明的鲁侯殿下:

自古有云:一家没有二位家主,一国没有两位国君。我齐国君主已继承了诸侯之位,获得了祭祀历代祖先的资格,登位称君。公子纠想要强行争夺君位,不符合一人为尊的古义，违反了国无二君的道理。我君主看在兄弟手足的份上，不忍亲自下手杀戮，愿借贵国之手予以处置。至于管仲、召忽，是我们君主的仇人，也请送回我国，我们将在太庙前公开处决他们。

隰朋临行之前，鲍叔牙嘱咐他道："管仲乃是一位天下奇才，我将会对君主进言，将来会征召他来重用，一定要保证他不被人杀掉。"隰朋为难道："如果鲁国想要杀他怎么办？"鲍叔道："你只要提起当日管仲射中主公吊钩的事，鲁侯定会相信主公深恨管仲，便不会杀了他。"隰朋唯唯诺诺，点头而去。

鲁侯收到这封信，马上召施伯商议。

第十六回
释槛囚鲍叔荐仲　战长勺曹刿败齐

却说鲁庄公看了鲍叔牙的信后，马上召施伯前来商量对策。鲁庄公道："过去寡人没听您的话，以致兵败如山倒。如今涉及到杀子纠还是留子纠的问题，您看哪一个选择对我们鲁国更有利呢？"施伯回禀道："小白刚刚即位就十分善于用人，在乾时大败我军，这绝对不是公子纠所能比得上的。更何况如今齐国大军已然压境。不如杀掉公子纠，与齐国讲和。"

当时，公子纠、管仲、召忽都居住在生窦，鲁庄公命令公子偃带兵前去突袭，杀了公子纠，将召忽和管仲抓回鲁国都城。

即将把他们装进囚车时，召忽突然仰天大哭起来，说道："作为别人的儿子要为尽孝而死，作为别人的臣子要为尽忠而死，这是做人的本分啊！我召忽将跟随公子纠一同到阴曹地府去，怎能受这刑具、脚镣加身之辱？"于是将头撞向大殿的柱子，就此死去。

管仲目睹这一幕，却没有寻死，而是淡淡地说道："自古以来的君主，手下既有为君主尽忠效死的死臣，也必然有为匡助社稷而活着的生臣。我暂时要活着回到齐国，去为公子纠述说冤情。"说完低身走到囚车中去。

施伯目睹这一幕，私下里对鲁庄公说道："臣观察这位管仲的表情，好像确定齐国内部会有人救他，知道自己肯定不会死。这人乃是一位天下奇才，如果这次死不了，必然会在齐国受到重用，齐国会因他而称霸天下，届时鲁国只能听从齐国的号令疲于奔命了。不如您向齐国请求一下，保住他的性命。管仲若保住性命，肯定要感激我们的大恩大德。若感激我们，就会为我们鲁国所用，那样齐国就不足为惧了。"

鲁庄公摇头道："齐国君主的仇人，我们却要留下他的性命，这怕是引火烧身。尽管我今日杀了公子纠，齐国国君的怒气怕是还未消除啊！"

施伯想了想，回禀道："国君，您如果认为此人不可被我国所利用，那不如把他杀掉，将他的尸体交给齐国。"鲁庄公回答道："对，这样做最为稳妥。"

公孙隰朋听说鲁庄公要杀管仲的消息，马上一路小跑到鲁国的朝堂来见鲁庄公，气喘吁吁地说道："鲁侯，管仲当日用暗箭偷袭我国国君，结果射中了带钩，我们的国君恨他入骨，想亲手杀了他，以解心头之恨。你们如果只送一具尸首回齐国，还不如不杀好。"

鲁庄公相信了他的话，于是把管仲关在囚车里，连同已经用匣子装好的公子纠和召忽的头颅一起交给了隰朋。隰朋向鲁侯道谢之后便回齐国去了。

却说被囚在车中的管仲，已经知道了鲍叔牙救自己回齐国的计谋，只是心中惴惴不安，他想："鲁国的施伯是一位颇有智谋的聪明人。虽说眼下我暂时被释放，可他们或许还会反悔，倘若鲁侯派人来追我回鲁国，那我的性命就堪忧了。"于是他心生一计，编了一首名为《黄鹄》的词，教那些押车的人一路高唱。

那词是这样写的：

黄鹄黄鹄，戢其翼，縶其足，不飞不鸣兮笼中伏。高天何跼兮，厚地何蹐！丁阳九兮逢百六。引颈长呼兮，继之以哭！黄鹄黄鹄，天生汝翼兮能飞，天生汝足兮能逐，遭此网罗兮谁与赎？一朝破樊而出兮，吾不知其升衢而渐陆，嗟彼弋人兮，徒旁观而踯躅！

那些押解的人学会这首词后，一边走一边唱，倒是自得其乐，乐而忘倦。这队车马飞速奔驰，一天能赶平日两天的路程，很快出了鲁国边境。

这时鲁庄公果然后悔放走管仲，派遣公子偃前来追赶，没有追上只能无功而返。管仲仰望着天空，长长地出了一口气，感叹道："我今天又获得新生了啊！"

他们抵达堂阜地区时，鲍叔牙已提前在那里等候。见到管仲后，如获至宝，将他迎进公馆，感慨道："管仲，幸亏你安然无恙啊！"立即命令打破囚车，放管仲出来。

管仲阻止道："如果不是奉君王的旨意，不可以擅自为我去掉刑具。"鲍叔牙笑道："没事。这是小事，无伤大雅，我一力承担，并且我要向君主推荐你。"管仲摇头道："我与召忽共同辅佐公子纠，现在既没有让其登上君位，又不能与他同赴大难、英勇捐躯。作为一名臣子，节操已经有所欠缺，何况现在要我反过来为仇人效力？召忽在天如果有灵的话，定会在九泉之下嘲笑我！"

鲍叔牙微笑道："'但凡要做大事业的人，决不会纠结于小的耻辱；要立大功劳的人，决不能拘于小节。'管仲你有治理天下的才能，只是不曾遇到好时机。我们的新主公有远大的抱负和卓越的眼光，如果能得到你的辅佐，治理和经营齐国，成就一番霸业没有任何问题。功勋盖世，名扬诸侯，与死守着匹夫的气节，做一些毫无意义事，哪一种选择更好，不是一目了然的事情吗？"

管仲听到这话后便不再言语。鲍叔牙给他松了绑，先把他留在堂阜。

鲍叔牙先回临淄去见齐桓公，首先说了一番吊唁的话，然后又祝贺了一番。齐桓公奇怪地问："爱卿，你在吊唁谁呢？"鲍叔牙回答道："公子纠，乃是君主的兄长。君主为了国家的前途而大义灭亲，这实在是迫不得已的选择，臣怎么能不吊唁呢？"齐桓公又问道："既然如此，您为什么又要向我祝贺呢？"鲍叔牙又回答道："管仲是位天下奇才，绝不是召忽之流能够相比的。臣已经把他活着带回齐国了，君主您得到了一位贤明的相国，臣怎么能不祝贺呢？"

齐桓公勃然大怒，说道："管仲当日曾向我射了一箭，若不是射中了带钩，寡人早已毙命，此箭至今还被寡人收藏着。一想起此事，寡人心中就愤恨不已，吃他的肉都不解恨，更别提重用他了！"

鲍叔牙苦口婆心地劝道："那些臣子们只是为自己的君主效力。当初管仲射中您带钩的时候，他眼中只有公子纠而没有您。如今您若是启用他，他将会为您射下整个天下，岂止区区一个带钩呢？"齐桓公碍于鲍叔牙的情面，不情愿地说道："寡人暂且先听先生一次，赦免了他，暂时留他一命。"鲍叔牙便把管仲接到自己府中，每日一起谈天说地。

再说齐桓公开始对帮他登位的人论功行赏，高家、国家等齐国的名门世卿，都赐给了更多的田产土地。齐桓公打算提拔鲍叔牙担任上卿一职，将国家政务交给他负责。

鲍叔牙却推辞道："国君，您给臣一些好处，让臣免于挨饿受冻，这是您对臣的恩赐啊！至于治理国家，却不是臣的能力所能做好的。"齐桓公摇头道："寡人一向都很了解爱卿的能力，您不许再推辞了。"

鲍叔牙回答道："您所谓知晓微臣的地方，只不过是看到微臣平日里小心谨慎、遵循礼节和法律而已。这些都是守成之臣应尽的职责，而不是治理天下的大才华啊！要想成为治理天下的大才，对内须得能安顿好百姓，对外须得能拢络住其他国家，为王室的繁荣建立功勋，恩惠遍及所有诸侯。在他治理下，国家政局可以像泰山一样安稳，君主可以享受无尽的幸福，他必须是一位功垂千古、万世流芳的人物。这样一个帝君重臣、王室辅佐的要职，才疏学浅的微臣怎么能胜任呢？"

齐桓公听了这番话，脸上不自觉变了颜色，他身子向前倾，推心置腹地问道："依爱卿这番话来看，如今有没有这样的贤才存在呢？"鲍叔牙点点头回道："国君，您如果不想找这种人便罢了，若一定要想找这样的大才，除了管仲还能有谁呢？微臣比不上管仲的方面有五处：宽厚仁慈，能结交、安抚百姓，我不如他；治理国家，能抓住根本的大政方针，我不如他；对国内老百姓讲信义，并得到百姓信任，我不如他；制定一些可使周围国家都尊敬而施行的礼义措施，我不如他；站在军营门口敲着大鼓，使百姓勇猛冲杀而不后退，我也不如他。"

齐桓公听罢，怦然心动道："既然如此，您试着把他找来，寡人就考量一下他的本领。"鲍叔牙回答道："微臣曾听说过这样一句话：'贱不能临贵，贫不能役富，疏不能制亲。'意思是，没有官位的人不能驾凌于有官职的人之上，贫穷的人不能驱使富裕的人，关系疏远之人不能命令、指挥亲近之人。国君您要是想重用管仲，必须让他坐在相位之上，给他丰厚的收入，并且以对待父辈、兄长的隆重礼节来尊重他。一国之相，地位仅次于君主，先考察他的才学，然后才征召他，是轻视管仲的表现。如果这样，管仲即便坐上相位，也必定会被众人轻视，相国被人看不起，君主也必然会受到轻视。现在对待这样一位非常之人，必须使用非常的礼节，希望您能占卜一个好日子，到郊外去隆重地迎接他。四方各国若听说您如此尊重贤能的人，又不计较个人的私仇，谁不想为齐国效忠尽智呢？"齐桓公感动地说道："那寡人就按您的话去办。"于是命令太卜选好良辰吉日，准备亲自到郊外去迎接管仲。鲍叔牙先把管仲送回到郊外的公馆之中。

到了那一天，管仲沐浴三次，以去掉不祥的气运，然后三次以香料涂身，以增其祥瑞，礼仪十分隆重。然后穿袍戴冠，手握晋见君主时应该拿的笏板，穿戴就如同上大夫一般。

齐桓公这时亲自到了郊外迎接管仲，并与他一起乘车回到朝中。前来观看的百姓人头攒动，把街市都堵塞了，个个都惊讶不已。史官作诗道：

争贺君侯得相臣，谁知即是槛车人。

只因此日捐私忿，四海欣然号霸君。

管仲到了朝堂之后，首先叩头谢罪。齐桓公亲手将他扶起，赐给他座位。管仲感激涕零道："罪臣乃是一个被俘该死之人。承蒙您开恩，赦我不死，实在已经是万幸了！罪臣怎么还敢就座，侮辱礼节呢？"齐桓公道："寡人有问题要请教您，您必须坐下来，然后寡人才能开口请教。"管仲再次叩头后方才坐下。

齐桓公缓缓说道："我们齐国，是一个拥有千辆战车的军事大国。过去先君僖公在世时，威震诸侯，号称小霸。但自从先君襄公登位以后，政令无常，朝令夕改，于是齐国的形势急转直下，遭遇大变。现在寡人做了国君，国内人心未定，国家的实力不够强大。为此，寡人想整顿调整一下国家的政策，重新制定纲纪，重修法令，应该从什么地方做起呢？"

管仲回答道："礼、义、廉、耻，是一个国家治国安邦的四个基本纲领。这四个纲领若得不到弘扬，国家必将走向灭亡。现在君主您想要重新制定国家的纲领，必须先发扬光大上面的四个纲领，让老百姓都听从于您。纲纪如果确定，重振国势就指日可待了。"

齐桓公又问："怎样才能使百姓都听从寡人的命令呢？"管仲回答道："要使百姓听您的话，必须先爱护他们。国君若能够爱惜百姓，百姓就自然愿意听您的话为国家出力。"齐桓公又问："爱护百姓的方法又是什么呢？"管仲回答道："国君团结好自己的宗族，士大夫团结好各自的家族。如果发生了事件，人们互相帮助，有了钱财，大家互相接济。这样的话，百姓之间才能相亲相爱。尽量赦免一些过去犯罪的人，救助旧宗，为没有后代的人立嗣继承家业，这样民间的人口数量才会增加。减少刑罚，薄收赋税，人民就会变得富裕了。征召贤明的人士担任卿相，让他们去教导国人，这样百姓就会懂得礼数了。国家颁布法令后不要轻易改动，让老百姓能安居乐业。这就是爱护人民的方法。"

齐桓公又问道："爱护人民的方法，寡人已经知晓，那么让百姓安定的方法又是什么呢？"管仲回答道："士子、农民、工匠和商人，被称为四民。士子后代通常也是士子，农民的后代通常也是农民，工匠和商人的后代通常也是工匠和商人。习惯于做自己的本职工作，喜欢做自己的本职工作，就不要强迫他们改行，那么百姓们的生活自然就会安定了。"

齐桓公再问道："若百姓已经安定下来，兵器却不够用，那又怎么解决呢？"管仲回答道："想要兵器充盈，必须制定以武器作为赎罪抵押物来减刑的法律：犯下重罪的犯人可用犀牛皮做的盔甲一副和车戟一支来赎罪减刑；犯下较轻罪行的人可用绣革制成的盾一只和车戟一只来赎罪减刑；犯小罪的罪犯分别缴纳一些金属赎罪；疑似犯罪的人可以宽恕，不需要缴纳赎罪物品。案件中原告与被告胜负相当的话，命令他们交上几捆弓箭，允许他们和解结案。这样聚集了很多金属之后，上等质量的铜铁用来铸造剑和戟，并在狗、马身上试验是否锋利；劣质金属可用来做锄、镰、刀、斧一类的农具，可以在土地里面试验它是否顺手。"

齐桓公点头，又问道："兵器充盈了，可国家的财政不足怎么办？"管仲回答道："熔化山上的矿石来铸造钱币，煮干海水来制造食盐，这两项生意的利润，在整个天下来说都属于暴利。看准机会把全国各地各种价格低廉的商品囤积起来，等待其涨价的时候再交易出去。兴建三百间妓院,抚慰出门在外商人的情绪。商人们在此寻欢作乐、宾至如归,那么各种货物都会聚集在我国,到时可趁机对货物抽税,用以资助军费。这样财物便可够用了。"

齐桓公想了想,问道:"财物已经够用了,可是军队人数不足,士气不振,怎样解决这些问题?"管仲回答道:"士兵最宝贵的是精壮,而不在于人数多少;强大在于士气,而不在于力气。要整顿军队,如果把兵器装备都制造得非常精良,那么天下各路诸侯也会学着您整顿军队,装备好的兵器。微臣不觉得我们能胜过其他诸侯国。您如果想使军队强大,不如对外毫不张扬,暗地里却悄悄提高军队的战斗力。微臣请求把军令加入到日常内政操作当中。"

齐桓公不解地问:"怎样把军令用在内政当中?"管仲回答道:"整顿内政的做法是:将我们齐国国都临淄分为二十一个乡。工匠、商人活动的乡有六个,农民为主的乡占十五个。工匠、商人之乡主要的任务是使国家财物充足,农民之乡的主要目的是使兵源充足。"

齐桓公又问:"怎样保证兵源充足呢?"管仲回答道:"五家作为一轨,每轨设有一位轨长;十轨作为一里,每里设有一名司长;四里作为一连,每连设有一位连长;每十个连为一个乡,每个乡都设有一名深谙军事的良人在此。就以此内容为军令。若每家出一人参军,五家为一轨,便有五个人参军入伍,由轨长率领。十轨为一个里,那么五十个人便是一小戍,由里司负责率领。四个里为一个连,所以二百人为一卒,由连长负责率领。十个连为一乡,所以二千人为一旅,由乡良人统领。五个乡建立一个师,所以一万人为一军,这是一支独立的军队,由五个乡的师长统率。十五个乡可抽调出三万人马,便可成为我齐国的三支主力部队。国君,您掌管中军,高、国两家的两个嫡子各掌管一军。没有战事的时候,这三支军队都参与打猎:春季的狩猎活动称作"蒐",即捕捉那些没有生育能力的野兽;夏季的狩猎活动称作"苗",除掉给粮食带来灾害的野兽;秋季的狩猎活动称作"狝",用打猎这种杀伐行动来顺应秋天的气息;冬季的狩猎活动称作"狩",就是把猎物围起来捕尽以展示一年的训练成效,让百姓们习惯军事行动。小量军队可以从村庄发动,大批军队则可从一个地区发动。训练完成后,千万要下令禁止人民随便搬迁。人们以一伍为单位共同祭祀、祈福,若有人死去,一伍之人同时抚恤死难者家属,声明同生死共患难,人人之间互为伴侣,家与家之间相互结合,世代同居在一起,居民从小的时候便在一起玩耍。这样的话,如果发生战争,夜战时听声音便可辨别出战友,绝对不会背离;白天作战时用眼看就能彼此相识,绝对不会离散。战友间的深厚情谊足以让他们舍生忘死,拼死相救。居住时共同享乐,有死者时一起哀悼,守阵地时同心协力,战斗时共同强大。有这样的三万人马，足可以让我齐国横行天下了。"

齐桓公频频点头，又问道："那时我齐国兵强马壮，可以征讨天下诸侯吗？"管仲回答道："仅凭这些还不可以。周王室现在依然存在，还未被天下人抛弃，其他邻国也还未归顺我国。在这种情况下，您要想称霸天下诸侯，倒不如先带头尊崇周天子，并与邻国搞好关系。"

齐桓公问："这其中的道理是什么？"管仲回答道："重新审查我齐国与邻国的疆域，把侵吞来的土地都返还给邻国，然后用贵重的财物去拜访他们，但绝不接受他们的回礼，这样邻国就和我齐国亲近了。然后派出八十名能言善辩的游说之士，给他们配备车马、衣料、布匹、皮货，并多给他们资金财物，让他们周游四方，以招徕天下英雄贤才。再派人带着皮货、布帛、古玩等东西，到其他诸侯国去卖，以观察各国诸侯以及大臣们的爱好。选择那些无道的君主进攻他们，这样可以扩大齐国疆域；选择那些想篡权杀君的奸臣诛杀他们，这样可以树立齐国的威信。这样，天下诸侯就会络绎不绝地前来朝拜齐国了。然后我们可率领各诸侯国去侍奉周天子，让各诸侯依照不同的爵位而向天子进贡。这样一来，周王室从此又将会重新受到尊崇。到那个时候，这诸侯中最为尊贵的"方伯"一职，国君您就算想推辞，也辞不掉了。"

齐桓公和管仲连续交谈了三天三夜，真是句句投机，俩人完全不觉得疲倦。

谈完之后，齐桓公非常高兴，于是接连戒斋了三天，向太祖庙祭祀祷告，打算拜管仲为相，管仲却连连推辞而不肯接受。齐桓公问道："寡人已接受了您治国安邦的策略，要一展雄心壮志，所以想拜您为相。您却为什么不接受呢？"管仲回答道："微臣听说大厦的建成，并非只用一棵树的材料便能完成；大海的汹涌广阔，并不是一河流水就能汇集而成。君主您想要达成雄心壮志，仅有我是不够的，必须重用五位有才的大贤。"齐桓公问道："这五位大贤是谁？"

管仲回答道："一举一动讲求规范、进退合乎礼节、熟练掌握外交礼仪。辨别外交辞令是刚是柔的潜台词，这点臣不如隰朋，请任命他为大司行，负责外交事务；开荒地、辟良田，积蓄粮食、增加人口，充分发挥土地的效率，这点臣不如宁越，请任命他为大司田，掌管农业生产事务；在广阔的原野上操练，使战车不乱、兵士不退，擂鼓指挥，则全军将士视死如归，这点臣不如王子城父，请任命他为大司马，统帅三军；处理案件合理公道，不杀无辜者，不诬陷无罪者，这一点臣不如宾胥无，请任命他为大司理，负责司法刑狱；敢于触犯君主的痛楚，直言劝谏，不避死亡、不屈从于权贵，这点臣不如东郭牙，请任命他为大谏之臣，主管监察谏议。君主，您要想使国家强盛，军力鼎盛，必须重用这五位贤者。您若想成为诸侯中的霸王，微臣虽然才疏学浅，勉强可以为了达成君主您的愿望，尽一点点微薄之力。"

齐桓公于是拜管仲做相国，赐给他国都临淄所有集市一年的租金作为赏赐。其他以隰朋为首的五位大夫，都按管仲所推荐的职位一一提拔上任，让他们各司其职。同时，齐桓公在国都的城门贴出招贤榜：凡为国家富强提出的良策，都按照次序提出来并实行它们。

有一天，齐桓公又问管仲道："寡人不幸天生喜欢打猎，又爱好美色，对我做霸主的雄心壮志有没有害处？"管仲回答道："没有害处。"齐桓公奇怪地问道："那什么行为才能阻碍寡人称霸的雄心呢？"管仲回答道："如果不能识别有才之士，这样会对建立霸业有害处；明明识别出了有才之士却不加以任用，这样会对建立霸业有害处；虽任用了贤才而不委以具体事务的重任，这样会对建立霸业有害处；重用了贤才而又听一些小人的谗言怀疑他，这样会对建立霸业有害处。"齐桓公回答："说得对。"

于是他对管仲的一切建议都言听计从，像对父亲一样对待管仲，尊称其为仲父，所赐予的礼遇在齐国世代做官的高、国两大显族之上。"凡是国家有什么大事发生，必须先禀报仲父，然后再禀报寡人。但凡国家有所决策出台，全凭仲父一人裁决。"同时，他对全国臣民的言语做出规定，任何时候也不许再提到"管仲"这个名字，无论贵族或者平民，都要称呼管仲为"仲"。这大概是因为古人敬重别人的表现，就是称呼一个人的字而不称名的缘故吧。

却说鲁庄公听闻齐国任命管仲做相国，气愤地说道："寡人真后悔没听施伯的话，反而被小白这个小毛孩子欺骗了！"于是他便又整顿兵马，扩充军备，计划进攻齐国，以报当日乾时兵败之仇。

齐桓公听说这件事，对管仲道："孤刚刚登位，不想国家频频陷入战争中，如今若趁鲁国还未进攻之时，我们先下手为强，抢先攻击鲁国如何？"管仲摇头道："国家的政治、军事力量还不稳定，还不可以抢先进攻鲁国。"齐桓公不同意他的意见，就任命鲍叔牙为大将，率领军队径直攻打鲁国边境的长勺地区。

鲁庄公听闻此事，便向施伯询问对策道："寡人还未兴师问罪，齐国居然抢先攻打长勺，欺我太甚，怎么抵挡他们呢？"施伯回答道："微臣推荐一个人，可以击败齐军。"

鲁庄公大喜，问道："爱卿要推荐的是什么人？"施伯道："微臣认识一个人，姓曹名刿，在东平地区的乡下隐居，从未出来做官。这个人可是一位货真价实的将才啊。"庄公立即命令施伯前去请曹刿出山。

曹刿听闻国君请他出山，笑道："你们朝廷大员们都束手无策，却想找我一个村野百姓来帮你们出谋划策吗？"施伯笑道："村野百姓如果能想出计策，必定会登上朝堂为官。"于是两人一同来见鲁庄公。

鲁庄公问曹刿道："我们如何才能打败齐军呢？"曹刿回答道："打仗这件事，必须在阵前见机行事，不是事先能够谋划的。希望您借我一辆战车，让我在战场上观察形势，考虑对策。"鲁庄公很赞成他的说法，就与他同乘一辆战车，直奔长勺而去。

鲍叔牙听闻鲁庄公带兵前来，就摆好阵势严阵以待，鲁庄公也摆下阵势和齐兵相对峙。由于在乾时大获全胜，鲍叔牙如今倒有了看不起鲁军的心思，一交战，便下令擂鼓进攻，大声宣布先攻陷鲁军大营的将士将获重赏。鲁庄公听到齐军鼓声震天，也命令鲁国军队击鼓准备出战。

曹刿连忙阻止他道："齐军的气势现在锐不可挡，我军应该冷静地等待时机。"他在军中传令道："不许出战，有敢于大声说话的人，斩首示众。"

齐军前来冲击鲁军的阵型，鲁军坚守战阵，如铁桶一般稳固，齐军丝毫不能冲破，只好后退。

不一会儿，齐军阵中战鼓再次齐鸣，鲁军阵中静悄悄的，仿佛根本听不到齐军的鼓声，齐军又一次退了回来。鲍叔牙轻蔑地笑道："鲁军这是胆小害怕出战啊，再次击鼓冲锋，他们一定会逃走。"

当曹刿再次听到齐军的鼓声响起时，对鲁庄公说道："想要击败齐军，就要趁现在这个机会了，快快击鼓进军！"

鲁军还是首次击鼓，齐军则已经是第三通鼓声了。齐军士兵见前两次击鼓冲锋鲁军都不动，便认为鲁军根本不会出战，也都不尽力冲杀了。

谁知道鼓声一响，鲁军便突然如下山猛虎般杀过来了，刀砍箭射，其势犹如令人来不及掩耳的迅雷直杀得齐军七零八落，损兵折将，大败而逃。

鲁庄公见鲁军得胜，就要命令追杀，曹刿阻止道："还不能追击，微臣要下去观察一番。"说完便下了车，把齐军列阵的地方四下详细地看了一遍，又爬上车前扶手的横木站着向远处望了望，过了好一会儿才开心地说道："现在可以追了。"

鲁庄公便驱动战车，带鲁军追杀了三十多里路，方才收兵回城。此战鲁国缴获的武器装备、俘虏不计其数。

第十七回

宋国纳赂诛长万　楚王杯酒虏息妫

话说鲁庄公大败齐军之后,问曹刿道:"爱卿一次击鼓,便击败了三次击鼓的齐军,这其中有什么说法吗?"

曹刿回答道:"打仗,士气为获胜的主要因素,士气旺盛就能获胜,士气衰落就会落败。之所以要击鼓,就是要激起士兵们的勇气。第一次击鼓时士兵们的气势最盛;第二次击鼓则有些低落;第三次击鼓时士气就完全衰竭了。我之所以不让您击鼓,是为了积蓄我三军的气势。当齐军第三次击鼓后,士气已经衰竭了,此时我军开始第一次击鼓,士气刚刚达到最盛之时。用鼎盛的气势来攻击士气衰竭的齐军,怎能不大获全胜呢?"

鲁庄公点点头,又问道:"齐军既然已经败退,为什么您刚开始时不让追击,观察后又命令追上去呢?请您解释一下这其中的缘故。"

曹刿说道:"齐国人狡诈多谋,我担心他们安排了伏兵,其失败逃窜的表象并不可信。我下车查看了他们车辙的痕迹,横竖掺杂,说明其军心已经大乱。我上车再次向远处眺望,发现他们的军旗歪斜不整,这是急于逃窜的表现,因此才命令全军追击。"

鲁庄公衷心感叹道:"爱卿真可以说是用兵如神呀!"于是便提拔他担任大夫一职,并重重地奖赏了施伯推荐贤者的功劳。

隐士徐霖对此作诗道:

强齐压境举朝忧,韦布谁知握胜筹?

莫怪边庭捷报杳,鼷来肉食少佳谋。

此时正值周庄公十三年的春天。齐军吃了败仗狼狈逃回齐国,齐桓公大怒道:"此次出兵失利,无功而返,还谈什么让其他诸侯国服从我们呢?"鲍叔牙回答道:"齐、鲁两国都是拥有数千辆战车的军事大国,双方势均力敌,不相上下,胜负取决于主场还是客场作战。昔日乾时之战,我齐军主场作战,所以才击败了鲁国;今日的长勺之战,鲁国主场作战,因而我们败给了他们。臣愿意奉您的命令前去向宋国借兵,齐国和宋国一同出兵,一定会如愿以偿,最终获得胜利。"

齐桓公接受了他的建议,于是派使者带着礼物出使宋国,请宋国出兵相助。宋闵公，名叫子捷，自齐国先君襄公在世时，两国就已经经常共同发起军事行动，如今听闻小白继位，正打算缔结友好条约。双方一拍即合，便确定出兵日期，约定夏天六月的上旬，两国军队在郎城会合出征。

到了约定的日期，宋国任命南宫长万为主将、猛获为副将领兵出征，齐国则任命鲍叔牙为主将、仲孙湫为副将。双方各自统领大军，会集于郎城，齐军驻扎在东北方，宋军驻扎在东南方。

鲁庄公听说后，忧心忡忡地说道："鲍叔牙上次被我军击败后愤愤不平，此番乃是带着一颗复仇之心而来，加上宋军的帮助，宋将南宫长万有扛山举鼎的力气，我鲁国没有人是他的对手。如今齐、宋两军共同与我军对峙，又互为犄角之势，要怎样抵挡他们呢？"大夫公子偃站出来进言道："请允许微臣前去侦察敌军一番。"

侦察完毕，他回来禀报道："鲍叔牙戒心很强，军容十分齐整。而南宫长万自恃其勇武，觉得自己天下无敌，所以其队伍混乱不堪。如果从南城西门偷偷溜出去，乘其不备发动进攻，就能够击败宋军。宋军若败，齐军也就不可能再留下孤军奋战了。"

鲁庄公道："计划不错，但你不是长万的对手。"公子偃奋勇道："微臣请求前去一试。"鲁庄公看他心意已决，只好道："如此，寡人亲自前去接应你。"

公子偃寻来一百多张虎皮，将其全部披在马上，乘着朦胧的月色，偃旗息鼓，悄悄地打开西门出城。当他们接近宋军营地的时候，宋军全然没有发觉。公子偃命令全军点起火把，一时金鼓齐鸣，响声震天，径直向宋军营中横冲直突。火光照耀之下，远远望见一队鲁军士兵如猛虎咆哮一般扑来，宋军将士胆颤心惊，腿脚战栗，惊慌失措，争先恐后地四处逃窜。南宫长万虽然勇敢善战，无奈他的人马已经四处逃窜，只好驾车撤退。鲁庄公的后队人马此时已经赶到，与公子偃合兵一处，连夜追赶宋军。

逃到了乘邱这个地方，南宫长万对副将猛获道："今天必须拼死作战，否则怕是要全军覆没在这个地方了。"猛获听后便挺身而出，刚好遇到公子偃的追兵，两人便厮杀起来。南宫长万挺起长戟，直奔鲁庄公的大军，见人就刺。鲁国士兵畏惧他的骁勇，没有一个人敢向前近他的身。

鲁庄公对担任戎右一职的歂孙生说道："爱卿，你平素以力大无比而著称，现在能否与长万一决胜负呢？"歂孙生闻言提起大戟，径直来寻找长万交锋。

鲁庄公站到车轼上向远方眺望，发觉歂孙生胜不了长万，便回头对左右的侍卫说道："把寡人的金仆姑取来！"——金仆姑乃是鲁国最坚硬的弓箭——左右侍卫把箭送了过来，鲁庄公把箭搭上弓弦，瞄准了长万，飕的一箭，正射中长万的右肩，深深穿进骨头里。长万忙伸出手来拔箭，歂孙生乘机使尽全身力气一戟刺去，刺透了长万的左大腿。长万一下子倒栽在地上，急忙要挣扎起身之时，快速跳下战车的歂孙生双手死死把他按住，众士兵一拥而上，将长万擒住。

猛获见主将长万已被生擒，便弃下战车逃跑了。鲁庄公大获全胜，鸣金收兵。歂孙生押着长万前来向庄公献功。长万虽然肩、腿都受了伤，可还是挺身站立，丝毫没有痛苦的样子。庄公很欣赏他的勇武，便以隆重的礼节对待他。鲍叔牙听闻宋军大败的消息后，只好全军退回齐国。

齐鲁之战很快就画上了句号。同一年，齐桓公派遣大司行隰朋向周王室禀报他继位为君的消息，并且向周王请求赐婚。第二年，周王命令鲁庄公主婚，把王室的女儿王姬下嫁给齐桓公。徐、蔡、卫几个小诸侯国各自把他们的女儿送到齐国作为随嫁。

因为鲁国有为其主婚的功劳，齐、鲁重又和好，各自抛弃曾经两次失败的耻辱，立约成为兄弟盟国。当年秋天，宋国爆发了一场大水，鲁庄公感叹道："去年攻打我国的主谋齐国都已经与我们和好了，我们还跟宋国交恶做什么？"于是便派人前去救援和慰问。宋国感激鲁庄公的救灾抚恤之情，也派人前来表示感谢，并趁此机会请求放南宫长万回国。鲁庄公答应了，便释放长万返回宋国。从此三国和好如初，冰释前嫌。隐士徐霖作诗道：

乾时长勺互雄雌，又见乘邱覆宋师。
胜负无常终有失，何如修好两无危？

却说南宫长万回到宋国后，宋闵公戏弄他道："从前寡人十分敬重你，现在你却是鲁国的囚徒，寡人不再敬重你了。"长万十分惭愧地告退了。

大夫仇牧私下劝谏闵公道："君与臣之间，要用礼法来相互结交，绝不能随便开玩笑。随意开玩笑就显得不尊敬对方，不尊敬就会变得怠慢，怠慢而无礼，就会生出叛逆之心，希望君主您一定要引以为戒啊！"宋闵公却不以为然道："寡人与长万早就习惯了彼此开玩笑，不会有什么不妥的。"

再说周庄王十五年时，周庄王患上疾病，不久便去世了。太子姬胡齐继承王位，也就是历史上的周僖王。周王室讣告送到了宋国。这时宋闵公正和妃嫔、宫女们一起去蒙泽地区游玩，他命令南宫长万掷戟来进行一次游戏。原来那长万有一项绝技，就是能把戟投掷到空中高达数丈，然后用手接住，他一向百接百中，从不失手。宫人们都想看他的这手绝技，所以宋闵公就召长万一同前往游玩。

长万奉君主之命玩了几回，闵公的宫人们都称赞不已。宋闵公稍微有些妒恨的意思，就命令内侍取来赌器与长万赌博决胜，用大金斗盛满酒作为对输家的惩罚。这赌博是宋闵公最擅长的本事。长万连输五局，被罚酒五斗，已经到了八九分醉的地步了。长万心里不服，请求继续赌局。宋闵公笑着说道："囚徒乃是常败之人，怎么还敢与寡人继续赌胜负呢？"长万心中十分羞愧，默不作声。

忽听宫中侍从前来报告道："周王有使者携信前来。"宋闵公问明使者来意，原来是前来报庄王之丧，同时告知新王登基的消息。

宋闵公问左右侍臣道："周王室已经立了新王，应当立即派人去吊唁先王并祝贺新王。"长万上前启奏道："微臣从未亲眼目睹周国都城的盛景，愿意奉您的命令前去出使周国！"宋闵公大笑道："宋国即使再没有人才，也不至于让一个囚犯前去担任使者吧？"众位宫人都大笑起来。

长万面颊变得通红，心中的羞愧一下子变成了恼怒，又加上酒醉的作用，一时性起，便顾不上君臣之礼，大骂宋闵公道："无道昏君！你知道囚徒也能杀人吗？"宋闵公也动了真怒，喊道："贼囚，竟敢对国君无礼！"便去抢长万的戟，想要用它来刺长万。长万也不来抢那戟，径直提起赌器把宋闵公砸倒，然后又连续抢起拳头击打宋闵公。呜呼哀哉，没想到闵公竟死于长万的拳下。宫人们大惊失色，四散奔逃。

长万的漫天怒气并未因闵公的死而消散，他仍然怒气冲冲，提着戟步行，到了朝堂门口，碰到了大夫仇牧。仇牧问道："主公在哪里？"长万恨恨地回答道："昏君无礼，我已经把他杀了。"仇牧笑着说道："将军，你喝醉了吧？"长万冷笑道："我没醉，说的全是实话。"便把手中的血污展示给仇牧看。

仇牧立刻勃然变色，大骂道："弑君的逆贼，天理不容！"便举起手中朝见君主的手板来击打长万，却怎么抵挡得住有虎一般力气的长万！只见长万把长戟丢在地上，空手来迎战仇牧。左手将手板打落，右手一挥，正击中仇牧的头部，一下子便把仇牧的头砸碎，牙齿都打落了，长万捡起来随手扔出去，牙齿竟嵌入门内三寸多深，真是神力啊！

仇牧已经死了，长万便拾起戟，慢慢地登上马车，旁若无人。宋闵公在位一共十年，只因一句戏言，便遭了臣子的毒手。春秋之时，世道纷乱，人们看待弑杀君主的行为已司空见惯，弑君就像杀只鸡那般普通，可叹！可叹！史臣作《仇牧赞》道：

世降道致，纲常扫地。堂帘不隔，君臣交戏。君戏以言，臣戏以戟。壮哉仇牧，以笏击贼！不畏强御，忠肝沥血。死重泰山，名光日月。

太宰华督听说国内发生了变故，提剑登车，准备带兵讨伐逆贼。走到东宫的西侧，正好遇上长万。长万并不与其搭话，一戟刺过去，华督便坠落于车下，再上前补上一戟，把华督也杀了。

然后长万便拥立宋闵公的表弟公子游继承了宋国国君的位置，并把自周宣王以来担任宋国国君的宋戴公、宋武公、宋宣公、宋穆公及宋庄公的后代及其族人全部驱逐出国都，众位公子到了萧邑避难，公子御说跑到了亳地。长万对公子游说道："御说文采出众且才华横溢，又是国君的亲弟弟，现在去了亳地，日后必会生变。如果能杀了御说，其他公子就不足为虑了。"于是让他儿子南宫牛和猛获率军包围了亳地。

这年冬天十月，萧邑大夫萧叔大心率领宋戴公、宋武公、宋宣公、宋穆公及宋庄公五位宋国国君的后代及族人，又会合了借来的曹国军队，一起去救援亳地。公子御说发动了全部的亳地人，打开城门前去接应他们。两军内外夹攻，南宫牛兵败被杀，其率领的宋国士兵全部投降了御说。猛获不敢回国都复命，直接投奔卫国去了。

戴叔皮为公子御说献上计策道："我们如今就打着投降宋兵的旗帜，谎称南宫牛等人已攻克了亳地，抓住了您，得胜返回国都，然后趁机发难，占领国都。"御说接纳了他的意见，先派几个人一路传递南宫牛获胜的假消息，南宫长万听说后果然相信了，不再做抵御偷袭的准备。

众公子的军队到了国都，骗开城门，一拥而入，大声高喊道："我们单单只捉拿逆贼南宫长万一个人，其他人请不要惊慌害怕。"

长万仓皇之中没了主意，急急忙忙地奔回朝中，打算保着他拥立的国君子游逃出去。长万一进门就看到整个朝中全部被诸位宋国公子手下那些披着盔甲的士兵堵塞住，有内仆走出来禀告他道："子游已被这些士兵杀死了。"

南宫长万长叹了一声，思索道：各国之中，只有陈国与宋国交情不好，便打算前去投奔陈国。忽然又想到家中八十多岁的老母亲，叹息道："天伦不能丧失啊！"急忙又转身跑回家，搀扶母亲登上车驾。他左手握着画戟，右手推车而跑，斩杀门卫逃出都城，竟没有人敢上前阻拦他。宋国到陈国，两地相距二百六十多里，长万推着车，如风驰电掣一般，一日之内便到了陈国国都。如此神力，古今罕见。

却说众公子们杀了子游后，就拥立公子御说继位，他就是历史上的宋桓公。宋桓公任命戴叔皮担任大夫一职，又从五族中挑选那些贤能的人担任公族的大夫。萧叔大心依然回去镇守萧地。然后派遣使者到卫国，要求引渡猛获。又派使者前往陈国，请陈国将长万抓住。公子目夷当时只有五岁，陪侍在宋桓公的旁边，笑着说道："长万肯定不会被抓回宋国的！"

宋桓公惊奇地问道："你一个小孩子怎么会知道呢？"目夷回禀道："勇武有力的人素来被人们所敬重，宋国抛弃的勇将，陈国必定保护他。此番我们的使者空手前去，陈国凭什么帮我们呢？"宋桓公猛地醒悟过来，马上命使者多带财宝前去贿赂陈国。

先说宋国使者抵达了卫国，卫惠公问各位大臣道："把猛获留下，或者交还给宋国，哪一种选择更好呢？"大臣们都道："别人在万般无奈的紧急情况下前来投奔我国，怎么能如此轻易地舍弃呢？"大夫公孙耳则独持异议道："天下人对坏人的看法都是一样的，宋国的坏人和卫国的坏人没有区别。收留一个坏人，对卫国有什么益处呢？更何况卫国和宋国间的友好情谊由来已久。若不把猛获交给宋国，宋国必然会愤怒。因包庇一个人的坏行为，而失去一个国家的欢心，不是一种明智的行为。"卫侯听后，点头道："有道理。"随后卫侯便让人将猛获绑起来交给宋国。

再说宋国使者抵达了陈国，将昂贵的宝物献给陈宣公。陈宣公贪图礼品贵重，便答应将长万送回宋国，可是考虑到长万神力过人，恐怕难以制服，若要抓他，必须要用计策来困住他。

陈宣公便让公子结前去见长万，他说道："我国国君得到像您这样的人才，好比得到了十座城。宋国人虽然多次前来要求引渡，他都没有答应。我们国君担心先生您对我国有所疑虑，所以让我前来冒昧地跟您说说心里话。如果您认为陈国狭小偏僻，更加想去其他大国，我们也愿意让您再从容地多待几个月，容我为您准备好车马。"长万听后，哭泣道："贵国君主能容我南宫长万留下，我还敢有什么别的奢求呢？"公子结于是将带来的酒打开，与长万共同欢饮，俩人结拜为兄弟。次日长万又亲自到公子结府中去致谢。

公子结又留下他盛情款待。当酒饮到一半时，公子结派出妾、婢轮番向长万劝酒。长万欢饮，喝了个大醉，躺到坐席上面。公子结命令力士用犀牛皮把长万包裹起来，用牛筋牢牢捆住，并把长万的老母也囚禁起来，星夜用驿站的车马送往宋国。

行到半路，长万的酒才醒，他奋力挺身踢脚，想要挣脱束缚，无奈牛皮革太结实，绳子捆得也太牢，始终挣脱不了。快到宋国都城时，犀牛皮已经被他挣破了，手和脚全露在了外面。押解的士兵用槌子狠敲长万，脚上的骨头都被砸断了。宋桓公命令把南宫长万和猛获一同绑到市集上，当众剁成肉泥，并让厨子做成肉酱，赐给每个大臣，说道："作为臣子不能忠心效力君主的，就看一看这肉酱！"长万那八十岁老母也在同一时间被杀。隐士徐霖作诗叹道：

可惜赳赳力绝伦，但知母子昧君臣。
到头骈戮难追悔，好谕将来造逆人。

宋桓公因为萧叔大心有亳地救驾的大功，所以将萧地提升为宋国的附庸国，尊称大心为萧君。宋桓公又感念华督为国捐躯，让他的儿子继续担任司马一职，从此华氏家族世代都是宋国大夫。

再说那齐桓公，自从长勺惨败以后，对轻率用兵之事大为后悔，便把国家大政全部委托给管仲，自己整日与后宫嫔妃们喝酒作乐。大臣们前来报告国家大事时，齐桓公总是推脱道:"为什么不去禀报仲父呢?"

此时有一个叫竖貂的男孩,乃是齐桓公宠爱的娈童。由于竖貂很想进后宫,却又因身为男子不便出入,于是他就自己净了身,主动要求进宫。齐桓公非常可怜他,对他的宠信日渐深厚,整天不离左右。齐国的雍邑还有个名叫巫的人,字易牙,大家都称他为易牙。易牙此人很有心计,既善于骑射,又精通烹调的技艺。

一天,齐桓公的妃子卫姬生了病,易牙做了五味汤让她吃,卫姬吃后病就痊愈了,因此便亲近并喜欢易牙。易牙又用美味来巴结竖貂,竖貂就向齐桓公推荐了易牙。

齐桓公召来易牙,询问道:"你善于烹调各种味道的饭菜吗?"易牙回禀道:"是的。"齐桓公开玩笑道:"寡人几乎已尝遍了世间所有鸟兽虫鱼的味道了,没尝过的只有人肉了,不知味道怎样呢?"易牙闻言退了出去,等到用中午饭的时候,他进献了一盘蒸肉,嫩得就好像刚出生的小羊羔一样,其鲜美更是超过小羊羔的肉。齐桓公狼吞虎咽地把它吃完,问易牙道:"这到底是什么肉,味道怎么如此鲜美呢?"易牙跪下来回答道:"这就是人肉啊。"

齐桓公听后大惊失色,忙问道:"此肉从哪里弄来的?"易牙回答道:"臣的大儿子今年三岁了。臣听闻:'忠君的臣子不应该只顾及自己的小家。'君主您说没尝过人肉的味道,臣因此杀了儿子来让您尝尝人肉的味道。"齐桓公惊讶之情未消,说道:"你下去吧!"

齐桓公因此便以为易牙对自己忠心耿耿,对他十分宠信。卫姬有时也会在齐桓公面前称赞易牙。从此以后,竖貂和易牙二人狼狈为奸,无论朝廷内外之事都有所干预,只是暗中忌惮管仲。

为此,竖貂和易牙一起对齐桓公进谗言道:"微臣一向听说'君王下达命令,臣子接受命令',现在君主您张口仲父,闭口仲父,齐国人都快不知道有国君您的存在了!"齐桓公微笑地看着他们说道:"仲父对于寡人来说,如同一个人身上的大腿和胳膊。有大腿和胳膊才能成为整个身体,有仲父才能成就我这个君主。你们这些小人怎么会知道呢?"二人听后便再不敢多说话了。管仲执掌齐国国政的三年时间内,齐国国力大大增强。隐士徐霖作诗赞叹道:

疑人勿用用无疑,仲父当年独制齐。
都似桓公能信任,貂巫百口亦何为?

在同一时期,南方的楚国也正处于强盛的阶段,他们消灭了邓国,攻克了权国,征服了随国,击败了鄙国,结盟了绞国,奴役了息国。凡是汉水以东的小国,没有不向楚国称臣并进贡的,只有蔡国凭借与齐桓公联姻的关系,经常与中原各诸侯国举行联合军事行动,这才没有屈服于楚国。

到了楚文王熊赀时期，楚国称王已经有两代了。文王有斗祈、屈重、斗伯比、薳章、斗廉、鬻拳等文臣武将辅佐，对汉阳虎视眈眈，渐渐有了袭击中原的意图。

却说蔡国国君蔡哀侯，名叫献舞，他与息国君侯都娶了陈国的公主为夫人。蔡国国君娶陈国公主在先，息国国君迎娶在后。息侯夫人妫氏有着绝代佳人的美貌，因回陈国省亲，半路途经蔡国。

蔡哀侯色眯眯地说道："我夫人的妹妹来到我国，哪有不见一面的道理呢？"便派人邀请妫氏到宫中，盛情款待。席间，蔡侯话里话外充满戏谑调戏之意，全无庄重的敬客之意。息妫生气地离开了。等到从陈国返回息国的时候，便不再绕道蔡国。

息侯听闻蔡侯有调戏怠慢妻子的举动，便想报复蔡哀侯，派使者向楚进贡的时候，趁机偷偷地禀告楚文王道："蔡国倚仗着中原国家的保护，不肯向大王交纳贡款。如果楚军假装进攻我们，我便趁机向蔡国求援，而蔡侯自恃勇武，轻率无比，必然亲自带兵前来救援。那时我趁机与您的楚军合力攻打，蔡侯献舞必定束手就擒。若是捉住了献舞，就不愁蔡国不向楚国进贡了。"楚文王听后大喜，便派兵进攻息国。

息侯向蔡国求援，蔡哀侯果然派出大军，并亲自统军前来救援息国。营地还没扎好，楚国的伏兵一齐冲出来。蔡哀侯抵挡不住，急忙向息城逃去。息侯关着城门不放蔡军进去，蔡军大败而逃。楚军在后面紧追不舍，一直追到莘野，将蔡哀侯活捉，带回了楚国。息侯大大地犒赏了楚军将士，恭送楚文王出境返回楚国。蔡哀侯这才知道中了息侯的诡计，对其恨之入骨。

楚文王回国后，便想要杀掉蔡哀侯，将他处以烹刑，以祭祀太庙。大臣鬻拳劝谏道："大王您目前正有进攻中原的意图，如果杀了蔡侯献舞，各诸侯国都会畏惧我楚国，说不定会同仇敌忾，共同对抗我楚国。不如放他回去，与蔡国和解。"鬻拳再三苦劝，楚文王就是不听。鬻拳怒气勃发，左手抓住文王的袖子，右手拔出随身所携带的佩刀对着文王比画道："微臣今日就算是与大王您一起死，也决不忍心看着大王失去诸侯的信任！"楚文王又惊又怕，连声道："孤听从您的意见！请放手！"于是下令放了蔡侯。

鬻拳立即跪下对文王道："幸亏大王听从了下臣之建议，这实在是楚国的福气。可作为下臣却威逼大王，实在罪该万死。请您赐微臣斧锧加身的斩首之刑！"

楚文王连忙制止道："爱卿忠心为国，日月可鉴，孤不怪罪你。"鬻拳摇头道："大王虽赦免了我，可微臣怎能原谅自己呢？"随即用佩刀砍断自己的脚，高声疾呼道："做臣子如有敢对君主做出非分举动的人，就看一看我的下场！"

楚王命令把那只脚藏在宫中商议国事的地方，说："以此来记住孤不听大臣劝谏的过错！"并派医生给鬻拳治伤。鬻拳虽然被治愈，却再也不能走路了。楚王便任命他做大阍的官职，负责掌管城门守卫，尊称鬻拳为太伯。

楚王释放蔡侯回蔡国。临行前，大摆酒宴为蔡侯饯行，席中有很多宫女乐人弹唱歌舞。其中有一位弹筝的女子，容貌秀丽。楚王指着她对蔡侯说道："这女子容貌和技艺都超群，可让她为你斟一杯酒。"于是命那女子用大杯酒敬献蔡侯，蔡侯接过一饮而尽。

蔡侯又斟满一大杯，亲自为楚王祝酒。楚文王笑着说道："君侯，你平生所见过的女子有绝代佳人吗？"蔡侯心中一动，想起息侯引来楚军击败蔡国的滔天仇恨，便进谗言道："天下的女人，没有一个能比得上息妫的美貌，那才真是天女下凡。"楚文王兴致勃勃地问道："她长得怎么样？"蔡侯叹息道："目如秋水，脸似桃花，身材曼妙，举手投足间风姿绰约。我所见过的女人中找不出第二个！"

楚王听后，长长叹息道："孤若是能见一见息夫人，死而无憾！"蔡侯怂恿道："凭君王您的威名，就是齐君的妻子、卫君的女儿，想得到也不是难事，更何况是您管辖下的一个妇人呢？"楚王听后非常高兴，当日双方开怀饮酒，宾主尽欢而散。蔡侯随后便辞行回到本国。

楚文王心里想着蔡侯的话，想把息妫弄到手，于是便假借巡视四方为借口，来到息国。息侯在道路左边恭候他的大驾，态度极其恭敬。息侯还亲自动手布置楚王所住的行馆，在朝堂上设置隆重的国宴招待楚文王。

息侯举杯上前，为楚王祝酒。楚王接杯在手，却不着急饮下，而是微笑地说道："过去寡人曾为贵国国君夫人尽了点微薄之力，如今寡人到此，国君夫人难道不愿出来为寡人倒杯酒吗？"息侯惧怕楚王的淫威，不敢违抗拒绝，只好连声答应，马上派人传话到宫中。

不一会儿，只听有环珮之声作响，夫人息妫身着华丽隆重的服装来到大堂之上。宫人们为她单独铺了毯子和褥子，息妫在上面拜了又拜，感谢楚王。楚王连忙回礼不迭。妫氏取过白玉制成的酒杯，斟满酒端起来进献给楚王。白嫩的手与玉杯的颜色相映成趣，楚王见此情形大为惊叹，此女之美果真是天上少有，人间罕见。

楚王想亲手去接那玉酒杯，却见妫氏不慌不忙地把杯子递给宫人，转递给楚王。楚王接酒一饮而尽。妫氏再次拜谢后，便告辞回返后宫了。那楚王一心想念息妫，酒席上反倒没有开怀畅饮的兴致了。散席后，楚文王回到行馆，辗转反侧，夜不能寐。

第二天，楚文王也在他的行馆里设宴，名义上是答谢息侯，暗里却安排了伏兵。息侯前来参加酒席，酒至半酣时，楚王假装大醉，对息侯说道："寡人对你夫人有大恩情，今天我楚国的大军在此，你夫人就不能替寡人慰劳一下将士们吗？"息侯推辞道："我息国地域偏僻国力弱小，不能优厚地抚恤所有跟随您前来的楚军将士，望您能容我与夫人商议一下。"

楚王闻言拍案而起，大怒道："你这匹夫，背信弃义，还敢用花言巧语来搪塞寡人！左右侍卫还不给我拿下他！"息侯正想申辩，四面埋伏的甲士猝然发难，蔿章、斗丹二将，在酒席上就把息侯抓住并捆起来。

楚王亲自率军直奔息国的王宫，来找息妫。息妫听闻出现变故，叹息道："引狼入室，真是我们咎由自取啊！"说完便奔向后园中，想要投井而死，却被楚将斗丹抢上前一把抓住，斗丹拉住她的衣裙边角道："夫人难道不想保全息侯的性命吗？何必夫妻两个双双毙命呢？"息妫想了想，默不作声了。

斗丹带着她前去拜见楚王，楚王用好话来安抚她，并许下不杀息侯、不断绝息国宗庙传承的承诺。

随后，楚文王就在军中册立息妫为楚国夫人。因为息妫的脸好似桃花般艳丽，又被人称为桃花夫人。明代汉阳府城外有桃花洞，上面有座桃花夫人之庙，里面供奉的就是息妫。唐人杜牧作诗道：

细腰宫里露桃新，脉脉无言几度春。

毕竟息亡缘底事，可怜金谷坠楼人！

其中，"脉脉无言"指的是息妫自从被抢回楚宫，曾三年不跟楚王说话。后文亦有详情。"金谷坠楼人"也有所指：后世西晋时候，富豪石崇有一位美貌异常的爱妾，名叫绿珠。当时赵王伦专政，赵王伦的亲信孙秀看中了绿珠，想要走她，石崇拒绝了。孙秀恼羞成怒，于是假传旨意发兵逮捕石崇。石崇被捕之日，凄怨地对绿珠说："我如今因为你而获罪。"绿珠决绝地说："那我就死在你面前，以报答你的恩情。"然后在石崇的金谷别馆中跳楼自尽。

书归正传。灭掉息国后，楚王把息侯安置在汝水地区，给他十户的封邑，让他守着息氏宗庙。后来息侯在忧郁愤闷中死去。楚王的无道，算是达到极点了！

第十八回
曹沫手剑劫齐侯　桓公举火爵宁戚

　　周釐王元年正月，齐桓公号召群臣上朝议事，群臣朝拜祝贺完元日后，齐桓公问管仲道："寡人承蒙仲父的指教，对国家大政进行了一系列改进。现在我齐国国内兵强粮足，百姓都知晓礼义，寡人想要与诸侯国立盟并建立霸权，你们觉得怎样？"管仲上前回答道："当今各诸侯国，比齐国强大的有很多，南部有楚国，西部有秦国和晋国。然而它们只顾各自称雄独霸一方，却不知道尊敬周王室，所以都不能成为霸主。眼下周王室虽然有些衰落，但依旧是天下人共同的天子。自平王东迁以来，各路诸侯都不愿去朝见天子，也不想进贡地方特产，所以才出现郑伯射周桓王肩膀，先君襄王联合宋、鲁、陈、蔡四国驱逐周王女婿黔牟而帮助卫侯朔复位这些事。这些做法，使得各国的臣民不知道天下的君王到底是谁。熊通擅自僭越使用楚王的名号，宋、郑两国的臣子对弑杀君主的行为习以为常，没人敢去讨伐弑君贼。现在周庄王刚死，新王刚刚即位。宋国最近蒙受了南宫长万的叛乱，叛逆者虽然已经伏法，可新君公子御说并非是宋国先君的嫡长子，而是由国内诸位大夫所立。今时今日，凡属此情况者，都需要经过诸侯会盟共同承认，才能正式即位为君。君主，您可以派遣使者前去朝见周王，请天子降下旨意，发动诸侯集会，确认宋国君主的合法地位。宋国君主一旦定下来，之后我们可以假借尊敬天子之名义来命令其他诸侯国，对内尊敬王室，对外领导诸侯抵抗四方少数民族。对待各诸侯国，那些衰弱者要帮助他们，那些强横者要抑制他们，如有昏庸作乱，不服从、不遵奉周王命令的，要率领诸侯一起讨伐他们。如果天下各路诸侯都能知道我齐国大公无私，必然会一个接着一个地来齐国朝见。就算不动用士兵与战车，也可成就一番霸业。"

　　齐桓公听后非常高兴。

　　于是，齐桓公派使者到洛阳去朝见周釐王，趁机请他下令召集诸侯集会，以认定宋国国君的合法地位。周釐王欣慰地说道："伯舅没有忘记周王室，实在是朕的幸运。泗水流域的各路诸侯，就按照伯舅您的意思来好了，伯舅您可以随意左右他们，朕有什么不放心的呢？"使者返回齐国禀告齐桓公。

　　齐桓公就以周王的名义通知宋国、鲁国、陈国、蔡国、卫国、郑国、曹国、邾国等诸侯国国君，约定在三月初一那天，共同到齐国的北杏这个地方集会。

齐桓公问管仲道："这次赴会，我们带多少兵马？"管仲摇头道："君主，您是奉了周王的命令，召集各路诸侯，如何需要带兵前往呢？请您举办一次诸侯国之间以礼相待、和平相处的衣裳之会。"齐桓公道："您说得对。"便让军士们先建造一座三层的土坛，高约三丈多，左边挂着编钟，右边放着皮鼓，先把虚设的天子之位摆在中央，旁边设有放置酒杯的土台、玉器、丝绸等东西，摆设得倍加整齐。又提前预备了几间招待诸侯入住的馆舍，都是高大宽敞、居住舒服的行馆。

快到约定的时间时，宋桓公御说先行抵达，与齐桓公相见，感谢他帮助自己确立了合法君位。

第二天，陈宣公杵臼、邾国国君克二位君主相继来到。蔡哀侯献舞因为以当年成为楚国阶下囚为恨事，因而也来赴会。四国君主见齐国连一辆战车都没有带来，相互对视，说道："齐侯真诚地对待我们，竟然推心置腹到这种地步。"他们便把各自所带的兵车退到二十里之外。

这时正是二月底，齐桓公对管仲说道："诸侯们还没有到齐，不如改期再进行集会怎么样？"管仲摇头道："俗语说道：'三人可以成众。'如今已经有四国诸侯，早已可称之为'众'了。如果改期，那就是言而无信；如果总是等着却不执行，这有辱您接到的王命啊。君主您初次会合诸侯，如果就被传出言而无信的恶名，而且还有辱王命，今后还怎么能图谋霸业呢？"

齐桓公为难地说道："如此，今次聚会是正式建立盟约的会盟呢，还是一般的君主会面呢？"管仲回答道："人心目前并不一致，不如先开会，如果会开得很顺利，没有中途停止的情况，那时便可以建立联盟了。"齐桓公点头回答道："您说得对。"

到了三月初一这一天，天色将明未明的拂晓之时，五国诸侯的君主都聚集在祭坛下面。相见之礼结束后，齐桓公起身拱手对四国诸侯说道："周王的政令已被废掉很长时间了，天下叛乱相继发生。孤奉周天子的命令，召集各位君主来此商议共同辅佐王室的举措。今日这件大事，必须先推选出一个人来担当领袖，这样一来，权力有了归属，下达的政令才可在天下顺利实行。"

这几个诸侯纷纷开始私下议论起来：若是推选齐侯为首，那么宋公的爵位是公位，而齐国的君主只是侯位，论起尊卑的顺序来，齐侯的地位没有宋公高；要是推举宋公为首，可宋公刚刚继位，并且是借助齐侯才使其君位得到天下承认的，因此宋公决不敢轻易以自我为尊，事情变得左右为难。

这时候，陈宣公杵臼起身离席，说道："连天子都把召集诸侯会盟的重任交给了齐侯，谁还敢越过齐侯担任领袖？还是应该推举齐侯作为我们盟会的领袖。"

此时，另外几个诸侯都附和道："非齐侯不能胜任这领袖的位子，陈侯的话很对！"

齐桓公再三推辞后，登上了祭坛。这样，本次会盟的顺序便定下了：齐侯为主，然后是宋公，接着是陈侯，再次是蔡侯，最后是爵位最低、身有"子位"的邾国国君。位次排好后，侍从们在旁敲鼓击钟，诸位君主先到虚设的天子座位前行礼，此后相互交拜行礼，彼此述说兄弟之情。

仲孙湫捧出公约文简一份，跪着读道："某年月日，齐国小白、宋国御说、陈国杵臼、蔡国献舞、邾国克，奉天子之命，在北杏会盟，共商辅助王室，帮助弱者，济危救困。如有破坏此公约的诸侯，各国共同讨伐他！"各位诸侯拱手，声称接受此命令。《论语》里说齐桓公曾九次会合诸侯，这便是第一次。隐士徐霖作诗写道：

济济冠裳集五君，临淄事业赫然新。

局中先著谁能识？只为推尊第一人。

诸侯们刚刚喝完结交酒，管仲便顺着台阶走上祭坛大声说道："鲁国、卫国、郑国、曹国故意违抗天子的命令，不来参加此次集会，必须前去讨伐。"齐桓公举起手对其余四位君主道："我齐国的兵马车辆不足以讨伐四国，希望各位诸侯能跟我一起出兵。陈、蔡、邾三位国君齐声回答道："我们怎敢不率领军队跟随您一起出征呢？"唯独宋桓公沉默不语。

当天晚上，宋公回到住宿的行馆，对大夫戴叔皮说道："齐侯妄自尊大，越过自己的爵位担任本次诸侯会议的领袖，而得逞后马上便想调遣各国的兵力，将来我国怕是要为他疲于奔命了！"

戴叔皮也同意这说法，道："本次齐国号召集会，诸侯中来的与没来的各有一半，齐国期待的形势没有出现。如果能征服鲁、郑这两个国家，齐的霸业可就真的达成了。齐国若是称霸，并不是宋国的福气。前来参加此次会议的四国当中，只有我们宋国是大国，宋如果不跟着齐国出兵，另外三国也会解散。更何况，我们此次前来与会的目的，只是想借助周王的旨意，确定您君位的合法性罢了。现在既已达到这个目的，还在这里逗留什么呢？不如我们先回宋国去。"宋桓公听从了他的建议，在五更天乘车启程返回本国去了。

听说宋桓公背弃盟约提前逃回本国，齐桓公大怒，便打算让仲孙湫去追。管仲制止他道："私下追他是不符礼义道德的，我们可以请周王室的军队前去讨伐他，这样才师出有名。然而眼下却有比这更紧迫的事情。"

齐桓公忙问："什么事比这事更紧迫？"管仲回答道："宋国距离我们齐国远，而鲁国离我们近。况且鲁国乃是周王室的姬姓诸侯同盟，若不能先想办法让鲁国服从我国，怎么能让远处的宋国服从呢？"

齐桓公问道："进攻鲁国应当从哪条路线开始呢？"管仲回答道："济水的东北有个遂国，是鲁的附属国。遂国国小而弱，只有四个姓氏的大族。若我们派重兵包围它，短时间内便可攻下。遂国被攻破后，鲁国必然惊慌失措。然后我们派遣一位使者去鲁国，责备他们不来参加聚会的行为。再派人给鲁夫人文姜送信，鲁夫人平时总想让她儿子和自己娘家齐国搞好关系，一定会极力怂恿鲁侯。鲁侯心中畏惧母亲的命令，外面又惧怕齐国兵威，必定会请求同盟。我们就坐等着他求和，然后趁机答应鲁国加入联盟。征服鲁国之后再调转军队前往宋国，以天子臣属军队的名义进入宋国，必定势如破竹。"

齐桓公大喜道："好主意。"便亲自带兵到了遂城，一次进攻便将遂城攻了下来，然后趁机将军队驻扎在济水边。鲁庄公果然害怕起来，把所有大臣都叫来商量对策。

公子庆父启奏道："齐军曾两次攻打我国都没有捞到什么好处，微臣愿意带兵前去阻挡他们。"众臣中走出一人反对道："不行，不行！"鲁庄公一看，说话之人乃是施伯。

庄公问道："爱卿有什么好主意吗？"施伯朗声道："微臣曾对您说过，管仲是天下奇才，今日他得到主持齐国政务的机会，齐国的军队进退有据，这是不能与齐军开战的第一个理由；北杏会盟，是齐侯以尊敬王室、遵从天子命令的名义召集的，现在前来责备我们鲁国缺席，过错的确在我们这边，这是不能与齐军开战的第二个理由；子纠伏法，您对齐国有平乱的大功，王姬下嫁，您对齐国有主婚之辛劳，放弃往日的功劳却结下仇恨，实在是得不偿失，这是不能与齐军开战的第三个理由。为今之计，不如与齐国讲和请求结盟，齐军就会不战而自动退回。"

曹刿出班启奏道："微臣的意思也是这样。"正在议论的时候，下人前来禀报道："齐侯有书信来到。"鲁庄公拆开了信，大意是：

寡人与鲁君您共同侍奉周王室，情同兄弟，而且是连姻的亲戚。北杏召开的结盟会议，鲁君您却没有前来参加。寡人斗胆冒昧地询问其中缘故。您若有二心，寡人也会听从您的意见。

同时齐侯还另外给文姜写了一封信，文姜将庄公召来，对他说道："齐和鲁几代都通过婚姻结亲，即便齐国厌恶鲁国，我们也应该去讨好结盟，更何况如今双方平安无事呢？"鲁庄公唯唯诺诺地应承下来。于是他让施伯起草回信，其大意是：

孤身体最近一直不适，因而未能前去赴会。齐君您以大义来责备孤，孤已知自己错了！可您若借兵临城下的举动来威逼我国入盟，孤心中实在感到羞耻！若您能率军退回到齐国国境中，孤怎敢不捧着玉帛跟随您的行动呢？

齐桓公收到这封信后非常高兴，下令把军队退到柯地。

鲁庄公在去拜会齐桓公前，问各位大臣道："哪位大臣愿同寡人一同前去？"将军曹沫站出来请求同往。

鲁庄公笑道："你先后三次败在齐国人之手，不怕齐国人笑话你吗？"曹沫严肃地回答道："正因为有这三次耻辱，我才故意要求前去，这次一定要一雪前耻。"鲁庄公好奇地问道："你要怎样一雪前耻？"曹沫回答道："君主您完成君主的任务，微臣完成臣子的任务就可以了，其他您就别问了。"鲁庄公大喜道："寡人此番越境去乞求加入联盟，也是一次失败啊。如果能一雪前耻，寡人愿听从爱卿的计策！"于是便带着曹沫到了柯地。

齐桓公已经提前派人建好土坛等待他们。鲁庄公先派人去向齐桓公谢罪，并请求结盟，齐侯也派人和他们订下会面日期。

到了会面这一天，齐桓公命令齐国的雄兵在坛下摆好阵势，举着青、红、黑、白旗，按东、南、西、北四个方向各自分成四路，各队都有将官统领，仲孙湫总统这四路大军。

土坛的阶梯共有七层，每层都有雄壮的军士握着黄旗在上面把守。坛上树着一面大旗，上面绣着"方伯"二字。旁边放着一面大鼓，王子成父掌管着它。神坛的中央设有香案，按顺序摆着红盘、玉盂和立盟歃血宣誓用的器具，隰朋掌管着它们。两旁的土阶上是酒杯摆放地，设有金尊玉斝，由寺人貂掌管着它们。坛的西面立着两根石柱，系着黑牛白马，屠夫正准备宰杀，由司庖易牙负责掌管烹调。东郭牙作为迎客之人，站立在台阶之下迎接宾客。管仲作为相国，主持整个大局。整个会场的气氛庄严肃穆。

齐桓公传下命令道："鲁君如果到了，只许一君一臣登坛，其他随从全部都在坛下等待。"曹沫身披盔甲，手握利剑，紧紧地跟在鲁庄公后面。鲁庄公一步一打颤，曹沫却毫无惧色。

到了台阶跟前，即将要上坛的时候，东郭牙上前进言道："今天乃是两位君主友好相会，双方都互相礼遇赞叹，怎能用到武器呢？请你将剑除去！"曹沫怒目圆睁，两眦尽裂。东郭牙被他的神态惊得倒退了几步。鲁庄公和曹沫君臣二人继续拾级而上，曹沫的佩剑终究没有去除。

两位君主相见后各自叙说了重归旧好之意。当三遍鼓敲完后，二人对着香案开始行礼。隰朋用玉盂盛满血，跪着进献给二位君主歃血为盟。

此时，曹沫右手按在剑上，左手抓住齐桓公的袖子，怒形于色。管仲忙用身体挡住齐桓公，大声质问道："大夫，你这是要干什么？"曹沫怒气冲冲地说道："鲁国三番五次地遭受外敌入侵，国家快要毁了。你们的君主以帮助弱者、济危救困的名义召开同盟会，为何唯独不为鲁国考虑一下呢？"管仲急忙问："那么大夫你有什么要求？"曹沫厉声道："齐国恃强欺弱，抢去我鲁国的领土汶阳，今天请当场还给我们，如此我们君主才能与你们歃血为盟。"

管仲扭头看着齐桓公道："国君您可以答应这个要求。"齐桓公战战兢兢地说道："大夫请放下剑吧，寡人答应这个要求！"曹沫这才将剑丢掉，代替隰朋捧着玉盂进献上去。

两个君主歃血为盟的仪式完毕后，曹沫又要求道："管仲主管齐国的军政，臣愿与管仲一起歃血为盟。"齐桓公急忙道："为什么非要与仲父歃血为盟呢？寡人亲自和你立誓。"于是指着天空中的太阳道："若寡人违约不把汶阳的土地归还鲁国，上天不容！"曹沫接受了齐桓公的誓约，连连下拜对齐桓公表示感谢。双方开始饮酒，交谈十分融洽。

礼仪完毕后，王子成父等齐国诸臣都愤愤不平，他们向齐桓公进言，要求劫持鲁庄公，以报曹沫对国君的羞辱。齐桓公摇头道："寡人已向曹沫许下诺言了！平民之间立约尚且不能失信，何况寡人是一国之君？"众人听后便不再坚持。

第二天，齐桓公又在公馆里备下酒宴，同鲁庄公畅饮告别。齐桓公当场命令国境南边的地方官邑宰，把原来侵占鲁国汶阳的土地田产全数交还给鲁国。

古人认为，通过要挟别人所缔结的盟约不具效力，可随时违反，不须遵守，但齐桓公没这样做。曹沫此人居心叵测，竟趁会盟之际挟持他国君主，这样的行为乃是深仇大恨，而齐桓公没有埋怨、报复他。这正是后来他能征服诸侯、建立霸业的真正原因。

有诗曾写道：
巍巍霸气吞东鲁，尺剑如何能用武？
要将信义服群雄，不吝汶阳一片土。

还有一首诗专为曹沫要挟齐桓公一事而写，称他为后世侠客之祖。这首诗这样写道：
森森戈甲拥如潮，仗剑登坛意气豪。
三败羞颜一日洗，千秋侠客首称曹。

诸侯们听说了齐、鲁在柯地结盟的事后都深深敬佩齐桓公的信义，于是卫、曹二国都派使者前来谢罪，并请求与齐国结盟。齐桓公同他们约定，等待讨伐宋国之后，再决定召开结盟会议。

齐国再一次派使者到周国朝见，向周王禀报宋国国君不遵王命提前退出会议的罪行，请周王的军队出师，同诸侯一起前去问罪。周釐王派大夫单蔑率军同齐军会合，共同前去讨伐宋国。

这时又有探子来报，陈、曹二国都带兵跟随王师出征，并愿意作为大军前队。齐桓公命令管仲先率领一支军队前去与陈、曹两国的军队会合，齐桓公自己则带领隰朋、王子成父、东郭牙等统领大军继续前进，到商丘地区与管仲会合。这时，乃是周釐王二年的春天。

却说管仲有个爱妾，名叫婧，是锺离地区人，她精通文墨，又很有智慧。齐桓公很好色，每次外出都必须让姬妾跟随，管仲也让婧跟着自己出行。

出征这天，管仲的部队出了南门，大约前进了有三十多里，到了峱山，看见一位乡下男子，身穿一件短袖粗布衣衫，戴着一顶破草帽，光脚在山下放牛。管仲看见他时，这人正敲着牛角唱歌。管仲在车上，观察到此人不同于一般人，便派人送了些酒和饭去犒劳他。

那乡下男子吃完以后道："我想叩见相国仲父。"使者回答道："相国的车已经过去了。"那男子点头道："那我有一句话，希望你能转达给相国：'浩浩乎白水！'"

送酒饭的使者马上追上管仲的战车，把这句话转告给管仲。管仲听后茫然不解，猜不透其中含义，便去问妾婧。婧略一沉吟，回答道："妾听说古代有一首叫作《白水》的诗，诗中道：'浩浩白水，儵儵之鱼，君来召我，我将安居？'这个人大概是想要出来做官吧。"

管仲马上命令停车，派使者把那人召来。那乡下男子把牛寄放到村子里，便跟随使者一同来见管仲。

见面后，这男子只是长时间地拱手行礼，却不行下拜的礼节。管仲问他的姓名，那乡人回答道："在下是卫国乡村的农民，姓宁名戚。听闻相国喜爱并礼遇那些有德才的人士，所以不惜跋山涉水到此。因为没有人引荐，只好在这里为村人们放牛。"

管仲想试试他的学问，宁戚对答如流。管仲感慨道："如此豪杰之人却受辱，埋没在草野泥涂之中，如果没人引荐，自己怎么能显露才华呢？我齐国的大军就在后面，短期内就会到达此地。我会给你写封信，你拿着这封信前去拜见我国君主，他必定会重用你。"管仲当即写了一封信，交给了宁戚，然后彼此相互道别。宁戚依然在峱山下放牛。

齐桓公的大军三日后方才到达这里。宁戚仍旧是之前那一身短袖粗衣打扮，站在路旁，全然不回避齐国的军队。当齐桓公乘坐的车驾走近时，宁戚便敲牛角唱了起来：

南山灿，白石烂，中有鲤鱼长尺半。

生不逢尧与舜禅，短褐单衣才至骭。从昏饭牛至夜半，长夜漫漫何时旦？

齐桓公听后感到十分惊讶，命令卫士们把宁戚带到车前，问他姓名以及家住哪里。宁戚如实回答道："姓宁名戚。"齐桓公生气地问道："你身为一个乡野之间放牛的农民，为什么要讽刺当前国家的政策呢？"

宁戚毫无惧色，回答道："我只不过是个小人物，如何敢讥讽国家大政呢？"齐桓公冷笑道："当今周天子高高在上，寡人率领各路诸侯完全臣服于天子之下，百姓安居乐业，草木都沾染上春天的福泽，尧舜时代的天下也不过如此罢了。你怎么还唱什么'不逢尧舜'，还说什么'长夜不旦'？'不逢尧舜'，不就是说没有遇到尧舜这样的明君；'长夜不旦'，不就是说人们生活在暗无天日的黑夜之中看不到光明吗？这不是讥讽又是什么？"

宁戚回答道："臣虽然是一介村夫，没有亲眼目睹过古代先王们的政绩；可曾经听说过尧舜的时代，十日一场风，五日一场雨，百姓开垦荒地来种田吃饭，开凿深井来打水饮用，史书称其为'不识不知，顺帝之则'，意思是百姓自得其乐，才能说是顺应上天的法则。如今之时，法纪没有被众人遵守，礼教不能在世上通行。而您却说跟尧舜时代没什么差别，这真让我一个小人物百思不得其解。我还听说，尧舜的时代，所有官吏都品行端正，诸侯都真心服从天子，消除了浑敦、穷奇、梼杌、饕餮这四个不听号令的部落后，天下太平。天子不必说话，人们就信服他，不必发怒就威严十足。如今国君您第一次召集诸侯会盟就有宋国背叛盟约，第二次立盟又出现鲁国人挟持您的事件，连年征战，百姓疲劳不堪，国家财力日渐匮乏，而您却说'百姓安居乐业，草木都沾染上春天的福泽'，这又是小人所不能理解的。小人还听说尧放弃了亲生儿子丹朱，而把天下让给舜。舜听说这件事后，跑到黄河南边躲起来，百姓追到南边拥立他，舜不得已这才登上帝位。现在国君您杀死自己的兄长得到国君的位子，又借天子的命令来指挥诸侯，小人反倒不理解'尧舜相互推让天下'是什么意思了。"

齐桓公听后大怒，喝道："你这村夫，竟敢对寡人出言不逊！"便大声命令左右侍卫把宁戚绑去斩首。侍卫们把宁戚绑了去，准备将其斩首。宁戚脸色不变，全无惧意，仰天长叹道："昔日夏桀杀龙逢，商纣杀比干，今天宁戚要跟他们并列成为第三个因为劝谏君主而被杀的人了！"

他口中的龙逢，也就是关龙逢，是夏桀时著名的贤臣，他因谏阻沉迷于酒色中的夏桀，被夏桀所杀。比干，乃是商朝末年殷纣王的叔父。他犯颜直谏纣王，纣王恼怒，将他的心挖了出来。这两人都是因劝谏君主而被杀的贤臣。

目睹这一情景，隰朋启奏齐桓公道："这个人见到强权不去依附，见到威怒不肯畏惧，绝不可能是个普通的放牛人。君主您应当赦免他！"齐桓公心中念头一转，怒气顿时平复，于是下令松了宁戚的绑，对他说道："寡人只不过趁机试一试你罢了，看来你确实是位人才。"宁戚这时才把手伸进怀中，掏出管仲所写的信交给齐桓公。齐桓公拆开信阅读，信的大意是：

臣奉命带兵出征，走到峱山这个地方，认识了卫国人宁戚。这个人并不是普通的放牛人，乃是当今世上难得的治国人才，国君应当把他留在身边辅佐您。如果放弃了他而导致宁戚被邻国所用，那今后齐国必定追悔莫及！

齐桓公看后大惑不解道："你既然有仲父的推荐信，为什么见面之时不马上呈给寡人呢？"宁戚回答道："臣听说'贤明的君主会选择贤明的臣子来辅佐自己，贤明的臣子也会选择贤明的君主前去辅佐'，君主您如果厌恶真话而喜欢听奉承之语，用愤怒的表情恐吓我，我宁肯死，也不会拿出相国的推荐信来。"齐桓公听后非常高兴，命令他坐在后面的车上。

当晚，安营扎寨休息后，齐桓公举着灯火，急急忙忙地要找衣服和帽子。寺人貂悄悄地问道："君主，您这么着急地寻找衣服和帽子，是为了加封宁戚吧？"齐桓公点头道："你猜得对。"

寺人貂又进言道："卫国离齐国其实不远，何不派人去调查一下他的背景呢？假如这人果真是位贤才，再封爵也不晚。"齐桓公摇头道："这人是个性格开朗、度量宽大的人才，向来不拘小节，在卫国恐怕曾犯有一些小小的过错。如果派去的人真的发现了这些过错，那时封爵显得不那么光彩，抛弃他又会觉得可惜，还是不去查访为好。"于是就在烛光之下，齐桓公加封宁戚为大夫，让他与管仲一起参与政务。宁戚改换了官服后，谢恩退出。隐士徐霖作诗写道：

短褐单衣牧竖穷，不逢尧舜遇桓公。
自从叩角歌声歇，无复飞熊入梦中。

齐桓公的军队到了宋国国界，陈宣公杵臼、曹庄公射姑已先期赶到了。随后周天子属下单蔑的军队也抵达了。行过相见之礼后，四国共同商议攻打宋国的计策。宁戚进言道："明公，您奉天子之命会合诸侯，如果以军事威逼取胜，倒不如以德行取胜。依臣的愚见，暂且先不要动兵。微臣虽不才，请缨以在下的三寸不烂之舌，前去劝说宋公求和。"齐桓公听后很高兴，传令全军在边界上安营扎寨，命令宁戚独自进入宋国。

宁戚于是只乘一辆小车，带着几个随从，直接来到宋国都城睢阳，请求面见宋国国君。

宋国国君问戴叔皮道："宁戚是个怎样的人？"戴叔皮回答道："微臣听说过这个

人，他原来是个放牛的牧民，齐侯新近把他提拔到这个位置。想来肯定是因为他的口才很好，此次前来必是让他来游说您的。"宋公点头道："那我们怎么对付他呢？"

戴叔皮想了想道："主公，您可以先召他进来，不要以礼相待，观察他的动静。如果他开口之时哪怕出现一处错话，臣就以拉衣服带子为信号，让武士将他抓住监禁起来，那时齐侯的计策就失败了。"宋公听后点头同意，吩咐武士们做好准备。

觐见之时，宁戚穿着宽大的衣袍，系着长长的带子，抬头挺胸地走进殿来，向宋公行了个长揖之礼。宋公端坐一动不动没搭理他。宁戚仰头长叹道："宋国真的危在旦夕了啊！"

宋公闻言大惊失色道："孤身居上公之位，坐在诸侯头把交椅之上，宋国的危险从何谈起？"宁戚道："明公，您与周公比起来，哪一位更加贤明？"宋公露出惊讶的神色道："周公乃是圣人，孤怎敢和他相比呢？"

宁戚又道："周公生活在周国鼎盛时期，那时天下太平，四方少数民族都臣服于周王室。尽管如此，周公还是挖空心思地广招天下众多豪杰，他殷勤对待人才的态度被后人称颂。传说因为有客人来访，周公急于接待，吃一顿饭甚至三次吐出口中食物；洗一次头，来不及擦干，三次用手握着头发前去见客。明公您不过是前朝亡国之徒的后裔，如今又身处群雄角逐的环境中，经历了两次杀君事件之后，即便是仿效周公，屈尊迁贵地去结交人才，还要担心人才不一定来呢，更别提狂妄自大、怠慢人才的行为了。在这种情况下，就算有金玉良言，又怎能到达明公您的耳朵里呢？这不叫危险的话，那什么才是？"

宋公愕然失色，连忙从座上站起来道："孤继位的时间很短，从未听过贤人的教诲，请先生千万不要怪罪！"眼见宋公已被宁戚打动，戴叔皮在旁边连连拉自己身上的长带子发送信号。

没想到宋公根本不理他，只对宁戚说道："先生，您这次前来，有什么要教我的吗？"宁戚朗声说道："如今周天子失去权力，各诸侯国人心涣散，君和臣之间的差别日益模糊，弑君犯上的举动屡见不鲜。齐侯不忍心看天下陷入大乱，恭敬地奉了天子的命令，主持召集中原诸侯进行盟誓的活动，明公您的名字也被列入大会的名单中。本次会盟是为了确立您君主的合法性，如果您背叛了本次同盟，那您的君位不又变得没有合法性了吗？如今周天子大怒，特地派遣王室的大臣，指挥带领各路诸侯大军，前来讨伐宋国。明公背叛王命于前，又抗拒天子军队征伐于后，不用交战，微臣已经预料到胜负的结果了。"

宋公大惊，急忙问道："依先生之见，又应该怎样补救呢？"

宁戚回答道："依外臣的愚见，不要心疼与齐国订立盟约的那些礼物。与齐国立盟，对上不失身为周天子臣属的礼仪，对下可收获与齐国结盟的欢好，不动一兵一卒，宋国已经稳如泰山了。"

宋公追悔莫及道："孤当日一时失策，没有将与齐国立盟的友好关系保持到最终，现在齐国重兵压境要讨伐我，怎么肯接受我的礼物呢？"

宁戚回答道："齐侯宽宏大量，从不记他人的过错，也不念从前的仇恨。比如说上次鲁国没去赴会，后来双方一起在柯地立了盟约，并把原来侵占的鲁国土地全部退还给鲁国。何况明公您毕竟是参加过盟会之人，齐侯哪有不收您礼物的道理呢？"

宋公又问道："那要送什么礼物呢？"宁戚道："齐侯向来依照礼仪同邻国和睦相处，总是加倍地返还他国的礼物。哪怕是一点干肉，也可以作为礼物，难道非得倾尽国库中所有库藏的东西吗？"宋公听罢十分高兴，便派使者随宁戚一起到齐军中求和。戴叔皮满脸惭愧地退了下去。

却说宋国使者见到齐桓公之后，说起了宋国国君谢罪以及请求结盟的事情，并献上白玉十块，黄金千镒。齐桓公道："天子下达的征伐命令，寡人怎么敢自作主张停战？此事必须麻烦天子派来的大臣转奏给天子才可以定夺。"

齐桓公马上把宋国所献的金和玉，转送给周朝的将军单蔑，转达了宋公要求和的意思。单蔑道："如果君侯您已经宽恕了宋国君主的罪责，只是想要借我们之手来赦免宋国，我以这个说法回复天子，怎能不遵从您的意见呢？"齐桓公又让宋桓公派人前去朝拜周天子，然后再定下会盟时间。单蔑告别齐侯之后，带兵返回周朝。齐桓公和陈、曹二国的君主也各自都回国去了。

第十九回
擒傅瑕厉公复国　杀子颓惠王反正

话说齐桓公回国之后，管仲启奏道："自周平王东迁以来，中原最强的诸侯国莫过于郑国。郑国消灭东虢国，把都城建在那里，前有嵩山，后靠黄河，左临洛水，右岸济河，中间还有虎牢关天险，闻名天下。昔日郑庄公凭借此天险之地，打败了宋国，兼并了许国，并有底气对抗周天子的军队。现在郑国又同楚国合为一党。楚国，僭越称王，妄图与周天子分庭抗礼，其辖下地大兵强，吞并了汉水北岸的许多国家，屡次与周国为敌。君主，您要是想保护周王室，在诸侯中成就霸业，非得打败楚国不可，而如果想要打败楚国，必须先占领郑国。"

齐桓公点头道："我知道郑国位于整个中原的枢纽中心，早就打算把他收服，只是一直没有想出好办法。"宁戚进言道："郑国前国君子突曾做了两年君主，后来祭足把他驱逐出郑国，重立子忽为君；之后高渠弥弑杀了子忽，却又立了子亹；我们的先君襄公杀了子亹，祭足又立了子仪为君。祭足身为臣子却驱逐君主，子仪身为弟弟却篡夺哥哥的君位，他们冒犯君上，背叛礼仪，都应当被讨伐。现在子突盘踞在栎地，每天都在计划着袭击郑国。更何况，祭足已经死了，郑国没有特别突出的人才了，主公可命令一位将军前往栎地，把子突送回郑国重新登上君位，那子突定会对主公感恩戴德，必然会以下属的身份前来朝拜齐国。"

齐桓公非常赞成他的意见，随后便命令宾虚无带领两百辆战车驻扎在离栎地二十里的地方。

宾虚无先派人去向郑厉公子突转达齐桓公的意见。这时的郑厉公，先是听说祭足去世的消息，连忙派心腹去郑国国都打听消息，然后突然听说齐侯计划派兵护送自己回国即位，心中大喜，连忙出城迎接，大摆宴席款待宾虚无。

两人正在谈话的时候，去郑国打听消息的心腹回来了，报告道："祭足已经去世，如今由叔詹接替他担任上大夫一职。"宾虚无问道："叔詹是个怎样的人？"郑伯子突回答："治国方面很有才华，但不是一位能够带兵打仗的将才。"

这时那个心腹又禀报道："国都新郑城发生了一件奇怪的事：南门内有一条蛇，身长八尺，青头黄尾；而门外也有一条蛇，身长一丈有余，红头绿尾；这两条蛇在国都门口相互缠斗，三天三夜的时间一直不分胜负。国都的老百姓前来观看的不计其数，但没一个人敢靠近它们。过了十七天之后，城里边的那条蛇被城外的蛇咬死，然后城外那条蛇跑进城内，钻进太庙之后，再也看不到了。"

宾虚无听罢，连忙起身祝贺郑伯子突道："您的君位这回稳了。"郑伯子突忙问道："您怎么知道呢？"宾虚无回答道："那条郑国国都外面的蛇就是您呀，身长一丈有余，预示着你的兄长身份；国都内的蛇就是子仪，身长八尺，比您要小，这说明了他的弟弟身份。十七天后国都内的蛇被咬，国都外的蛇进了城，这些也有寓意。国君，您出逃时是甲申年的夏天，如今是辛丑年的夏日，正好十七年了。城内的蛇被咬伤致死，这是子仪失掉君位的前兆；城外的蛇进入太庙，这是君主您将复位重新主持祭祀祖先的征兆。我齐国君主正在为天下伸张正义，一定会把您名正言顺地送回君位。这两条大蛇相斗的情形恰巧出现在这个时候，难道不是天意吗？"

郑伯听罢大喜过望，对宾虚无说道："假如真的像将军所说的那样，子突这一辈子也不敢辜负齐国的恩德！"宾虚无便与郑伯商量对策，决定连夜偷袭郑军的前沿阵地大陵。

郑国守将傅瑕带兵前来迎战，两军展开交锋，却不料宾虚无带兵绕到郑军后面，先攻破大陵，在城头插上齐国旗帜。傅瑕深知敌不过联军，只好下车投降。

郑伯子突心中怀着十七年来傅瑕一直带兵将他拒之郑国门外的仇恨，对他恨得是咬牙切齿，喝令左右的人道："将此人斩首后献上头颅！"傅瑕大声喊道："您是不想再回到郑国了吗？否则为何要杀我？"

郑伯子突心中一动，就把他叫回来询问此话何意，傅瑕道："您如果能饶过微臣一命，臣愿去将那子仪的脑袋砍下来。"郑伯子突疑惑地问道："你有什么办法能够杀了子仪？该不是用好话来哄骗寡人，想趁机脱身逃回郑国吧？"

傅瑕连忙否认道："如今郑国军政大权全由叔詹掌控，微臣与叔詹交情很深。您如果放了我，我偷偷地潜入郑国，与叔詹共同商量对策，子仪的脑袋，必定会献到您的面前。"

郑伯子突大骂道："你这个老贼奸诈狡猾，竟敢来诓骗寡人？寡人如今若放你进城，你肯定会与叔詹一起带兵来抵挡我军了！"宾虚无在旁小声说道："傅瑕的妻妾老小，如今全都在大陵，可囚禁在栎城作为人质。"傅瑕也叩头表示道："如果臣失信了，就杀掉臣的妻子和孩子。"他对天发誓绝不背叛，郑伯子突这才释放了他。

傅瑕进了郑国国都新郑，半夜就前去求见叔詹。叔詹看见傅瑕到来，大惊失色道："你此时应当镇守大陵，为什么深夜到我这里来？"傅瑕低声道："齐国国君要将我们郑国的国君拨乱反正，命令大将宾虚无率领大军，护送子突回国夺位。如今大陵已经失守，傅瑕我连夜逃命到此。齐军早晚都会打到新郑，事情已然万分危急。

若您能斩下子仪的头颅，开城迎接齐军，您的家人和富贵都可保住，同时也避免了国都生灵涂炭。想要转祸为福，就只有此时这一个机会，不然后悔可就来不及了！"

叔詹听完这番话后一言不发，过了好一会儿，这才说道："过去我原本就支持迎接子突回国即位的提议，但这建议被祭足所阻挠。如今祭足也亡故了，这是上天要帮助前国君复位啊。若违背天意必然要受到惩罚，我愿意助他登上君位。只是不知道用什么办法来杀子仪？"

傅瑕悄声道："我们可以给栎城送信，让他们速速出兵。您率军出城，假装前去迎敌，子仪必定亲临城墙上观战，我找准机会对他下手。得手后，您带领国君子突进城，大事就这样成功了。"

叔詹听从了他的计策，秘密派人送信给子突。然后傅瑕前去宫中参见子仪，诉说齐兵帮助子突复位以及大陵失陷的情况。子仪听后大惊失色道："孤现在应用厚礼重金去向楚国求救。等楚兵到达的时候，内外夹击，齐兵就会被击退了。"叔詹却找借口故意拖延前去楚国求救的时间，过了两天，还没有派出前往楚国求救的信使。这时探子前来禀报道："栎地前来进攻我们的军队已经到了都城之下。"叔詹主动请缨道："身为大臣，微臣应带兵出城迎战，请君主同傅瑕一起登上城墙固守都城。"子仪对他的话深信不疑。

却说郑伯子突率军首先赶到城下，叔詹与他只战了几个回合，宾虚无便率领齐军随后赶到并大举进军，叔詹回车就往城中跑来。傅瑕趁机在城上大声喊道："郑军战败啦！"子仪向来无胆无勇，闻言便想逃下城来。傅瑕从后面一刀刺去，子仪当场死于城上。

叔詹叫开城门，郑伯子突和宾虚无一同冲进了新郑城。傅瑕先一步赶到宫中，正碰到子仪的两个儿子，于是将他们全部杀掉，然后迎接子突重新登上君位。郑国国都的百姓历来拥戴郑厉公，欢声动地。郑厉公重重地酬谢了宾虚无，并约定在冬季十月亲自前往齐国宫廷请求结盟。宾虚无便与厉公告辞，带兵回国。

郑厉公复位仅几天，国都的人心就大为安定。郑厉公便对傅瑕道："你镇守大陵已经十七年了，费尽心思阻挡寡人回国，可谓十分忠于那些旧君了。如今却贪生怕死，为寡人去杀害旧君，你的心思实在难测！寡人应当为子仪报仇！"下令让力士将其押出去在市集上斩首，他的妻妾老小则被赦免，并没有杀害。隐士徐霖有诗赞道：

郑突奸雄世所无，借人成事又行诛。

傅瑕不爱须臾活，赢得忠名万古呼。

原繁从前曾竭力赞成立子仪为君，现在怕因此而被治罪，便推说有病告老还乡。郑厉公派人前去质问他，原繁自缢而死。郑厉公欲追查昔日驱逐自己的罪行，借此杀掉了公子阏。当日也参与了此事的强鉏逃到叔詹家中避难，叔詹亲自为他求情，郑厉公免去了他的死罪，但剁去了他的脚。公父定叔逃往卫国，三年后，厉公又把他召回来，说道："不能让共叔从此绝了后！"祭足已经去世，就不再追究他的责任了，叔詹仍然担任正卿一职，堵叔和师叔同时升任大夫，郑人把他们三人称为"三良"。

再说齐桓公知晓了郑伯子突已经回国复位的消息，卫、曹两国去年冬天也曾请求与齐国结盟，他便打算广泛发动诸侯，举行订立盟约仪式。管仲建议道："国君您刚开始筹划建立霸业，为政必须简单有效。"齐桓公不解地问道："什么是简单有效？"管仲回答道："自从北杏盟会之后，陈、蔡、邾三国对齐忠诚没有二心。曹国国君虽没参加该次盟会，却已经参与了我国讨伐宋国的军事行动。这四个国家不必再费心劳力地前去拉拢了。眼下只有宋、卫二国还没有加入会盟，应当去见面争取一番。等各诸侯国人心一致后，再推行盟约就容易了。"

二人话音未落，忽然有人前来报告道："周王再度派单蔑前来汇报宋国对周朝的问候，现下已到了卫国境内。"管仲大喜道："宋国结盟的事大概可以成功了。卫国位于周天子使节访宋的路程之中，国君您应当亲自到卫地去拜会，以亲近各国诸侯。"

齐桓公于是约了宋、卫、郑三国君主，在鄄地举行聚会。再加上周天子使者单子和齐桓公，一共是五位代表与会。会上没有提结盟的事而仅仅相互联络感情，拱拱手就散了，诸侯们都很高兴。齐桓公知道如今诸侯都乐于结盟，就发动宋、鲁、陈、卫、郑、许几个国君到幽地集会，歃血为盟，这才坐上了盟主这把交椅。这是周釐王三年冬天的事情。

却说那楚文王熊赀，自从抢得了息妫并立其为夫人后，对她宠爱无比。三年之内，息妫接连生下两个儿子，长子名叫熊囏，次子名叫熊恽。息妫待在楚国王宫虽已三年时间了，却从不与楚王说话，楚王对此非常不满。

一天，楚王追问息妫不说话的原因，息妫只是流泪，却不回答。楚王坚持让她说出其中的原因，息妫终于回答道："我一个妇人，却跟了两个男人，纵然不能守节而死，又有什么面目跟人讲话呢？"说后泪流不止。胡曾先生作诗写道：

息亡身入楚王家，回看春风一面花。
感旧不言常掩泪，只应翻恨有容华。

楚文王闻言大怒道："这些都是蔡献舞从中作梗的缘故，孤一定会为夫人报这个仇，夫人不要担心了。"于是他出兵讨伐蔡国，攻破了蔡国国都的外城。蔡侯献舞脱去自己上衣，裸露身体，以表示伏罪，并将自己国库中的全部宝玉都献出来以讨好楚王，楚军这才班师回国。

就在这时，郑伯子突派使者前来告诉楚国他复位的消息，楚王大怒道："子突复位已经两年了，现在才想起要前来告诉孤，竟敢这样怠慢孤。"于是又发兵前去攻打郑国。郑国表示谢罪并求和，楚王接受了他们的请求。

周釐王四年时，郑伯子突因畏惧楚王势大不敢前去朝见齐侯。齐桓公派人来责问他。郑厉公派叔詹到了齐国，向齐桓公辩解道："我国一直困扰于楚军的侵袭，早晚都得打起精神镇守领土，得不到任何喘息的机会，所以今年没有来参加您的盟会。齐君您如果能以武力征服楚国，我国国君怎敢不日日附于齐国的羽翼之下呢？"

齐桓公厌恶他出言不逊，就把叔詹囚禁在军府内。叔詹找机会逃回郑国，从此之后，郑国便背叛了齐国，转而开始唯楚国马首是瞻。

再说周釐王在位仅五年便去世了，他的儿子阆继位，就是历史上的周惠王。惠王即位的第二年，楚国当政的文王淫乱残暴而无道，非常喜欢出兵打仗。前一年，他曾经与巴国君主联手进攻申国，作战途中他又去惊扰巴国的军队。巴国君主大怒，于是偷袭并占领了楚国一个名叫那处的地方。

那处守将阎敖从涌水河中潜游逃回。楚王后来杀掉了阎敖，阎氏家族的人因此深恨楚王。正因为如此，他们联合了巴国人进攻楚国，表示自己愿意作为内应。巴军果然发动了进攻，楚王亲自领兵迎战，双方在津这个地方爆发了一场大战。

激战正酣时，楚王却没想到自己后院出了问题。阎氏家族的数百人此时已经假扮楚军直接跟随楚王并图谋刺杀他，楚军内部因此大乱，巴军乘机进攻，大败楚军。楚王脸上中了箭，狼狈逃回。巴军不敢穷追，便收兵回国，阎氏家族全部跟随巴军回国，从此成为巴国人。

楚王回到方城下，连夜叫守城将士打开城门。鬻拳在门里面问道："君王您获得胜利了吗？"楚王羞愧地回答道："唉，败了！"鬻拳大怒道："自先王以来，我楚军向来战无不胜。巴国只是个小国，君王您亲自带兵前去却被打败，难道不被人笑话吗？楚国的城门不为败军之将打开。如今黄国不来朝拜我楚国，请您前去攻打黄国吧！如果攻打黄国获胜，还可完成自我救赎。"说完话，他关闭了城门不让楚王进城。

楚王气愤地对手下的军士们说道："若此次攻打黄国再不能取得胜利，寡人就不再回楚国了！"便转移军队向黄国发动进攻。楚文王亲自击鼓，将士们拼死作战，终于在踖陵这个地方击败了黄国军队。

当天夜里，楚王在军营中梦见息侯怒气冲冲地走上前骂道："孤犯了什么罪而被杀？你既侵占我的疆土，又强抢我的妻子，孤已经向上苍投诉你了！"说完他便用手去劈楚王的脸颊。

楚文王痛得大叫一声，醒来后箭疮迸裂，血流不止。领军将军急忙下令班师回国。归途中走到湫地时，文王在半夜时分去世了。

鬻拳前来迎丧，并将楚文王的遗体带回国都安葬。文王长子熊囏继位为楚王。鬻拳叹息道："我先后两次冒犯先王，第一次持刀威胁先王不要杀蔡侯献舞，第二次又不放先王进城，即便大王不杀我，我又怎敢苟活于世呢？我将跟随先王一起到阴曹地府去！"于是叮嘱家人道："我死后，必须把我埋在先王墓前甬道的门口，生前为先王守城门，死后为先王守墓口，让子孙们都知道我在为先王守门。"说完，鬻拳自刎而死。熊囏很怜惜他，任命他的子孙世代担任镇守楚国国都城门的大阍一职。先儒左丘明称赞鬻拳为"爱君之臣"。史官作诗驳斥他道：

谏王如何敢用兵？闭门不纳亦堪惊。

若将此事称忠爱，乱贼纷纷尽借名。

郑厉公听到楚文王死去的消息后欣喜若狂，道："我从此不再担心了！"叔詹启奏道："臣曾经听说这样一句话：'依靠别人生存的人，时刻都面临危险；臣服于别人的人，经常会受到侮辱。'如今我国夹在齐、楚之间，不是受辱就是面临危险，这并非长久之计。先君郑桓公、郑武公以及郑庄公，三代都是周王朝的卿士，因而名列各诸侯国之首，受诸侯拥戴。现在周朝新王刚刚继位，听说虢、晋两国已经去朝见了新王，周王为他们准备了丰盛的醴酒招待，并赐给他们币物，另外还赐给他们五块美玉和良马三匹。君主您不如也派人去周国都朝见进贡，如果能得到周王的宠信，就尝试借此机会恢复先祖的卿士地位，即便夹在大国之间，也不必害怕了。"郑厉公大喜道："好主意。"郑厉公便派大夫师叔到周王室去朝见进贡。

师叔此次却无功而返，回来禀报道："周王室发生了大乱。"郑厉公惊奇地问道："乱到什么程度？"

师叔回答道："昔日周庄王有一位爱妾姚姬，人们称她为王姚。王姚生下一个儿子叫作子颓，庄王很喜爱他，派大夫芳国担任他的师傅。子颓天生喜欢牛，曾经养过几百头牛，他亲自用五谷饲养它们，牛的身上披着绣有字的彩布，庄王称之为'文兽'。他府中进进出出的仆从们都骑着牛行进，四处践踏，毫无顾忌。子颓又偷偷地结交大夫芳国、边伯、子禽、祝跪、詹父等人，与他们的交往十分密切。周釐王在世时，没有对他的行为有所禁止。如今新王继位，子颓依仗自己是叔父辈，更加蛮横无礼。新王很厌恶他，就裁撤抑制了他的势力，剥夺了子禽、祝跪、詹父的田产。新王还在王宫旁边建造园林，芳国的菜园、边伯的房子都靠近王宫，新王趁机全都夺了过来，以扩大其园林的面积。掌管王宫饮食烹调事务的膳夫石速，某次进献的食物并不精美，周惠王大怒，革除了他的官俸，为此石速记恨惠王。在这种情况下，五名大夫和石速一道造反作乱，拥立子颓为君，向周王发动进攻。多亏了周公忌父和召伯廖等人拼死抵挡，这一伙人不能取胜，只好逃到苏国去。从前周武王在世时，苏忿生担任武王司寇有功，武王称其为苏公，赠他南阳的土地作为封地。忿生死后，他的后代被北方少数民族狄人打败，便背叛周王而服侍狄人，却又不缴回他们从周国得到的田产。周桓王八年时，周天子便把苏国国君的田产赐给了我们的先君庄公，同我国交换了离周王室更近的一块土地。于是，苏国与周国的仇恨更深了。当年卫国人废黜卫惠公朔而改立黔牟为君，曾经得到周天子的认可，只因黔牟乃是周庄王的女婿。卫国国君朔深恨周国当年罢黜他而立黔牟的举动，心中一直对周王室怀有怨念，苏国国君于是护送子颓逃到卫国，同卫侯朔一同带兵进攻周朝都城。周公忌父出战吃了败仗，便和召伯廖等人一起保着周惠王去了鄢地。造反的那五个大夫尊子颓为周王，可百姓心里都不服他。现在君主您如果发兵帮助惠王，这可是流芳万世的功劳呀。"

郑厉公回答道："一点不错。即使如此，子颓为人懦弱，所凭借的只是卫、燕二国的力量罢了，那五个大夫也没什么作为。寡人可再派人前去把道理讲给子颓听，如果子颓害怕自取其祸而悔过走上正途，就不用大动干戈了，那样不是美事一件吗？"郑厉公便一边派人去鄢地迎接惠王，请其暂时先住在栎地——这也是由于厉公从前曾在栎地居住了十七年，宫室都很整齐，可以供周王暂住的缘故；一面又派人给子颓送去一封信，信上写道：

我听说以臣子的身份冒犯君王，这是不忠的表现；以弟弟的身份算计哥哥，这是不顺从的做法。为人若是不忠不顺，天灾必然降临在他身上。王子您误听奸臣的主意，驱逐了国君，若能幡然悔悟停止为祸，迎回天子，负荆请罪，仍然能保有富贵荣华。否则便逃到某个偏僻之地，就像离中原最远的偏远之藩，也能堵住天下人之口。希望您早早做出决定。

子颓收到信后，犹豫不决。那五个大夫劝谏他道："骑上虎背的人，势必不能再下来了。哪有登上万乘大国的天子宝座后，又退下来重新做臣民的道理呢？这是郑伯子突骗人的谎话，大王千万不可被他欺骗。"子颓就把郑国的特使驱逐出去。

郑厉公于是便到栎地去朝见周惠王，并带着惠王偷袭了成周，拿到了传国宝器，接着率军重新回到栎城。这是惠王三年发生的事情。

这年冬天，郑厉公派人前去联合了西虢公，商定一同起兵帮助惠王回国。虢公答应了这个请求。

惠王四年春天，郑、虢二位国君，率军在弭地会合。到了夏季四月的时候，两国一同出兵攻伐王城成周。郑厉公亲自率领军队攻击南门，虢公则带兵攻打北门。大夫芳国慌慌张张地来敲王宫大门求见子颓。子颓因为还未喂完牛，没有第一时间见他。芃国大喊道:"事情十万火急了!"于是他便假传子颓的命令,让边伯、子禽、祝跪、詹父登上城头去守卫都城。

周国国都的百姓都不信服子颓,如今听说惠王回国,欢呼声如同春雷轰鸣,争相前去开城门迎接。芃国只好起草国书,派人带着前去向卫国求援,国书还没写完,就听到钟鼓齐鸣的声音,有人来报道:"旧王已经进入城中上朝了!"芃国便自刎而死,祝跪、子禽死在乱军当中,边伯、詹父被周国百姓捆了前来领功。子颓从西门出逃,派石速赶着"文牛"为前队,这些牛个个身体肥硕,动作缓慢,全被追兵所捕获,子颓与边伯、詹父一同被斩首了。隐士徐霖作诗一首感慨子颓的愚笨:

挟宠横行意未休,私交乘衅起奸谋。

一年南面成何事?只合关门去饲牛。

还有一首诗感叹齐桓公,既然称为诸侯盟主,本应倡议去帮助天子复位,而不应该让郑、虢捡了这便宜。这首诗这样写道:

天子蒙尘九庙羞,纷纷郑虢效忠谋。

如何仲父无遗策,却让当时第一筹?

周惠王复位之后,把虎牢以东的领土赏给郑国,还送给他们王后使用的铜镜革带。他又把酒泉邑赏赐给西虢公作为封地,并赠送给他一些名贵的酒器。二位君主谢恩后各自回国去了。不曾想郑厉公在半路上患了病,回国便去世了。群臣拥立太子捷继位,也就是历史上的郑文公。

周惠王五年,陈国国君陈宣公借口怀疑自己的嫡长子公子御寇想要谋反将他诛杀了。陈国的公子完,字敬仲,乃是陈厉公妫佗的儿子。他和御寇平时非常要好,因怕受到诛连而逃到齐国,齐桓公任命他担任掌管百工营造诸事的工正一职。

一天,齐桓公到敬仲家里去喝酒,喝得十分尽兴。此时天色已晚,他便索要蜡烛,想继续饮酒以求尽欢。敬仲起身推辞道:"按例,君主来臣下家中赴宴,做臣子的首先要占卜吉凶。微臣只计划了白天的酒宴,所以只占卜了白天的吉凶;若是饮酒到夜晚,必须另行占卜。微臣实在不敢再点蜡烛让您继续喝酒了。"

齐桓公赞叹道:"敬仲真是一位讲礼仪的人啊!"一边赞叹,一边起身回宫去了。通过此事,齐桓公认为敬仲是一位贤德的人,便把"田"这块地方赐给他作为封地,敬仲也就是日后齐国鼎鼎有名的田氏一族的祖先。

这一年,鲁庄公为了自己的婚事,在防地会见了齐大夫高傒。

再说鲁夫人文姜,自从齐襄公遭遇变故去世后,日夜悲伤思念,后来得了咳嗽病。内侍请了一位莒国医生前来诊脉。文姜由于长久没有与男人接触,欲心难忍,便把莒医留在宫中生活,与他私通起来。

后来莒医回到本国，文姜借看病为名，两次前往莒国，就住在那位莒医家中。莒医又推荐别人替代自己侍奉文姜，文姜虽年纪大了，欲望却更盛，可最终还是因这些男人没一个能赶上齐襄公而感到遗憾。

周惠王四年秋天的七月，文姜病情更加严重，终于死在鲁国的别宫里。

临终时，她叮嘱鲁庄公道："齐襄公的女儿如今已经十八岁了，你应当赶紧娶过来，让她出任国夫人的职位。千万不要拘泥于现今丧期内不能娶夫人的旧习，那样即便我身在九泉之下，也难以放心。"又叮嘱道："齐国现在正谋求成为方伯的霸业，你一定要谨慎地追随齐国，千万不要破坏齐、鲁两国世代友好的关系。"文姜说完便去世了。

庄公按正常的礼节将母亲文姜下葬，然后遵从母亲的遗命，当年便准备与齐国商议通婚的事宜。

大夫曹刿进谏道："国夫人的大丧期还没过去，不能操之过急啊。请国君您守孝三年之后再来讨论此事。"鲁庄公摇头道："这是寡人母亲命令我这么做的。母亲刚死就婚娶的话时间太赶，等守孝完后再娶又太迟，那就斟酌时间，选在二者中间吧。"于是订在文姜去世一周年以后，与高傒商定履行与襄公所定的婚约，请求届时亲自前去齐国，行求婚纳采之礼。

齐桓公也认为鲁国大丧未完，请求推迟结亲的日期。一直等到周惠王七年的时候，双方才达成协议，共同商定秋天为齐、鲁结亲的大吉之日。这时已是鲁庄公二十四年，年龄已经三十七岁了。

鲁庄公想取悦齐国公主，婚嫁诸事都极其侈奢。可又想到先父鲁桓公当年死于齐国，如今自己却又娶了仇人的女儿，心里始终不安，便重建了先父桓公的祖庙，将其庙中的柱子全部涂成红色，而不是采用诸侯所该用的青黑色；又把椽子上面全部刻上花纹，而不是使用削和磨的方法，以此来谄媚死去的先父的魂灵，但上面两种方法均不合礼仪。大夫御孙对此做法提出严正的劝谏，但鲁庄公却不听他的意见。

当年夏天，鲁庄公亲自到齐国迎娶齐女。到了秋八月，姜氏抵达了鲁国，被立为国夫人，也就是世人所说的哀姜。大夫们家族中的妇女，都以仅次于国君的礼节来参拜她，一概用玉帛作为参拜礼。

御孙暗自叹息道："我们面见尊长的时候，手里必须拿着一些物品以表诚敬。男人之间交往，手中所拿之物，大的是玉器布匹，小的是飞鸟一类，以此显示来宾的身份等级；女人之间不过拿些榛子、板栗、大枣、干肉，以表示真心诚敬而已。现在男女见面所持的礼品相同，这是男女之间没有区别了。男女有别，是国家的重要礼节，现在由国夫人开始混乱，道德能不沦丧吗？"

自从姜氏嫁到鲁国之后，齐、鲁两国之间的友好关系越来越稳固了。齐桓公又同鲁庄公一起联合出兵攻打徐国、戎国，徐、戎二国都臣服于齐国。

郑文公眼见齐国的势力越来越大，担心受到齐国的侵略，便派使臣去请求与齐国结盟。

第二十回
晋献公违卜立骊姬　楚成王平乱相子文

周惠王十年，徐国、戎国都已经臣服于齐国，郑文公于是便派使臣去请求与齐国结盟。齐桓公便又约宋、鲁、陈、郑四国君主来到幽地建立同盟。这样一来，中原各诸侯国没有不归顺于齐国的。

齐桓公返回齐国后，大摆宴席慰劳诸位大臣。酒到半酣时，鲍叔牙起身举着杯子来到齐桓公面前，倒满酒为齐桓公敬酒。齐桓公开心地说道："快乐啊！今天这酒喝得真是高兴！"鲍叔牙说道："微臣听说这样一句话：'开明的君主和贤能的大臣，就算十分安乐也不能失掉忧患意识。'微臣希望君主不要忘记当日出逃之事，管仲也不要忘记被关在囚车中之事，宁戚也不要忘记为村民放牛的日子。"齐桓公听罢，迅速起身离开座位，过来向鲍叔牙行礼表示感谢道："寡人与诸位大夫都能做到不忘旧事，这是齐国社稷无穷的福气呀！"这一天君臣尽欢而散。

忽然有一天，有人前来禀报道："周王派召伯廖来到齐国。"齐桓公连忙把召伯廖迎接到公馆里。召伯廖此次前来，宣读了惠王的命令，赐予齐侯为代表诸侯首领的"方伯"称号，并赐予他履行姜太公的职责。这职责十分了得——原来在周成王时，管叔、蔡叔发动叛乱，周国任命姜太公协助周公平叛，赐予了他一项特权，其权力包括："东至海，西至河，南至穆陵，北至无棣，五侯九伯，实得征之。"其中的"五侯九伯"，指的就是诸位诸侯。赐予齐桓公太公的职责，其实是给了齐国自主征讨其他诸侯国的权力。

周王趁此次机会让召伯廖传话给齐桓公道："卫国国君朔曾帮助子颓登上周王王位，帮助恶人来攻打好人，朕心中耿耿于怀。已经过了十年，正义至今未能得到伸张，现在麻烦伯舅您为朕讨伐卫国。"

周惠王十一年时，齐桓公亲自带领军队前去讨伐卫国。这时候，卫惠公朔早已经去世了，儿子赤继位已经三年，他就是历史上的卫懿公。

卫懿公听说齐兵犯境，也不问缘由，就带兵出城迎战，结果大败而归。齐桓公的兵马径直打到卫国城下，当场宣读了周王的命令，历数卫国的罪状。

卫懿公听罢，在城上高喊道："可是这些都是先君的过错，与寡人没有关系啊。"于是派遣他的长子开方，装载了五车金钱和布匹，送给齐军，请求讲和免罪。

齐桓公点头道："先王曾定下制度，罪过不应该波及连累后代子孙。如果你们从此遵从周王之命，寡人还苛求卫国什么呢？"卫公子开方目睹齐国如此强盛，表示愿意到齐国去做官。齐桓公奇怪地问道："你是卫侯的长子，论次序应该是卫国的国储。为什么舍弃将来做一国之君的机会而到寡人手下听命呢？"开方回答道："明公，您是天下闻名的贤德之侯，如果能在您身边听命服侍，我将会感到万分荣幸，难道不比做一国的君主更好吗？"齐桓公认为开方很喜爱自己，就任命他担任大夫一职，宠信他的程度与竖貂和易牙相同，齐国人称这三个人为"三贵"。

开方又对齐桓公说起卫侯的小女儿十分美丽的事情——卫惠公曾送了自己的女儿给齐桓公作陪嫁女，开方所说的这个小女儿是陪嫁卫女的妹妹。齐桓公听说后就派使者带上聘礼，去向卫侯要求纳这个小女儿为妾。卫懿公不敢推辞，只好立即将小女儿送去齐国。后来齐国人就用长卫姬和少卫姬来区分她们，姐妹俩都很受齐桓公宠爱。对此，隐士徐霖作诗写道：

卫侯罪案重如山，奉命如何取赂还？

漫说尊王申大义，致及功利在心间。

话分两头。再说晋国的国君姓姬，所封的爵位是侯。周成王时，他和弟弟叔虞做游戏，把一片桐树叶剪成玉珪的形状送给叔虞道："朕用这个分封你。"虽是戏言，却被史官记录下，周成王便只好把唐地封给弟弟叔虞。

君位传了九代后，传给了晋穆侯。穆侯生了两个儿子，长子名叫仇，次子名叫师。穆侯去世后，公子仇继位，他就是晋文侯。文侯去世后，他的儿子昭侯继位。由于畏惧他的叔父恒叔——也就是上文提到的穆侯次子成师，便割出曲沃地区封给他的叔父，恒叔便号称曲沃伯。晋国后来改称翼，同曲沃合称二晋。

昭侯即位第七年时，大夫潘父将他弑杀，并让曲沃伯来继承晋国国君的位子。晋国国都翼地的百姓拒绝承认他，杀了潘父，并拥立昭侯的弟弟平登位，也就是历史上的晋孝侯。

孝侯八年，恒叔去世了，儿子鱓继位，世称曲沃庄伯。

孝侯十五年时，庄伯进攻翼，孝侯出城迎战却遭遇大败，被庄伯所杀。翼人又拥立孝侯的弟弟郄即位，就是晋鄂侯。鄂侯即位二年时，带兵讨伐曲沃，结果吃了败仗，逃往随国。他的儿子光继承了君位，就是历史上的晋哀侯。

哀侯二年时，庄伯去世了，儿子称代继位，也就是历史上的曲沃武公。哀侯九年时，武公率领他手下的将军韩万、梁宏带兵攻打翼，哀侯出战被杀。周桓王命令卿士虢公林父前去册立哀侯的弟弟缗继位，世人称其为小子侯。小子侯在位第四年时，武公故伎重施，将其引诱出来，然后杀掉了他，于是吞并了他的领土，将都城定在绛，仍然号称晋国。

武公把晋国国库中收藏的宝器悉数用车装着运往周国献给周釐王。釐王贪图其贵重的礼物，便任命武公称代为晋侯，指挥一军人马。武公称代在位三十九年时去世，儿子佹诸继位，便是历史上的晋献公。

晋献公十分忌惮其先祖家族中好战的另一支脉，担心他们日后会为祸晋国。大夫士芳为他想出计策，先让他们分散开来，再用诱杀的手段全部杀掉。晋献公为了表彰士芳的功劳，便任命他担任大司空一职，并派士芳前去加高加大国都绛城。绛城建好后，气势极其壮观美丽，可以和其他大国的都城一较高下。

最初献公还是世子时，娶了贾姬做妃子，贾姬很长时间都没有子嗣；后来他又娶了犬戎国王的侄女狐姬，狐姬为献公生个儿子名叫重耳；又娶了小戎允姓的女儿，允姓女儿生下一个儿子名叫夷吾。在武公晚年的时候，曾向齐国请求纳一房妾，齐桓公便把宗室的一个女孩嫁给了武公，她就是齐姜。这时武公已垂垂老矣，不能生育。齐姜青春年少且美丽动人，晋献公很喜欢她，与她私通，两人生了一个儿子，私下寄养在申氏家中，因此取名申生。晋献公继位时，贾妃已去世，就立齐姜为正夫人。这时重耳已经二十一岁了，夷吾的年纪也比申生大一些。但由于申生是国夫人的嫡子，那时只论是不是嫡生而不管年龄大小，于是便立申生为世子。晋献公命令大夫杜原款为太傅，大夫里克为少傅，相互扶持，一起辅导世子。齐姜又生了一个女孩后去世了。献公又娶了贾姬的妹妹名叫贾君，贾君也没生孩子，于是便把齐姜所生的女孩交给贾君抚养。

献公十五年时，晋国起兵去攻打北方少数民族骊戎。骊戎求和，把国君的两个女儿送给献公，大的叫骊姬，小的叫少姬。

那骊姬长得同息妫一样美艳无双，其妖艳程度又可以媲美妲己，更兼智谋过人，诡计多端。在晋献公面前，她时刻表现出非常忠实诚信的样子，刻意谄媚来获取献公的欢心。她还时常参与政事，往往十言九中。所以晋献公对她宠爱无比，哪怕是吃饭喝酒都与她在一起。

过了一年，骊姬生下一个儿子，取名叫奚齐。又过了一年，少姬也生下一个儿子，取名叫卓子。晋献公已经被骊姬所迷惑，又因她生了儿子而开心，于是便渐渐忘却了与齐姜的那段夫妻情分，打算册立骊姬为国夫人。他命令太卜郭偃，用龟来占卜立后是凶是吉。卜完后，郭偃把结果呈献给晋献公，卦辞是这样写的：

专之渝，攘公之羭。一薰一莸，十年尚有臭！

这个卦象的表面意思大概是：专宠发生了变化，终于使丑夺走了美。一香一臭，香胜不了臭。即便十年之后，这臭气也无法消除。

这个卦象暗指晋献公对齐姜的爱意为骊姬所夺，以至祸及太子，为晋国带来了十年之祸。

晋献公问道："这卦象怎么解释呢？"郭偃回答道："渝就是变的意思。即便心意是想专一的，但事实上却发生了变乱，故称'专之渝'。攘，就是夺的意思；羭，就是美的意思。心中有了变乱，那么美与丑就会倒置，故称'攘公之羭'。青草的香味叫薰，它的臭味叫莸。香味和臭味混在一起，根本压不住臭味，污浊的气体长久而不消，所以说'十年尚有臭'啊。"

晋献公如今一心宠爱骊姬，根本不相信他的话，又让史苏算卦。算完后得到"观卦"的六二爻，爻辞上写道："闚观利女贞。"

晋献公大喜道："这爻词的意思是：在门内向外面看去，所看见的十分狭窄。这对于贞洁女子十分有利，还有比这更吉利的卦象吗？"

太卜郭偃道："自开天辟地以来，先有龟象后有卦数。所以听从卦不如听从龟。"

史苏也劝谏道："礼法上不允许存在两位正夫人，诸侯不能娶第二位正夫人，这才是卦上'闚观利女贞'当中'观'的真正含义。若是让骊姬继承正夫人的位置，怎么能称得上贞正呢。如果不贞正，还有什么利呢？依《周易》的理论看起来，也找不到这件事有什么吉利可言。"

晋献公大怒道："假如占卜的结果全都准确，那所有的事都要由鬼来决定了！"最终还是没有听从史苏和郭偃的劝告，选择吉日告慰太庙，册立骊姬为夫人，册立少姬为次妃。

史苏私下对大夫里克说道："晋国亡国之祸怕是就在眼前了，怎么办？"里克大惊失色，忙问："导致晋国灭亡的是何人呢？"史苏道："除了骊戎国还有谁呢？"里克不理解他话中所指。

史苏向他解释道："从前，夏朝桀王前去攻打有施一族，有施氏把他的女儿妹喜送给了夏桀王。桀王宠信妹喜，最终因此毁灭了夏王朝。殷商的纣王前去攻打有苏国，有苏氏把女儿妲己送给了纣王，纣王宠爱妲己，最终因此毁灭了商王朝。周幽王攻打有褒国，有褒人把褒姒送给幽王，幽王宠爱褒姒，最终因此毁灭了西周王朝。现在我们晋国前去讨伐骊戎，得到了骊戎国王的两个女儿，而我们的国君又对她们宠信有加，晋国怎么能够不亡国呢？"

　　正好这时太卜郭偃也来到了，里克就把史苏的话转述给郭偃听。郭偃摇头道："晋国只是要乱了，亡国则未必。当年唐叔虞被封到这里来时，曾经占卜过，卜辞是'尹正诸夏，再造王国。'意思是'治理好中原地区，再造一个王国'。眼下晋国正处于上升时期，有什么亡国的可能性？"

　　里克问道："如果国内发生动乱，那会发生在什么时候呢？"郭偃说道："十年吧。善恶循环报应，一般不会超过十年。十这个数，是数字到了一个极点时的转折处。"里克心中深为警惕，在竹简上记下了他的话。

　　再说献公宠爱骊姬，便打算立她的儿子奚齐为储君。一天，晋献公把这个心思告诉了骊姬，骊姬心里非常渴望此事成真，只是她担心由于申生早已经被立为世子，若是无缘无故地换掉储君，群臣恐怕不服，必然进谏阻拦，况且重耳、夷吾都与申生关系融洽，互相关怀友爱，三个公子都在身边，如果重立世子一事说了却又没能成功，反而让他们心生提防，岂不误事。于是骊姬下跪对献公说道："太子已经立了很长时间了，各诸侯国都知道这件事，况且申生贤德没有犯错误，国君您如果因为妾身和儿子的缘故，想要废立太子，妾身宁愿自杀！"晋献公以为她说的是真心话，便把此事搁置在一旁不提。

　　晋献公非常宠信大夫梁五和东关五。他俩一起为献公探察朝廷之外的动向，倚仗国君的宠信玩弄权术，晋人称他们为"二五"。还有一个演戏的戏子，名叫施，年少而美貌，聪明伶俐，能言善辩，献公对他尤其宠爱。施可以随意出入宫中，晋献公丝毫不防备他。骊姬便与施私通，俩人关系十分亲密。骊姬把她的心腹之事告诉了施，谋划离间三位公子，慢慢地策划争夺嗣君位置的计谋。

　　施替骊姬出主意道："必须以镇守边境为名，让三个公子远远地离开国都，然后可以在其中见机行事。但这种事必须让外面的大臣开口，看起来才像一个公正的建议。现在'二五'控制了朝中事务，夫人可以真诚地用重金与他们交往，如果他们一齐开口建议，主公没有不听的道理。"骊姬于是给了施大量金钱玉帛，让他分别转送给"二五"。

　　施先去见梁五，说道："国君夫人愿意同大夫结交，派我送给您一点不成敬意的薄礼。"梁五大惊，忙问道："国君夫人何必与我这样的外臣交往？肯定对我有所嘱托。你若不说实话，我一定不收这些礼物。"施便把骊姬的计划全盘告诉了他。梁五点头道："此事必须拉拢东关五作为助力才可成功。"施点头道："夫人也为他准备了一份礼物，同大夫您的一模一样。"于是他们二人一同造访东关五的家，三个人聚在一起商定了计划。

第二天，梁五对晋献公进言道："曲沃乃是我国先君最初被封的地方，也是先祖先君宗庙所在的地方。蒲与屈这两个地方非常靠近少数民族，是边境的战略要地。这三个地方，不能无人去主持日常事务。祖庙所在的地方如果没有主事人，老百姓就没有畏惧君权威严的心理；边境上的战略要地若没有主事人，则北方蛮夷戎狄会生出觊觎我国领土的心思。如果能让太子前去镇守曲沃，重耳和夷吾分别去镇守蒲和屈，君主您在国都居中指挥、控制、驾驭，这就是通常所说的国家像磐石一样安稳啊。"

晋献公疑惑地问道："把太子调出国都，这样做好吗？"东关五连忙启奏道："世子乃是国家中仅次于君主的人，曲沃则是国内仅次于国都的地区。除世子以外，别人谁能够担任此职呢？"晋献公点点头，又问道："曲沃那里这么办可以，可蒲和屈乃是荒山野岭的不毛之地，怎么能守得住呢？"东关五又启奏道："如果不在那里建城驻守便是荒野，如果去建城镇守便是城邑了。"

然后二人又齐声赞美道："一天之内朝廷增加两个城邑，对内可以凭借它们屏蔽国都保护国内，对外又可借助它们开疆拓土，晋国从此会更加强大的！"献公相信了他们的诡计，派申生出去镇守曲沃，以主持祖庙所在地的日常事务，太傅杜原款跟随太子一同前去。他又派重耳镇守蒲，让夷吾镇守屈，以主持边境军务。狐毛跟随重耳到蒲地，吕饴甥同夷吾一起去屈地。献公又派赵夙为太子增筑曲沃城，增筑后的曲沃城比原来的老城更高更大，称作新城。献公还派士劵监督修建蒲和屈两座城邑。

士劵接受命令后，堆集柴禾再砌上一些土，蒲和屈两座城邑就算草草完工了。有人对他说道："这样修法，城池不结实。"士劵笑着道："几年之后，这里就会变成敌人的城池，修那么结实干什么。"他又就此事作了一首诗道：

狐裘龙茸，一国三公，吾谁适从？

狐裘，乃是贵重的衣服；龙茸，就是蓬松的样子，引申为杂乱的样子。这几句诗说的是，晋国可以继承国君位置的继承人太多，比喻嫡庶长幼没什么分别。士劵已经预料到骊姬今后必定有抢夺国君继承权的计划，所以才会说出此话。申生与两位公子全部远离都城，被赶到了晋国的边境，只有骊姬姐妹所生的奚齐、卓子还待在晋国国君的身边。此后骊姬加倍谄媚讨好献公，以魅惑献公的心意。隐士徐霖作诗写道：

女色从来是祸根，骊姬宠爱献公昏。
空劳奋筑疆场远，不道干戈伏禁门。

在此时，晋献公新组建了上、下两军，他自己率领上军，申生统率下军。申生带领大夫赵夙和毕万前去攻打狄、魏、霍三国，灭掉了这三个国家。晋献公把狄国的土地赐给赵夙，把魏国的土地赐给毕万，作为他们的封地。世子的功劳越高，骊姬心中的恨意越浓，想出的计划越复杂、越狠毒。这事暂且搁在一边不提。

却说那楚国的熊囏、熊恽兄弟俩，虽然都是文夫人所生，可熊恽的才智远远超过兄长熊囏，文夫人因此特别喜爱他，楚国人也都佩服他。

熊囏继位之后，心里十分忌惮弟弟，总想找个机会杀掉他以绝后患。然而周围有很多大臣侍从为熊恽周旋，所以熊囏总是犹豫不决，下不了手。熊囏经常荒废国家大事，只喜欢外出游猎，在位三年，政绩平平。熊恽明白自己与哥哥之间的矛盾不可调和，便私下豢养能为他卖命的勇士，然后乘其兄长外出打猎的机会，偷袭并杀掉了他，回来对文夫人谎称其兄病死。

文夫人虽然心中起疑，却又不想查清此事，便让众大夫拥立熊恽继位，熊恽也就是历史上的楚成王。成王认为熊囏根本没有治理国家的能力，不配做君，便赐他个称号"堵敖"，也没有按君主应有的丧礼礼节去安葬他。之后，楚成王任命他的叔叔王子善担任令尹一职。王子善，也就是子元。

自从哥哥楚文王死后，子元便一直有篡位的意图。此外，他还仰慕嫂子息妫的绝世容颜，想要与她私通。再加上当时熊囏、熊恽二位王子年龄还小，他以为自己辈分尊贵，全不把二位王子放在眼里。子元只是惧怕大夫斗伯比，他正直无私、足智多谋，因而一直不敢太过放肆。

如此僵持着，到了周惠王十一年时，斗伯比因病去世。子元开始肆无忌惮起来，他在王宫的旁边大建馆舍，每天在里面歌舞奏乐不停，想以此来勾引文王夫人息妫。

文夫人听到乐声后，问宫人道："宫外奏乐歌舞的声音是从何处传来的？"宫人回答道："来自令尹所建的新公馆内。"文夫人问："先君喜欢的舞蹈是练武艺的武舞，其目的是为了征讨诸侯，因此诸侯前来朝见和进贡的络绎不绝。现在楚军的兵锋已经有十年没有踏及中原了。令尹不想着如何雪耻，反而在我这个死了丈夫的未亡人旁边奏乐歌舞，这不是很反常吗？"

宫人把这话转述给子元，子元叹息道："一介妇人都没有忘记称霸中原，我反倒忘了。不去攻打背叛我国倒向齐国的郑国，就不是大丈夫所为了。"于是他征发战车六百辆，亲自率领中路大军，斗御疆、斗梧举着大旗为先锋，王孙游、王孙嘉作为后队。大军浩浩荡荡，向郑国杀来。

郑文公听闻楚军大举入侵，急忙召集诸位大臣商议。堵叔启奏道："楚军人多势众，不是我们能够击退的，不如向他们求和。"师叔启奏道："我国刚刚与齐国缔结盟约，齐国必定会来救援我们，暂且应做好准备固守城池，等待他们前来救援。"

郑国世子华，年龄尚幼，血气方刚，提出要和楚国决一死战。此时，叔詹站出来说道："以上三位的意见，我比较赞成师叔的看法。可是依微臣的愚见，楚兵不久就会自行退去。"郑文公惊奇地问道："楚国权力最大的令尹亲自带兵前来，怎么会轻易地撤退呢？"

叔詹笑道："自打楚国建国以来，攻打别的国家时，从未动用过六百辆战车如此之多的兵力。公子元是存着必胜的念头，想要讨好取悦于他的嫂子息夫人。大凡追求必胜的人，其心中也必定害怕失败。楚军若是到来，微臣自有办法让他们退兵。"

正在商议的时间，有探子来禀报道："楚军占领了我国都城远郊的桔柣关，已经攻破了外城，正在进入都城外城的大门纯门，马上要到都城外大路的市场了。"堵叔急忙启奏道："楚兵已逼近国都内城了，如果求和不行，那请国君暂时先逃到桐邱地区避一避楚军的锋芒。"叔詹微笑道："不要害怕！"然后他便命令甲士们埋伏在城内，将城门打开，城内街市上的百姓走来走去，如平常一样，一点害怕的样子都没有。

楚将斗御疆等率领的前队先赶到城外，见到城内如此景象，城墙上又没有一点动静，心中起疑，回头询问斗梧："郑国人如此悠闲，肯定有诡计，想要哄骗我们进城。我认为暂时不能轻率进城，暂且待令尹来了再一起商议对策。"于是将队伍撤退到离郑国都城五里的地方，安营扎寨。

不久，子元的大军就到了。斗御疆等禀告他城中所见到的情况，子元亲自登上高地眺望郑国城内情形，只看见城中旌旗整齐肃穆，军士傲然林立。看了一会儿，子元忽然叹气道："郑国有'三良'在，其意图很难推测。此战万一失利，有什么脸面回去见文夫人呢？一定要探到郑国的虚实，才能发起攻城行动。"

第二天，后队王孙游派人前来报告道："探子探听到，齐侯联合了宋、鲁二国诸侯亲自率领大军前来救援郑国。斗将军等人不敢再前进，特地在原地等候您的军令，准备迎敌。"子元大惊失色，对诸将说道："诸侯联军若是截断我们的退路，我们将腹背受敌，必然会损兵折将。此次我们攻打郑国，已经攻到了他们国都的街市上，可以说是大获全胜，没必要再多停留了。"

于是他便暗暗传下号令，让士兵们口里含上铜钱，将马匹脖子上的铃铛都取下，连夜静悄悄地拔寨后退。因为害怕郑兵追赶，子元传令不撤军幕，不拔军旗，以迷惑郑国人。

溜出郑国边界后，楚国大军才开始大肆敲钟击鼓，高唱凯歌而回。还未到楚国，子元先派人去报文夫人道："令尹大获全胜，凯旋了！"文夫人说道："令尹若能大获全胜，应该公开向国人宣布获胜的消息，算清军功奖惩，犒劳有功的将士，并告祭诸太庙，以慰藉先王在天之灵，告诉我一位未亡人做什么？"子元听后十分惭愧。

楚王熊恽听闻子元不战而回，心里自然很不高兴。

却说叔詹亲自监督军士在城头巡逻彻夜未眠，等到天破晓的时候，远远看见楚军军幕，指着它道："这是座空营地，楚军已经逃跑了。"

众人还不相信，问道："您怎么知道呢？"叔詹微笑道："军幕乃是大将所住的地方，本应是热闹非凡，士兵敲钲来警戒，兵马移动的声音也十分嘈杂，不应该有鸟儿在附近徘徊。现在我们可以看到群鸟在上面栖息鸣叫，所以知道那是一座空营。我猜想，准是诸侯的救兵快到了，楚军提前收到消息，所以连夜逃回楚国去了！"

不一会儿，探子来报道："诸侯救兵已经到达了，还没走到郑国境内，听说楚军已撤退，就各自撤退回本国去了。"众人这才开始佩服叔詹的智慧。郑国国君派使臣去感谢齐桓公救援郑国的辛劳，自此感激敬服齐国，不敢再有二心。

再说楚子元自从攻打郑国无功而返之后，心中经常觉得不安，谋划篡位的心思越来越急迫了。他打算先与文夫人私通，然后再发动政变。正赶上文夫人身体有些不舒服，子元借口问安，来到了王宫之中，他把卧室的器具被褥都搬进宫中，三天都没出宫，数百名家兵列队站在宫外。

大夫斗廉听说了此事，闯进宫门，径直走到子元睡觉的地方，发现子元正对着镜子整理头发，就严厉地责备他道："这是做臣子的梳洗打扮的地方吗？请令尹您赶快退出去！"子元面子上挂不住，生气地说道："这是我家的宫室，我住在这里与你射师有什么关系？"射师，乃是斗廉的字。

斗廉毫不退缩道："根据礼法，王侯这样高贵的人，即使兄弟之间也不能与对方家属相互来往。令尹您虽是先王的弟弟，可也是朝廷的大臣。身为大臣，过宫阙的时候要下车，过祖庙的时候要一路小跑，连在宫中随便说话都属于不敬的行为，更何况是在宫内睡觉呢！而且这里离寡居的国夫人太过接近，男女之间需要避嫌，令尹难道没听过这些话吗？"子元勃然大怒道："楚国的军政大权，尽数掌握在我手里，你怎么敢如此多嘴！"命令手下人铐上斗廉，将其关在走廊下面，不放他出宫。

文夫人派侍者向斗伯比的儿子斗谷于菟告急，请他到宫中来平定子元的叛乱。斗谷于菟进宫密奏楚王，约了斗梧、斗御疆和他儿子斗班，半夜率领全副武装的士兵围住王宫，对着子元的家兵一阵乱砍，将他们吓得四散而逃。

子元此时正搂着宫女沉醉入睡，梦中被惊醒，提着剑跑了出来，正好遇上斗班也提着剑闯进来。子元大声喝道："造反作乱的原来是你这个黄口小儿！"斗班毫无惧色，回敬道："我没有造反作乱，而是特地来诛杀作乱的逆贼。"两个人便在宫中展开激战。没打几个回合，斗御疆、斗梧也一齐赶到。子元估计自己不能取胜，夺门欲跑，被斗班一剑砍下了脑袋。斗谷于菟把斗廉的手铐打开将他放了出来，一齐到文夫人的寝室外面，行礼问安之后退出宫去。

第二天早晨，楚成王熊恽驾临朝堂升殿议事，众位大臣朝见完毕之后，楚王传令将子元全家灭门，并在大道上贴出告示，历数子元的罪状。隐士徐霖评论子元想引诱文夫人通奸一事，作诗写道：

堪嗟色胆大于身，不论尊兮不论亲。

莫怪狂且轻动念，楚夫人是息夫人。

却说斗谷于菟的祖父名叫斗若敖，他娶了䢵国国君的女儿，这个女子生了斗伯比。斗若敖去世的时候，斗伯比还小，就随母亲到䢵国居住，在䢵国宫中进进出出，䢵国夫人喜欢他就如同自己的亲生儿子一样。

䢵国夫人有个女儿，同斗伯比有表兄妹的亲情，两人从小在宫中相伴玩耍，长辈们从来不禁止他们交往，最终二人有了私情。女儿怀孕之后，䢵国夫人方才发觉，便禁止伯比与其女儿交往，也不许他再进宫。她让女儿假装生病，单独住在一间屋子里。等到怀孕期满后，生下了一个儿子，䢵国夫人秘密派侍者用衣服将婴儿包好，带出宫外，偷偷地丢弃在云梦泽里面。她的本意是想瞒过䢵国国君，而且不想让她女儿的坏名声传扬出去。斗伯比十分羞愧，同他的母亲又回到楚国定居。

这时候䢵国国君恰好去云梦泽打猎，看到云梦泽有只猛虎蹲卧在那里，就命令左右卫士放箭。这些箭从老虎的旁边跌落，竟没一箭射中，而那只猛虎也毫不动弹。䢵国国君起了疑心，便派人到那儿去察看。

从人回来禀告道："那老虎正抱着一个婴儿，用自己的虎乳给他喂奶，看到人来了也不害怕。"䢵国国君惊叹道："这是神物，不要去惊动它。"

打猎回来后，他对夫人说道："刚才去云梦泽，我见到一件奇怪的事。"夫人心中一动，忙问道："夫君，您遇到了什么怪事？"䢵国国君就把猛虎为婴儿哺乳的事详细叙说了一遍。

夫人听后大哭道："夫君有所不知，这婴儿乃是妾身丢弃的呀！"䢵国国君骇然失色，忙问道："夫人从哪里得到这个婴儿？又为何要扔掉呢？"

夫人面有惭色，回答道："夫君千万不要怪罪我，这婴儿其实是我们女儿同外甥斗伯比所生。妾身担心此事传出去会败坏我们女儿的名声，所以命令侍者把他丢到了云梦泽。妾身听说昔日帝喾的元妃姜嫄踩到巨人的脚印，便怀孕生下了一个儿子，将他丢弃到冰上，飞鸟们用翅膀盖着他，姜嫄认为这是神明显灵，就把他抱回收养长大成人，给他起名字叫弃，长大后号为后稷，别姓姬，最后成为周王室的祖先。这个婴儿既然有猛虎喂奶的异遇，将来必是个大贵人。"

䢵国国君也认同她的话，于是派人去把这婴儿抱了回来，命令他的女儿好好抚养。第二年，郧国国君把女儿送到楚国，与斗伯比成了亲。楚国乡下人的方言，把乳叫作"谷"，把虎叫作"于菟"。斗伯比便取乳虎的意义，把这孩子起名为谷于菟，表字是子文，明代云梦县有个于菟乡，也就是子文出生的地方。

谷于菟长大之后，有安民治国的大才，懂文知武的韬略。父亲斗伯比在楚国出仕，后来做到大夫一职。斗伯比去世后，斗谷于菟继承了父亲大夫的职位。

等到子元伏诛，令尹一职出缺，楚王本打算让斗廉担任，斗廉却推辞道："如今能与楚国一较高下的大敌，只有齐国。齐国任用了管仲、宁戚，国富兵强。臣之才干比不上管、宁他们那般贤明。大王您如果打算改革楚国的政令，与中原各国抗衡，非重用斗谷于菟不可。"众官也一起保奏道："必须启用此人，才能使得令尹一职名副其实。"楚王见状，批准了百官的建议，任命斗谷于菟为令尹。

册封之时，楚王对百官道："齐侯任用管仲为相，称他为仲父。现在斗谷于菟担任楚国最尊贵的官职，也应当以他的字称呼他。"于是只叫他子文而不称呼斗谷于菟的名字。这时是周惠王第十三年。

子文当上楚国令尹后，提出建议道："大凡国家的灾祸，都是因为君主弱小而臣下强大所导致的。只要是大臣的封地，都必须拿出一半返还给楚王。"

子文首先在自己的斗氏家族带头推行此政策，其他官员不敢不服从。又因郢城是个风水绝佳的地方，南到湘潭，北据汉江，子文便把楚国都城从丹阳迁到了郢城，称为郢都。

迁都后，子文整顿军队，训练士兵，推荐贤者，任用能人。他认为国君宗室的屈完是位贤者，就任命他做大夫。他的族人斗章有才有智，就命他同斗氏宗族的人一起管理军队。又任命斗章的儿子斗班担任申公一职。楚国从此大为强盛。

齐桓公听闻楚王任用贤能的人治理国家，奋发图强，担心楚国到中原地区称霸，便打算发动诸侯的大军前去进攻楚国。他把这个想法告诉管仲，征询他的意见。管仲想了想道："楚在南方之地称王，地广兵强，周天子都没有办法遏制他。如今又任用子文掌管军政，四方边境安宁无事，在这样的情况下，不是仅靠军队征讨就能达到目的的。况且国君您才刚刚得到诸位君侯的拥戴，如果没有把要灭亡的国家保存下来或者使衰落国家振兴起来的功劳，恐怕诸侯的军队不一定肯为我们所用。如今的当务之急是应当提高我们的威信，等待合适的时机再动手，这样才是万全之策。"

齐桓公沉默了一会儿，又问道："先君襄公消灭了纪国，报了我齐王室九世之仇，吞并了纪国的全部土地。郭国曾是纪的附属国，至今还不肯臣服于我齐国，寡人打算出兵吞并它，您看如何？"

管仲启奏道:"郭国虽然是小国,但其先祖乃是姜太公宗族旁支派孙儿的后代,和我们齐国同属一个祖先。吞并同姓的国家,从世俗角度看是不仁义的。国君您可以命令王子成父率领大军前去巡视纪城,表现出要进攻的样子。郭国一定会因为害怕而前来投降。这样既不必担负剿灭亲族的罪名,又可获得实际好处。"齐桓公采用了管仲的计谋,郭国国君果然害怕了,前来投降。齐桓公叹息道:"仲父的谋划,果然是万无一失!"

君臣们正在商议国事,忽然有近臣来禀报道:"燕国被山戎的军队入侵,特地派使者来求援。"管仲正色道:"君主,您如果想要攻打楚国,必须首先平定北方的少数民族。如果少数民族的祸乱平息了,我们就可以专心地对付南面的楚国了。"

第二十一回
管夷吾智辨俞儿　齐桓公兵定孤竹

话说,这山戎乃是北戎族的一支分支,国家位于令支[大约在今河北滦县、迁安一带],也叫离支。它的西边是燕国,东南方向则是齐国和鲁国。山戎位于这三个国家之间,时常仗着自己所处的地势险要、兵力强盛,既不称臣,也不纳贡,屡次侵犯中原各国。先前山戎曾侵犯到齐国境内,被郑国公子忽击败。现在听说齐桓公要出兵郭国,山戎便派出一万骑兵,前去攻打燕国,想要断绝燕国通往齐国的道路。燕庄公抵御不住山戎的攻打,便派遣人走小路向齐国告急求救。齐桓公询问管仲,管仲回答道:"如今我们的忧患分别是:南方的楚国,北方的戎族,西方的狄族,它们都是中原的隐患,盟主有消灭它们的责任。即使山戎不去攻打燕国,我们也要存有灭掉山戎的想法,更何况现在燕国遭到山戎的攻打,又主动向我国求救呢?"于是齐桓公率兵前去支援燕国。

齐军一渡过济水,便在鲁济[指的是流经鲁国境内的济水]受到了鲁庄公的热情迎接。齐桓公告诉鲁庄公讨伐山戎一事,鲁庄公说道:"攻打消灭如豺狼一般的顽敌,以安定北方的局势,不只燕国,连我鲁国都会因此受益。我愿亲率兵马前往相助。"桓公说道:"北方路途遥远、地势险峻,我不敢劳您大驾。倘若取得了战果,那也是应验了君侯您的想法。如果不行,我再向您借兵也不迟!"鲁庄公道:"按您说的办!"紧接着,齐桓公告别鲁庄公,率军向西北方向前进。

又说这山戎首领名叫密卢，率兵骚扰燕国境内已经将近两个月了，抢掠走的人口和财物不计其数。忽然听闻齐国军队即将抵达，他连忙撤兵返回。齐桓公率兵抵达蓟门关，燕庄公出关迎接，感谢齐桓公长途跋涉前来救助的辛劳。管仲建议道："山戎满载而归，并未遭受挫折，我军如若这时退兵，山戎必定还会来袭。不如趁此讨伐的机会，彻底歼灭它，一举除去这一祸患。"桓公说："好！"燕庄公请求率领本国士兵充当先锋，桓公却阻止道："贵国的兵马经过长时间的战斗，早已疲惫不堪，怎能忍心让他们再次冲锋向前呢？还请君王您率军充当后队，为我军壮大声势，这就够了！"燕庄公又说道："从这里向东八十里，有一小国，名为无终〔今河北玉田县无终山附近〕，虽然属于戎族，却不依附山戎，可以招他们来，让他们作为向导。"于是桓公派出公孙隰朋，携带大量金银布帛，前往无终国请兵。无终国王随即派出大将虎儿斑，命他率领两千骑兵前来助战。桓公不仅亲自召见并重赏了虎儿斑，还命他率领部队充当先锋。

大军行进了将近两百里，齐桓公发现前面山路险峻，路况恶劣，便询问燕庄公。燕庄公回答道："这个地方名叫葵兹，是进出北戎的交通要道，不可回避。"于是桓公与管仲商议，决定留下一半粮草辎重囤积在葵兹。同时他们命令士兵砍伐树木，筑土修建关卡，留下鲍叔牙把守，委任其负责转运的事情。士兵休息三天后，桓公在葵兹留下老弱病残的士兵，只率领精壮的士兵，日夜兼程前进。

听说齐军前来讨伐，山戎首领密卢急忙召来将军速买前来商议。速买说道："齐军长途跋涉而来必定疲惫不堪，乘着他们安营尚未妥当，我们出其不意，突然冲杀进去，必定大获全胜。"于是，密卢给了速买三千骑兵。紧接着，速买传下号令，命令骑兵分散埋伏在山谷之中，只等齐军一来便冲出进行截杀。虎儿斑率前队先行到达，速买仅带了一百骑兵前来迎敌。虎儿斑奋勇向前，举起长柄铁锤朝着速买迎头便打。速买大叫道"且慢，让我来"，也挺起大杆刀向前应战。双方略斗了几个回合，速买假装不敌，引诱虎儿斑进入林中。忽然一声呼哨声，山谷内山戎士兵全都回应，将虎儿斑所率领的士兵截成两段。虎儿斑拼死作战，连他所乘的战马都被刺伤，突围不成，他心生绝望，束手等待敌人的捆绑。在这紧要关头，恰好齐国大军赶到，齐将王子成父大逞神威，杀散速买的士兵，将虎儿斑救了出来。速买大败，急忙离去。虎儿斑率领残兵败将前来面见齐桓公，满脸羞愧。齐桓公却说："胜败乃兵家常事，将军请不要在意。"又赏赐给虎儿斑一匹名马，虎儿斑感激不已。

齐军东进三十里，来到一个名为伏龙山的地方，齐桓公和燕庄公在山上安营扎寨，王子成父和宾虚无分别领命在山下设立营寨，全都用战车相连，组成"车城"，巡逻预警甚是严密。第二天，山戎首领密卢亲自带领速买以及一万骑兵，前来向齐军挑战。他们一连冲击齐军好几次，全被"车城"给挡了回来，不能进入。时间到了下午，管仲在山头看见对面的戎军在逐渐减少，所剩的士兵也全都下马躺在地上对着齐军破口大骂。管仲召来虎儿斑，拍着他的背说道："将军今日便可报仇雪恨！"虎儿斑应诺，率领本国人马从"车城"开口处飞奔杀出。隰朋则说道："恐怕敌人戎兵有什么阴谋诡计吧！"管仲回答道："我早已料到！"随即命令王子成父率领一支军队向左，宾虚无率领一支军队向右，两路军队分别作为接应，专门攻杀埋伏的戎兵。

原来山戎人习惯使用埋伏的计策，他们看见齐军坚守不动，便在谷中埋伏下大队的人马，故意派人下马前去骂阵以引诱齐军出营。虎儿斑马头所到之处，戎兵全都弃马逃跑。虎儿斑正想趁胜追击，却听到大寨鸣金收兵，当即勒马返回。密卢见虎儿斑不来追赶，一声呼啸哨，招引出谷内人马，指望齐军可以全力来攻。突然王子成父和宾虚无两路人马从左右杀到，戎兵被杀得七零八散，大败而逃，折掉了不少的马匹。速买向密卢献计："齐军想要再向前进军，必定会由黄台山的谷口进入。我们可以敲断木石封住谷口，在谷外多挖陷阱，并用重兵把守，就算敌人有百万之众，也难以飞越。伏牛山方圆二十里内皆没有水源，齐军用水全都仰仗从濡水中汲取。倘若我们截断河流，齐军军中缺乏饮水，必然会引起大乱，大乱则必定会引起溃败。我们乘齐军溃败出击，岂能不胜。此外，我们还可以派遣人求救于孤竹国〔存于商、西周及春秋时期的古国名，在今河北卢龙县南部〕，借兵助战，这可是万全的计策。"密卢听后大喜，连忙派人按照这个计划行事。

管仲见戎兵战败退后一连三天没有动静，不由得心中有所起疑，连忙派出探子前去打探。不久后，探子便回来报道："黄台山的道路已经被阻塞了。"管仲连忙召来虎儿斑，问道："可还有其他道路可以行走？"虎儿斑回答道："从这里去黄台山，不超过十五里，便可以直接攻入敌国。倘若要走其他的道路，则必须要从西南绕行一大圈，从芝麻岭出青山口，然后再向东行走数里，这才能抵达山戎的老巢。只是黄台山这条路山高路险，车马恐怕难以通行。"正在商议之时，牙将连挚前来禀报："戎兵截断了我们取水的道路，军中缺乏饮水，这该如何是好？"虎儿斑道："芝麻岭一带全都是山路，数日才能走完，如果不随身携带大量的饮水，恐怕很难通过。"桓公随即传下号令，命令士兵就地凿山取水，先找到水源者可以得到重赏。公孙隰朋进言道："臣听闻蚂蚁巢穴附近大多有水源，应当在有蚂蚁巢穴的地方进行挖掘。"士兵四处搜寻，始终没有发现蚂蚁的巢穴。隰朋道："蚂蚁冬天靠近温暖的地方，居住在山的南边；夏天则靠近凉快的地方，居住在山的北面。现在正处冬天，应该到山南向阳处去找"。按照隰朋所说的，士兵果然在山腰向阳处挖掘出了泉水，水质清澈凉爽。齐桓公赞扬道:"隰朋可以称得上是圣人呀!"因此便称这眼泉水为圣泉,伏龙山改名为龙泉山。

军队中有了水,士兵们欢呼庆祝。听说齐军并没有缺水,密卢大为吃惊,说道:"中原人难道真的有神来帮助?"速买回答道:"虽然齐军得到了饮水,但他们长途跋涉而来,粮草必定不足。倘若我们一直坚守不战,等到齐军粮草用完,他们自然就会退去。"密卢同意了速买的建议。

管仲命令宾虚无假装返回葵兹取粮,实际上却由虎儿斑领路,带领一支军队从芝麻岭进军,以六天为期限。他又让牙将连挚每日向黄台山挑战,以牵制密卢的士兵,使他们不致产生怀疑。就这样过去了六天,黄台山的戎兵一直没有出来迎战。管仲说道:"按照天数计算,宾将军的西路兵马应该已经到达。既然敌人不愿出战,那我们也不可以再坐以待毙。"随即他命令士兵各自背负一囊,灌满泥土,先命人驾驶两百辆空车前去探路,一旦遇到陷阱沟壑,立即投入土囊,将其填满。大军行驶到谷口,一声令下,士兵们上前齐力搬开堵塞谷口的木石,冲入谷内。密卢自从听了速买之计后,以为毫无隐患,自己可以高枕无忧,便整日与速买饮酒作乐。忽然听到齐军杀入,他连忙跨上战马上前应战。还没等到与齐军交锋,又有戎兵前来通报,说:"西路又有敌军向我方杀来!"速买这时才知道芝麻岭的小路已经失守,落入齐军之手。速买这时已无心交战,与密卢一起向东南逃窜。宾虚无率兵追赶数里,看到山路崎岖不平,戎人骑马奔驰如飞,追赶不上,便只能收兵返回。马匹兵器、牛羊帐篷之类的,戎人遗弃无数,现在全都归齐军所有。齐军夺回的燕国子民,不可计数。令支百姓从未见到过如此神勇的军队,箪食壶浆地欢迎这支军队,并在马头前投降。齐桓公对他们一一进行安抚,并吩咐下去,不得杀害任何一个已经投降的戎人,戎人听后都非常高兴。

齐桓公召来投降的山戎人问:"你们国主此次离去,可能会逃到哪个国家?"投降的山戎人回答道:"我国与孤竹国是邻居,关系一向和睦,最近还向他们借兵呢,只是兵马尚未到来,我国国主此行必定是逃往了孤竹国。"桓公又询问孤竹国实力的强弱以及道路的远近。山戎人说:"孤竹国是东南大国,自商朝开始便有了城邦。从这里行走大概一百多里,有一条名为卑耳的溪流,只要过了这条溪流便进入孤竹国境内了。但是其间的山路险峻难行。"桓公说:"孤竹与山戎相互勾结,狼狈为奸,既然就在附近,那我们理当前去征讨。"恰好这时鲍叔牙派遣牙将高黑运送五十车粮食抵达,桓公当即留下高黑,命他在军中听命待用,又在投降的山戎降兵中挑选出千余名精壮士卒,交付于虎儿斑帐下,以补充他之前损伤的士兵。修整三天后,桓公才再次下令,起程发兵。

再说这密卢等人，一路逃到孤竹国，一见到孤竹国国主答里呵便哭倒在地，详细说道："齐国恃强凌弱，出兵侵占我国，我想请求国主出兵为我报仇。"答里呵回答道："我这里正准备发兵助你，只是因为我的身体有些小恙，这才耽误了几日，可不曾想你却已经吃了大亏。我这里有卑耳溪，溪水深且湍急，不可强渡。我已经将竹筏尽数扣留在港内，齐兵就算插上翅膀，也难以飞过来。等他们退兵后，我再与你一起领兵杀回，恢复你的领土，这样岂不是更加稳妥？"大将黄花元帅说："为了预防敌人自己建造木筏渡溪，我们应当派兵驻守溪口，日夜不停地巡逻，这样才能确保无事。"可答里呵却说："如果敌人制造木筏，我们难道会不知道？"于是没有听从黄花的建议。齐桓公率领大军前进，走了不到十里，便看见顽山连路，怪石嵯峨，草木茂盛，细竹堵塞住了道路。有诗为证：

盘盘曲曲接青云，怪石嵯岈路不分。
任是胡儿须下马，还愁石窟有山君。

管仲命人取来硫磺焰硝等引火的东西撒入草木之间放起火来，烧得草木没有了根茎，狐狸兔子没有了踪影，火光透过天幕，五天五夜没有停息。火熄灭后，管仲又下令士兵凿山开辟道路，以方便战车通行。众多将领则禀报称："山高路险，战车行驶费力。"而管仲则说道："山戎人的骑兵擅长奔驰，唯有战车才可以制服他们。"于是，管仲创作"上山""下山"歌，命令士兵传唱，鼓舞士气。

《上山歌》：

山嵬嵬兮路盘盘，木濯濯兮顽石如栏。云薄薄兮日生寒，我驱车兮上峍屼。风伯为驭兮俞儿操竿，如飞鸟兮生羽翰，跋彼山巅兮不为难。

《下山歌》：

上山难兮下山易，轮如环兮蹄如坠。声辚辚兮人吐气，历几盘兮顷刻而平地。捣彼戎庐兮消烽燧，勒勋孤竹兮亿万世。

士兵们唱起歌来，你唱我和，歌声上下起伏，车轮像飞一样的旋转。齐桓公与管仲、隰朋等人登上卑耳山顶，观察其上下的形势。桓公叹息道："寡人今日才知道，人的力气竟然可以从歌声中取得。"管仲回答道："当日臣困于囚车之中，害怕鲁国人追赶上来，也曾创作歌曲，并教士兵车夫传唱。人在高兴之时，便会忘记疲倦，会跑得更快。"桓公问道："这其中到底是什么缘故？"管仲说："但凡是人，在他们身体疲倦时，精神也会变得疲惫，一旦精神高涨且喜悦，便会暂时忘掉身体的疲倦。"桓公赞扬道："仲父一向如此通达人情。"于是他们便催动车辆，随大军一起出发。

翻过了几道山岭，又登上一座山峰，这时只见前面大小车辆全都堵塞不进。军士回来禀报称:"前面两边皆为天然的巨型石壁,中间是一条小路,只能容下单骑通过,无法通过车辆。"见此情形,齐桓公面带惧色,对管仲说道:"倘若此处有敌人的伏兵,那我们必定会遭受失败!"就在这一筹莫展之时,忽然看见山洼里走出一个东西来。桓公睁大眼睛细看,只见这个东西似人非人、似兽非兽,长约一尺有余,身穿红衣,头戴黑帽,赤裸双脚,朝着齐桓公再三作揖行礼,做出一副欢迎的样子,然后用右手提起衣服,朝着石壁中间飞奔而去。桓公见此情形不由大惊,问管仲道:"你刚才看见了什么?"管仲回答道:"臣什么都没有看到。"于是桓公向管仲讲述了刚才发生的情形,并描述了它的形态。管仲大喜,说道:"那个东西正是臣歌词中的'俞儿'。"桓公问:"俞儿是什么?"管仲回答道:"臣听闻北方山地中有一登山之神,名为俞儿,只有称王称霸的君主才能看见他。您所见的,应该就是他!他向您作揖行礼,是希望君主您前去讨伐。提起衣服,是表示前面有水。用右手提衣,则表示右边的水深,是让君主您从左边前进。"后人有一首诗,专门论述管仲辨识"俞儿"一事。诗中写道:

《春秋》典籍数而知,仲父何从识"俞儿"?

岂有异人传异事,张华《博物》总堪疑。

管仲又说道:"既然有水的阻碍,幸好有石壁可以坚守,那我们就驻扎在山上,派人前去探看清楚水情地形,然后再进军也不迟。"探水的人去了很长时间才回来报告:"下山不到五里,便是卑耳溪,溪水湍急且深,到了冬天也不会干枯结冰。原本有竹筏可以渡过溪水,现如今已经全被山戎人给扣收了。沿着溪水从右走,越走水越深,不止有一丈。倘若从左边行进,大概行驶三里,水面虽然宽阔,但水很浅,涉足之中,水还没不过膝盖。"桓公高兴地拍手说道:"俞儿的征兆应验了!"燕庄公说:"卑耳溪从来没有听说过有浅处可以行走,这真是神君助你成功呀!"桓公问道:"此处距离孤竹国还有多少路程?"燕庄公回答道:"渡过溪水向东行去,先经过团子山,再穿过马鞍山,最后穿过双子山,这三山相连,大约有三十里路,这是商朝孤竹三君的坟墓。穿过这三座山,再行驶二十五里路,便到了孤竹的都城无棣。"虎儿斑请求率领他的部下先行渡过溪水。管仲道:"军队如果集中于一处地方进军,万一遇见敌人,则会陷入进退两难的地步,必须分两路渡过溪水。"随即下令,命令士兵就地砍伐竹子,用山藤捆绑,充当渡筏。顷刻间,制作成几百艘竹筏,他们用车辆装载竹筏,由士兵牵着下山。刚下山头,便将大军分为两队,由王子成父与高黑率领一队人马,从右边乘筏渡过溪水,为正兵。公子开方和竖貂随着桓公亲自前去接应;另一队由宾虚无和虎儿斑率领,从左边浅水处徒步穿过溪水,为奇兵。管仲与连挚随着燕庄公前往接应,然后两路大军在团子山下会合。

又说这答里呵，他在无棣城中久久没有听到齐军来袭的消息，便派遣小番前往卑耳溪打探消息。到了溪水边，只见溪水中全是齐军的竹筏，齐军的兵马纷纷越过溪水来到对岸，小番急忙跑回，将消息通报上去。答里呵听到此消息后大吃一惊，当即命令大将黄花元帅率领五千人马前去抵御敌人。密卢说："我在这里没有建立一丝功绩，愿意带领速买作为先锋。"黄花元帅却拒绝了密卢的请求，说道："屡战屡败的人，很难一起共事。"自己翻身上马离去。答里呵对密卢说道："西北方向的团子山，乃是东来齐军的必经之路，还要劳烦您率军前去把守，方便接应，我这里随后就到。"密卢虽然口头上答应，心里却怪黄花元帅轻视了他，内心很不愉快。再说这黄花元帅，他率兵还没达到溪口，就遇到了高黑的前队，两军当即展开了厮杀。高黑不敌黄花，正准备下令撤退。恰好王子成父领兵赶到救援，黄花撇开高黑，与王子成父厮杀起来。大战了五十多个回合，双方不分胜负。正在这时，桓公所率领的齐军后队也全部赶到，公子开方在右，竖貂在左，一起席卷而上。见此情形，黄花元帅不由得心慌意乱，连忙丢下军队，独自逃走。黄花所率领的五千人马，大半被齐军杀伤，剩下的也都纷纷投降。黄花骑着单骑，一路狂奔逃命，快要到团子山，却见前面的兵马如树林那样稠密，都打着齐、燕和无终这三国的旗号，原来这是宾虚无率兵徒步渡过了溪水先行占据了团子山。黄花不敢翻越团子山，只好丢弃马匹，装扮成樵夫从山间小路翻山逃脱。齐桓公大获全胜，进军到团子山，与宾虚无所率领的左路人马会师，并再次商议该如何征讨前进。

再说这密卢，他刚率军抵达马鞭山，前哨就赶来报告，说："团子山已经被齐兵占领。"没有办法，密卢只能在马鞭山扎营驻守。黄花元帅逃命到马鞭山，认出是自家的兵马，急忙进入营中，见到的却是密卢。密卢说道："元帅，你是常胜将军，为何只身一人来到此地呢？"黄花羞愧至极，向密卢索要酒食，密卢不给，只给予一升炒麦；他又向密卢索要马匹，却得到一匹瘸马。黄花咬牙切齿，心里痛恨至极，返回无棣城后立马去面见国主答里呵，请兵报仇。答里呵说道："我没有听从元帅的建议，这才导致今天的失败。"黄花说道："齐国痛恨的是令支，如今之计，只有斩杀密卢、速买这君臣二人，将他们的首级献给齐军，并主动与其讲和，这样齐军才可以不战而退。"答里呵道："密卢走投无路，前来投靠我，我怎能忍心出卖他们呢？"宰相兀律古进言道："臣有一个计策，可以使我军反败为胜。"答里呵急忙问道："何计？"兀律古回答道："在我国的北方，有一地方名为旱海，又叫作迷谷，是一片沙漠，一望无际，没有水，寸草不生。我们的国人死后，一般都将尸体抛弃在这个地方，堆放的白骨可以相互观望，甚至在白天都能见到鬼。此处又时常刮起冷风，冷风经过之处，人和马都无法存活下来。又时常会刮起风沙，咫尺之内都辨认不出方向。要是误入了迷谷，谷内道路曲折难认，着急却无法出来，而且谷内还有很多毒虫猛兽。要是有一个人诈降，将齐军引诱进入这个地方，不用我们去厮杀，就能让齐军伤亡十之八九。我们整顿军马，等待敌人疲惫再攻打，这难道不是一个妙计吗？"答里呵则问道："齐国的军队怎么会到那里去呢？"兀律古道："主公可率领后宫家眷暂时躲避在阳山，命令城中百姓全部去山谷中躲避战争，腾空这座城。然后派人前去诈降，只用告诉齐桓公：'我们的国主逃往沙漠去借兵了！'这样一来，齐军必定追赶，也就中了我的计策。"黄花元帅听后大喜，主动请求前去诈降。答里呵应诺，并拨给他一千骑兵，让他依计行事。

黄花元帅在路上就寻思："我要是不斩了密卢，拿上他的首级去见齐桓公，齐桓公怎能信我？倘若我能诈降成功，就算杀了密卢，主公也不会怪罪于我的。"于是，他赶到马鞭山，来面见密卢。此时的密卢正与齐兵相持不下，并未开战，听闻黄花带领援兵到来，心中大喜，急忙出来迎接。黄花出其不意，在马上砍下了密卢的首级。见此，速买大怒，提刀上马与黄花厮杀。两家兵马各自帮助自己的主人，相互厮杀，都有损伤。一番厮杀下来，速买预料到自己不会取胜，便单刀独马直奔虎儿斑营中而去，前去投降齐军。虎儿斑不相信速买投降，喝令士兵绑住他，推出去斩首。可怜令支君臣，只因为侵扰中原，在同一天死于非命，这难道不可悲吗？史官有诗记载：

山有黄台水有濡，周围百里令支居。

燕山卤获今何在？国灭身亡可叹吁！

黄花元帅收编了密卢的部下，直奔齐军而去。到了齐军大营，献上密卢的首级，说道："我国国主带着全国的百姓逃往了沙漠，并向外国借兵，想要报仇。我再三劝阻他，想让他投降，可他不听。如今我斩杀了密卢，献上他的首级，投在君主你的帐下，请收留我等，我愿率领我的部下当作向导，追赶国主，以效微劳。"见到密卢的首级，齐桓公不由得相信黄花，当即命令黄花为前部，引领大军前行。大军直接抵达无棣城，那里果然是一座空城，这让齐桓公更加相信黄花的话。齐桓公担心答里呵跑远，便让燕庄公率兵守城，他带上所有的兵马连夜追击。黄花请求先行前去探路，桓公便命高黑与其同行，大军随后跟进。进入沙漠不久，桓公催促军队快速前进。走了很长时间，却一直没有黄花的消息，看见天色已晚，只见白茫茫的一片平沙，黑黯黯千重惨雾，冷凄凄许多哭鬼，乱飒飒几阵悲风，寒气逼人，令人毛骨悚然。忽然一阵怪风刮来，人马皆受惊，许多士兵和马匹更是因为中了恶气而倒在地上。这时，齐桓公和管仲并马骑行，管仲对齐桓公说道："臣曾听说，在这北方有一地方名为旱海，是个极其危险厉害的地方，恐怕这里就是了，我们不可以再向前行军了。"桓公当即下令收兵,只是这时前后队伍已经相互失去了联系。带来的火种,一遇到风就熄灭了,再怎么想办法也不会复燃。情况危急,管仲急忙保护桓公,带转马头向后撤去。随行的士兵擂鼓鸣金,一来可以屏蔽恶气,二来可以让各队人马听到声音向此汇集。只见天昏地暗,完全分辨不出东南西北。不知走了多少路,才等到风消雾散,天空中露出了半轮新月。

齐国各部将听到鼓声追随而来,与桓公、管仲率领的中军屯扎在一起。等到天刚亮,清点众将数目,发现只不见了大将隰朋。军队损失惨重,变得七断八续,死伤无数。幸好当时正值隆冬季节,动物冬眠,毒蛇没有出来,再加上军队的声音喧嚣,野兽也都偷偷藏了起来,要不然不死即伤,军队损失更为惨重,必然所剩无几。管仲见山谷地形险恶,渺无人烟,急忙下令寻找出去的道路。可奈何东冲西撞,曲曲折折,就是找不到出去的道路,桓公心中早已焦急万分。管仲进言道:"臣听闻老马识途,无终国与山戎相连,他们的马匹也大多来自漠北,我们可命令虎儿斑挑选出几匹老马,观察它们行进的方向,我们紧随其后,这样应该就能找到道路了。"桓公依照管仲的话,找来数匹老马,让它们先行,大军紧跟其后,就这样,曲曲折折,最终走出旱海。后世有人作诗赞扬道:

蚁能知水马知途,异类能将危困扶。
堪笑浅夫多自用,谁能舍己听忠谟?

再说这黄花元帅领着齐将高黑先走,竟直接走到了去阳山的路上。高黑见后队大军并未赶来,便让黄花暂停行军等待后面大军一齐前进。黄花不听,只顾着催促前进。高黑心中不由得起疑,勒住马头,停止不前,结果被黄花绑了起来,带着他去见孤竹国王答里呵。黄花隐瞒自己杀死密卢一事,只说:"密卢在马鞭山兵败,被齐军杀害。臣已用诈降之计引诱齐国大军进入旱海。现如今又擒获齐将高黑,人已带来,听凭国主发落。"答里呵对高黑说道:"你若投降,我必定会重用你!"高黑瞪大双眼,大骂道:"我世代受齐国的恩典,怎么会投降你这种犬羊猪狗之辈!"转身又骂黄花道:"你引诱我来这里,我一死不可惜,等到我家君王的兵马来到,你们君臣必将国破身死,这只是早晚的事情,你们不要后悔莫及。"黄花一怒之下,拔出剑砍下了高黑的首级。高黑是真正的忠臣呀!

答里呵命令再次整理军队,前去抢回无棣城。燕庄公因为兵力少,城中空虚,无法固守,只能下令四处放火,趁乱杀出城去,直接退到团子山下,安营扎寨。

齐桓公率领大军走出旱海,还没有走出十里路,就遇见一支人马,派人前去探看,这才发现是公孙隰朋所带的队伍。紧接着两队人马合兵一处,径直向无棣城奔去。一路上,齐军看到孤竹百姓扶老携幼,纷纷奔走。管仲命人询问,百姓回答道:"孤竹国主已经驱逐了燕兵回到无棣城中。我们之前躲避在山谷,现如今正要赶回无棣。"见此情形,管仲说:"我已经有了计策可以破敌。"他随即命令虎儿斑挑选数名心腹士兵,假扮成城中百姓,随着众人混进城中,只等到半夜放火为号,充当内应。虎儿斑按照计策去办。管仲又命令竖貂前去攻打南门,连挚率军攻打西门,公子开方率军攻打东门,唯独留下北门,让敌人当作逃跑的道路,但暗中却命令王子成父和隰朋兵分两路,埋伏于北门外,只等答里呵从北门出城,便冲出截杀。

管仲与齐桓公在距离无棣城十里处安营扎寨。回到城中的答里呵一边派人扑灭城中大火,召回百姓,恢复生产;一边又让黄花整顿兵马,以准备厮杀。黄昏时分,忽然杀声四起,答里呵得报:"齐国的军队已经到了,并把城门给团团围住。"黄花想不到齐兵会突然来到这里,大为吃惊,连忙率领军民登上城楼观望督战。到了后半夜,城中四五处起火,黄花命人搜索放火之人。虎儿斑率领十余名手下径直来到南门,砍开城门,放竖貂的士兵进入城中。黄花知道大势已去,亲自扶答里呵上马,寻找道路逃跑,听闻北门没有敌兵,便打开北门向外逃去。可还没有行走两里路,便见火把纵横,鼓声震天,王子成父和隰朋率两路军队向他们杀来。城中的开方、竖貂、虎儿斑攻下了城池,又各自领兵前来追击。黄花元帅拼死战斗了很长时间,最终因力尽被杀。答里呵则被王子成父擒获,宰相兀律古死于乱兵之中。

到了天亮时分,众人迎接齐桓公入城。桓公列举答里呵帮助恶人的罪名,亲自斩下他的首级,悬挂在北门之上,以告诫戎人,安抚百姓。戎人讲述高黑英勇不屈惨遭杀害一事,桓公十分叹息,当即命人记录下他的忠义,等到回国后再对他进行抚恤恩典。

燕庄公听到齐桓公率兵胜利入城,也带着团子山的人马前来会师。祝贺完毕后,桓公说道:"寡人接受你的请求,长途跋涉千里,侥幸获得成功,一举歼灭了令支、孤竹两国,征得了土地五百里,然而寡人却不能越过燕国而长时间占有它,还请你收下,增加你的封地。"燕庄公推辞道:"我凭借君侯你的威名,这才得以保住江山社稷,怎敢再收下这些土地呢?还请君侯你在此地建国,设立君主。"桓公说:"北边的疆域偏僻遥远,若是再让外族人充当君主,势必会再次反叛,君王切勿再次推辞。现在通往东方的道路已经打通,君侯应当遵循贵国先君召公的遗志,向周天子朝贡,永久镇守北方边疆,这样一来,我的脸上也会有光。"燕庄公这才没有推辞。桓公当即在无棣城犒赏三军,因无终国此次有助战的功劳,便特意将小泉山的土地赠给无终国,虎儿斑拜谢后,率领本国人马先行回国。

桓公率兵休整五日后出发，再次渡过卑耳溪，在石壁前取回车辆，整顿妥当，缓慢行进。走到原本令支土地上时，见到一路上荒烟馀烬，齐桓公不免心中有所感伤，对燕庄公说道："山戎的国主昏庸无道，穷兵黩武，连草木都跟着遭殃，不可不引以为戒。"

鲍叔牙出葵兹关前来迎接，桓公赞扬道："此次征战，大军不缺粮草，全是鲍大夫的功劳呀！"桓公又嘱咐燕庄公派兵驻守葵兹关，遂将齐兵尽数撤回。

燕庄公送桓公出境，依依不舍，不知不觉中竟送入了齐国境内，离燕国国境有五十里远。桓公说："自古以来，诸侯送客皆不出国境，寡人也不能对君侯失礼。"便以所送之处为界，将这五十里土地割让给燕国，作为道歉之意。燕庄公苦苦推辞不允，只能接受土地后返回。后来燕庄公命人在此地修建城池，命名为"燕留"，意思是桓公的恩德留在燕国。自此，燕国的土地向西北增加了五百里，向东增加了五十里，开始成为北方的大国。各国诸侯因为桓公千里救燕，获得全胜，又不贪图土地，都开始畏惧齐国的威名，感激齐国的道德。史官有诗写道：

千里提兵治犬羊，要将职贡达周王。

休言黩武非良策，尊攘须知定一匡。

齐桓公领军行到鲁国济水，鲁庄公在水边亲自迎接慰问，设宴祝贺。桓公感激鲁庄公的忠厚，特意将在山戎、孤竹缴获的财物赠给鲁国一半。鲁庄公知道管仲有块封地名为小谷，就在鲁国的界首，便征发民夫为其筑城，借此取悦管仲。这时是鲁庄公三十二年，周惠王十五年。当年秋天八月，鲁庄公去世，鲁国大乱。

第二十二回
公子友两定鲁君　齐皇子独对委蛇

　　鲁庄公有兄弟三人。公子庆父，字仲，是鲁庄公的异母庶出哥哥；公子庆父有一同母弟弟，名为公子牙，字叔，是鲁庄公异母庶出的弟弟；鲁庄公还有一个同母弟弟公子友，因手掌中天生有一"友"字样，便以其为名，字季，称季友。虽然这兄弟三人同为大夫，但一来嫡庶有别，二来三人中季友最有贤能，因此鲁庄公最亲信季友。

　　鲁庄公即位三年后，曾在朗台游玩，在台上见到一位叫孟任的党姓女子，容貌俊美，便命内侍召她上来。孟任不从。庄公便说道："你若愿意从了我，我将立你为国君夫人。"孟任要求庄公对天立誓，庄公答应了，孟任当即割破手臂，用鲜血誓神。当晚，孟任就与庄公一同住在台上，随后被庄公载回王宫。一年以后，孟任生下一子，名为般。庄公想要立孟任为国君夫人，向母亲文姜请求意见。文姜不答应，一定要让庄公与她的娘家联姻，于是定下庄公与襄公刚出生的女儿的婚约。只是因为姜氏年纪尚小，只能等到她二十岁才能娶回来。因此，孟任虽然没有被立为夫人，但在那二十多年里，她却行使了管理六宫的权利。等到姜氏嫁入鲁国，成为夫人，孟任早已重病不起，很快便死去了，以姜氏的规格安葬。姜氏入宫很长时间内一直没有孩子，便让她的妹妹叔姜也嫁了过来。叔姜很快生下一子，名为启。在此之前，庄公有一妾风氏，也就是须句子之女，她先生下一子，名为申。风氏把申托付给季友，希望他可以谋划拥立申为世子。可季友拒绝了，他道："公子般最为年长，理应由他继位才是。"风氏这才作罢。姜氏虽然被立为夫人，可庄公顾忌她是自己的杀父仇人之女，只在表面表现得很礼貌，内心不是很宠爱。公子庆父长得魁梧，气宇轩昂，姜氏十分喜欢，便看上了他，暗中让太监来回传话，两人于是便私通了起来，关系甚好。从此，姜氏便与叔牙、庆父结为一党，暗中相约，他日共同拥立庆父为君王、叔牙为宰相。后世有人作诗道：

　　淫风郑卫只寻常，更有齐风不可当。
　　堪笑鲁邦偏缔好，文姜之后有哀姜。

　　庄公三十一年，整个冬天没有雨雪，庄公准备举行求雨祭祀。在这前一天，大夫梁氏家中在演奏乐舞。梁氏有一女儿，容貌甚为美丽，公子般十分喜欢，私下与其交往。公子般也起誓，承诺将来立她为夫人。这一天，梁家女儿攀爬在墙上观看乐舞。掌马官荦在墙外窥见了梁家女儿的姿色，便站立在墙下，故意唱歌挑逗道：

桃之夭夭兮，凌冬而益芳。中心如结兮，不能逾墙。愿同翼羽兮，化为鸳鸯。

此时公子般也正在梁家，听到歌声，连忙出去看，见到荦在唱歌，十分生气，当即命令手下把荦给捉拿起来，鞭打了三百下，血流满地。在荦的再三哀求下，公子般这才放了他。回去之后，公子般告诉庄公这件事情，庄公说道："荦做了无礼的事，你应当杀了他，而不仅仅是鞭打他。荦神勇敏捷，当数天下第一，你今天鞭打他，他必定对你恨之入骨。"原来掌马官荦具有天生的神力，曾攀登上稷门城楼，飞身而下，落到地上后，又飞身一跃，用手抓住城楼檐角，用手摇动，整栋楼都震动起来。庄公劝公子般处死荦，也是因为畏惧荦的勇猛。而公子般却不以为然地说道："他只是有匹夫之勇，无须忧虑。"果然不出庄公所料，荦心中对公子般万分痛恨，转身就投入公子庆父门下。

第二年秋天，庄公病重，心里怀疑公子庆父，便故意先召来叔牙，询问继位一事。果然，叔牙在庄公面前大力称赞庆父的才能，说："倘若他能主事鲁国，国家社稷就有了可以依赖的人，更何况兄终弟及乃是鲁国经常发生的事情。"庄公没有应答。叔牙出去后，庄公又召季友前来询问。季友说道："君主，您曾与孟任有过盟约，您既然已经辜负了她，又怎么可以再废了她的儿子呢？"庄公道："叔牙劝寡人传位于庆父，你看如何？"季友说道："庆父残忍暴虐，并不是一个可以当君主的人。叔牙是他弟弟，对他存有私心，叔牙的话不可听。臣当以死拥戴公子般。"庄公点了点头，就再也说不出话来了。季友出宫后，紧急命令内侍传庄公口头命令，命叔牙前往大夫鍼季家等候君王命令。叔牙很快来到，季友拿出鸩酒一瓶，命鍼季毒死叔牙，又写下一封手书给叔牙道："君王有命，赐公子死，公子饮下此酒而死，后世子孙不会失去爵位。如若不饮，你的家族则会被灭绝。"然而叔牙仍是不肯，鍼季便揪住叔牙的耳朵，强行灌下毒酒，不一会儿，叔牙便九窍流血而死。史官有诗专门论述季友毒死叔牙一事：

周公诛管安周室，季友鸩牙靖鲁邦。

为国灭亲真大义，六朝底事忍相戕。

当天晚上，鲁庄公去世了，季友扶持公子般主持丧事，同时昭告天下明年改年号为元，各国派遣使者前来吊唁，这个自然不必再多说。

到了冬天十月，公子般感念母家党氏的恩情，又听说外祖父病死，便亲自前去参加葬礼。庆父秘密召见荦，说道："你是否还记得鞭打你的仇恨？蛟龙离开了水，普通人都可以将其制服。你为何不在党氏那里报仇呢？我是你的主人呀，自然会帮助你的。"荦说道："如果有公子的帮助，我怎敢不服从命令。"于是，荦怀揣利刃，连夜奔向党大夫家。三更时分,荦翻墙而入,潜伏在屋舍外面。到了天亮,一个太监开门取水,荦趁机闯入卧室。公子般这时已醒,正准备下床穿鞋,见到突然闯入的荦,不由惊奇地问道:"你怎么来到这里?"荦呵斥道:"来报我去年被鞭打之仇。"公子般急忙取出挂在床头的宝剑,向他劈去,砍伤了荦的头部。荦用左手架开公子般的宝剑,右手握刀刺向公子般,公子般因肋部中刀而死。太监急忙向党家报告此事,党家众人拿起兵器一齐围攻荦,因头部受伤,荦无法继续作战,被众人乱刀砍为肉泥。听说公子般遇害,季友深知是庆父指使,害怕会受到连累,给自己带来祸端,便逃到陈国避难。庆父假装不知,将罪责归根于荦,灭了荦一家,以向国人说明事情的缘由。

　　夫人姜氏准备拥立庆父为君,庆父却说道:"二位公子至今犹在,我无法取代他们继承大位!"姜氏说:"立公子申为君如何?"庆父说:"公子申年长,难以控制,不如立公子启为君。"接着庆父为公子般发丧,并假借报丧之名,亲自来到齐国,告诉公子般被害的经过,又暗中贿赂竖貂,立公子启为君。于是,当年只有八岁的公子启成为鲁国的国主,史称鲁闵公。

　　鲁闵公是叔姜的儿子,叔姜又是夫人姜氏的妹妹。闵公又是齐桓公的外甥。闵公在内受制于姜氏,在外又被庆父挟持。闵公准备借助外部力量摆脱这些控制,于是便派人同齐桓公约定在落姑会面。一见面,闵公就拉着桓公的衣襟,泪流不止地向舅父诉说庆父作乱的事情。桓公听完后,问道:"当今鲁国哪位大夫最为贤能?"闵公说:"唯有季友最为贤能,只是他正在陈国避难。"桓公说:"为何不召回他来,委以重用?"闵公说:"害怕庆父见此举动会有所起疑。"桓公说:"这是我的意思,谁敢违背?"闵公随即以听从桓公的命令为借口,命人从陈国召回季友。闵公先行来到郎地,等候季友抵达郎地后,两人一起乘车归国,并封季友为相国。闵公借口这是齐桓公的命令,没有人不敢不从。这时是周惠王十六年,鲁闵公元年。

　　这年冬天,齐桓公又担心鲁闵公的国君地位不稳,便派遣大夫仲孙湫前来鲁国问候,并借机观察庆父的动静。鲁闵公见了仲孙湫,竟痛哭流涕到说不出话来。仲孙湫随后前去拜见公子申,与其探讨鲁国国事,公子申回答得十分有条理。仲孙湫不由得赞叹道:"这才是真正治理国家的人才呀!"仲孙湫见到季友,嘱咐季友要善待公子申,并劝季友早日除掉庆父。季友伸出一只手掌示意,仲孙湫当即明白,这是季友在说自己孤掌难鸣,便说道:"我一定会向我的国君禀报相国你的处境,倘若鲁国真有紧急情况,我们不会坐视不管的。"也就在这一天,庆父携带重礼前来拜见仲孙湫,想贿赂他,可仲孙湫坚定地拒绝了,说道:"倘若公子能够忠于国家社稷,就连我的国君都会深受其益,更不用说我仲孙湫了!"听到这些,庆父又惊又怕,急忙告辞离去。

仲孙湫辞别闵公，返回齐国，对桓公说道："如果不除去庆父，鲁国的祸患就不会结束。"桓公道："我派兵遣将前去征讨他，你看如何？"仲孙湫则道："庆父尚未暴露其凶恶的一面，前去征讨，我们师出无名。我观察了他的志向，他必定不会安于现状，肯定会有所行动，以图谋权篡位。待他反叛之时，我们再出兵将他诛杀，这才是霸王应该作的功绩。"桓公随即表示同意。

鲁闵公二年，庆父密谋篡位的步伐日益加紧，只因为闵公是齐桓公的外甥，再加上季友忠心辅佐，他这才没有轻举妄动。忽然有一日，守门人前来报道："大夫卜齮前来拜访。"庆父急忙迎进书房，见到卜齮怒气冲冲，便询问其来意。卜齮诉说道："我有一块田地，临近太傅慎不害的田庄，竟然被慎不害强行夺取。我到主公那里告他，可因为他是主公的老师，主公偏袒于他，反而劝我把地让给他。我心里不痛快，特意前来投奔公子，求公子到主公面前为我说情。"

庆父屏退左右之人，对卜齮说道："主公年幼无知，虽然我可以去说，但他不一定会听。你若是能够帮助我做成大事，我为你杀掉慎不害又何妨？"可卜齮却说："季友尚在，我担心无法成功。"庆父道："主公还是个小孩子，他时常半夜从侧门出宫去街市中游玩。你派人潜伏在侧门，等他出来时，一举将他刺杀，就说是盗贼所为，可谁又能知道真正是谁做的呢？届时，我便以先君夫人的命令执掌君位，到时候驱逐季友，那还不是易如反掌的事？"卜齮答应了，随即便开始寻求勇士，他找到了秋亚，授予他利刃匕首，命他潜伏在侧门。果然，闵公夜晚出宫，秋亚突然跳了出来，刺杀了闵公。闵公左右随从侍卫大声惊呼，擒拿住了秋亚。不久后，卜齮带领家丁抢回了秋亚。与此同时，慎不害在家中也被庆父杀死了。季友听到消息，连夜叩开公子申的家门，跺着脚告诉公子申庆父犯上弑君作乱。紧接着，公子申和季友两人共同奔向邾国避难。后世有人作诗道：

子般遭弑闵公戕，操刃当时谁主张？

鲁乱尽由宫闱起，娶妻何必定齐姜！

鲁国百姓向来敬重季友，听闻鲁闵公被杀，相国季友出国逃跑，不由愤怒万分，纷纷抱怨卜齮，厌恨庆父。当天，都城百姓全都罢市，很快就聚集了上千人，先围堵了卜齮家，卜齮满门皆遭杀戮。随后，百姓准备围攻庆父家，聚集的人越来越多。庆父知道一时间民愤难以消除，便打算出逃。这时，庆父想起齐桓公曾借助莒国的力量复国，齐、莒两国之间有恩情，自己可以通过莒国向齐国解释。更何况文姜原本就跟莒医一脉有着不错的交情，而如今的夫人姜氏，则是文姜的侄女，有了这层关系，任何事都可以托付给他们。于是庆父装扮成商人逃往莒国，并满载一车的金银财宝前去贿赂。夫人姜氏听闻庆父逃向莒国，担心自己的地位不牢固，也想到莒国避难。可她手下人却阻止道："夫人因为过分庇护庆父，已经得罪了国人，如今你再去莒国与他相聚，百姓岂能容得下你？众所周知，相国季友在邾国，夫人不如逃往邾国，向他寻求帮助。"就这样，夫人姜氏逃往了邾国，并前去求见季友。只是季友拒绝见她。季友听闻庆父和夫人姜氏全都逃出了鲁国，便和公子申一起回到鲁国，并命人向齐国求援。齐桓公得到消息后对仲孙湫说道："如今鲁国大乱，没有君主，我们趁机吞并取代它如何？"仲孙湫说："鲁国是礼仪之邦，虽说现在遭遇弑君大乱，可这只是一时的变化，百姓的心中尚未忘记周公，所以无法取代。再说这公子申熟悉国家大事，季友具有平定祸乱的才能，他们一定能平定祸乱，安定百姓。因此，我们不如出兵协助他们。"齐桓公同意了仲孙湫的建议，随即命令上卿高傒率领南阳士兵三千赶赴鲁国，并嘱咐相机行事，说："倘若公子申真有肩负国家社稷的能力，便辅佐他成为君主，以增进齐鲁两国的关系；如果没有，便用武力兼并他们的土地。"高傒领命后急忙出发，刚抵达鲁国，就恰好遇见刚刚回来的公子申和季友。高傒见公子申相貌端庄，一表人才，言谈有条有理，内心不免十分敬重，便与季友共同商议，拥立公子申为鲁国国君，史称鲁僖公。随后，高傒命令齐国士兵帮助鲁人修筑鹿城门，用来防范来自邾国和莒国的危险。事后，季友派遣公子奚斯跟随高傒抵达齐国，感谢齐桓公帮助鲁国平定内乱的功绩。与此同时，季友还命人前往莒国，并送去了厚重的贿赂，希望可以借助莒国人的手杀死庆父。

又说庆父刚逃到莒国时，携带了大量鲁国的珠宝器具，通过莒医进献给了莒国的国主，以求自身平安，莒君收下了这些礼物。可等到鲁国使者到了以后，莒君又开始贪图鲁国丰厚的贿赂，命人对庆父说："莒国是个小国，担心因为公子而给莒国带来战争，还请公子前去别的国家。"庆父一直犹豫，还没来得及出发，就被莒国国君下令驱逐出境了。这时庆父想起竖貂也曾接受过他的贿赂，关系一向友好，便经过邾国前往齐国前去投靠他。齐国边境的官员深知庆父的罪恶，不敢擅自让他入境，便让他居住在汶水边上。

这时恰好公子奚斯出使齐国的任务已经完成正要返回鲁国，在汶水遇见了庆父。公子奚斯想载着庆父一起回国，庆父说道："季友必定不会宽容我的。还请你替我说话，请求他看在同是先君一脉的分上，留我一条性命，让我当个普通百姓，他也会因此而不朽于史册。"奚斯返回鲁国复命，陈述了庆父的话，僖公想要答应，可季友却说道："弑君作乱的人不杀，如何才能告诫后人呢？"他又私下对奚斯说道："倘若庆父服罪自尽，以后还可以留后，他的宗祠祭祀也会得到延续。"奚斯领命后，再次赶往汶水，想要告诉庆父，却觉得难以启齿，便在门外放声大哭。庆父听见声音，知道是奚斯，不由得叹息道："奚斯不入家门却在门外放声大哭，哭声如此悲哀，看来我是免不了一死了！"随即解开衣带，在树上上吊而死。奚斯这才进入，收殓庆父的尸体，并通报给僖公，僖公知道这个消息后唏嘘不已。

忽然有一天，探马来报："莒国国君派遣他的弟弟赢拿率兵压境。他们听说庆父已经死了，特意前来索要谢礼的。"季友大怒，说道："莒国并未擒拿庆父，也没有送来庆父，怎能得到这个功劳呢？"季友主动请求率领军队前去迎战。僖公亲自解下所佩戴的宝刀赠给季友，说道："此刀名为'孟劳'，长不足一尺，锋利无比，还请叔父妥善保存。"季友将其悬挂在腰间，向僖公谢恩后离去。季友率兵前行到郦地，莒国公子赢拿早已统兵列阵以待。季友说："鲁国刚立新君，国家尚未稳定，倘若这次没有打胜，人心必定会有所动摇。赢拿贪婪却没有谋略，我应该用计取胜。"于是，季友走到阵前，请赢拿出来面对面交谈。季友说道："你我二人互不喜欢，这关士卒们何事？听闻公子力大，且善于搏斗，我请双方各自放下武器，我与公子徒手一搏，一举决定胜负，你看如何？"赢拿说："如此甚好！"两人命各自士兵退后，就在两军阵前进行搏斗，两人一来一往，各自均无破绽。就这样，两人大约斗了五十回合。季友的儿子行父，当时只有八岁，季友很喜爱他，这次出征也将他带在军中。此时，行父正在一旁观看打斗，见父亲季友久久不能取胜，突然连呼道："孟劳何在？"季友猛然醒悟过来，故意向赢拿露出一个破绽，使赢拿得以前进一步。这样季友稍微一转身，从腰间拔出孟劳，回手一挥，连着眉毛和额头一下子削去了赢拿的半边天灵盖。就算这样，刀上面也没有一丝血痕，这是真的宝刀呀！莒军见到两军还没有交锋，主将便被敌人给劈倒了，就纷纷散去，各自逃命了。于是季友大获全胜，胜利而归。

鲁僖公亲自到郊外迎接季友，并封季友为上相，赐费邑为封地。季友上奏道："臣与庆父、叔牙皆是鲁桓公的孙子，可臣为了保护江山社稷，不得已毒死了叔牙，逼死了庆父，虽是大义灭亲，也实属不得已而为之。如今这两人皆已身死且绝后，如果臣独自享受这荣华富贵，接受封地，那日后臣在地下还有何颜面见鲁桓公呢？"僖公道："这二人谋逆造反，如果加封他们，岂不是违背了祖宗的法典？"季友道："虽然这两人有谋逆之心，但没有谋逆的行为，而且他们也没有死于刀锯之下。应当给他们一并修建祠庙，以表明我君亲属间的情谊。"僖公答应了，并把公孙敖过继给庆父，成为庆父的后代，名为孟孙氏。庆父字仲，后人以庆父的字为姓氏，本来应该叫作仲孙，但因避讳庆父的恶名，故改姓为孟，孟孙氏的封地在成。公孙兹过继给了叔牙，成为叔牙的后代，称叔孙氏，封地在郈。季友的封地在费，后来又加封了汶阳的田地，称为季孙氏。就这样，季、孟、叔三家鼎立，共同掌管着鲁国政务，这就是所谓的"三桓"。

有一天，鲁国都城南门无故坍塌，有识之士认为门楼高耸而突然崩塌，这意味着他日必定有臣子凌驾于君王之上，这种祸端的征兆已经显现。史官有诗记录道：

手文征异已褒功，孟叔如何亦并封？

乱世天心偏助逆，三家宗裔是桓公。

话说齐桓公得知姜氏在邾国，便对管仲说道："鲁桓公、鲁闵公没有得到善终，都是因我姜氏女子的缘故。倘若今天不去讨伐，鲁国人必定以桓公、闵公二君为戒，断绝与我国的婚姻。"管仲却说道："女子既然已经出嫁，既嫁从夫，她得罪夫家，那就不是我们这些娘家能管的了。主公想要讨伐邾国，也应该隐去此事。"桓公同意了，派出竖貂前往邾国，送姜氏返回鲁国。姜氏行走到夷地，住宿在一旅馆之中，这时竖貂告诉姜氏道："夫人参与了弑杀两位鲁国国君的事情，齐鲁两国无人不知，夫人就算回到鲁国，又有何脸面去面见太庙中的列祖列宗呢？不如自裁，还可以掩人耳目。"姜氏听到这些话，关上门痛哭起来，到了半夜，哭声突然停止。竖貂打开房门，看见姜氏已经自尽身亡。竖貂告诉夷地的官员，让他们为姜氏处理丧事，同时派人飞马前去报告鲁僖公。僖公迎回姜氏的灵柩，并举行仪式将她安葬，说道："母子之情，不可以断绝呀！"姜氏谥号为哀，因此称为哀姜。八年后，僖公以庄公没有原配为由，将其与姜氏合祭于太庙中，这可是实实在在的厚待呀！

自从齐桓公援救燕国、平定鲁国内乱后，威震四方，众诸侯皆心悦诚服。桓公也是更加信任管仲，索性把国家大事都交由管仲处理，自己则沉迷于打猎、饮酒作乐。一天，桓公在大草泽围猎，竖貂为桓公驾车，马奔车驰，围猎得兴高采烈。突然桓公双目紧盯前面不动，半天没有声响，面上露出了恐惧之色。竖貂问道："君王眼睛瞪着在看什么呢？"桓公说道："寡人刚看见一鬼物，它形状古怪且十分可怕。过了很长时间才消失，这岂不是不祥的征兆？"竖貂说："鬼怪乃是阴物，怎么敢在白天出来呢？"桓公却说："先君襄公在姑棼见到一头怪猪，那也是白天呀！你快为我叫管仲来。"竖貂说："可管仲也不是圣人，他怎么会知晓这些鬼神的事情？"桓公道："管仲既然能识得俞儿，为什么不能说他是圣人？"竖貂辩解道："那时主公已经先将俞儿的相貌说了出来，管仲为了迎合主公的心意，加以修饰，说出那番话，为的是劝主公继续前进。主公今天见到管仲只说见到了鬼，切勿泄露鬼的形状，如果管仲所说的与主公所见的一样，那管仲才是真正的圣人，并没有欺骗你。"桓公说："好吧！"于是下令驾车回宫。桓公心生疑虑恐惧，当天晚上便患上如同疟疾一样的疾病。

第二天，管仲与诸位大夫前来探病。桓公召来管仲，对他说明自己看见鬼的事情，并说道："寡人心中畏惧，不能形容它的形状，请仲父试着猜测它的形状。"管仲说不出来，便说道："还请主公让我前去打听一番。"竖貂站在旁边笑着说道："我早就知道仲父说不出来！"桓公听后，病情骤然加重，这令管仲不由得有所担心，立即命人在城门处贴出文告，写道："如果有人能说出国君所看见鬼物的形状和来历，我管仲赠送给他我封地的三分之一。"不久后，就有一人头戴斗笠、身穿破衣而来，要求面见管仲。管仲作揖行礼后请他进来，那人说道："国君身体有恙？"管仲说是。那人又说道："国君生病是因为看见鬼怪？"管仲说是。那个人继续问道："国君是在大草泽中看见了鬼怪？"管仲说："你要是能说出鬼怪的形状，我当与您共享我的封地。"那个人却说道："还请领着我去拜见国君，见到后再说！"管仲在寝宫中见到桓公，桓公正裹着几层被子在床上坐着，两位妇人在为其捶足，竖貂捧着汤药立在旁边，等着桓公饮用。管仲说道："君主的病，我已经找到可以形容的人，我同他一起过来，君主可以召见他！"桓公当即召他入内，但见那人衣衫褴褛，还戴着斗笠，心中有些不开心。于是，桓公便问道："仲父说认识鬼的人是你？"那人答道："主公是自己伤害自己，鬼怪岂能伤害君主您呢？"桓公说："那么到底有没有鬼呢？"答道："有！在水中有'罔象'，在土邱有'峷'，在山中有'夔'，在荒野有'彷徨'，在草泽有'委蛇'。"桓公说："你试着给我描述下'委蛇'的形状。"那人回答道："'委蛇'，如同车轮那般大，如车辕那般长，紫衣红帽。它讨厌听到隆隆的车声，一旦听到，便会双手抱头站立。这种东西并不常见，但是见到的人必定能称霸天下！"桓公听后，放声大笑，不觉自己站立了起来，说道："这正是寡人见到的鬼物。"顷刻间他觉得精神爽快，疾病全无。桓公问道："你叫什么名字？"那人回答道："我名为皇子，乃是齐国西边的农民。"桓公说："你可以留在我这里做官。"当即就要封皇子为大夫，皇子连忙推辞道："国君，您尊重周王室，扫荡四方戎夷，安定中原，安抚百姓，使臣可以做一个太平盛世的百姓，不妨碍我从事务农的事情，我已经心满意足了，我不愿意做官。"桓公称赞道："你真是个高人呀！"又赐予粟帛，免除了他家的赋税。接着，桓公要赏赐管仲，竖貂不服，说道："管仲说不出来鬼怪的形状，皇子说了出来，可为何要赏赐管仲呢？"桓公说道："寡人听人说，偏听则暗，兼听则明，没有仲父，寡人也听不到皇子的言论！"竖貂听后佩服不已。

周惠王十七年，狄族人侵犯邢国，又转道派兵攻打卫国。卫懿公派人向齐国告急求援。齐国诸位大夫皆请求桓公出兵求援，桓公却说道："我国过去讨伐戎族，元气至今没有恢复，还是等到来年春天和各国诸侯一起前去救援卫国。"可到了冬天，卫国大夫宁速来到齐国，说："狄人已经攻破卫国，杀死了卫懿公。如今我是来迎接公子毁回国即位的。"齐桓公听后大吃一惊，说道："没有及早发兵救援卫国，这是我的过错。"

第二十三回
卫懿公好鹤亡国　齐桓公兴兵伐楚

话说卫惠公的儿子卫懿公，自从周惠王九年继位当上国君以来，在位九年，沉迷于声色犬马，不理朝政，最喜欢的是鸟类中的一种，它的名字叫作鹤。浮丘伯在《相鹤经》中记载道：

鹤，阳鸟也，而游于阴。因金气，乘火精以自养。金数九，火数七，故鹤七年一小变，十六年一大变，百六十年变止，千六百年形定。体尚洁，故其色白。声闻天，故其头赤。食于水，故其喙长。栖于陆，故其足高。翔于云，故毛丰而肉疏。大喉以吐，修颈以纳新，故寿不可量。行必依洲渚，止不集林木，盖羽族之宗长，仙家之骐骥也。鹤之上相：隆鼻短口则少眠，高脚疏节则多力，露眼赤睛则视远，凤翼雀毛则喜飞，龟背鳖腹则能产，轻前重后则善舞，洪髀纤趾则能行。

因为鹤干净洁白形态清雅，而且能歌善舞，所以懿公十分喜欢。俗话说："地位在上的人不喜欢的东西，底下的人也不会去追求。"因为懿公特别喜欢鹤，但凡能献上鹤的人都有重赏，所以卫国人千方百计搜罗鹤，纷纷拿来进献。从园林到宫廷，到处都养着鹤，数量何止数百只。此事有齐高帝萧道成的咏鹤诗为证：

八风舞遥翮，九野弄清音。

一摧云间志，为君苑中禽。

卫懿公所养的鹤和人一样，也有官位俸禄：优秀者吃的是大夫的俸禄，其次的吃的是士大夫的俸禄。懿公若要去出游，这些鹤也会分班陪同侍候，并用大轩〔轩规定为卿大夫所乘，是一种曲辕有障蔽的车〕将它们载在车前，号称为"鹤将军"。养鹤的人也有专门的俸禄。懿公还大肆搜刮百姓，用来补充鹤的粮食，百姓忍饥挨冻，他却完全不抚恤。

卫国大夫石祁子，乃是石碏的后人，石驹仲的儿子。他为人忠诚正直而且很有名气，与宁庄子宁速共同管理国政，皆是卫国的贤臣。这二人多次进谏，可懿公就是不听。公子毁乃是惠公的异母兄弟，他知道卫国必定会灭亡，便借故去了齐国，齐桓公将宗室之女嫁与毁，毁直接留在了齐国。卫国人向来同情世子急子的冤情，自从惠公复位，百姓日夜诅咒惠公："如果上天有良知的话，必定会让他不得好死。"又因为急子和寿都没有儿子，公子硕早已死去，黔牟一脉又已经断绝，唯有公子毁是一个有贤德的人，卫国百姓的心早已归附在他身上。到了后面，懿公败坏朝政，公子毁被迫逃往他国，卫国百姓没有不怨恨懿公的。

又说这北狄，自从周太王时开始，獯鬻［xūn yù，我国古代北方少数民族名］就已经开始变得强盛，还曾逼迫周太王迁都到了岐地。等到周武王一统天下，周公向南惩戒荆舒，向北抗击戎狄，中原这才恢复了长久的安定。等到周平王向东迁都洛阳后，南方的蛮夷和北方的狄族又变得愈发的放肆。

单说这北狄首领瞍瞒，他手下有数万士兵，时常有侵犯中原的心思。现在听闻齐国讨伐山戎，瞍瞒怒斥道："齐国的军队远伐山戎，必定有轻视我的心思，我应当先发制人，出兵将它制服。"随即带领骑兵两万攻打邢国，残忍地攻破邢国。随后听到齐国出兵救援邢国，便移兵转道攻打卫国。当时的卫懿公正准备带着鹤出去游玩，突然听到探子来报："北狄人入侵！"懿公大吃一惊，当即调集军队，为作战做准备。卫国百姓全都躲在村野之中，不愿为他参军。懿公便命司徒前去搜捕逃亡的百姓，不多时便搜捕到了数百余百姓，询问他们为何逃避？众人说道："君王有一物，足以抵御外来狄族，要我们有何用处呢？"懿公问道："是何事物呢？"众人皆说是鹤。懿公很是迷惑，问道："鹤怎么能抵御敌人呢？"众人说道："既然鹤不能前去作战，那便是无用之物，君王你拿有用的人来供养无用的鹤，我们百姓不服。"懿公悔恨地说道："寡人已经知错了，现在愿意听从百姓的想法，放掉鹤！"石祁子说道："君王现在赶快行动，恐怕还不算晚！"懿公果真命人放了鹤，可鹤一向接受饲养，一直盘旋在原来的地方，久久不肯离去。石祁子、宁速两位大夫亲自赶往街市，陈述懿公悔过放鹤的事情，卫国百姓这才稍稍回心转意。只是这时狄兵已经杀到了荥泽，不一会儿便有多次敌情通报。石祁子奏道："狄兵骁勇善战，不可轻敌，我前去齐国请求援助。"懿公说道："昔日齐国曾奉命前来讨伐我国，虽然已经退兵，但两国还没和解，我国也没酬谢齐国，他们怎肯前来求援？不如我国拼死一战，以此来决定生死存亡。"宁速急忙说道："臣请求率兵前去抵御狄人，君王留守都城！"懿公拒绝道："我若不亲自前往，恐怕百姓不会用心抵御呀！"便赠与石祁子一块玉佩，命他代为管理国政，说道："卿的决断就凭借这块玉佩。"石祁子与宁速一同发誓，必定全力守护抵御敌人。懿公又说道："卫国的大小事情就全部拜托两位大臣了，寡人不能战胜北狄，也就不会回来！"听到这话，石、宁两位大夫不禁流下了眼泪。

懿公吩咐完毕，便召集军马，任命大夫渠孔为大将，于伯为副将，黄夷为先锋，孔婴齐为后队。一路上，军士们都在抱怨，懿公夜间前去查看，军中竟传出这样的歌声来：

仙鹤逍遥吃俸禄，百姓辛苦去种田；仙鹤悠然坐大车，百姓舍命操干戈。狄人的刀剑锋利啊,我们拿什么去抵挡?和他们作战,要冒着九死一生的风险。国君的仙鹤现在在哪里呢?为什么要我们悲悲戚戚地上战场?

卫懿公听闻此歌,心中闷闷不乐。大夫渠孔执法过于严格,军心愈加背离。大军行走到荥泽,见到敌军骑兵千余人,左右分别行驰,完全没有行进的秩序。渠孔说道:"人们都说北狄人骁勇,只是徒有虚名罢了。"随即命令击鼓前进。狄军假装失败,引诱卫军进入包围圈中,突然呼哨声四起,如同天崩地裂,狄军将卫军截成三段,互相之间难以呼应。卫国士兵原本就无心作战,再加上见到敌人来势凶猛,全都丢下兵器车仗自顾逃跑了!懿公也被狄国军队团团围住。渠孔说道:"事态紧急!还请收起将旗,穿便服下车,君王或许还可以逃脱!"懿公叹息道:"这两三股人马以将旗为号,向我方靠拢,或许还有救。若无法召集,那就算降下将旗也是毫无用处。寡人我宁愿一死,以此来向卫国百姓谢罪。"不一会儿,卫国军队的前后队全部被击败了,黄夷战死沙场,孔婴齐也自刎而亡。狄国军队的包围越来越严密,于伯中箭坠下马车,懿公和渠孔先后被杀,皆被狄兵砍成肉泥,卫军全军覆没。后世有人作诗写道:

曾闻古训戒禽荒,一鹤谁知便丧邦。

荥泽当时遍燐火,可能骑鹤返仙乡?

狄人囚禁了卫国太史华龙滑、礼孔,准备杀掉。华、礼二人深知狄人信奉鬼神,便骗道:"我们乃是卫国太史,掌管国家的祭祀,放我俩走,我们会替你们向鬼神请求。不然的话,就连鬼神都不会保佑你们的,更不可能攻下卫国。"瞆瞒相信他们所说的话,便让他们登上车离开了。宁速正身着军服巡城,望见一辆单车飞驰而来,认出车上是两位太史,大吃一惊,急忙问道:"主公在什么地方?"他们说道:"已经全军覆没了!狄人的军队强盛,我们不可再坐以待毙,应当回避他们的锋芒。"宁速正准备打开城门,让他们二人入内,礼孔却说道:"我们随同君主一同出征,现在却不能与君主一起归来,人臣之义又算什么呢?我将到地下追随我的主公!"随即拔剑自刎。华龙滑说:"不能让国家的史籍受损失!"便与宁速入城。

宁速与石祁子共同商议后,领着懿公的后宫家眷以及公子申,趁夜色乘小车出城向东逃去,华龙滑抱着史书典籍紧跟其后。卫国百姓听闻两位大夫已经出走,带上儿女,纷纷逃命,一时间,哭声震天!狄兵乘胜追击,长驱直入,直接攻入卫城。卫国百姓未能逃跑的,尽数被狄兵杀戮,狄兵又分兵追赶。石祁子保护着懿公家眷先行逃跑,宁速负责断后,边战边退,跟随的百姓半数都死在了狄军刀下。将要抵达黄河,幸好遇到宋桓公派兵前来接应,准备有船只,众人星夜兼程渡过黄河,狄兵这才不再追击。狄人返回卫国,将卫国府库及卫国民间留存的金银粮食抢劫一空,损毁城池，然后满载而归。

再说卫国大夫弘演，他先是奉命出使陈国，等到他回到卫国，才发现卫国已经被狄国消灭了。弘演听闻卫懿公死在了荥泽，便前去寻找他的尸体，一路走去，只见尸骨满地，血肉狼藉，不由内心充满了悲伤。走到一处，他见到帅旗倒在沼泽地旁，弘演说："既然帅旗在此地，那懿公的尸首自然不会离这里太远。"还没走几步，就听到呻吟声，弘演急忙前去查看，发现是一个小太监断了手臂倒在旁边。弘演问道："你可知道主公死在何处？"那小太监指着一堆血肉，悲伤地说道："这就是主公的尸首呀。我亲眼看到主公被杀，因为手臂伤痛难忍，无法行走，这才倒在这里，守护着他，等待国人前来指给他看。"弘演看着懿公的尸首，见他早已零落不全，唯独有一副肝脏还算完好。弘演向尸首再三叩拜，放声大哭，然后在肝脏面前复命，如同懿公还活着那样。然后，弘演说道："既然无人为主公收葬，那就用我的身体当做棺木，为主公收葬。"又嘱咐随从说道："等我死后，埋葬我在树林下，等到卫国再有了新的国君，才能将此事告诉他。"说完，他便拔出佩刀，自己刨开腹部，用手取出懿公的肝脏，放入自己的腹部，不一会儿就死去了。随从听从弘演的嘱托，掩埋掉他，然后用车载着小太监，渡过黄河，打听卫国新国君的消息。

石祁子先搀扶着公子申登舟渡过黄河，宁速收拢遗民随后赶上，到了漕邑清点人数，这才发现仅留存了七百二十多人，狄人杀戮人数之多，不免让人感到悲哀。两位大夫互相商议道："国不可一日无君，只是无奈现在剩下的人太少了。"于是从共、滕两城百姓中，每十人抽取三人，一共得到四千多人，再加上遗民，才凑够了五千人。石、宁二人在漕邑修建屋舍，拥立公子申为国君，即戴公。戴公先前就有疾病，成为国君没几天，就薨逝了。宁速只能前往齐国，迎回公子毁继承王位。齐桓公向毁赠送重礼，又命齐国公子无亏率领三百辆战车护送公子毁归国。公子毁赶到漕邑，即有弘演的仆人和受伤的小太监前来报告弘演以身入葬懿公一事。公子毁先派人带着棺木去荥泽收敛尸体，为懿公和去世的公子申料理丧事，然后又追封弘演，让他的儿子继承官位，以表彰他的忠勇。此时是周惠王十八年冬天十二月。

到了第二年春天正月，公子毁才正式改元即位，也就是卫文公。卫文公寄居在民间，而且只有三十辆车，很是荒凉。文公身着布衣，头戴帛帽，每日粗茶淡饭，早起晚睡，安抚百姓，每个人都称赞他的贤德。齐国公子无亏辞别文公回到齐国，并留下三千武士，协助卫国镇守漕邑，以防止来自狄方的威胁。公子无亏回去见到齐桓公，讲述文公营造漕邑的艰难情状和弘演纳肝以身殉主的事情，桓公叹息道："昏庸无道的国君，竟然也有如此忠诚的臣子？看来卫国的中兴还没有结束呀！"管仲进言道："如今我们留守士卒驻守，不如选择地方帮助他们修建城池，这可谓是一劳永逸呀!"桓公听从了管仲的意见,正准备召集各路诸侯共同前去帮助卫国。忽然邢国派人前来告急求援,说道:"狄国军士再次侵犯我国,我国实力不支,还望齐国前去救援!"桓公问管仲道:"邢国可以救援吗?"管仲说道:"诸侯之所以听从齐国的号令,是因为相信齐国可以在危难之间救援他们。如今我们既不救援卫国,又不救援邢国,实在是有损齐国的霸业!"桓公说道:"可是邢国、卫国的危机,要先救援谁呢?"管仲说道:"先帮助邢国平定祸乱,再帮助卫国建造城池,这才是千秋万业的功绩呀!"桓公说是,当即传檄宋、鲁、曹、邾各国,共同出兵救援邢国,聚集在聂北。

宋、曹两国的兵士先行到达。管仲又说道:"狄军正在不断扩张,邢国军队实力未竭。抗击士气高涨的敌人,我们损失过大,帮助尚未力竭的军队,我们功劳太小,不如我们等待!邢国敌不过狄国,必定溃败,狄国战胜邢国,必定疲惫!驱逐疲惫的狄国军队,援助溃败的邢国,可谓是省力且功劳多!"于是,桓公用这个战略,借口鲁、邾军队尚未到达,让齐国军队屯兵在聂北,派遣间谍前去打探邢、狄两国攻守的消息。史官有诗讽刺管仲不早出兵救援邢、卫两国,是霸者养乱为功的谋略。诗道:

救患如同解倒悬,提兵那可复迁延?
从来霸事逊王事,功利偏居道义先。

话说这三个国家把军队驻扎在聂北,一停就是将近两个月的时间。在这段时间里,狄兵却在不断攻打邢国,日夜没有停息。终于,邢国抵挡不住,竭尽全力突围而出。间谍的报告刚到,邢国的百姓也都蜂拥而来,纷纷投奔齐国大营,前来求救。这中间有一人哭倒在地,那就是邢国国主叔颜。齐桓公将他扶起来,安慰道:"寡人救援不及时,这才导致如此的局面,罪过在我呀!我立即请宋公、曹伯共同议事,前去驱赶入侵的狄人。"当日便拔寨而起,前去救援。狄国国主瞍瞒已经满足了欲望,抢掠了无数物资,根本无心恋战,一听说三国大军即将到来,便在城中放了一把火,领兵向北飞驰而去。等到三国大军抵达,只看见一片火光,狄军早已逃跑。齐桓公传令扑灭大火,问叔颜道:"你们原来的都城还可以居住吗?"叔颜说:"百姓逃难的人,大多都逃到夷仪这个地方,我愿迁都到夷仪,以顺从百姓的心愿。"桓公便命令三国军士各自带上修城工具,修建夷仪城,供叔颜建都并居住。同时又修建了宗庙,增添了房屋和牛马粮食之类的。物资皆从齐国源源不断的运来,充满了夷仪城。邢国君臣百姓如同回归故都,欢乐庆祝的声音震耳。修建完邢国国都后,宋、曹两国军队便想告辞齐桓公,返回自己的国家。可齐桓公却劝阻道:"卫国的祸乱尚未平定,我们帮助邢国修建城池,却不帮助卫国,那卫国会怎样说我呢?"诸侯回答道:

"我们听从霸主君侯您的命令。"齐桓公传令,移兵前往卫国,但凡是畚锸[挖运泥土的工具]之类的,全都随身携带。卫文公得知消息后,远远地前来迎接。齐桓公见卫文公身着粗布衣服,头戴大帛做的帽子,依旧没有脱下丧服,心中不由有所感伤,便说道:"寡人我凭借诸位国君的力量,准备为君王你重建国都,但不知应该修建在何地为好?"卫文公说:"我已经通过占卜确定了吉地,位置就在楚丘,但是修建国都所需要的费用,绝非我这刚遭受战乱的国家可以承担的。"桓公说道:"此事交由我来办!"当日就命令三国军士前往楚丘,修建城池。又反复运送石料木材,重新建立宗庙,这就是所谓的"封卫"。卫文公感谢齐国的再造之恩,创作《木瓜》一诗称赞。诗中写道:

投我以木瓜兮,报之以琼琚。
投我以木桃兮,报之以琼瑶。
投我以木李兮,报之以琼玖。

当时说齐桓公拯救了三个快要亡国的国家:扶持鲁僖公继位拯救了鲁国,修建夷仪城拯救了邢国,修建楚丘城拯救了卫国,有了这三大功劳,齐桓公便成为了五霸之首。潜渊先生读史诗称赞道:

周室东迁纲纪摧,桓公纠合振倾颓。
兴灭继绝存三国,大义堂堂五霸魁。

当时的楚成王熊恽任用令尹子文,励精图治,国家政治一派清明,国家势力上升,随即便有了与中原齐国争霸的志向。楚成王听说齐桓公救邢援卫,歌颂声都传到了荆、襄,心中很不开心,对子文说道:"齐桓公布施恩德,四处留名,人心所向。而寡人我深处汉水之东,德行不足以感动众人,威名不足以威慑众人。现在这个时候,人们只知道齐国,却不知道楚国,这真是我的耻辱呀!"子文回答道:"齐桓公经营霸业,至今已经有三十年了。而且他打着遵从周天子的旗号,诸侯都乐于依附,确实难以对抗。郑国位于南北之间,乃是中原的屏障,如果君王你想图谋中原,一定要攻下郑国才可以。"成王问道:"谁愿替寡人承担讨伐郑国之事?"大夫斗章愿意前往,楚成王便派给他两百辆战车,斗章随即长驱直入,前往郑国。

再说这郑国,自从郑国纯门受到楚军侵犯后,便日夜提防楚兵。打探到楚国派兵再次来袭,郑文公很是害怕,当即派遣大夫聃伯率军把守纯门,并命人日夜兼程向齐国求救告急。收到消息的齐桓公传下檄文,招集诸侯到柽地,准备共同商议救郑。斗章知道郑国早有准备,又听闻齐国的援军即将到达,害怕会遭遇失败,达到两国边界便返回了。楚成王大怒,解下佩剑赐给斗廉,命他立即前往军中斩下斗章的首级。可斗廉是斗章的兄弟呀!斗廉来到军中,暂且隐瞒楚成王的命令,秘密地与斗章进行商议："想要避免受到国法处罚，就必须先立下功劳，这样方能赎罪。"斗章赶忙跪下请求兄长赐教。斗廉说道："郑国知道楚国已经退兵，料定你不会再突然来到，若你率军快速奔袭，出其不意，便可获得胜利。"斗章当即把军队分为两队，自己率领前队前行，斗廉率领后队紧跟着接应。斗章率军衔枚息鼓，悄悄侵入到郑国界内，恰好遇见聃伯在边界上检阅军队。聃伯听闻有敌人入侵，却不知道是哪个国家，便慌忙点齐人马，在边界上迎敌厮杀。不曾想，这时斗廉率领后队赶到，反抄郑国军队后面，郑军腹背受敌。聃伯逐渐力不能支，被斗章用一铁简打倒，束手待擒。斗廉乘胜追杀，郑军伤亡过半。斗章将聃伯压上囚车，准备长驱直入，攻入郑国内部。斗廉却劝阻道："此次偷袭成功，只图能免去一死，怎敢再冒险行事！"于是，当日楚军便班师回朝，斗章一回来便去叩见楚成王，叩首请罪，上奏道："臣原先撤退乃是诱敌之计，并非怯战。"成王说道："既然你擒将有功，特许免你一死。但郑国尚未攻下，怎么就撤兵了呢？"斗廉连忙说道："臣觉得兵力尚少，如果无法取得胜利，则有损国威。"成王怒斥道："不要以兵少为借口，你明明是怯战了。我如今给你增添两百辆战车和士兵，你可再次前往攻郑，倘若无法成功拿下郑国，你就不要再回来见寡人了。"斗廉连忙上奏道："臣愿意跟我兄弟斗章一起前往，倘若郑国不投降，我便绑了郑伯献给大王。"成王听后便答应了，随即拜斗廉为大将，斗章为副将，共同率领战车四百辆，重新向郑国杀去。史臣有诗写道：

荆襄自帝势炎炎，蚕食多邦志未厌。

溱洧何辜三受伐？解悬只把霸君瞻。

郑文公听说聃伯被囚禁，再次派人前往齐国求救。管仲进言道："主公数年来，救燕援鲁，助邢帮卫，恩德广布天下百姓，大义布于各个诸侯，倘若想要借用诸侯的兵马，此时正是时候。主公若要救援郑国，不如前去讨伐楚国，而讨伐楚国则必须聚集诸侯的力量。"桓公说："先聚集诸侯的力量，那楚国一定会有所准备，这样一来我们能保证获胜吗？"管仲说道："蔡国得罪主公，我们早就想讨伐它了。楚国与蔡国接壤，我们以讨伐蔡国为名，从而抵达楚国，这就是《孙子兵法》中所说的'出其不意'。"

先前，蔡穆公将他的妹妹嫁给桓公做三夫人。一天，桓公与蔡姬一起坐着小船在池水里游玩，蔡姬和桓公玩闹，将水洒到了桓公身上，桓公立即制止。蔡姬明明知道桓公畏惧水，还故意荡小舟，令水溅到桓公衣服上。桓公大怒，叱责道："婢子不能侍奉君王！"便派遣竖貂送蔡姬返回蔡国。蔡穆公对齐国的行为十分生气，说道："已经嫁过去了，又给送了回来，真是绝了。"随后竟将其妹蔡姬转嫁给楚国，成为楚成王夫人。桓公深恨蔡穆公，所以管仲才说那样的话。

齐桓公接着说道:"江、黄两国,不能忍受楚国的残暴,派遣使者称臣纳款,寡人准备与他们进行会盟,等到讨伐楚国之日,让他们作为内应,你看如何?"管仲说道:"江、黄两国,远离齐国,靠近楚国,向来服从楚国,所以才能存活到现在。可如今他们要背叛楚国,与我齐国结盟,楚国必定大怒,一怒之下必定前去征讨。然而到那时,我们若去救援,便会受阻于山高路远;倘若不救,则会背离盟约之义。更何况有中原的诸侯,我们只需联合他们就能取胜,何必要借助这两个小小的国家呢?不如婉言拒绝!"可桓公却说道:"他们两国慕名远道而来,拒绝怕会失去人心!"管仲苦劝,桓公不听,下定决心与江、黄二国结为同盟,并商定以第二年春天正月为期,联合进攻楚国。桓公接着又传书宋、鲁、陈、卫、曹、许等中原各国诸侯,约定好了出兵日期。

到了第二年,也就是周惠王十三年,正月元旦,齐桓公刚接受完朝拜祝贺,便与群臣共同商议讨伐蔡国一事。齐桓公任命管仲为大将,命他率领隰朋、宾虚无、鲍叔牙、公子开方、竖貂等人,出动战车三百辆、士卒万余人,分队出发。太史上奏道:"七日为大军出发的良辰吉日。"竖貂请求先率领一队人马突袭蔡国,为各国军队的集合赢得时间。齐桓公答应了。蔡国依仗楚国,完全不设立防备,一直等到齐国大军压境,这才匆忙调集兵士,开始设防。竖貂在城下耀武扬威,大声喝令攻城,到了天黑才退兵。蔡穆公认得前来攻城的大将是竖貂,他早年在齐国王宫中曾服侍过蔡姬,接受过她的恩惠,蔡姬被退回来时,也是他给送来的,知道他是个小人。于是,趁着天黑,蔡穆公派人秘密送一车金银细软给竖貂,请求他暂缓攻城。竖貂接受了,又私下将齐桓公纠集七国诸侯,先攻打蔡国,再攻打楚国,这段军机泄露给蔡国:"过不了几天,各国军队一到,蔡城必定会被夷为平地,不如尽早逃跑为好。"使者回城报告给蔡穆公,蔡穆公大吃一惊,当夜就率领后宫家眷,打开城门逃往楚国。蔡国百姓没有了君主,当即溃散开来,竖貂认为是自己的功劳,飞快派人报告给齐桓公请求赏赐。

再说这蔡穆公逃到楚国,一见到楚成王,便详细叙述竖貂的话。楚成王这才知道齐国的谋划,当即传令检阅军队,准备作战,同时急调回斗廉伐郑之师。数日后,齐桓公随军抵达蔡国,竖貂前来谒见完毕。七路诸侯也陆续抵达,他们一个个亲自率领战车前来助战,军威甚是强大。这七路诸侯分别是:宋桓公御说、鲁僖公申、陈宣公杵臼、卫文公毁、郑文公捷、曹昭公班、许穆公新臣,连同盟主齐桓公小白,一共来了八位。早在来之前,许穆公就已经生病,但他坚持带兵先行赶到蔡国。齐桓公为嘉奖他的功劳,令他的排序位于曹昭公之上。可惜到了晚上,许穆公便去世了。齐桓公留在蔡国三天,为其发丧,并命令许国用诸侯之礼安葬许穆公。

联军向南挺进,一直到了楚国的边界,只见边界早有一人在等候,这人衣冠整齐,车停在道路的左边,屈身问道:"来的可是齐桓公的部下?可否传言给齐桓公,说楚国使臣早已奉旨等候多时了!"那人姓屈名完,乃是楚国的贵族,官拜大夫。如今奉楚成王的命令,作为使者,出使齐国的军队。齐桓公说道:"楚国如何会预知我军会行进到这里?"管仲说道:"必定是有人泄露了消息,既然楚国派遣使者,那他必定有所准备。臣当以大义谴责他,让他自愧不如,或许我们可能不战而胜。"接着,管仲乘车出去,在车上向屈完拱手行礼。屈完开口说道:"我们主公听说贵国派兵,光临本国,命令我来完成使命。我们国主让我传达:'齐、楚两国各自管理国家,齐国位于北海,楚国靠近南海,可以说是风马牛不相及呀!'不知君王为何要侵犯我国!请问是何缘故?"管仲回答道:"昔日周天子封我国太公齐地,又赏赐给召康公权力,说道:'五侯九伯,你世代掌管征伐,用来辅佐周王室。这里东到大海,西到黄河,南至穆陵,北到无棣,但凡有不向周王称臣纳贡者,都不要赦免其罪,必须进行惩处。'可自从周天子东迁后,诸侯日益放肆,我们国君奉周天子的命令主持会盟,恢复祖先的事业。你们楚国位于南荆,应当每年进贡祭祀用的包茅给周王室。可你们不是不进贡,就是缩减进贡,我们国君这才前来征讨。而且,周昭王南征而没有返回,也是你们的责任,你们还有什么话说?"屈完说道:"周王室失去他的秩序,朝贡体系逐渐废缺,天下诸侯皆是不进贡,难道只有我楚国一个?虽然,我们楚国不向周王室进贡,是我们的错。但是为何不给,那也是奉我们国君的命令。至于昔日周昭王一去不返,那也只是胶船搁浅的原因。你可以去诸水两岸问问,我们国君可不敢承担这个责任。屈完我将要回国向我们君王复命。"说完,屈完便驾车退去。管仲告诉齐桓公道:"楚国人倔强,并非可以用口舌让他们屈服,应当进军逼迫他们。"于是,齐桓公下令,八军同时出发。大军行进到径山,离汉水不远,这时管仲下令就此扎营,不可再向前行军。众诸侯皆不解,纷纷问道:"既然我们的军队已经深入敌境,为何不渡过汉水,与楚国决一死战,反而现在要停留在这里?"管仲回答:"楚国既然派出使者前来,那必定会有所防范,两军一旦交战,矛盾就难以化解。如今我们屯兵在这里,虚张声势,楚国畏惧我们,必定会再派遣使者,我们趁机逼迫他们签下城下之盟,必定获得成功。我们以讨伐楚国为由出兵,以说服楚国为由而回归,这样难道不可以吗?"诸侯依旧不太相信管仲所说的话,议论纷纷。

却说这楚成王,他已经拜子文为大将,命他率领装备齐全的精壮士兵驻守在汉南,只等诸侯联军渡过汉水之际,出兵迎击。这时,探子来报:"联军的士兵全都驻扎在径地。"子文进言道:"管仲擅长用兵,没有十分的把握,是不会出兵的。如今八国的军队停留不前,想必是有什么谋略。应当再派遣使者前往,探看他们的虚实,观察他们的意向,到时是战是和,再做决定也不晚。"成王说道:"那此次派遣何人为使者呢?"子文说:"屈完既然已经与管仲见过面,那应当再派遣他去。"屈完上奏道:"缺少进贡的包茅,臣先前已经致歉过了。君王倘若想要和解,臣此行力当竭尽全力,以解决两国之间的纷争。倘若君王是要去下战书,还请君王派遣其他能干的人。"成王说:"是战是和,皆由你自行裁断,寡人我绝不干涉!"屈完这才再次来到齐军大营。齐国和楚国之间到底会怎么样,还请看下回分解。

第二十四回
盟召陵礼款楚大夫　会葵邱义戴周天子

屈完再次来到齐军大营,请求面见齐桓公。管仲说道:"楚国使者再次前来,一定是来请求结盟。君主应以礼待之。"屈完见到齐桓公后行拜礼,桓公答礼,并询问他的来意。屈完回答道:"我国因为没有进贡周天子的原因,导致众多君侯前来讨伐,我家主公已经知罪了。倘若君主能退兵,我国岂敢不唯命是从?"齐桓公说道:"大夫能辅助你们君主恢复以前的职责,令寡人我对周天子也有一个说法,我还能有什么要求呢?"屈完道谢后离去。回去后禀报楚成王,说道:"齐桓公已经答应臣退兵了,臣也替君主你答应,按时每年向周天子进贡,君主你可不能失信呀!"没一会儿,探子就前来报道:"八路联军的人马,皆已拔寨而起。"成王连忙派探子前去探虚实,很快便回言道:"联军已经退兵三十里,驻扎在召陵。"楚成王说道:"齐军退兵,必定是畏惧我国!"便想反悔刚答应向周天子进贡的事情。一旁的子文劝道:"那八个国家的君主,尚且不失信于一个小民,君主难道想让一个小民失信于国君?"楚成王沉默了,随后嘱咐屈完带上金帛八车,再次前往召陵,前去犒劳八路联军,又准备菁茅一车,在齐军面前呈样过后,详细列表,前往周王室进贡。

再说许穆公的灵柩回到本国,世子业继位并主持丧事,名为僖公。许僖公感激齐桓公的德行,派遣大夫百佗率军与联军于召陵会合。齐桓公听闻屈完再次来到,便嘱咐诸侯道:"将各国的车辆分为七队,分别战列在七个地方。齐国的士兵,站在南方,直面楚国。等到齐国军中鼓声响起,七路大军一起鸣鼓,器械盔甲,务必要十分整齐,以此来展示我们中原的强盛。"屈完进入到军营,见到齐桓公后呈上犒劳的礼物。桓公下令将礼物分派给各路诸侯,验过菁茅后,仍然命令屈完收管,楚国自行前往周王室进贡。齐桓公说道："大夫可曾见过我中原的军队？"屈完说："屈完我身居汉南，未曾目睹过中原的强盛，愿意借此一观。"于是，齐桓公与屈完共同登上战车，看到各国的军队各自占据一方，连绵数十里不断。齐军中一声鼓声响起，剩余七路大军鼓声相互回应，鼓声如同雷霆震击，惊天动地。见此情形，齐桓公喜形于色，对屈完说道："寡人我有这样的军队，作战，怎能不胜？进攻，怎能不克？"屈完说："君王你之所以可以成为诸侯的盟主，是因为君王替周天子宣扬德治，安抚体恤百姓。君王倘若用德行安抚诸侯，谁敢不从？倘若仗着人多使用武力，楚国虽然小，但有方城为城堡，汉水为护城河，城高水深，即使有百万大军前来攻打，那也不一定能让我们屈服。"听到这些，齐桓公有些惭愧，对屈完说："大夫，你真是楚国的良臣呀！寡人我愿意与贵国结为友好盟邦，你看如何？"屈完回答道："君主你光临我国，给我国带来福祉，收纳我国建立盟约，我国岂敢不答应，请让我们与君主您订立盟约行吗？"桓公答应了。当晚便留屈完在军营中住宿，并设宴款待。

　　第二天在召陵设祭坛，齐桓公持牛耳为盟主，管仲为司仪。屈完代表楚成王签订盟约："从今以后，世代通好为盟。"齐桓公先饮歃血，然后七国诸侯与屈完依次饮下歃血。仪式完毕后，屈完再次行礼致谢。管仲私下对屈完说，请楚国将郑将聃伯放回，屈完也代表蔡穆公向齐国道了歉。于是管仲下令班师回朝。归途中，鲍叔牙问管仲道："楚国的罪状，僭号称王最大，为何你却以拒绝进贡包茅而为借口呢，我实在是不理解。"管仲回答道："楚国僭号称王已经三代了，我们这样将他们如同蛮夷般的排斥，倘若我们要求他们更改称号，楚国肯低头听我们的话吗？若不听，那势必会交战。战端一旦开启，彼此互相报复，这个祸端没有数年解决不了，南北从此就失去了和平。我以包茅为借口，使他们更容易接受。一旦楚国服罪，我们既可以炫耀诸侯，也能向周天子有一个交代，更不至于造成兵连祸结，永无休止！"听到这话，鲍叔牙不由赞叹不已。胡曾先生有诗写道：

楚王南海目无周，仲父当年善运筹。

不用寸兵成款约，千秋伯业诵齐侯。

　　后人又写诗讽刺齐桓公和管仲这次的行动虎头蛇尾，并未真正让楚国得到教训。因此，等到齐军退兵后，楚国依旧侵犯中原，而齐桓公和管仲却再也不能发动出如此大规模的军队讨伐楚国。有诗写道：

南望踌躇数十年，远交近合各纷然。

大声罪状谋方壮，直革淫名局始全。

昭庙孤魂终负痛，江黄义举但贻愆。

不知一歃成何事，依旧中原战血鲜！

陈国大夫辕涛涂听闻撤军的命令，便与郑国大夫申侯商议道："大军若从陈、郑两国走，那衣服粮食必定花费巨大，我们两国必定大伤筋骨。不如向东沿着海道返回，让徐、莒两国承担供给，这样我们两国也可以减少供给。"申侯说："好，你可以试着说说看。"于是，辕涛涂便向齐桓公说道："君主你北伐山戎，南伐楚国，倘若把诸侯的军队陈兵于东夷，东方的诸侯看见后，必定畏惧君主你的威严，怎敢不来朝奉称臣呢？"桓公说道："大夫你所说的话很对。"不一会儿，申侯请求面见，桓公召他入内。申侯进言道："臣听闻大军前进不敢浪费时间，害怕会劳民伤财。可现在从春天到夏天，大军早已疲惫不堪。若取道陈、郑两国，粮食衣物还可以取用其他国家的库存。要是向东方行走，倘若东方诸侯堵塞道路，恐怕不够作战使用，到时将如何处理？涛涂爱惜自己的国家，可计策并非良策，君王你应该观察清楚。"桓公说道："没有大夫你所说的话，那几乎要误我的事呀！"当即下令逮捕辕涛涂，命郑伯将虎牢之地赏赐给申侯，以表彰他的功劳。申侯扩大了他的城池，成为南北的屏障。郑伯虽然听从了齐桓公的命令，但自此心中有所不满。陈侯派遣使者前来纳贿，再三向齐桓公请罪，辕涛涂这才得以赦免。诸侯各自返回本国，桓公认为管仲功劳高，便夺走大夫伯氏的骈邑三百户，以增加管仲封地。

见到诸侯的部队撤退，楚成王便不想进贡包茅了。屈完说道："不可以失信于齐国。况且楚国只是断绝了与周王室的来往，就导致齐国可以挟天子而令诸侯。倘若我们可以假借这次机会恢复与周国的关系，那我们岂不是可以与齐国一起共同控制周天子了？"楚成王说道："那两个王之间该如何相处？"屈完说道："不要降低自己的爵位，只是称远臣就可以了。"楚成王答应了，随即任命屈完为使者，带上贡品十车，再加上金帛，进献给了周天子。周惠王大喜道："楚国不尽忠职守很多年了，可如今如此忠顺，此乃先王神灵感召！"于是派人前往宗庙向祖先进行祷告，又赏赐了楚国，并对屈完说："镇守好你们的南方，切勿再侵犯中原。"屈完再次叩首离开。

屈完刚刚离开，齐桓公的使者隰朋就到了周朝，隰朋将齐桓公征服楚国一事禀报给周惠王。惠王以礼相待隰朋，只是因为隰朋又请求面见太子，惠王面带不乐之色。于是命令次子带和太子郑一同出来会见。隰朋暗中观察惠王的神色，似乎有些犹豫不决的样子。隰朋从周朝归来，对齐桓公说道："周朝将要大乱！"齐桓公问道："为何？"隰朋道："周王长子名为郑，是先皇后姜氏的儿子，现在已经位列东宫太子。姜后薨逝，次妃陈妫深受周天子宠爱，立为继后，她也生下了一个儿子，名为带。带善于奉承，周王十分喜爱，被称为太叔。周天子甚至想废掉太子郑改立带。臣观察周王神色不安，必定是因为废郑立带一事在心中犹豫。恐怕《小弁》的事情，会再次出现。君主你作为盟主，不可不进行干预。"于是，桓公便召来管仲进行商议。管仲对桓公说道:"臣有一计策,可以安定周朝。"桓公连忙说:"仲父有何良计?"管仲回答道:"太子郑的地位不稳,是因为他在朝中的势力单薄。君主如今可以上表周王,说'诸侯们都想见一见太子,请太子出朝会见诸侯。'只要太子一出周朝,那君臣之间的名分就已经定下了,就算周王再想废除太子,也难以做到了。"桓公说好,随即传令各国诸侯,约定明年夏天在卫国的首止进行会见。又派遣隰朋再次前往周朝,对周天子说道:"诸侯们都想见一见太子,以表达对周朝的尊崇。"周惠王本不想让太子郑出朝与诸侯相会,奈何齐国势力强大,而且此举名正言顺,难以拒绝,便只能答应。隰朋返回齐国,将此事报告给了齐桓公。

到了第二年春天,齐桓公先派遣陈敬仲到首止,并命他修建宫殿以等待太子的驾临。夏五月,齐、宋、鲁、陈、卫、郑、许、曹八国诸侯,共同聚于首止。太子郑随后赶到,停驾于行宫。齐桓公率领诸侯前去拜见问候起居,太子郑再三谦让,要用宾主之礼相见。桓公说道:"臣等愧居藩国,见太子如同见周王,怎敢不叩首行礼呢?"太子郑感激道:"诸位诸侯快快请起。"当夜,太子郑派人请齐桓公来到行宫,诉说太叔想要密谋夺位的事情。桓公说道:"臣与诸侯立盟共同拥戴太子,太子还请不要担忧。"太子郑听后感激不已,随即就住在了行宫。诸侯也不敢回国,各自返回馆舍,轮番进献酒食,并犒劳车马随从。太子郑担心时间长了会劳累各国,便想告辞返回京师。可齐桓公却说:"我们之所以挽留太子,是想让周王知道,我们爱戴太子,不忍离开。这样一来,也可杜绝太叔夺位的阴谋诡计。如今正是夏天大暑,等到秋天凉爽后,我等定当护送太子回朝。"又预选了进行盟约的日期,就在秋八月的吉日。

再说周惠王见太子郑许久没有返回,便知道他深受齐桓公的爱戴,心中十分不悦。再加上王后和太叔带日夜在周惠王耳边说郑的坏话,太宰周公孔前来拜见惠王,惠王说道:"齐桓公名义上虽然是征服了楚国,但其实并未动摇楚国的根基。如今楚国进贡忠诚孝顺,今非昔比,不见得楚国就不如齐国强。齐桓公又率领众诸侯拥戴挽留太子,不知是何用意,他们这是想将我置于何地呀?我想劳烦太宰写一封密信给郑伯,让郑伯放弃齐国,投奔楚国,因为我想要致意楚国国君,让他努力辅佐周朝,不要辜负我的意思。"太宰孔奏道:"楚国之所以如此顺从,完全是齐国的力量所导致的。主公为何要抛弃亲近属国,反而依附蛮夷之邦呢?"惠王说:"郑伯不离去,诸侯盟军便不会散去,你能确保齐国就没有任何阴谋诡计吗?我心意已决,太宰就不要再说什么了!"周公孔自然也不敢再多说什么了。

周惠王写下一封信,加盖上玉玺,密封甚为严固,交给了周公孔。周公孔不知道书信中写的什么,只得派人星夜兼程送给郑文公。郑文公打开书函,书信中写道:

太子郑违背父命，结党营私，培植党羽，不能再继承王位。我的意思是次子带继承王位。叔父倘若能背弃齐国，联合楚国，共同辅佐次子带，我愿委托国事于你。

郑文公大喜，说道："先君武公、庄公，几代皆为周朝重要的大臣，并领袖诸侯，中间不幸中断，成了边夷小国。后来厉公对周王朝有功，但并未受到重用。如今周天子唯独看中了我，要与我共商国是，诸位大夫可以提前祝贺我了！"

郑国大夫孔叔请柬道："昔日齐国为了保护我们郑国，出兵征讨楚国，如今我们反对齐国而联合楚国，这是违背道德的。况且，拥戴太子继位，那是天下大义，君主您不可一意孤行。"郑文公说道："追随霸主不如追随周王室，况且周王的本意不是太子，我又何必多事呢？"孔叔说："按照周朝的律例，王位只会传给嫡长子。幽王宠爱伯服，桓王宠爱子克，庄王宠爱子颓，这些你都知道。人心不附，最后落个身死也没有成功。君王你不遵从天下大义，必定会重蹈五大夫的覆辙。将来必定后悔！"

大夫申侯反驳道："天子的命令谁敢违背？倘若我们继续留在齐国联盟中，那才是背弃了王命。如果我国离去，诸侯必定起疑，起疑便会造成齐国联盟解散，联盟就未必会成功。况且太子郑虽然有众诸侯相助，可太叔也有朝堂中诸臣拥戴，这两人谁胜谁败，事情尚未可知。不如我们暂且归去，以观其变。"郑文公听从了申侯的话，借口说国中有事，不辞而别。

齐桓公听到郑文公不辞而别的消息，大怒，便想以太子之名前去讨伐郑国。可管仲却进言道："郑国与周朝领土接壤，此次必定是周王室中有人暗中操纵。一个人的去留，并不妨碍联盟大计，而且盟期已经很接近了，等待诸侯结盟后再决定也不迟。"齐桓公答应了。于是当即在首止旧祭坛上，歃血为盟。一共七国诸侯，分别是齐、宋、鲁、陈、卫、许、曹。太子郑亲临，但不参与歃血，以此表示诸侯不敢与太子处于同等的地位。盟词是："但凡我同盟诸国，共同辅佐王储，匡靖周王室。如有违背盟约者，必遭神明惩处。"仪式完毕后，太子郑走下台阶，拱手行礼道谢，说道："诸君念及先王之灵，不忘周王室，亲近寡人，寡人怎敢忘记诸君的恩德？"众诸侯都下拜叩首。第二天，太子郑回周朝，各国都派出车仗前去护送。齐桓公与卫侯一起亲自送太子郑出卫国，太子郑垂泪告别。史官有诗称赞道：

君王溺爱冢嗣危，郑伯甘将大义违。

首止一盟储位定，纲常赖此免凌夷。

郑文公听闻诸侯依旧进行结盟，并且要来讨伐郑国，也就不敢与楚国结盟了。

再说楚成王听闻郑国并未参与首止的会盟，大喜道："我得到了郑国！"便派出使者串通郑国申侯，想要与郑国结盟。原本申侯在楚国做官，很有口才，贪婪而善于谄媚，楚文王非常宠爱信任他。到了楚文王临终前，害怕后人不能容纳申侯，便赠予他白璧，命他投奔他国避难。申侯逃到郑国，在栎地辅佐厉公，厉公宠信他如同他在楚国时的待遇。等到厉公复国，申侯便被立为大夫。楚国大臣中很多都与申侯相识，所以如今打通这个关节，要申侯从中活动，并怂恿郑文公，使郑国背齐从楚。申侯秘密进谏给郑文公说："不是楚国，就不能对抗过齐国。更何况有周王的命令呢？不然的话，齐、楚两国都将仇恨郑国，郑国必定支撑不住呀！"郑文公听信他的话，便派遣申侯进贡楚国。

周惠王二十六年，齐桓公率领同盟诸侯讨伐郑国，包围了新密。这时申侯还在楚国，他对楚成王说道："郑国之所以愿意归顺于贵国，就是因为只有楚国才可以对抗齐国。大王若不救郑国，臣将无法向我国国君复命。"楚成王与群臣进行商议，令尹子文进言道："召陵一战，许穆公死在军中，齐国因此对许国十分优待，许国也紧紧跟随齐国。大王若出兵许国，诸侯必定前去救援，这样郑国之围自然就解了。"楚成王答应了，便亲率将士讨伐许国，并围住了许国的都城。诸侯听闻许国都城被围，果然离开郑国，率军前往许国，楚国军队也随即撤退。申侯回到郑国，自以为自己保全郑国有功，整日洋洋得意，满怀希望，等待加封。郑文公因虎牢之役的事情，说申侯已经得到的够多了，不再加以爵赏。这让申侯不免有所埋怨。到了第二年春天，齐桓公再次率领军队前去讨伐郑国。陈国大夫辕涛涂自从讨伐楚国归来时，便与申侯之间有了间隙，于是写信给孔叔道：

申侯以前拿郑国向齐国献媚，独吞功劳。如今又拿郑国向楚国献媚，使他的国君负德背义，招来联盟征讨，祸及国家百姓。请务必杀死申侯，这样齐国的军队才会不战而退。

孔叔呈书信给郑文公。郑文公因昔日不听孔叔的劝谏，逃回国，不结盟，这才导致齐国大军两次攻郑，心中愧疚不已，便将所有责任归咎于申侯。便召来申侯，叱责道："是你说的，只有楚国才能对抗齐国，可如今齐国的军队屡次来伐，楚国的救援在哪里呢？"申侯正想辩解，就被郑文公命武士推出去斩首了。文公把申侯的首级装进匣子，命孔叔进献给齐军，孔叔见到齐桓公说道："我家君主昔日误听申侯的谗言，不与贵国交好，离开了联盟。如今已经处决了申侯，并命臣前来向盟主请罪，还请盟主宽宏大量，饶恕我家君主。"齐桓公向来知道孔叔的贤能，便许诺与郑国和解。随后再次会盟诸侯于宁母。最终郑文公还是因为有周天子的密旨在手，不敢公然赴会，便派遣他的世子华代替他前去宁母，听候命令。

世子华与其弟子臧皆是文公正妻所生。刚开始，嫡夫人深受文公宠爱，便立华为世子。可后来文公又娶了两位夫人，而且两位夫人皆有子嗣，嫡夫人便日渐失宠，没过多久便病死了。又有南燕姞氏之女，作为妾氏留在郑宫，但一直没有被郑文公召见。一天晚上，姞氏梦见一雄伟的男性，手持兰草对她说道："我是伯儵，是你们的祖先。今天将国香赠给你，当作你的儿子，希望他可以昌盛你们的国家。"随即将兰草授给了姞氏。姞氏一醒来，觉得满室全是香味，便说出了她的梦。同伴却嘲笑道："你这是要生贵子呀！"也就在这时，郑文公入宫见到姞氏，甚是喜欢。左右之人都朝着姞氏发笑，文公不免好奇，询问原因，姞氏把梦的内容告诉给文公。文公说道："此乃好兆头呀，我将为你促成此事。"当即命令采摘兰蕊让她佩戴上，说："以此为符。"当晚，文公便召姞氏入宫，并宠幸了她。很快姞氏便怀孕了，生下一子，名为兰。姞氏日渐受宠，被称为燕姞。

世子华见他父亲宠爱的人太多，害怕他日会废掉他，改立他人为世子，于是私下找到叔詹，与他进行商议。叔詹回答道："得失有命，一切都是上天注定，你只管尽孝尽忠就可以了。"世子华又找到孔叔，与他商议，也得到劝他尽孝的结果。世子华快快不乐，只能离去。世子的弟弟子臧，性情怪异，曾头戴用鹬羽制作成的帽子，师叔劝道："这不是符合礼仪的服饰，希望公子请勿穿戴。"子臧讨厌师叔的直言劝谏，便将此事诉说给了他的哥哥。因此，世子华与叔詹、孔叔、师叔三位大夫，心中都有了芥蒂。

到此时，郑文公派世子华代替自己前去齐国会盟。世子华考虑到齐桓公可能会责怪上次逃跑毁盟的事情，不愿意前往。叔詹督促世子华前行。世子华心中更加憎恨，思来想去，终于想到可以保全自己的方法。他一见到齐桓公，就请求屏退左右之人，然后对齐桓公说道："郑国的事务，全都听叔詹、孔叔、师叔三位大夫的。上次逃跑毁盟之事，也是这三人所主使。倘若我可以借助君主您盟主的威势，除掉这三人，我愿率郑国作为属国依附齐国。"桓公答应了，又将郑世子华的话告诉了管仲，管仲连忙阻止道："不可，不可。诸侯之所以服从齐国，就是因为齐国尊崇'礼''信'。儿子更改父亲的命令，这可谓是无礼；身为朝臣，却想着扰乱国政，这可谓是无信。而且臣听闻，郑国叔詹、孔叔、师叔三位大夫都是贤臣忠臣，郑国人将他们称为'三良'。君主您被尊为盟主，更应该顺应人心。倘若自己逞强，不顺应人心，必将引来灾祸。在臣看来，郑国世子华早晚会自取灭亡，主公不可答应他。"于是，桓公便对郑国世子华说："世子所言全乃国家大事。等我见到你父亲后，必定与他好好商量。"听到这话，世子华紧张得汗流浃背，赶紧告辞返回郑国。

管仲厌恶郑国世子华的奸恶，故意将世子华的言行泄露给了郑国人。很快便有人将这些话通报给了郑文公。世子华返回到郑国，向郑文公复命，狡辩道："齐桓公责怪你没有亲自前往，不肯答应和解，不如我们就与楚国结盟吧！"郑文公大声呵斥道:"你这逆子几乎要卖了我的国家,如今还敢在这里说谎。"随即命令武士将世子华囚禁于幽室之中。世子华凿墙想要逃跑,郑文公派人将他杀死了,果然如同管仲所预料的一样。

公子臧准备逃往宋国,郑文公派人在路上追杀。郑文公感激齐国没有听从世子华谗言的恩德,再次派遣孔叔作为使者,前往齐国致谢,并祈求加入联盟。胡曾先生咏史诗道:

郑用三良似屋楹,一朝楹撤屋难撑。

子华奸命思专国,身死徒留不孝名。

这是周惠王二十二年的事情。

这年冬天,周惠王病重。周王太子郑担心惠后会带着太叔夺位,先行派遣下士王子虎求救于齐国。没过多久,惠王就驾崩了。周太子郑与周公孔、召伯廖进行商议,决定暂且秘不发丧,派人星夜兼程秘密报告给王子虎。王子虎将此事告诉给了齐桓公,齐桓公当即召集诸侯在洮地会盟,郑文公也亲自前往会盟。共同歃血的分别是齐、宋、鲁、卫、陈、郑、曹、许八国诸侯,并且各国都纷纷修书奏表,派遣大夫前往周朝。出使周朝的大夫分别是齐国大夫隰朋、宋国大夫华秀老、鲁国大夫公孙敖、卫国大夫宁速、陈国大夫辕选、郑国大夫子人师、曹国大夫公子戊和许国大夫百佗。这八国大夫并车而行,仪仗非常庞大,假借着向周天子问安的旗号,聚集在王城的外面。王子虎先进城给周太子郑报信,周太子郑命召伯廖前去迎接慰劳,然后给周惠王发丧。八位大夫坚持要谒见新王,周公孔、召伯廖两位奉太子郑的命令主持丧事。八位大夫趁机称奉君命前来吊丧,并公请周太子郑继位,百官朝贺,是为周襄王。继后陈妫与太叔暗自叫苦,却再也不敢有异心了。襄王于第二年继位,改年号为元,并传谕各国。

襄王元年,春祭完毕,襄王命令太宰周公孔赏赐胙肉祭品给齐国,以表彰其拥戴辅佐之功。齐桓公先听到消息,再次传令诸侯在葵邱会盟。在前去葵邱的路上,齐桓公偶然与管仲谈及周朝国事,管仲道:"周王室嫡庶长幼不分,几乎因此导致祸乱。如今我们齐国储君之位尚缺,应当早日安排,杜绝后患。"桓公说:"我有六个儿子,皆是庶出,最年长的是无亏,最有贤能的是昭。长卫姬侍奉我的时间最长,我已经许诺,传位给无亏。易牙、竖貂这二人都多次举荐无亏。可我喜爱昭的贤能,至今心中犹豫难定。如今我将决断此事的权利交由仲父你。"管仲知道易牙、竖貂这两人为人奸诈,而且一向受长卫姬宠爱,担心无亏日后继位为君,他们里外勾结,必定搞乱国家。公子昭乃是郑姬所生,郑国最近才加入联盟,借此机会还可以增强与郑国的关系。便对齐桓公说道:"想要继承主公的霸业,非要选择贤能继位不可。

主公既然知道昭的贤能,那就应该立他。"桓公说道:"就怕无亏会以长子的身份争夺,那该如何是好?"管仲说道:"周王的地位还要等待主公你来定。如今此次会盟,主公可以试着从诸侯中挑选出一位最有威望贤能的,将公子昭托付给他,又有什么可以担心的?"桓公点头表示同意。

到了葵邱,诸侯已经集合完毕,太宰周公孔也随后抵达,各自回到馆舍休息。宋桓公御说薨逝,世子兹父让位于公子目夷,目夷不接受,兹父只能继位,史称宋襄公。宋襄公遵从盟主的命令,虽然还在新丧中,但不敢不来,便穿着丧服前来赴会。管仲对桓公说道:"宋襄公有让位的美德,可以说是一位贤人,而且又带丧赴会,可见甚是尊重齐国。储君的事情可以托付给他。"桓公听从管仲的建议,当即命他私下前去宋襄公的馆舍,传达齐桓公的意思。宋襄公当即亲自来见齐桓公,桓公握着襄公的手,恳切地托付公子昭给他,说道:"来日还需仰仗君侯你,帮助公子昭继位掌管国家。"襄公愧谢连忙称不敢当,然而心中感激齐桓公相托之意,心中已经答应了。

到了会盟那天,众人衣冠整齐济济一堂,环佩发出锵锵的声音。诸侯们先让使臣周公孔登上祭坛,然后依次登坛。祭坛上设立有周天子的虚位,诸侯向北叩首行礼,如同朝觐周天子时的礼仪,然后依次各自就位。太宰周公孔手捧胙肉,向东而立,传达新王的命令:"周天子有祭事于周文王、周武王,特意命令我周公孔赐给胙肉祭品给齐桓公。"桓公正要下阶拜谢受领。太宰周公孔连忙阻止道:"周天子有命,齐桓公年迈有功,加赐一级,无需下拜。"正要答应,管仲却在一旁进言道:"天子虽然谦虚,可臣子却不可以不敬。"桓公便说道:"周天子的威严近在咫尺,不可违背,小白怎敢不遵守臣子的本分?"说着,就快步走下台阶,叩首行礼,然后才登上祭坛,接受封赏。诸侯皆佩服齐桓公有礼数。桓公趁着诸侯尚未散去,便再次重申盟约,颂周《五禁》道:"不要堵塞泉水,不要阻止粮食买卖,不要更改已经立为世子的嫡长子,不要以妾氏为妻子,不要让妇人参与到国事之中。"宣誓道:"但凡是我同盟,一切重归于好,不计前嫌。"只写成文字,加在祭品上,命人宣读,不再杀牲歃血,诸侯没有不信服的。后世有人作诗赞道:

纷纷疑叛说春秋,攘楚尊周握胜筹。

不是桓公功业盛,谁能不歃信诸侯?

会盟的事情完毕后,齐桓公忽然对太宰周公孔道:"我听说夏、商、周三代皆有封禅之事,它的典礼是什么?太宰能讲给我听吗?"太宰周公孔说道:"古代封泰山、禅梁父。封泰山者,筑土为祭坛,用金泥玉简祭天,报答上天的功绩,故祭拜上天叫封。禅梁父者,清场辟地祭祀,用蒲为车,以干枯的麦杆为垫,祭祀后掩埋,以此来报答土地的恩情，故祭拜土地叫禅。三代王室皆接受天命，从而兴邦，获得来自天地的保佑，这些都是诚心禅祭的回报。"桓公道："夏朝都城位于安邑，商朝都城位于亳地，周朝都城位于丰镐。泰山、梁父离这些都城都很远，就算这样，他们还要去封禅。如今这二山就在我的封地内，我想要祈求上天恩宠，举办一场旷世大典，你看如何？"太宰周公孔见齐桓公趾高气扬，似乎有高傲自大的神色，回答道："只要君主您认为可以，还有谁敢说个不字？"桓公说："那就等明天与众诸侯商议此事吧！"诸侯全都散去。周公孔私下对管仲说道："封禅之事，并非诸侯可以谈论的。仲父你为何不出言进谏劝阻你们国君呢？"管仲道："我家国君好胜，可以暗中阻止，却不能正面反驳，我可以今天去劝劝我家君主。"

于是，管仲当夜便来到齐桓公面前，问道："君主你想要封禅，是真的吗？"齐桓公道："你为何不信？"管仲道："古代封禅者，从无怀氏到周成王，可以考察到的有七十二家，他们皆是受到天命后，才去举行封禅的。"听到这话，桓公便不高兴了，说道："我南征楚国到了召陵；北伐山戎，平定令支，砍杀孤竹；西涉流沙到了太行；诸侯都不敢违背我的意思。我的兵车平宋乱、伐楚、伐郑围新密；两次会盟于鄄、幽、首止、洮、葵邱各会盟一次，九次会盟诸侯，匡正天下，虽然三代受命于天，可也未曾建立过这样的功业？"管仲道："古代受命于天的人，都会先显示出吉祥的征兆，然后再进行封禅，典礼甚是隆重完备。鄙上有饱满的黍米，北里有茁壮的稻禾，这是盛世之兆。江淮之间有三脊的'灵茅'，王者一旦接受命令就出现了，这就是祭奠时的凭藉。东海的比目鱼，西海的比翼鸟，这些吉祥的东西，不招就自己来到。把这些写进史书，是为了子孙的繁荣。如今，凤凰、麒麟都没来，反而猫头鹰来了；稻禾不长，蒿草却遍地繁殖。这时准备封禅，恐怕列国有识者都会嘲笑君主你的！"桓公无言以对。到了第二天，决口不提封禅之事。

回到齐国后，桓公以为自己功劳甚巨，开始大兴土木，修建壮丽豪华的宫殿。但凡所用的车马服饰，都比照周王室的来置办，国人多次议论他僭越。管仲更是在府中修建了三层的楼台，号为"三归之台"，即桓公曾提倡的百姓归家、诸侯归家、四方夷人归家；又竖立屏风，屏蔽内外；设立反坫，用来接待列国使臣。鲍叔牙对这些事深感疑惑，向管仲问道："主公奢侈就奢侈，僭越就僭越吧，为何你也这样？"管仲道："主公不辞辛苦，成就如此功业，也图这一日的快乐。倘若用礼法去约束他，他会因为痛苦而生懈怠。我之所以这样做，就是为了替主公分担非议。"鲍叔牙口中虽然说是，心中却不以为然。

再说太宰周公孔从葵邱告辞后，返回周朝，在途中遇见晋献公前来赴会。周公孔说道："盟会已经结束。"献公捶足，恨恨地说道："我的国家太过遥远，来不及观看如此的盛会，可谓是无缘呀！"周公孔道："君侯你完全不必怨恨和失望。如今齐桓公自恃功劳，骄傲自大。古人说：'月满则亏，水满则溢'。齐国的衰落指日以待了，不必为此伤心。"于是，献公便驱车返回，路上不幸染病，回到晋国便薨逝了。晋国从此大乱。

第二十五回
智荀息假途灭虢 穷百里饲牛拜相

话说晋献公内受骊姬蛊惑，外受"二五"迷惑，越来越疏远世子申生，越来越宠信公子奚齐。只是因为世子申生小心顺从，又多次带兵有功，这才让骊姬无机可乘。一日骊姬召来优施，将自己的心腹之事告诉了他："如今我想废除世子，改立公子奚齐，你有什么良策？"优施道："申生、重耳、夷吾三位公子目前都在边远地区，朝中谁敢为难夫人您呢？"骊姬道："三位公子正值壮年，阅历丰富，朝中大臣大多都是他们的人，我岂敢擅动？"优施道："那就应当依次除去他们。"骊姬道："先除掉谁呢？"优施道："必须先除掉世子申生。申生为人仁慈且洁身自好。为人精洁，则怕人诽谤；为人仁慈，则怕得罪他人。怕人诽谤，则不会忍愤不发；害怕得罪人，就会得罪自己。但是，世子虽然被疏远，可主公却了解他的为人，如果诽谤他有异心，则主公必定不信。夫人必须在半夜哭啼后并告诉主公，若用赞誉世子的口气去诬陷他，或许可以成功。"

骊姬果然半夜哭哭啼啼，献公吃惊地询问原因。骊姬再三推辞不肯说。献公下令逼迫她说，骊姬这才说道："妾身说了，夫君你必定不信。妾身之所以哭啼，是害怕妾身不能长久服侍夫君。"献公道："为什么说出如此不吉利的话？"骊姬收起眼泪，对献公说道："妾身听闻，世子申生为人，外表仁慈，而内心冷酷无情。他在曲沃时，大施恩惠于百姓，百姓对他十分忠诚，甚至愿意为他去死。他这样做是有其他用意的。申生每遇见人就会说，妾身迷惑夫君您，必定会祸乱国家。此事朝堂内外的人都知道，唯独夫君不知道。世子申生难道不会以靖国之故，而给夫君带来祸端吗？夫君何不杀死妾身，以杜绝世子申生起事之因。不要因为妾身一人，而给国家百姓带来祸端。"献公道："申生对百姓一向仁慈，怎么会对他自己的父君不仁呢？"骊姬道："妾也十分怀疑这种说法，可妾听闻外面的人说，百姓的仁慈与执政人的仁慈不一样。百姓以友爱亲近为仁慈，而执政者却以有利于国家社稷为仁慈。如果只想着利于国家，哪里还会顾及得上这些呢？"献公道："申生如此爱惜自己的名声，怎么会不畏惧恶名呢？"骊姬道："以前，周幽王不忍心杀死太子宜臼，只是将他流放到申国，结果申侯召来犬戎兵马，杀死幽王于骊山脚下，并立宜臼为君，称周平王，成了东周始祖。当时谁敢说平王有犯上弑君的罪名呢？"听完此言，献公心中悚然，披衣而起，坐着说道："夫人所言极是，可我该如何处理才好呢？"骊姬道："夫君不如称老退位，把国家交给他。得到了国家，这样他自会心满意足，或许会放过夫君。而且以前曲沃武公诱杀小子侯，兼并翼，统一两晋，难道他们不是亲生骨肉？武公只有不顾及他的亲人，这才有了晋国。世子申生的志向也是如此。夫君应当让给他。"献公道："不可，我因'威''武'二字才成为一国诸侯，如今从我手上失去了国家，那则不能称'武'；倘若不能战胜自己的儿子，那则不能称'威'。失去了'武'和'威'，人人都能制约我，即使活着还不如死去。你不必再担心了，我会好好考虑一下。"骊姬道："如今赤狄、皋部两族屡次侵犯我国，夫君为何不命世子申生带兵去讨伐，也看看他是否能调动起士卒百姓？倘若他无法取胜，那就有了罪名。倘若他胜利了，则代表他能折服调动众人，届时他自恃功高，必定会有异心，然后再除掉他，国人必定信服，没有异议。这样一来，夫君既战胜了敌人，安定了边境，又可以看出世子申生是否有异心，夫君为何不用呢？"献公同意了，便传令命世子申生率领曲沃的兵马，前去讨伐皋落氏。

少傅里克在朝堂中进谏道："世子是辅佐君主的人选，是一国的副君。倘若国君要远行，则世子留在国都进行监国。早晚服侍国君，更是世子的职守，世子不可远离国都，更何况是命他带兵打仗呢？"献公说道："申生已经多次带兵打仗了。"里克道："以前尚未立储，理应听从国君您的命令行事，可现在世子只有一个，当然不可以。"献公仰面叹息道："我有九个儿子，还尚未决定立谁为世子，你就不要再多说了！"里克默然退下，并将此事告诉狐突。狐突听完说道："世子申生危险呀！"便写信给申生，劝他勿出兵交战，战胜则会滋生猜忌，不如趁机率兵奔逃。申生得到书信，叹息道："父君之所以命我领兵，并非不信任我，而是想考验我的忠心。违背父君的命令，我则落下大逆不道的罪名。就算我战死沙场，也可以落个好名声。"于是，申生与皋部在稷桑开战，申生大胜，敌人败走，申生急忙派人给献公报捷。骊姬道："世子果真有能力调动士卒百姓，我们该如何是好？"献公道："罪名尚未构成，姑且再等一等。"狐突料定晋国即将动乱，便借口有积久难治的病，不再出门。

当时有虞、虢两国，它们乃是同姓相邻，唇齿相依，地界都与晋国接壤。虢国国君名为醜，好战且骄狂，屡次侵犯晋国南边边境。边疆人告急，献公准备出兵讨伐虢国。这时，骊姬说道："为何不再派申生前往呢？他一向有威名，而且士卒们都听他的话，此次必定会取得成功。"献公已经完全相信骊姬的话了，又担心申生战胜虢国后，威望会更高，更加难以制服，因此犹豫不决，便问大夫荀息道："虢国可以讨伐吗？"荀息说："虞、虢乃是联盟，我们攻击虢国，虞国必定前去救援；倘若我们转攻虞国，那虢国又会前去救援。以一敌二，臣觉得我们未必能取胜。"献公道："难道我真的对虢国无可奈何？"荀息说道："臣听闻虢国国君贪淫好色，主公可以命人挑选国中美女，教授她们歌舞，并装上满车的衣服，进献给虢国国君，再以卑词请求和平。虢国国君因为喜欢，必定接受。届时，他必定会沉溺歌舞，将国家政事放在一边，逐渐疏远忠臣。此外，我再向犬戎行贿，使他们大肆骚扰虢国边境，然后我们趁机而动，虢国便可以被消灭掉了。"献公用此计谋，派人送去美女乐师给虢国国君，虢国国君正准备接受。虢国大夫舟之侨劝阻道："晋国此举明显是将我们当作鱼饵，主公为何还要去吞掉这些诱饵呢？"虢公不听，答应晋国不再侵扰边境。自此以后，虢公整日寻欢作乐，日渐不去上朝。舟之侨再次进谏，虢公大怒，派他去驻守下阳之关。没过多久，犬戎贪图晋国的贿赂，果然开始骚扰虢国边境，兵至渭汭，后被虢国军队击败。犬戎国君遂调集全国的兵力，再次来犯，虢公自持先前的胜利，亲自率兵前去阻击，两军在桑田相持不下。

　　听到消息的晋献公再次询问荀息："如今犬戎、虢国两军相持，我是否可以前去讨伐虢国？"荀息回答道："虞国与虢国的交情尚在，臣有一计策，可以让主公今日攻下虢国，明日拿下虞国。"献公急忙问是何良机？荀息道："主公向虞国送去厚重的贿赂，向虞国借道讨伐虢国。"献公道："我刚与虢国讲和，讨伐也师出无名呀！虞国怎肯信我？"荀息道："主公密令南部边境的人，在虢国边境制造事端，虢国边关官员必定会前来责备，我们可以以此为名，向虞国借道，讨伐虢国。"献公使用了这个计策，虢国的边关官员果然前来责问，很快两国在边境地带兵戎相见。虢国当时正在应付犬戎这个忧患，无暇照管其他地方。

　　献公问道："现在讨伐虢国不怕师出无名了，可不知贿赂虞国应当用什么宝物？"荀息道："虞公性情虽然贪婪，可如果不是至宝，是不会令他动心的。必须动用二物前去行贿，但害怕主公你不舍得。"献公道："你可以试着说说，是何物？"荀息道："虞公最喜欢的是玉璧和宝马。主公您手上不是有垂棘之璧、屈产宝马吗？以这两件物品前去行贿，借道虞国。虞公贪图玉璧和宝马，必定会中我们的圈套。"献公道："这两件宝物，乃是我的至宝，怎肯忍心送给他人。"荀息道："臣固然知道主公你舍不得。我们借道虞国讨伐虢国，虢国没有虞国支援，必定灭亡，而虢国灭亡，虞国也不会独存下来，这样一来，玉璧和宝马会去哪里？主公你现在就好比是把玉璧暂放在外府，把宝马养在外厩，这只是暂且的事情罢了。"大夫里克道："虞国有贤臣两位，分别是宫之奇和百里奚，他们料事如神，恐怕会进谏劝阻。"荀息道："虞公贪婪且愚蠢，虽然有人进谏相劝，但必定不会听从的。"献公这才把玉璧和宝马交给荀息，命他前去虞国借道。

　　虞公刚听到晋国前来借道，是为了讨伐虢国，十分恼怒。但见到玉璧和宝马，便不由喜笑颜开，用手抚摸着玉璧，双眼紧盯着宝马，问荀息道："这是你们的国宝，天下罕有，为何要赠送给我呢？"荀息道："我们国君仰慕您的贤能，畏惧您的强大，故不敢私自独吞这些宝物，愿送给贵国，以博得贵国的欢心。"虞公道："虽然你们这样说，但必定有什么事情有求于我。"荀息道："虢人屡次侵犯我国南疆，我家国君以社稷为重，屈身求和。可如今刚签订完誓约，他们就开始每日责骂我们了。我们国君便想借道贵国向虢国问罪。倘若我们能够侥幸获胜，所有的战利品尽数归您所有，我国愿与贵国世代友好，永结盟好。"虞公听后十分高兴。宫之奇进谏道："主公请勿答应。俗语道'唇亡齿寒'，晋国吞并过的同姓国家并非一个，可为何不敢吞并虞、虢两国，就是因为我们两国如同有唇齿之助，有同盟之好。虢国今日如果灭亡，那明日祸端必定会来到我们虞国。"虞公道："晋国国君不惜用重宝来取悦我，我又何必不舍这尺寸宽的小道呢？更何况，晋国强于虢国十倍，失去虢国，却得到了晋国，又有何不利呢？你暂且退下，不要干预我的大事。"

　　宫之奇想要再次进谏，百里奚却拉着他的衣袖阻止了他。宫之奇退朝后对百里奚道："你不帮我一起劝阻，反而阻止我，是什么缘故？"百里奚道："我听闻向愚人进忠言，就好比是丢弃珠玉在道路上。夏桀杀关龙逢，商纣杀比干，全都是强行进谏的结果。要我说，你也十分危险了。"宫之奇道："这样的话，虞国必定会灭亡，我和你该何去何从？"百里奚道："你一个人离开就可以了，虞公暂时不会加罪于我，我还是等机会慢慢进言。"宫之奇便率领全族老少出逃虞国。

　　荀息归去禀报晋献公，道："虞公已经接受了玉璧和宝马，答应借道。"献公便想亲自率兵前去讨伐虢国，里克劝道："拿下虢国是易如反掌的事情，怎敢劳烦主公您亲自前往。"献公道："灭虢国，你有何妙计？"里克道："虢国国都在上阳，可国家的门户却在下阳，只要攻破下阳，虢国必定灭亡。臣虽然不才，但愿替主公效劳，如果没有功劳，甘愿受罚。"于是，献公便拜里克为大将，荀息为副将，率领战车四百辆，前去讨伐虢国，并派人先去虞国通报出征的日期。虞公道："我接受贵国如此贵重的宝物，实在无以回报，愿意派兵跟随，一同讨伐。"荀息道："君主您想派兵跟随，不如将下阳关献给我军。"虞公道："下阳，乃是虢国军马所驻守的地方，我怎么能把它献给你们呢？"荀息道："我听说虢国国君正与犬戎大战于桑田，胜败尚未决出。君主你可借口派兵援助，献上战车，车内偷偷藏纳我们晋国的士兵，这样下阳关我们就得到了。我有铁叶车百辆，可以让君主你使用。"虞公听从了荀息的计谋。

下阳关虢国守将舟之侨信以为真，开关让虞公的战车入内。车中藏有晋国士卒，一入关，晋国士卒便冲了出来发难，这时想要闭关已经晚了。里克率兵趁机而入，晋国士兵前后夹击，一举拿下下阳关。舟之侨失去下阳，又害怕虢公会怪罪，便率残部投降晋国。里克任命舟之侨为向导，朝着上阳进军。

再说虢公在桑田，一听到晋军攻克下阳，便急忙撤军，犬戎兵趁机追杀，虢国士兵被犬戎兵追杀了好一阵子，虢国大败而走。虢公随身只剩下几十名骑兵，他们直奔上阳而去，到了上阳，却对应该怎样防守茫然无措。晋军随后赶到，筑起长墙围困了上阳。从八月开始到十二月，上阳城中粮草断绝，虢军连战不胜，士兵疲惫不堪，百姓更是日夜哭啼。

晋军主将里克眼见时机已到，便命舟之侨写下劝降信，用弓箭射入城中，劝虢公投降。虢公读完信后说道："我国先君曾是周朝的卿士，我绝对不能向诸侯投降。"便趁着夜色，打开城门，率领家眷朝周朝都城逃去。里克等人也不去追赶。上阳城中百姓香花灯烛，迎接里克率军入城。进城后，里克安抚百姓，对百姓丝毫无犯，并留兵驻守。里克将虢国府库中的宝藏尽数装载在车上，将宝藏的十分之三，再加上获得的美女乐师，一并进献给虞公。虞公见到礼物后大喜，不断称赞晋国言而有信。而另一面，里克派人飞驰前去报告给晋献公，并借口自己患病，驻兵在城外，等到自己病愈后再率军回国。虞公不时赠药给里克，问候也往来不断。

就这样过了一个多月，忽然有探马来报虞公："晋献公的兵马已经抵达郊外了。"虞公急忙询问来意，探马道："害怕晋军讨伐虢国失利，献公亲自前来接应。"虞公道："我正想与晋君当面讲和。如今晋君亲自来到虞国，正合我意呀！"便连忙出城迎接并送上食物。两位国君见面后，彼此称谢客套，这就不必说了。随后，献公约虞公一起狩猎于箕山。虞公想在晋国人面前炫耀一番，便将城中的良马战车和士兵全都派了出来，与献公一起骑马射箭，一赌输赢。这一天从辰时到申时，狩猎一直没有结束，忽然又有人来报，说城中起火。献公道："这肯定是民间百姓不小心失的火，不久便会被扑灭。"坚持要求再围猎一圈。

虞国大夫百里奚密奏道："听说城中有乱，主公你不可再继续留在这里。"虞公便辞别晋献公，先行回城。半路上，虞公见到百姓纷纷逃窜，并听到百姓说："城池已经被晋军趁机攻破了。"虞公听后大怒，呵斥道："驱车快速前进。"来到城池边，只见城楼上有一员大将,倚靠着栏杆而立,盔甲鲜明,威风凛凛,朝着虞公说道:"先前谢君侯你借道给我,今天再谢君侯你借国给我,多谢了!"虞公听后大怒,便想攻城。只听城头上一声梆响,箭如雨下。虞公急忙命车向后退去,并命人催促后面的车马前来会合。这时,士兵来报:"后面的军队行进迟缓,全被晋军截住了,不是投降就是战败被杀,车马全被晋军占有,晋国大军即将杀到这里。"虞公进退两难,叹息道:"后悔当初没有听从宫之奇的进谏呀!"看到百里奚在旁边,便问道:"为何当时爱卿你不劝我?"百里奚说道:"主公既然不听宫之奇的劝谏,怎么会听我的呢?我之所以不说,就是要留在今天说给主公你听。"

正在这危机时刻,虞公看到后面有单车行驰过来,虞公一看,原来是虢国降将舟之侨。虞公脸上不觉现出羞愧之色。舟之侨道:"君侯误听晋国人的谎言,抛弃了虢国,失败就在眼前。如今之计,与其出逃他国,不如投降晋国,晋国国君仁德且宽宏大量,必定没有相害之意,反而会可怜你厚待你,这点君侯请不要怀疑。"虞公犹豫不决,这时晋献公随后赶到,命人请虞公前来相见。虞公没有办法,只能过去。献公笑着说道:"我此番前来,只是为了取回玉璧和宝马。"并命车载着虞公留宿在军中。

百里奚紧紧跟着虞公,有人劝他离开,但百里奚说道:"我食虞公俸禄已经很长时间了,今天就是报答的时候。"献公随后入城安抚百姓。荀息左手托着玉璧,右手牵着宝马,前来迎接献公,说道:"臣的计策已经完成了,今日请送还玉璧于府库,归还宝马于马厩。"献公听后十分高兴!后世有人作诗道:

璧马区区虽至宝,请将社稷较何如?
不夸荀息多奇计,还笑虞公真是愚。

晋献公带着虞公回到了晋国,想处死虞公。荀息劝阻道:"这样的一个蠢材,就算活着能有什么作为?"于是,献公以失国诸侯之礼对待虞公,又赠送给他别的玉璧和宝马,并说:"我不忘记你借道的恩惠。"舟之侨来到晋国,被封为大夫。舟之侨推荐百里奚,说他有贤能。献公想任用百里奚,便命舟之侨前去相请。百里奚说道:"只有旧主离去后,我才会去侍奉他人。"等舟之侨离开后,百里奚叹息道:"君子离开了自己的国家,居住在敌人的国家都不适应,更别说在敌国做官了。我就算做官,也不会在晋国做官。"后来舟之侨听到他的这些话,知道他是变相讽刺自己,心中不由十分恼怒。

此时秦穆公任好已经即位六年,但一直未有正宫夫人,便命大夫公子絷求婚于晋国,想娶晋献公的长女伯姬为夫人。献公命太史苏占卜,得到"雷泽归妹"卦第六爻,卦象说:

士刲羊，亦无衁也。女承筐，亦无贶也。西邻责言，不可偿也。

太史苏通过占卜认为，西边的秦国有觊觎之意，并非和睦的征兆。更何况"雷泽归妹"嫁娶之事，是由震卦变为离卦，此卦为睽，而睽、离两卦皆非吉卦，所以这个亲事不能答应。献公又命太卜郭偃用灵龟占卜，郭偃得到了上吉的卦象，断词说：

松柏为邻，世作舅甥，三定我君。利于婚媾，不利寇。

太史苏根据占卜的词句继续争论。献公说道："古人常说，听从蓍草占卜的，不如听从灵龟占卜的。既然占卜已经表现出了吉祥，那何必要去违背呢？而且我曾听闻，秦国受命于天子，以后必将强盛，不可拒绝这桩婚事。"遂及答应秦国的求婚。公子絷返回秦国复命，在路上遇见一人，这人面色红润，高鼻子，卷胡子，双手握着两把锄子耕地，铁锄入土深达数尺。公子絷惊奇不已，当即命令随从拿铁锄过来看看，可随从竟没有人可以举动。公子絷便询问他的名字，那人说道："公孙氏，名枝，字子桑，晋国国君的远亲族人。"公子絷道："以你的才干，为何要屈身于陇亩之中？"公孙枝说道："只因无人引荐。"公子絷道："你可否跟随我前去秦国做官？"公孙枝道："士为知己者死。若能得到您的举荐，我固然愿前往。"于是，公子絷带着公孙枝一同回到秦国。公子絷向秦穆公举荐了公孙枝，秦穆公封他为大夫。

穆公听闻晋国已经答应许婚，便再派公子絷前往晋国送聘礼，准备迎亲。晋献公询问群臣关于随嫁臣仆应该选谁，舟之侨趁机进言道："百里奚不愿留在晋国做官，必定心存异心，不如命他远去秦国。"就这样，百里奚便成为陪嫁之仆。

再说这百里奚，他本是虞国人，字井伯，快三十了才娶妻子杜氏，生下一子。百里奚家境贫寒，他本人也是怀才不遇，一直想外出游历，寻找机会，可想起自己一走，妻儿孤苦无依，便依依不舍。杜氏说："妾身听闻男子应当志在四方。夫君你正值壮年，为何不出去游宦谋官，难道一定要守着我们妻儿，困坐在此地吗？我们母子尚能自给自足，照顾好自己，你就不要担心了。"百里奚家仅有一只孵蛋的母鸡，杜氏宰了它，为百里奚饯行。可到了厨房却发现，家中并无柴火，杜氏取下门栓当作柴火烧了。淘洗小米，煮糙米饭，百里奚饱餐一顿。临别前，杜氏抱着儿子，紧拉百里奚衣衫，流着泪说道："等你富贵了，可一定不要忘记我们母子。"百里奚随后离去。他先来到齐国，想求见齐襄公，谋取差事，可苦于无人举荐。时间一长，百里奚穷困潦倒，只能沿街乞讨到铚地，这时百里奚已经四十岁了。在铚地，有个人名为蹇叔，他见百里奚相貌不凡，说道："你并非是沿街乞讨之人。"询问其姓名，并请到家中吃饭，与他谈论天下时势，百里奚都应答如流，井井有条。蹇叔叹息道："以你的才能，如今这样贫困，难道这是天命吗？"于是蹇叔留百里奚在家中，两人结为兄弟，因蹇叔长百里奚一岁，百里奚便称蹇叔为兄。可蹇叔家中也十分贫困，百里奚便给村中人放牛，以减少饭食的费用。

这时正值齐国公子无知杀了襄公，自立为君，正悬榜招纳贤士。百里奚计划前往应招。蹇叔阻止道："先君襄公有儿子在外地，公子无知弑君篡位，最终肯定不会成功。"百里奚听后便打消了这种念头。后来百里奚又听闻周王之子颓十分喜欢牛，替他养牛的人皆能得到丰厚的待遇，便辞别蹇叔，赶赴周朝。临行前，蹇叔嘱咐百里奚道："大丈夫不可轻易屈身侍奉他人。做了人家的官，就不要半路离去，不然就是不忠；不辨情况与之共患难，也是不明智的方法。此行兄弟一定要小心谨慎。等我料理好家事，我会过去看你。"百里奚到了周朝，前去拜见王子颓，献上他自己养牛的技术。王子颓大喜，想要收百里奚为家臣。这时，蹇叔赶到这里，拜见了王子颓。退下后对百里奚说道："王子颓志大才疏，他所接近的人全都是佞诡之辈，以后必定会窥伺不应得到的东西，我已经看见了他的失败，兄弟不如尽早离开。"

百里奚因为很长时间没有回家，很想念妻儿，便想返回虞国。蹇叔说："虞国有一贤臣名为宫之奇，乃是我的故友，我们已经有很长时间没有见面了，我正准备前去拜访。贤弟若要返回虞国，我们可以同行。"于是，这两人一同来到虞国。此时，百里奚之妻杜氏已经因为贫困不能自给，早已流落他乡，不知去向。百里奚伤心不已。蹇叔与宫之奇相见，并高度赞扬了百里奚的贤能，宫之奇便举荐百里奚给虞公，虞公随后拜百里奚为中大夫。蹇叔道："我看虞公见识短浅而又刚愎自用，不会是一个有作为的君主。"百里奚道："弟贫困已久，就像鱼在陆地，急需得到一勺水来滋润自己。"蹇叔道："兄弟因为贫困而出来做官，我实在难以劝阻，他日若想见我，可去宋国的鸣鹿村来找我。鸣鹿村环境幽雅，我将隐居于此。"说完，蹇叔便告辞离去。就这样，百里奚一直留在虞国做官。到了虞公失国，百里奚不愿弃主，说道："我既然已经有了不智之举，怎敢再做这个不忠之人？"百里奚一直陪伴虞公留在晋国，直到晋国把百里奚当作随嫁之仆陪嫁秦国。百里奚叹息道："我有济世之才，可一直遇不到明主，难以展开大志，临老却被当作随嫁之仆，奇耻大辱呀！"于是在半路便逃跑了。

百里奚本想逃到宋国，结果道路受阻，只能逃到楚国。刚到楚国宛城，恰好遇见宛城中庶人出猎，怀疑百里奚是奸细，便把他绑了起来。百里奚急忙解释道："我是虞国人，因为亡国，这才逃难至此。"庶人问："那你有何才能？"百里奚道："我擅长养牛。"庶人松了他的绑，命他去养牛，百里奚将牛养得十分肥壮。庶人非常高兴，这一消息传到楚王耳中。楚王便召来百里奚，问道："饲养牛有何诀窍？"百里奚说道："按时投喂，体恤其力，心与牛合而为一。"楚王道："对，你所说的，并非单单适用于牛，也适用于马。"接着命百里奚为马倌，养马于南海。

再说秦穆公见到晋国陪嫁之人中有百里奚的名字，却没有见到人，不免觉得奇怪。公子絷道："百里奚乃虞国旧臣，现在已经逃跑了。"穆公对公孙枝说道："你在晋国，必定知道百里奚的底细，他到底是什么人？"公孙枝回答道："是一个贤能的人。知道虞公不可劝谏，便不进谏，这就是智；跟随虞公去了晋国，乃是义；不食晋国的俸禄，这是忠。此人有经世之才，只是没有遇到合适的机会。"穆公道："我怎么才能得到百里奚，并让他为我所用呢？"公孙枝道："臣听说百里奚的妻子流落到了楚国，百里奚也必定逃往楚国，为何不派人前往楚国探访呢？"于是，穆公派使者前往楚国，很快使者回报："百里奚在海滨，正在为楚王养马。"穆公道："我用重礼换百里奚，楚国会答应吗？"公孙枝回答道："这样的话，百里奚就来不了了。"穆公询问原因，公孙枝道："楚国命百里奚前去养马，是因为不知道百里奚的才能。一旦主公你用重礼去换，就相当于告诉楚国，百里奚有非凡的才能。楚国既然知道百里奚的才能，必定会留下来自用，怎肯送给我们？主公不如以逃跑的随嫁之臣的罪名，低价赎买他，这也是管仲当日脱身鲁国所用的计策。"穆公答应了，当即派人拿着公羊皮五张，进献给楚国，说道："敝国有随嫁之臣百里奚逃到了贵国，我家主公想赎回他，并加罪于他，以警告他人。特意命我用五张羊皮赎回他。"楚王害怕招惹秦国，便命东海人囚禁了百里奚，以交付秦国人。

百里奚临行前，东海人都以为他必定会被处死，纷纷拉着他，大声哭啼。百里奚笑着说道："我听闻秦国国君有称霸天下的志向，怎会为我这一个逃奴而大费周章呢？他向楚国要我，就是想重用我。我此行将要富贵，你们又何必哭哭啼啼呢？"接着他登上囚车离去。快要抵达秦国境内时，秦穆公命公孙枝前去郊外迎接。先把百里奚从囚车中释放出来，然后召见他。穆公问道："你今年几岁了？"百里奚回答道："才七十岁。"穆公叹息道："可惜已经老了。"百里奚道："如果要我追逐飞鸟，搏击猛兽，我是已经老了；倘若让我坐着策划国事，我尚且算得上年轻。昔日姜子牙八十岁，还垂钓于渭滨，周文王载他回国，拜为尚父，最后帮周朝一统天下。我今日遇到主公，比姜子牙还要早十年不是？"穆公赞赏他的话，正式地问道："敝国介于戎狄两族之间，无法与中原诸侯会盟，先生可有什么良策给我，令我国不落后于中原诸国？"百里奚道："君主你不因我是亡国之虏、风烛残年，还虚心下问，我怎敢不竭尽全力呢？那雍、岐之地，乃是周文王、周武王兴起的地方，山如犬牙，水如长蛇。如今的周王室不能掌控，因为畏惧秦国，便将此赠送给秦国，此乃天佑秦国。秦国介于戎狄之间，努力让自己兵强马壮，不与中原诸侯结盟，则可以万众一心。如今西戎有数十个国家，吞并他们，土地可以用来耕种，百姓可以用来打仗，这是中原诸侯所不能跟主公您相比的。君可以用恩德安抚，也可以用武力征服，占据全部西部边疆，然后扼守山川，凭借地势之险，雄视中原，趁机而动，恩威并施，如此霸业也就成了。"听完，穆公不由自主地站了起来，说道："我有了百里奚，就如同齐国有了管仲。"两人一连谈论了三天，言论相合，非常默契。穆公随即封百里奚为上卿，并委任他处理国家政务。秦人都称百里奚为"五羖大夫"，相传这是因为百里奚曾在楚国养牛，秦国用五张羊皮赎回他的缘故。后世有人作诗称赞道：

脱囚拜相事真奇，仲后重闻百里奚。

从此西秦名显赫，不亏身价五羊皮。

可百里奚却辞去上卿之位，举荐另一个人代替自己。

第二十六回
歌炭廖百里认妻　获陈宝穆公证梦

话说秦穆公见百里奚的才能果然不同凡响，想封他为上卿。可百里奚却推辞道："臣的才干，不如臣的朋友蹇叔的十分之一。主公若想治理国家，还请主公聘任蹇叔，臣愿意辅佐他。"穆公道："先生你的才干，我已经见到了，可我却没听说过蹇叔的贤名。"百里奚回答道："蹇叔的贤名，并非只有主公你没有听说过，就连齐、宋两国，也很少有人知道，然而我却了解他。臣曾出游齐国，想要拜在齐国公子无知门下，谋取官职，蹇叔阻止臣道：'不可。'臣因此离开了齐国，也得以摆脱公子无知的祸端。臣又出游周朝，想要拜在周王子颓处，谋取官职，蹇叔再次阻止臣，臣便离开了周朝，得以摆脱周王子颓的祸端。后来，臣回到虞国，想要拜在虞公门下，谋取官职，蹇叔再次阻止臣。可臣当时贫困至极，为了得到官职的俸禄，只能暂时投靠了虞公，接着便成为了晋国的俘虏。臣听从他的劝阻，得以两次逃脱祸端；可就是因为最后一次没有听，几乎导致杀身之祸，由此可见蹇叔的智慧超群。如今他隐居在宋国的鸣鹿村，主公应当尽早召来委以重任。"于是，穆公派遣公子絷假扮为商人，用重礼去宋国聘请蹇叔，百里奚也写下书信表达自己请他出山的意思。

公子絷收拾好行囊，驾起两辆牛车，前往鸣鹿村。还未进村，就见到几名农人在田陇上休息，一句接一句地唱着歌谣。只听他们唱道：

大山高耸啊无路可上，道路泥泞啊没有灯烛照明。我们生活的陇上啊，泉水甘甜，土地肥沃。四体要勤快，五谷要分清。只要不耽误农时啊，地里的产出就能够饱腹，乐于服从上天的安排啊，不去考虑什么荣辱。

公子縶在车中，听到歌声的音韵，有着超凡脱俗的风格，不由叹道："古人说，哪里有君子，哪里的人就会养成良好的风尚。如今来到蹇叔隐居的乡村，连这里耕种的农夫都有着避世隐居的高雅风格，想必蹇叔真是位有贤能的人呀！"接着，公子縶走下车，询问农夫，蹇叔居住何处。农夫道："你找蹇叔有何事？"公子縶回答道："他的故友百里奚有书信一封，委托我给他送去。"农夫这才手指着前面说道："前面竹林深处，左边山泉，右边大石，中间有一小茅庐，那便是蹇叔的住所。"公子縶连忙拱手称谢，再次登上车，行进了有半里路，便到了蹇叔的住所。公子縶四处观望，环境果然是幽静清雅。陇西居士有隐居诗道：

翠竹林中景最幽，人生此乐更何求？
数方白石堆云起，一道清泉接涧流；
得趣猿猴堪共乐，忘机麋鹿可同游。
红尘一任漫天去，高卧先生百不忧。

公子縶将车停在茅屋旁，命随从前去叩门。有一个童子，开门问道："贵客来自何方？"公子縶道："我是专程来拜访蹇先生的。"童子道："我家主人不在。"公子縶赶忙询问道："那先生去了哪里？"童子道："我家主人与邻居老翁在石桥观赏泉水，很快便会回来。"公子縶不敢贸然进入蹇叔的茅庐，便坐在石头上等待。童子将门半掩，自己进入室内。没一会儿，只见一大汉，浓眉大眼，身长脸方，背着鹿腿两条，从西面田埂上走来。公子縶见他相貌不凡，赶忙起身相迎。那大汉将鹿腿放在地上，向公子縶行礼。公子縶询问姓名，那大汉回答道："姓蹇，名丙，字白乙丙。"公子縶急忙道："蹇叔是你什么人？"蹇丙回答道："他乃是我的父亲。"公子縶再次行礼，说道："久仰！"蹇丙问道："你是何人？来此有何贵干？"公子縶道："令尊有位故人名为百里奚，如今在秦国做官，有封书信委托我转交给令尊。"蹇丙听完，连忙说道："先生还请入草堂安坐，家父稍后就回来了。"说完，蹇丙推开两扇门，让公子縶先进，而自己则再次背上鹿腿，放到草堂中。童子将鹿腿收了起来。蹇丙再次行礼，分宾主位次坐下。公子縶与蹇丙共同谈论有关农桑的事情，又谈到武艺。蹇丙所讲条理分明，公子縶暗暗称奇，想道："有其父必有其子，百里奚的推荐果然不假。"刚献完茶，蹇丙便命童子去门口等候蹇叔。没多长时间，童子来报："家翁回来了！"

再说蹇叔与两位邻里老翁回来，见到门前停有两辆车，惊问道："我们村中怎么会有这种车呢？"蹇丙这时走到门外，告诉蹇叔其中的缘由。随后，蹇叔随同两位老翁一起进入草屋，各自行礼拜见后，依次坐下。蹇叔问道："刚才听小儿说，我的兄弟百里奚有书信给我，还请给我看下。"公子縶听后，立即双手将百里奚的书信呈上。蹇叔打开书信，信中大致写道：

百里奚我没有听从兄长之言，几乎落难于虞国。幸好遇见秦国国君喜好贤才，从牧马人手中赎回了我，又委以重任。我自知自己的才智不如兄长您，便举荐兄长给秦君。秦君思贤若渴，特意命大夫公子縶带重礼相请。望兄长可以慨然出山，实现平生尚未实现的志向。如果兄长依旧留恋山林，我也当辞去官职，跟随兄长到鸣鹿乡隐居。

蹇叔问道："百里奚是怎样让秦君发现他的呢？"公子縶便将百里奚作为随嫁之臣逃到楚国，秦君知道他的才能后用五张羊皮赎买回来的始末，详细讲述给了蹇叔听。又说道："如今我君想封百里奚为上卿，可百里奚说自己的才能不如先生，一定要请先生到秦国，他才会任职。我君命我带着薄礼，特意来请先生。"说完，公子縶便呼唤左右随从，从车厢中取出礼物，排列在草堂中。邻里老翁皆是山野农夫，从未见过如此大的场面，惊讶之余，连忙对公子縶说道："我们不知有贵人来此，有失礼节，应当回避。"公子縶道："你们为何要这样说？我君希望蹇先生到秦国，就如同枯苗渴望雨水那样。还要劳烦两位老人帮忙相劝，赏赐肯定不会少的。"于是，两位老人对蹇叔说道："既然秦国如此重视贤才，不可辜负秦君的美意呀！"蹇叔说道："昔日虞公不重用百里奚，导致亡国。倘若秦君真的虚心任贤，一个百里奚就已经足够了。我经世致用的念头已经断绝了很长时间，无法跟随秦君。秦君所赐的礼品，还请收回，求大夫替我好好回答。"公子縶道："倘若先生不去，那百里奚也必定不会独自留下的。"蹇叔沉吟了半响，叹息道："百里奚怀才不遇，求取仕途已经很长时间了，如今遇见明主，我不得不成全他的志向，就勉为其难为百里奚走上这一趟吧。不久之后，我仍旧要回来耕种于此。"童子这时来报："鹿蹄已经熟了。"蹇叔便命童子取来床头的新酿，与宾客畅饮。公子縶坐在西席，两位老翁作陪，陶瓷杯木筷子，主人劝酒，都欣然醉饱。不知不觉，天色已晚，便留公子縶在草堂住下。

第二天早上，两位老翁携酒前来践行，依次向前叙坐。过了一会儿，公子縶夸赞蹇丙的才能，要求他也一同前往秦国。蹇叔答应了，又将秦君所赠送的礼物分别赠给两位老翁，并嘱咐他们替自己看家，"此行不会去太长时间，便可再与众位相叙。"又嘱咐家人："勤劳耕种，不要导致田野荒芜。"两位老翁与蹇叔道别。蹇叔登上车，蹇丙驾车。公子縶则乘坐另一辆车，两车并驾而行，日夜奔驰，行至秦国郊外，公子縶先驾车入朝，拜见秦穆公，说："蹇先生已经抵达郊外了。他的儿子蹇丙也有出众能干的才能，臣一并请了过来。"穆公听后大喜，当即命令百里奚前去迎接。

蹇叔来到，秦穆公亲自走下台阶前去迎接，赐座后问道："百里奚称赞先生的贤能，先生有什么可以指教的吗？"蹇叔回答道："秦国位于西边偏僻之地，临近戎、狄，地势险要，而且兵强马壮，进足以作战，退足以防守。之所以现在不如中原诸侯，是威德不够的缘故。没有威严，别人怎么会畏惧？没有恩德，别人又怎么会怀慕？不畏惧又不怀慕，怎么可能会成为霸主呢？"穆公问道："那么威严与恩德，孰轻孰重呢？"蹇叔回答道："恩德乃是根本，威严乃是辅助。有恩德，但没有威严，国家必定受到外部的侵犯；有威严，但没有恩德，国家的人民必定容易动荡。"穆公道："我想广布恩德，并且立威，有何途径可走？"蹇叔回答道："秦国深受狄、戎风俗的影响，民俗礼教不全，等级不明，贵贱不分。臣先请君主您用礼仪教化他们，然后再用刑罚。礼仪教化实施了，百姓就会知道尊上敬主，然后再施恩就会使他们知道感激，最后用刑罚会让他们知道畏惧。这样一来，上下之间如同手足被头脑控制那样灵活有力，这也是管仲所率领的军队可以号令并无敌于天下的原因。"穆公道："如果按照先生所说，就可以争霸天下了？"蹇叔回答道："未必。称霸天下的人必须要有三戒：戒贪欲，戒忿怒，戒急躁。贪则多失，忿则多灾，急则多败。君主若能做到这三点，宏图霸业也就成了。"穆公道："说得好，那还请先生先为我斟酌下如今秦国事务的轻重缓急。"蹇叔回答道："秦国立国西戎，也是福祸的根源呀！如今齐桓公已经年老，霸主的地位也受到挑战。君主你应该先妥善安抚雍、渭百姓，以号召各戎族部落，征服那些不服教化的人。等到各戎族服从，然后再收拾好军队，等待时机，进驻中原，接受齐国霸主的遗业，然后广施恩德。到时君主您就算不想称霸，也无法推辞呀！"穆公听后十分高兴，说道："寡人能得到二老，真是秦国黎民百姓的福气呀！"接着，封蹇叔为右庶长，百里奚为左庶长，皆为上卿位，被称作"二相"。又封蹇丙为大夫。从此之后，二相共同处理政事，立法教民，兴修水利，为百姓除害，从此秦国大治。史官有诗称赞道：

子絷荐奚奚荐叔，转相汲引布秦庭。

但能好士如秦穆，人杰何须问地灵！

穆公见人才大多出自异国，便派更多人前去寻访。公子絷举荐秦人西乞术，穆公也召来重用。百里奚久闻晋人繇余满腹经纶，便私下询问公孙枝。公孙枝说道："繇余在晋国怀才不遇，如今已经在西戎做官了。"百里奚听到后，叹息不已。

再说百里奚的妻子杜氏，自从丈夫出游，便在家里靠纺织度日。后来遇到饥荒，实在活不下去，便只能带儿子出走他乡。辗转流离，最后到了秦国，靠替人洗衣为生。她的儿子名视，字孟明，整日与乡人打猎游玩，不肯谋生，杜氏屡次教育都不悔改。后来百里奚来到秦国做官，杜氏听到他的姓名，又曾在车中望见过他，但不敢相认。

百里奚府中寻求浣衣妇，杜氏自愿入府洗衣，十分勤快，府中众人都十分喜欢她，只可惜一直未见到百里奚的面。一日，百里奚坐在堂上，乐师在廊下奏乐，杜氏向府中人说："老妇其实略懂音律，希望能被带到廊下，听一听音律。"于是，府中人便带她去了廊下，对乐工讲了她所说的话，并询问她擅长什么。杜氏说道："能弹琴，也能唱歌。"乐师便把琴给了她。杜氏接过琴后开始演奏，声音凄苦幽怨。乐工皆倾耳静听，纷纷称赞不已。乐师又让她清唱，杜氏道："老妇自从流转至此，未曾发声歌唱。请你禀报主人，让我登堂演唱。"乐工禀告百里奚，百里奚命她站在大堂左边。杜氏低眉敛袖，扬声唱到：

百里奚呀百里奚，你就值五张羊皮！还记得当初我们分别的时候，没有吃的，我杀了老母鸡；没有调料，我去捣碎黄薑；又将门闩劈碎做了烧的。今天你富贵了，为什么将我给忘记？

百里奚呀百里奚，你就值五张羊皮！做父亲的天天大鱼大肉，当儿子的却被饿得哭泣；做丈夫的一身锦绣，做妻子的却给别人洗衣。唉，今天你富贵了，为什么将我忘记？

百里奚呀百里奚，你就值五张羊皮！想当初，你头也不回地一路远去，我只能掩面而涕；到如今，你威风凛凛地堂上高坐，我只能在远处看你。唉，今天你富贵了，为什么将我给忘记？

百里奚听到歌声后大吃一惊，急忙召到面前询问，正是他的妻子。接着两人抱头痛哭。过了很长时间，百里奚问道："儿子如今在哪里？"杜氏回答道："在村中游猎。"百里奚急忙派人召来。也就在这一天，夫妻、父子得以再次团聚。秦穆公听闻百里奚的妻儿都找到了，便赐下粟千车，金帛一车，以表祝贺。第二天，百里奚带着他的儿子孟明视上朝谢恩。穆公又封百里视为大夫，与西乞术、蹇丙并为将军，称"三帅"，专门掌管征伐之事。

姜戎首领吾离，傲慢无礼，经常率兵侵扰秦国边境，烧杀抢掠，无恶不作。三帅奉秦国国君之命，前去征讨。吾离兵败后逃往晋国，强占了晋国的瓜州。当时的西戎首领赤斑，见秦国愈发强盛，便派出使者繇余出使秦国，顺便观察秦穆公的为人。穆公与繇余游览宫廷园林，共同登上三休之台，穆公趁机炫耀宫廷园林的华丽。繇余说道："君主修建这些华丽的园林，是驱鬼还是驱人呢？驱鬼，则劳累神灵；驱人，则劳累百姓。"对于繇余的话，穆公十分诧异，说道："你们戎族没有礼乐法度，是如何治理国家的？"繇余笑着说道："礼乐法度，这才是中原动乱的真正原因。先圣创立法律条文，用来约束百姓，这仅仅达到了小安。可日后执政者日渐骄淫，假借礼乐之名粉饰自身，借法度的威严督责他人，人民怨声载道，最终演变成了谋权篡位，征伐不休。而我们戎族却不是这样，我们上层有淳朴之德，下层有忠诚之心，上下一体，没有相互作假欺骗，也没有繁琐的法律条文的约束，甚至都看不到国家进行太多的治理，国家就已经被治理得很好了。"听到这些，穆公沉默了，退下后将这些话全都告诉给了百里奚。百里奚对穆公说道："繇余，原是晋国有名的大贤人，臣已经听过他的名字很多次了。"这让穆公很不高兴，说道："我听说，邻国有圣人，乃是敌国的忧患。如今有如此贤能的繇余为戎族所用，将来不就成了秦国的心腹大患了吗？"百里奚说道："内史廖老谋深算，主公可以找他商量。"穆公当即召来内史廖，告诉他其中缘由。廖说道："戎国国君身处偏僻荒凉的地区，从未听过中原的歌舞乐器。主公可以送他一些女乐，逐渐消磨他的意志。再留下繇余不放，使他延误返回的时间。等到西戎政事荒废，上下起疑不满，到时我们就能轻而易举的拿下他们的国家，更何况只是一个大臣呢？"穆公答应了，便与繇余同席而坐，共器而食，又时常命蹇叔、百里奚、公孙枝等人，轮流作伴宴请繇余，以拖延时间，并从繇余口中探求西戎的地形地貌、兵力强弱等情况。而另一方面，秦穆公选来美女乐师六人，派遣内史廖前往西戎回访，并献上女乐。戎主赤斑十分高兴，白天听乐声，晚上享受美女，逐渐荒废了政事。繇余留在秦国一年多才回到西戎，戎主责怪他回来得太晚，繇余说道："臣日夜请求归来，可秦君就是一直挽留不放。"戎主怀疑繇余有二心，想归顺秦国，心中逐渐对他不满，便开始有意疏远他。繇余见戎主沉迷女乐，不理政事，不免苦言相劝，戎主没有采纳。穆公闻讯，秘密派人前往招揽。于是，繇余弃戎归秦，当即被封为亚卿，命他与蹇叔、百里奚二相共同掌管秦国事务。

繇余为报穆公知遇之恩，献上讨伐西戎的计策。三帅率兵进攻西戎，轻车熟路。戎主赤斑抵御不住，投降秦国。后人有诗写道：

虞违百里终成虏，戎失繇余亦丧邦。

毕竟贤才能干国，请看齐霸与秦强。

西戎国主赤斑是戎族各部的首领，既然他都投降了秦国，那其他各部自然也纷纷臣服。穆公大喜，论功行赏，大宴群臣。群臣更是轮番上前敬酒，穆公不知不觉中喝得大醉，回宫休息后，竟一卧不起。宫人们惊骇不已，事情很快就传到了外面。群臣皆敲宫门，前往问安。世子䓨召太医前来诊脉，穆公的脉象正常，却依旧无法睁开眼睛说话。太医说："这是有鬼神在作祟。"世子想命内史廖行法祈祷。内史廖说："这是神员附体，主公一定在做什么奇异的梦，必须要等他自己恢复才行，不可以惊动他，行法祈祷也没用。"于是，世子䓨便日夜守护在床边，吃饭和睡觉都不敢离开。一直等到第五天，穆公这才醒来，额角间汗如雨下，连呼："奇怪，奇怪！"世子䓨急忙跪下问道："父君的身体可好？怎么睡了这般久？"穆公不解，说道："我只是睡了一小会儿呀！"世子罃说："父君已经睡了五天了，是否做了什么奇怪的梦？"穆公惊讶地问道："你是怎么知道的呢？"世子罃道："是内史廖所说的。"

穆公便召内史廖来到自己床前，说道："我今天梦见一位妇人，妆容如同妃嫔，容貌姣好，肤如冰雪，手持天符，说是奉上帝的命令来召见我。我随她前去，忽然身体在云端，缥缈无际。到了一宫殿，丹青炳焕，玉阶九尺，上悬珠帘，妇人引我拜在阶下，一会儿卷帘卷起，只见殿上黄金为柱，锦绣修饰墙壁，光辉夺目。有一王者，头戴珠冠，身着龙袍，手扶玉几而坐。左右侍从竖立，威仪甚为盛大。王者传命赐礼，接着有位内侍用碧玉斗盛满酒给我，酒甘香无比。王者又把一书简交给左右侍从，当即便听见堂上有人大呼我的名字，说：'秦君任好听旨，命你平定晋国之乱。'妇人让我再次拜谢后，引领我出宫。我问那妇人名字，那妇人说道：'我乃是宝夫人，居住在太白山西麓，就在君主你的辖地，君主你未曾听说过？我的丈夫名为叶君，居住在南阳，每隔一两年，便会与我相见一次。如果君主你能为我修建祠庙，我当辅佐君主称霸天下，传名万年。'我便问她：'晋国有何动乱，需要我去平定？'宝夫人说：'此乃天机，不可泄露。'就在此时，我听闻鸡鸣声，声音如同雷霆，我便被惊醒了，不知此梦是否吉祥。"

内史廖对穆公说道："晋侯正宠骊姬，疏远世子，难保不会出现动乱。既然主公受命于天帝，那正是主公的福气呀！"穆公道："那宝夫人是何人呢？"内史廖说道："臣听闻先君文公之时，有一位陈仓人从土中得到一个异物，这个东西形如盛满的布囊，颜色黄白相间，短尾巴，有很多足，而且嘴上有利喙。陈仓人想将此献给先君，不曾想在途中遇见两位童子，两位童子见到那东西，拍手笑道：'你之前虐待死人，如今却落到活人手中？'陈仓人赶忙问他们为何这样说，那二位童子说道：'这个东西叫作猬，在地下食用死人的脑髓，因此得到人的精气，这才能逐渐变化成这样。你要谨慎把持着它！'忽然这猬也张口吐出人言，说道：'这两个童子，一雌一雄，名为陈宝，乃是山鸡精。得到雄的，可以成为王；得到雌的，可以称霸。'于是，那陈仓人便抛弃了猬去追童子，这两位童子忽然化为山鸡飞走了。陈仓人一无所获，将这件事禀告给了先君，先君命人将此事写入书简，藏于内府。臣掌管内府，曾读过这段文字。陈仓正位于太白山的西边，主公你可前去打猎，趁机可以探访此事。"穆公又命人取出文公所藏的书简，拿来一看，果然跟内史廖所说的一模一样。于是又让内史廖详细记录自己的梦，同样藏于内府。

第二天，穆公临朝，群臣纷纷前来祝贺行礼。随后，穆公命人驾车，前往太白山狩猎。一路奔驰向西，将要抵达陈仓山，有一猎人用网捕获了一只山鸡，这只山鸡洁白无瑕，光彩照人。但顷刻间却化为石鸡，可色光依旧不减。猎者将它献给穆公。内史廖祝贺道:"这就是所谓的宝夫人,得雌者可以称霸天下,这是主公霸业将成的征兆呀!主公可以在陈仓修建祠庙,供奉它,必定会得到它的福佑。"听完,穆公十分高兴,命人用香汤为石鸡沐浴,用锦缎覆盖,并装入玉匣。又召集人力伐木,在山上修建了一座祠庙,取名为"宝夫人祠",又改陈仓山为宝鸡山。每年春秋有专门的司仪前来祭祀,在每次祭祀的早晨,山上都会传来鸡鸣声,声音响彻,两三里外都可以听见。每隔一两年,人们便会望见一道十余丈的红光,夹杂着雷声,这就是叶君前来与宝夫人相会的日子。叶君,也就是雄山鸡,居住在南阳。四百多年后,汉光武帝出生于南阳,起兵诛杀王莽,复兴汉室,也就是后汉的开国皇帝,这也应验了"得雄者称王"的预言。

第二十七回
骊姬巧计杀申生 献公临终嘱荀息

话说晋献公吞并了虞、虢二国,群臣都来祝贺。唯独骊姬心中不乐。她本想派遣世子申生前去讨伐虢国,却被里克代替了,而且一举成功拿下虢国,一时间便没有了给世子申生加罪的机会。骊姬再次与优施商议:"里克是申生的党羽,功高位重,我对付不了他,该怎么办?"优施道:"荀息用一璧一马,就消灭了虞、虢两国,可见智谋在里克之上,功劳也不在里克之下。倘若请荀息当公子奚齐、卓子的老师,这就可以形成对付里克的势力了。"骊姬随即请求献公,使荀息成为了奚齐、卓子的老师。骊姬又对优施说:"如今荀息已经站在我们这边。但是里克在朝廷,必定会破坏我们的谋划,用什么计策可以赶走他呢?只要赶走里克,我们便可以着手对付申生了。"优施说道:"里克的为人,外表刚强内心却顾虑很多。我们先用利害关系打动他,务必使他保持中立,然后再收服他,让他为我们所用。里克喜欢饮酒,请夫人为我准备一场牛羊盛筵,我陪里克喝酒,顺便试探性地与他提起。他若肯入伙,那则是夫人的福分;如果不肯入伙,就当我与他开玩笑,何罪之有呢?"骊姬答应了,并为优施准备喝酒用的器具。

优施提前邀请里克道:"大夫征讨虞、虢两国,劳苦功高,我准备了一些美酒,想请大夫在闲暇时间一同享用,您看如何?"里克答应了。优施便携带酒菜来到里克家。里克与夫人孟氏皆西坐为客。优施拜后开始进酒,随即在一旁侍奉劝酒,互相开玩笑助兴，一片融洽的场面。酒席过半，优施起舞祝酒，他对里克夫人孟氏说："请夫人赐我酒，我有新歌，是献给夫人的。"孟氏便赐酒给优施，让他吃羊脾，并问道："新歌是何名呀？"优施回答道："名为《暇豫》，大夫若能知晓其中的意思，便可确保终生荣华富贵。"接着，他便唱道：

悠闲逸乐、疏远的样子，还不如乌鸦。重鸟皆汇集于茂密的树木，你却要独自呆在枯树上；茂盛的树木为何繁茂？因为枯树必定会招来斧子的砍伐；斧子就要砍到枯树上，你那枯树还能怎么办？

歌唱完毕，里克笑着说道："什么是繁茂的大树，什么是枯树？"优施说道："以用人相比，有的人，母亲是国君夫人，那他必定也会成为国君。这就是所谓的根深枝茂、众鸟纷投的大树。如果这个人的母亲死去，而这个人又受到诽谤，祸端即将来临，根摇叶落无鸟栖息，这就是枯树。"说完，优施便出门了。里克听得心里发慌，当即命人撤去酒席，起身径直走进书房，又独自一人在庭院中徘徊了很长时间。

到了晚上，里克没有吃晚饭，直接挑灯就寝，可在床上辗转反侧，不能安睡，左思右想："优施现在可谓是宫内宫外都受宠，平时还能随意进入宫廷禁地，他今天唱歌，必定是有所图而唱。他欲言又止，话没说完，我明天应当再去问问他。"捱到半夜，里克心里愈发着急，实在忍耐不住了，便吩咐侍从："悄悄请优施来此说话。"见有人相请，优施心中便已经知道了原因，整理衣冠，跟着来人直接到里克的寝室。里克忙召优施坐在床边，用手扶着他的膝盖，问道："你今天所说大树、枯树之事，我已经大致明白了，你说的难道不就是曲沃吗？你是听到什么消息了，请一定要详细告诉我，不可隐瞒呀！"优施回答道："我早就想告诉你了，只因大夫是曲沃的师傅，我这才不敢直言相告，害怕你见怪。"里克说："帮我提前远离祸端，这是一片好心，我怎会怪罪你呢？"听到这句话，优施便低头靠近枕边，小声说道："国君已经答应夫人，杀死世子，改立奚齐，而且已经有了计划。"里克很是吃惊，连忙问道："现在还可以阻止吗？"优施说道："你知道，夫人深受国君喜爱，而中大夫荀息深受国君信任。夫人主持宫内，中大夫把持宫外朝堂，就算你想阻止，可能成功吗？"里克说："听从主公的命令，杀死世子，我不忍心。可辅佐世子反抗主公，我也不会干。我保持中立，不给予任何一方帮助，那我是否可以逃过此劫？"优施说可以，随后离开。

里克心中烦躁，无法入睡，便坐着等待天明，又因实在无趣，便取出往日所写的书简阅读，看到太史苏、太卜偃为立骊姬卜卦一段，屈指一算，正好十年，不由叹息道："卜卦术真是神奇呀！"随后里克又去了大夫邳郑父家，让他退去左右的人，说道："太史苏和太卜偃的话，如今应验了。"邳郑父连忙问："你可是听到了什么消息?"里克说:"昨天夜里优施来告诉我说,主公将要杀死世子改立奚齐。"邳父说:"你是怎么回复他的?"里克说:"我说我要保持中立。"邳郑父说:"你的话如同是火上浇油。你当时要是假装不信,他们必定会因为担心你的立场而暂缓动手。你也可以趁机为世子多树党羽,巩固世子的地位,然后趁机向主公进言,使主公放弃这种想法,这样一来,胜负便未可知,还有机会取胜。可你如今说中立,相当于让世子陷入孤立无援的境地,杀身之祸会立马降临在世子身上。"听到这话,里克气得跺脚,说道:"可惜了,我应该提前与你商量。"于是,里克离去回家,在登车时,故意坠落车下。第二天便称脚部受伤,无法上朝。史臣有诗记载道:

特羊具享优人舞,断送储君一曲歌。

堪笑大臣无远识,却将中立佐操戈。

优施回复骊姬,说里克已经答应中立。骊姬听后大喜,连夜对献公说:"世子居住曲沃已经很长时间了,夫君为何不召回他呢?就说是我想世子了,我再趁机施恩给世子,以避免日后有祸如何?"献公果然按照骊姬所说的话,召回了申生。申生应召而回,回到都城后,他先去拜见献公,拜礼问安,礼仪完毕后,又入宫拜见骊姬。骊姬设宴款待,两人交谈甚欢。第二天,申生又入宫谢宴,骊姬再次留他用饭。可到了晚上,骊姬再次流着泪向献公说道:"妾本想挽回世子的心,所以才召回他,以礼相待,可不曾想,世子对妾更是无礼。"献公问出了何事?骊姬回答道:"妾留世子吃午饭,他索要酒喝,结果他喝得半醉,调戏妾道:'我父亲已经老了,可母亲还年轻,这该如何是好?'妾敢怒而不敢言。接着,世子又说道:'昔日我祖父年老,便把我母亲姜氏送给了我父君。如今我父亲老了,必定也会有所遗,将他的女人送给我,那除了你,还能是谁?'说着,他便想拉着我的手,我言辞拒绝才免受他的侮辱。夫君倘若不信,妾可以试着与世子共同游园,夫君在高台上看,必定会看到他的无礼。"于是,骊姬提前把蜂蜜涂在头发上,引来蝴蝶、蜜蜂纷纷落在头发上。骊姬对世子说道:"世子可为我驱除这些蜜蜂和蝴蝶?"申生只能从后面用衣袖驱除蜜蜂和蝴蝶。这一幕被献公望见,真以为申生在调戏骊姬,心中不免大怒,想立即处死申生。但骊姬跪着对献公说:"妾身召来世子,结果世子被杀,这就会变成是妾杀了世子。而且宫中暧昧之事,外人怎会知道,还是姑且饶恕他一次吧!"于是,献公放申生回曲沃,并且命人暗地查访他的罪过。

又过了几天,献公打猎于翟桓。骊姬与优施进行商议,命人前往曲沃对世子说:"主公梦见你母亲齐姜,你母亲在梦中说她在阴间缺衣少食,必须尽快为她祭祀,献上贡品。"齐姜在曲沃也有祠堂,于是申生便设立祭坛,祭祀齐姜,又命人送祭品给献公。可献公打猎并未归来,便将祭品留在宫中。六天后,献公回到宫中,骊姬把鸩毒加入酒中，把毒药撒到肉上，然后献给献公，说道："妾梦见齐姜在阴间忍饥挨饿，实在于心不忍，可夫君你外出打猎，妾只能告诉世子，让他前去祭祀。如今送来的祭品就在这里，还请夫君享用。"接着献公取出觯〔zhì，盛酒的一种器具〕，准备品尝。骊姬立马跪下阻止道："这酒食皆来自外面，要先试试是否有毒。"献公答应了，将酒倒在地上，地面当即隆起。又叫来狗，取出一块肉抛给狗吃，狗吃完立即死去。骊姬假装不信，又叫来小太监，命他品尝酒肉。小太监不肯，骊姬便强行喂他吃下。肉刚下口，这小太监便七窍流血而死。骊姬假装大吃一惊，快步跑下堂去，放声哀号："天呀！天呀！这国家早晚是世子你的国家，你的父亲已经老了，你连一天都等不得吗？一定要弑君吗？"说完，双眼泪如泉涌，再次跪在献公前面，哽咽地说道："世子之所以设计如此计谋，就是为了对付我们母子。还请夫君将此酒肉赐给臣妾，妾愿意代替主公去死，以满足世子的想法。"说完，就捧着酒准备喝下，献公立马夺取酒杯，将酒倒在地上，一时间气得无法说话。骊姬哭倒在地，恨恨地说道："世子真是狠心呀！连他的父亲都想弑杀，更何况其他人呢？当初夫君想要废除他的世子之位，是妾不肯。后来他又在园林中调戏我，夫君便想杀了他，我依然劝阻您饶他不死。可如今他几乎害死了我夫君，是妾身害了夫君呀！"献公沉默半响，用手扶着骊姬说道："起来吧，我要将此子的暴行说给群臣，并诛杀此子。"当即便出朝，召集诸大夫前去议事。除了狐突闭门不往，里克称足部有疾，邳郑父借口外出未归，其他的大臣都来到朝堂。

献公告诉群臣，说世子申生谋逆弑君。群臣知道献公对世子蓄谋已久，都面面相觑，不敢多言。东关五进言道："世子昏庸无道，臣请求率军代替主公讨伐他。"献公允许了，命东关五为将，梁五为副将，率领两百辆战车，前去讨伐世子，并嘱咐道："世子多次领兵，又有曲沃百姓的拥戴，你们一定要小心谨慎。"狐突虽然闭门不出，但也时刻命人打听着朝堂之事。听闻东关五、梁五二人准备车马，心中便知他们必定要前往曲沃，便急忙派人秘密告诉世子申生。申生告诉太傅杜原款这件事情的前因后果，杜原款说道："祭品留在宫中长达六日，肯定是宫中之人下的毒。你可上书为自己明辨事理，群臣之中难道就没有一个明白的人？你难道就这样束手等死吗？"申生回答道："若是没有了骊姬，父君会睡不安，吃不饱，甚是宠爱。我要是上书辩解，父君肯定不会相信，这样只会增加我的罪名。就算侥幸相信我，可父君宠爱骊姬，未必会降罪于她，这样只会伤父君的心，还不如我死呢！"杜原款劝道："何不逃往他国，等以后再打算怎么办？"申生拒绝道："父君没有察觉我无罪，受人蒙骗，派兵征讨我。我若是出逃他国，那岂不是坐定了弑君的罪名，百姓将会把我比作鸱鸮；倘若出走他国后，并告诉其他人真相，那便归罪于父君，父君也就成了恶君，而且宣扬出去，必定会让诸侯见笑。我在内受困父母，在外被诸侯耻笑，陷入双重困境中。而且弃君逃命，乃是贪生怕死。我听闻：'仁者不宣传君主的过错，智者不陷入双重的困境，勇者不贪生怕死。'"说完，他又写信给狐突，说道："申生有罪，不敢贪生怕死畏罪逃命，虽然父君年事已高，公子奚齐尚且年少，国家也多灾多难，还请大夫全力辅佐。申生虽然死去，但是受你的恩德实在太多，我在九泉下也将感激不尽。"于是，申生朝北行礼跪拜，然后自缢身亡。

申生死后的第二天，东关五的兵马就到了曲沃，得知申生已死，仍然将太傅杜原款囚禁，并报告献公道："世子自知自己的罪行无法逃避惩罚，便提前自尽了。"献公命令杜原款在大殿上证明世子罪名成立，可杜原款大声呼喊道："天啊！冤枉好人呀！原款之所以不死，宁愿当作俘虏，就是为了可以表明世子的心迹呀！祭品留在宫中六日，就算有毒，这么长时间也该失效了呀！"骊姬从屏障后面急忙喊道："杜原款辅佐世子无方，为何不尽快杀死？"献公听到此言，命力士用铜锤击破杜原款的脑袋，就这样，杜原款也含冤而死。群臣见此情形，无不暗自流泪。

梁五、东关五对优施说："重耳、夷吾跟世子是一伙的。世子虽然死去，可这两位公子依然还在，我们依旧很担心呀！"优施便告诉了骊姬，让她召回两位公子。骊姬再次半夜哭诉给献公道："妾听闻，重耳、夷吾实际上都是申生的同党。申生如今死去，这两位公子必定会归罪于我，而且这两位公子整日练兵，准备偷袭晋国的国都，杀死妾以图谋大事，夫君不可没有察觉呀！"献公听后依旧不太相信。到了第二天早晨，内臣来报："两位公子前来朝拜，已经入关了，可一听闻世子之事，便立即乘车回去了。"献公听后起疑，说道："不辞而别，必定是申生的同谋。"当即派遣侍卫勃鞮率兵前往蒲城，擒拿公子重耳；贾华率军前去屈城，擒拿公子夷吾。狐突唤次子狐偃来到面前，对他说道："公子重耳连肋重瞳，相貌伟然，天生奇相，而且为人贤明，他日必定会成就大事！更何况现在世子已经死去，次子重耳应当继承他的位置。你现在立即赶往蒲城，帮助重耳出逃他国，你与你的兄长狐毛同心辅佐他，等待日后举事。"

狐偃遵命，日夜兼程直奔蒲城而来，投奔重耳。得到消息的重耳大吃一惊，与狐毛、狐偃二兄弟刚商议完出逃他国之事，勃鞮的兵马就已经抵达了蒲城。蒲城人准备闭门坚守，重耳连忙阻止道："君命不可违呀！"勃鞮攻入蒲城，团团围住重耳的宅院。重耳与狐毛、狐偃逃到后院，勃鞮提剑紧追不舍。狐毛、狐偃先翻墙逃出，正准备拉重耳上去，勃鞮却赶上来拉住了重耳的衣襟，一剑斩断衣服，重耳这才得以逃脱。勃鞮收起重耳的衣襟，回去报告献公。

重耳一行三人随后逃往翟国。翟国国君先是梦见苍龙盘踞在城上，然后就见到晋国公子重耳来到，便欣然接受他进入国中避难。不一会儿，城下数辆小车相继而来，并急呼开城。重耳怀疑是晋国的追兵，让城上士兵放箭，这时城下之人急忙大叫道："我们并非是追兵，而是晋国的臣民，我们都是愿意追随公子重耳的。"听到这话，重耳登上城楼一看，认得其中为首的一个人姓赵名衰，字子馀，乃是大夫赵威的弟弟，在晋国任大夫。重耳急忙说道："赵大夫既然来到，那我就不用担心了。"随即请求打开城门，放他们入内。其他的人分别是胥臣、魏犨、狐射姑、颠颉、介子推、先轸等，全是有名的人。其他愿意执鞭负橐、奔走效劳的人又有壶叔等数十人。见此，重耳大吃一惊，说道："诸位皆在朝为官，为何要到这里呀？"赵衰等人齐声说道："主公失德，宠爱妖姬，杀死世子，晋国早晚必定大乱。我们向来听闻公子宽厚仁义，礼贤下士，所以我们愿追随公子出逃他国。"听到这话，翟君才命人开门，众人才得以见到重耳。重耳流着泪说道："诸位君子若能同心协力辅佐我，就如同是肉包裹着骨头，我重耳不管生死都不会忘记你们的恩德。"魏犨捋衣露臂，上前说道："公子居住在蒲城多年，深得民心，蒲城人甚至甘愿为公子去死，倘若我们借助狄族的力量，动用蒲城的百姓，便可一举杀入都城，如今朝中人心惶惶，必定会有人愿意出来作为内应。届时除去国君身边的奸诈小人，安定社稷、安抚百姓，岂不是比现在流离失所、寄居他国强吗？"重耳说道："你说的话，虽然令人心潮澎湃，可攻打国都必定会惊扰我父君，这是我一个流亡之人所不敢做的。"

魏犨乃是一介武夫，见重耳不答应自己的建议，便咬牙切齿道："公子畏惧骊姬之辈，如同畏惧猛虎蛇蝎，这样何日才能成就大事呀！"狐偃对魏犨说道："公子并非是畏惧骊姬，而是怕落个不忠不孝的罪名。"听到这话，魏犨沉默不言。前人有古风一首，讲的是重耳逃亡时诸臣追随的事情：

蒲城公子遭逸变，轮蹄西指奔如电。担囊仗剑何纷纷？英雄尽是山西彦。
山西诸彦争相从，吞云吐雨星罗胸。文臣高等擎天柱，武将雄夸驾海虹。
君不见，赵成子，冬日之温彻人髓。又不见，司空季，六韬三略饶经济。
二狐肺腑兼尊亲，出奇制变圆如轮。魏犨矫矫人中虎，贾佗强力轻千钧。
颠颉昂藏独行意，直哉先轸胸无滞。子推介节谁与俦？百炼坚金任磨砺。
颉颃上下如掌股，周流遍历秦齐楚。行居寝食无相离，患难之中定臣主。
古来真主百灵扶，风虎云龙自不孤。梧桐种就鸾凤集，何问朝中菀共枯？

重耳从小就谦恭礼让，从十七岁开始，就像对待父亲那样对待狐偃，对待师长那样对待赵衰，对待兄长那样对待狐射姑，但凡朝野内外的知名之士，无不乐意与他结交。虽然还在出逃落难之际，可跟随重耳的豪杰却有很多。

晋大夫郤芮与吕饴甥乃是生死之交，虢射又是夷吾的舅舅，所以这三人独自前往屈城投靠公子夷吾。他们见到公子夷吾时，告诉他，贾华的兵马很快就会到来。夷吾当即下令收拢兵马，固守城池。贾华原本就没有要擒获公子夷吾的意思，等到大军到来，先是放松对屈城的包围，然后命人偷偷告诉夷吾："公子应该尽快离去，一旦晋兵继续赶到，屈城就会抵挡不住，无法脱身。"夷吾对郄芮说道："重耳逃到了翟国，我们如今也逃到翟国如何？"郄芮拒绝道："主公说两位公子是同谋，这才兴兵讨伐。如今再逃往一国，那岂不是让骊姬更有说辞了。到时晋兵便会抵达翟国，我们不如逃往梁国。梁国与秦国相邻，而且秦国势力强大，与我国还有婚姻之好。等主公百年之后，我们正好借助他们的力量收复国位呀！"于是夷吾便逃往到梁国。

贾华假装追赶不上，撤军回去复命。献公大怒，说道："两个公子，你们连一个都抓不回来，是怎么用兵的？"当即呵斥左右侍卫拿下贾华，准备砍首。邳郑父上奏劝谏道："主公先前命人修筑蒲、屈二城，这才让两位公子得以聚兵防守，这并非贾华的错呀！"梁五也上奏道："夷吾才智平庸，不足为虑。只是重耳一直有贤名，而且很多人愿意跟随他，如今朝堂甚至因此变得空旷。翟国与我国还是世仇，若不讨伐翟国，除去重耳，必定会后患无穷。"听到这些，献公这才赦免了贾华，又命人召来勃鞮。勃鞮听闻贾华几乎被杀，便主动请求率兵讨伐翟国。献公答应了。勃鞮率兵抵达翟城，翟君也布下重兵在采桑，两军相持两个多月，并未决出胜负。邳郑父进言道："父子亲情没有断绝的道理，两位公子的罪行并没有显示出来，既然他们已经出逃他国，这样追杀他们，是不是有点过分了！况且与翟国作战，未必能取胜，长此以往，我军必定疲惫不堪，再加上未能取胜，必定会被邻国耻笑。"献公无奈，只能命令勃鞮撤军回来。

献公怀疑他另外几个儿子也是重耳、夷吾的同党，日后定会在奚齐继位时作梗，便下令尽数驱除这几位公子。晋国的王公贵族没有一个人敢收留这几位公子。紧接着，献公便立奚齐为世子，除了梁五、东关五二人和荀息外，百官无不愤怒，大多称病告老。当时是周襄王元年，晋献公二十六年。

这年秋天九月，献公奔赴葵邱，可惜未能赶上参加诸侯盟会，在返回途中不幸染病，急忙返回国都，回到宫中。骊姬坐在献公脚旁，哭道："夫君遭受骨肉分离，尽数驱赶各位公子，立妾的儿子为世子。一旦夫君归西，我一个妇人，奚齐尚且年幼，倘若众公子请求外援前来夺取国位，我们母子二人该怎么办呢？"献公道："夫人不必担心，太傅荀息乃是忠臣，他忠心无二，我将托付幼君给他。"于是便召荀息来到床前，问道："我听闻：士之立身，忠信为本。可什么是忠信呢？"荀息回答道："尽心侍奉主公为忠，死也不悔誓言为信。"献公道："我想托付年幼的世子与你，大夫你可愿意接受？"荀息急忙叩首，说道："我定当竭尽全力，以死相报。"听完这话，献公不由留下眼泪，骊姬的哭声也传到了幕外。数日后，献公薨逝。骊姬把奚齐交给荀息，这年奚齐才十一岁。荀息遵照遗命，帮助世子奚齐主丧，百官前来吊唁哭丧。骊姬按照献公的安排，拜荀息为上卿，梁五、东关五为左右司马，命他们带兵巡视国内，以防万一。国内大小事务，皆先禀报荀息，听从他的意见，然后再去执行。第二年为新君元年，通告各个诸侯。

第二十八回
里克两弑孤主　穆公一平晋乱

话说荀息拥立公子奚齐继承晋国国君之位，百官皆到献公停丧处哭丧，唯独狐突称病不来。里克私下对邳郑父说道："年幼的奚齐继位，可他怎么能比得上逃亡在外的公子重耳呢？"邳郑父说道："此事全由荀息掌控，我们姑且先探探他的口风。"于是，两人登车共同前往荀息府中。荀息赶忙请这两位入内，里克说道："主公去世，公子重耳、夷吾皆流亡在他国，你我都是国家重臣，为何不迎回长公子，让他即位，偏偏要拥立那个蛊惑先君的婢妾的儿子，这如何让人信服？况且申生、重耳、夷吾这三位公子的党羽，皆对奚齐母子恨之入骨，以前他们隐忍不发，只是顾及主公罢了。如今主公死去，他们听到消息，必定会有所准备，岂能善罢甘休。重耳和夷吾两位公子，在外有秦、翟两国力量的支持，在内又有晋国百姓的响应，你有何办法应付呢？"荀息说道："我受先君的嘱托，全力辅佐奚齐，那奚齐就是我国的国君，除此之外，我不会拥立其他人。万一力不从心，无法保全新君的周全，那我唯有一死，以此来报答先君的知遇之恩。"邳郑父说道："就算是死，也毫无意义，为何不改立新君呢？"荀息道："我既然已经发下誓言，答应先君，就算毫无意义，也不能食言。"这二人再三劝阻，可荀息心如铁石，始终不答应变通。没有办法，里克、邳郑父只能告辞离开。里克对邳郑父说道："我与荀息同朝为官多年，关系甚好，我已经明确告诉他其中的利害，可他坚持不听，这该如何是好？"邳郑父说道："他拥护奚齐，我们拥护重耳，各为其主，有何不可呢？"

于是里克和邳郑父二人秘密相约，派遣心腹武士打扮成侍卫模样混在人群中，趁着奚齐主持丧仪之时，将他刺死在灵堂之上。当时优施就在奚齐旁边，他拔剑相救，也被杀死了。一时间，灵堂上大乱。荀息哭灵刚退下，就听到了消息，大吃一惊，急忙跑进灵堂，抱着奚齐的尸体大哭道："我受先君的遗命，辅佐保护世子，可如今没有保护好世子，是我的罪过。"说着他便要用头去撞柱子，以死谢罪。骊姬急忙派人阻止，说道："先君的灵柩尚未入土，大夫就这样不管了吗？况且，奚齐虽然死了，可还有公子卓子呀！大夫可辅佐卓子。"接着，荀息下令诛杀了守灵的侍卫太监数十人，当日又与百官进行商议，重新辅佐卓子为君。这时公子卓子才九岁。里克、邳郑父假装不知，没有上朝议事。梁五在朝堂上说道："奚齐的死，实际是里克和邳郑父为先世子报仇呀！今日这二人不来参加公议，这种迹象已经昭然若揭，我请求派兵征讨他们！"荀息道："这二人都是我晋国的老臣，根深蒂固，党羽众多，国君最亲近、职务最重要的七位大夫，有一半都出自他们门下，前去征讨，若无法取胜，我们在晋国将无立足之地，自身难保。不如暂且隐忍，安抚他们，使他们暂缓实施他们的阴谋。等到丧事完毕，新君继位，在外结交邻国，在内遣散他们的党羽，才可拿下这二人。"听到这些，梁五退下对东关五说道："荀息忠诚，却缺少谋略，做事迂腐，我们不可听他的。里克、邳郑父虽然是同谋，但是因为先世子申生之死，里克内心怨恨已深。倘若我们除去里克，邳郑父心灰意懒，必定会罢手。"东关五问如何除去？梁五说道："如今马上临近献公入葬的日子，我们可以设伏在东门，看见里克前去送葬，就突然出击杀死他，此事一个人就可以了！"东关五同意了梁五的建议，并说道："我有一位门客，名为屠岸夷，能背负三千钧的重量飞驰。倘若许诺他高官厚禄，这个人便可使用。"于是东关五召来屠岸夷，告诉他这件事。

屠岸夷与大夫雅遬的交情深厚，便悄悄将东关五的阴谋告诉了雅遬，并问道："此事是否可行？"雅遬阻止道："先世子的冤屈，举国上下没有不痛心的，这一切皆是骊姬母子的缘故。如今里克、邳郑父两大夫想要歼灭骊姬以及党羽，迎回公子重耳，立他为君，此乃义举，深得人心。你若助纣为虐，仇恨忠良，干这种不忠不义之事，连我都不会容你，更别说晋国百姓了。就算侥幸成功了，也必将遭受万代的骂名，不能干呀！"屠岸夷大惊道："我糊涂呀，差点上了人家的当，我现在就去找他将此事推辞掉。"雅遬道："如果你推辞，那他们必定会再派遣其他人，不如你假装答应，到时临阵倒戈，诛杀逆党，我将迎立新君的功劳让给你。这样一来，你既不会失去荣华富贵，又有好的名声，这跟不义杀人怎能相提并论？"屠岸夷说："大夫教导得对！"雅遬道："确定不会再反悔了吧？"屠岸夷道："大夫若是起疑，那我就请求结盟发誓。"接着便杀鸡对天盟誓，表示绝对不会反悔。屠岸夷走后，雅遬立马将这件事告诉了邳郑父，邳郑父则告诉给了里克，然后他们各自整顿家兵，约定在送葬之日一起发难动手。

到了送葬的日期，里克称病不参加送葬仪式。屠岸夷对东关五说道："诸位大夫皆出城送葬，唯独里克留在城中，这是上天要夺去他的命呀！请你给我士兵三百，我包围他的府邸，围歼杀掉他。"听完这话，东关五大喜，当即拨给屠岸夷三百士兵。屠岸夷率兵假装包围了里克的家。里克故意派人到墓地前去告急。荀息听到消息，大吃一惊，急忙问出了何事？东关五说道："听说里克要趁机作乱，我们就派门客家兵包围了他的府邸，倘若我们能成功，那是大夫你的功劳，倘若不能，我们也不会连累大夫你的。"听到这话，荀息心慌意乱，匆匆将献公下葬，又命"二五"带兵前去相助，而他自己则带着卓子返回宫中，坐在朝堂上，等待消息传来。东关五先带兵来到东市，屠岸夷看见他来到，便假装说有事禀报，来到他身边，突然用手臂勒住他脖子，顷刻间，东关五脖子折断而死。一时间，军中大乱，屠岸夷大呼道："公子重耳已经率领秦、翟两国的兵马抵达城外。我奉里克大夫的命令，为先世子申生伸冤，诛杀奸臣，迎回公子重耳，让他来继承国位。你们愿意跟随的人便来，不愿意的请自行离去。"士兵们听闻要拥立重耳为国君，无不踊跃听从命令。梁五听闻东关五被杀，急忙跑到朝堂，准备和荀息一块儿带着卓子出逃。结果却被屠岸夷追到，里克、邳郑父、雅遄也各自率领家兵赶到。梁五料定不能脱身，便拔剑自杀，结果重伤不死，反被屠岸夷一把擒住，里克趁机挥刀，将梁五劈成两端。这时左行大夫共华也率领家兵前来相助，一起杀入朝堂。里克拿着剑先行，众人紧跟其后，左右侍从见状，大吃一惊，纷纷散去。只见荀息面不改色，左手抱着卓子，右手用袖子掩盖住卓子的脸。卓子因为害怕，不停哭啼。荀息对里克说："孩子有什么罪？宁可你杀死我，也求你留下先君的血肉。"里克反驳道："那申生有什么罪？他也是先君的血肉呀！"回头对屠岸夷下令道："还不动手？"紧接着，屠岸夷把卓子从荀息手中夺来，朝台阶上摔去。一声响，卓子被摔成了肉饼。荀息大怒，举剑要与里克决斗，也被屠岸夷给斩杀了。随后，众人杀入宫中。骊姬先是跑到贾君宫中，结果贾君闭门不接纳她。没有办法，骊姬只能跑到后花园，从桥上跳河而死。里克下令陈尸示众。骊姬的妹妹少姬也嫁给了晋献公，虽然生下了卓子，但不争宠，也没权力，便饶她不死，只是囚禁在冷宫。里克又诛杀"二五"以及优施全族。后世有人作诗叹息骊姬道：

譖杀申生意若何？要将稚子掌山河。

一朝母子遭骈戮，笑杀当年《暇豫》歌。

又有诗叹息荀息听从昏君的遗命，立婢妾之子为国君，最后死于非命，死不足惜，诗道：

昏君乱命岂宜从？犹说硁硁效死忠。

璧马智谋何处去？君臣束手一场空。

里克召集百官在朝堂上议事，说道："如今婢妾的余孽已经除去，众多公子中唯有重耳年纪最长，而且也最有贤能，应当立他为君。诸位大夫倘若同意，便请联名在这书简上写下自己的名字。"邳郑父说道："此事非狐突老大夫领头不可！"里克当即命人用车去接狐突。可狐突却推辞道："我的两个儿子都跟随重耳逃亡，倘若让我前去迎接，必定会有人说我藏有私心。我狐突已经老了，还是请各位大夫自行商议决定吧！"见狐突不来，里克只能带头先在书简上写下自己的名字，随后邳郑父签名，然后共华、贾华、骓遄等三十几人签名。迟到的人没能在书简上签下自己的名字。里克把上士的头衔暂时给予屠岸夷，命他带着书简前往翟国，迎接公子重耳回国。重耳见书简上没有狐突的名字，心中便起了疑。魏犨催促道："前来迎接，却不回去，公子难道真想长久留在异乡为客吗？"重耳道："你有所不知，先君的公子尚且还有很多，为何一定要立我为君？而且，奚齐、卓子刚死，他们的党羽尚未清除干净，一旦回去，再想出来就难了。上天若要保佑我，赐我君位，我又何必担心眼下不能回国呢？"狐偃也认为，趁着丧乱回国继位，有损忠孝的美名，也劝阻重耳不要回去。于是，重耳谢绝使者道："重耳得罪父君，被迫逃往他国，父君生时不能亲自问安侍膳，死后也不能扶灵哭送，现在又怎敢乘乱回国，贪图王位呢？还请诸位大夫商议后立其他公子，重耳绝对不敢有任何异言。"没有办法，屠岸夷只能回国报告，里克准备再派遣使者前往。可大夫梁繇靡却说道："哪位公子不能继承国位？不如我们迎回夷吾继位如何？"里克反驳道："公子夷吾，为人贪婪残忍。贪婪则没有诚信，残忍则没有亲友，远不如重耳。"可梁繇靡则说："夷吾就算不如重耳，但也比其他公子强吧。"众人全都表示赞同。里克没有办法，只能派遣屠岸夷随梁繇靡前往梁国，迎回夷吾。

且说晋国公子夷吾在梁国，梁国国主将女儿嫁给了他，不久便生下一子，取名为圉。夷吾居住在梁国，日夜期盼晋国国中有乱，想要乘机回国，夺取国位。当他听闻献公去世，当即命令吕饴甥率兵袭击屈城，并强行占领了此地。当时荀息因国事繁忙，没有来得及夺回屈城。当听到奚齐、卓子被杀，众大夫要迎回重耳回国继位的消息，吕饴甥急忙写信报告给夷吾，夷吾与虢射、郤芮进行商议，准备要争夺国位。忽然又见梁繇靡等人亲自前来迎他回国，夷吾把手放到额头上，说道："老天这是要从重耳手中夺取国位，交到我手上呀！"不由喜形于色。郤芮进言道："重耳并非不想得到国位，他之所以不回国，一定有他的疑虑。公子请勿轻信他人，大夫们在朝堂内推举远在他国的您为君，必定是为了满足自己的私欲。当今晋国大臣们，以里克、邳郑父为首，公子应当送去重礼，贿赂拉拢他们。可即使这样，依旧有危险。想要入虎穴必须要手握利器。公子想要回国，必须要借助其他强国的力量。与晋国相邻的国家，唯有秦国最为强大，公子何不派遣使者前往秦国，献上重礼，卑辞求助呢？一旦秦国答应帮助，公子这才可以回国继位。"夷吾听从郤芮的建议，许诺克里，要赐给他汾阳的百万田产；许诺邳郑父，要赐给他负葵的七十万田产。并命屠岸夷先回晋国报信，留下梁繇靡作为使者，拿着自己手书前往秦国求援，并表达了晋国诸位大夫奉迎秦国的意思。

秦穆公对蹇叔说道："晋国大乱，等待着我去平定，此事天帝早已在梦中下令给我。我听说重耳、夷吾皆是有贤能的公子。我准备挑选出一个，加以扶助，却不知这二人谁更好些？"蹇叔道："如今重耳在翟国，夷吾在梁国，皆离这里不算太远。主公为何不借助晋国国主去世这个机会，派人前去慰问，也好趁机观察这二位公子的为人。"穆公同意，命公子絷作为使者，前去慰问重耳，再去慰问夷吾。公子絷来到翟国，见到公子重耳，说自己是奉了秦国国君的命令，前来慰问。礼节完毕后，重耳当即退下。公子絷命守门人传话道："公子应把握好时机，返回晋国，继承国位，敝国国君愿派遣军队充当先锋。"重耳将这些话告诉了赵衰。赵衰说道："本国朝臣前来迎请，咱们都拒绝了，如今要借助外国的军队回国继位，就算成功也是脸上无光呀！"于是，重耳出来对公子絷说："您受你们国君的命令，前来慰问我这个逃亡之人，并告诉我你们的建议，我实在是感激不尽。逃亡之人身上并没有什么宝物，只有一颗仁爱之心。如今父君献公死去，我怎敢有其他念头呢？"说完，便伏地大哭，然后叩首行礼离开，期间再没有说一句话。公子絷见重耳不答应，心中便知道他的贤能，只能叹息离去。

公子絷在梁国慰问夷吾，刚礼节完毕，夷吾就对公子絷说道："大夫奉贵国国君之命，前来慰问我这个逃亡人，可有什么要教诲我这个逃亡人的吗？"公子絷便把"把握时机返回晋国夺取国位"这句话也说了出来。夷吾听后大喜，赶忙行礼叩首称谢。随后，夷吾入内将此事告诉郤芮，说秦国答应扶助。郤芮问道："秦国为何要帮助我们，必定是想从我们这里得到好处。公子必须割去大片的土地贿赂秦国。"夷吾道："割去大片土地，岂不是有损晋国的实力？"郤芮道："公子要是不能返回晋国继位，那就是梁国山间的一个百姓，晋国的土地再多，与您有何相干？别人的东西，公子又何必要珍惜呢？"于是，夷吾再次出来见公子絷，握着他的手说道："里克、邳郑父皆答应我回国继位，我都有重礼相送，不敢轻薄怠慢。倘若我能得到贵国国君与公子的厚爱，使我入主晋国，掌管江山社稷，我愿割让黄河以西五座城池给秦国，以方便你们到东方游玩。东到虢地，南到华山，以解梁为界，土地尽归秦国所有。"说着，夷吾便从袖中拿出契约，脸上甚是得意。公子絷正想拒绝，夷吾又说道："我另有黄金四十镒，白玉六双，送给公子。还请公子在你们国君面前替我美言几句，我一定不会忘记公子你的恩德。"公子絷这才收下契约和礼物。有史官写诗记录这件事：

重耳忧亲为丧亲，夷吾利国喜津津。
但看受吊相悬处，成败分明定两人。

公子絷返回秦国，向秦穆公复命，详细讲述了与重耳、夷吾两位公子相见的情形。穆公说道："重耳贤能，夷吾远不如他。必须要扶助重耳。"公子絷回答道："主公想帮助晋国，帮助晋国立君，可不知主公这样做是真的为晋国担忧呢？还是想借此名扬天下呢？"穆公回答道："晋国的事情与我有何关联呢？我是想借此机会扬名天下。"公子絷说道："主公如果真的担忧晋国，那就为晋国挑选一个贤君；如果只是为了扬名天下，那不如挑选一个不贤的人继承晋国国位。不管怎么挑选，我们都有帮助晋国立君的美名。可立贤者为君，晋国则会逐渐强于我国；立不贤者，晋国将逐渐弱于我国。这两者相比，哪种对我国更有利呢？"穆公道："你说的话真是让我茅塞顿开啊！"接着便命令公孙枝率领三百辆战车，前去梁国，帮助夷吾回到晋国继位。

秦穆公的夫人，乃是晋国世子申生的胞妹，称为穆姬，自幼养在晋献公次妃贾君的宫中，甚是贤惠。她听闻公孙枝将帮助公子夷吾返回晋国继位，便写信给夷吾，说道："公子若回到晋国继承国位，必须要厚待贾君。其他几位公子，因内乱被驱逐，也都无罪。我听闻只有枝叶繁茂，根茎才会强健，公子应尽快接回他们，并重用他们，这样晋国才会繁荣昌盛。"夷吾见到来信，害怕失去穆姬的欢心，随即亲笔写信回复，对于穆姬信中的要求一一答应。

这时齐桓公听闻晋国有乱，准备联合诸侯共同谋划晋国，便亲自赶到高梁。可这时又听到秦国军队已出发的消息，再加上周天子也派遣大夫王子党率军来到晋国，便只派遣公孙隰朋率军与周、秦的军队会合，共同扶助夷吾回国继位。吕饴甥也从屈城赶来相会。于是，齐桓公便回了齐国。里克、邳郑父请国舅狐突做主，率领群臣，准备车驾仪仗，赶到晋国边境，迎接夷吾。夷吾回到晋国都城绛都继位，史称晋惠公。以当年为元年，即晋惠公元年，也就是周襄王二年。晋国百姓向来仰慕重耳的贤能，想要拥立重耳为君，可现在失去重耳，反而立夷吾为君，不由大失所望。

晋惠公已经继位，便立了自己的儿子圉为世子。又封狐突、虢射为上大夫，吕饴甥、郤芮两人为中大夫，屠岸夷则为下大夫。至于其他在朝大臣，一切从旧，依旧为原职。接着，惠公派遣梁繇靡跟随王子党前往周朝，韩简跟随公孙隰朋前往齐国，分别前去拜谢扶助之恩。唯有公孙枝因等待索取河西五座城池，暂且留在晋国。惠公对割去五座城池心有不舍，便召集群臣共同商议此事。虢射看着吕饴甥，吕饴甥立马明白虢射的意思，他立即进言道："主公先前之所以贿赂秦国，是因为尚未登位为君。如今既然已经继位,那晋国就是主公的,就算不给秦国,秦国又能对我们怎么样?"里克反驳道:"主公刚继位,就要失信于强大的邻国,这万万不可,不如就割给秦国。"郤芮道:"割去五座城池,就是失去半个晋国。秦国虽然兵力强盛,但必定不能强行攻下我们五座城池。况且先君身经百战,苦心经营,这才有了那片土地,万万不可放弃。"里克说道:"既然知道那是先君的土地,那为何还要许诺给他?既然许诺了,又不给,那岂不是要惹怒秦国?再说先君立国于曲沃,那只是一片弹丸之地,先君自强不息,勤勉于政,这才能兼并小国,最终成为了现在的大国。主公若能效仿先君,励精图治,善待友邻,又何必要担心这区区五座城池呢?"听到此话,郤芮不免怒气三分,大喝道:"里克之言,并非为了秦国,而是为了得到汾阳的百万田产,他是害怕主公不给,这才用秦国来压主公。"邳郑父用手臂悄悄推了一下里克,里克这才不敢再说话。惠公道:"不割地,则失信于他国;割地了,则会导致国家实力变弱。那给秦国一两座城如何?"吕饴甥道:"给秦国一两座城,不仅不会挽救我们失信的名声,反而会挑起秦晋两国的战争,不如彻底推辞掉。"于是,惠公便命令吕饴甥修书一封,写给秦国。书信上大致写道:

夷吾刚开始答应把黄河以西的五座城池割让给秦国。如今有幸继位守护晋国的江山社稷,我念及贵国的恩赐,准备依约行使。可我们晋国的大臣却纷纷阻止我道:"土地是先君打下来的土地,你当时流亡在外,怎能擅自将土地许诺给他国呢?"我与朝臣们争辩多次,未能得到我想要的结果。还请贵国可以宽缓一段时间,我绝对不敢忘记贵国的恩德。

写完信后,惠公问道:"谁能为我前去出使秦国?"邳郑父主动请求前往,惠公随即答应。

原来惠公回国继位前,也曾许诺过邳郑父,将负葵七十万的田产赏赐给他。可如今惠公既不答应给秦国城池,又怎么会给里克、邳郑父这二人田产呢?邳郑父虽然口上不说,但心中充满怨恨,特意讨来此差事,准备找秦国国君控诉。邳郑父随着公孙枝来到秦国,拜见秦穆公,呈上国书。穆公看完国书,拍案大怒,呵斥道:"我就知道夷吾是一个不能担任君主的小人,如今果然被这个奸贼给欺骗了。"便想要杀了邳郑父。公孙枝赶忙上奏道:"这并非是邳郑父的罪过呀!还希望主公能饶恕他。"穆公怒气未尽,问道:"是谁指使夷吾反对我的?我要亲手杀了他!"邳郑父道:"还请国君屏退左右随从,臣有话要说。"这时,穆公的脸色才稍有缓和,随即命左右退到帘下,让邳郑父上前回话。邳郑父回答道:"晋国诸位大夫无不感激国君的恩德,愿意割让土地给贵国,可唯有吕饴甥、郤芮二人从中不断阻扰,不肯割让。国君若用重礼聘问这二人,好言劝他们来秦国,一旦他们来到,便处死他们。国君再扶助重耳,我与里克驱除夷吾，作为内应，届时重耳继位，我们晋国世世代代听从秦国的号令，你看如何？"穆公听后大喜，说道："此计甚好！而且正合我本来的心意。"于是派遣大夫泠至跟随邳郑父来到晋国，欲诱杀吕饴甥、郤芮二人。

第二十九回
晋惠公大诛群臣　管夷吾病榻论相

　　话说，里克本来就是想迎请公子重耳回国继位，只因重耳推辞不肯回国，夷吾又送重礼行贿想要回国继位，里克也只能顺从众人的意见行事，迎回夷吾。可谁知惠公继位后，之前所许诺的田产丝毫不给，又重用虢射、吕饴甥、郤芮这一帮私交之人，排挤疏远前朝旧臣。里克心中早已不满。等到劝惠公割地给秦国时，自己分明说的是公道话，却被郤芮诬陷说他是为了谋取私利。里克怒不可遏，在朝堂上却没法说，自己忍了一肚子气，敢怒而不敢言。等出了朝堂门，里克的脸上就流露出怨恨愤怒的神色。等到邳郑父出使秦国，郤芮等人害怕他与里克有所图谋，便派人私下监视。邳郑父也考虑到郤芮等人可能会所有监视，便不与里克告别，独自离开。里克后来派人请邳郑父前来说话，可邳郑父已经出城了。里克急忙前去追赶，可没有追上，只能返回。

　　这件事早有探子报告给了郤芮，郤芮急忙求见惠公，上奏道："里克因主公您夺去他的权力，又不肯给他汾阳的田产，心生怨恨。如今他听到邳郑父出使秦国的消息，急忙亲自驾车追赶，他们二人必定有所图谋。而且臣听闻里克向来偏向重耳，拥立主公为君并非他的本意。万一他与重耳里应外合，我们该怎么防范？不如赐死里克，杜绝后患。"惠公道："里克对我有功，如今用什么借口杀死他呢？"郤芮道："里克杀死奚齐，又杀卓子，还私自杀死顾命大臣〔即托孤之臣〕荀息，罪名大且众多。他迎立主公回国继位，那是他对主公私人的恩情。讨伐他弑君谋逆之罪，那可是公义，是触犯国法天条所必须接受的处罚。主公不可因私人恩义而不顾国法呀！臣请求主公下令，让臣率兵前去征讨。"惠公同意让他前去。

　　郤芮率兵直接来到里克家中，对里克说道："晋惠公有令，命我来告诉你。惠公说：'没有你，我无法成功回国继位为君。我绝对不敢忘记你的功劳。可是你弑杀了两位世子，一位大夫，这让我很为难。我奉先君的遗命，不敢因私人恩义而不顾国法大义，只能请大夫你自尽了！'"里克听完这话，怒斥道："没有之前的废弃，主公怎能回国继位？欲加之罪，何患无辞？我这就听从主公的命令。"郤芮在一旁再次逼迫他。里克便拔出佩剑，跺着脚大声呼喊道："上天也冤枉好人呀！我忠诚为君，最后却落个杀身之祸，死后倘若有知，还有何颜面去见荀息大夫呢？"说完，里克便自刎而死。见里克自尽身亡，郤芮急忙前去将消息报告给惠公，惠公听完大喜。后世有人作诗叹道：

才入夷吾身受兵，当初何不死申生？

方知中立非完策，不及荀家有令名。

惠公杀死里克，这让很多大臣心生不满，祈举、共华、贾华、雅遄等人更是口出怨言。惠公便想处死他们。郤芮却阻止道："邳郑父还在国外，如果我们现在多行杀戮，处死大臣，只会逼迫他们反叛。暂时不可动手，还请主公多忍耐几天！"惠公道："秦夫人曾写信给我，让我善待贾君，而且还让我尽数召回接纳各位流亡在外的公子。你看这该怎么办？"郤芮道："各位公子，哪一个没有回国争夺国位之心呢？主公不可召回接纳他们。主公只需善待贾君，这就足以报达秦夫人的恩情了。"于是，惠公召见贾君。这时贾君姿色尚存，惠公便忽然动了淫心，对贾君说道："秦夫人嘱咐我与你寻欢作乐，你可不能推辞。"当即便抱住贾君，宫中侍从皆含笑避开。贾君畏惧惠公的淫威，只能勉强服从。事情完毕后，贾君留着泪对惠公说道："妾未能随先君而去，到阴间侍奉他，如今又失身于君，妾的身体并不算什么，只是我想求君为先世子申生昭明冤屈，妾也能回复秦夫人，以赎回我失身之罪。"惠公说道："奚齐、卓子这两位公子早已被杀，先世子申生的冤屈早已经大白于天下。"贾君道："我听说先世子申生至今还草草埋葬在新城。君一定要为他迁坟，并赐谥号，使他的冤魂得以安定。而且整个晋国的百姓也希望君可以这样做。"惠公随即答应，并命郤芮的弟弟郤乞前往曲沃，为先世子申生选择陵地，安排移葬。又命太史议定申生的谥号，因为申生恭敬孝顺，因此谥号为"恭世子"。又叫狐突前去祭坟。

先说郤乞来到曲沃，挑选好陵地，又准备好衣衾棺椁，以及各种陪葬的冥器木偶，各个方面都准备得极为整齐。然后才去掘开申生的坟墓，只见申生的尸首不腐，面色如生前一般，只是臭不可闻，役夫纷纷掩鼻躲开。郤乞急忙焚香向尸首再次行拜礼，说道："世子生前洁净，死后怎会不洁？就算不洁净，那也不是世子的原因，还请世子不要恐吓众人。"刚说完，臭气瞬间消失，转变成了一股奇异的香味。接着，众人将申生重新入殓装棺，埋葬在曲沃城外的高地上。曲沃的百姓听到消息，全都出城来送，无不痛哭流涕。埋葬后的第三天，狐突带着祭品亲自赶来，他以惠公之名设立牌位，进行祭拜，并亲手写下了墓碑"晋恭世子之墓"。

事情完毕，狐突便想返回都城，忽然看到旌旗飘扬，盔甲鲜明，层层士兵簇拥着一队车马，狐突不知是谁，急忙打算避开。这时，只见副车上出现一人，他须发斑白、衣冠整齐，从容地从车上走下来，来到狐突面前，作揖行礼说道："世子命我前来迎接，还请国舅移步说话。"狐突听到此话，正视来人，发现原来是太傅杜原款，恍惚之间竟忘记杜原款早已死去，便问道："世子何在？"杜原款用手指后面的大车道："这就是世子的车。"狐突便跟随杜原款来到车前，只见世子申生头戴缨冠，腰佩长剑，如同生前一般。申生又命人下去请狐突上车，说道："国舅想念我申生不？"狐突流着泪说道："世子的冤屈，就算人都为之流泪伤心。我狐突是什么人，怎能不想念你？"申生道："天帝怜悯我仁慈忠孝，已经命我为乔山之主。夷吾无礼于贾君，我厌恶他的人品，不想让他替我迁坟，可又怕违背众人的心思，这才放弃。如今秦国国君十分贤明，我想送晋国给秦国，让秦君掌控，并主持祭祀，国舅您看如何？"狐突回答道："世子虽然厌恶晋君夷吾，可晋国百姓有何罪呢？晋国先君又有何罪呢？世子舍弃同姓，亲近异国异姓，这恐怕有违仁孝的道德。"申生说："国舅所言极是，可我已经上奏天帝，我如今应当再次上奏天帝说明情况，还请国舅姑且等我七日。新城以西有位巫士，我将委托他回复给国舅您。"杜原款这时在车下说道："国舅可以离去了！"接着，他便伸手牵着狐突下车，狐突失足跌落到地上，回头一看，车马全都不见了。再醒来时，狐突发现自己正躺在新城城外的馆舍中，他不由心中大吃一惊，急忙问左右随从："我为何在这里？"左右随从回答道："大夫祭祀完毕后，焚香祷告神灵，忽然倒在苇席上，我们唤不醒，只能扶你到车上，载着你来到此处休息。幸好大夫身体无事。"听到这话，狐突便知道刚才经历的是梦，不由暗自称奇，也没有跟其他人说，只是推辞说自己身体不适，留在馆舍暂住。到了第七天末时与申时交替时，门人来报："有位城西的巫士前来求见。"狐突当即命人召巫士入内，并提前命左右侍从退下，自己一人等待巫士的到来。巫士入内，自言自语道："我向来会与鬼神通话传信。如今有位乔山之主，乃是晋国已故世子申生，他托我传信给国舅：'如今已经再次上奏天帝，决定只羞辱那一人，断绝他的子嗣，以此作为惩罚，不再牵连晋国的百姓。'"狐突假装不知，问道："所要惩罚之人是谁呀？"巫士说："世子只让我这样传话，我也不清楚所指的是何人何事。"接着，狐突命左右侍从取出金帛，赏赐给巫士，并反复告诫让他切勿告诉他人。巫士答应了，叩谢行礼后离开。狐突回到晋国，将这件事私下告诉给邳郑父的儿子豹。豹说道："当今主公举止乖张，为人残暴，必定不会坚持到最后，早晚会垮台。晋国早晚还是重耳的。"两人正在叙谈，守门人来报："邳郑父出使秦国归来，现在已经去朝堂上向国君复命了！"

却说秦国大夫泠至陪同邳郑父,带着数车礼物,来到晋国引诱吕饴甥、郤芮赴秦。走到晋国国都绛城郊外,忽然听到惠公杀死里克的消息,邳郑父心中起疑,本想调头返回秦国,再作商议。可又想起他的儿子豹还在绛城,担心自己一走了之,必定会连累儿子豹。因此进退两难,犹豫不决。恰好大夫共华此时也在郊外,便邀请他与自己相见。邳郑父问里克被杀的缘故,共华一一详细叙述。邳郑父问道:"我如今还能进城吗?"共华道:"当初与里克一同行事的人众多,就连我共华也在其中,可如今主公仅仅诛杀了里克一人,并未波及到其他人。如果畏惧不入城,那岂不是自己承认自己有罪了!"邳郑父听从共华的话,驾车入城。邳郑父先是向惠公复命,然后领泠至前来朝见。泠至呈上国书礼物,惠公打开国书看,书上大致写道:

晋、秦两国,乃是外甥与舅父的关系,土地在晋国,就如同是在秦国。诸位大夫都忠于自己的国家,我又怎敢说一定要得到那些土地,伤害众大夫的心呢?但我有两国边界的事情,想与吕、郤两位大夫当面商议,希望两位大夫日夜兼程而来,以安慰寡人殷切之盼望。

国书尾部还有一行字:"原地券契约一并交还。"惠公本来就是一个目光短浅的小人,他见到礼物丰厚,而且又主动归还契约,心中甚是开心,随即准备派遣吕饴甥、郤芮出使秦国。

郤芮私下对吕饴甥说道:"秦国使者此次前来,定不怀好意。他们的礼物丰厚,语言诚恳,定是引诱你我。一旦我们出使秦国,必定会劫持我们,以此要求索取河西的五座城池。"吕饴甥道:"我也这样想,秦国不会这样讨好晋国。这一定是邳郑父听到里克被杀的消息,害怕自己不能幸免,便与秦国串通密谋,想要借秦国人之手杀死我们,然后犯上作乱。"郤芮说:"邳郑父与里克本是同党,荣辱一体。里克被杀死了,邳郑父又怎能不害怕呢?你今天的猜想估计是正确的。当今群臣有一半是里克的党羽,倘若邳郑父有所图谋,那朝中必定也有同谋之人。暂且先送走秦国使者,然后再慢慢观察、处置他们。"吕饴甥说好。于是这二人告诉惠公,先让使者泠至回秦国。惠公对泠至说道:"晋国还没有彻底安定,等到吕、郤二大夫有空暇的时间,我会立即派遣他们去秦国拜见你们国主。"没有办法,泠至只能回到秦国。

从此,吕饴甥、郤芮派遣心腹日夜监视邳郑父的家门,伺机观察动静。邳郑父见吕、郤二人丝毫没有赶赴秦国的迹象,便秘密邀请祁举、共华、贾华、骓遄等人晚上到他家中议事,五更天后,众人才散去。心腹见此情形,急忙回报。郤芮说道:"这些人会有什么难以决断的事情,必定是在密谋造反谋逆。"他便与吕饴甥进行商议,又派人请屠岸夷来此,说道:"你大祸临头了,知道吗?"屠岸夷听到此话,大吃一惊,连忙问道:"祸从何而来?"郤芮道:"你先前协助里克弑杀幼君,如今里克已经伏法,主公将要处罚你呀!我们两个因为你迎立主公有功,不忍心见你惨遭杀害,特意来告诉你一声。"屠岸夷流着泪,说道:"我乃是一介莽夫,只会听人差遣,不知罪在何处,还请两位大夫救我呀!"郤芮道:"如今主公怒不可遏,眼下只有一个办法,可以帮你摆脱灭门之祸。"屠岸夷立马跪下,求问计策。郤芮连忙将他扶起,偷偷告诉他:"邳郑父与里克是同党,有图谋犯上的心思,如今邳郑父与几位大夫密谋作乱,想要驱逐主公,改立公子重耳为君。你要假装害怕被杀,前去面见邳郑父,与他共同谋划,一旦尽知他们的阴谋,并拿到证据,就出来自首,向主公告发他们。我答应你,事成之后,将主公许诺给邳郑父负葵的田产,拿出三十万答谢你。你不仅得到了重用,而且还不用担心以前的罪过。"听完这话,屠岸夷大喜,说道:"我屠岸夷死里逃生,全是大夫的功劳,我怎敢不拼命效力?可我不善言辞,害怕万一对答不上坏了两位的大事啊!"吕饴甥道:"这不用担心,我来教你。"接着,吕饴甥为屠岸夷准备了对答之词,让他熟记于心。

当晚,屠岸夷便叩开邳郑父的家门,让门人传话说,有要事相商。邳郑父以醉酒休息为借口,不见屠岸夷。屠岸夷便守在门内,直到深夜也不肯离去。没有办法,邳郑父只能请他入内。屠岸夷一见到邳郑父,便立即下跪说道:"请大夫救我一命呀!"听到这话,邳郑父大吃一惊,赶忙问为何如此。屠岸夷说道:"主公因我曾帮助里克弑杀卓子,将要处死我呀!"邳郑父道:"如今吕饴甥、郤芮二人掌管朝政,为何你不去求他们呢?"屠岸夷道:"这全是吕、郤二人设计陷害我的阴谋呀!我恨不得吃这二人的肉,求他们又有什么用呢?"邳郑父还是不信他的话,又问道:"你想怎么办?"屠岸夷道:"公子重耳,为人仁慈孝顺,又深得人心,晋国百姓都愿意拥戴他为君。秦国人厌恶夷吾违背契约,也想改拥重耳为君。如果大夫可以亲手写下一封信,我愿日夜兼程送给公子重耳,让他联合秦、翟两国的兵马,重返晋国。届时大夫再联合先世子申生的旧党,从内起事,内外呼应。届时,先斩杀吕饴甥、郤芮这两个奸贼,然后再驱除夷吾,改立重耳为君,你看如何?"听到这话,邳郑父谨慎地问道:"你不会临时变卦了吧?"屠岸夷当即咬破手指,发誓道:"我屠岸夷若有异心,全族尽灭。"邳郑父这才相信他,约定在明天三更,再次进行商议。到了第二天,屠岸夷按时前往。发现祁举、共华、贾华、雅遬皆在邳郑父家中,还有叔坚、累虎、特宫、山祈这四位先世子申生的旧属,加上邳郑父和屠岸夷,一共是十个人。这十人对天歃血起誓,共同辅助公子重耳为君。后人有诗写道:

只疑屠岸来求救,谁料奸谋吕郤为?
强中更有强中手,一人行诈九人危。

事后,邳郑父设宴款待众人,全都大醉后离去。屠岸夷私下将这件事报告给了邵芮，邵芮说道："空口无凭，必须要得到邳郑父的手书，这才能定罪。"于是，屠岸夷在第二天夜里又来到邳郑父家中，索要亲笔密信，前去迎请重耳。邳郑父早已写好书信，并且在书信后面签名，一共是十位，其他九位早已签字画押，唯独第十个屠岸夷并未签字画押。屠岸夷见此，立即将自己名字签上。随后，邳郑父将书信封好，交到屠岸夷手中，再三嘱咐道："万分小心，万不可泄露出去。"得到书信的屠岸夷，如获至宝，径直朝邵芮家走去，并呈给邵芮看。邵芮将屠岸夷藏在自己家中，将书信藏在袖中，同吕饴甥一起去见国舅虢射，详细讲述邳郑父等人密谋作乱的事情，并说道："若不尽早铲除，恐怕会出现不测。"虢射连夜叩开宫门，面见惠公，详细讲述邳郑父的阴谋，说："明日早朝，便可当面给他们定罪，就以这封手书为证。"

第二天，惠公早朝，吕饴甥、邵芮提前安排武士藏在朝堂帷幕后面。百官行礼完毕后，惠公召邳郑父上前问话，说道："听说你想驱逐我，迎立重耳为君，我问你，我到底有什么过错？"邳郑父正想辩解，邵芮却持剑大喝道："你派遣屠岸夷带着密信，前去迎立重耳，幸亏主公有天大的福气，屠岸夷已经被我们在城外拿下，而且搜出了密信。如今屠岸夷已经招供，同事同谋的人一共十人，你们也不必为自己辩解了！"惠公随即把密信抛在案下。吕饴甥拾起密信，按照书信上的名字，一一宣读，直接命武士拿下。只有共华告假在家，并未在现场，便另行派人前去擒拿。而其他八人皆面面相觑，有口难辩，无处可逃。惠公下令："将他们推出朝门斩首。"贾华大声呼喊道："臣当年奉命讨伐屈城，曾私自放走主公，主公能否看在往日的功劳上，饶我不死？"吕饴甥道："你当初侍奉先君，却私自放走主公。如今侍奉主公，却又私通重耳。如此反复无常的小人，早就该被杀了！"听到这话，贾华无言以对。这八人皆束手被武士处死。

却说共华在家，听到邳郑父等人因事情败露而惨遭杀害，便急忙来到家庙行礼拜别，准备上朝领罪。他的弟弟共赐说道："去就是死，为何不想法逃走呢？"共华道："邳大夫是因为听了我的劝说才回来的。是我害死了他，我如果现在还苟且偷生独自活在这世上的话，那还算什么大丈夫。我并不是不想活着，我只是不想对不起大夫罢了。"说完，他不等捕捉他的武士来到，就径直赶入朝堂，请求一死。惠公随即又命人将他斩首。豹听到父亲被杀的消息，赶忙飞奔到秦国避难。惠公想要尽数诛杀里克、邳郑父这几位大夫的族人，邵芮劝阻道："惩罚罪人，不连累他的妻子儿女，这是自古以来的原则。谋逆作乱的人遭到诛杀，这就足以告诫众人。何必要杀掉他们的亲属，来让众人畏惧呢？"惠公这才赦免了他们的族人，又晋升屠岸夷为中大夫，赏赐负葵一带三十万的田产。

却说豹来到秦国，一见到秦穆公，便伏地放声大哭。穆公问他原因，豹将他父亲密谋的事情，以及被害的原因全都详细叙述了一遍，又献计道："晋国国君背弃秦国大恩，又在国内以怨报德，残杀功臣，令百官畏惧，百姓不满。倘若贵国可以出一支军队前去讨伐，晋国必定会因内部不满而崩溃，届时是废除夷吾，还是另立新君，全都可以按君主您的意愿办。"穆公就此事询问群臣的意见，蹇叔回答道："按照豹的话去讨伐晋国，是帮助臣子讨伐国君，有违义理。"百里奚也说道："倘若百姓不满，必定会产生内乱，我们完全可以等到他们内乱时，再发兵攻打。"穆公道："我也怀疑豹所说的话。夷吾一朝杀死九位大夫，如果百姓人心不满，他怎能这样做？更何况，出兵讨伐没有内应，也不一定能获得胜利。"于是，穆公留豹在秦国做官，封他为大夫。这时是晋惠公二年，周襄王三年。

也就在这一年，周朝王子带贿赂伊、雒一带的戎人，让戎人去攻打周朝都城，自己则从中响应，想趁机夺取王位。戎人遂入侵包围了都城。周公孔、召伯廖率兵全力固守都城，王子带不敢出城与戎人联络会面。周襄王派遣使者前去告急求援众诸侯。秦穆公、晋惠公都想与周朝结好，各自率军前去讨伐戎人，救援周朝。戎人得知诸侯大军即将到来，大肆掠夺一番，烧毁东门后离去。见到秦穆公，晋惠公脸上不由流露出惭愧的神色。惠公又接到穆姬的一封密信，信中穆姬数落他无礼于贾君，又没有如约召回其他各位公子等等不是，并劝他早日痛改前非，不失旧好。惠公担心秦军有所图谋，急忙下令班师回国。果然，豹劝秦穆公夜袭晋国军队，穆公拒绝道："我们都是为了救援周朝来到这里，虽说我们两国有私怨，但也不能在这里动手！"便各自率军回国。

当时齐桓公也派管仲率兵前来救援周朝。听到戎兵已经逃跑的消息，管仲派人前去责问戎主。戎主畏惧齐国兵强马壮，连忙派人前去谢罪道："我们戎族怎敢侵犯周朝都城？这全是王子带让我们前来的。"周襄王收到消息，驱逐了王子带。王子带出逃到齐国。戎主又命人前往周朝都城，向周天子请罪求和，周襄王答应了。周襄王追念管仲当年扶助他继位的功劳，如今又有使戎族人归顺的功劳，便大摆宴席犒劳管仲，并要用上卿的礼节对待管仲。管仲推辞道："国、高两位先生还在呢，臣万万不敢当这个上卿。"再三推辞，最后只接受下卿之礼，然后回到齐国。

这年冬天，管仲患病，齐桓公亲自前去慰问。桓公见管仲骨瘦如柴，卧床不起，拉着他的手说道："仲父的病如此严重，万一此次不幸，那我该将齐国的政务委托给谁呢？"此时宁戚、宾虚无早已先后去世，管仲叹道："可惜宁戚去世太早。"桓公道："除了宁戚以外，就没有其他人了吗？我想重用鲍叔牙，你看如何？"管仲回答道："鲍叔牙，正人君子，人品虽好，但不能掌管政务。他为人太爱憎分明了，他爱善，自然是好事，可过分嫉恶如仇，就难于与人相处。一旦见到他人身上有一处污点,鲍叔牙就会终生不忘,这是他的短板。"桓公又问道:"那隰朋怎么样?"管仲回答道:"隰朋还算可以。他不耻下问,在家也不忘公事。"说完,管仲又叹息道:"只可惜,老天生下隰朋,就是为了给臣当代言人,一旦我身死,那口舌又怎会单独存在呢?恐怕主公的任用也不会太长。"桓公又问道:"那易牙怎么样?"管仲回答道:"主公就算不问,我也会说起他的。易牙、竖貂、开方这三人是绝对不可用的。"桓公对此十分不解,问道:"易牙不惜烹煮了自己的儿子,来让我享口福,说明爱我胜过爱他自己的儿子,怎么能怀疑他呢?"管仲回答道:"喜爱自己的子女,乃是人之常情。连自己的儿子都能忍心杀死,又何况是主公你呢?"桓公道:"竖貂不惜自宫,只为了能进宫服侍我,说明爱我远胜于爱自己,又怎能怀疑他呢?"管仲回答道:"看重自己的身体,也是人之常情。他连自己的身体都能忍心破坏,更别说主公你了。"桓公又说道:"卫国公子开方,他抛弃千辆战车的世子之位,臣服于我,是因为对我的爱,他才这样做的。就连他父母死去时,他都不肯奔丧,说明他爱我远胜于爱他父母,没有什么地方可以让人起疑的。"管仲回答道:"亲近孝顺父母,乃是人之常情。他连父母都可以抛弃,更别说主公你了?况且,拥有一个千辆战车的大国,那是人人都有的欲望,可他竟然抛弃千辆战车而投奔主公,这说明他所想要的一定大于这千辆战车。主公务必驱逐这几人,不要接近他们,一旦接近,必定会给齐国造成动乱。"桓公问道:"这三人侍奉我很长时间了,为何仲父平日里不曾说起这些呢?"管仲道:"臣之所以以前不说,是为了顺从主公的意愿。他们就好比是洪水,臣就是那座大堤,抵挡他们防止泛滥。可如今大堤即将倒塌,洪水便有泛滥成灾的隐患。请主公务必远离他们。"听完这些话,桓公默然离开。

第三十回
秦晋大战龙门山　穆姬登台要大赦

　　话说管仲在病中嘱咐桓公疏远易牙、竖貂、开方三人，推荐公孙隰朋继掌相位，管理朝政。当时左右的侍从中有人听到了这番话，便告诉给了易牙。易牙去见鲍叔牙，说道："仲父之所以能当上相国，还是你推荐的。可如今管仲病重，主公问谁能接任相国，可管仲却说你不能管理朝政，反而推荐了隰朋，我为你感到不平。"鲍叔牙笑着说道："这才是我推荐管仲的原因。管仲忠于国家，不徇私情。至于我鲍叔牙，作为司寇，驱逐捉拿毛贼小人绰绰有余。倘若让我拜相掌国，届时你们在齐国还有安身之所吗？"听到这话，易牙很是惭愧，当即离开。隔了一日，齐桓公再次探望管仲，这时管仲已经不能说话了，一旁的鲍叔牙、隰朋纷纷流泪不止。当天夜晚，管仲去世了。听到消息的齐桓公痛哭不已，说道："悲哀呀！仲父！这是老天要折断我的臂膀呀！"接着命令上卿高虎住持管仲的丧葬，并嘱咐要厚葬。管仲生前的封地尽数归他儿子继承，而且赏赐世袭大夫。

　　易牙看管仲死去，乘机对大夫伯氏说道："昔日主公夺去你骈邑的封地三百，赏赐给了管仲，表彰他的功劳。如今管仲已死，你为何不请求主公归还封地呢？我会在一旁帮你的。"伯氏流着泪说道："我没有建功立业，主公这才削去我的封地。管仲虽然已经死去，可管仲的功绩至今还在，我又有什么脸面去向主公要回封地呢？"听到这话，易牙叹息道："管仲虽然死了，可依旧能让伯氏心服，我们这伙人真是小人呀！"

　　再说桓公按照管仲的遗言，命公孙隰朋掌管朝政。可还没过一个月，公孙隰朋也病死了。桓公感叹道："仲父真是一个圣人呀！他怎么就知道公孙隰朋辅佐我不会长久呢？"于是，桓公便命鲍叔牙接替隰朋的相位，掌管朝政，可鲍叔牙却坚决推辞。桓公问道："如今满朝文武没有一人的贤能可以超过你，你这是想把相位让给何人呢？"鲍叔牙回答道："主公您也清楚，我过分嫉恶如仇，如果主公一定要用我，那还请主公驱除易牙、竖貂和公子开方，我这才敢从命。"桓公说："仲父早就说了这一点，我不敢不答应你呀！"当日，桓公便罢职逐出了易牙等三人，不允许他们再入朝拜见。鲍叔牙这才领命，接替相位。这时有淮河流域一带的夷族侵犯杞国，杞国人告急，求救于齐国。齐桓公联合宋、鲁、陈、卫、郑、许、曹七国诸侯，亲自前往救援杞国，并帮助杞国迁都缘陵[今山东昌乐县东南]。诸侯各国当时还听从齐国的号令，正是因为齐桓公任用鲍叔牙，没有改变管仲原来政策的缘故。

话分两头，却说自从晋惠公继位后，晋国连年庄稼不熟，到了第五年，又遇到很大的灾荒，国库空虚，民间更是断绝了粮食。惠公想求粮于他国。左思右想，惠公发现周围的国家只有秦国离得较近，而且又有婚姻之好，只是先前自己毁约未曾补偿秦国，如今实在不便开口借粮。郤芮进言道："我们并非负秦毁约，只是特意告诉他们，暂缓割让的日期罢了。如果求粮于秦国，他们不给，那就是他们先与我们断绝关系，届时我们再毁约就名正言顺了。"惠公道："大夫所言极是。"接着派遣大夫庆郑带着宝玉前往秦国求粮。秦穆公召集群臣商议："晋国答应割让五座城池，可到现在还没给。如今又因饥荒前来向我们求粮，我们这个粮食是否应该给他们呢？"蹇叔、百里奚同声回答道："天灾人祸，哪个国家会没有呢？救助灾民，帮助邻里，那是理所当然的事情，也是顺应天理行事，上天必定会保佑我们的。"穆公道："可我们施舍给晋国的恩惠已经很厚重了！"公孙枝回答道："倘若我们施舍恩惠多，又能得到回报，则无损于秦国。倘若他们不报答我们，责任则在他们那边，到时引起民愤，我们再去讨伐，谁会与我们为敌呢？所以主公必须给他们粮食。"豹想要为父报仇，捋衣出臂，愤怒地说道："晋国国君残暴无道，上天看不下去，这才降下灾祸惩罚。我们应该趁着晋国内部饥荒无粮，前去讨伐，必定可以灭掉晋国，机不可失呀！"繇余反对道："仁者不乘人之危获取利益，智者不凭侥幸之机取得成功。在臣看来，应该给予晋国帮助。"穆公说道："辜负我的是晋国的国君，而忍饥挨饿的却是晋国的百姓。我不忍心因为他们国君的缘故，而让百姓遭受灾难。"于是穆公下令运粮万斛，从渭水出发，转道黄河、汾水，将粮食从秦国都城雍城运到晋国都城绛城。因运送的船只众多，后面的船头连着前面的船尾，所以穆公称这次运粮行动为"泛舟之役"。因为秦国发粮救济了晋国的灾荒，所以晋国百姓无不感恩戴德。有史官写诗称赞穆公送粮的善行：

晋君无道致天灾，雍绛纷纷送粟来。

谁肯将恩施怨者？穆公德量果奇哉！

到了第二年冬天，秦国遇上了荒年，而晋国反而粮食丰收。穆公对蹇叔、百里奚说道："我今日又想到两位爱卿当初所说的话，丰年与灾年，每个国家都会有，确实难以预料。倘若我去年冬天拒绝给晋国救助粮食，那今年我国饥荒，我也难以向晋国求粮呀！"豹进言道："晋国国君贪得无厌，而且言而无信，就算我们去求粮，他也不会给我们的。"穆公不信，便派遣泠至携带宝玉，前往晋国求粮。惠公原本准备将黄河以西的粮食送给秦国，以应付秦国的请求。可郤芮却阻止道："主公给秦国粮食，也要给秦国土地吗？"惠公道："我给秦国的是粮食，怎么会是土地呢？"郤芮道："主公给秦国粮食是为什么呢？"惠公道："是为了报答他们去年'泛舟之役'的恩情呀！"郤芮道："如果把泛舟送粮看作是秦国的恩德，那昔日他们扶助主公继位的恩德则会更大。主公为何要舍弃大的恩德，去报他们小的恩德？"庆郑一旁说道："臣去年奉命求粮于秦国，秦君一口答应，丝毫没有推辞，很是慷慨。如今我们拒绝援助秦国，秦国恐怕会怨恨我们。"吕饴甥道："秦国给晋国粮食，并非为了晋国好，而是为了索取土地。不给粮食，会与秦国结怨；给粮食不给土地，照样会与秦国结怨。反正最后都要结怨，那为何要给他们粮食呢？"庆郑道："幸灾乐祸，不仁；以德报怨，不义。如此不仁不义，我们又怎么能安邦立国，守护国家呢？"韩简道："庆郑说的话很对。如果去年秦国也拒绝发粮救助我们，那主公你会怎么想呢？"虢射道："去年老天夺去我们晋国的粮食给秦国，可秦国却不知保存，反而借给了我们，真是愚蠢！如今上天夺取秦国的粮食给我们晋国，我们晋国为何要违背天理不要粮食，而送给秦国呢？在臣看来，我们不如趁机联合梁国，讨伐秦国，共同瓜分他们的土地，这才是上策。"惠公听从了虢射的说法，便推辞秦国使者泠至道："敝国连年灾祸，百姓流离失所，今年冬天虽然获得丰收，可流亡者逐渐回归故里，我国的粮食仅仅能够自给，无法救援贵国。"泠至道："我国国君念秦晋两国有婚姻之好，不索要城池，也不拒绝救助，只说了'同甘共苦'！当初你们有难，我国国君救济你们；可如今我国有难，却得不到你们的回报，贵国不愿救助，我实在难以回国向我家国君复命呀！"听到这话，吕饴甥、郤芮大喝道："你以前与邳郑父合谋，想要用重礼诱惑我们前去秦国，杀害我们，幸好老天识破了你们的奸计，这才没让我们落入你们的圈套。如今你又来这里卖弄口舌。你回去告诉你们国君，想要晋国的粮食，除非用兵马来取。"泠至满怀愤怒离开。庆郑走出朝堂，对太史郭偃说道："主公忘恩负义，激怒强邻，晋国将要大祸临头。"郭偃回答道："难怪今年秋天沙鹿山无缘无故发生了崩塌，草木全都折断了。晋国将会有亡国之祸呀！"史臣有诗讽刺晋惠公道：

泛舟远道赈饥穷，偏遇秦饥意不同。

自古负恩人不少，无如晋惠负秦公。

泠至回到秦国，向秦穆公说道："晋国不仅不肯救助秦国粮食，还要联合梁国，共同出兵讨伐我秦国。"穆公听完大怒，说道："一个人竟然能忘恩负义到这种地步，真是出乎我的意料。我先出兵灭掉梁国，然后再去讨伐晋国。"百里奚道："梁国国君好大喜功，大兴土木，国内空旷的地方都被他用来筑城建室了！百姓却没有地方住，民怨沸腾呀！他根本不可能有实力帮助晋国讨伐我国。晋国国君虽然背信无道，但有吕饴甥、郤芮二人全力支持，而且国大人多，倘若我们远攻梁国，他们再集结都城附近的人马，必定会给我们国内造成威胁。兵法说'先下手可以取得主动权，可以制服对手'。如今以主公的贤能，众位大臣必将忠诚效命，这时去讨伐晋国国君负德之罪，必定可以胜出。然后大军借助胜利的余威，攻打梁国，如同摧枯拉朽一般。"穆公答应了，随即征召三军，留蹇叔、繇余辅佐世子罃监国，命孟明视领兵巡逻边境，震慑戎族，以防出乱。穆公则同百里奚一起亲自率领中军，西乞术、白乙丙负责保驾。公孙枝率领右军，公子絷率领左军，一共四百辆战车，浩浩荡荡，杀向晋国。

晋国西部急忙向惠公告急，惠公问群臣道："秦国无故举兵侵犯我国边界，我们该如何抵御呀！"庆郑进言道："秦国因为主公背信弃义、以怨报德，这才来讨伐我国，怎么叫无缘无故来攻打呢？在我看来，我们只须认罪求和，割让原本答应的五座城池，便可化解干戈。"听到这话，惠公顿时大怒，说道："堂堂千乘之国，竟然要割地求和，那我还有什么脸面去掌管国家呢？"接着喝令道："先斩了庆郑，然后发兵迎击敌人。"虢射阻止道："兵马未动，就先斩杀大将，恐怕对我军不利呀！主公不如暂且饶恕了他，让他随军出征，将功折罪。"惠公答应了。

当天，惠公检阅兵马，挑选出了六百辆战车，并命令郤步扬、家仆徒、庆郑、蛾晰分别率领左右大军，自己则与虢射镇守中军，负责调度，又命屠岸夷为先锋。大军离开绛城，一路向西前进。晋献公所骑的马名为"小驷"，为郑国之前进献，这匹马身材小巧，毛皮润泽，步伐安稳，惠公平日里十分爱惜。庆郑见惠公骑这匹马，便又进谏道："自古以来，像出征这种大事，必须要用本国自产的马匹。出生在本土的马，了解人意，能够训教，而且还熟知路途，这才能在作战时随意驾驭，不会有丝毫的不如意。可如今面临大敌，主公却还乘坐异国产出的马匹，恐怕会不吉利。"惠公不听劝阻，反而叱责道："我乘坐此马已经习惯了，你就不要再多说了！"

却说秦国大军已经渡河东进，三战三胜，晋国守将皆抱头逃窜。秦军长驱直入，一直行进到韩原才安营扎寨。晋惠公听到秦军已经抵达韩原，不由皱起眉头问道："敌人如今已经深入我国纵深，这该如何是好？"庆郑道："这是主公你自己招来的，再问别人干什么呢？"一听这话，惠公大怒，说道："庆郑无礼，还不退下！"晋兵在离韩原十里处安营扎寨，惠公又派大夫韩简前去探看秦军兵力的虚实。很快，韩简回来报告："秦国军队虽然没有我军人数多，但士气是我军的十倍！"惠公问是什么缘故？韩简回答道："主公以前因秦国的距离没有梁国近，而投奔梁国；然后又因受到秦国的援助才得以回国继位；再后来又因得到秦国赈济的粮食才得以使晋国免除饥荒。三次接受秦国的恩惠，却没有一次报答，秦国君臣为此非常愤怒，所以才来攻打，秦国三军上下一心，全在责备主公背信弃义，所以士气高涨，何止高于我军十倍呢！"惠公脸色不悦地说道："那是庆郑说的话，为何你也说出这样的话呢？我定当跟秦军决一死战。"遂及命令韩简前往秦军大营下战书，说道："我有战车六百，士卒数万，足以对付你们。你们若退兵也就算了，正好符合我的心愿。倘若不退，我就算想回避你们，我晋国的三军也不会答应的。"秦穆公笑道："这个无知小儿，为何如此骄狂？"便命公孙枝代己答道："你想回国继位，我帮你；你想要粮食救灾，我给你；如今你想挑起战争，我怎敢不答应你！"听到此话，韩简退下说道："秦国如此理直气壮，我军必败！连我都不知道会死在何地。"晋惠公又命郭偃占卜，占卜谁适合做国君车的右护卫。结果众将都不合适，唯有庆郑适合。惠公说道："庆郑暗自与秦国有勾结，我怎敢让他出任护卫。"随即改用家仆徒出任右护卫，又命郤步扬驾车，率军应战秦军于韩原。

百里奚登上营垒，望见晋军人马众多，对穆公说道："晋侯是想将我们置于死地，还请主公请勿交战，固守营垒。"穆公手指着天说道："晋国辜负我们秦国太多了，倘若没有天理也就罢了，如果老天有知，我秦军必定获胜。"接着，穆公在龙门山下摆下战阵，严阵以待。不一会儿，晋兵也布阵完毕。双方对峙，中军各自鸣鼓进军。屠岸夷仗着自己一身英勇，手握一根不止有百斤重的混铁大枪，驾车先撞入秦军军中，逢人便刺，秦军披靡应战。恰好屠岸夷遇见秦国大将白乙丙，两人交战，大战了五十回合，杀得性起，双方便各自跳下战车，互相扭打成一团。屠岸夷说道："我与你拼个死活，谁要是找人帮助，就不是好汉。"白乙丙说道："我正要独手生擒你，证明自己是英雄。"接着，两人都嘱咐旁边众人不要上前帮忙。说完，两人便继续拳打脚踹，直接扭打到战阵后面去了。晋惠公见屠岸夷深陷敌阵，急忙叫韩简、梁繇靡率军冲向秦军左边，而惠公自己则带着家仆徒率军冲向右边，相约在中军会合。秦穆公见晋国兵分两路冲来，随即也分秦军为两路，前去迎敌。

且说惠公乘坐战车，正好遇见秦国公孙枝，便命家仆徒前去接战。那公孙枝有万夫不当之勇，家仆徒怎么能打得过？惠公便对郤步扬说："你用心驾车，我亲自前去助战。"公孙枝横戟大喝道："能打仗的就一齐上来吧！"这一声叫喝，如同晴天霹雳，把国舅虢射吓得趴在车内，不敢出头。那小驷从未经历过战阵，也受到了惊吓，无法听从驭者控制，四处乱窜，很快连马带车都陷入了泥泞之中。郤步扬用力鞭打，想要小驷挣脱泥泞，奈何这马身小力少，挣脱不出。就在这危机时刻，恰好庆郑驾车从前经过，惠公高声呼喊道："庆郑速速来救我！"庆郑回答道："虢射在哪里？主公为何不喊他，而喊我呢？"惠公又喊道："庆郑快用车来接我出去。"庆郑道："主公先稳坐你的小驷,我这就叫其他人来救你。"说完,庆郑调转车头,向左离去。郤步扬想要寻找其他车辆,可奈何秦兵围了上来,出不去了。

再说韩简率军一路冲杀,恰好遇见秦穆公所在的中军,韩简遂与秦将西乞术大战了起来,双方交战三十会合,未分胜败。这时晋将蛾晰率军赶来,两面夹击,西乞术抵御不住,被韩简一戟刺倒在车下。梁繇靡大叫道:"手下败将乃是无用之物,可先协力擒拿秦君。"于是韩简便不顾西乞术,率兵驱车直奔穆公所乘的战车,前来擒拿秦穆公。见此情景,穆公叹息道:"谁曾想,我今日反倒成了晋国的俘虏,天理何在呀!"话音未落,只见正西边出现一队勇士,大约有三百来人,他们高喊道:"勿伤我家恩主。"穆公抬头一看,这三百来人,一个个蓬头赤膊,脚穿草鞋,步行如飞,而且每个人手持大刀,腰悬弓箭,如同混世魔王手下鬼兵一般,所到之处将晋兵全部砍翻。韩简、梁繇靡慌忙召集兵马前去迎敌。又见一人飞车从北而来,原来是庆郑!庆郑高叫道:"不要恋战,主公已经被秦兵围困在龙门山的泥泞中,速速前去救驾。"听到这话,韩简等人无心厮杀,迅速撤开那伙勇士,直奔龙门山,前去救晋惠公。可谁知,晋惠公早已被公孙枝擒获,就连家仆徒、虢射、郤步扬等人,也一并被秦军俘获捆绑,押回秦军大营了。收到信息的韩简后悔莫及,跺着脚说道:"我们要是擒拿了秦君,还可换回主公,庆郑害了我们呀!"梁繇靡说道:"主公已经落在秦军手中了,我们还能去哪里?"随即,两人各自抛弃兵刃,投降于秦军大寨,与惠公关押在一起。再说这勇士三百多人,他们救了秦穆公,又救了西乞术。秦兵乘胜追击,晋军大败,纷纷溃逃,龙门山下晋军的尸首堆积如山,晋国六百辆战车,只有十之二三逃离了出去。庆郑听闻晋惠公被秦军擒获,便偷偷逃出秦军的控制范围,在路上遇见蛾晰受伤在地,连忙扶上车,一同返回晋国。后世有人作诗,说的是韩原大战的事情,诗中写道:

龙门山下叹舆尸,只为昏君不报施。

善恶两家分胜败,明明天道岂无知!

却说秦穆公回到秦军大寨,对百里奚说道:"不听你的话,今天差点沦为晋国的笑柄,全军覆没。"那勇士三百多人,一齐来到营前叩首。穆公不解,便问道:"你们到底是何人,为何愿意舍命救我?"众人回答道:"君不记得当年丢失御马的事情了吗?我们全是当年吃御马肉的人!"原来穆公曾围猎于梁山,半夜丢失了几匹御马,便命人前去寻找。一直寻找到岐山下,小吏才发现有野人三百多人,正聚集在一块儿吃马肉。小吏不敢惊动他们,急忙报告给穆公,说:"速速派兵前去,便可一网打尽。"穆公叹息道:"马都已经死了,如果因此要处死他们,那百姓都会说我重视牲畜而轻视人命。"遂拿出军中美酒数十坛,命人送到岐山下,并宣读君命,赏赐给他们，传命道："国君说：'吃马肉不喝酒容易伤身。'如今特意将美酒赏赐给你们。"野人纷纷叩首谢恩，分饮美酒，齐声说道："我们盗了马，不仅不治我们的罪，还担心我们的身体，赏赐给我们美酒。国君的大恩大德，我们无以回报呀！"于是，他们近日听闻秦穆公讨伐晋国，这三百多人便一起舍命赶往韩原，前来助战。恰好遇见穆公被晋国士兵包围，便奋力冲杀，救出穆公。真是：

种瓜得瓜，种豆得豆。施薄报薄，施厚报厚。有施无报，何异禽兽！

穆公仰天长叹道："野人都懂得知恩报德，那晋惠公算个什么东西？"于是，穆公问众勇士道："你们之中谁愿意留下做官，我定当让他享受爵位俸禄。"勇士们齐声回答道："我们乃是山野中人，这次仅仅是为了报答国君当时的大恩而来，不愿做官。"穆公见他们不愿做官，便要赏赐金帛，众人也不接受，随后便告辞离去。穆公见此，叹息不已。后人有诗写道：

韩原山下两交锋，晋甲重重困穆公。
当日若诛牧马士，今朝焉得出樊笼？

穆公清点人马，发现将领中唯独不见白乙丙的踪影，便急忙命士兵四处搜寻。有士兵听到土井中有呻吟声，便下去探看，正是白乙丙和屠岸夷两人，原来这两人在相互搏斗中一并滚入井中，各自用尽力气昏死过去，但始终紧紧扭在一起不放手。士兵花费了好大力气，才将这二人分开，分别抬放在两个车上，载回秦军大营。穆公见到他们回来，急忙上前慰问白乙丙，可白乙丙这时已经说不出话来了。有人在战场上看到他们二人打斗拼命的场景，便将先前知道的都奏明了穆公。穆公赞叹道："这二人皆是英雄好汉！"接着问左右众人："有谁知道这位晋将的名字？"公子絷走到车前观看，然后对穆公说道："这就是晋国勇士屠岸夷。臣先前奉命去慰问重耳、夷吾两位公子，他也奉本国大臣之命前去迎请两位公子回国，我们相遇在馆驿，因此认得。"穆公道："此人可以留下为我秦国所用吗？"公子絷道："弑杀幼君卓子，杀里克等大臣，皆出自此人之手。今日正当顺应天理，将他处决掉。"听完这话，穆公下令将屠岸夷斩首，又解下自己的锦袍亲自盖在白乙丙身上，并命百里奚先用辎车载着白乙丙回秦国医治。白乙丙服药后，吐血数斗，休养了半年，才恢复了过来。当然，这都是后话。

再说穆公大获全胜，秦军拔寨回国，穆公派人对晋惠公说道："君不想回避我，我如今也不能回避君，我想回到秦国后，再向你赔罪。"晋惠公听后，沉默无语。穆公又派公孙枝率车百辆，押送晋惠公回秦国。晋国大臣虢射、韩简、梁繇靡、家仆徒、郤步扬、郭偃、郤乞等人，皆披发垢面，草行露宿，紧跟其后，如同奔丧时的场景。穆公又派人前去慰问晋国的大臣，安慰他们道："你们君臣说想要晋国的粮食，就要用兵来取。我如今留下贵国国君，就是为了聊聊如何得到贵国的粮食，不敢有其他图谋。你们不会失去君主，所以不用过于担心。"韩简等人行拜礼叩首道："君可怜我家国君愚蠢，从宽发落，不为已甚，就连天地神明都能知道到君的仁慈，臣等怎敢不感激涕零？"

秦军返回到雍州境内，穆公召集群臣商议道："我受天帝的命令，平定晋国内乱，扶助夷吾继位为君。如今晋国国君对我忘恩，也就是得罪了天帝。我想用晋国国君来祭祀天帝，以答谢上天的恩赐。你们看如何呢？"公子絷说道："主公说得很对！"可公孙枝却进言阻止道："不可！晋国乃是大国。我们仅仅俘虏了他们的百姓，都引起了他们的怨恨；我们要是再处死了他们的国君，那我们两国必定会结下深仇大恨，届时晋国报复秦国，秦国再报复晋国，冤冤相报何时了！"公子絷道："臣的意思是并非只杀掉晋国国君，我们还要让公子重耳取代他继位为君。杀死无道昏君，拥护有道贤君，晋国百姓感激我们都来不及，又怎么会怨恨我们呢？"公孙枝道："公子重耳乃是仁义之人。父子兄弟之间的关系相差无几，重耳既不肯趁着父亲丧葬时回国继位为君，那又怎么肯趁着弟弟之死来回国继位呢？倘若重耳不愿回国继位，那我们改立他人，那与让夷吾掌国有什么区别？倘若重耳愿意回国继位，可我们处死了他的弟弟，他必定会仇视秦国。君处死夷吾则会消减掉自己先前的恩德，又树立新仇于重耳，臣认为不可以。"穆公问道："那我们该怎么处理他，驱除他？囚禁他？还是让他继续回国继位？三种方法，哪种更有利呢？"公孙枝回答道："囚禁他，他只是一个普通人罢了，对秦国没有任何益处；驱逐他，他必定会再次图谋回国，不如让他回国执政。"穆公不理解，问道："那我们岂不是前功尽弃了？"公孙枝回答道："臣的意思并非是简单地送他回国。首先他必须要归还我们黄河以西五座城池，还要将他的世子圉作为人质，留在秦国，然后再答应讲和。如此一来，晋惠公终生不敢与秦国为敌，日后父死子继，我们又因有德于圉，晋国必定世世代代拥戴秦国，这不是更有利些？"听完这话，穆公赞扬道："子桑真是神机妙算呀！就连数代以后的事情都考虑得如此周详！"于是，穆公安置晋惠公于灵台山离宫中，派上千人看守。

秦穆公刚安置完晋惠公，正准备启程回宫。忽然看见一班太监内侍身穿丧服赶到这里。穆公猜到可能是夫人有意外，正想询问，那内侍便抢先口述秦夫人穆姬的命令，说道："上天降下灾难，使秦、晋两国抛弃友好关系兵戎相见。晋国国君被俘，也是对妾的羞辱。倘若晋国国君早上被押进秦国都城，那臣妾便早晨死；倘若晋国国君晚上入城，那臣妾则晚上死。今日特意派内侍身着丧服前去迎接夫君。倘若夫君饶恕了晋君，那就是饶恕了妾，还请夫君裁定。"穆公听到这话，大吃一惊，连忙问道："夫人现在在宫中做什么？"内侍回答道："自从夫人听到晋君被俘的消息，便带着世子身穿丧服,徒步出宫,走到后院高台上,修建了茅屋居住。台下堆积的干柴已经有几十层了,送饭的人都需要爬着柴火上下。夫人嘱咐道:'只要晋君入城,我便会在台上自杀,纵火烧毁我的尸身,以此表明兄妹之情。'"穆公叹道:"幸亏子桑劝我,没有杀死晋君,不然夫人也要因此丧命呀!"于是,穆公命内侍脱下丧服,回去给穆姬说:"我不久后便会送晋君回国。"听到这话,穆姬这才回宫。内侍跪着问穆姬道:"晋国国君见利忘义,违背与我国国君的契约,又辜负夫人您的嘱托,今日被俘,完全是自取其辱,夫人为何要如此悲痛呢?"穆姬回答道:"我听闻仁贤的人,虽然怨恨也不会忘记亲人,虽然愤怒也不会抛弃礼节。倘若晋国国君真的死在秦国,那我也是有罪的。"听到这话,内侍无不颂赞夫人的贤德。

第三十一回
晋惠公怒杀庆郑　介子推割股啖君

话说晋惠公被监禁在灵台山上,一心以为穆姬必然责怪自己没听从她的劝告,全不知晓穆姬曾穿着丧服劝谏秦穆公的事。晋惠公于是对韩简道:"昔日先君和秦国商议婚事时,史苏就曾占卜出'西面的秦国向东面的晋国问罪,不利于婚嫁。'这样的卦象。如果听从他的话,肯定就没有今天这些祸事了。"韩简回答道:"要说先君生前所做的错事,岂能轮得上到秦国联姻这一桩呢?何况如果不是秦国顾及两国的联姻,君主怎么能登上君位呢?君主您在秦人的帮助下登上了君位,却又与秦国相互讨伐,把原本利好的关系弄成仇敌,这样愚蠢的行为,秦国断然是不会这么做的,请君主您仔细思考一下。"晋惠公听后,沉默不语。

没多久,秦穆公派公孙枝到灵台山去问候晋惠公,并允诺放他回国。公孙枝对晋惠公说道:"我们国家的大臣们,没有一个不想把您终生扣押在这里。只是,我们国君因为国君夫人登上高台,以自己的生命为要挟替您求情的缘故,才没有伤害两国的联姻之好。您以前曾许诺把黄河外的五座城池割让给秦国,如今赶紧交割过来,再派您国的太子圉来秦国做人质,晋君您就可以回国了。"晋惠公这才知道穆姬对自己真心相待,惭愧得无地自容。然后立即派大夫郤乞返回晋国,命令大夫吕饴甥去处理割地以及派太子到秦国当人质的相关事宜。

吕饴甥到了王城,先去拜见秦穆公,把晋国割让的五座城池的地图、收税的账单和人丁户口簿等悉数呈现给穆公，并表示心甘情愿地让太子来秦国当人质。

秦穆公询问道："为什么你国太子还没有前来？"吕饴甥回应道："晋国国内眼下不太平，所以太子暂时还留在我们国内。等到我们国君回国那日，太子自会立即离境前往秦国。"秦穆公奇怪地问道："晋国为什么不太平？"吕饴甥回答道："那些德才兼备的君子心中明白我国的罪过，一心感念秦国的恩德。那些心怀不轨的小人，却只想着向秦国报仇，所以国内不太平。"

秦穆公点头，笑道："你们国家的百姓还都盼着国君回去吗？"吕饴甥回答道："德才兼备的君子坚信，我国君必然回国，所以想送太子来向秦国求和。心怀不轨的小人则认为，国君必然不再回国，坚持要拥立太子为新君，以此同秦国抗衡。然而，依微臣拙见，把我国的国君挟制在手中自可扬名立威，如果放了我国国君又能体现贵国的宽宏与仁德，恩威并施，这才是霸主对待诸侯国的方式啊。如果伤害晋国仁德君子的心意，却激起不良小人的愤怒，对秦国又有什么益处呢？放弃前面积攒下来的功业而丢掉霸主的地位，我想秦君您一定不会这么做的。"秦穆公笑着说道："寡人的心意和你不谋而合啊。"

于是秦穆公命令孟明视前去勘定五座城池的边界，并分别派遣官员把守。将晋惠公搬到郊外的行宫里，以宾客之礼对待他，还送"七牢"慰问，又派公孙枝带兵和吕饴甥一起，护送晋惠公返回晋国。——猪、牛、羊各一只，便称为"一牢"，猪、牛、羊各七只，就是"七牢"，足见礼之厚重。这是秦穆公想和晋国重修旧好的表示。

自从九月份晋惠公战败，被扣押在秦国，一直到十一月，他才被释放。晋惠公和同遭俘虏的晋国大臣们一起长途跋涉返回晋国。只有虢射在秦国不幸生病去世了，不能回归故国。蛾晰听闻晋惠公即将回国，就对庆郑说道："你当初以救驾为由调开了韩简，误了良机让秦王逃脱，国君也因此被秦国俘获。现在国君回来了，你一定会获罪，何不逃到其他国家去避难呢？"庆郑昂然道："兵法上说：'带兵的人打败仗要处以死刑，将领被俘虏也要处以死刑。'何况我误了君主的大事，并让他蒙受奇耻大辱，岂不是罪加一等？君主如果不回晋国，我也打算带领我的一家老小到秦国去受死。何况君王回来了，又怎么能免去刑罚呢？我就留在这里，等待君主对我施加刑罚，也好让君主心里快慰一些。我这样做就是为了使那些身为君王臣子的人知道，犯了罪便无法逃避，又怎么会逃跑呢？"蛾晰长叹一声离开了。

晋惠公快到绛城的时候，太子圉率领狐突、郤芮、庆郑、蛾晰、司马道、寺人勃鞮等大臣，前往郊外迎接。晋惠公在车里看见庆郑，不由怒火中烧，派家仆徒把他召到车前来，大声斥问他道："庆郑，你怎么还有胆量敢来见寡人？"庆郑面不改色，朗声回答道："君主若刚开始便听从微臣的谏言，回报秦国的借粮之恩，秦国必定不会前来攻打晋国。如果接下来听从微臣的意见,和秦国议和,也必定不会爆发战争。第三次若听微臣的劝告,不骑郑国的马匹小驷,也不会落得个战败的局面。微臣对君主的忠心已仁至义尽了!如何不敢来见君主您呢?"晋惠公冷笑说道:"事到如今,你还有什么话要说呢?"

庆郑回答道:"微臣自知犯了三条死罪:虽然有尽忠之言,却不能让君主听进去,这是第一条罪状。占卜时庆郑有为车右的吉卦,却没有让君主注意,这是第二条罪状。为了救驾叫来两三个人,却没有使君主不被秦国俘获,这是第三条罪状。微臣恳请身受君主赐下的刑罚,以公开微臣的罪过。"晋惠公无言以对,就让梁繇靡代为列数庆郑的罪状。

梁繇靡站出来说道:"庆郑刚才所讲的,都不是死罪。庆郑你有三条不可饶恕的死罪,你自己还不清楚吗?君主陷在淤泥里时,大声呼叫你救驾,你却不管不顾,这是第一条死罪。我差点捉到秦国国君了,你却因为救驾的缘故让我错失良机,这是第二条死罪。你派来救驾的两三人全都被抓,你不奋力迎战,没有受一点伤,竟然全身而退,这是第三条死罪。"

庆郑道:"今日,三军将士都在这里,请听我庆郑一言:你们见过宁可坐着等待死刑,却不敢在战场上拼杀挂彩的人吗?"蛾晰站出来进谏道:"庆郑宁死也不愿逃避刑罚,可真称得上英勇!君主您应当赦免他,让他戴罪去报韩原之仇。"梁繇靡冷笑道:"我们已经战败了,还打算让戴罪之人来报此仇,天下的人难道不会笑话晋国没有人才了吗?"家仆徒进谏道:"庆郑曾三次向国君您进献忠言,可以赎去他的死罪。与其把他杀掉来执行君主的律法,还不如赦免了他,来成就君主的仁慈之名。"梁繇靡又反对道:"国家之所以强大,全仰仗于律法的实行。如果不履行刑责,扰乱律法,国民谁还会畏惧律法?今日不杀庆郑,以后就再也不能率军出征了。"惠公回头看看司马道,让他赶紧行刑。庆郑丝毫没有抵抗,引颈受戮。隐士徐霖曾写诗感叹晋惠公度量太小,竟然容不下一个庆郑。诗这样写道:

闲衾谁教负泛舟?反容奸佞杀忠谋。

惠公褊急无君德,只合灵台永作囚!

当初围困了秦穆公,梁繇靡自以为手到擒来,却被庆郑那一声大叫:"快来救援主公!"于是丢下秦穆公离去,大功不成。因此梁繇靡深恨庆郑,一定要杀之而后快。处死庆郑的时候,天地无光,一片昏暗,众大夫中有很多为之流泪的。蛾晰奏请惠公同意,把庆郑的尸体带走安葬了,道:"我要用收殓他的尸首这件事,来报答庆郑用车载我的恩情。"

晋惠公既已回国,就派世子圉跟随着公孙枝到秦国去做人质。趁此机会向秦国把屠岸夷的尸首要了回来，用上大夫的礼仪厚葬了他，晋惠公任命屠岸夷的儿子屠击为中大夫。

晋惠公对郤芮说道："寡人流落在秦国的这三个月里，所担心的就只有重耳而已，害怕他趁乱回国登上君位，到今天才得以宽心。"郤芮思索一会儿，言道："重耳流落在外，始终是心头大患。一定要除掉他，才能免去后顾之忧。"晋惠公问："什么人能替寡人除掉重耳？寡人一定不吝啬财物，重重有赏！"郤芮想起一人，启奏道："担任寺人一职的勃鞮，以前曾到蒲城行刺重耳，并砍断了重耳的衣袖。他常常害怕重耳回国即位，会治他的罪。君主，您想除掉重耳，只有这个人可以委以重任。"

晋惠公立即召见勃鞮，偷偷地把刺杀重耳的事告诉他。勃鞮回答道："重耳在翟国已经十二年了。某次翟国人攻打咎如，抓到其国君的两个女儿，一个叫叔隗，一个叫季隗，都是绝色的美女。季隗嫁给重耳为妻，叔隗嫁给赵衰为妻，这些年二人各自生子，重耳的妻子季隗生下了伯儵、叔刘，赵衰的妻子叔隗生下了赵盾。他们君臣早就安享天伦之乐，对我们完全没了防范之心。微臣今天若带兵前去征讨，翟国人一定会派兵帮助重耳迎战，胜负委实难以预料。因此，微臣希望让臣带领数位勇士，一路微服到翟国，趁着重耳外出游玩的时候，找机会刺杀他。"晋惠公大喜道："此计甚好！"于是给了勃鞮大量黄金，让他去征集勇士，筹划刺杀重耳的计划："限令你在三天之内就动身。事情办妥那一天，寡人一定重用你。"

自古有言道："若要人不知，除非己莫为。若要人不闻，除非己莫言。"晋惠公所托付的虽然只有勃鞮一个人，但内侍中也有很多得知他们密谋的人。狐突听闻勃鞮挥金如土，到处寻求勇士，心里百思不得其解，便暗地里查问来龙去脉。那狐突是老国舅，与宫里的哪个内侍关系不熟？不免有人把这秘密泄露到狐突的耳中。狐突大惊失色，立刻修书一封，派人连夜送到翟国，把这个消息报告给公子重耳知晓。

却说重耳这一天正和翟国的国君一起在渭水边上狩猎。忽然有一个人从外围闯进猎场，求见狐氏兄弟，说道："有一封老国舅的家书在这里！"狐毛、狐偃道："我父亲从不和外界通信，现在忽然有家书过来，想必是国内发生了要紧事。"于是立即把那人叫到眼前。

来人把书信呈上去，磕了一个头，转身就离开了。狐毛、狐偃心中疑虑万分。打开信函见信中道："主公要刺杀公子，已经指派寺人勃鞮行动，勒令他三天内起身。你们兄弟赶紧禀告公子，迅速逃往别的国家，不要耽误，以免灾祸降临在身上。"狐氏兄弟脸色骤变，急忙把书信的内容禀告给重耳知晓。重耳迟疑道："我的妻子孩子都在这里,这里就是我的家。我如果走了,他们怎么办呢?"狐偃道:"我们来到此处,不是为了在这里安家,而是图谋复国啊。只因为力量不足,不能走得更远,所以才在此地暂时歇脚。如今在此处逗留的时间太长了,应该去别的大国了。勃鞮这次前来,难道不正是老天在督促公子赶紧行动吗?"

重耳疑惑地说道:"即便要走,可是要到哪个国家去呢?"狐偃想了想道:"齐国国君虽然年岁已高,但是其霸业还在,他收容救济各国诸侯,收录贤明之士。现在管仲、隰朋刚刚去世,国内缺少能人贤士的辅佐,公子如果到了齐国,齐国国君一定会对您礼遇有加。如果晋国发生变乱,还可以借助齐国的势力,以求复国。"重耳认为他的话很对,于是便停止打猎的活动直接返回府中,告诉他妻子季隗道:"晋国国君就要派人前来刺杀我了,我担心会遭其毒手,所以要远走大国,和秦国、楚国结成友好联盟关系,以图光复国家。请你尽心地抚育我们的两个儿子,如果等了二十五年我还不回来,你才能嫁给别人。"季隗哭着说道:"好男儿志在四方,臣妾怎么敢强留与你。只是臣妾现在已经二十五岁了,再过二十五年的话,臣妾早就老死了,还怎么能嫁人呢?臣妾自会尽心抚养幼子,你不要担心了!"赵衰也对叔隗进行了一番叮咛,这里自不多言。

第二天一大早,重耳命令壶叔整理马车,命保管仓库的小官头须准备金钱细软。正在吩咐的时候,就看见狐毛、狐偃慌慌张张地到来,说道:"父亲老国舅看见勃鞮在接到命令的第二天,就已经动身了,担心公子您还没有逃走,仓促间没有提防,来不及写信,就派脚程迅速之人连夜赶到,督促公子赶紧逃跑躲避,千万不要耽误时间!"重耳听到这个消息,惊慌地道:"勃鞮来得怎么这么快?"没时间整顿装束,就和狐氏兄弟一起步行到城外。壶叔看见公子已经出发了,仓促间准备了一辆牛车,追上去让公子乘坐。赵衰、臼季等人也陆续赶了上来,来不及找车坐,都是步行跟随。重耳问道:"头须怎么还没来?"有人道:"头须卷了您的财物潜逃,已经不知所踪了。"重耳已经失了落脚点,又没有了盘缠,这时候的情绪真的是苦闷不堪!然而事已至此,却不能不走。这正是:茫茫然像丧家之犬,急匆匆像漏网之鱼,惶然不安,惴惴前行。公子重耳逃出城半天,翟国国君才知晓这个消息,想赠送他些金银细软,却早已追不上了。有诗歌就此写道:

流落夷邦十二年,困龙伏蛰未升天。

豆萁何事相煎急?道路于今又播迁。

却说晋惠公原本限定勃鞮三天之内起身,到翟国行刺重耳,怎么第二天就出发了呢?原来,那勃鞮本是个侍卫,却以哗众取宠谄媚为能事。上次派他去蒲城行刺重耳,结果把公子重耳追丢了,只是砍断了重耳的衣袖回来,心里猜想重耳一定会对此怀恨在心。现在又奉了晋惠公的差遣,如果能够杀掉重耳,不只是可为晋惠公立下大功,还能够铲除自己的心头大患。所以他召集了几个勇士,提前出发,想趁着公子重耳毫无防备的机会,杀他个措手不及,结束他的性命。没想到老国舅两次送信,把刺杀的消息透露了出去,等到勃鞮赶到翟国,再打探重耳的消息时,重耳早就已经不在翟国了。翟国国君也看在重耳的面子上,命令关卡渡口的守卫,凡是过往之人,一律严加盘查,丝毫不敢疏忽。勃鞮在晋国时,只是个贴身的宦官侍卫,今天为了刺杀重耳才远道而来,做了见不得光的刺客之流,如果真的被捉住盘问,该如何回答呢?因此勃鞮没能越过翟国继续往前追,只能郁闷地返回晋国,向晋惠公复命。晋惠公也很无奈,刺杀一事只能暂时不提。

却说公子重耳,一心一意要赶到齐国去,途中却先要经过卫国,这就是登高一定要从低的地方开始,远行一定要从近的地方起步的道理。重耳离开了翟国境内,一路颠簸劳顿,困厄不堪,这种窘境自然无需多言。过了几天,到了卫国境内,边关的守卫询问他们的来意。赵衰回答道:"我们的主公是晋国公子重耳,现在逃难在外,如今想到齐国去,从贵国借道前往。"守卫打开关卡请他们等候,然后迅速地报告给卫国国君。上卿宁速请卫君邀请他们进城。卫文公身处卫国濒临亡国的境地,必须重建都城,国库财物匮乏,连一文钱都要仔细计算,听了这事,摇头道:"寡人在楚丘重建国都,从没借助过晋国人的一丝帮助。卫国和晋国虽然是同姓,却并不曾友好往来。何况是逃亡之人,有什么关系?如果迎接他进来,就少不了设宴款待赠送盘缠这些琐事,得费不少事,还不如直接赶出去算了。"于是命令守卫的城官,不许放晋国公子进城,重耳一行于是只能在城外绕行。魏犨、颠颉心中愤怒,进言道:"卫侯太无礼了,公子应该到城中责问他。"赵衰劝阻道:"失去了时势的蛟龙,就和蚯蚓一般无助。公子还需隐忍,不要徒劳地责怪他人傲慢无礼。"魏犨、颠颉又出谋划策道:"卫国既然不尽地主之谊,那我们就在卫国乡野抢夺些财物,以帮助我们度过危困,他们也没理由责怪我们。"重耳摇头道:"抢夺财物就是盗窃。我宁可忍饥挨饿,怎么能去干些鸡鸣狗盗之事呢?"

这一天,公子重耳一行还没吃早饭,只能忍饥挨饿艰难行走。看看已经过中午了,走到一个叫五鹿的地方,见一群农夫一起在田边上吃午饭。重耳命令狐偃向他们讨要些食物。一位农夫问道:"你们是从哪里来的?"狐偃道:"我们乃是晋国人,车上的人是我们的主公。出远门如今没有粮食了,希望你能赠送一顿饭给我们吃。"那农夫笑着说道:"堂堂七尺男儿,不能自己挣饭吃,竟还向我讨要粮食?我们只是农民,吃饱了才有力气拿起锄头种地,怎么还有多余的粮食给他人呢?"狐偃听后,继续恳求道:"就算是不能给我们食物,也希望能够送给我们一个盛饭的器具!"农夫于是嘲弄地把一土块儿递给他道："这块泥块儿就能当食器！"

魏犨气得大骂："大胆农夫，竟敢戏弄我等！"就夺过他盛饭的器皿，扔到地上摔碎了。重耳也勃然大怒，想要用鞭子抽打农夫。狐偃急忙制止他道："得到一顿饭容易，得到土地却艰难。土地，是立国的根本。如今老天借这些农夫的手，把土地送给公子，这是得到君主之位的预兆，又有什么值得愤怒的？公子可以下车接受土块儿，并且拜谢这些农夫。"重耳果然按照狐偃的话，下车拜谢农夫，接受了这土块儿。农夫不理解他是什么意思，于是又聚集在一块，大笑着道："这真是个傻瓜啊！"后人作诗道：

土地应为国本基，皇天假手慰艰危。

高明子犯窥先兆，田野愚民反笑痴。

他们又向前走了十多里路，跟随重耳的人都饿得走不动了，于是在树底下休息。重耳又饿又困，枕着狐毛的膝盖躺下。狐毛道："赵衰那里还带着点稀饭，他在后面，可以等等他。"魏犨有气无力地说道："虽然还有点稀饭，但是都不够赵衰一人吃的，想来已经一点不剩了。"大家都争相去采集蕨薇这些野菜用水煮熟后充饥，重耳却吃不下去。

忽然看见介子推端着一碗肉汤进来，重耳喝了感觉鲜美无比。狼吞虎咽地吃完了，问："这个偏僻地方，还能在何处找到肉来熬汤呢？"介子推回奏道："这是微臣大腿上的肉啊。微臣听闻：孝顺的儿子不惜性命也要奉养双亲，忠臣不惜身体也要服侍君王。如今公子缺少食物，微臣便割了自己腿上的肉来填饱公子的肚子。"重耳听了，忍不住流泪道："我这个逃亡人连累你们太多了！我该怎么报答你们？"介子推下拜道："只希望公子早日回到晋国，成全我们臣子的一片忠心。微臣怎敢期望公子报答啊？"隐士徐霖有诗赞叹道：

孝子重归全，亏体谓亲辱。

嗟嗟介子推，割股充君腹。

委质称股肱，腹心同祸福。

岂不念亲遗？忠孝难兼局！

彼哉私身家，何以食君禄？

过了很久，赵衰才赶上来。众人问他为什么行走得这么缓慢，赵衰回答道："我被荆棘刺伤了脚，所以不能跟上来。"于是从竹篮子中取出用壶盛着的稀饭，把它献给了重耳。重耳惊讶地道："为什么还留着这稀饭，赵衰你不饿吗？为什么不自己吃了它？"赵衰回答道："微臣虽然非常饥饿，但是怎能背着主公自己偷食呢？"狐毛听后，对着魏犨玩笑道："这稀饭若是落到你手里，估计早就在肚子里消化了。"魏犫羞愧地退下了。

重耳便把这壶稀饭赏赐给了赵衰，赵衰加水兑了一遍，给重耳所有的随从都分了一份。重耳对赵衰的举动感叹佩服不已。重耳等人一路上风餐露宿，到处寻觅可食之物，就这么半饥半饱地赶路，终于到了齐国。

齐桓公久闻重耳的贤德之名，一听闻重耳进了齐国的关卡，就立即派遣使臣赶到郊外，将重耳等人迎进了公馆，并设下酒宴热情款待。酒席之间，齐桓公问："公子是否带了夫人前来？"重耳回答道："逃亡在外的人自身尚且难保，又怎么能拖家带口呢？"齐桓公笑着说道："寡人若是自己独过一夜，就像一年那么漫长。公子遭遇大难在外跋涉，却没有侍妾在身旁照顾，寡人为公子担心啊。"于是在齐国的宗室里挑选了一位貌美的女子，嫁给重耳做妾。齐桓公又赠给重耳二十辆马车，从此那些跟随重耳的人也都有了马车。齐桓公又让掌管粮库和膳食的官员，分别送来了粮食和肉类，每天都充足供应。重耳非常高兴，赞叹道："一向听闻齐国国君礼贤下士，如今我终于相信了！齐国能成就霸业，不是理当如此吗？"这时是周襄王八年，也就是齐桓公四十二年。

自从前几年齐桓公把朝政委任给了鲍叔牙，按照管仲的遗言，把竖貂、易牙、开方三个人罢了官驱逐出国都，此后，齐桓公就食不甘味，夜不安席，寝食难安，口中再也不说玩笑话，脸上也失去了笑容。长卫姬进言道："君主驱逐了竖貂等人，可是国家并没有因此更上一层楼。反倒是君主的面容一天天憔悴下去。我猜想你身边侍奉的人不能很好地揣度您的心意。为什么不把竖貂他们召回来呢？"齐桓公叹了一口气，说道："我也非常思念竖貂等三人，但是已经下了驱逐的命令，若再把他们召回来，怕是会惹得鲍叔牙不快。"

长卫姬进谗言道："鲍叔牙身边难道就没有像竖貂那样逗他开心的侍者吗？君主您的年纪已经大了，为什么还要让自己过得如此纠结呢？君主只需以想吃精美的食物为借口，先宣召易牙回来，那么开方、竖貂两人就算不召自然也会陆续回来。"

齐桓公听了长卫姬的话，便传诏将易牙召回来掌管厨事。鲍叔牙听闻后，急忙进谏道："君主难道忘了仲父的遗言了吗？为什么又把他们召回来？"齐桓公微笑道："这三个人对寡人大有益处，对于国家也没有什么危害。仲父的话，未免言过其实了！"齐桓公没有听从鲍叔牙的话，将开方、竖貂也一起召了回来。三个人同时官复原职，在齐桓公身边侍候。鲍叔牙抑郁难平，生病死去了，齐国的朝政从此分崩离析。

第三十二回

晏蛾儿逾墙殉节　群公子大闹朝堂

话说齐桓公违背了管仲的遗言，再次任用竖貂、易牙、开方三人，鲍叔牙向齐桓公直言进谏却未被采纳，于是郁结于心，生病离世。从此，这三个人更加肆无忌惮，欺负齐桓公老迈无能，在朝廷中独裁专政。顺应他们三人的官员，往往非富即贵；凡是忤逆他们的官员，即便不被处死也会被驱逐出朝堂。这先暂且搁在一边。

且说当时郑国有位非常著名的医生，姓秦名缓，字越人，居住在齐国的卢村，所以人们称他为"卢医"。年少时秦缓开设了一间客栈，有位叫长桑君的人来此居住，秦缓认为此人异于常人，所以对他招待得特别周到，更不怪其性子直。长桑君被他感动了，就赠给他神药，让他服下未落地的露水，眼睛便会明亮如炬，在黑暗中能看见鬼神等物。即使人在隔壁，也能看得清清楚楚。用这双眼睛为人诊治疾病，五脏六腑，无不看得清清楚楚，因此秦缓诊断把脉的功夫特别有名。古代有名医叫扁鹊，是与轩辕、黄帝同时代的人，特别擅长医药。人们见卢医的医术高明，就把他和古人相媲美，也称他为"扁鹊"。早些年扁鹊曾经到虢国游历，正赶上虢国的太子突然晕倒而死，扁鹊经过宫中，就主动说自己可以诊治。宫内的内侍疑惑地说道："太子已经去世了，怎么还能生还过来呢？"扁鹊微笑道："请让我试一试。"内侍们把这事报告了虢国国君，国君泪流满面，请扁鹊进去探视。扁鹊让自己的弟子阳厉用砭石做的石针为他针灸，不一会儿，太子苏醒过来，再喂以汤药，过了二十天后，太子的病就好了。从此世人都传说扁鹊有起死回生的本事。扁鹊到各地游历，挽救了无数病人的生命。

一天，扁鹊游历到了临淄，前去拜见齐桓公，看了看齐侯的脸色，便启奏道："君主，您身体的肌肉中产生了病变，如果不赶紧治疗的话，就会变得严重。"齐桓公不理睬他，缓缓说道："寡人没有得病。"扁鹊便退下了。又过了五天，扁鹊再次求见齐桓公，启奏道："君王的病已经延伸到血脉了，不能不治疗啊。"齐桓公对他置之不理。又过了五天，扁鹊再一次求见齐桓公，启奏道："君王的疾病已经发展到肠胃了。应该赶紧治疗。"齐桓公还是不理不睬。扁鹊退下后，齐桓公感叹道："太过分了，医生都好大喜功！寡人没病扁鹊却硬说有病。"过了五天，扁鹊又来求见，远远看见齐桓公的脸色，什么话也没说就退下了。齐桓公派人去询问缘故。扁鹊对使者说道：

"君王的病已经深入骨髓了！如果病在肌肉中，用中草药敷一下就有效果。发展到血脉里，用针灸也还能治疗。到了肠胃里，药酒的功效还可以起作用。现在疾病深入骨髓中，就是神仙也束手无策啊！所以微臣什么也不说就退下了。"又过了五天，齐桓公果然生了大病，派人去宣召扁鹊。行馆的主人回禀道："秦先生五天前就收拾行装离开了。"齐桓公悔恨无比。

齐桓公早先娶了三位夫人，分别是王姬、徐姬、蔡姬，都不曾有子嗣。王姬、徐姬先后早早去世，蔡姬回到了蔡国。后来又有了六位小妾，因为她们都得到齐桓公的喜爱，礼数和待遇与夫人相差无几，所以被称为"如夫人"。这六位如夫人各自都生下一个儿子。第一位如夫人名叫长卫姬，生下了公子无亏。第二位叫少卫姬，生下公子元。第三位叫郑姬，生下公子昭。第四位叫葛嬴，生下公子潘。第五位叫密姬，生下了公子商人。第六位叫宋华子，生下了公子雍。其他的妾室，生了儿子的也不少，但都没能列入如夫人的行列。

在那六位如夫人中，只有长卫姬侍奉齐桓公的时间最长。六位公子中，也只有公子无亏年龄最大。齐桓公的宠臣易牙、竖貂，都和长卫姬关系甚好，于是易牙、竖貂就请求齐桓公，允诺立公子无亏为太子。可齐桓公又非常欣赏公子昭的贤德，管仲在世时，他就和管仲商议，在葵邱会上，嘱托宋襄公帮助扶持立公子昭为世子。卫国公子开方，只和公子潘感情深厚，也在为立公子潘为世子而出谋划策。公子商人为人乐善好施，深得民心，因为他母亲密姬被齐桓公宠爱，所以也萌生了觊觎王位的念头。其中只有公子雍出身卑微，一直谨守本分。其他的五位公子各自树立党羽，拉党结派，彼此之间互相猜忌，就像五只老虎各自都藏着锋利的牙齿和爪子，只等着撕咬吞掉对方。

齐桓公虽然是一位英明的君主，但是却敌不过岁月的侵袭，好比宝剑失去了锋芒，人已年迈少了刚气。他做了多年的诸侯国霸主，早就志骄意满，并且沉迷于酒色之中，做不到清心寡欲。如今，他早就衰老不堪，自然也没有了当初的英雄豪气。况且小人专权，用各种花言巧语蒙蔽他的耳目。齐桓公整天只知道国家处于一片大好形势中，只听那些谄媚的话，对于大臣们的逆耳忠言却充耳不闻。那五位公子都让自己的母亲替自己争取世子这个位置。齐桓公也全都含糊地应承了下来，但是态度却不置可否，一点也没有立谁为世子的表态。这正是："人无远虑，必有近忧。"

此次齐桓公突然毫无预兆地得了重病，卧病在床。易牙看见扁鹊不辞而别，猜想这病很难治好了，就和竖貂商量出一条计策，在宫门口挂上牌子，假传那是出自齐桓公的命令。牌子上写着：

寡人心脏有疾,怕听到喧哗之声。此后,不管是大臣还是公子,一律不得入宫。竖貂紧紧把守宫门,易牙带领宫中带甲侍卫巡视。所有的国政,都等寡人痊愈之时再来启奏。

易牙、竖貂两人假传君命,封锁住城门,只留下公子无亏住在长卫姬的宫中。其他的公子们前来向齐桓公请安,都不允许进宫与桓公相见。过了三天,齐桓公还没断气,易牙、竖貂两人就把齐桓公身边伺候的手下,不论男女全都赶了出去,把宫门紧紧守住。又在齐桓公寝室的四周垒起一道三丈高的围墙,将寝室与外界完全隔开,只在围墙下面留了一个洞,大小和狗洞差不多,早晚时分派小内侍爬进去,打探齐桓公的生死消息。另外还整顿宫中的士兵,以防止众位公子造反。

再道齐桓公躺在床上,无法动弹,呼叫身边的侍从,却听不见一个人回应。他只能睁着双眼,无神地发呆。只听见"噗通"一声,好像有人从上面跳了下来,不一会儿推开窗户进来了。齐桓公仔细一看,原来是他的小妾晏蛾儿。齐桓公虚弱地说道:"我肚子饿,想喝粥,你快帮我取些来!"蛾儿小声回答道:"没地方能找到粥来喝。"齐桓公愣了下,哀求道:"就是找些热水来也能稍微缓解下饥渴。"蛾儿摇摇头回答道:"热水也没有。"齐桓公问道:"怎么回事?"蛾儿凄切地回答道:"易牙与竖貂犯上作乱,他们封锁了宫门,在您的寝室外筑起了三丈高的围墙,把寝宫和外面隔开了,不让人进来,哪里能找到吃喝的东西呢?"

齐桓公问道:"那你是怎么来到这里的?"蛾儿回答道:"臣妾曾有幸蒙受君主宠幸一回,所以不顾自己的死活,跳墙进来的,只是想在君主您最后的时刻陪伴在您身边。"齐桓公又问道:"太子昭现在在哪里?"蛾儿回答道:"被易牙与竖貂挡在宫外了,不能进宫来。"齐桓公听罢长叹道:"仲父难道是圣人吗?圣人所预见的都如此长远!寡人糊涂,所以才落到今天的地步。"于是用尽全身的力气大叫道:"苍天啊,苍天啊!小白我就如此结束一生吗?"一连大叫好几声,吐出好几口鲜血来,回头对蛾儿道:"我生平有深受宠爱的六位妃子,十几个儿子,如今却没有一个在我跟前。现在只有你一人给我送终,我很羞愧平时没有好好对你。"蛾儿泪流满面,回答道:"君主请您保重身体,如果遭遇不测,臣妾愿意以死相随。"齐桓公长叹一声,道:"我死后如果没有知觉还好,如果有知觉,还有什么脸面到地下去见仲父?"于是用衣袖遮住自己的脸,一连长叹了好多声,终于气绝身亡。

齐桓公于周庄王十二年的夏季五月即位,在周襄王九年冬季的十月里薨逝,一共在位四十三年,享年七十三岁。潜渊先生曾写过一首诗,单单歌颂齐桓公的一生:

姬辙东迁纲纪亡,首倡列国共尊王。

南征僭楚包茅贡,北启顽戎朔漠疆。

立卫存邢仁德著，定储明禁义声扬。

正而不谲《春秋》许，五伯之中业最强。

隐士徐霖也写了一首绝句，感叹齐桓公一生英雄，最后却悲凉去世。诗这么写道：

四十余年号方伯，南摧西抑雄无敌。

一朝疾卧牙貂狂，仲父原来死不得！

晏蛾儿看见齐桓公已气绝，痛哭了一场，正想去通知外面的人，可是墙太高声音无法传出去，正想越墙出去报信，可是墙里面没有什么可以垫脚爬墙的物品，思前想后，叹了口气道："罢了，我曾经言道'愿意身死追随君主'。至于怎么收殓安葬，也不是我这个妇道人家能做的。"于是脱下自己的衣服盖住齐桓公的尸体，又扛下两扇窗放在齐桓公身上，就权当掩埋的意思。完成后，晏蛾儿在床下磕头说道："君主的魂魄请别急着离去，等等臣妾前来随往！"就用头撞向柱子，脑浆迸裂而死。这女子是多么贤良啊！

当天晚上，小内侍从墙洞中钻进来，看见寝宫正中的柱子下，一片血泊中躺着一具尸体，吓得慌忙退了出来，告给易牙与竖貂两人道："主公已经撞柱身亡了！"易牙与竖貂两人不相信，就叫内侍们挖开了围墙，两个人亲自上前去看，才发现是个女人的尸体，非常吃惊。内侍里有认得的，指着尸体道："这人是晏蛾儿。"再看看象牙床上，两扇窗户下面，遮着已经一动不动、无知无觉的齐桓公。

竖貂就商量着怎么给齐桓公发表的事宜。易牙阻止他道："且慢，且慢，必须先确立了长公子的君主地位，然后才能发丧，以避免嫡庶子间的争斗。"竖貂也深以为然。于是两人立刻一同前往长卫姬的宫中，悄悄地启禀她道："先君已经仙逝了！按照长幼大小的次序，应当由夫人的儿子即位。但是先君在世的时候，曾经把公子昭托付给宋公，声称将他立为世子，大臣们有很多人也知晓这件事。倘若听闻先君去世的变故，他们一定会竭力辅佐公子昭。按照微臣等的看法，不如趁今晚仓促之时，马上率领宫中的士兵，前去追杀公子昭，然后拥护长公子即位，那么就大局已定了。"长卫姬虽然心中暗喜，却不动声色道："我乃是一介女流之辈，不懂什么国家大事，如今就指望着爱卿们尽力管好国事吧。"于是易牙、竖貂各自带领着宫中的几百名士兵，杀进东宫，捉拿公子昭。

且说公子昭不能进宫探望父王的病情，心里非常郁闷。这天晚上正点着灯独自呆坐，忽然朦朦胧胧恍恍惚惚间，在如同做梦又带有几分清醒的情景中，看见一个女人前来对自己道："世子，您还不快走，大祸马上临头了！臣妾乃是晏蛾儿，奉了先君的命令，特地来报信的！"公子昭正想详细地询问她，那个女人却把公子昭往前一推，就像掉进了万丈深渊里，公子昭猛然被噩梦惊醒，那个女人却不见了。这个梦真的有些奇怪，不能不信。

公子昭急忙呼唤侍从拿着灯跟随着自己，开了小门，步行到上卿高虎的家里，急促敲门。高虎将公子昭迎了进去，询问他的来意，公子昭就如此这般地告诉了他。高虎想了想，道："主公患病已经半个月了，被奸臣阻隔在宫里，切断了宫内外的联系，音讯不通。就世子您这个梦来看，主公恐怕凶多吉少。梦里晏蛾儿口中称先君，恐怕君主必定仙逝了。宁可把梦里所讲的事情当真，也不能一点儿不信。世子您应该暂时到外国去避难，以免遭遇不测。"

公子昭迟疑道："我该到哪里去安身呢？"高虎回答道："昔日君主曾经把世子托付给宋公，现在您应该到宋国去，宋公必然能救您于危难之中。高虎我乃是守卫国家的大臣，不敢和世子一道逃亡。我门下有个人名叫崔夭，被任命掌管东门钥匙，我派人吩咐他给你开门，世子可以连夜逃出城去。"

话音未落，就有守门人来报称："宫里的卫士包围了东宫。"公子昭顿时吓得面色如土。高虎连忙让公子昭换上衣服，和下人们一样打扮，又派了自己的心腹跟随他。到了东门，传令给崔夭，让他取出钥匙开门放公子昭出城。崔夭听完命令，说道："君主到底是死是活还不得而知，我若私下放了世子，也逃脱不了罪责。世子身边没人伺候，如果不嫌弃崔夭，我愿意和您一起逃亡到宋国去。"公子昭大喜过望，道："你如果能和我一路同行，我自然非常愿意！"当下崔夭便迅速打开城门，见公子昭身边有马车，就让公子昭上了车，自己亲自驾车，向宋国匆忙奔去。

话分两头。却说易牙与竖貂两个人率领着宫里的士兵包围了东宫，到处搜查，却丝毫不见公子昭的影子。眼看快四更天了，易牙道："我们擅自行动，私自包围了东宫，不过是想趁着世子还没防备采取行动。如果拖延到天亮以后，被其他公子察觉，先占了朝堂，那就大势已去了。还不如先回到宫里，拥立长公子为君，看大臣们如何反应，也好再做打算。"竖貂道："这话正合我意。"

两个人收了兵，还没进宫门，就只见朝堂大门敞开着，文武百官纷纷都来了。有高氏、国氏、管氏、鲍氏、陈氏、隰氏、南郭氏、北郭氏、闾丘氏这些大臣或者子孙外臣，名字不能一一列举。这些大臣们听闻易牙与竖貂两人率领着很多士兵出了宫门，就猜想宫里必定发生了变故，都来到朝堂上打探消息。宫里已经有人传出齐桓公去世的噩耗。后来又听闻东宫被围困，就不难猜测是奸臣在趁机作乱。

"那世子是先君欲立之人，如果世子有什么闪失，我们还有什么脸面当齐国的大臣？"大臣们三三两两地聚在一块，正讨论着要去救护世子。正好易牙与竖貂两人带着士兵回来了，众位官员就一拥而上，七嘴八舌地问："世子在哪里？"易牙拱手为礼回答道："世子无亏如今正在宫里。"众人怒道："无亏没有先君的册封，不是我们的君主，赶紧把世子公子昭还给我们！"

竖貂手里执着一把剑，大声道："公子昭已经被驱逐出国都了！现在我们奉先君临终前的遗命，拥立长子无亏为国君，有胆敢不从的人，就用这把剑诛杀他。"大臣们都义愤填膺，在那里吵嚷叫骂着："都是你们这些奸佞小人，欺骗病中的国君，假传去世国君的诏令，斗胆专权，擅自废黜新国君。如果让你们立了无亏为君主，我们这些人誓死也不为臣。"大夫管平首先挺身而出，怒道："今天先打死这两个奸佞小人，除了祸根，然后再做打算。"说罢手执牙笏，照着竖貂的脑门便打，竖貂用手里的剑招架，诸位大臣们本想上前帮助管平，只听得易牙大吼一声："士兵们，现在还不动手，平日里养你们有什么用？"几百名士兵，手中拿着武器，一齐动手，冲着文武百官就是一通乱砍。大臣们手里没有武器，而且寡不敌众，弱不胜强，怎能抵挡得住？这正是：白玉阶前为战地，金銮殿上见阎王。文武百官们死在乱兵手下的大约十分之三，其余身上带伤的人就更多了，都趁乱逃出了朝门。

再说易牙与竖貂两人把文武百官杀散之后，天已大亮，就到宫中扶出公子无亏，让他到朝堂上继承君位。宫内的侍卫们鸣钟击鼓，全副武装的士兵们排列两旁，但在台阶下磕头祝贺的大臣只有易牙、竖貂两人而已。公子无亏又羞愧又气愤。易牙启奏道："先君的丧事还没办，大臣们还不知道要送别先君，又怎会知道来欢迎新君呢？这件事必须把国、高二老召进宫来，才可以号令文武百官，收服人心。"公子无亏同意了他们的意见，就派宫内侍卫分头去宣召右卿国懿仲、左卿高虎进宫来。这两位是周天子任命给齐国的监国大臣，世代都为上卿，群臣莫不佩服。国懿仲和高虎听闻宫内侍卫来宣召，知道齐桓公已经去世，就没有穿平日上朝的服装，立即披麻戴孝，到朝廷来奔丧。

易牙与竖貂二人，赶紧在宫门外迎接，对他们言道："今天是新君即位升殿的日子，两位老大夫应该暂且换上喜庆的服饰。"国懿仲和高虎二人齐声回答道："先君没有下葬，就来拜见新君，这不合乎礼仪。再说新君，这些公子哪个不是先君的儿子？老夫怎么能选择拜见谁？只有能为先君主持发丧仪式的人，我们才会服从他为新君。"易牙与竖貂无话可答。

国懿仲和高虎在宫门外，对着天空拜了又拜，号啕大哭着离开了。公子无亏担心地说道："先君的丧礼没有完成，群臣又不服我，现在该怎么办？"竖貂道："今天所发生的事，就像和老虎搏斗一个道理，力气大的人会最终胜利。君主要占住正殿，微臣等人在宫殿两边的长廊上布兵，众位公子们只要有敢闯进朝堂的，立刻让士兵们把他捉拿住。"公子无亏听从了竖貂的建议。长卫姬把自己宫里的士兵全都派了出来，凡是内侍们全都换上军服，宫女里面年龄稍长、身材较高、力气较大的，也被编进士兵的行列充数，易牙与竖貂各自带领一半人马，排列在两边的长廊上。这些自不多提。

再说卫国公子开方，听闻易牙与竖貂拥立公子无亏即位为君，便对妃子葛嬴的儿子公子潘说道："世子公子昭不知跑到哪里去了，如果公子无亏能当国君，那为何不能立公子您呢？"于是把所有的家丁和平时豢养的死士都排列在右殿中。妃子密姬的儿子商人，和少卫姬的儿子公子元一同商议道："我们也都是先君的儿子，江山社稷应该都有份。公子潘已经占领了右殿，我们就一起占领左殿。世子昭如果回国，大家就让位给他；如果他不回来，大家就把齐国平均分成四份。"公子元也赞同这样做。两人便各自带领自己的家丁和平时养在门中的门客，组成队伍尽皆赶来。公子元在左殿排列兵马，公子商人在朝堂大门集结人马，互相约定形成犄角之势。易牙与竖貂畏惧三位公子人多势众，就死死守在正殿，不敢出来进攻他们。三位公子也畏惧易牙与竖貂的强悍，也都各自把守着自己的军营，防止发生冲突。这正是：朝中成敌国，路上绝行人。有诗为证：

凤阁龙楼虎豹嘶，纷纷戈甲满丹墀。

分明四虎争残肉，那个降心肯伏低？

当时，只有公子雍胆小怕事，就投奔秦国，后来秦穆公任用他为大夫。这些不再详述。

再说文武百官得知世子逃亡在外，朝中没有主事的人，就都关紧门户，闭门不出。只有老臣国懿仲和高虎心如刀绞，想要打破朝中的僵局，却始终没找到良策。就这么相持不下，不知不觉已经过去两个多月了。

高虎道："众位公子们只知道争夺王位，却不想着给先君发丧，我今天就以死抗争。"国懿仲道："你先开口，我再接上，都舍上自己的一条性命，也好报答世代为官领受朝廷俸禄的恩情。"高虎提醒他道："若只有我们两人开口，能解决什么事？但凡是领受齐国俸禄的都是齐国的大臣，我们俩挨家挨户地去召集他们，大家一起到朝堂上，并推举公子无亏来主持丧事，你觉得怎么样？"国懿仲想了想道："按理说，太子应该由嫡长子担任，如今让公子无亏来主持丧事的话也不算师出无名。"

于是二人分头四下行动，招呼众位大臣们一起到朝堂上去为齐桓公哭丧。大臣们看见有两位老大夫带头做主，也都大胆穿上孝服，相继跟随着进了朝堂。竖貂拦住他们问道："老大夫这次前来是何处用意？"高虎道："诸位公子互相僵持，这样下去不是办法。我们今天前来，乃是专门拜请公子无亏出去主持先君的丧礼，没有别的意图。"

竖貂便冲着高虎作揖，示意他们进去。高虎把手一招，国懿仲和众位大臣们都涌了进来，径直走到了朝堂之上，对公子无亏禀报道："微臣等人听闻，父母的恩情就像天地一样博大。所以为人子女，父母在世时一定孝敬他们，父母去世后就要将他们下葬。从没听说父亲死后儿女不收殓尸体，却在争夺富贵的事情。况且，国君是臣子的表率，国君既然不孝，怎么能要求臣子们尽忠呢？到今天为止，先君已经逝去了六十七天了，还没收殓进棺材里，公子您虽然占据着朝堂正殿，心里又怎么能安稳呢？"说完，大臣们都伏地痛哭。

公子无亏听后流着泪说道："孤的确不孝，罪过已经大于天了。然而孤并非不想完成丧礼，您难道没有看到孤是怎样被公子元他们逼迫的吗？"国懿仲启奏道："公子昭已经逃亡在外，眼下只有公子您最为年长。公子您如果能主持丧事，收殓了先君的遗体，国君的位置必然归您。公子元等人虽然分别占据了殿门，老臣我一定用大义来责问他，谁还敢来和公子争夺国君之位？"

公子无亏止住眼泪，向大臣们拜谢道："这也是孤的心愿。"高虎吩咐易牙和竖貂仍然据守在大殿的长廊上，众位公子只要是披麻戴孝前来的，就放进宫中，如果是携带着兵器前来的，就立刻捉住治罪。竖貂先到了齐桓公的寝宫内，安排人收殓齐桓公的尸体。

却说齐桓公的尸体停在床上，很长时间都没有人管，虽然是在冬天，但因血流满地而一片狼藉；尸气发臭，腐烂的尸体上长出蛆虫，密密麻麻像蚂蚁一样，一直爬到墙外面。开始时人们还不知这些蛆虫是从何处来的，等到了寝宫内，把盖在桓公身上的窗户拿开，只看见蛆虫在尸骨上攒动，好不凄惨。公子无亏失声痛哭，大臣们也都跟着悲伤哭泣。当天就取来梓木棺材，盛殓尸体，可是桓公的皮肉都已经腐烂，只好用袍服包裹着，草草装殓起来。只有晏蛾儿的面色和活着时一样，尸身也没走样。高虎等人知道她是忠义的女子，都不停地叹息，也命取来棺材将其尸体装殓起来。高虎等人带领众位大臣们，推举公子无亏居于主丧之位，大家都依次上前哭灵，这天晚上都睡在棺材旁边。

再说公子元、公子潘、公子商人等驻兵在大殿外面，看到高虎和国懿仲等老臣，率领穿着孝服的大臣们进入大殿内，不知道发生了什么事。后来听说齐桓公已经出殡，大臣们都奉请公子无亏主丧，拥戴他做了国君，就互相传话道："有高虎和国懿仲两位老臣在主持大局，我们不能和公子无亏争夺国君之位了。"于是各自遣散自己的士兵，都披麻戴孝进宫来奔丧，兄弟们相见，免不了各自大哭一场。当时如果没有高虎和国懿仲说服公子无亏，还不知道这件事会怎么收场。胡曾先生写诗感叹道：

违背忠臣宠佞臣，致令骨肉肆纷争。

若非高国行和局，白骨堆床葬不成。

却说齐国公子昭逃到宋国，见到了宋襄公，大哭着跪拜在地上，把易牙、竖貂在宫中作乱的事情告诉了宋襄公。宋襄公迅速召集大臣们，问道："昔日齐桓公将公子昭托付给寡人，要求寡人帮他登上太子之位，屈指一算，此事已经过去十年了。寡人心中一直记挂着这事，一刻也不敢忘怀。如今易牙、竖貂在齐国宫内作乱，太子被驱逐出齐国，寡人想把所有的诸侯国约到一起，一起讨伐齐国的罪行，把公子昭送回齐国，帮他定下君王之位再回返我国。这次征讨如果顺利完成，我国一定会在诸侯国之间名声大噪，到时寡人就可以带头倡导诸侯们进行会盟，继承齐桓公的霸业，众位爱卿意下如何？"

忽然有一位大臣出班启奏道："宋国有三点不如齐国，怎么能在诸侯国中称霸呢？"宋襄公定睛一看，原来是宋桓公的长子、自己的异母兄弟公子目夷。公子目夷，字子鱼，由于早年间把国君之位让给宋襄公，所以宋襄公让他做了上卿。宋襄公见是他，便询问道："子鱼你说'宋国有三点不如齐国'，到底是什么缘故呢？"

公子目夷说道："齐国有巍峨的泰山和汹涌的渤海这样的险要之地，有产盐的琅玡和丰饶的即墨这样的富庶之城，我国国小地薄，兵力薄弱，粮食稀少，这是第一点不如。齐国有高氏和国氏这样世代辅佐的名门大族，作为国家富强的基础，有管仲、宁戚、隰朋、鲍叔牙这样贤良的大臣尽心尽力，谋划国事。我国文韬武略优势都不明显，贤明的人才严重匮乏，这是第二点不如。齐桓公北伐山戎之时，有神物'俞儿'在前面开路；到野外狩猎之时，有异形'委蛇'现出原身。这些都是称霸前必备的异象。反观我国，今年春季正月，有五颗流星坠落到地面上，化为陨石；二月又刮起奇怪的大风，鹡鸟在空中逆风飞翔，这些都是想上升却下降、想要前进反而后退的征兆，这是第三点不如。有这三点不如齐国，宋国奢求自保都难，怎么还有精力去管别人的事呢？"

宋襄公摇头道："寡人一直以仁义为主要行事准则，若不援助齐桓公的遗孤，就是不仁；接受别人的嘱托却背弃，就是不义。"于是就以送公子昭回齐国即位为由向诸侯们发出邀请，约定第二年的春季正月，一起带兵到齐国的郊外会合。

邀约传到卫国，卫国大夫宁速进谏道："自古以来都是册立嫡长子为太子，没有嫡长子的话，就册立长子，这是常规的礼仪。公子无亏年长，并且当初有守卫卫国的功劳，对我们卫国有恩。当年狄人杀我先君懿公，公子无亏曾率三百乘兵车护送您返回国都，并留下三千甲士留守。于情于理，都希望君主您不要参与这件事。"卫文公摇头道："公子昭已经被册立为世子，天下谁人不知。公子无亏帮助我们守卫国都，那是私人的恩情；公子昭立为世子，那是公理大义。因为私人的恩情而废弃公正大义,寡人不会那么做。"

邀请传到鲁国,鲁僖公摇头道:"齐桓公曾经把公子昭托付给宋公,却没有托付给寡人,那寡人只知道长幼有序。如果宋国发兵攻打公子无亏,寡人也当发兵营救无亏。"

周襄王十年,也就是齐公子无亏元年三月,宋襄公亲自联合了卫国、曹国、邾国三国的军队,以拥立世子昭为国君的名义攻打齐国,驻扎在齐国国都临淄郊外。当时易牙的官职已经升到了中大夫,担任司马一职,手握兵权。公子无亏派他带兵出城抗敌,竖貂则居中调度。高虎和国懿仲两位老臣分别把守城池。

高虎对国懿仲说道:"我之所以推举公子无亏做国君,是因为先君一直没有下葬,而不是真的想推举他。现在世子已经回来了,又得到了宋国的援助,如果从道理上讲我们理亏;就兵力而言,他们比我们强大。更何况,易牙、竖貂残杀百官,乱政专权,将来必定会成为齐国的心腹大患。不如趁着这个机会把他们除掉,迎世子回来即位。那其他的公子就不再对国君之位虎视眈眈,齐国也就如泰山一般安定了。"国懿仲道:"易牙带兵驻扎在城外,我先把竖貂召过来,就以议论国事为借口,趁机杀死他,然后率领文武百官前去迎请世子,以取代公子无亏的国君之位。我想易牙到时也掀不起什么风浪来。"高虎大喜道:"此计高明!"于是派勇士埋伏在城楼上,谎称要谈论机密大事,派人前去约请竖貂前来相见。这正是:做就机关擒猛虎,安排香饵钓鳌鱼。

第三十三回
宋公伐齐纳子昭　楚人伏兵劫盟主

话说高虎趁着易牙带兵出城的机会,派了勇士埋伏在城楼里,让人前去请竖貂来议论要事。竖貂果然没起疑心,大大方方地来了。高虎在酒楼中设宴招待,酒过三巡之后,高虎开口道:"如今宋公联合了诸侯国的诸侯们,发动大部队将公子昭送到这里,我们要如何抵挡他们呢?"竖貂点头道:"早就派易牙率兵出城去迎战敌人了。"高虎摇摇头道:"我军兵力太少,寡不敌众,怎么办?老夫我想借重你一下,以挽救齐国的危难。"竖貂道:"我竖貂有什么本事让您如此看重?如果老大夫想派我做事,我心甘情愿地唯您的命令是从!"高虎道:"既然如此,我想借你的人头一用,以此来向宋国请罪。"竖貂大吃一惊连忙站了起来。高虎环顾身边的手下，吩咐道："还不赶紧动手！"埋伏在墙后面的勇士们跳了出来，抓住竖貂并将其杀害。

高虎随后打开城门，派人大声疾呼道："世子已经到了城外，愿意追随世子的，请跟我前往迎接！"国都的百姓们向来十分憎恶易牙、竖貂的为人，因此都不支持公子无亏。看到高虎出来迎接世子，全都振臂高喊，乐于跟随，随着高虎出城的人有几千人之多。

国懿仲上朝，直接敲击宫门，请求拜见公子无亏，启奏道："人们心中都想拥立世子昭做国君，争着前去迎接。老臣我无力阻挡，主公您应该赶紧想想避难的计划。"公子无亏大怒，问道："易牙、竖貂他们在哪里？"国懿仲启奏道："易牙率军出战，如今战胜战败还不可知。竖貂已经被老百姓处死了。"公子无亏勃然大怒道："老百姓杀了竖貂，这么大的事，您事先怎么可能不知道？"他看向身边的手下，命令他们捉拿国懿仲，国懿仲快步逃出了朝门。公子无亏带领几十名内侍，坐着一辆小车，愤怒地拔剑冲出宫门，想要下令征募士兵，发放武器，前去抵抗敌人。可是他手下的内侍们东呼西喊，整个国都里没有人响应这个号召，反而喊出不少仇人来。这正是：

恩德终须报，冤仇撒不开。

从前作过事，没兴一齐来。

这些仇人对头是高氏、国氏、管氏、鲍氏、宁氏、陈氏、晏氏、东郭氏、南郭氏、北郭氏、公孙氏、闾邱氏这些官员及其后代，当初因不服从公子无亏而被易牙、竖貂杀害的官员家属，他们人人抱怨，个个喊冤。今日听闻宋国国君把世子送回国都，易牙率兵抵抗，就这些人的内心而言，都恨不得易牙被打败，可是又害怕宋国军队的到来，会在临淄掀起大肆屠杀，所以大家心中都各自藏着心思。

等到听说高老相国杀了竖貂，前去迎接世子回来的消息，人们都非常欢喜，说道："老天今天方才开眼了！"然后他们随身携带着武器，一齐到东门口去探听世子前来国都的消息。正好遇上公子无亏坐车来到跟前，真是仇人相见分外眼红，一个人带头，其他人都上前协助，每个人都拿着武器，把公子无亏团团围住。公子无亏的内侍大声叱喝道："君主在此，众人休得无礼！"大家吵嚷道："哪个是我们的君主？"就朝着侍卫们乱砍一通，公子无亏招架不住，急忙逃下车想跑路，却被大家杀死了。一时间，东门口人声鼎沸，多亏国懿仲来了，对大家好言抚慰，众人这才各自散去。国懿仲把公子无亏的尸体抬到行宫里，用棺材装殓起来，一面派人迅速前去报告高虎。

再说易牙正率兵在东关驻守，同宋军对峙。夜里军中忽然大乱，大家都在传说着：公子无亏和竖貂都死了，高虎相国带领国都的老百姓们前去迎接世子回来继承国君的位子，我们大家不能助纣为虐。易牙明白军心已经动摇，心中焦急，如芒刺在背，连忙带着几个心腹手下连夜逃往鲁国去了。天亮以后，高虎等人已经到来，对易牙率领的将士们进行了一番安慰，然后大家径直到了郊外，迎接世子昭，并同宋、卫、曹、邾四国联军讲和。这四国见目的达到，便开始退兵。高虎一行人迎接世子到了临淄城外，暂时歇在公馆。高虎又派人去通知国懿仲，准备天子的车驾，率领文武百官一起出城来迎接世子。

却说公子元、公子潘听说世子回国、无亏被杀的消息，就约了公子商人，一起出城来恭迎新君。公子商人却露出不赞同的神色道："我们在宫里为先君守丧，公子昭却出逃他国，没有尽到孝子的责任，如今他借助宋国的兵力，以弟弟的身份来欺负年长的哥哥，用武力夺取齐国的君位，从道理上是不通的。我听说前来护送的诸侯国们已经退兵，我们不如各自带领自己手下的府兵，以替公子无亏报仇为借口，去追杀公子昭。事成之后，在我们三个人中，让大臣们公开商议推举一个人做国君，也能避免被宋国所控制，不要灭了先君身为诸侯盟主的霸气。"公子元迟疑道："如果这样做，应该以后宫母妃的名义实施行动，才能师出有名。"

于是。他们进宫把此事禀报给了长卫姬。长卫姬哭着说道："你们若能为公子无亏报仇，我就算死也没有任何遗憾了！"于是下令召集公子无亏以前的手下，加上公子元、公子潘、公子商人的人马，一起去抵挡世子。竖貂原有的心腹手下，想要为自己的主子报仇，也前来相助，分别驻守在临淄城的各个门口。国懿仲害怕这四家联军人多势众，把自己的府门紧紧关闭，不敢再露面。高虎见此情形，对公子昭说道："公子无亏、竖貂虽然已经死了，但是他们剩余的党羽还在，何况现在还有三位公子出面带头，紧闭城门不让世子进入。如果想要进城，必须交战。如果战败，就前功尽弃了，不如还是先返回宋国去求助。"公子昭点头道："一切任凭国老做主。"高虎于是护送着公子昭又投奔了宋国。

话说宋襄公刚刚带兵返回宋国境内，就见公子昭再次前来投奔，非常吃惊，就问他的来意。高虎把经过全部细道一遍。宋襄公懊恼道："这是寡人退兵太早的原因啊。世子请放心，有寡人在，怎么还愁进不了临淄城？"立刻命令大将公孙固增加兵马。以前有卫、曹、邾三国同时讨伐，宋国只派了二百辆战车，今天宋国独自出征，就把车马增加到了四百辆。宋襄公任命公子荡为先锋在前面开路，任命华御事殿后，宋襄公自己亲自率领中军，护送齐国世子，重新离开宋国国境，再度到了齐国国都城外。这时高虎走在队伍最前面，把守城池的官员远远看见是高虎来了，就立刻打开城门请他们进去，宋军一直在临淄城下驻扎。

宋襄公看见齐国国都临淄的城门紧锁，就下令三军将士准备登城用的器械。城里的公子商人对公子元、公子潘道："宋军如果攻城，一定会惊扰到百姓。我们率领咱们四家所有的兵力，趁宋军喘息未定，合力攻击他们。如果侥幸得胜固然很好，如果不幸失败了，就暂时分头逃难，日后再做打算。总比在这里勉强死守着强，要是万一诸侯国们的部队汇合到一起，那时怎么办呢？"公子元、公子潘很赞成公子商人的说法。

于是在这天晚上，他们打开城门，各自带着部队出来偷袭宋军大营。由于不清楚情况，他们只袭击了宋军先锋公子荡的前军大营。公子荡措手不及，丢下营寨逃走了。中军大将公孙固听说前军大营失守，急忙带领大部队前来救助。率领后军的华御事和齐国的老大夫高虎，也都各自带领自己的手下前来接应。双方混战在一起，一直战到天亮。公子商人他们四家的联军虽然人多势众，但各顾其主，人心不齐，怎么能抵挡得了宋国的大军。经过一夜激烈交战，公子商人等四家联军被宋军杀得溃不成军。公子元害怕世子回国会治自己的罪，就带着自己的心腹手下，趁着混乱之际逃到卫国去躲避灾难了。公子潘、公子商人各自收拾自己的残兵败将进了城，宋军在后面紧紧追赶，导致临淄的城门来不及关闭，崔夭为公子昭驾车，长驱直入，冲入城内。国懿仲听说四家公子战败，世子已经进了城，于是召集文武百官，和高虎一起，拥立公子昭做了齐国国君。公子昭便将这一年定为元年，公子昭就是历史上的齐孝公。

齐孝公登上王位后，开始论功行赏，提拔崔夭担任大夫一职。从国库拿出大量金银布帛，犒劳宋军将士。宋襄公担心再度发生变故，便留在齐国境内住了五天，这才起身回到宋国。此时鲁僖公率领大部队前来救援公子无亏，听说齐孝公已经做了国君，大势已去，军队便在半道上返回鲁国，从此鲁国和齐国之间就有了过节。这些自不多言。

再说公子潘和公子商人商量，把派兵抵抗齐孝公回国的责任全都推到了公子元一人身上。国懿仲和高虎两位老臣心里明知是四方势力合谋，却想让齐孝公忘却过去嫌隙，与兄弟们重修旧好，所以只是惩治带头叛乱的易牙、竖貂两人的罪过，把他们的党羽都诛杀了，其他跟随作乱的人全都赦免，不再过问。

这一年八月，齐孝公将父亲齐桓公埋葬在牛首堈上，修建了三座彼此相连的大坟，其中一座是真正的墓穴，而另外两座是作为掩护的假坟。在旁边又修建了一座小坟，把晏蛾儿陪葬在齐桓公旁边。又因为公子无亏、公子元作乱的缘故，把他们母妃长卫姬、少卫姬两人宫内的宫女侍从全部陪葬，因此而丧命的有几百人。

后来到了西晋怀帝司马炽在位的永嘉末年，匈奴首领刘聪、刘曜率军攻陷了晋国都城洛阳，揭开了"五胡乱华"的大幕，天下大乱。当时有村民发掘了齐桓公的坟墓，墓葬前有一座水银池，寒气刺鼻，外人不敢直接闯入墓地。经过很多天，这寒气才渐渐消减。于是有人带着大型犬进到了齐桓公的墓中，找到了几十斛金豆，许多珠宝玉器，彩色的丝帛和军事器械，多得眼花缭乱，无法计数。墓地里尸骨遍地，都是殉葬人的遗骸。可见齐孝公当年下葬其父的隆重程度。但这种行为又有什么好处呢？隐士徐霖写诗讽刺道：

疑冢三堆峻似山，金蚕玉匣出人间。

从来厚蓄多遭发，薄葬须知不是悭。

话分两头。却说自从战胜了齐国叛军，把公子昭推举为国君，宋襄公就自认为立下了盖世奇功，想要号令诸侯们结盟，自己取代齐桓公的位置，做诸侯国的霸主。又担心大国们不来结盟，便先约请了滕、曹、邾、鄫这四个小国，在曹国的南部会盟。曹、邾两国的国君到了之后，滕国的国君婴齐姗姗来迟。宋襄公不准许婴齐参与会盟，把他关押在一间房间里。鄫国的国君畏惧宋国的威势，也来参加会盟，但赶到时已经超过约定时间两天了。

宋襄公问大臣们：“寡人第一次倡导诸侯会盟，鄫国身为小国，就敢如此怠慢，竟然迟到两天，不重重地责罚，还怎么扬名立威！”大夫公子荡进言道：“昔日齐桓公南征北战，单单没能收服东部地区的少数民族东夷。君主您如果想在中原地区扬名立威，一定得先收服东夷，想要收服东夷的话，就不能少了鄫国国君。"宋襄公奇怪的问道：“鄫国国君如何能帮助寡人扫平东夷？”

公子荡启奏道：“传闻在睢河之间，有神仙能呼风唤雨，东部的少数民族都为他设立祠堂祭祀，四季不敢缺少礼数。君主如果能将鄫国国君作为祭品，来祭祀睢水之神，不但神灵将会赐福，而且传到东夷这些少数民族耳中，都知道君主您掌握着诸侯们的生杀大权，哪个不惧怕？他们都会前来归附。然后君主借助东夷的力量，来讨伐各诸侯国，霸业就指日可待了。"

上卿公子目夷连忙进谏道：“万万不可，万万不可！古人做小型的祭祀都不会选用牛、羊这样的大祭祀品，就是因为爱惜祭祀品生命的缘故，更何况现在作为祭祀品的还是个人？祭祀这件事，我认为就是为人类求福，用杀人的方式来祈求人类幸福，神灵一定不会接受这祭品。况且，国内常有祭祀，都是由主管此事的宗伯主持进行。睢水的河神，不过是妖怪鬼魂之类的邪神。这些少数民族所祭祀的神明，君主也要祭祀他们，这样根本看不出君主比少数民族高明多少。那么谁肯听从您呢？齐桓公做了四十年盟主，挽救即将灭亡的国家，让弱小的国家继续维持下去，每年都对天下人广施恩政。如今君主刚刚号召会盟，便开始杀戮诸侯国的国君，用以谄媚那些妖神。以微臣所见，诸侯们不但不会顺从我们，反而会因为害怕而背叛我们啊！"

公子荡听后，反驳他道："子鱼这话大错特错了！君主称霸的方式与齐侯大大不同。齐桓公在齐国励精图治二十多年后，才开始会盟诸侯，君主您能等得起吗？治理国家，如果有时间的话，就用教化来治理，想要快点看到成效，就要用武力立威，快慢的次序，必须先搞清楚。我们不迁就少数民族的信仰，少数民族就会因疑惧而对抗我们；不使得诸侯们畏惧，诸侯们就会怠慢、轻视我们。内部的人轻视我们，外面的人怀疑我们，还怎么成就霸业？昔日周武王斩下了商纣王的头颅，将其悬挂在战旗上，终于得到了天下。这可是诸侯造反杀了天子的行为，如今我们对于小国的国君这么做，又有什么不可以？君主一定要杀了鄫国国君作为祭品。"宋襄公本来就急于称霸诸侯，不听从目夷的劝告，派邾文公抓住鄫国国君，杀死他并煮熟，用来祭祀睢水之神。然后派人召东夷族的部落首领，都来睢水会盟祭祀。东部少数民族向来不了解宋襄公的政令，根本没有前来参加会盟的首领。滕国国君婴齐听闻鄫国国君被杀后非常惊恐，派人用厚礼贿赂宋国，请求释放自己，这才解除了婴齐的牢狱之灾。

曹国大夫僖负羁对曹共公姬襄道："宋国国君急躁而且暴虐，一定成不了大气候，不如我们回去吧。"于是共公便向宋襄公辞行，也就没有遵守东道主应有的礼节。宋襄公大怒，派人前去责问他道："古时的国君见面，一定把干肉、粮食，牛、羊、猪这些活牲畜等一切必备的生活物资都准备好，以求宾主之间和睦友好。我们国君停留在你们曹国国内，不是一天两天了。所带领的三军将士，还不知这里的主人是谁。希望您能认真考虑一下补救方法。"僖负羁回答他道："安排住宿，准备食物，这是臣子朝见天子的常见礼节。如今贵国君主以公事为名义召集各国诸侯，到位于南方偏僻之地的我国会盟，我国国君因为奉贵国国君的号召疲于奔走，还来不及考虑这些礼数。如今您责备我们君主礼数不周，我们的国君非常羞愧，只希望您能宽恕我们。"说完此话之后，曹共公便回国都去了。

宋襄公勃然大怒，下令调转军队方向，前去讨伐曹国。公子目夷又进谏道："以前，齐桓公号召诸侯会盟的地点，遍布诸侯各国，送出去的礼物厚重，收回来的礼物轻薄，从不责备诸侯们失礼的行为，也不因诸侯来不及参加会盟而诛杀他们，这就是宽于待人、体恤人情的行为。曹国礼数不周，对于君主您并无实际损伤，又何必大动干戈呢？"宋襄公执意不听从他的劝谏，命令公子荡带领三百辆战车，讨伐曹国并包围了曹国的都城。僖负羁根据情形带兵制定战术进行防备，和宋军相持了三个月，公子荡一直不能取胜。

这时候，郑文公首先朝拜楚王，并约请了鲁、齐、陈、蔡四国的国君，和楚成王一起到齐国境内参加会盟。宋襄公听到这个消息后大惊失色。一来怕齐国和鲁国这两个大国中有想称霸的，宋国还不能与之争锋；二来又担心公子荡攻打曹国失败，挫伤了士气，被诸侯们嘲笑，于是就召公子荡回来。曹共公也害怕宋国军队再次攻打曹国，就派使者到宋国去请罪。从此，宋国和曹国又和好如初。

再说宋襄公一心想称霸，却看见那些小诸侯国一个个都表示不服，大国反而疏远宋国，与楚国会盟，心中又气又急，就和公子荡商议。公子荡进言道："如今的大国，无非是齐国和楚国。齐国虽然曾经身为霸主，然而内部纷争刚止，国内局势还不曾复兴。楚国僭越，私自称王，刚刚与中原各国联系，诸侯们都畏惧他。君主您如果不惜放低身段拿出重金，向楚国要求同那些与楚结盟的诸侯结盟，想必楚国定会答应。借助楚国的势力来召集其他的诸侯国，再借助诸侯国的势力来压制楚国，这是短期内的权宜之计。"

公子目夷又进谏道："楚国现在会盟了众多诸侯国，怎么可能答应让他们与我国结盟呢？我们想从楚国手中瓜分它的诸侯国，楚国又怎么会容得下我们呢？恐怕战事从此就要爆发了。"宋襄公对目夷的话不以为然。他命令公子荡带着重金出使楚国，请求拜见楚成王。楚成王问明他的来意，答应第二年的春天在齐国鹿上地区与宋襄公举行会盟。公子荡回去禀告给宋襄公，宋襄公道："鹿上乃是齐国的领土，不能不禀告给齐侯知道。"于是宋襄公就委派公子荡到齐国去进行友好访问，叙述了要和楚王在齐国会盟的事情。齐孝公也答应了此事。这时正是宋襄公十一年，周襄王十二年。

第二年春天的正月时分，宋襄公先抵达鹿上，修建好盟坛等待齐国和楚国两国国君的到来。二月初旬，齐孝公才到了鹿上。宋襄公自以为有护送齐国国君登上君位的大功劳，所以在两国国君见面时，流露出对齐国有恩的神情来。齐孝公也感激宋襄公的拥立之功，尽心竭力地承担东道主的待客之礼。又过了二十多天，楚成王方才赶到。宋国和齐国两国的国君见他的时候，按照爵位排列顺序。楚国虽然自封为王，但是实际上在周朝只是子爵。宋公位居首位，齐侯排在第二，楚国国君排在第三。这是宋襄公给他们排的次序。到了会盟那一天，大家共同登上了鹿上的盟坛，宋襄公理所应当地以盟主自居，先抓住牛耳取血，毫不谦让。楚成王心中不快，勉强接受并饮用了牛血。

宋襄公拱手说道："寡人受先人的余荫，一直蒙周天子以宾客之礼相待，虽然思忖自己德望不高力量微薄，但心中还是想重修诸侯会盟的大计。可寡人担心人心不齐，所以想借助两位君主的势力，召集诸侯们在我宋国的盂地汇合，举行会盟，时间就定在秋天的八月份。如果两位君主不反对，愿意带领诸侯们倡导会盟之事，寡人愿意与你们两国结成兄弟邦国。不单单是寡人，自我殷商先王往后诸人，都会感激两位君主的恩赐。"

齐孝公拱手谦让楚成王先行签字同盟，楚成王又拱手谦让齐孝公，推来推去，好长时间也决定不下来。宋襄公不耐烦道："两位君主如果不嫌弃寡人，就请一起签署盟约吧。"于是拿出会盟的盟约，没有按照爵位次序先送给齐侯，却先送给楚成王签署，齐孝公心里也闷闷不乐。楚成王抬眼观看，盟约中所道的诸侯国们会盟的意思，大致都是仿效齐桓公时和平会盟的衣裳之会，不带兵车赴会。在盟约的末尾，宋襄公早已签署了自己的名字。

楚成王心中冷笑，对宋襄公道："君主自己就能号召诸侯们会盟，何必还要寡人来签署此盟约？"宋襄公讪笑道："郑国、许国很久以前就在您的庇护之下，陈国和蔡国最近重新和齐国进行结盟，不借助二位君主的威望，就怕他们有反对意见，所以寡人需要借助两位大国的力量。"楚成王谦让道："既然这样，请齐侯先签署，然后寡人再签。"齐孝公推辞道："寡人对待宋国，就好像臣子对待天子那般。此事而言，只有贵国的威名才是最难以请来的。"楚王笑了笑，签上自己的名字，然后把笔递给了齐孝公。齐孝公淡淡说道："有了楚国签署，就不必齐国签署了。寡人之前颠沛流离，九死一生，万幸的是在宋国帮助下，保住了国家社稷没有灭亡，如今寡人以跟随二位君侯后面歃血为荣，本来就无足轻重，为何还要把名字写上来亵渎这盟约呢？"齐孝公坚决不肯签署自己的名字。要说齐孝公的心里，其实是在责怪宋襄公先把盟约拿给楚王先签署，也看穿了宋襄公重视楚国看轻齐国的心理，所以坚决拒签。宋襄公自以为自己对齐国有大恩，竟认为齐孝公说的是真心话，所以就把盟约收起来放好。三位君主又在鹿上盘桓交谈了数日，互相叮嘱一番，然后各自分手。隐士徐霖有首诗感叹道：

诸侯原自属中华，何用纷纷乞楚家？

错认同根成一树，谁知各自有丫叉？

回国之后，楚成王详细地把会盟之事讲给令尹子文听。子文听后笑道："宋公狂妄到极点了！大王您为什么会答应他替他召集诸侯呢？"楚王笑着道："很久以前寡人就想主持中原的政事了，只是一直没有找到机会。如今宋公倡导和平会盟，寡人便趁机联合诸侯国们，不也可以吗？"大夫成得臣进谏道："宋公为人追求美名却不务实，华而不实，容易轻信别人，又缺少谋略，如果派伏兵拦截他，肯定能将他俘虏。"楚王点头道："寡人也正想这么做。"子文反对道："答应人家参加盟会，却又去劫走他，人家会说楚国言而无信，怎么能让诸侯们信服？"成得臣反驳道："宋国非常想做盟主，一定有傲慢自大轻视诸侯的心理。诸侯们还不熟悉宋国的政策，肯定没有人服从他。用劫住宋公的举动来向诸侯们示威，劫住后再释放他，还可以显示我们楚国的宽宏大度。诸侯们以宋国无能为耻，肯定不会归顺他，那么不归顺我们楚国，还能归顺谁呢？如果因为顾虑小信小义而纠结，就会丧失建功立业的大功劳，不是好的策略。"子文叹服，启奏道："得臣深谋远虑，微臣远远不及。"楚成王于是任命成得臣、斗勃两人为大将，各自挑选五百名勇士，操练演示等候命令，预先准备劫盟的计划。

再说宋襄公从鹿上回国后，一直欣欣然带有喜色，兴奋地对公子目夷道："楚国已经应允寡人领导诸侯了。"目夷进谏道："楚国是野蛮还未开化的民族，其心深不可测。君主只得到了他们口头的允诺，还未了解他们真正的意图，微臣担心君主被他们欺骗了。"宋襄公不悦道："子鱼，你太多虑了。寡人一直用忠信之心对待别人，别人怎么忍心欺骗寡人呢？"于是不听从目夷的劝告，宋襄公下令将檄文传给各诸侯国，召集会盟。他先派人到盂地建立起盟坛，扩修公馆，务必要求建得极其华美。在仓库中屯储粮食，为各国的军马和伙食做好准备。凡是祭祀用的牲畜、犒赏用的礼仪，全都按照最好的规格准备齐全。

到了秋季的七月，宋襄公下令乘车前去赴会。目夷又进谏道："楚国强横无理又不讲信用，请派兵车一同护送前往。"宋襄公摇头道："寡人和诸侯们约定举行的是和平的"衣裳之会"，如果动用兵车，就好比自己制定条约，自己又去毁约，就没办法展现令诸侯们将来臣服的信用。"

目夷再度劝阻道："那不如这样，君主您可以只管乘车前往，微臣请命率领一百乘兵车，埋伏在相隔您三里开外的地方，以备不测之需。"宋襄公不同意，态度坚决地说道："你动用兵车，和寡人动用兵车有什么区别？一定不能这么做！"

快出发的时候，宋襄公又担心目夷在国境边界带兵接应自己，令他失去信用，就要求目夷和他一起前去参加会盟。目夷点头道："微臣也放心不下君主，正想陪君主一同前往。"于是宋襄公君臣一同抵达了会盟的地方。楚、陈、蔡、许、曹、郑六国的国君都按照规定的期限前来，只有齐孝公心里闷闷不乐，鲁僖公与楚国关系不好，所以齐、鲁两位国君没到。宋襄公派人前去迎接六国的诸侯们，将他们安排在各自的会馆里休息，接待诸侯的使臣回来禀报宋襄公："诸侯们乘坐的都是乘人之车，而非兵车。楚成王带来的侍从虽然很多，但也是用的乘人之车。"宋襄公叹息道："寡人就知道楚国不会欺骗我啊！"

太史占卜出了会盟的好日子，宋襄公传令通知了诸侯们。提前几天的时间，预先安排盟坛上的执事和侍从。到了会盟那日早上五更天，盟坛的上上下下都准备了明亮的火炬，照得就和白天一样。盟坛的两边都另外设有休息的地方，宋襄公先去那里等待诸侯们的到来。陈穆公谷、蔡庄公甲午、郑文公捷、许僖公业、曹共公襄五位诸侯，陆续抵达了会场。等了很久，直到天色快亮的时候，楚成王熊恽才到。

　　宋襄公以主人的身份，按照东道主的礼节向诸侯们敬过礼，大家拱手揖让了一番，分别从左右两面的台阶上登上盟坛。从右边登上盟坛的宾客中，诸侯们都不敢超越楚成王，推举他位居第一。成得臣、斗勃两位大将紧紧跟随着楚成王，别的诸侯们也分别都有跟随的大臣。主人从左边台阶登坛，只有宋襄公和公子目夷君臣两人。

　　刚才登台阶的时候还分主人和宾客，如今既已经登上了盟坛，就把祭祀的牲口摆上，歃血为盟，对天发誓，把名字写进盟约，接着要推选盟主确定位次了。宋襄公指望着楚成王先开口，就用目光示意他，可是楚成王低着头不说话。陈国、蔡国等诸侯国的国君们，你看看我，我看看你，都不敢先出声。

　　宋襄公终于忍不住了，于是抬头挺胸地走了出来道："今天的会盟之举，寡人想效仿齐桓公重修会盟的事业，以此表示对周王室的尊重以及安抚百姓，停止战争，与天下的人民一起享受太平之福，各位认为怎么样？"诸侯们还没搭话呢，楚王站起来，走到前面道："宋公您的话太对了！但是不知道今天的主盟应该是哪位？"宋襄公朗声道："有功劳的就论功劳来比较，没有功劳的就按照爵位的大小排列，还有什么可说的！"楚成王点头道："如此说来，寡人自立为王很长时间了。宋公虽然列为上公，但还不能排在王的前面，寡人今天就先告罪一声排在前面了。"于是就站在第一的位置上。

　　目夷拉扯宋襄公的衣袖，示意他暂且忍耐着，看看情形再做打算。宋襄公本以为已经把盟主的位置捏在手中了，没想到临时生变，怎么能不气恼。他窝着一肚子火，难免就显得疾言厉色，生气地对楚成王道："寡人仰仗先代的福气，羞愧地位列上公，周天子对我也待以宾客之礼。楚君自己也说您是自立为王，那是僭越的名号。怎么能用假王的名号来压制真的公爵呢？"楚王淡淡地说道："寡人既然是假王，谁让你请寡人来到这里的？"宋襄公辩解道："楚君来到这里，也是在鹿上会盟时早就定下来的，不是寡人随便约请的。"成得臣在旁边大喝一声道："今天的会盟之事，只想问问众位诸侯们，是为楚国而来呢？还是为宋国而来？"陈国和蔡国等小国，平时都畏惧服软于楚国，齐声说道："我们众位诸侯实在是奉了楚国的命令，不敢不来。"楚成王哈哈大笑道："宋国国君还有什么话说？"

　　宋襄公看情形不对，想要和楚成王讲理，楚成王却不管有理还是没理。宋襄公想要撤离此处，又没有半个士兵们护卫，于是便犹豫不决。这时只见成得臣、斗勃两人脱掉礼服，露出里边厚重的盔甲，腰上分别插着一面小红旗，他们把旗向盟坛下面一摇，那跟随楚成王而来的随从人众何止是上千人，一个个都脱掉外衣露出盔甲来，手里拿着短小的兵器，就像蜜蜂、蚂蚁一样拥拥挤挤直奔到了盟坛之上。各国的诸侯们，全都吓得魂不附体。成得臣先把宋襄公的两只衣袖紧紧拽住，和斗勃一起指挥士兵们，抢夺盟坛上面摆设的玉器、锦帛、器皿等物。那些执事们，吓得乱跑乱逃。宋襄公见公子目夷紧跟在他身边，小声对他说道："寡人后悔没听你的话，以至于落到如今地步，你赶紧跑回去守卫宋国，不要担心寡人！"目夷心想继续跟随宋襄公也没有什么益处，就趁着混乱逃回宋国去了。

第三十四回
宋襄公假仁失众　齐姜氏乘醉遣夫

　　话说楚成王假装乘普通的车辆参加会盟大会，但跟随他的众人都是勇士，衣服里面暗暗穿着盔甲，身上带着精锐的短兵器，都是成得臣和斗勃经过千挑万选出来的，全部英勇无比。楚成王又派遣了芳吕臣、斗般两位将领率领大部队，随后进军，准备到时大战一场。对此，宋襄公毫不知情，掉进了楚成王的圈套里。这正是：没心人遇有心人，要脱身时难脱身了！

　　楚成王擒住了宋襄公，士兵们把公馆内所准备的祭祀和犒赏诸侯们的所有礼品，以及仓库中储备的粮食，哄抢一空。宋襄公随行的车马，也都落到楚国手中。陈、蔡、郑、许、曹五国的诸侯们，个个都非常惊恐，谁还敢上前说什么。楚成王邀请诸侯们到了会馆内，当面陈述了宋襄公的六条罪状，道："齐国发丧时，你兴兵讨伐，擅自废立继位的君王，这是第一宗罪。滕国的国君参加赴会稍微迟些，你就轻率地将其囚禁侮辱，这是第二宗罪。用人来代替祭祀用的牲畜，来祭祀那些恶鬼魔怪，这是第三宗罪。曹国没有倾尽地主之谊，这事情本来很小，你却倚仗宋国的强大去包围曹国，这是第四宗罪。宋国乃是殷商亡国之君的后人，还不审时度势，量力而为，老天已经显示预兆警告你，你却还想着称霸诸侯，这是第五宗罪。向寡人要求分走楚的诸侯国，却狂妄尊大，一点也没有谦逊礼让的礼仪，这是第六宗罪。如今老天要灭掉你，使你昏招迭出，仿佛夺取了你的魂魄，自己居然单人匹马乘车前来赴会。寡人今天带领千辆战车，一千多名战将，将要踏平你们宋国国都睢阳城，为齐国和鄘国等各国报仇雪恨！众位诸侯只需在这里稍作停留，看寡人去攻下宋国凯旋而归，再和众位痛痛快快地喝上十天方才散席。"诸侯们都唯唯诺诺答应。宋襄公此时哑口无言，就像呆滞的木雕和泥塑的人一样，只是比它们脸上多了两行泪珠。

不久，楚国的军队便都集合起来，号称千辆兵车，其实只有五百辆。楚成王犒赏了三军将士，拔寨而起，带着宋襄公，全体气势汹汹地向睢阳城杀过来。那些诸侯国的诸侯们，奉了楚王的命令，都停留在盂地，没有一个敢回国的。史官曾写诗来讥讽宋襄公这次失算。诗是这样写的：

无端媚楚反遭殃，引得睢阳做战场。

昔日齐桓曾九合，何尝容楚近封疆？

却说公子目夷从盂地的盟坛逃回本国，向司马公孙固诉说了宋襄公被楚成王劫持的经过，道："楚军很快就会杀来，得赶紧调兵，登上城墙把守。"公孙固听后，为难地说道："国家不可一日无君，公子你需要暂且代替君位，然后才能发号施令，进行奖罚，这样人心才能得到整肃。"目夷趴在公孙固的耳边道："楚国人挟持了我们的国君来攻打我们，有挟持就必定有所求。必须如此这样做，楚国人必定会放我们的国君回国。"公孙固大喜道："这计谋很是妥当。"于是向群臣们道："我们的国君不一定能回来了！我们应先拥戴公子目夷来主持朝政。"大臣们都知道公子目夷贤能，全都欣然应允。公子目夷在太庙宣告，然后开始摄政。三军都接受了命令，军纪严明，睢阳城的每个路口和城门，都被把守得铁桶一般，连只苍蝇也飞不进来。

这边刚刚安排妥当，楚国的大军就已经到来，停下安营扎寨。楚成王派将军斗勃上前搭话，大声喊道："你们的国君已经被我们拘禁在此，生杀大权都掌握在我们的手中，赶紧快快献出城池投降，还能保全你们国君的性命！"公孙固在城楼上回答道："幸亏有国家社稷神灵们护佑，我们宋国已经另立新君了。要杀要放随你们，想让我们投降万万不能！"斗勃大惊道："你们的国君还在世，怎么可以又立一个国君呢？"公孙固反驳道："设立国君是为了保护国家社稷，国家没有国君，怎能不另立新君呢？"斗勃道："如果我们愿意把你们的国君送回国，你们用什么来报答我们？"公孙固道："我们那位以前的国君被你们捉住，已经辱没了我们的国家，就是放回来也不能继续当我们的国君了。以前的国君回不回来，全看你们楚国的态度。如果要决一死战，我们城中的将士战车都没有折损，甘愿和你们誓死一战！"斗勃见公孙固的回答语气强硬，就回去禀报给楚成王。楚成王勃然大怒，大声命令楚军开始攻城。城上射下来的箭和滚下的石头密集得像雨点一样，楚军很多将士受伤。接连攻打了三天，楚军损伤惨重，白白断送了大好局面，一直不能取胜。

楚王苦恼地问道："宋君既然已经被宋国所废，那我们杀了他怎么样？"成得臣回答道："大王您曾以宋公杀死了鄫国国君为由来治宋公之罪，今天您如果杀死宋公，那就是效仿宋公的恶劣行为。如今杀死宋君就像杀死一个普通的老百姓，非但不能得到宋国，还白白地被宋国怨恨，还不如把宋公释放了。"楚成王迟疑道："眼下攻打宋国不能取胜，还要释放他们的国君，要用什么当作借口？"成得臣回答道："微臣有一条妙计。现在没有参加盂地会盟的国家，只有齐国和鲁国。齐国和我们已经两次友好地互通音讯了，这个暂且不必多虑。鲁国是讲究礼仪的国家，从来都是辅佐齐国担任霸主，眼中一向瞧不上楚国。如果把到宋国俘获的物品都献给鲁国，邀请鲁国的国君来亳都见面。鲁国看到宋国的俘获品，一定会恐惧无比地前往亳都。鲁国和宋国的国君都是参加过葵邱会盟的人，再说鲁国的国君一向很是贤明，必定会替宋国求情，我们便趁机把释放宋公当作是酬谢鲁国国君的仁厚之德的举动。这样我们就可以一举获得宋国和鲁国两国的欢心了。"楚成王拍着手哈哈大笑说道："子玉，你真是智计百出！"于是楚军退兵，驻扎在亳都，任命宜申为信使，将俘获宋国的所有财物满满装了好几大车，都拉到曲阜以报捷的名义进献给鲁国。宜申带去的国书是这样写的：

宋国国君傲慢无礼，寡人已经将他囚禁在亳都。不敢私自领功，就把所俘获的战利品敬献给贵国，期望贵国国君能屈尊前来，共同决定对宋国国君的处置！

鲁僖公阅读了国书后大惊失色，这正是"兔死狐悲，物伤其类"。明明知道楚国把俘获的战利品献给自己的时候，言语之间夸大其词，透露着恐吓的意味。但鲁国弱小而楚国强大，如果不前去赴会，又担心楚军调转方向前来攻打鲁国，到时就悔之不及了！于是鲁僖公用隆重的礼节热情招待了宜申，先写了回信，让飞马报给楚王，信中这么写道："鲁侯遵命，即天就前去赴会。"接着，鲁僖公就准备了车驾出行，大夫仲遂随之前往。

他们一行来到亳都，仲遂借着宜申事先为他引进的关系，首先携带厚礼见了成得臣，嘱托他在楚成王面前美言几句，到时也好方便行事。成得臣引领着鲁僖公和楚成王相见，两人都对对方表达了自己的敬慕之情。

当时，陈、蔡、郑、许、曹这五位诸侯，都从盂地赶来亳都相见，加上鲁僖公，一共有六位，他们聚在一起私下开始商议。

郑文公首先发言，他想尊奉楚成王做盟主，其他诸侯们吞吞吐吐的，没有回应。鲁僖公奋然地大声道："能够担任盟主的人，必须广施仁政，让别人心服口服。如今楚王凭借着大军的威势，发动突袭捉拿了宋公，虽有威势却没有仁德，导致人心惶惶。我们这几个国家和宋国之间都曾有一起结盟的情谊，如果坐视不理，不搭救宋公而只知道归顺楚国，恐怕会被天下豪杰们讥笑。楚王如果能释放了宋公，了结此事，从此结盟友好，寡人怎么能不听命于楚国！"诸侯们异口同声地说道："鲁侯的话说得非常有理！"仲遂就把这话转告给了成得臣，成得臣又转告了楚王。楚王听完说道:"诸侯们拿盟主的大义来责问寡人,寡人怎么能违背呢?"于是楚成王在亳郊再次筑起盟坛,约定到十二月的癸丑日,诸侯们来此歃血祭天,结成同盟,一同赦免宋国的罪责。

既然把会盟日期约定好了,楚王就在会盟的前一天把宋襄公释放了,让他和众位诸侯们见面。宋襄公又羞又恼,满肚子的郁闷,却还不得不强装欢颜向诸侯们道谢。

到了会盟那天,郑文公拉着众诸侯们,催促恳请楚成王登上盟坛主持会盟。成王执起牛耳,宋国和鲁国国君在楚成王后面,一个接一个地歃血为盟。宋襄公心中异常愤怒,却又不能发作。会盟结束后,诸侯们都各自散去。宋襄公误听传言,听说公子目夷已经登上君位,就投奔到卫国避难。公子目夷派的使臣早就在那里,上前向宋襄公致歉道:"微臣之所以摄政,是为了替君主守着君位。宋国本来就是君主的国家,怎么能不回国呢?"不久,君主所乘坐的车驾准备完毕,宋国迎接襄公回国,目夷重新退回了大臣的行列。胡曾先生曾议论过宋襄公获释这件事,认为全仰仗着公子目夷的妙计,冷静沉着,气定神闲,丝毫不以宋襄公被俘而慌张。如果慌里慌张,去请求楚王释放宋襄公,楚成王一定会把宋襄公视为无价之宝而漫天要价,哪能这么轻易地释放他呢?有诗感叹道:

金注何如瓦注奇?新君能解旧君围。
为君守位仍推位,千古贤名诵目夷。

还有一首诗评论六国的诸侯们,公然对楚国示好请求宽恕,这明明就是把中原地区的操控权交到楚王手里,楚国的眼中怎么还会有中原各国呢?有诗这样写道:

从来兔死自狐悲,被劫何人劫是谁?
用夏媚夷全不耻,还夸释宋得便宜。

宋襄公志在称霸诸侯,却无端地被楚国人捉弄了一回,反受了奇耻大辱,对楚国的怨恨之情已深入骨髓,只恨自己力量不足,不能向楚国报仇。又责怪郑伯带头倡议,尊奉楚王为盟主,愤怒不已,就想和郑国作对。

周襄王十四年春季三月份,郑文公到楚国行朝拜之礼,宋襄公得知后勃然大怒,便发动全国的兵力,亲自带兵讨伐郑国,派上卿公子目夷辅佐世子王臣守在国内。目夷进谏道:"楚国和郑国的关系正处于融洽的阶段,宋国如果去攻打郑国,楚国一定会去援助。这次出兵恐怕不会得胜,还不如修身养性,发展国力,等待时日才是上策。"大司马公孙固也进谏阻止。

宋襄公怒不可遏地说道:"司马不愿前往,寡人就独自前去!"公孙固不敢再说话了,于是发动军队攻打郑国。宋襄公自己带领中军,公孙固为副将,大夫乐仆伊、华秀老、公子荡、向訾守等人与宋襄公同行。

有探子把这消息报告了郑文公。郑文公大惊失色，急忙派人到楚国请求支援。楚成王闻讯说道："郑国对我国，就像儿子对待父亲那样尽心尽力，应该马上去救助他们。"成得臣进言道："去援救郑国，还不如直接攻打宋国。"楚成王不解道："此话怎讲？"成得臣回答道："宋国国君被捉，宋国人早就成了惊弓之鸟。现在又自不量力，带领大部队进攻郑国，它的国都必定空虚。趁着他们国都守卫空虚去攻打它，宋国国都的老百姓一定非常惧怕，这就是所谓的不用打就已经知道胜负结果。如果宋军返回来救援国都，来回奔波，他们就会疲惫不堪。我们就以逸待劳，怎能不打胜仗呢？"楚王深以为然。就下令封成得臣为大将，斗勃为副将，大举兴兵去攻打宋国。

宋襄公正带兵和郑军相持不下，得到楚兵来犯的消息，就日夜兼程返回宋国，在泓水的南面扎营抵抗楚军。成得臣派人发下战书。公孙固对宋襄公言道："楚军来犯，是为了援救郑国。我们应当马上从郑国撤军，并向楚国谢罪，楚国一定会撤军。万万不可和楚军交战。"宋襄公大怒道："以前齐桓公能发兵进攻楚国，现在楚国来攻打我国，却不与它交战，又怎么能继承齐桓公的霸业呢？"公孙固又进谏道："微臣听闻'一个国家灭亡了，就不可能再兴旺'，老天放弃殷商已经很长时间了，君主却想恢复它，可能吗？何况我们的盔甲不如楚国的坚固，兵器不如楚国的锐利，士兵不如楚国的强悍。宋国人惧怕楚军就像害怕蛇蝎一样，君主凭什么能战胜楚军？"宋襄公道："楚军虽然兵器武力强大，但是仁义不足。寡人虽然兵力不足，但是富有仁义。以前武王仅以三千勇士，却战胜了殷商的亿万兵马，靠的就是仁义啊。作为一位推崇道义的君主，如果逃避成得臣这个无道逆臣的挑战，寡人虽然苟活还不如死掉啊。"于是在挑战书的末尾批注，约定双方于十一月初一在泓阳决战。宋襄公下令在自己的车上竖起一面大旗，上面写着"仁义"两个字。公孙固心里暗暗叫苦，私下里对乐仆伊道："战争本来就是厮杀，现在却说什么仁义，我不知道君主的仁义指的是什么？老天将要夺走咱们君主的理智，我私下为君主感到危险！我们必须更加谨慎行事，不要导致国家沦丧就满足了。"到了交战那一天，公孙固在鸡还没打鸣的时候就起床了，向宋襄公请命，做好一切准备，严阵以待。

且说楚国大将成得臣在泓水北面驻兵，斗勃前来请命道："我们五更时就应该渡河，以防止宋军提前布下大阵截住我们渡河。"成得臣笑着说道："宋公这人专权并且迂腐，一点也不懂得用兵之道。我们早点过去就早点交战，晚点过去就晚点交战，又怕什么呢？"天亮了，楚国的士兵们陆续开始渡过泓水。公孙固向宋襄公请命道："楚军天亮才开始渡河，其意思是太过轻视我们。如今我们趁他们渡河刚过一半时，突然前去袭击他们，这等同于我们用全军的兵力来对付楚军的一半兵力。如果等他们全都渡过河，楚兵人数多而我军人数少，我们怕是抵挡不了楚军的攻势，到时怎么办？"宋襄公指着自己车上的大旗朗声道："你看见'仁义'那两个字了吗？寡人光明正大地出兵，怎会在楚军刚渡河一半就袭击他们的道理？"公孙固只能再次暗暗叫苦。

不一会儿，楚兵全部渡过泓水。成得臣带着用美玉装饰的帽子，扎着玉缨，身穿绣袍，外着软甲，腰里挂着雕刻精美的弓，手里握着长鞭子，指挥着楚军士兵到处布阵，气宇轩昂，丝毫没把宋军看在眼里。公孙固又向宋襄公请命道："楚军才刚刚开始布阵，还没成形，这时击鼓进军，他们一定会方寸大乱。"宋襄公一口口水吐到他脸上，骂道："呸！你贪图一次进攻的胜利，就不顾流传后世的仁义之名吗？寡人光明正大地列阵，怎么能在楚军还没列阵完成时击鼓进攻呢？"公孙固无奈，只能再度在心中叫苦。

楚军列阵完毕，他们兵强马壮，漫山遍野，密密麻麻，宋国的士兵一个个面带畏惧之色。宋襄公命令士兵们击鼓进攻，楚军也开始击鼓进攻。宋襄公自己手执长矛，带着公子荡、向訾守两员大将和随侍君主左右的守门官们，驾着战车径直冲进楚军大营。成得臣看他们来势汹汹，暗中下了命令，打开阵门，只放宋襄公这一行车队进入阵中。公孙固跟在宋襄公后面赶来护驾时，宋襄公早已杀到楚军的大阵里了。只见有一名楚军大将守在阵门口，口里不住地叫喊道："有本事的赶紧过来和我决战！"那名将领正是斗勃。公孙固被激怒了，挺起长戟刺向斗勃，斗勃举起宝刀抵挡。两个人激战在一起，还没交战二十个回合，宋国将领乐仆伊带兵赶到了。斗勃就稍稍有些手忙脚乱。正在这时，阵中又闯出来一名将领芳吕臣，截住乐仆伊混战在一起。趁忙乱之机，公孙固拨开了斗勃的刀锋，飞快地进入楚军中。斗勃提着大刀追赶来，宋国将领华秀老又及时赶到，牵制住了斗勃。芳吕臣和乐仆伊，斗勃和华秀老，这两对就在阵前奋力拼杀起来。

公孙固在楚军的阵营里，左冲右突，过了很久，看见东北角处楚兵数量众多，包围圈一层接一层，十分紧凑，就策马迅速冲过去。正遇上宋国大将向訾守血流满面，大声地向他喊道："司马快来救主公！"公孙固跟随着向訾守，杀进了重围。只见那些护卫宋襄公的守门官们，一个个都身负重伤，还在那里和楚军死战不肯撤退。原来宋襄公对手下们十分优待，所以这些将士们都拼死抵抗。楚兵看见公孙固十分英勇，略微退后一些。公孙固来到跟前查看时，只见公子荡被伤到了要害处，躺在车底下，那面写着"仁义"的大旗已经被楚兵夺走。宋襄公身上被刺伤好几处，右腿中箭，射断了膝盖的大筋，没法站立。公子荡看见公孙固到来，睁开眼道："司马快扶起君主逃走,我今天怕是要死在这里了!"说完就断气了。公孙固十分伤感,他将宋襄公扶到车上,用自己的身体掩护着他,奋力杀出一条血路来。向訾守在后面掩护,那些守门官们一路簇拥护卫,边战边走。等离开楚军战阵时,那些跟随宋襄公的守门官们已经全部阵亡,宋军的战车十辆中损毁了八九辆。乐仆伊、华秀老眼见宋襄公已经脱离了危险,就各自逃回。成得臣乘胜追赶,宋军惨败,车辆兵器粮草全都丢光耗尽。公孙固和宋襄公连夜逃回宋国。宋国士兵们战死数量众多,他们的父母妻儿都在朝堂外毁谤讥刺国君,怨宋襄公不听司马的计谋,以至于惨败而归。宋襄公听到这些议论声,叹息着道:"君子不攻击受伤的伤者,不捉拿年纪大的老人。寡人以仁义之名带兵打仗,怎么能有趁别人危乱时袭击的举动呢?"全国的百姓没有不嘲笑宋襄公的。后人把这件事传了下来,认为宋襄公满口的仁义道德,却损兵折将导致惨败,根源就是这次宋楚泓水之战。隐士徐霖有诗叹道:

不恤滕鄫恤楚兵,宁甘伤股博虚名。

宋襄若可称仁义,盗跖文王两不明。

楚兵大获全胜,又渡过泓水,高奏着凯歌回国。刚离开宋国地界,前面有探马来报:"楚王亲自率领部队前来接应,驻扎在柯泽地区。"成得臣就去柯泽拜见楚王,献上此次得胜的捷报。楚成王大喜道:"明天郑国国君要带领他的夫人到这里慰劳将士们,到时就用俘获的敌军和杀死敌军的数目向他们夸耀一番。"原来郑文公的夫人芈氏,正是楚成王的妹妹,就是文芈。因为兄妹的亲情关系,就驾着有帐帷遮蔽的马车,跟随郑文公来到柯泽,和楚成王会面。楚成王向他们展示了这次众多的战利品。郑文公夫妇向楚王道贺,拿出大量的金银丝帛重重奖赏三军将士们。郑文公恳切地邀请楚王第二天前来参加宴会。

第二天一早,郑文公亲自出城,邀请楚王进城,在太庙中大摆筵席,行九献的大礼,其隆重的规模堪比天子。所采用的食材多达几百种,还有奇珍异果,宴会之豪奢是任何诸侯国都未曾有过的。

文芈所生的两个女儿,一个叫伯芈,一个叫叔芈,都还待在深闺不曾嫁人。文芈又带着她们以甥舅之礼拜见楚王,楚王非常高兴。郑文公和妻子女儿轮流敬酒,从午时吃到戌时,楚王吃得酩酊大醉。楚王对文芈道:"寡人已心领你们的深厚情谊,已经喝多了!妹妹和两个外甥女,送我一程怎么样?"文芈点头道:"遵命。"郑文公把楚王送出城后,就先告别了。文芈和两个女儿,和楚王坐着一辆车,一直到了楚军大营里。原来楚王看中了两个美貌的外甥女,当天晚上就把她们拉到自己寝室之中,行就了鱼水之欢。文芈在帐中彷徨失措,焦虑了一晚上不能入睡。然而终究害怕楚王的威势,不敢出声。以舅舅的身份娶了外甥女,真是禽兽不如!第二天,楚王把这次所获战利品的一半都赠给了文芈，自己载着两个外甥女回到楚国，把她们收到自己的后宫中。郑国大夫叔詹叹息道："楚王他应该不会得到善终吧？我们用合规的礼节接待他，他却用毫无伦理观念的行为来回报我们，这必然不会有好下场啊。"

暂且不多说楚国和宋国的事情。再说晋国公子重耳，自从周襄王八年到了齐国后，到襄王十四年，前前后后已经留在齐国七年了。由于遭遇了齐桓公之变故，齐桓公的儿子们为了国君之位开始争斗，导致齐国内乱。等到齐孝公继位，又开始改变先君的政策，归顺楚国，视宋国为仇敌，事情纷纷扰扰接踵而至，其他诸侯国也多与齐国相处得不和睦。赵衰等人私底下议论道："我们来到齐国，本以为能借助齐国的霸主地位，来帮助我们复国。现在即位的齐君丢掉了霸业，诸侯们也都与他背离，齐国不能帮助公子复国，已经是显而易见的事实了。不如我们改去别的国家，再做图谋。"于是就和公子重耳见面，想商量这件事。公子重耳十分宠爱齐国赐给他的美女齐姜，一天到晚饮酒作乐，不关心其他事情。大家在外面苦等十天，还不能见到重耳。魏犨气愤地道："我们几个认为公子将来可以大有作为，所以不怕艰难困苦，鞍前马后地跟着他外逃。现在公子留在齐国已经七年，每天只知道苟且偷生，沉溺在温柔乡里，没了志气，却不知时间像流水一样过去了。我们等了十天也不能见上一面，他将来怎能完成复国大业呢？"

狐偃道："这里不是适合聚集谈论要事的地方，大家都随我来。"就走出东门之外大约一里地左右，一个叫桑阴的地方。一眼望去，到处都生长着多年的桑树，绿树成荫，阳光都照不进来。赵衰等九位豪杰，围了一圈坐在地上。赵衰首先叫着狐偃的字，开口道："子犯有什么良策？"狐偃想了想，说道："公子的行程，完全由我来安排。等我们商议好了以后，就事先准备好行囊。等公子一出来，就只说我们邀请他到郊外狩猎，等出了齐国的都城，大家再齐心合力劫持他上路就是。但是不知道这次出行，要去哪个可以帮助我们的国家？"赵衰接话道："宋国国君正想成就霸业，而且他是个热衷好名声的君主，为什么不去投奔他？如果去宋国还不能达成目的，就改投秦国或是楚国，我们总会遇到合适的机遇的。"狐偃点头道："我和宋国的司马公孙固还有点儿交情，先看看情况如何？"大家商量了很长时间才散去。

大家只以为这里道路偏僻，没有人察觉，却不知"若要人不闻，除非己不说；若想人不知，除非己莫为"的道理。当时重耳宠爱的美女姜氏手下有十几个婢女，正在树上采桑喂蚕，看到众人坐在那里讨论事情，都停手不采桑叶，在那静静竖耳倾听，他们所说的话被这些婢女们全部听去。回到宫里，婢女们如此这般，都学给了姜氏听。姜氏大喝一声道："哪里会有这种话？你们不得乱讲！"于是下令把这喂蚕的十几个婢女都关到了一间屋子里,到了半夜把她们全部杀死,防止消息泄露。

姜氏一脚把重耳踢了起来,对他说道:"你的随从们计划要把公子你送到别的国家,被我养蚕的婢女们听到了他们的计划,我害怕泄露机密,也许会阻碍公子的计划,如今已经把她们除去了。公子应该早点做打算。"重耳感动地叹息道:"人活一世,能够安乐就好,谁会去管其他的。我计划老死在这里,发誓哪里也不去了。"姜氏正色地劝解道:"自从公子逃亡以来,晋国就一直没有安宁的日子。夷吾昏庸无道,战败受辱,老百姓都不喜欢他,邻国也不亲近晋国,这是老天在等待公子回去啊。公子这次行动,必定会得到晋国国君的位子,千万不要犹豫迟疑!"重耳深深迷恋姜氏,还是不肯答应离去。

第二天早上,赵衰、狐偃、臼季、魏犨四个人站在宫门外,让人传话给重耳道:"请公子到郊外去狩猎!"重耳还卧床未起,让宫女告诉他们道:"公子身体突然有点不舒服,还没有梳洗,不能前去狩猎。"齐姜听说了,急忙派人把狐偃单独召进宫里。她把身边的仆人都赶走,问狐偃今日来意。狐偃假意说道:"以前公子在翟国,没有一日缺席骑马驾车,从不缺席捉兔子抓狐狸的狩猎活动。如今来到齐国,很长时间没出去狩猎了,我们担心公子的身体变得懒惰,所以前来邀请,没有别的意图。"姜氏微笑着说道:"这次狩猎的目的地,不是宋国,就是秦国或楚国吗?"狐偃大惊失色,道:"单单狩猎而已,怎么会去那么远呢?"姜氏端正了颜色,严肃地说道:"你们想劫持公子逃跑去别的国家,我已经全部知晓了,不用避讳我。我昨晚也曾苦苦规劝公子,无奈他执意不肯。今天晚上我会摆下宴席,把公子灌醉,你们再用车连夜把他拉出城去,这事一定会成功。"狐偃心中感激,连连磕头道:"夫人大义,能割舍夫妻之情来成全公子的功名,这种贤德古今少有!"狐偃辞别齐姜离开,说给赵衰等人知道这件事。然后他们把所有的车马、侍从、刀子、鞭子、干粮等物,全都收拾准备妥当,赵衰、狐毛等人先运着这些东西到城外等候。只是留下狐偃、魏犨、颠颉三个人,带着两辆小车,隐蔽在宫门的两边,只等着姜氏送信过来时,便立刻展开行动。这正是:"要为天下奇男子,须历人间万里程。"

当天晚上,姜氏在宫里准备了酒宴,和公子重耳觥筹交错,把酒言欢。重耳不解地问道:"这酒宴是为什么而设?"姜氏回答道:"臣妾知道公子有称霸中原的宏伟志向,所以特意准备了一杯薄酒为你送行。"重耳惊讶地说道:"人生如白驹过隙,稍纵即逝,如果能感到舒适,为什么还要有别的追求?"姜氏又劝解道:"放纵情欲,苟安于享乐之中,不是大丈夫所为。你的随从们都是忠臣,你必须听从他们的意见!"重耳顿时变了脸色,放下酒杯再也不喝了。姜氏见此情形,换了脸色道:"你真的不想远行吗？还是在哄骗臣妾？"重耳肯定地说道："我不会去其他的国家。谁会哄骗与你！"姜氏换了一副笑脸，假意说道："你走，那是公子志向过人；你不走，那是公子对妾身深情一片。这酒宴本来是为公子送别的，今天就用它来挽留公子吧。今夜我愿和公子一起尽情畅饮，好不好？"重耳非常高兴，夫妇两人举杯畅饮，还命侍女唱歌献舞。重耳本来就喝多了，姜氏还再三劝酒，不知不觉就喝得酩酊大醉，醉倒在酒席上。姜氏用被子将他盖上，派人去召见狐偃。狐偃知道公子已经喝醉，急忙带着魏犨、颠颉两人进宫，连被子和身下的苇席一起抬出了宫外。先用厚褥子在下面垫着，把重耳放到车上，一切都收拾妥当。狐偃向姜氏拜别，姜氏不知不觉泪流满面。有诗为证：

公子贪欢乐，佳人慕远行。

要成鸿鹄志，生割凤鸾情。

狐偃等人赶着两辆小车迅速急行，趁黄昏夜色离开了齐国都城，和赵衰等人会合在一起，连夜快马加鞭。大约走了五六十里，只听见四周的鸡鸣声响起，天已经开始放亮。重耳这时才在车上翻身醒来，呼唤身边的宫女取水来喝。当时狐偃在旁边手握缰绳，对他道："要喝水得等到天亮以后。"重耳觉得身下摇晃不稳，就说道："快来扶我下床。"狐偃回答道："公子您不是在床上，而是在车上。"重耳睁开眼睛，惊讶地问道："你是谁？"狐偃回答道："狐偃。"重耳这才恍然大悟，知道自己被狐偃等人算计了。他推开被子起身，大骂狐偃道："你们几个为什么不通知我，就带我出城，你们到底想干什么？"狐偃回答道："我们要把晋国送给公子您。"重耳大怒道："我还没得到晋国呢，却先失去了齐国！我不愿意回晋国！"狐偃无法，只好骗他道："现在我们已经离开齐国有一百多里了。齐侯如果知道公子逃跑，必定会派兵前来追赶，万万不可回去。"重耳大发雷霆，看见魏犨手执长戈在一旁护卫着自己，就伸手夺过长戈刺向狐偃。

第三十五回

晋重耳周游列国　秦怀嬴重婚公子

　　话说公子重耳怪罪狐偃设下圈套哄骗他离开齐国，就夺过魏犨的长戈刺向狐偃，狐偃急忙跳下车躲避，重耳也跳下车手执长戈紧追不舍。赵衰、臼季、狐射姑、介子推等人，全都下车来规劝。重耳把长戈往地上一扔，还是怒不可遏。狐偃磕头请罪道："如果杀死狐偃可以成全公子大业，那么狐偃虽死犹生！"重耳恨恨说道："这次出行如果成功就罢了，如果失败，我定当吃了舅舅你的肉！"狐偃笑着回答道："此行若是不能成功，狐偃我还不知道死在哪里，怎么能让公子您吃到呢？如果大功告成，公子您就可以过上大摆筵席、尽情吃喝的日子，狐偃我的肉又腥又臊，怎么能下得去口呢？"赵衰等人也一齐进言道："我们这些人都认为公子您有宏图大志，所以舍妻弃子，离开家乡，跟着公子四处奔走，不曾放弃，也是希望可以跟随公子在史书上留下自己的姓名。如今的晋国国君昏庸无道，老百姓哪一个不想拥戴公子为国君呢？公子自己不想办法返回晋国，还等着谁来齐国迎接公子回去吗？今天的事情，实在是我们几个共同商议的，不是狐偃一个人的主意，公子不要错怪了狐偃。"魏犨也厉声说道："大丈夫应当奋发图强成就功名，流芳千古。怎么可以只贪恋眼前的儿女私情，却不去想一生的大业呢？"重耳听到这些话，改变了脸色，严肃地说道："事情既然已到了这个地步，我就唯大家的命令是从。"狐毛献上干粮，介子推送上水，重耳和大家饱餐了一顿。壶叔等人割草喂养马匹，再度调整了马的缰绳等，重新整顿车马，驾车向前出发。有诗为证：

　　凤脱鸡群翔万仞，虎离豹穴奔千山。
　　要知重耳能成伯，只在周游列国间。

　　没过几天，他们一行到了曹国。却说曹共公这人，专喜游乐，不管朝廷政事，亲近小人，疏远贤臣，把那些善于阿谀奉承的奸佞小人当作心腹，对他们加官进爵，一点不重视国家的爵位。朝中有三百多位穿着红色朝服、平日乘车出行的卿大夫，都是些市侩没有读过书的人，整天只知道拍马溜须，极尽阿谀奉承之能。他们看见晋国公子重耳一行到来，真好比"无法把香草和臭草放在同一个容器里"了！他们担心重耳在曹国停留时间过长，都劝阻曹共公不要接待重耳一行。

　　大夫僖负羁进谏道："晋国和曹国是同姓宗室，公子重耳眼下在落魄的情况下路过我国，应该用厚礼款待他。"曹共公受了挑唆，不耐烦道："曹国虽是小国，但位列诸侯当中，诸侯国之中的公子贵族们谁没有往来于曹国？如果个个都对他们以礼相待，那么我们这个小国的国费就会超支，怎能担负得起？"僖负羁又进言道："晋国公子重耳贤德的名声，早就传扬天下，并且他重瞳骈胁，这是大富大贵的象征，不能用平常诸侯国的公子和贵族的身份来看待他啊。"曹共公还心怀稚气，贤德不贤德的他不管，但是提到了重瞳骈胁，他却来了兴致，就说道："重瞳就是说眼中有两个瞳孔，这寡人倒是知晓，只是不知骈胁是什么样的呢？"僖负羁回答道："身有骈胁的人，就是说他身上所有的肋骨形成完整的一根，这是异于常人的相貌。"曹共公欣喜地说道："寡人不相信有这样的人。这样吧，就暂且留他在公馆里，等他沐浴时寡人前去看看。"于是派使者前去请重耳进入公馆，用稀饭招待他，不进献肉类，也不摆酒席，完全没有招待宾客的礼节。重耳非常生气，连饭都没吃。公馆的官员献上澡盆，请重耳沐浴，这一路上风尘仆仆，重耳正想洗干净身上的污垢，就脱衣进去沐浴了。曹共公和他宠爱的几位弄臣穿着便装来到公馆，突然闯进浴室，靠近公子重耳，来看他的肋骨，说三道四，吵吵嚷嚷一阵这才离开。狐偃等人听闻有外人进来，急忙过来查看，还听见那些人边闹边笑的声音。问过公馆的人，才知道是曹国国君，重耳众人无不恼怒异常。

  再说僖负羁劝谏曹国君主要善待重耳，后者却不听。僖负羁回到自己家中，妻子吕氏迎上来，看见他面带忧愁，就问："朝中可是发生了什么事？"僖负羁就把晋国公子重耳到曹国，曹国国君却对他无礼的经过讲了一遍。吕氏道："臣妾今日到郊外采桑喂蚕，正赶上晋国公子的车驾经过。臣妾虽然没真切地看清公子重耳，但是跟随他的那些人，一个个都是英雄豪杰。我听说，有什么样的国君，就会有什么样的臣子；有什么样的臣子，就会有什么样的国君。从跟随他的那些人看来，晋国公子将来一定能够复国，到时就怕晋国出兵攻打曹国，曹国玉石俱焚，后悔也来不及了。曹国国君既然不听你的忠言，你就应该私下前去结交重耳。妾身已经准备了几盘美食，可以将珍贵的白璧藏在里面，当作和公子的见面礼。俗话说，结交别人应该赶在他还没发迹之前，你必须赶快前去。"僖负羁听从妻子的话，连夜到公馆敲门拜见。重耳此时肚中十分饥饿，满腔怒火坐在那里，听说曹大夫僖负羁带着食物求见，就召他进来。僖负羁行过礼，先为曹国国君请罪，然后表达了自己对重耳的敬意。重耳非常高兴，感叹道："没想到曹国还有这样的贤臣！我乃是一个四处逃亡的公子，如果将来有机会回到晋国，一定会想法报答您！"重耳开始进食，发现了盘子里的白璧，就对僖负羁道："大夫照顾我这个逃亡之人，只要使我不饿死在这里就足够了，怎么还送来这么贵重的礼物呢？"僖负羁恭敬地说道："这是我的一点敬意，请公子千万不要嫌弃！"可无论僖负羁怎么劝，重耳再三推辞，就是不肯接受。僖负羁退出来后感叹道："晋国公子穷困落魄到这种地步，却不贪图我的白璧，他的志向不可估量啊！"第二天，重耳离开了曹国再次上路，僖负羁偷偷地把他送出城外十几里才返回。史官就此写了一首诗道：

　　错看龙虎作犴狸，盲眼曹公识见微。
　　堪叹乘轩三百辈，无人及得负羁妻！

重耳离开了曹国前往宋国。狐偃先期前往打前站，和宋国的司马公孙固见了面。公孙固道："我们的国君自不量力，和楚国争锋，却大败而归，并在战争中伤到了大腿，至今大病不起。可是他早已听闻公子的大名，仰慕您很久了。我们一定将公馆打扫干净，隆重迎候您的车驾。"公孙固进宫去向宋襄公禀告此事。宋襄公此时正深恨楚国，整天派人四处寻访贤能之人辅佐，准备报仇大计。听闻晋国公子远道而来，心想晋国是大国，公子重耳又颇有贤名，因此十分高兴。由于宋襄公的腿伤没有痊愈，难以和重耳见面。就派公孙固到郊外迎接重耳到会馆，用国君的礼仪接待他，馈赠"七牢之礼"给重耳。第二天，重耳想要辞行出发。公孙固奉了襄公的命令，再三请求他安心留在宋国，私底下问狐偃道："当年齐桓公是怎么对待公子的？"狐偃就把齐桓公将齐姜嫁给重耳、赠与宝马的事详细地告诉了他。公孙固把这些回复给宋襄公知晓。宋襄公点头道："公子早些年已经和宋国通婚了。我不能把女儿嫁给他，但是宝马可以如数赠给他。"于是也赠给重耳二十辆马车，重耳非常感激。住了些时日，宋襄公让人送来的礼品慰问一直不曾中断。狐偃看宋襄公的身体一直没有好转的迹象，就私底下和公孙固商议复国的事情。公孙固分析道："公子如果忌惮风尘之苦，我们宋国虽小，但是在此安家落户休养生息还是可以的。如果公子有宏图大志，我们国家最近刚遭受战败之苦，力量不足以帮助公子复国，必须去请求别的大国帮忙，才能达到目的。"狐偃叹息道："您这些话，真是肺腑之言啊。"当天就把这些告知了重耳，大家收拾行装赶路。宋襄公听说重耳要远行了，又赠送了很多粮食衣帛鞋子之类的物资，重耳的手下全都十分欣喜。

自从公子重耳离开宋国后，宋襄公的箭伤一天比一天严重，过了不久就去世了。宋襄公临死的时候，对世子王臣说道："寡人不听子鱼的话，才沦落到今天这一步！你继位以后，应当把国家大政委任给他管理。楚国是我们的仇敌，世世代代都不要和楚国交好。晋国公子如果回国，必登王位，登上王位就能称霸诸侯国，我们的子孙后代一定要谦逊地对待他，才能够稍微平安一点。"王臣又拜了拜宋襄公，接受遗命。宋襄公在位十四年后去世。王臣主持了宋襄公的葬礼后登上王位，就是历史上的宋成公。隐士徐霖有首诗，认为宋襄公的德行和能力都十分缺乏，不应该名列春秋五霸之中。诗是这么写的：

一事无成身死伤，但将迂语自称扬。

腐儒全不稽名实，五伯犹然列宋襄。

　　再说重耳离开宋国，即将抵达郑国，早有人报告给了郑文公知晓。郑文公对文武大臣们道："重耳背叛父亲逃亡在外，诸侯国都不收留他，多次陷入饥困交迫的境地。这样没出息的人，不必对他以礼相待。"叔詹进谏道："晋国公子有三大助力，是老天庇佑的人，不能怠慢他。"郑文公不解地问道："是哪三大助力？"叔詹回答道："通常说来，如果同姓婚配联姻，由于血缘相近，他们的后代大多数不会兴旺。如今重耳乃是狐氏女所生，狐氏和姬氏本是同一家族，而他们所生的重耳，本应身处窘境，但却在国内享有贤名，在外周游列国也没有遇到灾难，这是第一助力。自从重耳逃亡在外，晋国就不太平，这难道不是老天在等待可以治理晋国的人才吗？这是第二助力。赵衰和狐偃都是当代的英雄豪杰，重耳得到他们为臣，并让他们心甘情愿为他效力，这是第三助力。有这三大助力，君主就应该对重耳礼遇有加。礼遇同姓之人，体恤贫穷的人，尊重贤能的人，再加上顺应天命——若能厚待重耳，这是一举四得的美事啊。"郑文公不屑地说道："重耳都快老了，能有什么作为？"叔詹回答道："君主如果对他不能以礼相待，就请杀了他，不要留着他变成仇人，将来后患无穷。"郑文公大笑着道："大夫，你的话有些过分了！又想要让寡人礼遇于他，又要寡人杀死他。我凭什么恩情而礼遇他，又因什么仇怨要杀死他？"说罢，传令城门官，关闭城门不让重耳进来。

　　重耳见郑国不请自己进城接待，就驾车直接越过郑国。走到楚国的时候，前去拜见楚成王。楚成王也用国君之礼招待了重耳，设下宴席，九次献酒给重耳，这是十分隆重的"九献之享"礼节。重耳推辞着不敢接受。侍立在一旁的赵衰见此情形，对公子说道："公子逃亡在外，已经十年多了，小国尚且对您轻慢无礼，何况是大国呢？这是上天的安排，公子不要谦让了。"重耳这才敢接受。宴席过后，楚王一直对重耳恭敬有加。重耳的言辞之间也越来越谦逊。因此两个人相处得十分友好，重耳也就在楚国安定下来。

　　一天，楚王和重耳到云梦泽狩猎。楚王想夸耀自己的武艺，接连射向一头鹿和一只兔子，都射中猎取到手。将领们全部伏在地上向楚王道贺。当时有一头熊，从车边冲过去，楚王对重耳道："公子为什么不试着射它？"重耳就把箭搭在弓上，心里默默祈祷着："我如果能返回晋国做国君，这箭射出去，就射中熊的右掌。"只听"飕"的一声，正射中熊的右掌。有士兵把熊抬过来献上，楚王又吃惊又佩服，说道："公子真是神箭手啊！"

不一会儿,猎场中响起喧哗声,楚王让手下前去查看,回来禀告道:"山谷里驱赶出来一只猛兽,长得像熊又不是熊,它的鼻子像大象,它的头像狮子,它的脚像老虎,它的毛发像豺狼,它颈部的长毛像野猪,它的尾巴长得像牛,它的身体比马还大,它身上的花纹黑白相间,宝剑、长戟、宝刀和弓箭,都不能损伤它,它咀嚼起铁就像啃起泥巴一样轻松,我们车轮上包裹着的铁皮都被它啃食了。它的动作又很敏捷,没人能制服它,所以才这么吵闹。"楚王对重耳说道:"公子生长在中原地区,博学多才,见识广博,想必知道这野兽的名字吧?"重耳回头看看赵衰,赵衰前进一步回奏道:"微臣知道是什么野兽。这种野兽叫貘,是汇集天地间的金气而生成的。它头小腿短,喜欢啃吃铜铁。它大小便落到的地方,金属如果沾染上,都会消融化成水。它的骨头结实无比,没有骨髓,可以做成鼓槌。剥取它的皮做成褥子,能抵挡瘟疫去除湿气。"

楚王道:"那么怎样才能制服它呢?"赵衰道:"它的皮肉都是钢铁生成,只有鼻孔里有小孔,可以用纯钢之器刺伤它,或者用火烧,它立刻就会死,因为金属性的物体都畏惧火的缘故。"赵衰刚说完,魏犨就大声叫道:"微臣不用兵器,就能活捉此野兽,献到大王驾前。"说罢他便跳下车来,飞跑着前去捉拿貘。楚王对重耳道:"寡人和公子一起前去观看吧。"就命令手下快速驾车跟了上去。

再说魏犨赶到猎场西北角的包围圈中,一看见那怪兽,就挥起拳头猛击了几下。那怪兽丝毫不畏惧,发出了像牛一样的叫声,非常响亮。它直立起身子,用舌头轻轻一舔,就把魏犨腰带上的鎏金舔掉了一截。魏犨勃然大怒,大叫道:"畜生不得无礼!"纵身往上一跳,离开地面五尺多高。那怪兽在地上打个滚,又蹲在一边。魏犨心里更加恼怒,再次跳起来,趁着这跳起的瞬间,用尽全身的力气,腾身骑到那怪兽的身上,双手把它的脖子抱住。那野兽奋力挣扎,魏犨就随着它起起落落,却就是不肯放手。那怪兽挣扎了很久,慢慢没有了力气,魏犨却更加凶猛,抱着怪兽的双手收得更紧了。那怪兽脖子被人勒着,喘不过气来,完全无法动弹。魏犨这才从它身上跳下来,舒展了一下自己那两只有力的胳膊,把那怪兽的鼻子用一只手握住,就像牵狗牵羊一样,径直来到两位君王面前。真是一员虎将!

赵衰命令士兵拿火过来熏怪兽的鼻子,火气一进去,那怪兽就瘫软成一堆了。魏犨这才松手,拔起腰间的宝剑去砍它,只见火光四溅,剑光迸出,却连那野兽的兽皮也损伤不了。赵衰目睹此情形,开口道:"想要杀死这怪兽取它的皮,就应当用火围着它烧烤。"楚王按照赵衰的吩咐去做。那怪兽的皮肉像钢铁一般,但经过周围猛火的烧烤,慢慢变得柔软,竟可以剥开了。楚王赞叹道:"跟随公子您的随从,都是英雄好汉,文武兼备,我们楚国一万人里也挑不出一个这样的来!"这时楚国将领成得臣在旁边服侍,闻言很有不服气的神色,就禀奏楚王道:"国君您夸耀晋国大臣的勇武,微臣想要和他一较高低。"楚王没有允准,说道:"晋国的君臣到了我们楚国,就是客人,你应该尊重他们。"当天狩猎结束,楚王设宴,大家尽情畅饮,尽兴而散。

楚王对重耳言道:"公子如果返回晋国,将怎样报答寡人?"重耳道:"美女珠宝锦缎,君主都不缺少;飞禽走兽,牲畜皮革,也都是楚国的特产。我实在想不出还能用什么来报答君王您?"楚王笑着说道:"即便如此,也一定要有所报答。寡人想听听你的看法。"重耳想了想道:"如果仰仗君王的雄威,我能够登上晋国国君的宝座,我将想方设法与楚国交好,以使百姓安居乐业。如果情非得已,不得不在平原大泽上和君王兵戈相见,那么,我将退兵三舍。"[舍,指的是距离。按照古代行军打仗的惯例,三十里一停,这就是所说的"一舍",三舍就是九十里]换而言之,重耳允诺如果来日晋楚若有战事,晋国一定先退后三舍,不敢立刻与楚军交战,以此来报答楚国今日的厚待之恩。

当天宴饮结束,楚将成得臣气愤地对楚王说道:"君王对待晋国公子的礼节十分隆重,如今重耳却出言不逊,他日如果回到晋国,一定会辜负楚国今日的恩情,微臣请命杀了他。"楚王阻止他道:"晋国公子十分贤明,跟随他的人都是国家栋梁之才,这就像是老天在帮助他一样。楚国怎么敢违背上天的旨意?"成得臣见此情形,继续进言道:"君主即便不杀重耳,也要先暂时把狐偃、赵衰等人扣押下来,不要让重耳如虎添翼。"楚王摇头道:"留下他们也不能为我所用,只能白白地招致他们的怨恨。寡人才刚刚对公子施恩,又用怨恨来取代恩惠,前功尽弃,不是好主意。"于是楚王对待晋公子重耳更加优厚有加。

话分两头。却说周襄王十五年,也就是晋惠公十四年,这一年晋惠公染病在身,不能上朝处理政务。晋国的世子圉,长期在秦国做人质,圉的母亲出身于梁国。梁国国君昏庸无道,毫不体恤老百姓的死活,整天以大兴土木作为自己的第一要务,老百姓怨声载道,大都流亡到秦国,以逃脱苛捐杂税之苦。趁着梁国人心不稳之时,秦穆公派百里奚带兵袭击梁国,灭掉了梁国。梁国的国君被造反的老百姓杀死了。世子圉听说梁国被灭国,叹息着道:"秦国灭了我外祖父的国家,这是蔑视我啊!"于是心中就有了怨恨秦国的意思。等到听说惠公得病,心里就想:我只身在外国,在外没有强大的后援,在内没有心腹来支持我,如果我的君父一旦去世,众大夫们就会改立别人为世子,我一辈子就要客死在秦国了,这和草木有什么区别?还不如逃回去伺候父君,也安定国都百姓之心。"于是当天夜里,和妻子怀嬴在枕边谈此事道:"现在我如果不逃回去,晋国就不归我所有了,想要逃回去的话,又割舍不下咱们的夫妻之情。你如果可以和我一起逃回晋国，这样于公于私都能兼顾。"怀嬴泪流满面，回答道："您是一国的世子，被囚禁在这里，想回去不是很正常的事吗？我们的国君让婢妾我来服侍您，就是想用我拴住您的心。现在如果我跟着您回晋国去，就背叛了国君的命令，婢妾就犯了大罪。您只管自己决定怎么选择，不要告诉婢妾。婢妾不敢跟随您回国，也决不敢把您的话泄露给他人。"世子圉于是就逃回晋国了。

秦穆公听闻子圉竟然不辞而别，大骂道："忘恩负义的狗贼！老天是不会保佑你的！"于是对众位大夫说道："夷吾父子二人都辜负了寡人，寡人必定会报复他们！"说完，穆公又后悔自己当初没有拥立重耳，于是派人四处寻访重耳的踪迹，后来得知他已经到楚国好几个月了，便派遣公孙枝出使楚国，对楚国进行友好访问，想趁机迎接重耳到秦国，计划拥立他登上晋君宝座。重耳假意对楚王道："重耳流亡在外，如今被君王收留，心中实在不愿去秦国。"楚王劝说他道："楚国和晋国相距遥远，公子如果想回晋国，中间要经过很多国家。而秦国和晋国接壤，早上出发晚上就到了。况且秦国国君一向贤明，又和晋国国君关系恶劣，这是老天要帮助公子的良机啊。就算是勉强，但公子还是应该前往秦国。"重耳拜谢过楚王。楚王赏赐给重耳许多金帛和车马，为他的出行助威。重耳在路上又奔波了几个月，终于抵达了秦国地界。虽然途中经过了很多国家，但都是秦国和楚国的附属国，又有公孙枝同行，所以一路上十分安全。

秦穆公得知重耳前来的消息，抑制不住内心的喜悦，亲自前往郊外的公馆迎接，礼节十分周到。秦穆公的夫人穆姬也十分敬重重耳，而恼恨子圉，就劝穆公把怀嬴嫁给重耳为妻，结成姻亲。秦穆公把夫人的话转给怀嬴。怀嬴道："臣妾已经失身于公子圉了，怎么能再嫁呢？"穆姬叹息道："子圉不会回来了！重耳贤德并且帮助他的人众多，所以一定会得到晋国的江山。得到晋国江山以后，一定会封你做夫人，这样秦国和晋国就永世结成姻亲了。"怀嬴沉默了很久，叹息道："既然如此，臣妾怎么能因爱惜自己的身体，而不去促成两国的友好关系呢？"

穆公于是派公孙枝去和重耳传达自己的意思。子圉和重耳有叔侄的辈分关系，怀嬴是重耳的嫡亲侄媳，重耳担心有违伦理道德，想要推辞不接受这门亲事。赵衰进谏道："我听说这位怀嬴不仅貌美，而且有才华，秦王和夫人都十分宠爱她。如果不娶秦王的女儿，就没法讨得秦王的欢心。臣听说'想要别人爱护自己，首先要去爱护别人；想让别人顺从自己，首先自己要先去顺从别人。'如果没有什么方法讨取秦国的欢心，却想要借助秦国的力量，一定是行不通的。公子请不要再推辞了！"重耳迟疑道："同姓间通婚，尚且还有避讳，何况是自己的亲侄子呢？"

臼季进言道："古代所谓的同姓，是指同心同德的人，并不是指同族之人。以前黄帝和炎帝，都是有熊国国君少典的儿子，黄帝出生在姬水，炎帝生出在姜水，二帝的品德观念不一样，所以黄帝姓姬，炎帝姓姜。姬、姜的族人，世代联姻。黄帝有二十五个儿子，有姓氏的只有十四人，姓姬者与姓己者各只有两个人，这是同德的原因。上古之时，古人姓氏处于分化与衍变之时，品德观念相同的人，即便不是一父所生，也拥有同样的姓氏，虽然血缘关系已经很疏远，但彼此之间仍不相互通婚。品德观念不同的人，即便是一父所生，其姓氏也不同，血统虽然相近，男女之间也不避讳通婚。尧是帝喾的儿子、黄帝的五代孙子，而舜为黄帝的八代孙子，尧的女儿事实上是舜的祖姑母，可是尧把她嫁给舜，舜也没有拒绝。古代人的婚姻观念就是如此。从品德观念来讲，子圉的品德观念怎么能和公子一样呢？按照亲疏关系来看，秦王的女儿，不如祖姑母那样亲近吧？何况，公子如今娶的，是子圉所抛弃的女子，而不是横刀夺走了他喜欢的女人，又有什么阻碍呢？"

重耳又向狐偃询问道："舅父认为可以吗？"狐偃问重耳道："公子如今要回晋国，是要侍奉子圉，还是要取代子圉？"重耳不说话。狐偃继续说道："晋国的国君，将会是子圉。如果公子想要侍奉他，那怀嬴就是国母，自然不能染指。如果公子想要取代他，那么就是仇人的妻子，又何必多问呢？"重耳脸上还是露出羞愧的神色。

赵衰进言道："如今都计划要夺取他的国家，又何必考虑他的妻子？想成大事却拘泥于小的细节，将来怕是后悔也来不及了！"重耳这才下定决心。公孙枝于是向秦穆公复命。重耳挑选了吉日前去下了聘礼，然后就与怀嬴在公馆里成婚了。怀嬴的外貌比齐姜更美，秦穆公又挑选了四名宗室里的女子给重耳做妾，美貌各有千秋。重耳喜出望外，就忘却了路上的奔波之苦了。史官曾经有诗评论怀嬴一事道：

一女如何有二天？况于叔侄分相悬。

只因要结秦欢好，不恤人言礼义愆。

秦穆公一向敬重重耳的人品，又加上翁婿之亲，感情越发得深厚了。三天一大宴，五天一小席。秦国世子䓨也很敬重重耳，常常带着礼物来问候。赵衰、狐偃等人也趁着这个机会和秦国大臣蹇叔、百里奚、公孙枝等人相互结交，友谊深厚，一起图谋复国大事。但一来因为公子刚刚大婚，二来因为晋国没有主动挑事，所以不敢轻举妄动。自古有云："好运到来之时，铁树也能开花。"老天让公子重耳降生下来，命中就有晋国国君的名分，作为诸侯中著名的霸主，自然就会出现好机会。

再说世子圉从秦国逃回晋国，拜见了父亲晋惠公，晋惠公大喜过望，说道："寡人患病已久，正发愁没有找到继承晋国的人。如今我的儿子逃出牢笼，重新登上储君的位子，寡人从此心安了。"这年秋天九月，晋惠公病重，就将子圉托付给吕省、郤芮两人，命他们一起辅佐子圉："晋国的这些公子们都不必多虑，只是要小心防备重耳。"吕省、郤芮两人磕头接受了惠公的遗命。这天晚上，晋惠公去世了，太子圉主持丧礼并登上王位，就是历史上的晋怀公。

晋怀公担心重耳在外面生出变故，就下了一条命令道："凡是跟着重耳逃亡的晋国大臣，不管是姻亲还是血亲，其所有的亲属必须在限令三个月内把逃亡的人召回来。如果在限期内返回的，官复原职，不再追究过去的责任。如果到期不回的，就削去官职，在罪书上写下名字定罪处死。父子兄弟如果不听从命令，不去召他们回来，一并处死，绝不宽恕！"

狐突的两个儿子狐毛和狐偃，都跟随重耳在秦国，郤芮私下规劝狐突写信把两个儿子召回晋国。狐突再三推辞。郤芮于是对晋怀公说道："狐毛、狐偃都有将相之才，如今跟随重耳，就像给重耳这只老虎添上了一双翅膀。狐突不肯叫他们回来，怕是已经对您生出二心，君主应该亲自和他谈谈。"晋怀公立即派人去宣召狐突进宫。狐突和家人诀别后上路。

狐突进宫拜见晋怀公，启奏道："老臣生病在家休养，不知君主召我何事？"晋怀公冷笑道："狐毛、狐偃都在外国，老国舅可曾写家信叫他们回来？"狐突回答道："还没有。"晋怀公脸色变了，厉声道："寡人已经下令'过期不回来的，他的亲人也会被波及定罪'。老国舅难道没听说吗？"狐突回答道："我的两个儿子跟随侍奉重耳，也不是一天两天的事了。忠臣侍候自己的君主，就是死也绝不侍奉他人！我这两个儿子忠于重耳，就像朝堂之上众位大臣忠于君主您一样，即使他们逃回来，微臣也会怒斥他们对公子重耳不忠，将在家庙里亲手杀了他们，更别说什么召他们回来了。"

晋怀公勃然大怒，喝令两位武士把白晃晃的刀子架在他的脖子上，对他说道："你的两个儿子如果回来了，就可以免你一死！"于是索要纸笔，放到狐突的面前，郤芮抓着狐突的手，让他写信。狐突大声喊道："不要抓我的手，我自己能写。"于是奋笔疾书，写下"子无二父，臣无二君"八个大字。

晋怀公恼羞成怒道："你不怕死吗？"狐突凛然回答道："作为人子却不孝顺，作为人臣却不忠心，这才是老臣所害怕的。为国家而死，是为人臣子的平常之事，有什么可怕的！"于是伸出脖子坦然受死。晋怀公下令将他押到闹世斩首示众。太卜郭偃见到狐突的尸体，叹息道："国君刚刚登上君位，还没给老百姓们一点恩惠，却先诛杀了有功的老臣，他败亡的日子不远了！"当天就称病不再出门了。狐氏的家臣急忙逃到秦国，将消息报告给狐毛、狐偃。

第三十六回
晋吕郤夜焚公宫　秦穆公再平晋乱

再说狐毛、狐偃兄弟二人，跟随公子重耳流亡在秦国，听闻父亲狐突被子圉害死了，捶胸顿足地痛哭起来。赵衰、臼季等人都前来慰问。赵衰安慰道："人死了不能再活，悲痛能解决什么问题？还是暂且先拜见公子，商量下复国大事吧。"狐毛、狐偃这才收住眼泪，和赵衰等人一起去拜见重耳。

见到重耳，狐毛、狐偃悲伤地说道："晋惠公已经驾崩，子圉继位，他下令凡是跟随公子流亡在外的晋国大臣们，都限期召回，如果不回国，就会株连亲属。子圉怪罪我父亲没有将我们兄弟召回去，就杀害了他。"说完，悲从中来，又是一场嚎啕大哭。重耳劝解道："两位舅舅不要过于悲伤，孤若有复国为君的那一日，定当为你们的父亲报仇雪恨。"劝罢两人，重耳立刻驾车前去拜见秦穆公，把晋国所发生的事告诉了他。秦穆公欣喜道："这是老天要把晋国交到公子手里啊，不能失去这次机会！寡人必定亲自全力帮助公子完成这项任务。"赵衰代替重耳回答道："主公，您若是要庇护重耳图谋大业，就请快点行动！如果等子圉到太庙祭祀改了年号，君臣的名分就定下来了，想要动摇他的地位恐怕就难了。"秦穆公深以为然。

重耳辞别了秦穆公回到自己所住的驸马府中，才刚刚坐下来，就听见守门的人前来通报道："晋国有人来到此处，说是有机密要事，想拜见公子。"公子把这位晋国的客人召进来，询问他的姓名。那人跪拜后道："微臣是晋国大夫栾枝的儿子栾盾。由于新君生性多疑，为了立威大开杀戒，老百姓们都怨声载道，大臣们内心不满，微臣的父亲特意派遣我秘密前来送信给公子。子圉手下称得上心腹的只有吕省和郤芮两人，先君时郤步扬、韩简等一班老臣，都疏远怠慢，不再重用，所以这些人不足为虑。我父亲已经约好郤溱、舟之侨等人，私下搜集武器装备，只等着公子一到，就作为您国都中的内应。"重耳非常高兴，和栾盾约定，以明年年初为期，赶往黄河边。栾盾告辞离开。重耳面对苍天祈祷，用蓍草的草茎进行占卜，得到了"泰卦"中六爻卦辞——"安静"，重耳心中疑虑，就召狐偃前来解卦。狐偃拜贺道："此卦乃是'天地配享，小往大来'，意思是说天地已准备好一切，失者为小，得者为大，小去大来，这是大吉的征兆。公子这次行动，不但能得到晋国，而且还能成为诸侯盟主。"重耳于是把栾盾的计谋告诉了狐偃。狐偃大喜道："公子明天就向秦国国君请求发兵援助，一刻不能耽误！"

第二天，重耳又去拜见秦穆公，没等他开口，秦穆公就言道："寡人知道公子迫切想要返回晋国。我担心别的大臣不能担此重任，寡人将亲自送公子到黄河边。"重耳拜谢过秦穆公后退下。

邳豹听闻穆公要送公子重耳回晋国登位，就自荐前往担任先锋，为公子效力，秦穆公应允了他的请求。太史就在冬季的十二月份挑选了一个好日子。临行前三天，秦穆公摆下筵席，在九龙山为公子重耳践行，赠给他十双白璧、四百匹马，甚至连帐篷等日常用品也都一应俱全，粮草就更不用提了。赵衰等九位从人，每人一对白璧，四匹马。重耳君臣几人感激不尽，拜了又拜，向秦穆公表示谢意。

到了约定出兵那一天，秦穆公亲自率领大臣百里奚、繇余，大将公子絷、公孙枝和先锋官邳豹等人，带领着四百辆兵车，送公子重耳离开了雍州城，一路向东出发。秦国世子䓨和重耳一向相处得十分融洽，此时难分难舍，一直送到了渭水的北面，不得不洒泪挥别。有诗写道：

猛将精兵似虎狼，共扶公子立边疆。
怀公空自诛狐突，只手安能掩太阳？

周襄王十六年，也就是晋怀公圉元年，这一年春天正月，秦穆公和晋国公子重耳一行人来到了黄河边上。渡河的船只早已准备完毕，秦穆公又一次设下酒宴，对重耳再三叮嘱道："公子回到晋国以后，千万不要忘了寡人夫妇啊。"然后秦穆公把军队分出一半来，命令公子絷和邳豹护送公子重耳过黄河，自己率领着军队驻扎在黄河的西岸。这正是："眼望捷旌旗，耳听好消息。"

却说壶叔掌管公子重耳的行李粮食，自从逃亡以来，特别是奔波到曹国和卫国之间的时候，担惊挨饿，已经不是一次两次了。所以没有衣服就爱惜衣服，没有粮食就爱惜粮食。今天即将渡河之际，他在收拾行李的时候，把平时用坏了的竹篮子、破碗、破草席、破帐篷，一件件搬上船来，吃完的下酒菜也视之如宝，全摆放在船舱里。重耳看见了，哈哈大笑，道："孤今天要回晋国当国君，从此锦衣玉食，富甲一方，还要这些破旧之物干什么？"于是就让人把这些东西扔到了岸上，一点儿也不留。狐偃暗自叹气道："公子还没有大富大贵，就先忘了贫贱的时候，来日定会喜新厌旧，把我们这帮跟着他同患难的人，看得就像旧物一样一文不值，不就白白枉费了这十九年来的辛苦吗？趁着现在还没有渡过黄河，不如先向公子辞行，来日还会有想念我们的时候。"

于是狐偃就把秦穆公赠给自己的一对白璧，跪着献到重耳面前道："公子今天渡过黄河去，就到了晋国的地界，朝内有晋国大臣辅助，国外有秦国将士帮忙，不愁晋国到不了公子的手中。微臣这凡夫俗子,继续跟着您也帮不上什么忙,所以愿意留在秦国,做公子的外臣。我把自己拥有的一双白璧献上,以表明臣的一点心意。"重耳大吃一惊道:"孤才刚刚想和舅父一起享受富贵,舅父为何说出这样的话来呢?"狐偃道:"微臣自知有罪于公子,共有三条罪状,实在不敢再继续追随您了。"重耳奇怪地问道:"是哪三条罪状?"狐偃回答道:"微臣听说圣明的臣子能让他的主公尊贵,贤能的臣子能让他的主公安定。可是如今微臣却毫无建树,先导致公子在五鹿忍受饥饿,甚至被农夫们侮辱,这是第一条罪状;后又导致公子遭受曹国和卫国的怠慢,这是第二条罪状;最后还趁公子喝醉之时把公子劫持出齐城,导致公子发怒,这是第三条罪状。从前的时候,因为公子您还处于逃亡路上,所以微臣不敢请辞。如今即将进入晋国,微臣已经奔波了很多年,天天殚精竭虑,耗费心力,就像那些破篮子破碗一样不堪再留,就像破席子破帐篷一样没法再用。微臣留在您身边也没有什么用处,离开您也不会有什么损失,所以微臣请求离开。"重耳潸然泪下,说道:"舅父您责备我责备得太对了,是孤犯了大错啊。"于是命令壶叔把已经丢掉的那些旧物一件一件取了回来,又对着黄河发誓道:"孤回到晋国后,如果忘了舅父的功劳,如果不和你们同心分享朝政,就让我的子孙永不昌盛!"然后就把那白璧丢到黄河里,道:"请河神为我作证!"这时介子推在他的船上,听闻重耳和狐偃立下盟誓,冷笑道:"公子回到晋国为君,本是天意,狐偃怎么想把它窃取变成自己的功劳呢?这种贪图荣华富贵的人,我羞于和他同朝为官!"从此介子推就产生了辞官归隐的心思。

重耳渡过了黄河,向东走到令狐地区。令狐的地方长官邓惛,带兵登上城墙抵挡重耳。邳豹一马当先,第一个登上城头,顺势将这城池拿下,俘获邓惛并杀死了他。临近地区的桑泉、臼衰两地县令,听到重耳到来的风声便开城投降。晋怀公听到战报后惊恐不已,就发动了晋国全部的兵马和战车,任命吕省为大将军,郤芮为副将,大军驻扎在庐柳,以抵抗秦军。由于心中畏惧秦军的强势,吕省、郤芮停滞不前,不敢与秦军正面交锋。公子挚于是以秦穆公的名义写了封信,派人送到吕省、郤芮的军营里。信的大致内容是:

寡人对于晋国的恩德,可谓仁至义尽。但是晋国两代国君父子二人,却将秦国视为仇人,寡人当年容忍了晋惠公,如今不能继续容忍他的儿子。眼下,公子重耳有贤德闻名于世,许多有才华的贤人都来辅佐他,老天和百姓一起帮助他,无论诸侯国还是晋国的百姓都希望他即位为君。寡人亲自带领大军,驻扎在黄河边上,命令公子挚护送公子返回晋国来掌管晋国国政。尊贵的大夫,如果您们能识别贤能和愚笨,就请掉转枪头前来迎接公子,把祸事转为福报。是福是祸都在此一举了。

吕省、郤芮两人看过书信,半天不言语。想要迎战,实在担心抵挡不了秦军,担忧类似龙门山那样的事件重演。想要投降，又害怕重耳记着以前的仇恨，让他们偿还里克、邳郑父的性命。犹豫半天，终于商量出一个办法来。于是就回信给公子絷，大致意思如下：

我们几个人心中很清楚曾得罪过公子，所以不敢放下武器投降。但是拥护公子即位，确实也是我们的心愿啊！如果能与公子手下那些曾被我们伤害过的诸人，一起对天发誓，日后绝对不再互相伤害，众位大夫们如果承诺不再追究我们过去的罪责，我们怎敢不听从您的命令？

公子絷读了他们的回信，已经识破了他们犹豫不定的心情。于是单独驾车造访庐柳，来见吕省、郤芮。吕省、郤芮两人高兴地出来迎接，把心里话说了出来："我们不是不想投降，只是担心公子容不下我们，所以想用结盟发誓的方法来取得信任。"公子絷点头道："大夫如果能把军队撤到西北面，我就会把大夫的诚意转告给公子，那么就可以立下盟约了。"吕省、郤芮两人答应了。等公子絷离开后，吕省、郤芮立即下令将军队撤到郇城。重耳派狐偃和公子絷一同到达郇城，和吕省、郤芮相见。这一天，双方杀了牲畜祭祀，歃血为盟，一起发誓要扶立重耳为晋国国君，保证绝无二心。结盟完毕，吕省、郤芮就派人跟着狐偃到了臼衰，迎接重耳到郇城的军队中，请他发号施令。

晋怀公一直等不到吕省、郤芮两人获胜的战报，就派寺人勃鞮到晋军大营督促开战。走到半路，听闻吕省、郤芮已经撤军到郇城，与狐偃和公子絷讲和，背叛了晋怀公，想要迎立重耳做国君，就慌慌张张地跑回去报告。晋怀公大惊失色，急忙把郤步扬、韩简、栾枝、士会等大臣召集起来商议。那些大臣都是心向着公子重耳的，平时看见晋怀公只是专宠吕省、郤芮两人，心里早已愤愤不平："如今连吕省、郤芮都能叛变，事到如此，把我们召集来有什么用呢？"大臣们就一个个开始找借口，有说自己生病了的，有说家中有事的，没有一个肯前来商议。晋怀公长叹一口气道："孤真不该私自逃回晋国，现在失去了秦国的欢心，才走到如今的地步！"勃鞮启奏道："大臣们私底下约定一起去迎接重耳，主公不能再留下了！微臣请求亲自驾驶马车，带您暂时先去高粱避难，以后再做打算。"

先不说晋怀公出逃高粱的事。只说公子重耳，因为吕省、郤芮派人前来投靠，就进入了晋军大营。吕省、郤芮磕头请罪，重耳用好言安慰一番。赵衰、臼季这些跟着公子逃亡在外的大臣们，也都上来和他们相见，吐露心事，共同发誓保证他们以后安然无恙。吕省、郤芮十分高兴，请重耳进了曲沃城，在曲沃武公的家庙中进行朝拜。绛都的老臣们，以栾枝、郤溱为首，带着士会、舟之侨、羊舌职、荀林父、先蔑箕、郑先都等三十多人，到曲沃迎接重耳的御驾。郤步扬、梁繇靡、韩简、家仆徒等人，组成了另外一支队伍，都赶到绛都的郊外迎接。重耳进了绛城中，登临君位，就是历史上著名的晋文公。重耳四十三岁逃往翟国，五十五岁到了齐国，六十一岁到了秦国，等到回国登上君位时，已经六十二岁了。

晋文公登上君位后，就派人到高梁刺杀晋怀公。子圉在去年的九月登上君位，今年二月就被暗杀，当国君的时间前后不足六个月，真是可悲啊！寺人勃鞮把子圉的尸首收殓并安葬了，然后又偷偷地逃回晋国。

再说晋文公设宴犒劳秦国的将军公子絷等人，厚厚地封赏了其所率领的秦国军队。邳豹哭着跪在地上，请求晋文公重新安葬他的父亲邳郑父。晋文公允准。晋文公想让邳豹留下为自己所用，邳豹推辞道："微臣已经投身报效于秦国，实在不敢侍奉二君。"于是，邳豹随着公子絷回到河西，向秦穆公复命。秦穆公就带着军队回到了秦国。史臣曾写诗赞美秦穆公道：

辚辚车骑过河东，龙虎乘时气象雄。

假使雍州无义旅，纵然多助怎成功？

却说吕省、郤芮两人被秦军的气势压倒，虽然一时投降了重耳，但是心里还在犹疑，不能彻底放下疑心。面对着赵衰、臼季等人时，心中不免有些羞愧的念头。又看见晋文公登上君位已经好几天了，既不曾奖励一个有功的人，也不曾惩治任何有罪的人，不知道晋文公这举动到底是什么意思，于是疑心就更重了。二人便聚在一处相互商议，想率领府兵造反，想烧了君主的宫殿，杀死重耳，然后再立别的公子做国君。他们心里思忖道："朝堂内诸位大夫没有可以共商大计的人，只有寺人勃鞮和重耳有深仇大恨，现在重耳登上君位，勃鞮必然害怕被重耳诛杀。这个人胆识和力气超人，可以把他邀请过来一起举事。"于是派人前去召勃鞮。勃鞮听了召唤，马上赶到了。吕省、郤芮把焚烧宫殿的计划告诉了他，勃鞮非常爽快地接受了任务。三个人歃血为盟，约定在农历二月的最后一天汇合，半夜时分一起发动叛乱。吕省、郤芮两人开始前往各个城邑，偷偷地召集人马。

却说那勃鞮虽然当面满口答应，但是心里却并不这么认为，他思忖道："想当初我奉了献公的命令，去蒲城刺杀重耳，后来又接受惠公的差遣，再次去刺杀他。这就好比暴君夏桀的狗对着贤君唐尧狂叫一般，那时候我不分善恶，只不过是为主人效命罢了。现在怀公已死，重耳登上君位，晋国才刚刚安定，再做这样大逆不道的事情，别说是重耳自有上天和众人相助，不一定能刺杀成功，就是杀死了重耳，跟着他逃亡的那些英雄好汉们也决不会轻易饶过我。还不如暗地里去找新君自首，趁这个机会，反倒变成一个投靠新君的由头。"转念又一想："自己本是个等待惩罚的罪人，不能直接去君主的宫中拜见。"于是就在深夜里去求见狐偃。狐偃大吃一惊问道:"你把新君得罪得太厉害了!不想着远走高飞躲避灾难,为什么还深夜来到这里?"勃鞮神秘地说道:"我之所以前来,正是想拜见新君,还请求国舅帮忙引荐一下吧!"狐偃摇头道:"你求见主公,就是自寻死路。"勃鞮低声道:"我有机密要事前来禀报,要救一国的百姓,必须当面面见主公,才能细说。"

狐偃就把勃鞮带到宫里,狐偃先进去,拜见了晋文公,转达了勃鞮想要求见文公的意思。晋文公不屑道:"勃鞮能有什么事,他还救得了一国百姓的性命?这一定是想求见我的借口,想让国舅替他求情好饶恕他吧。"狐偃道:"即便是从事割草打柴低贱工作小民的话,圣人也会注意倾听。主公,您刚登上君位,正是应该抛弃微小的个人恩怨,广纳忠言的时候,不能不见勃鞮。"晋文公心中的仇恨还是不能放下。于是派自己身边的侍卫传话责备勃鞮道:"当年你斩断寡人的衣袖,这件衣服如今仍在,寡人每次看见它都会心生寒意。你又到翟国去行刺寡人,惠公限你三天之内动身,你第二天就起程了,幸亏老天庇佑我,才免遭你的毒手。如今寡人回国为君,你还有什么脸面来见我呢?还是赶紧逃命去吧,晚了就将你明正典刑!"勃鞮哈哈大笑道:"主公在外奔波了十九年,还不能看透人情世故吗?先君献公,与您是父子;惠公,则是您的弟弟。父亲仇视儿子,弟弟仇恨兄长,何况是勃鞮呢?勃鞮只是一个小小的臣子,那时候只知道有献公和惠公,怎么能为您考虑呢?以前管仲效命于公子纠,射中桓公的带钩,而齐桓公后来却任用他为相,结果成就了霸业。如果按照君主您今天的看法,只注重射中带钩的怨恨,那么将会失去盟主的霸业。您不见微臣,微臣没有什么损失,只是担心微臣离去后,主公的大难就不远了。"

狐偃听了这话,启奏道:"勃鞮必定是听说了什么重要的事才会前来,主公一定得召见他。"晋文公于是召勃鞮进宫。一见面,勃鞮并没有向文公请罪,反倒是一拜再拜,嘴里言道:"恭喜!"晋文公讽刺道:"寡人登上君位已经很长时间了,你今天才来道贺,不是太晚了吗?"勃鞮回答道:"主公虽然登上君位,但还不值得恭贺。得到勃鞮,这君位方能坐得安稳,这才值得恭贺啊!"晋文公听了他的话感到很诧异,于是撤走了身边侍卫,表示愿意听他详说。勃鞮就把吕省、郤芮的密谋,如此这般详细地说了一遍:"如今吕省、郤芮的党羽遍布城中,两个逆贼又前往封邑纠集兵马。主公不如趁着这个时机和狐国舅换了便装出城,到秦国请求派兵,才能化解此次灾难。微臣请求留在此地,做诛杀这两个贼子的内应。"狐偃急迫地说道:"火烧眉头了!微臣请求和主公一同出行。国内的事情,赵衰肯定能处理好。"晋文公嘱咐勃鞮道:"凡事要多加小心,到时必有重赏!"勃鞮磕头告辞。

晋文公和狐偃商量了很久,派狐偃准备了车马藏在宫殿的后门口,只带了少数几人跟随。晋文公又召来自己的心腹内侍,如此这般地嘱咐了一番,让他们一定不能泄露出去。当天晚上，晋文公就像平常一样前去休息。到了五更天，假说自己患了风寒之症，腹中疼痛，让小内侍打着灯笼去厕所。就这样从后门出去，和狐偃一起驾车离城而去。第二天一早，宫内都传言国君生病，后宫的人们来晋文公的寝室问安，都推辞不见。宫里没人知道晋文公早就出了宫门。天亮以后，文武百官全都聚在朝堂的门口，却不见晋文公上朝，就来晋文公的寝宫询问。只见红色的宫门紧紧关闭，门上挂着一面免朝牌。守门的内侍道："主公昨天晚上忽然患了风寒之症，暂时不能下床。等到三月初一上朝，才能接见大家。"赵衰叹息道："主公刚刚登上君位，百事未兴，忽然得了这等急症，这真是应验了那句'天有不测风云，人有旦夕祸福'。"大家就对晋文公生病之事信以为真，各自叹息着散去了。吕省、郤芮二人听闻晋文公生病不出，等到三月初一才能上朝，心里暗自欢喜道："这是老天要让我灭掉重耳啊！"

且说晋文公、狐偃等人神不知鬼不觉地偷偷离开晋国国境，直奔秦国，派人写了密函给秦穆公，约好在王城会面。秦穆公听闻晋文公微服来到秦国，心中知晓一定是晋国国内出现了叛乱。于是借口出城狩猎，当天便命人驾驶马车，径直来到王城和晋文公见面。见面后，晋文公说明来意。秦穆公笑道："天命早已定下，吕省、郤芮之辈还能掀起什么风浪？我猜想赵衰等人必定可以处置了这几个贼人，晋君你不必担心！"于是，秦穆公派大将公孙枝驻兵在黄河边，打听来自绛都的消息，随时准备行动。晋文公暂时留住在王城。

却说勃鞮担心吕省、郤芮二人起疑，几天前就借住在郤芮家里，做出假装与他商量计划的样子。到农历二月的最后一天，勃鞮对郤芮言道："主公与群臣约定明日出席早朝，想必是病已经小有起色了。宫里如果失火，重耳必定外逃。到时候吕大夫守住前门，郤大夫守住后门，我带领府兵们守住朝门，以挡住救火的人，重耳就算插上翅膀也难以逃脱啊！"郤芮认为有道理，就把这计划告诉了吕省。这天晚上，府兵们纷纷带着兵器和火把，分别在各处埋伏好。大约到了三更时，就在宫门点起火来。那火熊熊燃烧，好不凶猛！宫里的人都在睡梦中惊醒，只以为是宫里失火，大惊小怪，一时乱了起来。透过火光之间，只见有士兵带着武器，到处横冲直撞，嘴里大叫着："不要放走重耳！"宫里遇到大火的人，都被烧得焦头烂额，狼狈不堪；遇到带武器的士兵，就被伤得遍体鳞伤。顿时间，哀叫声、哭喊声，简直惨不忍闻。吕省手执长剑径直到晋文公的寝宫搜寻晋文公，却毫无踪影。碰到了郤芮也手执长剑从后宰门进来，劈头就问吕省："事情办妥了吗？"吕省无法回答，只能摇头。两个人又冒着大火亲自搜查了一遍。忽然听闻宫外喊声四起，勃鞮慌慌张张地跑来报告道："狐、赵、栾、魏等家都带着士兵前来救火了。如果等到天亮，老百姓怕是也都会聚集起来，我们就难以脱身了。不如趁着混乱赶紧逃出城，等到天亮了，打听一下晋侯到底死了没有，然后再做打算。"吕省和郤芮没能杀了重耳，这个时候心中早如同热锅上的蚂蚁一般慌乱，一点主意也没有，只能号召他的党羽，杀出朝门逃走了。史官曾写诗道：

毒火无情弑械成，谁知车驾在王城！
晋侯若记留袂恨，安得潜行会舅甥？

且说狐、赵、栾、魏等各位大夫，看见宫里失火，就急忙召集士兵们，准备好挠钩和水桶，赶来灭火，原本没打算厮杀。一直等到天亮以后，将大火扑灭，才得知是吕省和郤芮两人造反。只是没有找到晋文公，都大吃一惊！有先前被晋文公嘱咐过的心腹内侍，从大火中逃出来，告诉他们道："主公几天以前，在五更时就已换上便装离开宫里了，不知道去了哪里。"赵衰马上说道："这事问问狐国舅就清楚了。"狐毛摇头道："我弟弟狐偃也在几天前进宫，那天晚上便没有回家。想必是君臣一起出行，一定是早就知晓了这两个贼子要谋反的详情。我们只管把守都城，修复好宫殿，等候主公回来就是。"魏犨出声道："逆贼造反，焚烧宫殿想杀害主公，现在虽然逃走估计也不会太远，请派给我一支军队，追上去斩了他们！"赵衰摇头道："调动军队乃是国家的大事，主公暂时不在，谁敢私自调动！这两个逆贼虽然逃跑了，但过不了多久，他们一定会将自己的人头献上。"

再说吕省和郤芮等人把军队驻扎在郊外，打听到晋文公没死，众位大夫们誓死守城的消息，担心有追兵来追赶，就想逃往别的国家，只是不知道该去哪国。勃鞮献计道："晋国的国君被废，一向是依照秦国的意思。何况二位和秦国国君原先有旧交情，今天就借口说是宫里失火，重耳不幸被烧死。我们去投靠秦国国君，将重耳的儿子公子雍迎回做主公。重耳即使不死，也很难再回晋国担任国君了。"吕省点头道："秦国国君曾经和我们在王城结盟，现在只能投奔那里了。只是不知道秦国能不能收容我们？"勃鞮撺掇道："我先行一步，去说明我们的来意，如果他慷慨应允，我们就一起前往。如果不答应，我们再做别的打算。"勃鞮来到黄河边，听闻公孙枝在黄河西岸驻守，就渡河前去求见，两人诚心相待，相互诉说真情。公孙枝道："既然贼子前来投靠，就应当引诱然后杀了他们，以匡正国法，也不枉费我国君托付我见机行事的美意。"于是公孙枝就写了信，让勃鞮前去招揽吕省和郤芮二人。书信的内容大致是：

新君刚回晋国即位，与秦国原先还有割地的盟约。我们国君派我公孙枝带兵驻守在黄河西岸，想划清两国疆界，但又担心晋国新君又像惠公那样背叛我们。如今听闻新君葬身大火之中，二位大夫有意扶植公子雍为国君，这也是我们国君喜欢听到的好消息。大夫请速速前来商议大计！"

吕省和郤芮二人收到书信，高高兴兴地前来河西。到了河西的军营中，公孙枝亲自出来迎接。客套寒暄过后，就设宴款待。吕省和郤芮对此毫无起疑。却没料到公孙枝早就命人前去报告给了秦穆公，先到王城等候。吕省和郤芮一连住了三天，表示愿意前去拜见秦穆公。公孙枝笑道："我们的国君眼下驻跸王城，二位大夫可以一同前往。车马军队就暂时留在这里，等到大夫回来时再一同渡过黄河返回晋国怎么样？"吕省和郤芮听从了他的话。

来到王城，勃鞮和公孙枝先进了城，拜见秦穆公，派邳豹前去迎接吕省和郤芮。秦穆公把晋文公隐藏在屏风后面。吕省和郤芮等人陆续来到，拜见完毕，就说起迎立子雍为君的事情。秦穆公大笑道："公子雍已经在这里了！"吕省和郤芮齐声说道："请求让我们见一见！"秦穆公大声喊道："新君可以出来了！"只看见屏风后出现了一位贵客，不慌不忙，两手交叉着走了出来。吕省和郤芮定睛一看，原来是晋文公重耳。二人吓得魂飞魄散，嘴里高喊着："罪臣该死！"然后磕头不止。秦穆公邀请晋文公一起坐下。晋文公大骂："逆贼！寡人何曾辜负了你们，竟使得你们造反？如果不是勃鞮自首，寡人收到消息悄悄跑出宫门，恐怕寡人如今早就化为灰烬了！"直到此时，吕省和郤芮才知晓自己被勃鞮出卖。就开始大声招供道："勃鞮确实曾和我们歃血为盟，请您让他同我们一起受死，就算死了也是情愿。"

晋文公笑道："勃鞮如果不和你们一起歃血为盟，怎么能知道你们的阴谋是怎样的？"于是文公喝令武士把他们捉拿住，直接任命勃鞮担任监斩官。不一会儿，两颗人头就被进献到台阶前。可怜吕省、郤芮两人，曾先后辅佐晋惠公和晋怀公两代国君，也算得上是一时的英雄了。早知如此，当初在庐柳驻军时，干脆和重耳做了仇敌，也不失从一而终的忠臣身份。后来既然已经投靠晋文公，却又再度背叛，如今被公孙枝设下圈套，死在王城之中，性命与名声全部失去，难道不悲哀吗？

处死二贼后，晋文公一方面立刻派遣勃鞮，提着吕省和郤芮的人头，前往黄河西岸去招安他们的士兵；另一方面，又派人把这个好消息，快马加鞭传到晋国国都。众位大夫都十分高兴说道："果然不出赵子余所料！"赵衰等人急忙准备座驾，到黄河西岸去迎接晋文公。

第三十七回
介子推守志焚绵上　太叔带怙宠入宫中

话说晋文公在王城诛杀了吕省和郤芮二人，向秦穆公再次拜倒感谢，趁此机会用迎接国夫人的礼仪，请求迎接怀嬴回到晋国。秦穆公点头道："寡人的女儿怀嬴已经失身于子圉，恐不敢玷污了晋国的宗庙，能在后宫的妃嫔之列就行了。"晋文公摇头道："秦国和晋国世代友好，如果不以夫人之礼接回，寡人就无法名正言顺地回去主持宗庙社稷。岳父千万不要推辞！再说重耳此次偷偷离开国都，国都的百姓都不知道，现在以大婚的名义掩饰，不也很好吗？"

秦穆公非常高兴，邀请晋文公再次来到雍都，准备了华丽的装饰有窗子和帷帐的豪车，带着怀嬴等五人回国。秦穆公又亲自送自己的女儿离境，一直送到黄河边上，并派了三千精锐军队前去护送，称为"纪纲之仆"。如今的人把管家叫作纪纲，大约便是来源于此。晋文公和怀嬴等人渡过黄河，赵衰等大臣早就在河边准备了君王的乘驾，迎接晋文公夫妇二人登车。文武百官们一路随从簇拥，只见旌旗猎猎，遮天蔽日，乐声大作，锣鼓喧天，真是热闹非常！仅仅几天前晋文公趁夜从宫里逃出，就像进入地里的乌龟一样，缩头缩尾，见不得人；如今在黄河之上，锦绣而归，就像飞过山岗的凤凰，双宿双飞。这真是"彼一时，此一时"。晋文公到了绛城，国都的老百姓全都拍手称快，文武百官全都来朝拜。晋文公于是册立怀嬴为晋国夫人。

当年晋献公把女儿伯姬嫁出去的时候，曾让郭偃占卜，卦辞中道："世作甥舅，三定我君。"伯姬是秦穆公的夫人，秦穆公的女儿怀嬴又成了晋文公的夫人，这难道不是"世作甥舅"吗？秦穆公先送夷吾返回晋国即位，后来又送重耳回到晋国即位，如今晋文公重耳遇难外逃，又幸亏秦穆公诱杀了吕省和郤芮二人，使重耳重掌晋国的朝政，这难道不是"三定我君"吗？秦穆公还曾经梦见宝夫人带着他在天庭游览，拜见了玉帝，远远地听到宝殿上有人直呼自己的名字："任好〔秦穆公字任好〕，你仔细听旨，派你平定晋国的内乱！"一连这样呼喊了两次。秦穆公先是平定了里克之乱，后来又平定了吕省和郤芮之乱，卦辞和梦境没有一个不应验的。有诗写道：

万物荣枯皆有定，浮生碌碌空奔忙。
笑彼愚人不安命，强觅冬雷和夏霜。

想起此次叛乱，晋文公心中十分痛恨吕省和郤芮二人，想要一举铲除他们的余党。赵衰进谏道："晋惠公和晋怀公都因为过于严苛所以失去民心，主公不能再这样，要用宽宏的方法改正这些错误的政令。"晋文公听从了他的话，于是颁下命令全部赦免。吕省和郤芮的党羽很多，虽然看到了赦免的文书，依然惶恐不安，于是流言四起，晋文公心中因此感到非常忧虑。

忽然有一天，快天亮时，昔日卷走晋文公财物潜逃的小吏头须在宫门口求见晋文公。晋文公刚刚解开束发准备沐洗，闻言大怒道："这人当日偷了我的财物潜逃，导致寡人在逃亡路上缺衣少食，不得不到曹国和卫国乞取食物，今天还有什么脸面来见寡人？"守门人遵从晋文公的命令，坚决不放他入宫。头须点头道："主公不会正在沐浴吧？"守门人非常吃惊，道："你怎么知道的？"头须道："沐浴的人，就得低着头弓着身子，他的心必定会反过来。心若反过来，说的话便前言不搭后语，所以我来求见主公却见不到。再说主公能容得下勃鞮，所以化解了吕省和郤芮之难；如今为什么唯独就容不下我头须呢？头须此番前来，是有安定晋国的良策。主公若一定拒绝接见，头须从此就要逃走了。"守门人赶紧把头须的话转告给晋文公，晋文公大悟道："是寡人错了！"于是整理衣冠束好发带，召头须来见。头须磕头请罪，然后道："主公，您知不知道吕省和郤芮的党羽有多少呢？"晋文公皱着眉头回答道："很多。"头须启奏道："这些人心中都知道自己罪孽深重，即使您下令宽恕，他们心中还是半信半疑，主公应该反思，怎样才能让这些人放下心来。"文公道："用什么方法才能让他们彻底放心呢？"头须启奏道："微臣当年偷窃了主公的财物，致使主公忍饥挨饿。微臣的罪行老百姓们人尽皆知。如果主公外出时让微臣驾车，让整个国都的百姓，不但亲耳所闻而且亲眼看见，都知道主公不计较过去的恩怨，那么那些人就不会有什么顾虑了。"晋文公大喜道："好计策。"于是就假说要在城中巡视，命令头须为自己驾车。吕省和郤芮的党羽看见了，私下议论道："头须盗窃了主公的财物，如今还能被主公任用，何况其他人呢？"于是流言顿时就无影无踪了。从这之后，晋文公仍然让头须掌管库藏。也正因为晋文公有这样容人的肚量，所以他才能安定晋国。

晋文公当初身为公子的时候，已经娶过两房妻室了。最初娶的徐嬴，很早就去世了。后来娶了偪姞，生下一儿一女，儿子名叫骧，女儿叫伯姬。偪姞也死在蒲城。晋文公逃亡在外时，儿女尚且年幼，被丢在蒲城。也是头须收留了他们，将他们寄养在蒲城的百姓遂氏家中，每年都按时给他们送去粮食和衣帛，衣食不缺。一天，头须挑了个时机将此事告诉文公。文公大吃一惊道："寡人以为他们早就死在乱兵手下了，现在还活着吗？你为什么不早说？"头须启奏道："微臣听闻'母亲依靠儿子的富贵而富贵,儿子凭借母亲的富贵而富贵'。国君您周游列国,所到之处都有美女相赠,生下的孩子众多。虽然公子骦还活着,但是微臣参不透主公的意思到底如何,所以不敢贸然相告。"晋文公跺着脚道:"你如果不说,寡人几乎就要背上不慈爱的恶名了!"于是派头须赶往蒲城,重重赏赐了遂氏一家,把自己的儿女迎回来,让怀嬴做他们的母亲。晋文公立公子骦为太子,把女儿伯姬赐给赵衰做妻子,也就是人们口中的赵姬。

翟国国君听闻晋文公登上君位,就派使臣前去祝贺,并把文公昔日的宠姬季隗送回晋国。晋文公询问季隗的年龄,季隗回答道:"分别八年,今年臣妾已经三十二岁了。"晋文公开玩笑道:"幸亏没有让你等足二十五年。"齐孝公也派使臣把姜氏送到晋国,晋文公感谢齐孝公成人之美的举动。姜氏见了文公,伤感道:"臣妾当日并非不念夫妻之情,所以劝君出行,就是为了今天啊。"晋文公便把出身齐国和翟国的这两位女子从前的贤惠和善良,全都讲给怀嬴听。怀嬴称赞不已,坚持请晋文公把夫人的位置让给这两位女子。于是晋文公更改了后宫中的位次顺序,把齐女姜氏立为夫人,翟女季隗居于第二,怀嬴排在第三。

赵姬听闻季隗回到晋国的消息,也劝自己的丈夫赵衰,让他把叔隗母子也接回来。赵衰推辞道:"承蒙主公赐婚,我不敢再顾念翟国那个女子!"赵姬正色责备他道:"这样世俗之人薄情寡义的话,不是贱妾想听到的。妾虽然出身高贵,可叔隗是原配,并且还生育了子嗣,夫君怎么能只怜惜新人却厌弃旧人呢?"赵衰口中虽唯唯诺诺答应,心中却依然摇摆不定。赵姬见此情形,于是进宫对晋文公启奏道:"臣妾的丈夫不肯将叔隗迎接回来,想要让女儿担上不贤惠的骂名,请父侯做主!"晋文公于是派人到翟国,将叔隗母子接到晋国。赵姬要把嫡夫人的位置给叔隗,赵衰又不同意。赵姬严肃地说道:"叔隗年纪大而我岁数小,她是先娶的而我是后来才嫁的,自古以来,长幼有先后顺序,不能混乱。况且臣妾听闻,您的长子盾已经长大,而且非常有才能,自然应当立为嫡子。臣妾位居偏房,也是理所应当。如果您一定不肯听从劝谏,臣妾只能退回到宫里居住了!"赵衰迫不得已,就将赵姬的话禀奏给了晋文公。晋文公感叹道:"我的女儿能如此谦让,就是周文王母亲、历史上十分贤德的太妊也无法超过她吧!"于是宣叔隗母子上朝,将叔隗立为嫡夫人,将赵盾立为嫡子。叔隗也坚持推辞,不肯担任嫡夫人的位置。晋文公就把赵姬的意思透露给她,叔隗这才拜谢晋文公,接受了封号,谢恩之后退下殿来。赵盾当时十七岁,生得高大魁梧,仪表不凡,一举一动都遵循礼仪标准,精通诗书,善于骑射,赵衰非常疼爱他。后来赵姬生了三个儿子,分别叫作赵同、赵括、赵婴,他们的才华都不及赵盾。这是后话。史官讲述赵姬的贤德,称赞道:

阴性好闭，不嫉则妒，惑夫逞骄，篡嫡敢怒。褒进申绌，服欢白怖，理显势穷，误人自误。贵而自贱，高而自卑，同括下盾，隗压于姬。谦谦令德，君子所师，文公之女，成季之妻。

再说晋文公想要对协助自己复国的功臣进行封赏，于是大宴群臣，把所有的大臣分为三等：昔日跟随晋文公逃亡的人是第一等，主动投靠的大臣是第二等，兵临城下开城投降迎接的人是第三等。这三等之中，又分别根据功劳的大小，再分为不同等级的封赏。第一等跟随逃亡的大臣中，以赵衰、狐偃的功劳为最大；其他的狐毛、胥臣、魏犨、狐射姑、先轸、颠颉等人，封赏稍微次之。第二等中主动投靠的大臣中，栾枝、郤溱功劳最大，士会、舟之侨、孙伯纠、祁瞒等人稍微次之。第三等开城迎接的，以郤步扬、韩简功劳最大，梁繇靡、家仆徒、郤乞、先蔑、屠击等人次之。没有封地的赐给土地，有封地的增加他的封号。另外又赏赐了五对白璧给狐偃，道："昔日因立誓曾把舅父的白璧扔进河中，今天以此报答。"又感念老国舅狐突含冤而死，便在晋阳的马鞍山上建立庙宇，因此，后世的人将这座山叫作"狐突山"。然后在国门之上贴上布告："如果遗漏了有功劳但没有获得奖赏的人，允许自己来报。"小臣壶叔进言道："微臣从蒲城开始跟随主公，奔走四方，脚跟都开裂了，住下时则伺候主公的寝食，外出时就约束驾驭车马，从来没有片刻时间离开主公身边。现在主公要对跟随您外出逃亡的大臣们进行封赏，却没有轮到微臣，微臣有什么过失和错误吗？"晋文公笑着说道："你上前来，寡人跟你解释清楚。那些能用仁义来教导我、使我茅塞顿开的人，可以接受上等的赏赐；那些能辅佐我出谋划策、使我不被诸侯们侮辱的，可以接受次等的赏赐；那些冒着箭矢和石头的威胁、被刀锋和箭头伤着的危险，舍身保护寡人的人，这些人所受到的赏赐又低一级。所以说，最高的赏赐赏的是德行，次等的赏赐赏的是才华，再次一等的赏赐赏的是功劳。像那些奔走劳顿，只做些普通人工作的功劳，又排在后面。前三轮赏赐以后，就能轮到你了。"壶叔既惭愧又心服，就退下了。晋文公于是拿出大量的金银和布帛，就连那些地位低微的仆人、随从也都赏赐了，接受封赏的人无不感恩戴德。只有魏犨、颠颉两人，自以为勇猛过人，看见赵衰、狐偃这些都是文臣，平日动动嘴皮子而已，封赏却比自己还高，心里非常不高兴，嘴里就有些怨言。晋文公念及他们的功劳，一点也不和他们计较。

还有那位介子推，原来也是跟随重耳流亡诸国的人员，他为人十分耿直孤傲。当日渡过黄河的时候，看见狐偃说出那些贪功的话语，心里就非常鄙视，以和他同朝为官为耻。晋文公复国后，他跟随着大臣们朝贺了一次后，就推说有病在家，甘守清贫，自己在家编织草鞋，以此来奉养自己的老母亲。晋文公大宴群臣，论功行赏的时候，没有见到介子推，不经意间也就忘了，后来搁置再也不提了。介子推有位叫解张的邻居，看见介子推没有受到封赏，心里就愤愤不平。有次他看见国门上贴着布告："如果遗漏了有功劳但没有获得奖赏的人，允许自己来报。"就特地前去敲介子推家的门，把这个消息告诉他。介子推只是笑着不说话。他母亲在厨房里听见了，就对介子推言道："你为晋侯效力了十九年，还割下大腿的肉解救国君，劳苦可谓不小。今天你怎么不自己去要求封赏？如果得到封赏，就算赏赐几钟小米，也可以作为每天早晚的饮食，岂不胜过你天天辛苦编织草鞋吗？"介子推回答道："晋献公的九个儿子中，只有主公最贤明。晋惠公和晋怀公没有德行，所以老天夺去了他们的人心，把国家给了主公。大臣们不晓得天意，却在那里争夺功劳，我瞧不起他们！孩儿我宁愿一辈子编织草鞋，也不敢把老天的功劳据为己有！"老母亲继续问道："你虽然不贪图荣华富贵，但也应该上朝拜见主公一次，也不辜负你割股饲君的功劳。"介子推摇头道："既然没有什么要求助于主公的，孩儿为什么要去拜见？"老母亲感动道："孩儿你能够做廉洁之士，我难道不能成为廉洁之士的母亲吗？我们母子应该归隐山林，不要再逗留在这个污浊的市井中。"介子推非常高兴地说道："孩儿一向喜欢绵上地区，那里到处都是崇山峻岭，幽深溪谷，现在我们应该动身去那里。"于是介子推背上老母，跑到绵上地区，在深谷里盖起草房子，过着以草为衣、以树为食的日子，打算就这样过完一生。邻居没有人知晓他去了哪里，只有解张知道内情，于是写了一封书信，趁着夜晚挂在朝门上。晋文公上朝，有近臣发现了这封书信，就呈给晋文公。文公打开阅读，只见上面写着：

有龙矫矫，悲失其所；数蛇从之，周流天下。龙饥乏食，一蛇割股；龙返于渊，安其壤土。数蛇入穴，皆有宁宇；一蛇无穴，号于中野！

晋文公读罢，大惊失色道："这是介子推抱怨自己遭遇的话啊！以前寡人在卫国时，没有食物可吃，介子推割下自己大腿上的肉献给我吃。如今寡人大肆犒赏有功之臣，却唯独漏掉了介子推，寡人难辞其咎啊！"于是立即派人前去召见介子推，却发现介子推早就不知所踪了。晋文公把他的邻居们抓了起来，追问介子推的去处："能说出他的去处，寡人就一并封官。"解张进言道："这书信并非介子推所写，是小人代为书写的。介子推以受赏为耻辱，早就背着他的母亲隐居到绵上的山谷之中了。小人担心他的功劳会被埋没，所以就写了书信悬挂起来代替他争辩。"晋文公懊悔道："如果不是你悬挂的书信，寡人几乎忘了子推的功劳啊！"于是任命解张为下大夫，当天就准备车驾，请解张做向导，晋文公亲自前往绵山，去寻找介子推的下落。见到此处层峦叠嶂，树木隐天蔽日，芳草萋萋，流水潺潺，云来云去，鸟雀齐鸣，只有山谷的回声，却看不到介子推的半点影子。这正是："只知道人就在这座山里，云雾缭绕，却不知道他究竟在何处。"

晋文公的手下抓了几个当地的农夫前来，晋文公亲自询问他们。农夫言道："几天前，有人曾看见一个男人，背着一位老妇人，在这个山脚下歇息，取了山泉水饮用，接着又背着老妇人上山去了。现在不知道他到了哪里。"晋文公于是下令把车停在山脚下，派人到处寻找，可是找了几天也没有找到。晋文公面带不悦，对解张说道："介子推对寡人的恨意为何如此之深啊？我听闻子推十分孝顺，如果放火焚烧山林，他一定会背着老母亲逃出来。"魏犨跳出来说道："跟随主公逃亡的日子里，大家都有功劳，难道只有子推自己有功劳吗？如今子推隐居起来要挟主公，使得国君的车驾停留在此地，白白耗费时日。等他从火中逃出来，微臣一定要当众好好羞辱他！"于是派士兵在山前、山后四周开始放火。火势随风越来越猛，一直烧出去好几里，大火整整烧了三天才停下来。介子推却始终不肯逃出来，他们母子抱在一起，死在一棵被烧枯的柳树下。士兵找到了他们的遗骨。见此情景，晋文公不禁为他们伤心落泪。下令把介子推埋在绵山脚下，又立了祠堂来祭祀他，围绕着绵山的田地都作为为他祭祀的土地，让农民专门掌管每年为介子推祭祀的事情。"把绵山的名字改为介山，以此来提醒寡人的过失！"后人在绵上立县，叫作"介休县"，意思就是介子推在此处休息。

烧山那一天，正好是三月初五的清明时节。晋国百姓怀念介子推，由于他丧命于火中，所以都不忍心用火，就吃一个月的冷食。后来渐渐将吃冷食的时间缩短为三天。至今太原、上党、西河、雁门等地，每年冬至后的第一百零五天，就开始准备干粮，用冷水就着吃，称为"禁火"，也被叫作"禁烟"。所以我们把清明的前一天命名为"寒食节"。一到寒食节，家家户户就都把柳枝插在门上，为介子推招魂，有的人还在野外祭奠，焚烧纸钱，都是为了纪念介子推。胡曾为此写诗道：

羁绁从游十九年，天涯奔走备颠连。
食君割股心何赤？辞禄焚躯志甚坚！
绵上烟高标气节，介山祠壮表忠贤。
只今禁火悲寒食，胜却年年挂纸钱。

晋文公犒赏了助他登位的有功之臣后，便开始完善国家各项政策，任用贤能之人，减轻刑罚，降低赋税，对外进行商业贸易，以礼节来对待外来宾客，帮助那些小国和国力薄弱的国家，晋国国内局势一片大好。周襄王派太宰周公孔和内使叔兴，赐给晋文公侯伯的名号。晋文公对两位使臣礼遇有加。叔兴返回拜见周襄王道："晋文公一定能称霸诸侯，不能不善待他。"周襄王从此就疏远了齐国，开始亲近晋国。

此时，郑文公归顺于楚国，不和中原地区各诸侯国来往，而且倚仗着自己强大，便去欺凌小国。郑国国君责怪滑国国君归顺卫国却不归顺郑国，于是带兵前去征讨。滑国国君十分畏惧，便向郑国求和。郑国军队一退兵，滑国却仍然归顺卫国，不肯归顺于郑国。郑文公勃然大怒，任命公子士泄为将军，堵俞弥为副将，再次调动大军进攻滑国。此时，卫文公与周朝关系正好，就向周朝状告郑国。周襄王于是派遣大夫游孙伯和伯服前往郑国，为滑国讲情。他们还没到达郑国，郑文公就得知了消息，气愤地道："郑国和卫国是一样的，周天子为什么对卫国优待，却鄙薄郑国？"于是下令把游孙伯和伯服扣押在边境，打算等战胜滑国凯旋而归时，再释放他们。孙伯被扣押，他的手下跑回周朝，把经过讲述给周襄王。周襄王大怒，骂道："郑捷欺朕太甚，朕一定要报此仇！"于是询问大臣们道："谁能替朕向郑国兴师问罪？"大夫颓叔和桃子二人进言道："自从先王桓王伐郑失败后，郑国就愈加肆无忌惮。如今又倚仗着南蛮楚国的势力，虐待扣押我们周王朝的大臣。如果起兵前去兴师问罪，很难保证我们一定得胜。按照微臣浅陋见识，一定要同翟国借兵，才能大展神威。"大夫富辰赶紧阻止道："万万不可，万万不可！古人有话道：'疏不间亲。'郑国虽然不讲道义，却是子友的后裔。众所周知，郑开国之君郑桓公姬友乃是先王宣王的幼弟。如此算来，郑侯与天子您是兄弟。更何况，郑武公有助周王室东迁的功劳，郑厉公有平定子颓叛乱的伟业，这些恩德都不该被忘记。翟国是凶悍的游牧民族，如豺狼一般，性情难以捉摸，和我们不是同类人。任用异族却鄙视同姓，为了报复一点点小的仇怨就把道德礼仪弃之一边，微臣只看到此举的坏处，没有看到它有任何好处。"颓叔和桃子反驳道："昔日周武王讨伐商纣王的时候，周边的蛮夷国家都来帮忙，何必一定是同姓？而反观当年的东山之征，实际作乱造反的是同先王武王有着血缘关系的亲弟弟管叔和蔡叔。郑国横行逆施，就好比当年的管叔和蔡叔一样。翟国侍奉周朝，从来没有失礼的举动，所以用顺从的翟国来讨伐谋逆的郑国，不是顺理成章的事吗？"周襄王点头道："两位爱卿说得很有道理。"于是派遣颓叔和桃子出使翟国，把讨伐郑国的事情向他们讲明。翟国国君痛快地答应从命，以外出狩猎为借口，出其不意地攻入郑国，攻下了栎城，并且派兵把守。翟国国君派了使臣和颓叔、桃子两位大夫一起，到周朝去报告胜利的消息。周襄王大喜道："翟国有功于朕。朕的王后最近刚刚去世，想与翟国结亲，你们认为怎么样？"颓叔、桃子道："微臣听闻翟国人歌里唱道：'前叔隗，后叔隗，如珠玉一样熠熠生辉。'说翟国有两位美女，一个叫前叔隗，一个叫后叔隗，都是天姿国色。前叔隗是咎如国的女儿，已嫁给晋侯。后叔隗是翟国国君所生，至今还未嫁人，主公可以向翟国求亲。"周襄王十分高兴，又派颓叔和桃子到翟国去求亲。翟国国君把女儿叔隗送到了周朝，周襄王想把她立为继后。富辰又进谏道:"天子若认为翟国有功,好好犒劳他们就行了。现在以天子的尊贵,却放低身份迎娶翟国国君的女儿。翟国凭借着勤王的功劳,又加上姻亲的身份,一定会出现觊觎我中原领土的忧患。"周襄王根本不听,就将叔隗立为王后,让她掌管后宫的事务。

说起那叔隗,虽然长得花容月貌,可是一点儿没有闺中女子应有的好德行。叔隗在故国翟国时就喜欢骑马射箭,所以翟国国君每次出去狩猎时,她必定都会请求同行,每天和将士们在原野上追逐奔跑,毫无约束。如今嫁给了周襄王,整天待在深宫里,就像被关进笼子里的小鸟,也像被关进栅栏里的野兽一样,一点自由也没有,十分不自在。一天,叔隗向周襄王请求道:"臣妾从小就练习打猎,我父亲也从不禁止。现在整天郁闷地待在这宫中,待得四肢都疲惫了,就怕双腿会患上萎缩麻痹的疾病。大王为什么不带大队人马外出狩猎,让臣妾也好开开眼界?"周襄王对叔隗的宠爱正盛,所以对她言听计从。就命令太史选了个吉日,带领大队人马,到北邙山狩猎。有关人员在山腰拉起帘幕,周襄王和叔隗坐在后边观看。周襄王想取悦叔隗,就下令道:"今天到日中为止,能猎到三十头禽兽的,赏给他三辆负责屯守的辂车;能猎到二十头禽兽的,赏给他两辆负责冲锋的轏车;能猎到十头禽兽的,赏给他一辆负责侦察的辌车。狩猎数目不到十头的,没有奖赏。"一时间,所有的王子王孙和大小将士们全都出动,打狐狸猎兔子,各显神通,以求得到重赏。

围猎了很长时间,太史启奏道:"已经到日中了。"周襄王就下令让狩猎的人马全都撤回,众将士们各自把所猎杀的禽兽献上来,有的猎到十头,有的猎到二十头。只有一位身份尊贵的人,献上来的禽兽超过了三十头。那人生得仪表堂堂,英俊潇洒,原来是周襄王的异母弟弟,名字叫带,国都内的人都称呼他"太叔",所封的爵位是甘公。因为前些年与惠后阴谋争夺嫡子的位置失败,又召西戎的兵马前来讨伐周朝,事情败露逃亡齐国。后来惠后多次在周襄王面前请求宽恕,大夫富辰也规劝周襄王兄弟赶紧和好。周襄王无奈之下,只得把他召回并官复原职。今天在围猎中,他就施展本领,得了个第一。周襄王非常高兴,就按照规定的数目赏赐给他辂车。其余的人也按照猎获数目的多少,进行了相应的赏赐。叔隗坐在周襄王的一边,看见太叔才貌不凡,而且射箭的本领高强,就连连夸赞。向周襄王打听之后,知道他也是皇亲国戚,心中十分喜爱。叔隗就对周襄王道:"天色还早,臣妾想亲自狩猎一回,也好强筋健骨,希望君王下旨成全!"周襄王本来就想讨叔隗的欢心,怎么能不准奏呢?于是下令将士们重新整理了猎场。叔隗把身上的绣袍脱下,原来绣袍里面早就穿好了窄袖的短衫,再套上轻细的黄金锁子甲胄。腰里系上五彩颜色的腰带。头上包扎着六尺黑色轻绡,束着额巾,用凤笄束住头发,防止被尘土抹脏，腰里别着箭袋，手里拿着红色的强弓。整个打扮好不利落！有诗记叙了这一段道：

  花般绰约玉般肌，幻出戎装态更奇。
  仕女班中夸武艺，将军队里擅娇姿。

  叔隗这身装束别有一种韵味，周襄王欢喜得直点头微笑。左右的手下都准备好兵车随时待命。叔隗说道："战车行进不如骑马快。臣妾带来的奴婢，只要是翟国来的，都习惯骑马。请让她们在君王面前展示一下。"周襄王下令挑选良马，备好鞍勒。陪着叔隗骑马的，也有那么几个人。叔隗刚想跨上马，周襄王道："且慢。"于是接着就问同姓的诸位王室成员大臣们："谁善于骑马？前去保护王后下围场。"太叔站出来启奏道："微臣愿意效劳。"这次差事，正暗合了叔隗的心意。婢女们簇拥着叔隗，排成一队骑着马走在前面。太叔紧跟着骑着名马良驹追上来，寸步不离叔隗身旁。叔隗想在太叔面前展示本领。太叔也想在叔隗的面前炫耀一下技艺。还没比赛射箭，先比赛骑马。叔隗连着甩了几下马鞭，那马就腾空而去。太叔也骑马向前疾行。转过山腰，这两匹马就刚刚好齐头并进了。叔隗勒住马缰绳，夸奖太叔道："早就耳闻王子雄才大略，今天才得相见！"太叔在马上身体稍微前倾道："微臣才刚刚学习骑术，还赶不上王后的万分之一！"叔隗道："太叔明早可以到后宫中问安，妾身有话要讲。"话还没说完，那些婢女都骑着马赶上来了，叔隗用眼睛示意，甘公会意地轻轻点头，然后各自勒马返回。这时候，恰巧山坡下，将士们驱赶出一群麋鹿，太叔左边射麋，右边射鹿，全都射中。叔隗也射中了一头鹿，众人都高声喝彩。叔隗又骑马跑到山腰处，周襄王从帘幕出来迎接道："王后辛苦！"叔隗就把自己所射的鹿进献给周襄王，太叔也把一麋一鹿呈献上来。周襄王十分高兴。诸位将领和军士们，又策马射了一会儿，这才把围场撤了。宫里的厨师把打来的野味烹调好献上来，周襄王就分给群臣们一起享用，大家喝得尽兴才散开。

  太叔进宫感谢周襄王的赏赐，于是到太后惠后的宫中问安。这时候叔隗早就在太后宫中等待多时了。叔隗已经提前用重金收买了身边的奴婢。于是，叔隗和太叔眉目传情，两人都心知肚明，就找了借口离开，一起到了旁边的屋子里私自苟合。男欢女爱，尝尽了爱恋之情，分别时两人依依不舍。叔隗叮嘱太叔道："要常来宫里会面。"太叔迟疑道："担心会被天子察觉。"叔隗微笑道："妾身自能周旋处理妥当，不必忧虑！"太后惠后宫里的很多宫女知晓此事的，只因太叔是太后宠爱的儿子，并且这事牵连甚广，都不敢多嘴。惠后自己心里也能察觉一二，反而嘱咐宫里的人"少说闲话"。叔隗自己宫里的宫女侍卫，已全都用金钱买通，因此和叔隗一条心，变成了她的耳目。太叔就这样通宵达旦地偷偷住在宫中，这事只瞒着周襄王一人不知。史官写诗感叹道：

太叔无兄何有嫂？襄王爱弟不防妻。

一朝射猎成私约，始悔中宫女是夷！

还有诗歌讽刺周襄王不该把太叔召回国都，结果自己惹祸上身。诗歌写道：

明知篡逆性难悛，便不行诛也绝亲。

引虎入门谁不噬？襄王真是梦中人！

大凡人们有了做好事的心思，这心思总是一天要比一天更小；而坏人干坏事的胆子，却总是一天比一天更大。太叔和叔隗私通，驾轻就熟之后，习以为常，就慢慢不怕人了，也不管有什么利害的后果，自然慢慢地暴露出来。那叔隗正是青春年少，欲望强烈，周襄王虽然十分宠爱她，但已经是五十多岁的人了，到底是力不从心，经常在别的寝宫休息。太叔惯用手段，用些小恩小惠，或者摆摆自己太叔的架子，那些守门的宫人不过是些目光短浅的太监而已，心中都这样想：太叔是太后最疼爱的儿子，一旦天子驾鹤归西，那么太叔就即位为天子了，收他些好处，还管其他的干什么？从此，太叔越发猖獗，不论早晚，行走在叔隗宫里，就像在自家一样自由。

再说叔隗宫里有个宫女叫小东，长得颇有几分姿色，通晓音律。一次，太叔在宴饮的时候，令小东吹箫，太叔吟歌附和。这天晚上，太叔开怀畅饮，喝得十分尽兴，醉酒后不自觉放浪起来，便将小东按倒求欢。小东害怕被叔隗知道，就解开衣服逃跑了。太叔勃然大怒，拔出宝剑在后面追赶，想找到小东杀死。小东竟然径直跑到周襄王的寝宫里，敲开门哭诉自己的遭遇，把太叔如此这般的作为都讲了一遍，说太叔现在还在宫里。周襄王怒不可遏，拔出床头的宝剑，就赶往叔隗宫里，要斩了太叔。

第三十八回
周襄王避乱居郑　晋文公守信降原

　　却说周襄王听到宫女小东的话，心头不由得怒火中烧，急忙取下床头上的宝剑，一路小跑来到中宫，要杀了太叔。才走了几步，忽然转念一想："太叔最受太后宠爱，我如果杀了他，外人不知道他犯了什么罪，必然会把我看成不孝之人。何况太叔武艺高疆，假如冲突起来做出什么大逆不道的举动，拔出剑来与朕抗衡，结果反倒糟糕。还不如暂且忍让，等明天拿到实证，就废黜叔隗的王后之位，打入冷宫，想必太叔也没有颜面再留在宫中了，一定会逃亡到别的国家，岂不是更为稳妥？"周襄王长长叹了一口气，把剑丢到了地上，重新回到自己的寝宫，派贴身的内侍前去打听太叔的消息。打探消息的人回来禀报："太叔已经知道小东来向君王告状，早就脱身逃出宫去了。周襄王叹息道："太叔在宫中随意出入，为什么把守宫门的人没有前来向朕禀报？看来朕还是疏于防范，让他钻了空子啊！"第二天一早，周襄王就抓了叔隗宫里的侍妾前来审问。刚开始时，她们还矢口抵赖，把小东叫了出来当面作证，她们便无法继续隐瞒，就把叔隗和太叔之间的苟且之事，前前后后全都招供了。周襄王把叔隗打到了冷宫里，宫门紧锁，在墙上打个洞，为她送吃的喝的。太叔心中清楚自己犯有重罪，就逃到翟国去了。惠太后被惊吓得忧心成疾，从此便卧床不起。

　　却说颓叔和桃子，听闻叔隗被贬至冷宫，大惊失色道："当初请求翟国发兵攻打郑国的，是我们两人；请求将叔隗嫁给周襄王为妻的，还是我们俩。现在叔隗突然被贬，翟国国君一定会责怪我们。太叔现在逃亡到翟国，肯定编了一套假话，哄骗翟国国君。如果翟国派兵前来兴师问罪，我们二人该怎样自救呢？"当天就驾着轻便的马车一路疾驰，追上了太叔，三人在一起商量：如果见到了翟国国君，需要如此这般做。不到一天，太叔等三人就到达了翟国，太叔把车停在了郊外，颓叔和桃子先一步进去拜见翟君，对他禀奏道："当初我等原来打算是给太叔求婚的，周襄王听闻叔隗艳丽无双，于是自己娶了她，并立为王后。只因叔隗到太后宫里去问安，和太叔不期而遇，无意之间说起以前的因果，也许是说话时间长了点，就被宫里的宫人用风言风语诽谤。周襄王轻率地就相信了这些不实之词，毫不顾及贵国出兵帮助讨伐郑国的功劳，便把王后关进了冷宫，将太叔带赶出国都。周襄王不顾亲情叛离道德，无情无义，现在恳请翟君您借我们一支军队，杀进周朝国都，扶立太叔为王，救出王后，依然担任国母的位置，这实在是贵国一件功德无量的正义之举啊。"翟君相信了他们编造的这些话，就问："太叔眼下在哪里？"颓叔、桃子回答道："现在正在城外等候您的召见。"翟君于是把太叔迎接进城。太叔请求以女婿的身份拜见了翟君，翟君非常高兴，就调拨了五千步兵和骑兵，派大将赤丁和颓叔、桃子一道，以辅佐太叔回国为君的名义讨伐周朝。

周襄王听闻翟军已经抵达周朝边境，就派遣大夫谭伯为使臣，来到翟军的大营中，把太叔秽乱中宫的经过告诉他们。赤丁把谭伯杀死，带兵一直进发到周朝的王城下。周襄王勃然大怒，任命卿士原伯贯为将军，毛卫为副将，率领三百辆战车，出了城门抵抗翟军。原伯贯知道翟国的兵将十分勇猛，就把轮车全都连在一起，像坚固的城墙一样，赤丁冲锋了好多次，都不能攻进去，一连挑战了好几天，周朝也不发兵出战。赤丁十分恼火，就想出了条计谋，在翠云山搭起一座高台，上面悬挂着周天子的旗帜，派士兵假扮成太叔的模样，在高台上饮酒作乐，听歌看舞。又吩咐颓叔和桃子各自带着一千名骑兵，埋伏在翠云山旁边。就等着周朝的士兵一到，以台子上放炮作为信号，伏兵一起包围冲杀过来。又派自己的儿子赤风子率领着五百名骑兵，直接来到周军的营外进行辱骂，以激起周军的怒火。如果周军打开营门出来迎战，就假装不敌逃跑，引诱他们来到翠云山的路上，就算是大功一件。赤丁和太叔率领大军在后面准备到时接应。如此，所有的人马已经分派妥当。

却说赤风子率领着五百骑兵在营外挑战，原伯贯登上城墙往外看，看见他们兵力较少就看轻敌军，想出去迎战。毛卫进谏道："翟国人奸诈狡猾，只能保持稳重。等他们疲累了，我们才可出击。"一直等到中午时分，翟国的士兵都从马上下来坐在地上，破口大骂："周王这个无道的昏君，又任用你们这帮无能之人。投降也不投降，交战也不交战，你们到底想干什么？"也有在地上躺着骂的。原伯贯终于忍受不住，下令打开营门。营门一开，一百多辆战车就一涌而出，只见战车上站着一员大将，他金盔金甲，身上穿的战袍绣着兽形花纹，手里拿着一杆大刀，正是原伯贯将军。赤风子急忙大喊道："将士们快快上马！"自己手执铁制的长矛前来迎战。没打上十个回合，赤风子拨转马头向西就逃。他手下的士兵们很多人来不及上马，周军士兵胡乱去抢这些马匹，一时间队伍混乱无比，不成行列。赤风子回转马头，又和原伯贯打了几个回合，然后又败退。就这样，周军渐渐地被引到了翠云山附近。赤风子所携带的马匹和武器全部丢弃后，装作大败的样子，领着几个骑兵逃往翠云山山后了。原伯贯抬头一看，只见山上飘着红旗，上面绣着飞舞的龙，在华丽的绣伞下，太叔带正在那里吟唱奏乐，饮酒作乐。原伯贯大喜道："这狗贼命中注定今天该命丧我手！"于是选了比较平坦的路想驾车登上高台。此时山上的檑木炮石全都滚将下来。原伯贯还没想出应对之策，又忽然听到山谷中响起连珠炮声，左边有颓叔带队，右边有桃子率领，两支强大的骑兵就像狂风暴雨风驰电掣般地赶了过来，把周军团团围住。原伯贯这才醒悟是中计了，就急忙命令驾车往回退，可是来路早已经被翟军砍下的乱木横七竖八地挡住了去路，车马无法通过。原伯命令步兵在前面引路，士兵们一个个都胆战心惊，还没交战便已经溃败。原伯实在没有办法，就脱下自己身上的锦绣战袍，想混杂在士兵中间逃跑。忽然间有一个士兵喊道："将军快到这边来！"不料，颓叔听见了这喊声，猜想前面之人一定是原伯贯，就指挥翟军追了上去，结果捉到了三十几个小兵，原伯贯果然就在其中。等赤丁的大队人马赶来的时候，翟军早就大获全胜，周军的车马和枪械都被翟军俘获。有逃出去的周军，回到大营向毛卫报告战况。毛卫只能叫将士们死守大营，一面派人骑着快马禀奏给周襄王，请求周襄王派兵前来救援。

  颓叔把原伯贯五花大绑，押着到太叔面前请功，太叔下令把他关押在大营中。颓叔道："如今原伯贯被我们俘获，毛卫肯定吓得失魂落魄。如果半夜前去袭击他们的大营，采用火攻的方法，毛卫一定手到擒来。"太叔表示赞许，就对赤丁说了这个计划。赤丁就按照这个计策，暗暗下达号令。这天晚上三更后。赤丁自己带领着一千多名步兵，携带锋利的板斧劈开了周军大营周围的锁链，冲进周军的大营中劫营，再用芦苇在各辆兵车上点起火把。刹那间火势蔓延开去，整个大营中火球乱滚，周军的士兵乱作一团。颓叔和桃子各自带着精锐的骑兵，趁着火烧混乱的时机，杀进周军阵营，其锋芒锐不可当。毛卫急忙驾着小车，从大营的后门逃跑。正遇到一队翟军士兵，带头的主帅正是太叔带，只听太叔大喝一声："毛卫，你还想往哪里逃？"毛卫心中慌乱，被太叔只一枪就挑到了车下。翟军此时大获全胜，便开始围攻王城。

  周襄王听闻两位将军都被翟军俘获，悔恨交加，对富辰言道："朕以前不听爱卿的劝告，导致了如今的下场。"富辰道："眼下翟军的势头太过狂妄，大王暂且离开国都，去外地暂避一下，诸侯国中一定有主持正义收留大王的人。"周公孔启奏道："大王的军队虽然战败，但如果广泛发动大臣们的家人、府兵，还可以背水一战，为什么要轻易地放弃国家社稷，把自己的前途交给诸侯国呢？"召公也欠身启奏道："轻言与翟军交战的计策，是不明智的行为。按照微臣的拙见，这场灾难完全起自叔隗，大王应当先把她明正典刑，然后坚守城池，等待诸侯们前来援救，可保万无一失。"周襄王叹息着言道："是朕不明是非，自己导致了今天的灾难！如今太后病危，朕应当暂时退位，也好安慰一下她。只要国家的人民不忘记朕，听凭诸侯国自行对付太叔和翟国也可以。"周襄公又对周公和召公道："太叔这次回来是为了叔隗。如果得到她，一定会担心国都老百姓的议论，因此他必然不敢在国都居住。两位爱卿替朕整治武备紧守城门，以等朕回来的那天。"周公和召公磕头领命。周襄王问富辰道："和周朝的领土相连的只有郑国、卫国、陈国，朕该前往哪个国家合适呢？"富辰回答道："陈国和卫国都比较弱小，不如前往郑国。"周襄王迟疑道："朕曾经借用翟国的军队讨伐郑国，郑国不会怨恨我吗？"富辰摇头道："微臣规劝主公前往郑国，就是因为这点。郑国的先人对周朝有功，他的后代一定不会遗忘。君王借用翟军去讨伐郑国，郑国国君心里定然不快，肯定日夜盼望着翟国背叛周朝，也好表明自己才是忠顺于周朝的人。如今君王前往郑国，郑国一定非常乐意迎接，又怎么会怨恨呢？"周襄王这才下定决心。富辰又请命道："大王如今想要从翟国的兵锋之下出城，臣担心翟国军队联合起来与大王作战，怎么办呢？微臣愿意带着我的家人府兵与翟军决战，届时大王趁机出城就是。"于是富辰召集起自己的亲戚和府兵手下，大约有几百人左右，用忠君大义鼓励他们，打开城门直接冲向翟军大营，牵绊住翟军。周襄王和简师父、左鄢父等十几个人，一起出城前往郑国。富辰和赤丁激战，所杀伤杀死的翟军数目极多，富辰也身受重伤，遇到了颓叔、桃子，后者安慰他道："你对周王朝尽职尽忠，曾犯颜直谏大王，这是天下人都知道的事，今天可以免你一死。"富辰回答道："过去我多次劝谏君王，可是大王执意不听，才导致今天的局面。如果我不拼死一战，大王肯定会以为我在怨恨他。"富辰又奋力交战了很久，终于精疲力尽而死。他的亲朋友党和他一起战死的有三百多人。史官写诗赞叹道：

夷凌夏岂良谋？纳女宣淫祸自求。

骤谏不从仍死战，富辰忠义播《春秋》。

富辰战死后，翟国人才知道周襄王已经离开了王城。这时城门紧闭，太叔就下令释放了原伯贯，让他在城门外叫门。周公和召公站在城楼上，对太叔道："本想打开城门迎接您，可担心翟军进城烧杀抢掠，所以不敢开门。"太叔请求赤丁，让他带兵驻扎在王城外面，并保证到时定当把国库里的珍藏拿出来犒赏翟军，赤丁答应了。太叔就进了王城，先来到冷宫，把叔隗释放了，接着才去拜见惠太后。惠太后看见太叔，大笑一声，便去世了。太叔暂时先不办理丧事，只顾着和叔隗在宫里欢聚，然后便想要找到小东杀了她。小东害怕被定罪，先前已经投井自杀了。真是悲惨！

太叔假传太后的遗命，自立为周王，把叔隗封为王后，到朝堂上接受大臣们朝贺。拿出自己宫内珍藏的宝贝对翟军进行了重重的封赏，接着为惠太后办理了丧事。国都里有人为此事写了一首歌道：

暮丧母，旦娶妇，妇得嫂，臣娶后。为不惭，言可丑！谁其逐之？我与尔左右！

太叔听闻国都老百姓正传唱的这首歌谣，自知百姓们的心中都不服他，害怕再生出事端，就和叔隗一起搬到了温邑，大兴土木，建造宫殿，从早到晚，只知道饮酒作乐。国都里的事务，全都委托周公和召公两人处理，名义上虽然是周王，实际上并没有与大臣和百姓们接触。原伯贯逃亡到原城，这段话暂且搁置，不再多说。

且说周襄王逃出王城，虽然向着郑国前行，心中却忐忑不安，不知道郑国是否愿意接受自己。走到郑国的氾地时，那里竹林茂盛，但是没有公馆，有个别名叫"竹川"。周襄王询问当地人，才知道已经踏入了郑国的地界，就命令停下车来，想借宿在农民封氏的草屋内。封氏问道："不知阁下官居何职？"周襄王惭愧地说道："我乃是周朝的天子。因为国都出现叛乱，所以避难到此。"封氏大惊失色，赶紧磕头请罪道："我家二郎，晚上梦见一轮红色的太阳照在我家的草屋上。原来果真是有贵人前来啊。"就让二郎杀鸡准备食物。周襄王问道："二郎是谁？"封氏回答道："是小民后母的儿子。和小民一起住在这里，每天一起烧火做饭，一起下地干活，以奉养后母。"周襄王叹息着道："你们是农家子弟，竟然相处得这么好。朕贵为天子，却遭受母亲和弟弟的残害，朕过得远远不如你们农民啊！"于是倍感凄凉，忍不住流下了眼泪。大夫左鄢父进言道："周公圣贤无比，还得遭受骨肉相残的痛苦。大王，您不要自怨自艾了，赶紧作书告知诸侯们这次的危难，想必诸侯们决不会坐视不理。"周襄王于是亲自写了书信，派人分别送往齐、宋、陈、郑、卫等国。大致内容如下：

鄙人没什么才能，也没有什么德政，得罪了我母亲最宠爱的儿子带，如今被迫离开了国都，暂时漂泊在郑国的氾地。胆怯惭愧地通告各位。

简师父启奏道："现在各诸侯国中想要争霸的，只有秦国和晋国。秦国拥有蹇叔、百里奚、公孙枝这些贤能的大臣辅佐，晋国有赵衰、狐偃、胥臣这些贤臣参政，必定能规劝他们的国君，以辅佐周天子的大义为重，其他的国家恐怕指望不上了。"周襄王于是命令简师父到晋国去通报，派左鄢父到秦国去通报。

且说郑文公听闻周襄王居住在氾地，笑着道："周天子到今天才知道翟国比不上郑国啊。"当天就派工匠到氾地建造宫室，郑文公亲自前去照看周襄王的饮食起居，查看所有生活中使用的器物，所有准备的财物都不敢敷衍了事。周襄王见到了郑文公，非常惭愧。鲁国和宋国等国家也遣派使臣前来向周襄王问安，都带了礼物，只有卫文公没来。鲁国大夫臧孙辰，字文仲，听闻此事后，叹息着道："卫侯快离世了啊！周天子对于诸侯国来说，就如同树木有了根本，水流有了源头。树木没有根本就会枯死，水流没有源头就会干涸，卫侯如果不是病重将死，怎么会不来呢？"这时是周襄王十八年的冬季十月份。到了第二年春天，卫文公就过世了，世子郑被立为国君，就是历史上的卫成公。果真应验了臧孙辰的话。这些后来再讲。

再说简师父奉了周天子的命令去晋国通报。晋文公询问狐偃，狐偃回答道："昔日齐桓公能称霸这些诸侯国，就是因为尊奉周天子的缘故。再说晋国更换国君的频率太快，老百姓早就习以为常，不知道还有什么君臣大义。主公为什么不接纳周天子，然后前去讨伐太叔，让老百姓也懂得不能背叛君主的道理？继承先君文侯姬仇曾击败犬戎、拥立平王的功勋，继承先君武公开辟晋国的功业，都在此一举了。如果晋国不收留周天子，秦国必然会收留，那么霸业就只能独自归属于秦国了。"

晋文公便让太史郭偃进行占卜。郭偃占卜后，喜道："大吉！这是黄帝与炎帝在阪泉之野大战的吉兆。"晋文公道："寡人怎么敢与圣人相提并论！"郭偃回答道："周王朝虽然式微，但是天命还在于周。现在的王就和古时的帝一样，战胜太叔带是必然的事情。"晋文公道："再为我用筮术占卜一次。"这回得到的结果是乾下离上的"大有"之卦，即"天子富有四海"第三爻动，"大有"卦变为兑下离上的"睽"卦。郭偃解释道："大有卦九三曾言道'公用享于天子'，表意为某公侯得到天子的款待。实际应指战胜太叔让周王朝掌管天下，就是上吉之兆！"乾"代表天，"离"代表太阳。太阳高挂于天上，这是光明的预兆。"乾"变化成"兑"，"兑"的卦象就像代表湖泊的泽，泽在天之下，所以承受"离"日的光辉照耀。这就是指周天子的恩惠即将施于晋国，主公又何必疑惑呢？"

晋文公大喜过望，于是大规模地检阅军队，把队伍分成左右两军，命令赵衰率领左军，魏犨为副将；命令郤溱率领右军，颠颉为副将。晋文公自己带着狐偃、栾枝等人，策应左右两军。

快出发时，河东守卫大臣前来报告道："秦伯亲自统帅军队前去辅助周天子，已经行至黄河边，马上即将渡河了。"狐偃进言道："秦伯此次志在辅助周天子，之所以要屯兵在黄河边上，是因为东面的道路不通的缘故。草中地区的戎国、丽土地区的狄国，都是进军的必经之路。秦国和戎、狄两国素无来往，担心两国不会顺从地让秦军通过，所以迟疑不前。主公应该向夷地的两个国家赠送厚礼，然后解释我军只是想借道帮助周天子的意图，那么这两个番邦必然答应。再派人前去感谢秦君，谎称我们晋国军队早就出发了，秦军必定撤回本国。"晋文公听从了他的计策。一面派遣狐偃的儿子狐射姑，带着贵重的金银珠宝布匹等物，到戎、狄两个国家去送礼，一面派遣胥臣到黄河边上去觐见秦国国君。胥臣谒见秦穆公，对秦穆公转达了晋文公的意思道："周天子流亡在外，遭受奇耻大辱，秦国国君您的忧虑也正是我们国君担心的。我们的国君汇集境内所有的军队替您代劳，已经有了完整的取胜计划，不敢再劳烦您的大军长途跋涉。"秦穆公点头道："寡人担心晋国国君刚刚继位，军队还不完备，所以奔走来到这里，准备救助周天子的危难。既然晋君为了大义已经出发勤王，寡人就静候佳音了。"蹇叔、百里奚都站出来劝谏道："晋国国君这是想独占大义的名声,让诸侯们顺服于他,担心主公抢去他的功劳,所以派人前来阻止我国军队前进。不如我们乘势和晋军一起出击,一同迎接周天子,岂不是美事一桩?"秦穆公摇头道:"寡人并非不知道辅助周天子是美事,但是东面的道路不通,担心戎、狄两国从中作梗。晋君刚刚掌握国政,没有大的功劳无法稳固自己的君位,不如就让他成就这个大功劳吧。"于是秦穆公派公子絷跟着左鄢父去往氾地慰问周襄王,秦穆公自己则班师回朝。

却说胥臣把秦国退兵回国的事情报告给晋文公,晋军便继续前进,驻扎在阳樊,守城的大臣苍葛亲自到郊外慰问晋军。晋文公派右军将军郤溱等人包围了温邑,派左军将军赵衰等人前去氾地迎接襄王。周襄王在夏季四月的丁巳日重返王城,周公和召公把襄公迎接入朝。这些自不多提。

温邑的百姓听闻周襄王又重新登上王位,就聚集起来围攻颓叔和桃子,杀了他们,打开城门欢迎晋军进城。太叔连忙带着叔隗登上车,想要夺门逃往翟国。守城的将士紧锁城门,不让他们逃走。太叔执着长剑砍倒了好几个人。正想逃跑,却被魏犨追上,大喝一声:"叛贼哪里逃?"太叔乞求道:"你放我出城,来日我必定重重谢你。"魏犨冷笑道:"周天子如果答应放过你,我就做个顺水人情。"太叔大怒,执剑气势汹汹地刺过来,不料魏犨跳上了车,一刀就把他砍死了。士兵们把叔隗捉住,前来相见。魏犨道:"这个淫荡的妇人,留着她干什么!"就命令士兵们乱箭齐射。可怜一个如花似玉的美貌夷女,和太叔带只过了半年欢乐的日子,今天就死在了乱箭之下。胡曾先生曾写下一首咏史诗道:

逐兄盗嫂据南阳,半载欢娱并罹殃。
淫逆倘然无速报,世间不复有纲常。

魏犨带着这两具尸首向郤溱报告,郤溱责备道:"为什么不捉住他们,用囚车载着送给周天子,依照法律光明正大地斩杀他们?"魏犨道:"周天子避讳杀死弟弟的恶名,所以才假借我晋国的手,不如快点杀死他们,也是快事一件!"郤溱叹息不止,于是把两人的尸体埋在神农涧的一侧。一面安抚温邑的百姓,一面派人到阳樊报告胜利。

晋文公听闻太叔和叔隗都已伏法,就下令驾车亲自到达周朝国都拜见周襄王,向他报告胜利。周襄王拿出珍藏的美酒来酬谢他,又取出大量的金帛相赠。晋文公再次拜谢道:"微臣重耳不敢接受赏赐。只愿死后能按照周朝的隧葬礼法下葬,臣在九泉之下也会感激君王的大恩大德。"周襄王道:"我大周礼制规定,天子死后可以用隧道通到其墓室,这就是'隧葬',而诸侯则只能用悬棺下葬的方法通往墓室。所谓的'隧葬'事实上是王才能使用的出殡规格。先王制定礼法以区分上下尊卑的区别,只有这事关生死的礼仪,朕实在不敢因为私人的感情而扰乱了国家的法典。叔父的功劳,朕不敢忘怀!"于是就把国都周围的温、原、阳樊、攒茅这四个城邑割让给晋文公,以增加他的封地。晋文公谢过周襄王退出。老百姓都扶老携幼挤满了街道,争相前来目睹晋文公的风采,感叹道:"齐桓公如今又转世了!"

晋文公下令左右两军全部班师回朝。军队在太行山的南面驻扎,派魏犨接管阳樊的土地,派颠颉接管攒茅的土地,派栾枝接管温邑的土地,晋侯亲自带着赵衰前去接管原邑的土地。为什么原邑的土地需要晋文公亲自前往接管?那里原来是周朝的卿士原伯贯的封地,因为原伯贯打了败仗无功而返,所以周襄王就把他的封地取消,转而赐给了晋国,原伯贯如今就在原城,晋文公担心他不服从周王命令,所以必须亲自前往。无论是颠颉到攒茅地区,还是栾枝到温邑地区,守城的大臣们都带着酒食出城热情迎接。

却说魏犨到了阳樊,守城的大臣苍葛对手下们言道:"周朝放弃了岐、丰,还能剩下多少土地?而晋国却又接受了四个城邑的封地,我们和晋国国君同属周天子的臣子,怎么能服从割地的命令?"于是率领老百姓拿着武器登上城墙。魏犨见此情形大怒,就带着士兵包围了城池,大喊着:"快点投降,我就什么都不追究了!如果等我攻下了城池,一定把你们赶尽杀绝!"苍葛在城上答道:"我听闻对待中原的诸侯国应该用温和的德政,那些威吓的武力手段只是用来震慑少数民族的。如今这里是周朝国都的周边疆土,这个地区内的老百姓,不是周王的宗族,就是周王的亲戚。晋国也是周天子的臣子,怎么忍心用武力来要挟呢?"魏犨被他的话打动了,就迅速派人把此事报告给晋文公。晋文公就写了一封书信给苍葛,大致内容如下:

四邑的封地,乃是周天子赏赐的,寡人不敢违背王命。将军如果顾念这里的百姓是周天子的亲戚这层关系,想要带领他们回归国都,那寡人也会听从将军的意见。

然后传令魏犨暂缓攻城,听凭阳樊的百姓搬走。苍葛得到书信,就对城中的百姓下令道:"愿意回归周朝国都的可以搬走,愿意归顺晋国的就留下。"百姓愿意搬走的人占了大半,苍葛将他们全部带走,搬到轵村地区。魏犨把此地疆界定好后便返回了晋国。

再说晋文公和赵衰到了原邑接收城池。原伯贯欺骗他的手下道:"晋军围攻了阳樊,把城中的百姓都屠杀光了!"原邑的百姓十分惊恐,共同起誓要死守城池。赵衰进言道:"老百姓之所以不归顺晋国,是因为对我们还不信任的缘故。主公如果能取信他们,那么城池就不攻自破了。"晋文公问道:"怎样才能取信他们?"赵衰回答道:"请主公下令,士兵们每人只带三天的口粮,如果三天之内原邑不归顺,就撤兵离去。"晋文公采纳了他的建议。到了第三天,有军官来报告:"军队中只剩下今天的粮食了！"晋文公也不答话。到了这天半夜，有原邑城里的百姓顺着绳子下来，道："城里的百姓已经探访明白，阳樊的百姓并没有遭到杀戮，约定明天晚上为您打开城门。"晋文公摇头道："寡人原来约定攻城以三天为期限，三天攻打不下就退兵离去。今天已满第三天，寡人明天早上就撤军回国。你们老百姓当继续尽力守城，不要又兴起别的念头。"手下军官请求道："原邑的老百姓已经约定明晚打开城门，主公为什么不暂且多留一日，等攻下这座城池再回去呢？即使是粮食耗尽了，阳樊离这里也不远，可派人迅速取来。"晋文公摇头道："守信是一个国家最珍贵的品德，是老百姓信赖的行为准则。寡人发出三天的限令，谁不知道？如果再多留一天，就是失信了！得到原邑却失去别人的信任，老百姓凭什么继续相信寡人？"天亮以后，晋文公就撤了围城的军队。原邑的百姓互相转告道："晋侯宁可放弃一座城池，也不失去信用，这是有道的君主啊！"于是争着抢着在城楼上竖起投降的旗子。顺着绳子下城来追赶晋文公军队的人，络绎不绝。原伯贯阻止不了百姓，就只能开城投降。隐士徐霖写了一首诗道：

口血犹含起战戈，谁将片语作山河？

去原毕竟原来服，谲诈何如信义多！

晋国军队行进了三十里，原邑的老百姓追了上来，原伯贯的降书也送到了。晋文公命令停下军队，驾着单车进了原城，老百姓欢欣鼓舞。原伯贯前来拜见，晋文公以卿士之礼对待他，将他家迁移到河北。晋文公选择四个城邑的守将的时候，如此说道："以前赵衰带着一壶稀饭跟着寡人流亡到卫国，忍着饥饿不肯自己独食，这是讲信用的人啊。寡人因为信用得到了原邑，还得靠守信之人守护它。"于是任命赵衰为原邑的大夫，同时还守卫阳樊。晋文公对郤溱道："郤芮既是惠公夷吾的死党，又是你的同族，而你不偏袒你的同族，首先和栾枝向我暗中传递消息，寡人不敢忘了你的功劳。"于是委派郤溱做了温邑的大夫，同时守卫攒茅。各自为他们留下两千兵马在封地守卫，然后回到晋国。后人写文章议论晋文公帮助周襄公复国彰显了大义，讨伐原邑又展示了信用，是其称霸诸侯的第一步。

第三十九回
柳下惠授词却敌　晋文公伐卫破曹

　　话说晋文公平定了温、原、阳樊、攒茅四个城邑的领土，晋国的领土直通太行山的南面，被称为南阳。这时是周襄王十七年的冬天。当时齐孝公也有继承桓公霸业的意图。自从公子无亏死后，齐国因此事与支持无亏的鲁僖公交恶。鹿上之会时，齐孝公没有签名，又违拗了宋襄公的意思。后来没有前去孟会会盟，又背弃了楚成王的友谊。齐国与各诸侯们之间背心离德，其他诸侯国再也不来朝见。齐孝公心里十分愤怒，就想在中原地区发动战争，重振祖辈的霸业。他召见大臣们询问道："先君齐桓公在位时，没有哪一年停止过征讨，没有哪一天停止过打仗。现在寡人安稳地坐在朝堂之上，就像蜗牛被困在了小小的壳里，不知晓外界发生了何事，寡人对此十分羞愧！往年鲁侯图谋救助无亏和寡人作对，这个大仇还没报。如今鲁国北与卫国勾结，南和楚国连通，如果他们联合起来进攻齐国，该怎样抵挡？听闻鲁国今年发生饥荒，寡人想趁机进军鲁国，也好挫败他们的阴谋。诸位爱卿认为怎么样？"上卿高虎启奏道："鲁国能得到多国支援，即便发兵讨伐也不一定取胜。"齐孝公道："即使不能取胜，也得试一试，以便观察诸侯们之间相处的关系怎么样。"于是齐孝公亲自率领二百辆战车，准备入侵鲁国北部边境。

　　鲁国北边边境的守军得知消息，提前向国都报告军情。此时鲁国正处于饥荒之年，老百姓们承受不了战争的消耗。大夫臧孙辰对鲁僖公进言道："眼下齐国带着对鲁国的深仇大恨而来，我们不能放手与其一决胜负，请用外交辞令来对其致歉！"鲁僖公迟疑道："如今我国擅长外交辞令的人有谁？"臧孙辰回答道："微臣推荐一个人，是先朝司空无骇的儿子，姓展名获，字子禽，官位为士师，封地在柳下。这个人外表随和内心刚正，知书达理，由于为官时执法严正，不合乎当时的习俗，于是辞官退隐田间。如果能找到此人担任使者，一定不辜负主公的期望，而且会让齐国不敢小觑我国。"鲁僖公大喜道："寡人也时常听闻此人大名，但不知他现在何处？"臧孙辰答道："眼下此人仍在柳下地区。"鲁僖公于是派人前去宣召展获，展获以生病为由推辞不来。臧孙辰又献计道："展获有个堂弟，名叫展喜，虽然官职不高，但是口才极好。如果让展喜到展获的家里去聆听他的指教，一定会有所收获。"鲁僖公就听从了他的意见。

展喜到了柳下，见到了展获，就将鲁僖公的命令传达给他。展获道："齐国之所以攻打我国，不过是想继承齐桓公的霸业罢了。想要做霸主，首先必须尊重周天子，如果拿先王的命令来责问他，还怕无话可说吗？"展喜如获至宝，回去向鲁僖公复命道："微臣知道如何让齐国退兵了。"鲁僖公已经把犒劳军队的东西准备好了，不外乎是一些牲畜、美酒、粮食、布匹之类，装满了好几大车，全都交给了展喜。

展喜抵达鲁国北面边境时，齐国的大军还没有到达鲁国国境，于是他就前往迎接齐军。到了汶南地区，刚好遇到了齐国的前锋部队，也就是齐国先锋官崔夭所率的军队。展喜先把礼物献给崔夭。崔夭便将展喜引领到齐军大营去拜见齐侯。展喜把犒劳齐军的礼物献上去，道："我们国君听闻齐君您亲自带领大军，即将屈尊到我们的城邑，所以委派下官展喜前来犒劳贵军。"齐孝公大笑道："鲁国人听闻寡人带兵前来，全都十分害怕吧？"展喜回答道："那些品格低下的小人们也许害怕，这个下臣也不大清楚。但如果是有德行的君子，就毫不畏惧。"齐孝公听了，止住笑容道："你们国家如今在文治方面没有施伯的智慧，武略方面没有曹刿的勇武。更何况现在鲁国正闹饥荒，就连野外的青草也被吃光了，凭什么不害怕我们？"展喜回答道："我们国家没有什么倚仗，所依靠的不过是先王的遗命罢了。从前周天子将姜太公册封到齐国，我们的国君伯禽代周公旦被封到鲁国，周天子命周公和太公歃血为盟，发誓道：'世世代代的子孙，都共同辅佐周王朝，不得互相伤害。'此誓言被记载在盟府中，由太史掌管。齐桓公之所以可以九次联合诸侯们成就霸业，就是因为他先和我鲁国先君庄公在柯地结盟，遵守了先王的遗命。齐侯，您登上王位已经九年时间，我们国家的君臣都伸长脖子殷切期望齐国能够'赶紧继承先君的霸业，与诸侯国们和睦友好'。如果忘却成王的遗命，违背太公的祖训，失去桓公的霸业，将齐鲁两国的关系由友好转为仇敌，我们觉得君侯您一定不会这样做。因此我们鲁国并不怎么害怕。"齐孝公沉思片刻，微笑道："你回去告诉鲁侯，寡人愿意与鲁国保持友好关系，再也不会对鲁国用兵了。"当天，齐孝公就下令班师回朝。陶渊明有诗一首，讥讽臧孙辰虽然深知展获有贤才，却不能把他引荐到朝堂上同朝为官。那诗这样写道：

北望烽烟鲁势危，片言退敌奏功奇。

臧孙不肯开贤路，柳下仍淹展士师。

展喜回到鲁国，向鲁僖公复命。臧孙辰道："齐国军队虽然撤退了，但是他们心中其实一直轻视鲁国。微臣请求和仲遂一起去楚国，请求楚国出兵攻打齐国，让齐国再也不敢小瞧鲁国，那么鲁国今后数年就太平了。"鲁僖公深以为然。于是任命公子遂为正使，臧孙辰为副使，一起到楚国去求兵。

臧孙辰早就和楚国的大将成得臣认识，就让得臣先去楚王面前疏通，对楚王进言道："齐国违背鹿上盟约，宋国和楚国之间发生了泓水之战，齐国和宋国都是楚国的仇敌。大王如果向这两个国家兴师问罪，我鲁国的国君甘愿竭尽所能，倾尽全国的人力物力，为大王冲锋在前。"楚成王非常高兴，马上任命成得臣为大将军，申公叔侯为副将，率领军队攻打齐国。楚国攻下了阳谷，把它分封给齐桓公的儿子子雍，任命易牙为相国辅佐他。留下军队一千人，跟随着申公叔侯驻守在此，以作为鲁国的后援。

成得臣得胜凯旋回到楚国。这时候令尹子文年事已高，请求把政事移交给成得臣。楚王对他言道："寡人对于宋国的仇恨，比对齐国还深。子玉（成得臣）已经为我报了齐国之仇，爱卿你替朕攻打宋国，以报当年郑国之仇。等你得胜归来那天，爱卿想把国政移交给谁都可以，如何？"子文为难道："微臣的才华远远比不上子玉，请让他代替我出征，才不会耽误了君王的大事。"楚王摇头道："宋国刚刚归顺晋国，楚国如果去攻打宋国，晋国必定前去救援。同时抵挡晋国和宋国，非爱卿不能胜任，爱卿你就勉强替寡人走一遭吧。"于是命令子文在睽地整顿军队。子文检查兵车，严明军纪。子文满心打算让成得臣彰显自己的才能，这天阅兵便草草了事，检阅完毕，没有杀一个人。楚王不解道："爱卿检阅军队，却连一个违反军纪的人都不杀，怎么能树立威信？"子文启奏道："微臣的能耐，就像强弩之末，心有余而力不足。想要树立威信，就必须子玉出马。"楚王于是又让成得臣在蒍地整顿军队。成得臣检阅军队时特别细致，动用刑罚也十分严厉，凡是犯罪的绝不姑息，最终用了整整一天的时间才检查结束，一共鞭打了七个人的后背，割掉了三个人的耳朵，真是钟鼓添声，旌旗变色，军容大有改观。楚王非常高兴地说道："子玉果然是大将之才。"子文再一次请求让位给子玉，楚王允准了这个建议。于是就让成得臣担任令尹，掌管中军元帅的职位。

大臣们都造访子文府邸，恭喜他举荐人才得当，互相敬酒致意。这时候文武大臣们基本都到齐了，只有大夫蒍吕臣因生了小病没有前来。大家饮酒到一半的时候，守门人来报："门外有一个小孩儿求见。"子文下令召他进来。那个小孩举起双手，向子文鞠躬过后，竟然直接走到末席就坐，喝酒吃肉，旁若无人。有人认识这个小孩，乃是蒍吕臣的儿子，名字叫蒍贾，今年方才十三岁。子文感到十分惊讶，问道："我为国家觅得一位优秀的大将，就连已经归隐的士大夫们都无不前来道贺，单单只有你这个小孩不祝贺，这是为什么呢？"蒍贾朗声道："众位大人都认为值得道贺，我却认为值得忧虑！"子文生气地说道："你说值得忧虑，有什么根据？"蒍贾道："我观察子玉这个人，做事勇于承担，但是缺少当机立断的能力。只懂前进，不懂退却，可以让他担任副将，却不能让他专权独当一面。如果把军事大权交给他，一定会坏事。谚语有云：'过于刚强就容易遭受挫折。'说的就是子玉这种人啊！推荐一个人，却导致国家衰落，又有什么可以恭贺的呢？如果他没有坏事，到时再来祝贺也不晚啊。"身边的官员们都劝解道："这是黄口小儿不知天高地厚的狂言罢了，不用听他胡道八道。"芃贾大笑着离去，众位大臣们也都各自散去。

楚王拜请成得臣做了大将军，亲自率领大军，联合了陈、蔡、郑、许四国的诸侯，一起前去攻打宋国，包围了缗邑地区。宋成公派司马公孙固到晋国告急请求援助。晋文公召集大臣们商讨对策。先轸进言道："眼下那些对主公有旧恩的国家中，只有楚国自恃强大并且骄横无比。现在楚国军队先是夺取了齐国阳谷并派兵驻守，如今又准备攻打宋国，在中原地带惹是生非，这是老天要给我们冠上拯救危难、锄强扶弱的威名啊。扬名立威，称霸诸侯，就在此一举！"晋文公点头道："寡人想化解齐国和宋国的危难，需要怎么做？"狐偃进言道："楚国才得到曹国的效忠，又刚刚和卫国联姻，这两个国家也都是主公的仇人。如果发兵讨伐曹国和卫国，楚国必定调转军队方向前来救助，那么齐国和宋国就安全了。"晋文公大喜道："妙计。"于是把这个计谋告诉了公孙固，让他回去禀告宋公，要固守城池。公孙固领命离开了。晋文公又担心兵力太过薄弱。赵衰进言道："古时候大国可以设置三军的规模，稍小一点的国家设置二军规模，小国只能有一军的规模。我们国家在曲沃武公时期，以周天子任命的一军规模起家。到先君献公时开始扩建二军，凭借这只军队消灭了霍、魏、虞、虢这些小国，将疆土拓展到千里之广。今日的晋国，不能算是次等的国家，应该建立三军。"文公点头，问道："如果建立了三军，马上就可以派上战场吗？"赵衰摇头道："不行。老百姓还不懂礼法，即使聚集起来，也会因人心不齐而极易散去。主公应趁着对军队进行大检阅的机会，大力向百姓宣传展示礼法，使老百姓懂得尊卑长幼的次序，鼓动他们为亲长赴死的决心，这样才可以派上用场。"晋文公道："建立三军，就必须确立元帅，谁能担此重任呢？"赵衰回答道："作为将军的人，有勇武不如有智谋，有智谋不如有学识。主公如果寻求智慧勇猛的将领，不愁找不到人选。可如果想要找有学识的人，微臣所见过的人中，只有郤縠一个而已。郤縠五十多岁了，依然喜欢学习，不知疲倦，精通《礼》《乐》，熟悉《诗》《书》，《礼》《乐》《诗》《书》是先王的法则，也是德义的基础。老百姓的生活必须用德义为根基，而战争事宜必须以老百姓为基础。只有德义之人，才能体恤老百姓，只有体恤老百姓的人，才能带兵。"晋文公大喜道："说得对。"于是宣召郤縠为元帅。郤縠坚决拒绝。晋文公劝解道："寡人了解爱卿的才华，爱卿千万不能推辞！"勉强再三，郤縠才接受了任命。

晋文公选了一个吉日，在被庐地区大规模检阅军队，将全国军队分为上中下三军。郤縠率领中军，由郤溱辅佐，祁瞒掌管战旗和战鼓。任命狐偃率领上军，狐偃推辞道："有微臣的兄长在前面，做弟弟的官职不能高于哥哥。"于是文公便任命狐毛率领上军，狐偃辅佐他。委派赵衰率领下军，赵衰推辞道："微臣不如栾枝谨慎，谋略不如先轸，见识不如胥臣。"于是晋文公任命栾枝率领下军，先轸辅佐他。此外，又加封荀林父为御戎，魏犨为车右，赵衰为大司马。郤縠登上将台发号军令。三通鼓响完以后，将士们就开始演习阵法。年轻的在前面，岁数大点的在后面，不论坐立进退，都有明文规定。有做不到的士兵，就耐心教导他，教习三次依然不遵号令的人，以违抗军令论处，然后对其施以刑罚。就这样，接连操练了三天，对阵交锋、设伏掩袭都变化自如，将帅指挥得心应手。将士们看到郤縠将执法的宽厚和严格程度掌握得恰如其分，都心悦诚服。正想鸣锣收兵的时候，将台之下忽然刮起一阵旋风，竟然把帅旗的旗杆给吹折成两截，众人都大惊失色。郤縠面不改色，淡淡地道："帅旗倒折，预示着主帅将应此征兆。我或许不能长期和你们在一起奋战了，但是主公一定会成就一番大事业。"大家问他原因，郤縠只是微笑却不讲话。这是周襄王十九年，冬季十二月的事情。

第二年春天，晋文公提议把军队分成两部分，分别讨伐曹国和卫国，就同郤縠商议。郤縠回答道："微臣已经和先轸商量妥当了。现在不是同时与曹国和卫国作战的时候，分兵可以对抗曹国和卫国，可是却抵挡不了楚国。主公应该以攻打曹国为借口，然后向卫国借道，卫国和曹国关系正和睦，一定不会同意。我们从黄河南边渡河，趁其不备，直接攻到卫国境内，所谓迅雷不及掩耳，这次出击的胜算能有十之八九。既已战胜卫国，然后乘胜去攻打曹国。曹国国君早就失去了民心，又被我国灭掉卫国的威势所慑，所以攻破曹国也是必然的事情！"晋文公十分高兴地夸道："爱卿真是一位学识渊博的将领！"立即派人到卫国请求借道前去讨伐曹国。卫大夫元咺向卫成公进言道："当初晋国国君逃亡在外时，曾路经我卫国，先君没有以礼相待。如今晋国前来借道，主公一定得答应他。否则，他们就会先攻打卫国，然后才去攻打曹国。"卫成公摇头道："寡人和曹国同唯楚国马首是瞻，如果借道给晋国前去攻打曹国，寡人担心还没有讨到晋国的欢心，倒先惹得楚国发怒了。惹怒晋国发兵，还有楚国可以为我们撑腰。如果连楚国也惹怒了，我们还能倚仗哪个国家呢？"于是卫成公拒绝了晋国的要求。晋国的使者回去禀报晋文公。晋文公感叹道："果然不出郤縠元帅所料啊！"于是下令军队绕道向南部行进。

军队渡过黄河，来到了五鹿的田野上，晋文公突然面色凄凉地叹息道："唉！

这里就是介子推割大腿上的肉给寡人熬汤的地方啊！"说着不自觉就潸然泪下，众位将士们也都哀叹着，陪着晋文公一同悲伤。魏犨不高兴，大声道："我们眼下应当想办法攻城拔寨，为主公当年的耻辱报仇雪恨，叹息有什么用呢？"先轸附和道："魏犨说得很对。微臣愿意率领本部士兵，独自前去夺取五鹿城。"文公被他的豪言壮语所感动，答应了他的请求。魏犨在旁说道："我可以助你一臂之力。"二员大将登上战车，指挥军队前进。先轸下令士兵们多多携带旗帜，凡是走过的树林和高山之处，都命人插上旗子，而且一定要插到树林外面，使人能够看到。魏犨不解地问道："我听闻用兵应当使用诡异和诈伪的战法，现在我们到处都插上旗帜，反会让敌人知道我们来到，可以早做防备，不知将军此举是什么用意？"先轸微笑道："卫国向来臣服于齐国，现在却改变策略，归顺了南边那个蛮夷出身的楚国，国内的老百姓非常不满，每每担心中原地区的诸侯国前来讨伐卫国。我们主公如果要想取代齐国成为诸侯中的霸主，就不能示弱，首先就应当用绝对的气势压倒他们。"

却说五鹿的百姓完全没有料到晋国军队会突然到来，他们登上城头往远处眺望，只看见山林里到处都插满了旗帜，不清楚到底来了多少晋兵。不管是城里的还是乡下的居民，都争相逃命，守城的大臣完全禁止不住。先轸的军队到来时，城中根本无人把守，晋军便一鼓作气，拿下了这座城池，派人去向晋文公禀报喜讯。

晋文公抑制不住自己的兴奋，喜悦之情完全显现在脸上，他对狐偃说道："当年途径卫国时，寡人向村民乞食，那乡民以泥土羞辱寡人，舅父当年曾预言此举预示着寡人会得到土地，今日完全应验了！"于是留下老将郤步扬屯守五鹿，军队继续开拔，进驻敛盂地区。此时郤縠忽然病倒了，晋文公亲自前去探望他。郤縠道："微臣承蒙主公不世的深厚恩情，本想肝脑涂地，以报答主公的知遇之恩。无奈微臣的寿命已到了大限，应该会应验帅旗折断的预兆，微臣马上就要死了！但微臣还有一句话想向主公奏明。"晋文公悲伤地问道："爱卿想说什么？寡人无不听从。"郤縠道："主公攻打曹国和卫国，本来是想巩固晋国的国力，并以此对付楚国。想要对付楚国，一定要先做好战斗准备，要做好战备就必须先联合齐国和秦国。秦国距离远，而齐国比较近，主公应迅速派遣一位使臣前去齐国交好齐侯，表达我国愿意与齐国结盟的意思。齐国如今正和楚国交恶，也想结交我们晋国。如果能请得到齐侯大驾光临，那么卫国和曹国都会因惧怕而求和，然后趁此机会拉拢秦国，这才是对付楚国的万全之策啊。"文公道："爱卿说得很对。"于是晋文公遣派使臣前往齐国去进行友好访问，叙述从前齐桓公在位时两国关系和睦友好的事情，表示愿意和齐国结成同盟关系，共同对付南方的蛮夷——楚国。

此时齐孝公已经去世，国都的老百姓推举他的弟弟潘做了国君，就是历史上的齐昭公。潘是桓公妻妾葛嬴所生，刚刚登上君位。因为其一直想攻取楚兵戍守的阳谷的缘故，所以也想联合晋国来抵抗楚军。听闻晋侯驻军在敛盂，当天就下令驾车到卫地会面。卫成公见到五鹿已经失守，就连忙派遣宁速的儿子宁俞前去向晋文公请罪求和。晋文公道："卫国之前不肯答应借道，现在却因为害怕前来求和，并不是出自本心，寡人早晚有一天要踏平你们国都楚丘。"宁俞回去禀报给卫侯。当时楚丘城中流传着晋军即将攻来的谣言，老百姓们寝食难安，惊恐不已。宁俞对卫成公进言道："晋国的怒气正处于顶点，国都的老百姓十分惊恐，主公不如先出城暂时躲避一下。晋国如果得知主公已经出城，必定不会前来攻打楚丘。接下来再向晋国求和，这样卫国社稷就可以保全了。"卫成公叹息着说道："先君不幸对晋国流亡到此的公子失礼，寡人又一时犯了糊涂，不答应借道，所以才导致如此。连累国都的百姓跟着受苦，寡人也没有颜面留在国都了。"于是命令大夫喧和他的弟弟叔武暂时掌管朝政，自己到襄牛［又名襄陵，在今河南睢县］地区避难，又委派大夫孙炎前去向楚国求助。当时是春天的二月份。隐士徐霖写了一首诗评论道：

纳姬赠马怪纷纷，患难何须具主宾？
谁知五鹿开疆者，便是当年求乞人！

同月，郤縠在军中病逝，晋文公哀恸惋惜不已，派人护送他的灵柩回国安葬。由于先轸有夺取五鹿的战功，就将他提升为元帅。令胥臣率领下军，以补足先轸留下的空缺。因为赵衰以前曾推荐博学多才的胥臣，所以也开始重用他。晋文公打算趁这次机会灭掉卫国，先轸进谏道："此次出兵本来是因为楚国围困齐国和宋国，我们要拯救齐国和宋国危机的缘故，现如今齐国和宋国的围困还没有解除，却先灭掉了其他国家，这不是诸侯霸主救死扶伤、体恤弱小的义举。更何况卫国国君虽然无道，但他们的国君已经出逃，是留是灭主动权掌握在我们手中。还不如转移军队向东去攻打曹国，等到楚国军队前来援救卫国的时候，我们早就身处曹国了。"文公认为他讲得有道理。

三月份，晋国军队围困了曹国都城。曹共公急忙召集文武大臣们商议对策。僖负羁进言道："晋国国君这次的行动，是为了报当年国君您围观他胁骨的旧怨而来，他怒气正盛，不能和他硬碰硬。微臣愿奉主公的旨意前去谢罪请和，以拯救一国百姓的危难。"曹共公迟疑道："晋国容不下卫国，难道还能单单容纳曹国吗？"大夫于朗进言道："微臣听闻晋侯逃亡时曾到过曹国，负羁私下里赠送他饮食和礼物，现在又自告奋勇请命担任使臣，这使的是卖国求荣的计策，千万不可听他的花言巧语。主公若先杀了负羁，微臣自有让晋军撤兵的办法。"曹共公大喜道："负羁叛国不忠，姑且念在你家世代为臣，就留你一命，罢免你的官职。"僖负羁谢过君恩，离朝而去。这正是：闭门不管窗前月，吩咐梅花自主张。

曹共公问于朗："爱卿，你有什么样的计策？"于朗道："晋侯倚仗对卫国的胜利，气焰一定很骄横。微臣恳请主公允许微臣写一封密信，假装与晋君约定黄昏时分献开城门。我们预先派精兵强将带着弓箭，埋伏在城门之内，哄骗晋侯进城，然后将门口的悬门放下，到时万箭齐发，不愁不能把晋侯射得粉身碎骨。"曹共公听从了他的计策。

晋侯收到于朗派人送来的降书，便想进城。先轸阻止道："曹国的兵力还没有任何损耗，怎知这是不是阴谋呢？微臣请求先试一下。"于是在军队中挑选了一个和晋侯长得很像的长胡须、身材魁梧的士兵，穿着晋侯的衣服和帽子，代替晋侯前往。寺人勃鞮毛遂自荐亲自驾车。接近黄昏时分，只见城墙上升起一面降旗，城门打开，那位假晋侯带领着五百多人长驱直入。还没走到一半，只听得城门内梆子声齐响，箭矢像蝗虫一样密集地射过来。急忙想要调转车头的时候，城口的悬门早已落闸关上，只可怜已冲入城内的勃鞮等三百多人全都死在了一处！万幸晋侯没有亲自前去，否则就会"昆岗失火，玉石俱焚"了。

晋文公早年间曾经到过曹国，很多曹国人都认得他，再加上晚上忙乱之间分不清真假。于朗便以为晋侯已经死了，就在曹共公面前开始大肆炫耀。等到天亮后辨认检查尸首，才发现死去的晋侯是假冒的，胜利的喜悦消失大半。那些尚未进入城中的晋国士兵，逃回一条性命跑回来见晋侯。晋文公怒上加怒，攻城更加猛烈。于朗又向曹共公献策道："可以把那些被箭射死的晋国士兵尸首，暴尸在城楼上，晋军看见了一定会伤心欲绝，沮丧落泪，攻城的势头便不能尽全力。再拖延几天，楚军的救援一定会来到，这也是扰乱晋军军心的办法。"曹共公批准了他的计策。晋国士兵看见城墙上用枰竿悬挂着的晋军尸首，一层摞着一层，口中全都发出叹息埋怨的声音。晋文公忧心忡忡地对先轸道："军心恐怕会被动摇，该如何是好？"先轸回答道："曹国人的坟墓都在西门外。请分出一半兵力，在曹国墓地处扎营，如果我们做出挖掘墓地的样子，城中之人必定非常恐慌，恐慌就会导致混乱，然后我们就有机可乘了。"晋文公赞叹道："好主意。"于是命令晋军军中传言道："准备要去挖掘曹国人的坟墓了。"文公派狐毛、狐偃率领手下的军队，转移到曹国墓地前驻扎，还准备了铁锹和锄头等物，约定到第二天中午时分，士兵们各自拿着所挖墓葬中的尸首前来领功。城里的曹国人听闻这个消息，肝胆俱焚，心痛无比。曹共公派人到城楼上大喊："不要挖墓，现在我们真的愿意投降！"先轸也派人回应道："你诱杀我们晋军士兵，还将尸体摆在城楼上侮辱，我们的士兵们实在忍无可忍，所以才要掘墓，以报此恨！如果你们能收殓死者，用棺材盛殓着送还晋军，我立刻下令从墓地撤军。"曹国人又请求道："既然如此，就请宽限我们三天！"先轸回应道："三天之内，如果不送还晋军的尸首，就别怪我侮辱你们的祖先了！"曹共公果然收殓了城头晋军的尸首，点清了数目，准备了棺材，三天之内盛殓得妥妥当当，装到马车上。先轸预先制定了策略，命令狐毛、狐偃、栾枝、胥臣等人准备好战车，分成四路兵马进行埋伏，只等着曹国人打开城门出来送还棺材的时候，四门埋伏的兵马就一起攻进城去。

到了第四天，先轸派人在城下大喊："今日是否要还给我们尸首和棺材？"曹兵在城头上回应道："请你们晋军解开包围圈，撤兵五里以外，就还给你们！"先轸禀报晋文公，下令撤军，果真退到五里以外的地方。城门打开之处，装着棺材的马车分别从四个大门出来。才推出了三分之一的时候，忽然听到炮声响起，预先埋伏的的四支晋军兵马一同发起进攻，城门被丧车堵住，情急之间下根本关不上城门，晋军趁乱攻进城内。曹共公正在城楼上试图控制局面，魏犨在城外看见，从车上一下子跳上城墙，当胸一把抓住，将他绑成一团。于朗想越城逃跑，被颠颉捉住杀死。晋文公率领众将士登上城楼接受祝贺。魏犨把曹共公伯襄献了上来，颠颉将于朗的人头进献上来，将士们都有收获。

晋文公下令取来官员名单的簿子观看，担任大夫以上的官员有三百人，名字分明，全都按照这个名单对号入座捉拿起来，不曾漏掉一个。只是簿子中找不到僖负羁的名字，有人禀奏道："负羁因为劝曹君求和，早就被削职为民了。"文公于是当面列数曹伯的罪名道："你的国家只有一名贤臣，你不能任用，却任用了一批小人，就和小孩儿嬉戏一般，你不灭国还等何时？"于是下令道："把曹伯拘押在大寨，等战胜楚军之后，再听寡人发落。"曹国那三百名不肖的大夫全都处斩，抄没他们的财产用来犒赏将士们。僖负羁曾有给文公送食物的旧功劳，他家住在都城北门，于是文公命令在北门周围地带的晋军："不许惊动，如果有侵犯僖氏家一草一木的人，定斩不饶！"晋文公安排分配将士，一半留下来戍守城池，一半跟随自己出城驻扎在大寨中。胡曾先生曾经咏叹这段历史道：

曹伯慢贤遭縶虏，负羁行惠免诛夷。

眼前不肯行方便，到后方知是与非。

却说魏犨、颠颉两人，一向居功自傲，骄横跋扈，如今看到晋侯保全僖氏的命令，魏犨愤愤不平地道："我们这些人如今捉住曹伯斩杀曹国将领，主公却没有丝毫奖励。那些赠送吃食的恩惠，能有多少功劳，却这么用心，真的是不分轻重！"颠颉也赞同道："这个人如果到晋国为官，一定会被主公重用，如果我们将来受他欺压，还不如放一把火烧死他算了，免得留下后患。就是主公知道了，难道还真的杀了我们吗？"魏犨点头道："你说得有道理。"两个人就在一起饮酒，等到夜深人静时分，私自带着士兵包围了僖负羁的家，在前门和后门同时放起火来，一时间火光冲天。魏犨喝醉了，倚仗自己的勇武，跳上了门楼，冒着大火在屋檐上飞一般奔跑，想要找到僖负羁杀死他。没想到房屋的椽子被烧毁了，倒了下来，"扑通"一声，魏犨失足掉到地上，跌了个仰面朝天。接着只听到天崩地裂一声，有一根房梁被烧得掉了下来，正好落到魏犨的胸脯上。魏犨痛彻心扉，无法言语，顿时口吐鲜血，他的身前身后都是火球在乱翻乱滚，只得努力挣扎着坐起来，自己使劲抓住房间的柱子跳到屋顶上，绕了个大圈才退了出来。只见他全身的衣服都带着燃烧的火焰，将衣服撕扯下来，身上光溜溜的，才逃过被烧死的劫难。魏犨虽然勇猛，但这时也不由自主地困乏了。恰好颠颉赶到，把他扶到没火的地方，解开自己的衣服给他穿上，两人一起坐上车子，回到住所休息。

却说狐偃、胥臣在城里，看见北门冒起熊熊大火，以为发生了兵变，赶紧带兵前来查看。却看见僖负羁家里被火包围，就赶紧让士兵们扑灭，此时房屋早就被烧得七零八落、面目全非了。僖负羁带领家人们救火，却不想接触浓烟熏倒，等到被救起时，已吸进毒烟，不省人事。僖负羁的妻子道："不能让僖氏断后！"于是抱着五岁的儿子僖禄跑到后园里，站在污池里才幸免于难。就这么忙乱到五更时分，大火才被扑灭。僖氏的家丁死了好几个人，被烧毁的屋舍民居也有十几家。狐偃、胥臣访查后，才知道是魏犨、颠颉二人放的火，不禁大惊失色，丝毫不敢隐瞒，赶紧派人骑着快马赶往大寨禀报。大寨距离都城五里，这晚虽看见城中有火光，但是不大清楚发生何事，等到天亮之后，文公接到禀报才知道起火原因。晋文公立刻驾车进城，先到北门看望僖负羁，负羁努力睁开眼睛看了一眼，就去世了。文公叹息不已。僖负羁的妻子抱着五岁的儿子僖禄，大哭着拜倒在地上。文公也不由地为他们伤心落泪，说道："贤嫂不必忧愁，寡人帮你抚育这个孩子。"当时就授予僖负羁妻子怀中的孩子为大夫，赠给他许多金银和衣帛，并下令将僖负羁安葬，带着他的妻子和孩子回到晋国。一直等到曹国归顺后，僖负羁的妻子想回乡扫墓，文公才派人送她回去。僖禄长大成人以后，依然在曹国担任大夫。此乃是后话。

当天，文公命令司马赵衰商议追究违抗命令私自放火者的罪行，想杀了魏犨和颠颉。赵衰启奏道："这两人有跟从主公逃亡奔走十九年的功劳，最近又立了大功，可以饶恕他们！"晋文公怒气冲冲地说道："寡人之所以能够取信于民，靠的就是法令。臣子不遵守法令，算不上臣子；君王如果不能让臣子听从法令，就算不上君王。既算不上君王，又算不上臣子，怎样立国？众位大夫中，跟随寡人立下功劳的人太多了,如果他们都不受法令,擅自行动,寡人此后就不能发布任何一条命令了!"赵衰又一次启奏道:"主公的话很对。可是魏犨为人勇猛无比,众位将领中没有一个能赶得上他的,杀了确实可惜!并且,犯罪还可分为首犯和从犯,微臣认为处置颠颉一人,就足以警示众人了,何必两人一同伏诛?"晋文公道:"寡人听闻魏犨伤到胸部卧床不起,又何必怜悯这垂死的人,而违背我定下的法令呢?"赵衰道:"微臣请求您批准我前去探望,如果他的伤真严重到必死无疑,就依照主公您的意思办。如果他的伤不重,还可以纵横沙场,就请您留下这员虎将,留待急需时所用。"晋文公点头道:"好。"于是派荀林父前去宣召颠颉,让赵衰去探视魏犨的病情。

第四十回

先轸诡谋激子玉　晋楚城濮大交兵

话说赵衰奉了晋侯的密令,乘车前去探望魏犨。当时,魏犨胸脯受伤严重,病倒在床上,听闻有客人来,就问:"来了几个人?"他的手下答道:"只有赵司马单车匹马前来。"魏犨叹息道:"这是来探望我的生死,想拿我执行国法啊!"于是命令手下人拿来布帛:"替我把胸部包扎起来,我要出去见使者!"手下人劝阻道:"将军病重,不能轻易下床。"魏犨大声叱喝道:"我虽然病了,但还不至于死,不要多说了!"于是魏犨按照平常的装扮出去见客。赵衰问道:"听闻将军生病了,还能起床吗?主公让我前来问候你的病情。"魏犨强打精神道:"主公的使者到此,魏犨不敢不敬,所以勉强自己把胸脯包扎起来见您。魏犨心里自知犯了死罪,但万一能获得主公的宽恕,将用余生来报答君父的恩情,不敢自我放纵懈怠!"于是魏犨向前跳了三下,又向上跳了三下。赵衰见此情形,道:"将军保重身体,我回去之后定当向主公禀明情况。"于是回去向文公复命,道:"魏犨虽然身受重伤,但是还能够向前跳跃,而且保持了臣子应有的礼仪,没有忘记报效国家。主公如果赦免了他,以后他一定会奋不顾身地为主公死心效力。"晋文公点头道:"如果足以行使法令,警惕众人,寡人难道乐于多杀人吗?"

不一会儿,荀林父把颠颉押来,晋文公指着他骂道:"你火烧僖大夫的家有什么意图?"颠颉道:"介子推当年割下大腿上的肉给主公吃,还遭到大火焚烧而死,何况只是送点吃食给君王的功劳呢?微臣想把僖负羁的名字也带到介山的庙里!"晋文公怒不可遏,道:"介子推不要功名利禄,逃离不肯当官,与寡人有何关系?"于是问赵衰道:"颠颉主使放火,违抗命令擅作主张,数罪并罚,应当处以什么刑罚?"赵衰回答道:"按令当斩首!"文公喝令军令官动刑。刽子手把颠颉押出辕门斩首示众。又下令将颠颉的人头放在僖氏家中以祭奠僖负羁,然后把他的人头悬挂在北门之上,发号命令道:"今后如果有胆敢违抗寡人命令的人,以此人为例!"晋文公又询问赵衰:"魏犨和颠颉一起前去,却不能阻止他放火,应当以何罪论处?"赵衰回答道:"应该免去他的官职,让他戴罪立功。"晋文公于是就免去了魏犨的戎右一职,让舟之侨替代他。将士们都你看看我,我看看你,道:"颠颉和魏犨两员大将,有跟随主公流亡十九年的大功,如今违抗了主公的命令,一个被杀,一个革职,更何况是别人呢?国法无情,大家都要小心谨慎地遵守!"从此三军将士严肃谨慎,深畏法令。史官写了一首诗评论道:

乱国全凭用法严,私劳公议两难兼。

只因违命功难赎,岂为盘飧一夕淹?

话分两头,再说楚成王讨伐宋国,攻下了缗邑,一直打到了睢阳,在四周都筑起了大营,想要等他们困苦不堪的时候,逼迫他们投降。忽然有人来报道:"卫国派使臣孙炎前来告急。"楚王召他过来询问详情,孙炎就把晋国攻下五鹿以及卫国国君逃亡到襄牛的经过,仔仔细细地讲述了一遍,"如果楚军的救援去得稍迟,楚丘怕是要失守了。"楚王道:"我舅父卫侯被困,我不能不救。"于是楚王分出申、息两个城邑的兵马,留下元帅成得臣和斗越椒、斗勃、宛春等一班将领,和其他国的诸侯们继续围攻宋国,自己亲自带领芳吕臣、斗宜申等人,率领着中军左右二军,亲自前去救援卫国。参与攻宋的四国诸侯们也担心自己国都有事,均已告辞回国,只留下本国将领继续统领军士。陈国留下了将领辕选,蔡国留下将领公子印,郑国留下将领石癸,许国留下将领百畴,全都听从成得臣调度。

单说楚王走到半路,就听闻晋国的兵力已经转移到曹国了,正打算救援曹国。不一会儿有人来报:"晋军已经攻下曹国,捉住了曹国国君。"楚王大惊失色道:"晋国用兵,怎么如此神速?"就把军队驻扎在申城,派人前去阳谷,把公子雍和易牙等人带了过来,准备把阳谷重新还给齐国,派申公叔侯前去和齐国讲和,撤回阳谷的守军。又派人前去宋国,把成得臣的军队拉了回来,并且告诫道:"晋侯在外流亡了十九年之久,已经六十多岁,才最终得到晋国,他经受了许多艰难险阻,体察民情,大概是上天给他足够的寿命,以便他将晋国的伟业发扬光大。这不是楚国可以与之抗衡的,还不如让着他。"使臣携带楚王之命到达阳谷,申公叔侯把阳谷归还齐国,同齐国讲和,班师回到楚国。

只有成得臣自恃才华过人，心中愤愤不平，对众将言道："宋城被破是早晚的事，为什么要撤离？"斗越椒也这么认为。成得臣派人去回奏楚王道："微臣想多待几日，攻下宋城再凯旋而回。如果遇到晋军，请求您允许与其决一死战。如果不能取胜，微臣愿受军法处置。"楚王召见子文问道："孤想将子玉召回来，可是他偏要请战，爱卿认为怎么办？"子文道："晋国之所以救助宋国，是想称霸诸侯。然而晋国如果称霸，不是楚国的利好。现在能和晋国抗衡的只有楚国，楚国如果避让晋国，那晋国便顺理成章地称霸了。况且曹国和卫国都是我国的附属国，如果看到楚国避让晋国，一定惶恐不安归顺晋国。微臣所见，就暂且让子玉与宋国继续抗衡，以坚定曹国和卫国的信心，不也可行吗？大王您只要提醒子玉不要轻易和晋军正面交锋，如果最终双方讲和撤兵，保持这种南北割据的局面就好。"楚王就按照子玉的建议，再三叮嘱斗越椒告诫成得臣不要轻易开战，若能讲和便讲和。成得臣听到斗越椒的回话，对于不必立即撤军这事十分开心，于是更加猛烈地攻打宋国，昼夜不停。

宋成公刚开始时，得到了公孙固的禀报，说是晋侯将要攻打曹国和卫国，以此来替宋国解围，就全力部署守城事宜。等到楚成王把兵力分出去一半，前去援救卫国了，成得臣的进攻包围反倒更加猛烈，心里开始慌乱。大夫门尹般进言道："晋国只知道援救卫国的楚军已经出发，却不知围困宋国的楚军还没退去。微臣请命冒死出城，再次求见晋侯，乞求晋军的救援。"宋成公说道："再次求人，怎么可以只说空口白话呢？"于是把仓库里的宝玉珍珠传国宝器的数目全都记录在册，敬献给晋侯，请求晋国出兵，承诺等到楚国撤军宋国安宁，到时就按照册子向晋国交纳。门尹般又要求派一人与他同行，宋公就派了华秀老一同出使。两人辞别了宋公，钻了个空子，顺着绳子爬出了城。他们偷偷绕过楚军营寨，一路打听晋军驻扎在何处，然后直奔晋军营前求助。

门尹般、华秀老两人见了晋侯，痛哭流涕地诉说道："宋国危在旦夕，我们国君只能不惜将所有珍藏的贵重物品都呈献给您，请求君王的怜惜！"文公对先轸道："宋国战况危急！如果不前往救援，就再也没有宋国了。如果前去救援，就一定得和楚国交战。郤縠曾为寡人想了条对策，非得联合齐国和秦国助力才行。现在楚国已经把阳谷还给齐国，并和齐国交好。秦国和楚国又没有矛盾，不肯和我们同时举事，这下该怎么办？"先轸回答道："微臣有一条对策，能让齐国和秦国自己主动前来和楚国交战。"晋文公很高兴，问："爱卿有什么好对策，能让齐国和楚国主动来和楚国交战？"先轸回答道："宋国贿赂我们，礼品丰厚无比，但如果接受宋国的贿赂然后前去救援，主公还有什么仁义可言？不如辞谢宋国的贿赂，让宋国拿着贿赂晋国的财物分别前去贿赂齐国和秦国，请求这两个国家在楚国面前为宋国周旋，请楚国退兵。"这两个国家自以为国力与楚国相当，一定会派遣使臣前往楚国。楚国如果不答应，那么楚国和齐国、秦国之间就产生了矛盾。"晋文公道："如果楚王接受了这两国的请求，齐国和秦国就会因为宋国而交好楚国，对我们晋国有什么好处呢？"先轸回答道："微臣还有一条计策，能让楚国一定不答应齐国和秦国的请求。"晋文公道："爱卿有什么好计策，能让楚国一定不应允齐国和秦国的请求？"先轸道："曹国和卫国是楚国交好的国家，宋国是楚国所仇恨的国家。我们已经把卫国国君驱逐出境，还捉住了曹国国君。这两个国家的领土都在我们晋国的掌握之中，并且和宋国领土相邻接界。如果我们割让这两国的领土赠给宋国，那么楚国对宋国的仇恨就越来越深。就算齐国和秦国前去周旋，楚国又怎会答应呢？齐国和秦国因为怜悯宋国而迁怒楚国，到时它们即便不想和晋国合作，也由不得它们选择了。"晋文公鼓掌叫好。于是派门尹般把珍珠宝玉等贵重之物的数目分成了两份，做成两本册子转而呈献给齐国和秦国。门尹般去往秦国，华秀老到了齐国，大家约定好，口风一致，和这两国国君相见的时候，一定要做到极致哀婉可怜。

华秀老到了齐国，拜见了齐昭公，道："晋国和楚国关系正处于交恶的时期，这次危难非贵国出面不能化解。如因为贵国出手，保全了我们的国家社稷，不仅会把我们祖先留下的宝物敬献上来，我们还愿意年年前来拜见，世世代代友好无间。"齐昭公问道："如今楚国国君在哪里？"华秀老道："楚王也肯解除对我国的围困，已退兵到申地，只是楚国的令尹成得臣最近在楚国刚刚掌管朝政，声称到晚上就能攻下我们的城邑，贪功心切，不肯撤退，所以我们只好前来恳请贵国的怜惜！"齐昭公点头道："楚王前几日曾夺取了我国的阳谷，最近又归还了我们，和我们结成友好同盟关系后就撤军了，从这点看他们并没有贪功的野心。既然是令尹成得臣自己执意不肯撤军，寡人就前去为你们宋国求情。"于是任命崔夭为使者直接去往宋国，前去拜见成得臣，为宋国求情。门尹般到了秦国，也按照华秀老那样的言辞诉苦，秦穆公也派遣公子絷作为使者到楚军中向成得臣讨要人情。齐国和秦国虽没有互相商议，但各自都派出了使臣。门尹般和华秀老也回到了晋军中回话，晋文公对他们说道："寡人已经灭了曹国和卫国，他们的领土和宋国接壤的部分，寡人不敢私吞。"于是文公命令狐偃和门尹般前去收取卫国的领地，命令胥臣和华秀老前去收取曹国的领地，把卫、曹两国原来戍守的大臣全部驱逐。崔夭和公子絷正在成得臣大帐中替宋国求情，恰好此时曹国和卫国那些被驱逐的守将们全都前来诉苦，道："宋国大夫门尹般和华秀老，倚靠着晋国的势力，把我们的领土全都割占去了。"成得臣勃然大怒，对齐国和秦国的使者说道："宋国人如此欺侮曹国和卫国，哪里还像真心讲和的样子？

恕我不敢从命,不要怪罪,不要怪罪!"崔夭和公子絷讨了个没趣,马上就辞行回国。晋侯听闻成得臣没有答应齐国和秦国使臣的请求,就派人在半道上迎接邀请这两国的使臣,将他们接到了军营中,盛情招待,对他们言道:"楚国将领如此骄纵无礼,过几日便将和我们晋军交战,希望你们两国到时能出兵相助。"崔夭和公子絷接受命令回去了。

再说成得臣当众起誓道:"如果不能帮助曹国和卫国复国,我成得臣誓死也不撤军!"楚国将领宛春上前献计道:"小将有一个方法,可以不动一刀一枪,就能让曹国和卫国重新复国。"成得臣大喜,问道:"你有什么计策?"宛春回答道:"晋国之所以驱逐了卫国国君,捉拿了曹伯,都是因为宋国的原因。元帅可以派遣一位使臣前往晋军之中,用好言相劝,要求晋国恢复了曹国和卫国国君的君位,归还所占据的国家领土,我们这边自然会解了宋国的围困,大家停战收兵,难道不是美事一件吗?"得臣道:"如果晋国不听劝告怎么办?"宛春微笑道:"元帅先把咱们要撤军解围的消息明白无误地告知宋国人,暂且放松进攻。宋国人想要摆脱楚军围困之祸,就像被倒挂着的人盼望着被放下来一样焦急,如果晋侯不答应,不只是曹国和卫国会和晋国结仇,宋国也会怨恨晋国。集齐这三家怀有敌意的国家来进攻一个晋国,我们的胜算就大多了。"成得臣大喜道:"谁敢前去出使晋军?"宛春道:"元帅如果能把这事托付给我,宛春不敢推辞。"

成得臣于是放缓对宋国的进攻,任命宛春为使者,驾着单车直接到访晋军大营,对晋文公道:"您的外臣、楚国将领成得臣,恭敬地问候君主您,楚国对待曹国和卫国这两个附属国,就像晋国对待宋国一般。君主您如果恢复卫国的领土,让曹侯再次登上君位,得臣就愿意立刻解除围困离开宋国,从此两国彼此修好,以免去各自百姓生灵涂炭之苦。"话还没说完,就只见狐偃在一边咬牙切齿地骂道:"子玉太不讲理!你放了一个还没灭亡的宋国,却要我们在这里恢复两个已经被灭掉的国家,你真是会讨便宜!"先轸急忙去踩狐偃的脚,对宛春道:"曹国和卫国的罪过还不至于灭国,我们的国君也想让他们复国。请您暂且住在后营中,等我们君臣商议后再做决定。"栾枝带着宛春到后营营帐中休息。狐偃问先轸道:"子载你真的要答应宛春的请求吗?"先轸点头道:"宛春的请求,不能答应,也不能不答应。"狐偃糊涂了,问道:"这是什么说法?"先轸道:"宛春此番前来,一定是子玉设下的奸计,想要把好名声留给自己,却让晋国来承担罪名。不听从的话,就把失去三个国家的责任都归咎于晋国;听从他们的话,三个国家复国,好名声却给了楚国。如今的办法,不如私下允诺让曹国和卫国复国,以离间楚国的党羽;然后把宛春抓起来,以激起楚国的怒火。成得臣这人性子刚烈又急躁,必定会调转矛头向我们挑战,到时宋国的危难即便不去救也自动解除了。如果成得臣自己与宋国交流和解，那我们就失去宋国了。"

晋文公大喜道："子载的计谋非常好！只是寡人以前承受过楚君的恩惠，现在却扣押他的使者，恐怕有违'有恩必报'之理啊。"栾枝回答道："楚国吞并小国，对大国无礼，这些都是中原地区的奇耻大辱。主公如不想争当霸主就算了，如果想称霸中原，这就是主公的耻辱，怎么还记着那一点小小的恩惠呢？"文公道："若不是爱卿所言，寡人几乎想不到这点啊。"于是文公命令栾枝押送宛春去了五鹿，把他移交给成守五鹿的守将郤步扬看管。那些原先跟着宛春前来的车夫和随从全都驱逐回去，让他们传话给令尹道："宛春对晋侯无礼，已经被关押起来，等到晋军捉到令尹，到时一起斩杀！"宛春的随从们抱头鼠窜，返回楚军营中。晋文公把宛春一事处理完，就派人前去告诉曹共公道："寡人怎么会因为逃亡途中这么一点点的私怨，就责怪于你？之所以不能对君主您释怀，是因为您归附楚国的缘故。您如果能打发一人前去和楚国断绝来往，以此表明您和晋国交好，那寡人马上就把您送还到曹国去。"曹共公急于得到释放，就信以为真，于是写了书信给成得臣道：

孤担心曹国社稷将亡，自己也性命不保，情不得已投靠晋国安身立命，所以不能继续侍奉贵国了。贵国如果能赶走晋军，让我曹国重归安宁，孤怎么还敢对楚国怀有二心呢？

晋文公又派人去襄牛拜见卫成公，也允诺了让卫国复国的事。卫成公非常高兴。宁俞进谏道："这是晋国的反间计，不能相信。"卫成公没有听从他的意见，也给成得臣写了书信一封，大致内容和曹伯的信一样。当成得臣听到宛春被关押起来的报告时，顿时咆哮如雷，大声骂道："晋国重耳，你这个跑不坏、饿不死的老贼！当初你在楚国时，就是我们砧板上一块任人宰割的肉而已，现在才返回晋国当了国君，就如此欺负人！自古以来两国交战，从不降罪于使者。为什么要把我们的使臣捉住？我一定要亲自前去和这老贼理论一番！"成得臣正在大发雷霆的时候，军帐外有士兵来报道："曹国和卫国都写了书信上传给元帅。"成得臣想道："卫侯和曹伯如今处于颠沛流离的时候，还有什么书信给我？想必是想打听晋国有什么破绽，私下里前来联络我，这是老天在助我成功啊！"成得臣打开书信一看，里面全是要和楚国断绝来往、归顺于晋国的话语，如此这般，气得心头涌上一股无名之火，一直冲到三千尺也没能熄灭。成得臣大喊道："这两封书信，肯定又是重耳这老贼逼着他们写的！重耳老贼，重耳老贼！今天不是你死就是我亡，一定要拼个你死我活！"

于是吩咐三军撤去了对宋国的包围，暂且前去找重耳报仇。"等我打败了晋军，还怕这残败不堪的宋国跑了不成？"斗越椒劝谏道："我们大王曾经叮嘱不能轻易开战。如果元帅要和晋国交战，还要先禀明主公才行。更何况齐、秦两国都曾经来替宋国求过情，心中怨恨元帅没有答应，所以齐、秦两国一定会派兵支援晋国。我们楚国虽然有陈、蔡、郑、许四国帮忙，但恐怕不是齐国和秦国的对手。必须要回楚国请求大王增兵遣将，才能前去迎敌。"成得臣点头道："那就劳烦大夫您走一趟了，请务必速去速回。"斗越椒奉了元帅成得臣的将令，直接来到申邑拜见楚王，奏明添兵交战的请求。楚王十分恼火道："寡人早就告诫你们，不要和晋军交战，子玉偏要出兵，能保证一定大获全胜吗？"斗越椒回答道："得臣以前有言在先：'如果不能取胜，甘受军令处罚。'"楚王还是不痛快，于是就派斗宜申带着戍守西广的军队前往增援。楚军分为两广，东广为左军，西广为右军，凡是精锐军队都在东广。现在只派了西广的军队前去支援，不过只有一千人左右，又不是精兵强将，全因楚王认为成得臣必然兵败，所以不肯多派兵。成得臣的儿子成大心，把自己宗族的士兵聚集起来，大约有六百人，请求前去助战。楚王允许了。斗宜申和斗越椒带着前去支援的兵马到了宋国，成得臣一看来的兵力这么少，心里就越发愤怒，大声道："不派兵支援，难道我还不能战胜晋军吗？"当天就会合四路诸侯的兵马，拔起全部大营，前去和晋军交战。成得臣这一去，正中了先轸的计谋了。隐士徐霖写了一首诗道：

久困睢阳功未收，勃然一怒战群侯。
得臣纵有冲天志，怎脱今朝先轸谋！

成得臣把西广的兵车和自己宗族的兵马汇合在一起，亲自率领中军大营。派斗宜申率领申邑的军队，和郑国、许国的两路兵马组成左军。派斗勃率领息邑的兵马，和陈国和蔡国的两路兵马组成右军。三支大军风驰电掣般直逼晋侯的营寨，分散在三个地方驻营扎寨。

晋文公召集众位将领们商讨对策。先轸献计道："我们所谋划的所有事情都是为了对付楚国，想要挫败他们的锐气。况且他们自从攻打齐国、围困宋国开始，一直坚持到今天，楚国军队的将士们早就疲惫不堪了。一定要和楚军交战，不要失去良机。"狐偃道："主公以前在楚君面前讲过一句话：'他日在中原和楚军交战时，我将主动对您的楚军退避三舍'，如今直接和楚国交战，就是不讲信用。主公从前不曾失信于原邑的百姓，难道今天却要失信于楚国国君吗？一定要避让楚军。"众将领们都十分愤怒，道："让主公以国君的身份避让楚国大臣，太耻辱了！万万不可！万万不可！"狐偃道："子玉虽然比较狠辣，可楚国君主当年施与的恩惠却不能忘记。我们避开的是楚国，而不是子玉。"众将们又道："可如果楚兵追上来，那时该怎么办？"

狐偃道："如果我们撤退，楚军也撤退，就必定不能再次围攻宋国了。如果我们后退，而楚军却前进，那么就是以臣犯君，错误就在他们身上。我们想躲避却避让不开，那么我军士兵就会怀有怒气，他们骄横，我们盛怒，怎能不打胜仗？"晋文公点头道："子犯讲得很有道理。"于是传下命令道："三军全部后退！"晋军就退后了三十里，士兵来报道："已经退出一舍的距离了。"晋文公摇头道："不行。"晋军接着又撤退了三十里，文公还不允许扎营。一直退了九十里远，退到一个叫城濮的地方，正好是三舍的距离，晋文公才让士兵们安营扎寨，放养马匹。这时齐孝公任命上卿国懿仲的儿子国归父为大将军，崔夭为副将；秦穆公派他的小儿子小子慭为大将军，白乙丙为副将。他们各自带领本国的军队，配合晋国军队一起攻打楚军，都在城濮安营扎寨。宋国的威胁已经解除，宋成公派遣司马公孙固到晋军中去拜谢，也留在晋军营中协助晋文公作战。

却说楚军看见晋军挪营撤退，个个脸上显现出欢喜的神色。斗勃道："晋侯以君主的身份避让我们这些臣子，对我们来说也算是一种荣耀了。不如趁此机会班师回朝，虽然没有战功，也能够免去罪名。"成得臣愤怒地说道："我已经请求派兵支援了，如果不交战，怎么回去复命？晋军既然后退了，他们的气势已经胆怯了，应该快点去追击他们！"于是下令："加速行进！"楚军行进了九十里，正好与晋军相遇，成得臣审时度势，凭借山川和湖泊的阻隔，占据了险要的地势扎下大营。晋军的将领们都对先轸道："如果楚军占据了天险，我们攻打起来就十分艰难，应该派兵和他争夺险要之地。"先轸摇头道："占据险要的地势，通常是为了巩固防守。子玉远道而来，他的目的在于和我们交战，而不是坚守不战。虽然他占据了有利地势，但是有什么用呢？"

这时晋文公对是否与楚军交战还有些犹豫不决。狐偃启奏道："今天两军相持不下，势必要有一场决战。如果战胜了，晋国就可以称霸诸侯；即使战败了，我们晋国外围大河拱卫，内部群山险峻，足可以巩固自己的势力。楚国还能把我们怎么样？"文公还是下不了决心。

这天晚上休息时，晋文公忽然做了一个梦，梦见自己早些年逃亡在外时，身处楚国，和楚王做搏手游戏，自己气力不足，仰面朝天跌到地上。楚王趴在自己身上，打破了自己的脑袋，用口吸吮自己的鲜血。文公被噩梦惊吓后，非常害怕。当时狐偃和他同住在一个帐篷中，文公就将他叫醒，把噩梦讲给他听，如此这般："梦里寡人和楚王搏斗却失败了，他吸吮我的脑子，这恐怕不是什么好兆头吧？"狐偃向文公道贺道："这是上好的征兆！主公这次必定得胜！"晋文公疑惑地问道："好在哪里？"狐偃回答道："主公仰面跌到地上，就是指主公能得到上天的庇佑；楚王趴在主公身上，是跪地请罪的姿势。脑子是用计谋征服敌人的象征，主公把脑子给楚国，说明您用智谋战胜楚军，不是得胜的征兆还会是什么？"晋文公这才松了口气。天刚亮，有军官来报："楚国派人前来送战书。"文公打开战书观看，只见上面写着：

请求和您的士兵做一次游戏，您可以登车在一旁观看，得臣也与您一同观看。

狐偃道："交战，本是性命攸关危险的大事，得臣却写成是'戏'，他既然不把交战当回事，怎能不失败呢？"于是文公派栾枝在回信上写道：

寡人从未没有忘记当日楚君对我的恩惠，所以尊敬地退避三舍，不敢同大夫您交战。大夫如果一定想观看两军交战，寡人哪敢不从命！明天早上两军阵前相见。

楚军使者离去后，文公让先轸再次检阅兵车，共有七百辆战车，五万多精兵，还不包含齐国和秦国的士兵在内。文公登上有莘的高地，视察自己的军队，只见老少有序，前进后退协调一致，不由地赞叹道："这都是郤縠为我们遗留下来的练兵方法，靠他们对付楚军足够了。"文公派人砍伐了山上的树木，准备战争所用的装备。先轸开始调兵遣将，让狐毛、狐偃率领上军，和秦国的副将白乙丙一起进攻楚国的左军，同斗宜申交战。派栾枝、胥臣率领下军，和齐国的副将崔夭一起，攻打楚国的右军，和斗勃交战。各自向他们传授了战略计策让他们开始执行。先轸自己和郤溱、祁瞒在中军结阵，与成得臣的军队抗衡。又命令荀林父和士会，各自带领着五千人马作为左右两翼，到时准备接应。令国归父、小子慭各自率领着本国兵将，从偏僻的小路包抄过去，在楚军的后面进行埋伏，只等到楚军战败时，就杀过去占领楚军的营寨。这时魏犨胸脯上的伤也痊愈了，毛遂自荐要做先锋官。先轸道："我将老将军留在此处，另有大用。从有莘向南走，有个地方叫空桑，和楚国的连谷两地交界，老将军可以带着一支军队埋伏在那里，准备截断楚国败兵的退路，捉拿楚军将领。"魏犨高兴地领命而去。赵衰、孙伯纠、羊舌突、茅茷等众多文武大臣们，保护着晋文公在有莘山上观战。又命令舟之侨在南河准备船只，等候时机准备装载截获的楚军战备物资，到时不许延误。第二天天快亮的时候，晋军在有莘北面排兵列阵，楚军在有莘南面排兵列阵，双方的三军将士，都各自有序地排列开来。成得臣传令下去，喝令道："左右两军在前面发动进攻，中军在后面接上。"

且说晋军的下军大夫栾枝，探清了楚军右军用了陈国和蔡国的军队作为前头军队，大喜道："元帅私下嘱咐过我：'陈国和蔡国的军队胆小不敢恋战，容易击溃。'我先挫败陈国和蔡国军队的锐气，那楚国右军就不攻自败了。"于是派白乙丙出去迎战。陈辕选和蔡公子印都想在斗勃面前邀功，争先恐后地驾着战车出来。还没有交战，晋军忽然就撤退了。这两员大将正想追赶，只见晋军阵营的阵门口，随着一声响炮，胥臣带领着一列大车冲了出来。驾车所用的马匹都用虎皮蒙住马背，敌军的战马看见了，误以为是真老虎，吓得又蹦又跳，驾车的人缰绳都快握不住了，只能让车往回赶，却冲乱了后面斗勃的队伍。胥臣和白乙丙趁着混乱进行冲杀，胥臣持斧把公子印劈到车下，白乙丙弯弓射中了斗勃的脸。斗勃带着箭逃命，楚军的右师溃败不堪，死掉的士兵一个压着一个，不计其数。栾枝派遣士兵假扮成陈国和蔡国士兵的模样，打着他们的旗号，前去楚军报告，道："右军已经取胜，赶紧起兵前进，共建大功。"成得臣靠着车上的横木向远方望去，只见晋军向北奔去，车马踏起的扬尘弥漫了整个天空，就高兴地说道："晋军的下军果然被打败了！"于是督促左军奋力前进。

斗宜申看见对方阵中大旗高悬，猜想下面的一定是主帅，就振作起精神，冲杀了过来。这边狐偃迎住，只是略微交战了几个回合，就看见阵后大乱，狐偃回车就走，大旗也跟着往后退去。斗宜申以为晋军已经溃败，就指挥郑国和许国的两员大将奋力追赶。忽然鼓声大作，先轸和郤溱带着一支精锐军队，从中间横着冲杀过来，把楚军截成了两段。狐毛、狐偃回身再战，两下进行夹击。郑国和许国的士兵自己已经惊慌错乱，溃不成军，斗宜申抵挡不住，拼死杀出重围，遇到齐国将领崔夭，又厮杀了一阵，把车马器械全都丢弃，夹在步兵当中爬山逃跑了。原来晋军的下军伪装成向北逃跑的样子，遮天蔽日的烟尘，乃是栾枝砍下了有莘山的树木，拖在车后，车往前疾驰，树木就跟着往前走，自然就刮得满地尘土，骗得左军贪恋功劳主动求战。狐毛又竖起一面大旗，让人拖着向前走，装作溃败的样子。狐偃假装失败，引诱楚军在后面进行追击。先轸早已胸有成竹，吩咐祁瞒虚张声势打着将旗，守着中军，任敌人怎么挑战，也绝不回应。先轸自己带着兵将从阵后包抄而出，横闯过来，正好和二狐形成合围，于是大获全胜。这些都是先轸定下的作战计谋。有诗为证：

临机何用阵堂堂，先轸奇谋不可当。

只用虎皮蒙马计，楚军左右尽奔亡。

话说楚军元帅成得臣虽然自恃勇武主动挑战，但想起楚王两次告诫自己的话语，倒也十分稳重。听闻左右二军都已经获得战功，进展顺利，正在追击溃败的晋军，就下令中军击鼓，派自己的儿子小将军成大心出阵。刚开始时，祁瞒也记着先轸的告诫，坚守住阵门，对于挑战毫不理睬。楚军的中军又敲了第二遍鼓，成大心手里提着一支画戟，在阵前耀武扬威，不可一世。祁瞒忍耐不住，派人前去打探，回报道："前来挑战的是一个十五岁的孩子。"祁瞒大怒道："谅你一个小孩子有什么本事！等我出马，手到擒来，也算是我中军立了一份大功。"于是大喝道："擂鼓助阵！"战鼓一响，只见阵门打开之处，祁瞒挥舞着大刀冲了出来，小将军成大心便迎上前和他交战在一起。双方交战了大约二十几个回合，却不分胜负。斗越椒在大旗下面，瞧见小将军不能取胜，急忙驾车冲出阵来，把箭搭在弓上，瞄得真真切切，一箭正好射中了祁瞒的盔缨。祁瞒大吃一惊，想要退回到自己的阵中，又害怕冲撞了大军队，只能绕着大阵逃跑。斗越椒在后面大喊着："这个败军之将无须追赶，我们可以直接杀进敌方的中军大营，捉拿先轸！"

第四十一回
连谷城子玉自杀　践土坛晋侯主盟

却说楚国大将斗越椒和小将军成大心，不去追赶祁瞒，而是径直杀入了晋军军营帐中。斗越椒远远望见晋军大旗迎风飘扬，弯弓射箭，一箭将那大旗射倒了。晋军见失了帅旗，顿时乱作一团。幸好荀林父、先蔑两路接应的兵马赶到，荀林父截住斗越椒拼杀，先蔑截住成大心厮杀。成得臣挥师大举挺进，振臂高呼道："今天若让一个晋军逃跑，绝不班师回朝！"

正准备进军时，先轸、郤溱的兵马赶到，双方激烈混战了很长时间。栾枝、胥臣、狐毛、狐偃全都赶到，宛如铜墙壁垒一般，把楚军层层包围起来。成得臣这时才晓得左右两支军队早已溃不成军，无心恋战，迅速传令下去，鸣金撤军回营。可怎禁得住晋兵气势汹汹，把楚国的兵将截成了十几处包围起来。小将军成大心使一支方天画戟，出没无常，带领六百名同一宗族的士兵。这六百名士兵强悍无比，此战均以一当百，掩护着父亲成得臣，豁出性命杀出重围。

突围后却不见了斗越椒，于是成大心又回身杀入了重围。话说那斗越椒，乃是子文的堂弟，长得虎背熊腰，嘶吼声如豺狼般，有一夫当关万夫莫开的勇武，擅长射箭，百发百中。他在晋军中横冲直撞，正在到处寻找成家父子。正好被成大心碰到，成大心喊道："元帅已突围，将军可快快撤退！"于是两个人合在一块，各自奋起神威，又救出不少楚国将士，突破包围圈冲了出去。

晋文公在有莘山上，看见晋军节节胜利，就派人命先轸传令各队将士："只要把楚国的军队驱除出宋国和卫国的国界就行了。不要多加擒拿杀戮，以免伤害了两国的情分，也辜负了楚王昔日援助我们的情谊。"于是先轸喝止将士们不再追赶。祁瞒违抗军令私自出战，被关押在后帐大营中，听候处置。胡曾先生有诗写道：

避兵三舍为酬恩，又诫穷追免楚军；

两敌交锋尚如此，平居负义是何人？

陈国、蔡国、郑国、许国四国也是损兵折将，各自逃命不暇，回归本国去了。只说成得臣和成大心与斗越椒突出重围，急忙奔往大寨。前面探马来报："寨中已经竖起齐国和秦国两家的大旗了！"原来国归父、小子慭两名将领杀散了楚国的士兵，占领了大寨，兵马粮草全都落入了他们手中。成得臣不敢正面经过，只得绕道到莘山背后，沿着睢水一路逃走。斗宜申、斗勃各自领着残兵败将来汇合。

走到空桑地界时，忽然连发的炮声接连不断，一队兵马挡在路上，帅旗上写着"大将魏"三个大字。魏犨早前在楚国独斗貘兽，楚国无人不佩服他的神勇。今天在凶险的落难路口，遇到这样强有力的对手，何况楚国那些残兵败将一个个都惊魂未定，哪个不心惊胆战？还未交战便已溃不成军了。斗越椒勃然大怒，让小将军保护元帅，自己振作精神，独自上前抵御敌人。斗宜申、斗勃也只能勉强地上前助阵。魏犨独力对抗三员楚国大将，把兵器舞得水泄不通，毫无破绽。四人正在相持的时候，忽然望见北面有一人，骑着快马赶到，大喊道："将军请停战，先元帅奉主公之命前来传谕您：'放楚国将士回国，以报答落难时楚国对我国的援助之情！'"魏犨这才停手，命令手下左右分开，让出一条道来，大吼一声："饶你们不死，逃命去吧！"成得臣等人忙不迭地纵马疾驰，回到连谷，查阅残存的士兵数目，中军虽然损兵折将，但还保存了十之六七的势力。申邑和息邑原有属于左右二军的人马，余存下来的几乎只有十之一二了。真是一场悲壮的战斗啊！古人有诗凭吊这次战事道：

胜败兵家不可常，英雄几个老沙场？

禽奔兽骇投坑阱，肉颤筋飞饱剑铓。

鬼火荧荧魂宿草，悲风飒飒骨侵霜。

劝君莫羡封侯事，一将功成万命亡！

成得臣哀痛欲绝，道："我本想替楚国扬名立威，没料想却中了晋国的诡计。贪功冒进，以致落败，我罪孽深重，又怎么能推脱呢？"于是和斗宜申、斗勃一起将自己囚禁在连谷，命令他儿子成大心率领余下的兵马去拜见楚王，自求死罪。这时楚成王还驻跸在申城，见成大心到来，勃然大怒道："你父亲有言在先：'如不能取胜，甘受军法处置！'现在还有什么话可说呢？"成大心磕头道："微臣父亲明白自己犯了死罪，想要自杀，被臣所阻止。想请死在大王明正行刑之下，以申扬国法。"楚王冷笑道："按照楚国的法律，战败的人必须死。众位败军之将速速自我了断吧，免得玷污了本王的斧钺。"成大心见楚王没有哀怜赦免的意思，号哭退下，回禀成得臣。成得臣长叹一声，叹息道："即使楚王赦免我，我又怎么有脸去见申、息两地的父老乡亲呢？"于是向北方拜了又拜，拔出佩剑自杀身亡。

却说芳贾在家，问他父亲道："听说令尹战败了，是真的吗？"芳吕臣回答道："是真的。"芳贾又问道："大王怎么处置呢？"芳吕臣道："子玉和众将请求一死，大王批准了他们的请求。"芳贾道："子玉刚愎自用，骄横无比，不能使其独当一面，可他刚强坚毅，威武不屈，如果有合格的谋臣为他出谋划策，一定能建功立业。今天他虽然战败，来日能为楚国向晋国报仇雪恨的，也只有子玉这个人选了。父亲，您为什么不进谏大王救下他呢？"芳吕臣叹息道："大王盛怒，恐怕说了也没有什么用处。"芳贾摇头道："父亲还记得范地著名巫师裔[yù]似的话吗？"芳吕臣道："你说来听听。"芳贾道："裔似为人非常擅长相面，大王还是公子身份的时候，裔似就曾说过'主上与子玉、子西（斗宜申）三人，日后都不得善终'。主上对这话十分在意，时刻铭记在心。即位那天，就赐给子玉、子西每人一面免死金牌。不想让裔似的话应验。这次大王处于盛怒之下，竟忘了这事。父亲若提到此话，大王一定会留下两位大臣的性命，这点毫无疑问。"

芳吕臣立刻去见楚王，上奏道："子玉虽罪不可赦，可大王曾赐给他免死金牌，可以赦免他的死罪！"楚王吃惊道："难道是因为范巫裔似的预言吗？如果不是爱卿提醒，寡人几乎忘记了。"便派大臣潘尪和成大心，乘着快速的驿马，急忙去传达楚王的旨意道："战败的将领一律免死！"等他们赶到连谷时，成得臣已死半天了。左师将军斗宜申悬梁自尽，因为身体沉重，梁上挂着的布帛断了，这时恰好免死令到了，才留下了一条性命。斗勃本想等收殓了子玉、子西的尸骸后才自杀，所以也没有死。此番只死了成得臣，这难道不是命中注定吗？潜渊居士陶渊明有首诗凭吊子玉道：

楚国昂藏一丈夫，气吞全晋挟雄图。
一朝失足身躯丧，始信坚强是死徒。

成大心收殓了父亲的尸身。斗宜申、斗勃、斗越椒等人随着潘尪到申城去拜见楚王，拜伏在地，叩拜楚王的不杀之恩。楚王知道成得臣已自杀，后悔不已。起驾回到郢都，提拔芳吕臣担任令尹一职；将斗宜申贬为商邑尹，称他为商公，贬斗勃前去镇守襄城。楚王转而怜惜成得臣之死，任命他的儿子成大心、成嘉为大夫。

原令尹子文退位在家，听闻成得臣兵败，长叹道："果然不出芳贾所料！我的见识反而不如一个孩子。怎能不感到羞惭！"吐血数升，卧床不起，把儿子斗般叫到眼前嘱咐道："为父很快就要死了。只有一句话嘱咐你：你叔叔越椒，从出生那天起，就有熊虎的样子、豺狼的声音，这是灭族的异常相貌啊。我当时曾经劝你祖父不要养育他，你祖父却不听。我看芳吕臣的寿命也不多了，斗勃和斗宜申这两人都不是善终的相貌。将来在楚国掌权的人，不是你就是越椒。越椒傲慢凶狠，残忍嗜杀，如果他当政，必然会有篡位的非分之想。斗家的传承怕是要断绝了啊。我死后，如果越椒当政，你一定要逃走，不要被他惹出的灾祸所连累。"斗般再三叩头，领受父亲遗命。子文就此去世。不久，芳吕臣也死了。楚成王追念子文的功劳，就让斗般继承父业担任令尹，把斗越椒封为司马，芳贾担任工正一职。

却说晋文公打败了楚国的军队后，就将军队移到成得臣的大寨驻扎。大寨中剩下的粮草众多，各支军队都领到了粮食供给，开玩笑道："这是楚国人在款待我们啊。"齐、秦两国的军士及晋国的众位将领们，都以朝见君主的礼节前来道贺。晋文公不接受这个礼节，脸上隐隐带有忧愁。众位将领不解道："我们战胜了敌军，国君却如此忧愁，为什么呢？"晋文公叹息道："子玉不是甘居人下的人，这场胜利不足以让人放心，怎能不担心呢？"国归父、小子憨等人告辞回国，晋文公把一半的战利品送给他们，两国军队奏着凯歌，班师回朝。宋国的公孙固也回到本国，宋公自己派遣使臣去感谢齐国和秦国。暂且不表。

先轸把祁瞒押到晋文公面前，奏明他违背军令导致兵败的罪状。晋文公生气地说道："如果不是上下两军先获得了胜利，楚国的军队还能控制得住吗？"命令司马赵衰给他定罪，将祁瞒斩首示众，警示全军，下令道："此后有违背元帅命令的，可以看看此人下场！"全军上下更加惊悚畏惧。

晋国军队在有莘地区逗留了三天，然后下令班师回朝。走到黄河南河时，探子来报道："过河的船只还没准备好。"晋文公就派人传召舟之侨。但舟之侨不在此处。原来舟之侨原本是虢国投降过来的将领，归顺晋国很长时间，满心渴望能被晋文公重用立功，却被派到南河搜集船只，心里不满。正好接到家人传来的消息，他妻子在家里得了重病，舟之侨私自揣度晋国和楚国正处于僵持局面，时日一定不会太短，未必能在短时间内班师回国，因此暂时回国都探视妻子。没想到夏日四月戊辰这天，晋国大军到了城濮。己巳这日两军交战，晋军便击败了楚军，军队调整休息了三天，到癸酉这天，晋军就开始往回走，前前后后不过六天而已，晋文公就到了河边，耽误了渡河的大事。晋文公非常恼怒，想让士兵四处搜捕民船。先轸劝解道："南河的老百姓听说我们打败了楚国军队，谁不害怕？如果下令搜捕，老百姓一定会逃跑躲藏。不如下令以重金征集船只。"晋文公道："说得对。"才刚把悬赏的告示贴在兵营门口，老百姓就争着来应征送船，一会儿工夫，小船就如同蚂蚁一般密密麻麻地聚集起来，晋国军队顺利渡过黄河。晋文公对赵衰道："曹国和卫国的仇已经报了，现在只剩下郑国的大仇未报，怎么办？"赵衰回答道："国君回师之时，从郑国经过，不怕郑国人不来。"晋文公听从了他的话。

没走几天，远远地看见一队车马，紧紧护拥着一位达官贵人，从东面过来。先头军队栾枝迎上前问道："来的这位是什么人？"来人回答道："我是周天子的卿士王子虎。听说晋侯打败楚国得胜归来，中原的百姓稍微安宁一些，所以周天子亲自驾着金銮车，前来犒赏三军将士，命我先来通报。"栾枝就带王子虎来拜见晋文公。晋文公问群臣道："今天周天子屈尊前来犒劳我们，在这半路上，应怎样接待天子呢？"赵衰建议道："这里距离衡雍不远了，有个地方叫践土。践土地势平坦，可以连夜在那里建造一座行宫，然后主公带领各国诸侯们迎接周天子的圣驾，再行朝拜之礼，这样无损于君臣之间的礼仪啊。"于是文公和王子虎定下日期，约定五月的一个吉日，在践土那里等候周天子到来。子虎告辞离开。晋国军队向着衡雍行进。路上又遇到一队人马，有一个使臣前来迎接，原来是郑国的大夫子人九。他奉了郑伯的命令，担心晋军来讨伐，特意派遣他前来求和。晋文公大怒道："郑国听闻楚国战败后害怕了，这次求和并非出自本心。等寡人拜见周天子后，就会带领将士兵临你国城下。"赵衰进言道："自从我军出兵征战以来，驱逐了卫侯，擒拿了曹伯，打败了楚军，军威已经赫赫，名震天下。如今又要求再加上一个郑国，可是军队已经疲惫了怎么办？君主，您应该答应郑国求和。如果郑国真心来归附，饶过他们就是。如果他们还怀有二心，暂且休整几个月，再讨伐他们也不晚。"晋文公就答应了郑国的求和请求。

晋军到了衡雍安营扎寨。一边派狐毛、狐偃率领自己的军队，到践土建造王宫；一边派栾枝到郑国都城，和郑伯结盟。郑伯亲自到衡雍，赠送礼物以谢罪。晋文公又与郑伯歃血为盟，定下合约。交谈中，晋文公一直夸奖子玉的英勇。郑伯道："子玉已经在连谷自杀了。"晋文公久久叹息。郑伯离开后，晋文公私下里对诸位大臣们说道："寡人今天最高兴的事情，不是重新得到郑国的友谊，而是楚国失去了子玉。子玉死了，其他人对我们都构不成威胁，诸位爱卿可以高枕无忧了。"隐士徐霖有诗写道：

得臣虽是莽男儿，胜负将来未可知。
尽说楚兵今再败，可怜连谷有舆尸！

却说狐毛、狐偃在践土建造行宫，并且按照古代帝王举行朝会或者祭祀等大典的殿堂——明堂的格式修建。何以见得？有《明堂赋》为证：

赫赫明堂，居国之阳。嵬峨特立，镇压殊方。所以施一人之政令，朝万国之侯王。面室有三，总数惟九。间太庙于正位，处太室于中霤；启闭乎三十六户，罗列乎七十二牖。左个右个，为季孟之交分；上圆下方，法天地之奇偶。及夫诸位散设，三公最崇。当中阶而列位，与群臣而不同。诸侯东阶之东，西面而北上；诸伯西阶之西，东面而相向。诸子应门之东而鹄立，诸男应门之西而鹤望。戎夷金木之户外，蛮狄水火而位配。九采外屏之右以成列，四塞外屏之左而遥对。朱干玉戚，森耸以相参；龙旗豹韬，抑扬而相错。肃肃沉沉，峦崇壑深。烟收而卿士齐列，日出而天颜始临。戴冕旒以当轩，见八纮之稽颡；负斧扆而南面，知万国之归心。

在行宫的左右位置，又分别修建了几处馆舍，日夜施工，一个月左右方才建好。晋文公传檄文给各国诸侯道："五月初一，诸位都要到践土聚集。"这时，宋成公王臣、齐昭公潘是晋国的朋友，郑文公捷是新归顺的国家，带头来践土赴会。其他的如鲁僖公申和楚国关系紧密，陈穆公款、蔡庄公甲午是楚国的军事伙伴，它们都是楚国的党羽，非常担心晋国降罪，也都来践土参加赴会。邾、莒这样的小国就更不用提了。只有许僖公业，归顺楚国时间最长，不愿归顺晋国。秦穆公任好，虽与晋国合兵退楚，但从来没有参加过中原的会盟大会，还在犹豫之中，没有到会。卫成公郑逃跑到襄牛地区，曹共公襄被囚禁在五鹿地区，晋侯虽曾允许他们复国，但没有公开赦免他们，也没有参加会盟。

但说卫成公避难襄牛，听闻晋国即将联合各诸侯国会盟，对宁俞道："这次征会没有通知卫国，说明晋国的怒气还没消啊。寡人不能待在这里了！"宁俞回答道："国君如果就这样出逃，谁敢收留国君！不如把国君的位置给您的弟弟叔武，让大夫元咺辅佐他，到践土去乞求与晋国结盟。国君您就可以借退位禅让的借口逃亡他国。上天如果庇佑卫国，叔武与晋国结盟成功，叔武拥有卫国，就像国君拥有卫国一样。再说叔武向来孝顺父母友爱兄弟，他怎么忍心抢您的君位？他一定会想办法让您再度复位的。"心里虽然不愿意，但到了这个地步，卫成公毫无办法，便派孙炎以自己的名义将君位禅让给叔武，如同宁俞谋划的一样。孙炎接受命令，奔往楚丘去了。卫侯又问宁俞道："寡人现在想出逃，去哪个国家最合适？"宁俞犹豫着不回答。卫成公又问道："去楚国怎样？"宁俞回答道："楚国和晋国名义上虽为姻亲，但实际上是晋国的仇人。况且之前您已经写信与楚国断绝了关系，不可再去，不如到陈国。陈国即将归顺晋国，又可以借他们作为我们与晋国修好的途径。"卫成公摇头道："不能这么做，与楚国断绝关系并非寡人本意，此事楚国一定能谅解。晋国和楚国将来谁强谁弱，还未可知。让叔武归顺晋国，而我托身于楚国，这样两面观望，不也可以吗？"卫成公到了楚国，楚国边境的老百姓追着骂他；于是改去陈国，成公开始佩服宁俞的先见之明。

孙炎见了叔武，把卫成公的命令传达给他。叔武推辞道："我管理卫国，只是暂时摄政，怎么敢接受国君的禅让呢？"就和元咺一起到践土赴会。派孙炎回去向卫成公复命，道："我见到晋国国君的时候，一定为兄长想方设法求得晋国的原谅。"

元咺提议道："国君为人生性多疑，我不派血亲子弟与孙炎一同回去，怎么能取信于他呢？"于是派他的儿子元角跟着孙炎一同前往，名义上是问候，其实是留了人质在卫侯的身边。公子歂犬偷偷对元咺道："主公不能再回国复位是很明显的事情了。你为什么不把国君让位的事告知天下，拥立叔武并且以相国的身份辅佐他呢？晋侯一定很高兴。此次会盟后，您凭借晋国的力量降临卫国，就是说您和叔武一同掌管卫国大权了。"元咺摇头道："叔武不敢辜负兄弟，我怎么敢背叛君主呢？这次前去暂且请晋国恢复我们国君的君位。"歂犬无话可说，只好告退了。

公子歂犬担心卫成公一旦复国，元咺会泄露他今日所说的话，难免会被治罪。于是偷偷前往陈国，密报卫侯，污蔑道："元咺已经立叔武为君，正谋划着拜见晋侯以确定其君主的位置。"卫成公怀疑歂犬的话，就问孙炎。孙炎回答道："我不知道这事。元角现在您的住处，他父亲如果有这等打算，元角一定会听说，国君为何不问他呢？"卫成公又问元角，元角回答说没有这事。宁俞也劝解道："元咺如果不忠于国君，又怎会让他儿子前来侍奉国君？请国君不要怀疑。"公子歂犬私下里拜见卫成公，撺掇道："元咺计划驱逐国君，已不是一天两天的事了。他派儿子来，并非忠于国君，而是想窥探大王的动向，以便预先好做准备罢了。如果他们打算向晋国求情让国君复位，肯定推辞邀请，不敢赴会，如果敢明目张胆地公开赴会，就是取代君主您的信号。请国君您明察。"卫成公果然暗地里派人前往践土，伺机察看叔武、元咺的举动。胡曾先生有诗道：

弟友臣忠无间然，何堪歂犬肆谗言？

从来富贵生猜忌，忠孝常含万古冤。

却说在初夏五月丁未这天，周襄王驾车降临践土。晋文公率领众诸侯，提前在三十里外准备迎接，暂住在行宫里。周襄王登上大殿，诸侯们叩拜叩首。行过君臣之礼问安完毕后，晋文公把所俘获的楚国战利品献给周襄王：上百乘披着盔甲的战马，步兵一千余人，武器装备衣甲十几车。襄王特别高兴，亲自犒劳晋文公道："自从伯舅齐侯桓公去世后，楚国重新强大，侵扰中原百姓，幸亏叔父您主持正义进行讨伐，尊崇我周王室。从文王、武王以来，都仰仗叔父的荫蔽，岂是只凭朕一人鞠躬尽瘁就可以的？"晋文公又行礼谦让道："微臣重耳有幸歼灭了入寇的楚军，全仰仗天子的威仪，微臣哪里有什么功劳呢？"

第二天，周襄王准备了甜酒来犒赏晋文公。命上卿尹武公，内史叔兴，册封晋文公为诸侯霸主一职——方伯。奖赏了一套天子乘坐的大辂车，以及与大辂配套的服饰与装配；一套侯爵和伯爵所穿的绣有红色野鸡图案的礼服以及有七旒的冠冕；一套乘战车的服饰，用熟牛皮缝制的红色帽子；一把朱红色的弓，一百支朱红色的箭；

十把黑色的弓，一千支黑色的箭；一罐用黑黍与香草酿造的名贵之酒和三百名勇士。宣读王命道："传谕晋侯，可以独自决定征战讨伐之事，以消除周王室的祸患。"

　　晋文公谦让再三，然后才敢接受。于是便将周王的旨意宣告诸侯。周襄王又命令王子虎，册封晋文公为诸侯国的盟主，掌管诸侯国会盟的政事。晋文公在行宫的一侧设立了盟坛，诸侯们先到行宫行觐见天子的礼节，然后到了会盟的地点。王子虎亲自监督会盟之事。晋文公先登上盟坛，手里拿着盛着牛耳的盘子，诸侯们也一个个按照顺序随后登上盟坛。元咺已经事先引领着叔武拜见过晋文公。这一天，叔武暂时坐上卫国国君的位子，在盟约的末尾签名。王子虎宣读誓词道："凡是参加会盟的人，都要辅佐周王室，不能互相残杀。有违背盟约的人，神明会诛杀他，并且会祸及子孙，死于非命，断子绝孙！"诸侯们齐声道："天子命我们和睦友好，怎敢不恭敬从命。"每人都歃血为盟。陶渊明读史之时作诗道：

　　晋国君臣建大猷，取威定伯服诸侯。
　　扬旌城濮观俘馘，连袂王宫觐冕旒。
　　更羡今朝盟践土，谩夸当日会葵邱。
　　桓公末路留遗恨，重耳能将此志酬。

　　会盟仪式结束后，晋文公想让叔武拜见周襄王，立其为卫国国君，以取代卫成公。叔武流泪推辞道："昔日宁母之会，郑子华子夺父位，齐桓公拒绝了他的请求。今日晋君您刚继承桓公的伟业，怎么就要让叔武夺取兄长的君位呢？晋君，您如果想示好于叔武我，就请赐下怜悯，乞求您能恢复我兄长的君位。我兄长将来定会侍奉晋君，怎敢不尽心竭力！"元咺也跟着叩头请求，晋文公这才答应了。

第四十二回
周襄王河阳受觐　卫元咺公馆对狱

却说周襄王二十年，天子亲自屈尊到践土去犒劳晋文公，结束后回到周朝，众国诸侯们也纷纷告辞回国。卫成公对歂犬的话表示怀疑，派人偷偷地打探，派去的人看见元咺辅佐叔武出席了盟会，并将名字列入盟约，没来得及仔细打探，就立刻回去禀告给卫成公。卫成公勃然大怒道："叔武果然自立为君了！"大骂道："元咺这个背叛君主的贼子！自己图谋富贵，拥立扶持新君，又让自己的儿子来查探我的举动。我怎么能容得下你们父子呢？"元角刚想辩解，卫成公拔出宝剑猛地一砍，元角的头已经落到了地上。实在是冤枉啊！元角的随从惊慌失措地逃走，告知元角的父亲元咺。元咺说道："儿子的生死，是命运使然！国君虽然有负于我，我怎么能辜负太叔叔武呢？"司马瞒对元咺说道："国君既然怀疑你，你就应当回避。为什么不辞官离开，以此表明你的心志呢？"咺叹息着道："我如果辞官了，谁和太叔一道守卫卫国呢？国君杀了我儿子，是私人恩怨；守卫国家，是大义之事。因为私人恩怨而荒废国家大义，不是臣子报国的道理啊。"于是告知叔武，让他写信给晋文公，求后者恢复卫成公的君主之位。这就是元咺的超人之处。这事暂且搁在一边不表。

再说晋文公受了册封后班师回国，勇士带着弓箭，浩浩荡荡排列在前后，自是异常壮观的景象。回到晋国国都那天，沿途老百姓扶老携幼都挤在路边争相观看晋文公的风采。他们用竹篮装着食物，用壶装着酒，一起来欢迎得胜的晋军。一路上赞叹声不绝于耳，都在夸赞道："我们的国君威武！"个个喜笑颜开，都说晋国运势昌盛。这正是：

　　捍艰复缵文侯绪，攘楚重修桓伯勋。
　　十九年前流落客，一朝声价上青云。

晋文公上朝接受群臣们的朝贺，按照功劳的大小进行封赏，认定狐偃立了头功，先轸第二。众将领请问道："城濮之战，出奇制胜打败楚军，都是先轸的功劳。如今您却把狐偃列为首功，为什么呢？"晋文公回答道："城濮之战中，先轸道：'一定要和楚国决一死战，千万不要错过机会！'狐偃却说：'一定不能和楚国正面交锋，千万不要失去信用。'战胜楚军，只能逞一时之勇；而坚守信用，则是万代的福祉啊。怎么能把一时的功劳凌驾于千秋基业福祉之上呢？所以寡人把狐偃排在前面。"众将都心悦诚服。狐偃又上奏道:"大臣荀息,不幸殉国于奚齐、卓子之难中,其忠心气节应该得到表彰。我们要任用他们的后代,以鼓励忠臣的气节。"晋文公应允了,于是任命荀息的儿子荀林父为大夫。舟之侨此时正在家中守护妻子,闻听晋文公即将到来,就赶到半道上迎接。晋文公命令把他关押到后面的车队中。论功行赏结束,让司马赵衰对舟之侨定罪,按律当斩。舟之侨自己申诉,以妻子重病为由乞求宽恕,晋文公道:"侍奉君主的人连自己的身体都顾不了,更何况是妻子呢?"喝令下去,将舟之侨斩首示众。

晋文公这次出兵,第一次斩杀了颠颉,第二次斩杀了祁瞒,今日是第三次,又将舟之侨斩杀了。这三人都是久经沙场的大将,但违抗军令必当斩首,一点儿也不姑息。所以三军将士畏服,众将听从号令。这正是:赏罚不明,百事不成;赏罚若明,四方可行。这也是晋文公能成为诸侯之首的缘故。晋文公与先轸等大臣商议,想扩大军队人数,以增强晋国的势力。晋国原来有三军,若是再加三军,就与周天子的六军相同了。晋文公不敢和周天子的六军等同,于是就保留了以往的上、中、下三军,又添上了左、中、右三行,借用"三行"来命名。任命荀林父做中行大夫,先蔑、屠击分别为左右行大夫。前后三军三行,明显就是六支军队,只是避开了"六军"的名称罢了。从此兵多将广,天下再没有能比晋国更强盛的诸侯国了。

一天,晋文公坐在朝堂之上,正在与狐偃等商议曹国和卫国的事情,身边的内侍来禀报道:"卫国有国书传递过来。"晋文公笑道:"这一定是叔武为他的兄长求情来了。"打开国书,只见上面写道:

君侯,您不灭卫国社稷,允诺我国国君复位。整个卫国的臣民,都昂首祈盼晋君施展您的高尚道义之举。只求君侯对此早做安排。

陈穆公也派了使臣到晋国,替卫成公郑表示悔过之心。晋文公便向他们两处都回了书信,允许卫成公回卫国复位,命令郤步扬不必派兵阻拦。叔武得到晋文公宽恕的回信,就急忙派车驾赶往陈国,迎接卫成公。陈穆公也派人促成卫侯归国一事。公子歂犬对卫成公造谣道:"叔武在位已经很久了,国都的老百姓都归附他,邻国也与他结成了同盟,这次前来迎接,不可轻易相信。"卫成公点头道:"寡人也有这层顾虑。"于是派宁俞先到楚丘打探虚实,宁俞只好领命前去。

宁俞到了卫国,正赶上叔武在朝中与群臣议政。宁俞进了大殿,看见叔武的位置并非国君坐北朝南的正位,而是在大殿的东面设了座位,面向西面坐着。叔武一看见宁俞,就从座位上走下来迎接,礼节十分恭敬。宁俞假装问道:"太叔,您暂摄朝当政却不坐在正位,这不是有碍观瞻吗?"叔武道:"正位乃是我兄长所坐,我即便坐在一边,也恐惧不安,又怎敢坐在正位呢?"宁俞感叹道:"宁俞今天才明白叔武的真心啊！"叔武道："我思念兄长的心情很迫切，心从早悬到晚，希望大夫您劝说兄长早些返回朝堂，也让我心中安慰。"宁俞于是和叔武约定了时日，选在六月辛未那天进城。宁俞离开朝堂，去外面探听舆论，只听见文武百官纷纷议论道："以前的君主如果再次入朝，朝中难免会分成留守的叔武和外逃的成公两派，跟随国君逃跑的有功，跟随太叔守国的却有罪了，这可怎么办？"宁俞出面安抚道："我奉了以前国君的命令来给众位传达口谕：'不管是留守还是出走的，都只有功劳没有罪过'。如果有人还不相信，我跟各位歃血盟誓。"大臣们都道："如果能立下盟誓，我们还有什么可疑虑的！"宁俞于是对天发誓道："出行，是为了保护国君的安危；留守，是为了保护卫国安危。不管在内在外，都各自竭尽所能。君臣一心，共同保卫卫国社稷；如有欺瞒，上苍有眼，定当诛杀于我！"大家都高兴地散去了，说道："宁俞不会欺骗我们！"叔武又派了大夫长牂专门守卫在国门门口，嘱咐道："如果陈国那边有人来，不管早晚，一律立刻放入国都。"

再说宁俞对卫成公回复道："叔武是真心地恭请国君回国，一点恶意也没有。"卫成公也深信如此。却奈何歂犬早就在卫侯面前进了谗言，如果回国察觉实情不是这样，自己反而会获欺君之罪，就对卫成公说："叔武和宁大夫定下回归日期，怎知他不会提前做准备，以便那天加害国君？国君不如提前几天回国，让他措手不及，必定能入主朝堂。"卫成公听信了歂犬的话，立刻摆驾出发。歂犬毛遂自荐做了前锋，未雨绸缪，若发现祸端及时铲除。卫成公允诺了他。宁俞劝谏道："我已经和国都的百姓们定好日期了。国君如果提前赶往，国都的百姓们一定惊疑交加。"歂犬大吼一声道："宁俞不想国君快速回国，打的什么主意？"宁俞便不敢再坚持劝谏了，只得对成公回奏道："国君如果现在就要启程，请允许臣子先行一步，也好告知黎民百姓，使百官与人民安心。"卫成公点头道："你就对国都的百姓说，寡人不过是想早点儿见到臣民们，没有其他原因。"宁俞离开后，歂犬道："宁俞先行一步，举止可疑。国君出行不能拖延了！"卫成公催促车夫，加快赶路。

再说宁俞先行到达国都城门，长牂询问得知是卫成公的使臣，立刻放他进去。宁俞道："国君马上就要到达了。"长牂惊惧道："上回约在辛未之日回归，现在还是戊辰之日，怎么提前了？你先进城通报，我自当在此准备迎候。"宁俞刚转身离去，歂犬带领的前部人马就到了，说道："卫侯的车队在后面。"长牂赶紧整顿车驾人马，向前迎接。歂犬先进城去了。这时叔武刚监督下人差役打扫完宫室，正在院中洗头。听宁俞报信道："国君到了。"又惊又喜，忙乱之间，正想问问为何提前到来，赫然听到外面传来车马奔跑的声音，以为是卫成公已经到来，心中特别欢喜，不管头发还没干，也顾不上挽成发髻，急急忙忙地一手抓着头发，快步跑了出去，不巧撞上了歂犬。歂犬担心留下叔武，他们兄弟如果相见，相互间说出前面的情况，就能觉察事情的真相，于是决定除掉叔武。他老远看到叔武到了眼前，就搭弓放箭，"嗖"的一声射了出去，正中目标。叔武被箭射中了心窝，向后便倒了下去。宁俞连忙上前搀扶抢救，已经来不及了。真是可悲啊！元咺听闻叔武被杀，大吃一惊，破口大骂道："无道的昏君！滥杀无辜，天理岂能容得下你。我一定向晋侯投诉你，看你的国君位置还能坐稳吗？"元咺大哭了一场，急忙逃往晋国了。隐士徐霖有诗写道：

坚心守国为君兄，弓矢无情害有情。
不是卫侯多忌忮，前驱安敢擅加兵？

却说卫成公到了城下，看见长牂来迎接，便问他的来意。长牂转述了叔武之前的吩咐，说是只要卫侯回来，早上来就早上进，晚上来就晚上进。卫成公叹息一声道："我弟弟果然没有二心啊！"等到进了城，只见宁俞哭着跑过来，禀报道："叔武对国君的到来十分欣喜，没有梳洗完，手握头发就出来迎接，谁想到被君主的前部先锋所枉杀，使臣我失信于国都的百姓，罪臣该死！"卫成公面带愧色，回应道："寡人已经知道叔武的冤情了！爱卿不要再说了。"于是驾车进了朝堂，文武百官还不知此事，陆陆续续地一路迎接。宁俞引领着卫成公去看叔武的尸体，只见他两眼睁开和活着时候一样。卫成公把他的头放在自己的膝盖上，忍不住失声痛哭，用手抚摸着他道："叔武，叔武！我因为你才得以复国，你却因我而死！痛煞我也！"只见叔武尸体的眼睛闪烁几下光芒，渐渐地闭上了。宁俞厉声说道："不杀前部先锋歂犬，怎么能告慰太叔的亡灵？"卫成公立即下令拘拿歂犬。这时歂犬正准备逃跑，被宁俞派人抓回。歂犬辩解道："微臣杀叔武，也是为了主公啊！"卫成公大怒道："你污蔑寡人的弟弟，还擅自滥杀无辜，现在又想把罪责推到寡人身上。"说罢命令身边的卫士把歂犬斩首示众。然后吩咐下去，用君主的礼仪厚葬叔武。卫国国都的百姓最初听说叔武被杀害时，议论不断，群情激愤。等到听说杀了歂犬，厚葬了叔武，百姓的心情才开始安定下来。

话分两头。只说卫大夫元咺逃往晋国，见到晋文公，趴在地上痛哭不止，把卫成公猜疑叔武，派歂犬射杀叔武的经过详细说给晋文公听。说一会儿哭一会儿，哭一会儿说一会儿。说得晋文公恼怒起来，说了一些好话安慰元咺，将他留在驿馆。然后召集所有大臣们问道："寡人仰仗众位爱卿的力量，一战击溃了楚军。践土会盟，周天子亲自屈尊犒赏，众位诸侯紧紧跟随。如此鼎盛的霸业，我个人以为能和齐桓公一较高下了。可惜秦国未赴约，许国不朝拜。郑国虽然与我结盟，但还怀有二心。卫侯刚复国，就擅自杀害了在我盟约上签名的弟弟叔武。如果不能再次申明盟约的效力，严格按盟约执行讨伐诛杀，诸侯虽然暂时联合起来，但很快就会分裂。诸位爱卿有什么好计策？"

先轸上前启奏道："邀请会盟，讨伐叛逆，这是诸侯霸主的责任。微臣请求厉兵秣马，等候君主您的出征命令。"狐偃劝阻道："不应如此。诸侯霸主之所以能指挥诸侯国，全因凭借天子的威仪。如今天子亲自前来慰劳国君，而国君您还未履行前去觐见天子的礼仪，我国若有疏漏之处，怎么能让别人服从？如今为国君您打算，不如假借朝见周王为名，号召诸侯集会，看看有胆敢不来的诸侯，便以天子的命令前去兴师问罪。朝见天子乃是大礼，征讨怠慢天子之罪，是非常大的理由。这既完成了大礼，又获得了很好的出征理由，必会立下伟大的功业，请主公仔细考虑这建议！"

赵衰点头道："狐偃的话很有道理。可是依微臣的拙见，恐怕入朝觐见之举，未必就能实现。"晋文公不解地问道："为什么不能实现？"赵衰回答道："觐见周天子的礼仪，已很久未能举行了。凭借晋国目前的强势，聚集诸侯各国前往周都城，所过之处，谁不震惊？微臣担心周天子会因为猜疑您而表示谢绝。谢绝而不接受，君主您的威名就受损了。还不如把周天子请到温邑，然后带领诸侯们在那里觐见。君臣间没有猜忌，这是第一个好处。诸侯们不会舟车劳顿，这是第二个好处。温邑那里有太叔带从前所建的新宫殿，不用再耗费人力物力兴建，这是第三个好处。"晋文公又问道："周天子能来吗？"赵衰点头道："周王非常愿意和晋国亲近，乐于接受朝拜，何乐而不为呢？微臣恳请替国君您出使周朝。如果我们商议入朝觐见的事，想弄清楚周天子的心意，也必须去一次周朝。"

晋文公非常高兴，于是命赵衰出使周朝，拜见周襄王。见了周王，赵衰磕头拜了又拜，上奏道："我们的国君重耳，感激周天子亲自屈尊前往犒赏的恩情，想要率领诸侯们来都城，行朝拜之礼，请天子您批准！"周襄王听罢沉默不语，先命令赵衰到馆驿休息，而后马上宣召王子虎商议，说道："晋侯想带领如此之多的诸侯们前来朝拜，他的心意很难猜测，应怎样拒绝呢？"王子虎回答道："微臣恳请面见晋国使者而打探他们的意图，能拒绝的话趁机拒绝。"王子虎告别襄王，到馆驿去见赵衰，谈论起入朝觐见的事情。王子虎道："晋侯倡议率领各位诸侯，尊奉服侍天子，重新恢复废弃已久的朝堂隆重的礼仪，实在是我周王室的大幸！可是各国诸侯云集，行李遍地，车马随从众多，士子百姓从没见过如此境况，怕是会胡乱猜想，容易出现谣言四起的局面，倘若有人因此而讥讽或是抨击，反而会辜负晋侯的一片忠君爱国之心，不如就这样算了吧。"赵衰摇头道："我家君侯想谒见周天子，确实出自一片至诚之心。下臣我出发前来周朝的这几天，我国已经把檄文送往各国，与诸侯约定在温邑汇集。如果这个计划不能实行，就是把朝见天子的事当成儿戏。下臣我确实不敢回去复命。"王子虎为难道："这可如何是好？"赵衰道："下臣倒是有一个对策，可是不敢说。"王子虎急忙问道："子馀你有什么好办法？我怎敢不听呢？"赵衰缓缓说道："古时候，天子有时常外出查访的先例，外出视察四方，体察民情。况且，温邑也是从前京畿地区治下的领地。周天子如果以巡守的名义，摆驾河阳，我们国君也能趁机带领诸侯们觐见天子。此举上无损王室的尊严体制，下不辜负我们国君对天子的忠诚之心。不知是否可行？"王子虎大喜道："子馀，你的计谋实在是两全其美。我立即转达给周天子。"王子虎回到朝堂，把赵衰的话告诉了襄王。襄王大喜过望，约定在冬季十月的吉日，摆驾河阳。赵衰回去禀报晋文公。晋文公把朝见周天子的计划宣告各诸侯国，约定在冬季的十月，于温邑地区会集。

到了那一天，齐昭公潘、宋成公王臣、鲁僖公申、蔡庄公甲午、秦穆公任好、郑文公捷，先后都赶到温邑。秦穆公派人捎话道："上次践土会盟，寡人因为忌惮道路遥远而迟到，所以没去。此次，秦国愿跟从众位诸侯之后前往觐见天子。"晋文公对此表示感谢。这时陈穆公款刚刚故去，他的儿子共公朔新立为君，害怕晋国的威势，穿着黑色丧服便赶来了。邾、莒这样的小国，无不前来参会。卫成公自知有罪，打算不前往温邑。宁俞进谏道："如果不去，罪上加罪，晋国必定前来讨伐我国。"卫成公这才迫不得已出发了。宁俞、鍼庄子和士荣，三人跟随卫成公前往。到了温邑，晋文公不与他们见面，派兵将他们看守起来。只有许国国君倚仗本国地势险固，不听从晋国的号令。除去卫国，统计共有晋、齐、宋、鲁、蔡、秦、郑、陈、邾、莒十个国家到了温邑会谈。不多时周襄王驾临。晋文公带领众位诸侯们迎接天子到新宫暂时住下。晋文公率诸侯上前问候天子起居，然后行礼叩首。第二天五更时，十国的诸侯们个个衣冠华美，佩戴宝器，整整齐齐，迎拜的仪式激起尘土，庄重肃穆。十国贡品异常丰富，各自表达了本地的礼仪。十国诸侯就坐时谦恭有礼，争相目睹周天子的龙颜。这次朝拜比践土那次更加庄重。有诗为证：

衣冠济济集河阳，争睹云车降上方。

虎拜朝天鸣素节，龙颜垂地沐恩光。

酆宫胜事空前代，郏鄏虚名慨下堂。

虽则致王非正典，托言巡狩亦何妨？

朝拜礼完成后，晋文公便将卫叔武的冤情告诉了周襄王，请王子虎一起审判这案子。周襄王允准了。晋文公邀请王子虎到公馆，宾主寒暄一番后落座，然后派人以周天子的命令传唤卫成公。卫成公穿着囚衣到来，卫大夫元咺也跟着来到这里。子虎首先开言道："君臣之间不便直接对簿公堂，可以找人代替卫侯申辩。"于是让卫成公站在廊檐下。宁俞在他身边侍奉，寸步不离。鍼庄子代替卫成公，和元咺对簿公堂；士荣暂时代替审问案情的官员，来质问、指正这件事的来龙去脉。元咺口若悬河，滔滔不绝，从卫成公投奔襄牛开始，到怎样嘱咐叔武守卫卫国国都，以后又怎么先杀元角，接着杀了太叔的经过，详详细细地讲述了出来。鍼庄子道："这都是歂犬恶意中伤的谗言，才导致卫侯错信，不全是卫君的责任。"元咺反驳道："歂犬最开始的时候曾经劝我，要拥立太叔武为国君。我如果听他的话，国君怎么还能复位？只因元咺体恤叔武友爱兄长的心意，所以拒绝了歂犬的请求，没想到歂犬反倒大肆地挑拨离间。而卫侯如果没有猜疑叔武之心，歂犬的中伤又怎能有机可乘呢？我派儿子元角前去服侍卫君，本想表明自己的心迹，也是一片好心，却被卫君无辜杀害。就他杀害我儿子元角便知已起了杀害叔武的祸心了。"

士荣反驳他的话道："你心中顾念着杀子之仇，并非真心为太叔讲话。"元咺冷笑道："我常对别人说：ّ杀子是私人恩怨，守卫国家是要事。'我虽不才，但是不敢因私人恩怨而耽误国家大事。那日太叔写信给晋侯，请求让其兄长复位。这封信本出自我手。如果元咺我带着私怨，又怎么肯这样做呢？本以为是我们的国君一时糊涂，还盼望着他萌生悔意，没料想又连累太叔遭此天大的冤枉。"士荣又道："太叔本没有夺位的野心，我们国君早就知道他的心意了。太叔误遭歂犬的毒手，也不是出自卫君的本意。"元咺冷笑道："君主既然了解太叔没有夺权的野心，从前歂犬所说的都是荒谬之言，就应该治他的罪，为何又听歂犬的建议提前动身返回国都呢？等到进城后，又任命歂犬做前锋，明明就是假借歂犬之手除掉太叔武，很难相信他真的不知歂犬所作所为。"鍼庄子低着头一句话说不出来。

士荣又反驳元咺的话道："太叔虽然被冤枉错杀，可是太叔毕竟是臣子。卫侯，乃是国君。自古以来的人臣，被国君错杀的，多到不计其数。何况卫侯已经诛杀了歂犬，又提升规格厚葬了太叔，国君赏罚分明，还有什么罪呢？"元咺大声道："以前夏桀枉杀了关龙逄，商汤放逐了他。纣王枉杀比干，周武王讨伐了他。商汤和周武王，都是夏桀和纣王的臣子，目睹忠臣被冤枉，就发动正义之师兴兵讨伐，诛杀他们的昏君而安抚他们的百姓。何况太叔和卫王是同胞，又有守卫国都的功劳，不是龙逄、比干所能相提并论的。卫侯只不过是一个被封国的诸侯而已，上面受制于周天子，下面听命于方伯，又比不上夏桀、纣王那样贵为天子、拥有四海的疆土，怎么能说无罪呢？"士荣无话可说，又改口道："卫君固然有错，但你身为他的臣子，既然忠心为君，为什么国君刚进国都，你就逃出国都？既不朝拜也不祝贺，是什么道理？"元咺高声道："元咺辅佐太叔守卫国都，实在是因为国君的命令。国君容不下太叔，还能容得下我吗？元咺我逃跑，并不是贪生怕死，实在是想为太叔洗刷这不明之冤啊！"

晋文公坐在公堂上，对王子虎说道："看士荣、元咺反复争辩数次，每次都是元咺说得在理。卫郑乃是天子的臣子，不敢私自判决，可以先对他身边的大臣执行刑罚。"便大声命令左右手下道："凡是追随卫君的大臣，全部都杀掉。"王子虎劝阻道："我听说宁俞这个人，是卫国贤明的大夫，他在兄弟君臣之间调节，颇费心思，无奈卫侯就是不听，何况这个案件和宁俞无关，不能连累他。士荣暂时代为狱官，断案却不分明，应该先受处罚。鍼庄子一言不发，知道自己理亏，可从轻处罚。希望君侯明鉴！"晋文公听从他的建议，便将士荣处斩，把鍼庄子的双脚削去，宁俞暂且赦免不问。卫侯被押上了囚车，晋文公和王子虎带着他，来见周襄王，详细陈述卫国君臣双方相互辩论的状词，道："这么大的冤情，如果不杀了卫郑，天理难容，人心难服。请大王您传令司寇行刑，以彰显上天的惩罚！"周襄王想了想，说道："叔父断案非常公正准确，但即使这样，也不符合刑律。朕听闻《周官》里设置了被告和原告的概念，是为了审讯平民百姓的案件，只有君臣之间、父子之间不能相互诉讼，不能依照这种刑狱法律来审判。如果臣子与君主对簿公堂，就没有上下等级之分了。更何况如今臣子在辩论中获胜，为了臣子而诛杀君主是大逆不道！朕只是担心，这样做不但不能彰显卫侯的罪恶，反而恰恰会鼓励以下犯上的行为，朕又怎么会偏袒卫侯呢？"晋文公听罢，惶恐不安，谢罪道："重耳没有看到这点。既然天子您不想诛杀卫侯，就用槛车将他送到京城，听候您的发落。"晋文公仍然带着卫侯，回到公馆，一边让士兵像从前一样严加看管，一边打发元咺回到卫国，让他另外再立其他贤明君主，来代替卫郑的位子。

元咺回到了卫国，和群臣商议，谎称："卫侯已经被定了死罪，现在我奉王命，另外选立贤明的新君。"大臣们共同推举一人，乃是叔武的弟弟，名字叫适，字子瑕，为人仁厚。元咺道："拥立这人，正合乎'兄长去世弟弟继承'的礼仪。"于是奉立公子瑕登上君位。元咺以相国的身份辅佐他，还有司马瞒、孙炎、周歂、冶廑一帮文武大臣们协助，卫国大致上安定了。

第四十三回
智宁俞假鸩复卫 老烛武缒城说秦

却说周襄王受过诸侯们的拜谒,便想返回洛阳。诸侯们送襄王出了河阳地界,命令先蔑押送着卫侯去京师。此时卫成公生了小病,晋文公便命随行的医生衍和卫侯一起走,假借看病的名义,实际上想用毒酒把他药死,以发泄心中的怨恨:"如果不用心将此事办好,你必死无疑,决不轻饶!"又嘱咐先蔑道:"尽快处理,完事那天,和医生衍一道回话。"

周襄王离开之后,诸侯们并未散去,晋文公说道:"寡人奉了周天子的命令,享有征伐的特权。如今许国人一心依附楚国,不和中原各国交好。周天子再次驾临中原,诸侯们都匆忙地来回奔走,不得一丝闲暇之时。而许国国都颍阳离得这么近,却置若罔闻,怠慢之意实在太过分了!寡人愿意和诸侯们一起向许国兴师问罪。"诸侯们都赞同道:"愿意遵从您的号令。"这时,以晋文公为首,齐、宋、鲁、蔡、陈、秦、莒、邾八国的诸侯们,都带领人马听从其指挥,一齐向颍阳出发。只有郑文公捷,原本是楚国的姻亲,因惧怕晋国而来归附,看见晋文公处置曹国和卫国太过苛刻,心中愤愤不平,想道:"昔日晋侯逃亡的时候,我国也曾对他无礼,看他亲口允诺恢复曹国和卫国的国政,却还是不愿放手。心中如此记仇,不一定就能忘记同郑国交恶的旧事。不如暂且把楚国当作一条后路,做个退步之阶,将来遭难时也好有个依靠。"上卿叔詹看见郑伯犹豫不决,似乎有背弃晋国的意图,就进谏道:"晋国不念旧隙接纳了郑国,国君您不要有二心。如果生了二心,一定罪不可恕。"郑伯不听他的建议,派人四处宣扬道:"郑国国内出现瘟疫。"于是以为国家祈祷为名,辞别晋文公回国,暗中让人通知楚国:"晋侯厌恶许国和楚国走得太近,率领诸侯将要兴师问罪于许国。我国国君畏惧贵国的威仪,不敢派兵同行,特此告知大王。"许国人听说有诸侯们的兵马前来讨伐,也派人向楚国告急。楚成王道:"寡人的军队刚刚被晋国击败,暂时不能和晋国争锋。等晋对战争感到疲倦之后,再向他们求和吧。"于是不去援救许国。诸侯国的军队包围了颍阳,围得水泄不通。

这时曹共公襄还被扣押在五鹿城中,没有收到晋侯的特赦令,便想恳求能言善道的人,去向晋侯求情。小臣侯獳请求带着贵重的礼品前去,曹共公同意了。侯獳听闻诸侯们在许国,就直接到了颍阳,想谒见晋文公。这时晋文公因为太操劳的原因，染上了风寒，梦见有穿着衣服戴着帽子的鬼魂，向晋文公乞求食物，文公大声呵斥，鬼才退下。因文公病情越来越重，卧床不起，于是召见太卜郭偃，让他占卜吉凶。侯獳就把一车黄金和丝绸等贵重物品赠给郭偃，把事情的原委告诉他，想请他借鬼神之说，为曹共公求情，需要如此这般向晋文公进言。郭偃接受了贿赂，答应为曹共公求情。跟晋文公见面后，晋侯把自己的梦说了出来。郭偃用卜卦占卜，得到了"天泽"的卦象，阴变为阳。郭偃把卦辞给文公看，那上面写着："阴极生阳，蛰虫开张；大赦天下，钟鼓堂堂。"

晋文公不解地问道："这卦象是什么意思？"郭偃回答道："这个卦象和梦境联系起来看，一定有丧失香火祭祀的鬼神请求国君您的赦免。"晋文公大惊道："寡人对祭祀之事，一直以来十分提倡而没有荒废。何况鬼神有什么罪过，还需要求得寡人的赦免？"郭偃回答道："以微臣愚钝的才能来揣度这件事，会不会是指曹侯的事？曹叔振铎，乃是周文王的儿子。晋国的祖先唐叔是周武王的儿子。昔日齐桓公大会诸侯，册封了邢国、卫国这些与齐国不同姓的国家。今天主公会盟，却灭了曹、卫两个与晋国同姓的国家。何况，您早就允诺这两个国家恢复其君主的位置。践土会盟，国君您恢复了卫侯的君位却没有恢复曹国的君位，犯了同等的错误，而处罚却不一样，曹叔振铎便失去了后代的祭祀，他出现在国君梦中，不也合情合理吗？君主如果恢复曹伯的君位，以此来安定振铎的鬼魂，发布宽宏仁慈的政令，享受歌舞升平的景象，这等小病又何足为患呢？"这一番话，说得晋文公心中豁然开朗，顿时觉得病一下子就去除了一半。当天就派人去五鹿召见曹伯，让他重新回到本国为君，所赠送给宋国的所有曹国土地也重新归还曹国。曹伯襄被释放后，就像笼子里的鸟飞到了广阔的天空、被关在栅栏里的猿猴回到树林，立刻统领曹国的士兵迅速跑到颍阳，当面感谢晋侯让他复国的恩情，并协助诸侯们围攻许国。晋文公的病也慢慢痊愈。许僖公见楚国不来援救，于是背缚自己的双手，口中含着碧玉，到晋军大营中乞求投降，同时拿出大量的金玉布帛犒劳军队。晋文公便和诸侯们解散围困，离开了。

临别的时候，秦穆公和晋文公约好："他日如果有军事行动，只要秦国出兵，晋国一定相助；晋国出兵，秦国也一定相助。大家齐心合力，不可坐视不管。"两国君主的约定达成，就各自分道扬镳。晋文公在半路上，听闻郑国暗地里派使者再次与楚国联合，暴跳如雷，就想转移军队前去攻打郑国。赵衰进谏道："国君龙体刚刚恢复，不可以过于操劳。况且士兵们困乏已久，诸侯们都各自回国，不如暂且返回晋国，休整一年，然后再做打算。"晋文公于是便回国了。

话分两头。再说周襄王回到京师，众臣都拜谒行礼结束。先蔑跪拜，转达晋侯的命令,请求把卫侯交给司寇处置。当时周公阅任太宰执政,请求将卫侯关押在馆舍,让他自己反省。周襄王道:"若将他关进大牢则处罚过重,放在馆舍又嫌太轻。"于是把民间空置的房屋另外改建成监牢将其关押起来。周襄王本来想保全卫侯的性命,只因晋侯对卫侯十分痛恨,又有先蔑押送,怕忤逆了他的意愿,所以关押到别的地方,名义上是囚禁,实际上是宽容卫侯。宁俞紧紧跟随着他的国君,无论睡觉办事,形影不离,凡是饮食之类,一定亲自尝过,才让国君食用。先蔑数次催促医生衍赶紧动手,无奈宁俞的防范十分严密,无从下手。医生衍没有办法,只得把实情告诉了宁俞,道:"晋侯精明强横,你是知道的。有犯必杀,有仇必报。我这次跟随卫侯前来,其实是奉命用鸩酒毒杀卫侯,若不这样做,我就要获罪了。我想用假死之法脱身,你千万不要告诉别人。"宁俞附在他耳边道:"你既然掏心置腹地告诉我实情,我怎么能不为你设想呢?你的国君年龄大了,逐渐开始疏远人,而接近鬼神之说。最近我听说曹国国君获释,巫史的一句话起了决定作用。你如果能在进呈卫侯的药中减少鸩酒的分量,然后假借鬼神之说,阁下一定不会获罪。我的国君也会有薄礼献上。"医生衍心领神会地离开了。

宁俞假托卫侯的命令,向医生衍取药酒治病,趁机暗中送了他一匣宝玉,医生衍就对先蔑谎称:"卫侯的死期到了!"便调了鸩酒用瓦罐盛着献上,里面毒酒的成分很少,用其他的药色来掩盖了酒的颜色。宁俞请求先试尝一下,医生衍假装不允许,强逼着给卫侯灌了下去。才只灌下两三口酒,医生衍睁开眼睛看向庭院之中,忽然大叫一声倒在地上,口中吐出鲜血,昏迷过去,瓦罐掉到地上,毒酒也洒了一地。宁俞故意装作大惊小怪的样子,命身边的随从把太医衍扶起来。半响,医生衍方才苏醒过来,别人问他什么缘故。医生衍心有余悸道:"刚才给卫侯灌酒时,忽然看见一位神人,身高一丈多,头仿佛有十斗那么大,所穿的衣服十分威严,自天上飘落下来,径直走入屋中,朗声道:'我奉了唐叔的旨意,前来救卫侯性命。'然后用随身携带的重锤打落酒罐,让我不由得失魂落魄!"

卫侯也说起自己看到的情形,和医生衍讲的全部一致。宁俞假装勃然大怒,喝道:"原来你想用毒酒杀害我们主公,若不是神人相助,几乎要遭到你的毒手了。我和你势不两立!"然后就挥起胳膊,要同医生衍拼命,左右的人忙将他们劝解。

听说这事,先蔑也飞马前来查看,对宁俞言道:"既然你们国君得到神明保佑,后福还没有终结,我这就回去报告我们国君。"卫侯所服的毒酒又稀又少,因此中毒不深,稍微有点儿不舒服,很快便痊愈了。先蔑和医生衍回到晋国,将此事回报给晋文公。晋文公信以为真,便赦免了医生衍之罪。史臣有诗说道:

酖酒何名毒卫侯?漫教医衍碎磁瓯。

文公怒气虽如火，怎脱今朝宁武谋！

却说鲁僖公原与卫国世代友好相处，听闻医生衍用了鸩酒下毒而卫侯却没死，晋文公也没有追加罪责，就问大夫臧孙辰道："卫侯身体还能复原吗？"臧孙辰道："可以恢复。"鲁僖公问道："何以见得？"臧孙辰回答道："当世的刑罚无非五种：甲兵、斧钺、刀锯、钻笮、鞭扑，世人称之为'五刑'。若是要对犯人动用五刑，最严厉的刑罚，是动用兵甲斧钺；次一等的刑罚，则使用刀锯钻凿；最下等的刑罚是鞭打，或抛尸原野，或陈尸于市，让百姓们都知晓他的罪行。如今晋侯对待卫侯，不用刑罚却用毒酒暗杀，而且也不杀失手的医生衍，这是怕担个诛杀卫侯的罪名啊。卫侯如果没被杀，他能一直待着老死在周朝境内吗？如果有诸侯替他求情，晋文公必然赦免卫侯。卫侯如果重新掌握国政，一定会对鲁国更加亲近，诸侯们谁不传颂鲁国的高尚品德呢？"鲁僖公十分高兴，就让臧孙辰先将十双白璧敬献给周襄王，为卫侯求情。周襄王道："这是晋侯的意思啊！如果没有晋国背后的非议，朕怎会与卫侯交恶呢？"臧孙辰回答道："我国国君将派微臣到晋国去，哀求晋侯原谅卫侯，可是没有天子您的旨意，下臣不敢私自前往。"周襄王接受了白璧，很明显是答应了臧孙辰的请求。

臧孙辰到了晋国，拜见了晋文公，也将十双白璧敬献上去道："我们国君和卫侯是兄弟。卫侯得罪了君侯，我们国君也惶恐不安，不得安宁。现在听闻君侯已经释放了曹伯，我们国君愿意用一些薄礼来为卫侯赎罪。"晋文公淡淡地道："卫侯已经被押解到京师，成为周天子的罪犯，寡人怎敢独断专行呢？"臧孙辰道："君侯代周天子行使权力来命令诸侯，君侯如果能赦免卫侯的罪过，那么与周天子的命令又有什么分别呢？"先蔑上前进言道："鲁国亲近卫国，君侯为鲁国释放了卫侯，两国更加亲近友好，鲁国此后更加依附晋国，国君为什么不做这件对您有利的事情呢？"晋文公同意了先蔑的意见，立刻命令先蔑和臧孙辰再次出使周朝，一同向周襄王请求赦免卫侯。于是周襄王解除了对卫成公的囚禁，放他回卫国。

此时元咺已经拥立公子瑕做了国君，修筑城墙，加强军事防备，对出入人员的检查控制十分严格。卫成公担心回到卫国那天，元咺会发兵抵抗，就和宁俞秘密商议对策。宁俞回答道："听闻周歂、冶廑因为拥立子瑕有功，想要获取卿位却不能如愿，心中怨恨不已，因此可联系他们作为内援。微臣有一位交情深厚的朋友，姓孔名达，是宋国忠臣孔父的后代，饱读诗书，才识过人。周歂、冶廑两人也是他父亲的故交。如果让孔达奉君侯的命令，用卿位吸引他们二人，让他们杀了元咺，剩下的人就不足为虑了。"卫侯大喜道："你替我秘密操办此事。如果事情办妥，寡人绝不会吝啬卿位。"于是宁俞派心腹手下到处宣扬道："卫侯虽然蒙天恩被天子所释放，可是无脸回国,要到楚国避难去了。"然后拿了卫侯的密函,交给孔达作为信物,告诉他私下与周歂、冶廑二人联系,如此这般。周歂、冶廑两人聚在一起商量道:"元咺每天晚上必定亲自巡城,我们可以在城门的隐蔽处安排伏兵,出其不意地暴起刺杀他,然后趁机杀入宫中,把子瑕也一起杀了,扫清宫廷,以迎接卫侯回来,功劳最大的就属我们两人了。"两人各自安排了自己的家丁,做好埋伏。

等到接近黄昏时分,元咺到东门巡查,只见周歂、冶廑两人一起迎上来,元咺大吃一惊问:"两位大夫为什么在这里?"周歂回答道:"外面有传言,说以前的国君已经进入了卫国境内,很快要到这里来。大夫,您没听说吗?"元咺惊讶地道:"这话是哪儿传来的?"冶廑回答道:"听闻宁大夫派人进城,约在朝的大臣们前去迎接,大夫你怎么打算呢?"元咺道:"这是谣言,不能相信。何况国君之位已定,如何还有迎接以前国君回国的道理?"周歂道:"大夫,你身为正卿,应该高瞻远瞩,洞若观火。这么大的事,你竟然不知道,还留着你做什么?"冶廑便突然抓住元咺的双手,元咺正想挣扎,周歂手拔佩刀,大喝一声,迎面砍过来,元咺脑袋就被削去一半。伏兵全部现出身形,元咺的随从一时间被吓得四处逃窜。周歂、冶廑率领家丁,一路大喊着:"卫侯带着齐国和鲁国的军队,眼下已经聚集在城外了!你们百姓们都待在家中,不要轻举妄动!"百姓们家家关门闭户。就是那些在朝廷里做官的人家,这时候也半信半疑,搞不清是什么原因,一个个都袖手旁观,躲在家中等待消息。

周歂、冶廑两人杀进宫中。子瑕正和他弟弟子仪在宫里饮酒,听闻外面有军队叛乱,子仪便拔出长剑握在手中,出宫打探消息,却不想正碰上周歂,被他杀死。周歂进宫,到处寻找子瑕却找不到。宫里大乱了一夜,等到天亮,才知道子瑕已经跳井自杀了。周歂、冶廑把卫侯亲手书写的信张贴在朝堂上,召集文武百官,迎接卫成公进城,恢复君位。后人谈论宁俞,能够委曲求全让卫成公重登君位,不能不说是足智多谋!然而在这个时候,若能够传口谕让子瑕把国君位置让出,子瑕得知卫成公回来,不一定会带兵抵抗,也许能甘心退居臣位,这不就两全其美了吗?最后却策划了周歂、冶廑发动袭击,犯下了谋逆的罪过,使得骨肉相残,虽说是卫成公不仁,但是宁俞也难辞其咎。有史诗感叹道:

前驱一矢正舍冤,又迎新君赴井泉。

终始贪残无谏阻,千秋空说宁俞贤。

重登国君之位后,卫成公选了吉日到太庙祭祀。没有辜负以前的诺言,同时将周歂、冶廑封为卿,让他们身着卿的服饰陪同卫侯一起到太庙祭祀。这一日五更时分,周歂坐上车先走,快走到太庙门口时,忽然睁大眼睛回头看,大叫道:"周歂这个苟且卑鄙的小人,残害忠良的奸贼!我们父子为国尽忠,你却贪图卿位的荣华富贵，残害我们的性命。我们父子蒙受不白之冤，你却身穿华丽的衣服陪国君祭祀，好不快活！我要拿你去见太叔和子瑕，看你还有什么道理可说？我乃是上大夫元咺！"话说完，周歂七窍流血，僵直地死在了车中。

冶廑随后赶到，大吃一惊，慌慌张张地脱下卿服，推脱说自己受凉便返回家中。卫成公到了太庙，改命让宁俞、孔达陪他祭祀。返回朝堂的时候，冶廑辞去官位的奏章已经到了。卫侯知道周歂死得古怪，就不勉强他接受卿位。没过一个月，冶廑也病死了。可怜周歂、冶廑两人，只因为贪图卿位，做了如此不义之事，没有享受一天荣华富贵，白白留下了千古骂名，难道不愚蠢吗？卫侯因宁俞护驾有功，想让他为上卿。宁俞将此官职让给孔达。于是卫侯任命孔达为上卿，宁俞为亚卿。孔达为卫侯出谋划策，把元咺、子瑕的死全推到已死的周歂和冶廑两人身上，派使者去向晋侯表示歉意。晋侯也就把这事搁置一边不再过问。

此时乃是周襄王十二年，晋国军队已经休整了一年多。一天，晋文公上朝，对大臣们言道："郑国人昔日对寡人无礼的仇恨还没报，现在又背着晋国和楚国暗中来往。寡人想联合诸侯们向它兴师问罪，怎么样？"先轸出班道："诸侯们已经多次响应国君您的号召了。今天若因为郑国的缘故，又要征发诸侯们出兵讨伐，这不是安定中原的办法。况且我晋军装备齐全，将士们又肯效命，何必需要外援呢？"晋文公想了想，道："秦国国君临走的时候和寡人约定，出兵一定要同时行动。"先轸回答道："郑国位于中原的咽喉要道，齐桓公当年想称霸天下，所以屡次觊觎郑国的领土。现在如果约秦国共同讨伐，秦国一定会争抢郑国国土，不如只用我们自己的军队。"晋文公反对道："郑国邻近晋国，距离秦国很遥远，秦国能获得什么好处呢？"于是派人把出兵的时间告知秦国，约定在九月上旬，一起到郑国境内会齐。晋文公出发之前，让侨居晋国的公子兰一起随军同行。子兰是郑伯捷同父异母的弟弟，当年逃到晋国，官至大夫。等到晋文公当上国君，子兰在他身边为其效力，特别忠实谨慎，所以晋文公喜欢亲近他。这次出行也想让他做向导。子兰拒绝道："微臣听闻，有道德的君子就算身处别的国家，也不会忘记自己的祖国。国君想讨伐郑国，微臣不敢参与这件事。"晋文公感叹道："爱卿真可谓是不忘本啊！"于是把公子兰留在东部边境，从此就有了扶持他为郑国国君的打算。

却说晋国军队进入郑国后，秦穆公也带着谋臣百里奚，大将孟明视，副将杞子、逢孙、杨孙等人和二百辆军车前来集合。两国军队合力攻破了郊关，直达曲洧，修筑起长长的营地围困郑国国都。晋军的兵营驻扎在函陵，地处郑城的西面。秦军的兵营驻扎在氾南，地处郑城的东面。巡逻的士兵日夜警戒，砍柴采薪的百姓都不能通过。慌得郑文公乱了手脚。大夫叔詹进言道："秦国和晋国合兵，其兵锋锐不可当，不能与他们硬碰硬。只希望能找到一位能言善辩之人，前去游说秦公，让他退兵。秦国如果撤军，晋国的势力便变得单薄，也就不值得害怕了。"郑伯问道："谁可以前去游说秦公？"叔詹回答道："佚之狐可以。"郑伯就命佚之狐去游说。佚之狐回答道："微臣不能担当这个重任，微臣愿意举荐一人来代替我。这个人是一位口若悬河、舌动群山的人才，只因他年纪大了，所以不被重用。国君如果能加封官职，让他前往游说，不怕秦公不听从意见撤军。"郑伯疑惑地问道："这人是谁？"佚之狐道："此人乃是考城人，姓烛名武，已经年过七十了，眼下在我国担任主管马牛等牲畜饲养的圉正一职，历经三代国君都没有升官。乞求国君以厚重的礼仪待他，然后派遣他前去游说。"郑伯于是宣召烛武入朝，看他胡须和眉毛全白，身体弯曲，走路摇摆缓慢，手下的大臣没有不笑话他的。

烛武拜见了郑伯，上奏道："主公传召老臣来是为了何事？"郑伯道："佚之狐说你能言善道，想麻烦你前去劝退秦军，若成功，寡人将和爱卿共掌政事。"烛武又拜了拜郑伯，推辞道："微臣才疏学浅，身强力壮时尚且不能建立微薄的功业，何况如今已老迈不堪，筋疲力尽，连说话都会喘息，怎么敢犯颜劝说，说动拥有千辆战车的大国撤军呢？"郑伯道："你侍奉了郑国三朝君主，年老了却还不被重用，这是孤的过失。现在封你为亚卿，让你尽力为寡人奔走一趟。"佚之狐在旁边帮助郑伯劝说道："大丈夫老说自己生不逢时，把它归结是命运的安排。现在国君了解了先生的才华而且重用你，先生可不能再推辞了。"烛武便接受命令出发了。此时秦国和晋国正奋力围攻郑国都城，情况十分危急，烛武了解到秦军在东面，晋军驻扎在西面，彼此互不照应。这天晚上便命令壮士在城头放下绳索，他顺着绳索下到东门，径直奔往秦军大营。有将士把守营门，不让他进去觐见秦公。烛武便在兵营外放声大哭，营里的官员把他捉住，前去禀告秦穆公。秦穆公问道："你是什么人？"烛武回答道："老臣乃是郑国的大夫烛武。"秦穆公问道："你因为何事而哭泣？"烛武回答道："我哭郑国快灭亡了啊。"秦穆公笑道："郑国灭亡，你为何在我秦国的兵营账外号哭？"烛武回答道："老臣哭郑国，也同时哭秦国。郑国灭亡了没有什么可惜的，只是可惜了秦国了！"秦穆公勃然大怒，呵斥道："我国有什么可惜的？你若讲不出道理来，立刻斩首！"烛武毫不畏惧，把两个手指头交叠起来，指手画脚地说出一段利害关系来。正是：

说时石汉皆开眼，道破泥人也点头。

红日朝升能夜出，黄河东逝可西流。

烛武道："秦国和晋国合力进攻郑国，郑国肯定会灭亡，也没什么好说的了。如果郑国灭亡对秦国有好处，老臣怎么敢跑来胡说呢？只怕不但对秦国没有好处，还有一些坏处。秦君,您为什么做些兴师动众,耗费钱财,却让他人把自己呼来唤去的苦差事呢?"秦穆公不解地问道:"你说灭郑没有好处反而有坏处,此话怎讲?"

烛武正色道:"郑国在晋国的东面,秦国在晋国的西面,两国东西相距有千里之远。秦国东面被晋国所隔,南面被周国所隔,难道能越过周国和晋国占领郑国的领土吗?郑国即使灭亡,每一寸土地都归晋国所有,和秦国有什么关系呢?秦国和晋国相邻并立,势力不分上下。晋国越强大,那秦国就越弱小。为他人兼并土地,来削弱自己国家的势力,聪明人绝不会出此下策。况且,晋惠公曾经允诺将河外五城割让给秦君您,他回国即位后却立即背叛了诺言,这是秦君您知晓的事实。秦君您对晋国的恩惠,已历经几代国君,然而何曾见过晋国对君主有丝毫的报恩?晋侯自从回国复位以来,一直在扩大军队增加士兵,每天都在兼并别的国家以强大自己。今天想在东面拓展领域,就灭掉郑国;他日一定想在西面拓展疆土,那时就会殃及秦国。秦君,您没有听说过虞国和虢国的故事吗?晋国假借虞国的力量消灭了虢国,回头马上又攻击了虞国。虞国的国君糊涂啊,帮助晋国消灭了自己的国家,岂不是前车之鉴吗!现在秦君您对晋国的恩惠,这并不足以成为晋国不进攻秦国的倚仗,晋国借用秦国的目的又居心叵测。凭借着秦君您的智慧,却甘心掉入晋国的圈套之中,这就是微臣所说的'没有好处只有坏处',所以微臣为此痛哭啊!"

秦穆公静静地听了很久,脸色突然变了,连连点头道:"大夫所言很有道理!"百里奚进言道:"烛武是位能言善辩的辩士,想要挑拨离间我们与晋国之间的友好关系,国君千万不能听他的话!"烛武道:"君主如果能暂缓眼下包围我国都的攻势,郑国一定立下盟誓,放弃楚国归降秦国。秦君,您如果在东方遇到什么事情,出使的人来来往往,其财物可以从郑国拿取,就像您外府的仓库一样方便。"秦穆公非常高兴,就和烛武歃血为盟,反倒命令杞子、逢孙、杨孙三员大将,留下两千士兵帮助郑国镇守城池,然后没有通知晋国,就秘密地撤军离去。早有探马把这个消息报给晋军大营。晋文公勃然大怒,狐偃在旁边请求派军队追击秦国军队。

第四十四回

叔詹据鼎抗晋侯　弦高假命犒秦军

话说秦穆公私下里与郑国联盟，背着晋国退兵，晋文公勃然大怒。狐偃进言道："秦兵虽然离开，但肯定还未走远，微臣请求率领部分军队前去追击。秦军急于回国，必然没有斗志，一战就能击败他们。如果战胜了秦军，郑国必然闻风丧胆，不攻自破。"

晋文公摇头道："不可。寡人以前依靠秦君的力量才获得了社稷。如果没有秦君，寡人怎能有今天的基业呢？以前楚将子玉对我无礼，寡人尚且避开他三舍的距离，以报答楚王的恩情。更何况秦、晋两国还是姻亲呢？况且，就算没有秦国参加，难道还担心攻不下围困中的郑国吗？"于是分出一半兵马驻扎在函陵，像以前一样两处攻打。郑伯问烛武道："秦军撤退，全是爱卿的功劳。晋军还未撤退，又该怎么办呢？"烛武回答道："听说公子兰向来很受晋侯宠爱，如果派人把公子兰迎回郑国，让他向晋侯求和，晋国一定会听从。"郑伯点头道："这事除了老大夫您，别人恐怕谁也无法胜任。"石申父自告奋勇道："烛武大夫已经劳累了，微臣愿意替他走一趟。"便带了重礼出城，径直来到军营求见晋侯。晋文公传他觐见。石申父行过礼后，将贵重的礼品献上，传达郑伯的话道："我国国君因国家靠近荆蛮楚国，不能公开断绝与楚国的关系，然而实在不敢脱离君侯您的麾下。如今君侯勃然大怒，我们的国君已知罪了。我们愿把世代珍藏的一些宝贝，作为薄礼奉献给君侯，从此愿在君侯跟前效犬马之劳。我们主公的弟弟子兰，有幸在君侯身旁伺候，今天希望您看在他的面子上垂怜我国。如果君侯可以派子兰来郑国监国，我郑国必定日夜依附晋国，还怎么敢有二心呢？"晋文公道："你们故意离间寡人与秦国的关系，明摆着是欺负我晋国不能单独攻下郑国。今天又来向我们求和，难道是缓兵之计，想等待楚国前来救援吗？如果想让我撤兵，必须答应我两件事才可以。"石申父急忙道："请君侯下令吧！"晋文公道："必须把公子兰立为世子，并且将谋臣叔詹献出来，才能显出你们的诚意。"

石申父记下晋侯的话语，回城禀报给郑伯。郑伯道："寡人没有子嗣，听说子兰母亲燕姞在梦中曾有伟人持兰草相赠的吉兆，如果立其为世子，日后必定可以拥有国家社稷。可叔詹是寡人的股肱大臣，孤怎么能舍弃最得力的助手呢？"叔詹回答道:"微臣听说:'国君忧愁是臣子的耻辱,国君受辱那么臣子就必须以死相报。'如今晋国点名索要微臣,我若不去,战争不能停息。这样的话,就是微臣怕死,对国君不忠,而将忧虑耻辱带给国君了。微臣恳求您放我前往晋军大营!"郑伯摇头道:"你此去必死无疑,寡人不忍心看着你死!"叔詹回答道:"国君不忍心伤害微臣的一条命,却忍心置百姓的安危于不顾,忍心置国家社稷的安危于不顾吗?舍弃一个臣子的性命来挽救百姓性命和国家的安危,国君还有什么值得留恋的?"郑伯清然泪下,终于让他去了。石申父和侯宣多一起将叔詹送到晋侯那里,道:"国君敬畏您的威信,两件事都不敢违抗。现在把叔詹带来,在您帐前领罪,听候晋侯的发落!并且请求您将子兰赐回郑国,做我国的世子,以报答贵国的大恩大德。"晋侯闻言十分开心,立刻命令狐偃到东部边境宣召公子兰,命令石申父、侯宣多在大营中等待。

且说晋侯看到叔詹,大喝道:"你手握郑国的大权,昔日寡人流亡郑国的时候,你却让郑君在宾客面前失礼,这是第一条罪状;接受诸侯联合的盟约却又生出二心,这是第二条罪状。"于是吩咐手下马上准备大鼎,准备烹死他。叔詹面不改色,对着晋文公行礼道:"外臣希望可以一吐心中真言,然后心甘情愿赴死。"晋文公冷笑道:"你有什么话说?"叔詹回答道:"君侯当日受辱屈尊到我郑国的城邑,微臣曾对国君说:'晋公子贤明,他的手下都是治国之才,如果能回到晋国,一定会成为诸侯的霸主。'等到温邑会盟时,我又劝我们的国君:'必须始终如一地侍候晋国,不要怀有二心,否则晋国不会饶恕我们。'可能是上天要降下灾祸给郑国,外臣的劝谏都没有被采纳。如今君侯归罪于在郑国当政的我,我们国君知道外臣的冤枉,坚决不肯遣送我来。外臣引用了'国君受辱臣子必死'的话,自己请求前来受死,以拯救都城的危难。人们常说,分析事情往往能够猜中,这是智慧;尽心为国,这是尽忠;遇到艰险不畏惧,这是勇敢;献出生命来拯救国家,这是仁义。仁智忠勇这四种品德外臣我全占齐了。有我这样的臣子,按照晋国的律法,本来就应该烹煮啊!"于是他攥住大鼎的耳朵,大声呼号道:"从今以后,侍奉君主的人都应以我叔詹为戒!"文公悚然醒悟,命手下人赦免叔詹不杀,道:"寡人只是试探你的胆量罢了,叔詹你真是刚烈之士!"于是用隆重的礼节对待他,十分恭敬。没过多久,公子兰被带到,晋文公表明召他前来的目的;命叔詹和石申父、侯宣多等人,当场以世子之礼见过子兰,然后跟随他们返回郑国都城。郑伯立公子兰为世子,晋国军队这才撤退。从此,秦国和晋国之间就有了嫌隙。隐士徐霖有诗吟咏此事:

甥舅同兵意不欺,却因烛武片言移。
为贪东道蝇头利,数世兵连那得知?

这一年魏犨喝醉酒之后，从车上摔下来折断了手臂，牵动过去的内伤复发，吐了很多血而死。晋文公任用他儿子魏颗继承爵位。没多久，狐毛、狐偃也相继去世。晋文公悲痛地哭泣道："寡人昔日逃脱劫难，最终走到今天，全是外舅们的功劳。却不料先后离我而去，使得寡人失去了得力助手。悲痛啊！"胥臣进言道："主公惋惜二狐之才，微臣推举一人，可以担任卿相一职，只等主公定夺。"文公期待地问道："爱卿你推举的是什么人？"胥臣道："微臣以前曾奉命出使他国，在冀邑的野外露宿，看见一个农夫正手持耒耜除草，他妻子前来为他送午饭，用双手献上食物，那农夫也严肃地接过去。这农夫祭拜完天地之后，才开始进食，那位妻子便在旁边站立侍候。那农夫花了很久时间才吃完饭，然后静静站立，等妻子走后才又开始除草，一点也没有懈怠的意思。他们夫妻之间，尚且相敬如宾，何况对他人呢？我听闻能够敬重他人的人，德行都很高尚。微臣上前去请问他的姓名，原来是郤芮的儿子郤缺。如果晋国重用这个人，一定不会输给狐偃。"晋文公迟疑道："他父亲犯了大罪，怎么能任用他的儿子呢？"胥臣进谏道："尧、舜这样伟大的父亲，却分别育有丹朱、商这样的不肖之子；鲧这样犯有大错的父亲，却有禹这样的圣人为后。贤德和不肖，与父子之间的亲情无关。国君怎么能因为以前的罪过，而放弃贤明的人才呢？"晋文公点头道："爱卿言之有理。请您为寡人把他召来吧。"胥臣摇头道："当日微臣怕他逃奔其他国家，为别国所用，早就把他带回到微臣的府里了。国君派使者前去请他，才是礼贤下士的方式啊。"晋文公听从他的话，让内侍带着簪缨袍服，前去请郤缺。郤缺行礼推辞道："微臣只是冀地郊外的一个农夫，国君没有因为我父亲的罪过而对我加罪问斩，已经深受君主的宽容之恩了，怎么敢倚仗国君的恩宠来使朝堂蒙羞呢？"内侍再三传达命令，劝其从命，郤缺这才穿戴好朝服入朝觐见。

话说那郤缺长得非常魁梧，身长九尺，鼻梁高挺，下颌饱满，声音如钟一样洪亮。晋文公一见到他，心中大喜，于是委派胥臣为下军元帅，命郤缺辅佐他。又把"二行"改为"二军"，起名为"新上"和"新下"，赵衰统领"新上军"，箕郑辅佐他，胥臣的儿子胥婴统领"新下军"，先都辅佐他。以前有三军，现在又增加了两军，一共是五军，仅次于周天子"六军"的编制。晋文公任用英雄豪杰，军队政事都无遗漏。楚成王听说后十分害怕，便让大夫斗章到晋国请和。晋文公念其往日的恩德，允诺与楚国和好，派大夫阳处父到楚国进行友好回访。这些都不再多讲。

周襄王二十四年时，郑文公捷去世。大臣们尊奉他弟弟公子兰继位，就是历史上的郑穆公。此事果真应验了从前梦境的预兆。这年冬天，晋文公病倒，宣召赵衰、先轸、狐射姑、阳处父等大臣，入宫接受遗命，让他们辅佐嫡子驩继任晋国国君，不要丢失了霸业。又担心其他的公子对君位生出觊觎之心，于是提前派公子雍到秦国做官，派公子乐到陈国为官。公子雍乃是杜祁所生，公子乐乃是辰嬴所生。又派他的小儿子黑臀到周朝为官，以此来亲近周王朝。安排妥当后，晋文公终于辞世，他一共在位八年，享年六十八岁。史官有诗赞美他道：

> 道路奔驰十九年，神龙返穴遂乘权。
> 河阳再觐忠心显，城濮三军义问宣。
> 雪耻酬恩中始快，赏功罚罪政无偏。
> 虽然广俭由天授，左右匡扶赖众贤。

世子骧主持了晋文公的丧事后登基即位，就是历史上的晋襄公。晋襄公扶守晋文公的灵柩，安葬在曲沃。刚刚走出绛城，棺材中响声大作，像牛嘶吼的声音，棺材重如泰山，车子不能行进。大臣们无不骇然失色。太卜郭偃占卜了一卦，献上卦辞道："有鼠西来，越我垣墙。我有巨梃，一击三伤。"

郭偃解释道："几天之内，西面一定会传来战争爆发的消息。晋军反击，大获全胜。这是先主显灵，特意通知我们。"大臣们都跪拜在地，棺材里的声音立刻停止，也不再觉得沉重，送葬的队伍这才能够正常前进。先轸对众人道："西面，指的是秦国啊。"就派人秘密前往秦国侦察，这个暂且不表。

却说秦国将领杞子、逢孙、杨孙三人，率领军队在郑国北门戍守。见晋国把公子兰送回郑国，被册立为世子，气愤地道："我们为他守卫国土以抵抗晋军，他却又投降了晋国，这不显得我们没有功劳了嘛？"就把这事秘密禀报给了秦国。秦穆公心中也愤愤不平，只是碍于晋侯，却不能发作。等到公子兰即位为君后，对杞子等人并没有以礼相待。杞子就和逢孙、杨孙商议："我们老是在异国戍守，回国遥遥无期。不如劝我们的国君带兵偷袭郑国，我们一定可以满载而归。"正谈论间，又听闻晋文公去世了，三人额手相庆道："这是老天要帮助我们成功啊！"就派了亲信之人回到秦国，对秦穆公禀报道："郑国让我们掌管戍守北门钥匙的职责。如果秦国派兵来偷袭郑国，我们作为内应，一定可以拿下郑国。晋国如今正处于君主去世的大丧期间，按例不能兴兵，必定不能前来援救郑国。况且，郑国的新君刚刚即位，还未来得及整顿军备，这个良机千万不能错失。"

接到这个密报，秦穆公就和蹇叔以及百里奚进行商议。两位大臣异口同声地进谏道："秦国距离郑国有千里之远，不能获得它的土地，只能通过俘获得到些好处。千里行军，长途奔走的时间很长，怎么能掩人耳目？如果他们得知我们的计划，而提前做好准备，我们就会陷入劳而无功的境地，半道上一定会出变故。何况，带兵为他国防守国土，却反过来谋划进攻他国，这是不信；趁着他国服丧期间去攻打他国,这是不仁;即便战胜也获利微薄,如果失败则遭遇重大挫折,这是不智。失去这三样,微臣不知伐郑还有什么好处!"秦穆公愤然作色道:"寡人三次拥立晋侯,两次平定晋国的内乱,威名早已传遍天下。只因晋侯在城濮击败了楚军,这才把霸业让给他。如今晋侯离世,天下谁还能抵挡秦国?郑国就像一只被困的鸟对人产生依赖一样,但最终还会飞走。趁此时消灭郑国,来换取晋国黄河以东的领地,晋国一定会接受。为什么说得不到好处呢?"蹇叔又劝谏道:"国君为什么不派人到晋国吊唁,同时也派人到郑国吊唁,趁此机会以观察能否攻打郑国?不要被杞子之流的空话所迷惑。"秦穆公道:"如果等吊唁后再出兵,往返之间,几乎又得一年。用兵之道,讲究的是神速,迅雷不及掩耳,你们这些老家伙懂得什么?"于是暗地里与杞子的从人约好:"以二月上旬为期,秦军抵达郑国都城北门,到时里应外合,不得有误!"

于是宣召孟明视前来,任命他为大将,西乞术、白乙丙作为副将协助他,挑选精壮士兵三千多人,车三百辆,将其送出东门之外。孟明视是百里奚的儿子,白乙丙是蹇叔的儿子。出兵那天,蹇叔和百里奚号哭着给他们送行道:"悲伤啊,哀痛啊!我看见你们离去,却看不到你们回来了!"秦穆公听了非常震怒,派人责问两位大臣道:"你们为什么为我们的军队哭泣?你们要扰乱我秦国的军心吗?"蹇叔和百里奚齐声答道:"微臣怎么敢哭国君您的军队?微臣是在为自己的儿子痛哭啊!"看见父亲哭得如此悲伤,白乙丙便想推辞不去。蹇叔阻止他道:"我们父子拿着秦国丰厚的俸禄,你为国家捐躯,也是分内之事。"于是私下给他一封信,封得很严实,叮嘱他道:"你可以按照我信中所说的计划去做。"白乙丙领命出发了,心里既困惑,又感到悲伤。只有孟明视自以为胆识过人,智勇双全,认为此行必定会获胜,并不以为然。

大军开拔之后,蹇叔就借口生病不上朝,然后请求归还政事,辞官退休。秦穆公强留他继续留任。蹇叔就托言自己病情沉重,请求回到老家铚村,百里奚造访他府探病,对蹇叔言道:"我不是不懂得见微知著的道理,之所以苟且逗留在朝堂,只希望我的儿子能够有一线生机,重回秦国让我再见一面。兄长,您为我想想办法吧?"蹇叔道:"秦军此行必定铩羽而归。贤弟你可以偷偷告诉公孙枝,让他在黄河下游准备好船只,万一溃散的秦军能够逃脱,就接应他们向西归来。千万记住!千万记住!"百里奚点头道:"兄长的话,我一定照办!"秦穆公听闻蹇叔执意要弃官回乡,就赠给他二十斤黄金,一百匹彩缎,大臣们将其送到郊关后才返回。百里奚趁机握着公孙枝的手,把蹇叔的话告诉他,如此这般嘱咐:"我的兄长不将此事托付别人,单单托付给子桑你,就因为将军您忠勇双全,一定能替国家分忧。将军千万不能泄密,必须秘密行事！"公孙枝说道："公孙枝恭敬地遵从您的命令。"自行前去准备船只。这个暂且按下不提。

却说孟明视看见白乙丙收下他父亲的密信，猜想里面有攻克郑军的锦囊妙计，这天晚上安营扎寨完毕之后，特地前来索要观看。白乙丙拆开信阅读，只见里面有两行字写道："这次出兵，郑国不足为患，应当小心的是晋军。崤山一带地势险要，你们务必小心谨慎。我将会在崤山替你们收尸！"孟明视捂着眼睛一路小跑，连声说道："呸！呸！倒霉！倒霉！"白乙丙也认为父亲有点危言耸听了。

三位将军从冬天十二月丙戌日开始出征，到第二年春天的正月，从周朝国都的北门前经过，孟明视道："周天子在这里，虽然不敢以军礼前来参拜，怎敢对天子不敬呢？"于是传令战车的车左主射和车右持戈的将士，都脱掉战甲下车，只留战车居中者继续赶车。

这时，担任秦军前哨的牙将褒蛮子骁勇善战，才刚刚经过国都城门，就从平地上超越战车，然后飞身登上行进的战车。速度快得像飞鸟，马车却不必停下。孟明视长叹道："如果每个人都像褒蛮子一样英勇，还有什么事办不成？"将士们一片喧哗道："我们如何还比不上一个褒蛮子？"一个个争先恐后地振臂高呼："有不能在行进中的战车上跳上跳下的人，到后军去殿后。当时，人们都把行军中的殿后视为胆怯，把撤军时的殿后视为英勇。这时候说到后军殿后，就是一种耻辱。这一支军队中有三百辆战车，没有不翻身跳上行驶中的战车的人。士兵们跳上车以后，战车前进的速度很快，像疾风闪电一样，瞬间就看不见身影了。

此时周襄王派遣王子虎和王孙满一起，前去观察秦国军队，等军队过去后，回禀周襄王。王子虎长叹道："微臣眼见秦国士兵如此骁勇矫健，谁能抵挡？这一回郑国要遭殃了！"王孙满年纪还很小，只是笑笑却不说话。周襄王问道："你这个小孩子有什么看法？"王孙满回答道："按照礼仪，经过天子门前，一定要把盔甲卷起来，把兵器绑起来，小步疾走而过。现在秦军只是脱下铠甲，这就无礼了。后来士兵们又都跳上行进的战车，此举太过轻浮。轻浮就说明其缺少谋略，无礼则容易陷入混乱。这一次出行，秦军一定有遭受失败的屈辱，害不了别人，只能害自己啊。"

却说郑国有位商人，名字叫弦高，以贩牛为职业。以前周朝的王子颓热衷养牛，郑、卫各国的商人，都将牛贩运到周朝，获利很丰厚。如今弦高因袭祖业。这个人虽然是个商人，但也很有些忠君爱国的心意以及排忧解难的谋略，只因没有人推荐其做官，只能埋没在市井之中。今日他贩运了几百头肥牛，前往周朝买卖。快走到黎阳津时，遇到一个老朋友，名字叫蹇他，刚刚从秦国过来。弦高和蹇他见了面，问道:"秦国最近发生了什么事?"蹇他回答道:"秦国派三位将军率领军队去偷袭郑国,十二月丙戌日发兵,不多久就要到这里了。"弦高大惊失色道:"郑国乃是我的祖国,忽然遭受这次劫难,没听到这消息也就罢了,如果知道了却不去搭救,万一国家灭亡,我还有什么脸面回家乡呢?"就想出一条妙计,辞别了蹇他,一边叫人连夜赶往郑国禀报,让郑国赶紧做好准备;一边打点犒劳军队的礼品,选了二十头肥牛随行,剩下的牛全都寄存在客栈。

弦高自己坐着小车,一路迎着秦军赶过去。来到滑国一个名叫延津的地方,正好碰到秦军的前哨,弦高拦住去路,高声叫道:"郑国有使臣在这里,希望求见秦军统帅!"前哨就将此情形报给中军。孟明视大吃一惊,心想:郑国怎能知晓我军到来的消息呢?居然还派使臣大老远地过来迎接?暂且看他的来意如何。于是就和弦高在兵车前见面。弦高假装转达郑国国君的命令,对孟明视道:"我国国君听闻三位将军,将要率军经过我们的城邑,特地备些薄礼,恭敬地派下臣弦高远来慰问各位随军将士。我们的国家地处几大强国之间,外国欺侮之事接连不断。为此,有劳您们秦国派军队在我国都辛劳地戍守,恐怕稍一疏忽,就会有不测的灾祸,所以日夜戒备,不敢安心休息。只愿将军体谅!"孟明视道:"郑国国君既然想犒劳我军,为什么你没带国书?"弦高回答道:"将军在冬日的十二月丙戌日出兵,我们的国君听说你们前行得很快,恐怕等国书修好了,可能耽误犒赏大家的日期,所以口授了命令给下臣,命我匍匐请罪,没有其他的用意。"孟明视靠在他的耳边道:"我们国君派我来这里,是为了攻打滑国,我怎么敢带兵经过郑国境内呢?"于是传达号令:"全军驻扎在延津!"弦高谢过后退下。

西乞术、白乙丙前来问孟明视道:"将军驻军在延津是什么用意?"孟明视道:"我们的军队千里跋涉而来,只想趁郑国出其不意的时候发动进攻,可以得胜。眼下郑国人已经知道我们发兵的日期,肯定也准备很长时间了。如果强行攻打他们,敌军依托坚固的城池难以攻下,如果包围城池,我们的兵力太少而且没有援军。现在滑国没有防备,不如偷袭滑国攻破它,得到战利品,还可以赠给国君,这次出兵也不算无功而返了。"这天晚上三更天,三位将军把人马分成三路,齐力攻破滑城。滑君出逃到翟国。秦兵毫无顾忌地抢掠,美女玉帛被洗劫一空。史臣议论此事,都认为秦国将帅心里此时已经不想去偷袭郑国了。如果不是弦高假托君命犒赏秦军,破坏了三位秦国将军的计谋,那灭国的灾难就会降临到郑国而不是滑国头上了。有诗赞美道:

千里驱兵狠似狼,岂因小滑逞锋铓。

弦高不假军前犒,郑国安能免灭亡?"

滑国自从此次被攻破，其国君再也不能恢复君位。秦军离去后，滑国的领土都被卫国吞并。到此不再多言。

却说郑穆公接到了商人弦高的密报，还不太相信。此时正值二月上旬，派人前往驻郑秦军住所，窥探杞子、逢孙、杨孙的行动。只见他们早就开始收集车骑，厉兵秣马，整理武器，人人穿戴齐整，个个精神抖擞，只等着秦军的到来，随时准备在城内打开城门。探子回报后，郑伯大吃一惊。于是派老大夫烛武，先去见觇杞子、逢孙、杨孙，每个人都赠给一些缎子作为离别的礼物，对他们道："贵军在郑国这里停留很久了，我国因为供给贵军军需的原因，连原圃的麋鹿都被捕杀殆尽了。如今听说你们军队开始戒严，难道是要准备出发回国了么？孟明视等秦国将领所率领的军队如今正在周国和滑国之间的地区，为什么不跟着他们一起回国呢？"杞子大吃一惊，心中暗想：我们的计谋已经泄露，秦军到了也不可能成功，反而会因此获罪，如今不单是郑国待不下去了，秦国也不能再回去了。于是用和缓的话谢过烛武，当天便带着亲信随从几十人逃到齐国。逢孙、杨孙也投奔宋国避难。在郑国守城的秦军士兵们没了首领，都聚集在北门，想要叛乱。郑穆公派佚之狐，多准备干粮盘缠，发给诸位士兵，引导他们返回家乡。郑穆公酬谢弦高的功劳，拜他做军尉。从此郑国就安宁了。

却说晋襄公正在曲沃的殡馆中守丧，听到探子传来报告道："秦军将领孟明视将军，带兵向东而去，不知要去往哪里？"晋襄公大吃一惊，立刻召集大臣们商议对策。先轸早就探听清楚了，详细查明了秦国要偷袭郑国的阴谋，于是来见晋襄公。

第四十五回
晋襄公墨缞败秦　先元帅免胄殉翟

　　话说中军元帅先轸，早就详细得知秦国偷袭郑国的阴谋，就来拜见晋襄公道："秦国国君没有采纳蹇叔、百里奚的劝谏，不远千里偷袭郑国。这正是太卜郭偃所说的：'有鼠西来，越我垣墙。'现在应该赶紧痛击秦军，不可错过时机！"栾枝进言道："秦国对我们的先君有恩，我国还未报答秦国的恩情，却去讨伐秦国的军队，将先君置于何地？"先轸道："这正是继承先君的遗志。先君去世，结盟的诸侯国都接连不断地来吊唁，我们已应接不暇。而秦国不表示悲痛，反而率兵经过我国国境，去讨伐与我们同姓的国家，秦国的行为太过无礼了！先君在地下也一定会怀恨不已，又有什么值得回报的恩德呢？何况两国早就有约定，军事行动必须同时进行。围攻郑国一役，秦国背着我们而撤军，秦国与我们的交情可见一斑。他们不顾信誉，我们为何要顾及报恩的品德呢？"

　　栾枝又反对道："秦军没有侵犯我国边境，攻击他们是不是太过分了呢？"先轸道："秦国之所以帮助我先君重回晋国执政，不是因为喜爱晋国，而是要帮助自己。我们国君成为诸侯国的霸主，秦国虽然表面上服从，实际上心里十分忌惮。现在趁着我国大丧时期发动攻势，明摆着欺侮我们不能保护郑国。我国不出兵，那是真的无能了！秦国偷袭完郑国，势必将接着偷袭我们晋国。谚语道：'一时放纵敌人，几代都会遭殃。'如果不痛击秦军，我们凭什么自立？"赵衰启奏道："秦军虽然可以攻打，但我们的国君还在服丧中，突然大动兵戈，恐怕不合服丧的礼仪。"先轸道："按照礼仪的说法，作为儿子为父亲守丧，以草苫为席，土块为枕，就是为了尽孝道。剪除强敌，安定国家，不是更大的孝道吗？如果诸位大臣都说不可以出兵，微臣请求只身前去攻打秦军！"胥臣等大臣都赞同他的看法。先轸就请晋襄公穿着孝服发动军队。晋襄公问道："元帅预料秦军什么时候返回？从哪条路上回国？"

　　先轸屈指盘算道："微臣预计秦军此行，一定无法攻克郑国。秦军长途跋涉又没有后援，绝不能坚持太久，估计他们往来的时间，大约在四月份，也就是初夏的时候必定会经过渑池。渑池是秦国和晋国的国界，西面有两座崤山山脉，从东崤到西崤，相距三十五里，这是秦军归国的必经之地。那里树木丛生，岩石陡峭，有好几个地方兵车不能通行，秦军一定会解鞍下马行走。如果在那里埋伏军队，出其不意，就能把秦国的将士全部都变成我们的俘虏。"晋襄公大喜道："全都听从元帅的调度！"

先轸便让他儿子先且居和屠击一起率领士兵五千人，埋伏在崤山的左面；派胥臣的儿子胥婴和狐鞫居一起带领士兵五千人，埋伏在崤山的右边。等到秦军到来时，进行左右夹攻。派狐偃的儿子狐射姑和韩子舆一起带领士兵五千人，埋伏在西崤山，提前砍倒树木，用它们堵住秦军逃回的道路。派梁繇靡的儿子梁弘和莱驹一道带领士兵五千人，埋伏在东崤山，只等秦军全部过去后，带兵追杀。先轸和赵衰、栾枝、胥臣、阳处父、先蔑一些老将，跟随着晋襄公，在离崤山二十里的地方安营扎寨，各自带领队伍，准备到时接应。这正是："整顿窝弓射猛虎，安排香饵钓鳌鱼。"

却说秦军在春季的二月中，灭掉滑国，俘获了他们的武器粮草等物资，大获全胜，班师回朝。只因没能成功偷袭郑国，希望能用这些来赎罪。此时是夏季的四月初，秦军行进到渑池时，白乙丙对孟明视说道："这里往前从渑池向西，正是崤山一带最险峻的山路，我父亲反复叮嘱一定要小心谨慎，主帅千万不能大意。"孟明视道："我驰骋沙场远征千里，丝毫都不惧怕，何况如今过了崤山，就是秦国的领土。家乡近在咫尺，疾走慢赶全凭自己愿意，又何必担心呢？"西乞术劝谏道："主帅虽然虎威盖世，然而谨慎一些也没错。我担心晋国在此设下埋伏，突然杀出来，那该怎样抵挡？"孟明视哂笑道："将军如此畏惧晋军，那我就先行一步，如果有伏兵，我亲自抵挡他们！"于是派遣骁勇的偏将褒蛮子，打着百里元帅的旗号，在前面开道。孟明视是第二队，西乞术是第三队，白乙丙为第四队，队伍之间间隔不过一二里的距离。

却说褒蛮子习惯使用一支八十斤重的方天画戟，舞动如飞，自认为天下无敌手。他驱动兵车过了渑池，向西边行进。刚行到东崤山，忽然之间山谷里鼓声大作，迅速闪出一队人马，车上站着一员大将，在前面挡住去路，问道："你是秦国将领孟明视吗？我在此等候你多时了。"褒蛮子大叫道："来将可报上名来。"那员大将回答道："我是晋国大将莱驹！"蛮子大叫道："叫你们晋国的栾枝、魏犨前来，也许还能斗上几个回合耍耍，你乃是无名小卒，怎敢挡住我的去路？快闪开，让我过去。如果闪得稍微慢点，怕你挨不住我的一戟！"莱驹勃然大怒，挺起长矛便向蛮子的胸膛猛刺过去，蛮子轻轻拨开，顺势刺来一戟。莱驹急忙躲闪，可那戟来势汹汹，十分沉重，扎在车前的横木上。蛮子把戟轻轻一搅动，就把横木折成两段。莱驹看他如此神勇，不觉赞叹道："好个孟明视，果然名不虚传！"褒蛮子哈哈大笑道："我是孟明视元帅的部下牙将褒蛮子！我们元帅怎肯和你这样的鼠辈较量？你快点躲开，我们元帅的兵马马上就到了，不然你们就成行尸走肉了！"莱驹闻言，吓得魂不附体，暗想：一个牙将就这么英勇，不知孟明视的本事将怎样高明？"就大声叫道："我可以放你过去，但你不能伤害我的手下！"就把车马赶到路旁，让褒蛮子前队过去了。蛮子马上派士兵传讯给主帅孟明视，道："有小股晋军设下埋伏，已经被我杀退了，可迅速赶上合兵一处，只要过了崤山，就平安无事了。"孟明视接到奏报非常高兴，就催促西乞术、白乙丙两支军队，一起向前进发。

再说莱驹带兵来见梁弘，大大夸奖了一番褒蛮子的勇猛。梁弘笑道："就算是一只鲸鲛，也早已进了铁网，他又怎么能施展自己的本领呢？我们先按兵不动，等他们全都过去之后，从后面驱赶，一定大获全胜。"

再说孟明视等三位将军，进了东崤山区，走了大约几里，所过的地方分别叫天梯、堕马崖、绝命岩、落魂涧、鬼愁窟、断云峪等，一路都是有名的险峻地方，车马无法通过。前哨褒蛮子，早就自己跑远了。孟明视道："蛮子已经通过，想必此处没有埋伏吧。"就吩咐将士，解开马的佩鞍，卸了盔甲，有的牵着马行走，有的扶着兵车经过，一步三滑，行走得特别艰难，士兵七零八落，一点没有队伍的样子。有人会问："秦国出兵那天，也是从崤山这里通过的，没有这么多险阻。今天回来，怎么说得这样艰难？"这里面有个原因。当初秦兵出征的时候，乘着一股一往无前的锐气，而且没有晋军阻挡，轻车快马，步子舒缓慢慢而行，随意从这里经过，自然不觉得辛苦。如今往返已经走出了千里之外，人困马乏，又俘获了很多滑国的美女和金帛，行装沉重，何况还遭遇了一次晋军的突袭，虽然已经凭力量闯了过去，还是担心前面有埋伏，心里慌乱不安，就愈加感觉艰难无比，这是很自然的道理。

等秦军过了上天梯的第一道关隘，正在行进中，隐隐约约听到号鼓的声响，后面队伍有人报告："晋军从后面追上来了！"孟明视道："我军既然前行艰难，他们也不会容易，只担心前面被敌军阻挡，怕什么后面的追兵呢？下令各支队伍，迅速前进就是了！"就令白乙丙在前面走，道："我亲自在后面断后，以抵抗追兵。"又闯过了堕马崖。即将靠近绝命岩的时候，大家叫喊起来，军士来报："前面被乱木塞住了去路，人马都无法通过，如何是好？"孟明视心想：这些乱木是从哪里来的？莫非前面真的有埋伏？于是亲自上前查看，只见岩石旁边有一块石碑，上面写着五个大字："文王避雨处。"石碑的旁边竖立着一面红旗，旗杆大约有三丈多长，旗子上写有一个"晋"字。旗子下面是横七竖八的乱木。孟明视对手下言道："这是为了迷惑我军而布置的。事情到了这个地步，就是真有埋伏，也只能索性冲上去。"于是传令将士先把旗杆推倒，然后搬开那些柴火木头，以方便前行。谁知这面写有晋字的红旗，原来是伏兵的记号。他们俯伏在山谷僻静处，看见旗子倒了，就知道秦军到了，便开始一齐进攻。秦军刚搬开柴火木头，就听见前面的鼓声雷鸣般响起来，远远看见旌旗招展，不清楚到底有多少兵马。白乙丙暂且安排部署军队武器，为秦军突围做准备。只见高高的山岩上站着一位将军，姓狐名射姑，字贾季，他大叫道："你们秦国的先锋褒蛮子，早就被擒在这里了。来将赶紧投降，免遭我等屠杀！"原来褒蛮子凭着自己的勇猛一路前行，没想到坠落到陷阱里，被晋军用挠钩捉住，捆绑着押上囚车了。白乙丙大吃一惊，派人报告给西乞术与元帅孟明视，商议着怎样合力抢夺这条突围的道路。

孟明视仔细观察这条路，只有几尺的宽度，一边是高山峻岭怪石嶙峋，一边面临万丈深渊，这就是落魂涧。即使带领着千军万马，也无处施展身手。孟明视心生一计，传令下去道："这里不是适合交战的地方。下令大军退后，转到东崤比较宽敞的地方，然后决一死战，再做打算。"白乙丙接了号令，将军队人马撤回。一路都听到晋军的锣鼓之声，不绝于耳。才退到堕马崖，只见东面旌旗招展，连续不断，原来是晋军大将梁弘同副将莱驹，带领着五千兵马，从后面一步步进攻过来。秦军过不去堕马崖，只能又转身回来。这时就像热锅上的蚂蚁，急得团团转，不知该停在何处。孟明视让将士们从左右两边，爬山涧越小溪，想找条出路。只听见左边的山头上金鼓齐鸣，有一支队伍占领了那里，叫道："大将先且居在此，孟明视赶紧投降！"右边隔着溪涧又听到一声炮响，整个山谷都开始回应，又有晋国大将胥婴的旗号竖立起来。孟明视此时就像被万箭穿心，没有一处能让自己来摆布。将士们个个抱头鼠窜，爬山越溪的都被晋军俘虏或斩杀。孟明视异常恼怒，和西乞术、白乙丙二位大将，仍然杀回堕马崖来。那些木头上都涂有硫黄烟硝这些易燃之物，被韩子舆放了一把火燃烧起来，只烧得火焰腾空到处烟雾弥漫，红彤彤的火星四溅撒满地面。后面梁弘的军队已经赶到，逼得孟明视等三名将军叫苦连天。前后左右，都布满了晋兵，孟明视对白乙丙道："你父亲真是神机妙算！今天被困在绝境，我必死无疑！你们两人赶紧乔装打扮，各自逃命去吧。要是老天悲悯，有一个人如果回到秦国，就奏禀秦君，派兵来给我报仇。我就算在九泉之下，也能扬眉吐气！"西乞术、白乙丙哭着道："我们几个生则同生，死则同死，即使逃过一劫，又怎么有颜面独自回国呢？"话还没说完，手下的士兵眼看已经跑光，所丢弃的车仗武器堆满了道路。孟明视等三位将军，实在无计可施，就聚在岩石下，坐等被俘。晋军从四面八方包围上来，像包包子一样，把秦国将士都做了馅儿，一个个束手就擒。这场战斗只杀得流血满地，尸横遍野，秦军就连一匹马一个车轮，都不曾逃脱。隐士徐霖有诗写道：

千里雄心一旦灰，西崤无复只轮回。

休夸晋帅多奇计，蹇叔先曾堕泪来。

先且居等众位将领汇集在东崤山下，把晋国的三位元帅和褒蛮子都押上了囚车。将俘虏的秦国士兵、车马和从滑国抓来的许多美女金帛等一起，全都押解到晋襄公的大营。晋襄公身着丧服接受俘虏，军队中一片欢呼声，震天撼地。晋襄公问了三帅的姓名，又问："褒蛮子是什么人？"梁弘道："这个人虽然是牙将，却有无人匹敌的勇猛，莱驹还因为他失利了一次，如果不是落到陷阱里，也很难捉到他。"晋襄公面色一变，道："既然这么勇猛，留着他恐怕生变！"令莱驹上前："你前次输给过他，今天在寡人面前，可以把他的头颅斩下，以泄心头之恨。"莱驹领命，把褒蛮子绑在庭院的柱子上，手里握紧大刀，正准备砍去。那蛮子大叫道："你是我的手下败将，怎么敢来谋害我？"这一声吼叫，就像空中打了个炸雷，屋子都震动了。褒蛮子就在吼声中，把两个胳膊使劲一撑，绳索一下全断了。莱驹大吃一惊，手不知不觉就颤抖起来，大刀落到地上。褒蛮子便过来抢夺这把刀。

有个小军校，名字叫狼瞫，在旁边看到这一幕，就先将刀抢到自己手里，把褒蛮子一刀砍倒，再补上一刀，将他的头割了下来，献到晋侯面前。晋襄公特别高兴道："莱驹的勇猛，还不如一个小校！"于是罢免了莱驹的官职，任命狼瞫为车右一职。狼瞫谢恩退下，自以为是受了晋襄公的知遇之恩，没有到元帅先轸那里叩谢。先轸心里很不高兴。

第二天，晋襄公和众位将领得胜凯旋而归，因为先君的墓地在曲沃，就暂且先回曲沃。想等回到国都绛邑后，把秦国的元帅孟明视等三人押解到太庙行献俘大典，然后对其行刑。晋襄公先把战胜秦国的功劳，报告给已故先君临时停柩的殡宫，然后为其兴建墓穴。晋襄公披麻戴孝视察葬礼，以示战功。他母亲嬴氏，也就是秦穆公的女儿怀嬴，也称文嬴，因为筹备葬礼之事，这时也在曲沃。她得知秦国三位元帅被俘虏的消息，故意问晋襄公道："听闻我军获胜，孟明视等人都被抓了起来，这是晋国社稷之福。但不知道是否已经将他们诛杀？"晋襄公回答道："还没有。"文嬴道："秦国和晋国世代联姻，相处一直很融洽。孟明视等人贪功寻衅滋事，擅自大动干戈，使得两国由恩情变成仇怨。我想秦国国君，一定特别痛恨这三人。我国杀了他们没有好处，不如放归秦国，让他们的国君自己诛杀，这样还能化解两国之间的怨恨，岂不是皆大欢喜？"晋襄公摇头道："这三位元帅为秦国效力，俘获了却又放回去，恐怕给晋国留下后患。"文嬴笑道："战败者死，这是国家常见的刑律。楚军战败，得臣便被诛杀。难道秦国就没有军法吗？何况当时先君惠公被秦国俘获，秦国国君以礼相待且放其归国，秦国对我国的礼节如此隆重。现在只不过区区几名战败的俘虏，如果我们坚持要自己诛杀，就显得得冷漠无情了。"

晋襄公开始时并不同意，后来听闻晋惠公被放还晋国一事，心中一动，便松了口。立刻命令有司释放了三位元帅，放回秦国。孟明视等人脱了牢笼，也不入朝道谢，抱头鼠窜而去。先轸正在家中吃饭，听闻晋侯已赦免秦国三位元帅，把饭吐了出来即刻进宫觐见，怒气冲冲，质问晋襄公道："秦国的俘虏在哪里？"晋襄公道："母夫人请求把他们放回去受秦国军法处置，寡人已经听从她的命令放了他们。"先轸勃然大怒，将口水吐到晋襄公脸上道："唉！你这小孩子竟如此不懂事！将士们千辛万苦才抓到这些俘虏，怎么能被女人的话所败坏？放虎归山，将来后悔也来不及了！"晋襄公这才醒悟，擦着脸谢罪，道："这是寡人的错！"于是就问朝堂上的官员们："谁敢去追秦国的俘虏？"阳处父愿意前往。先轸道："将军请务必用心追赶，如果能追上，就是头等功劳。"阳处父骑上速度极快的追风马所拉的大车，抢起斩将刀，出了曲沃的西门，前来追赶孟明视。史臣有诗赞美晋襄公能容忍先轸，所以能够继承晋国霸业。有诗这样写道：

妇人轻丧武夫功，先轸当时怒气冲。

拭面容言无愠意，方知嗣伯属襄公。

却说孟明视等三人逃脱了大难，在路上商议道："我们几个如果能够渡过黄河，便如同获得新生一般。如果不能，我还是担心晋国国君反悔，那该怎么办？"等到了黄河河边，却没看到一艘小船，不由长叹道："这是老天要亡我啊！"叹息声未落，就看见一位打渔的老人，划着小船，从西面过来，口中唱着一首歌道：

囚猿离槛兮，囚鸟出笼。有人遇我兮，反败为功。

孟明视对他所唱的歌曲表示惊讶，大喊道："渔翁快渡我们过河！"渔翁道："我只渡秦国人，不渡晋国人！"孟明视大喊道："我们就是秦国人，赶紧快渡我们过去！"渔翁问道："莫非你们就是在崤山一战失利的人？"孟明视点头道："正是。"渔翁道："我奉了公孙将军的将令，特意准备了小船在这里等候，已等了不止一日了。这船小，不能装载过重，往前走大约半里处有大船，将军赶紧前往。"说完，那渔翁就调了船桨向西飞快地划走了。三名将军顺着河流向西，没走上半里，果然看见有好几艘大船停在河中央，离岸边还有半箭之遥，那小船的渔翁已经在大船那边打招呼了。孟明视和西乞术、白乙丙光着脚上船，还没撑开大船，东边岸上就出现了一位官员，乘车而来，是大将阳处父。他大叫道："秦国将领请留步！"孟明视等人个个都大吃一惊。只一会儿功夫，阳处父就把车停在河边，看见孟明视已在船上，就心生一计，解开自己乘坐马车的左骖之马，假传晋襄公的命令，要赠给孟明视，道："我们国君担心将军没有坐骑，派我追上来把这上等好马赠与将军，略表敬意。恳请将军笑纳！"阳处父的本意就是哄骗孟明视上岸，趁着收马拜谢之际，把他绑起来。那孟明视就像漏网的鱼，甩掉金钩后，再也不想回头，心里早就防范着这一招，怎么肯再上岸呢？孟明视就站在船头，远远看着阳处父，拱手表示谢意道："承蒙你们国君的不杀之恩，我受益已经很多了，怎敢再接受国君所赐的良马呢？这一回如果我国国君不诛杀我们，三年以后，我必定亲自到贵国，拜谢晋国国君的恩赐！"阳处父还想再开口，只见驾船的水手们挥动船桨划动竹篙，船已经到了河的中游了。阳处父茫然若失，郁闷地返回，把孟明视的话奏禀给晋襄公。先轸气愤地进言道："他说'三年之后，拜谢晋国国君的恩赐'的话，大概就是要讨伐晋国报仇。不如趁着秦国刚刚兵败丧失斗志的时候，先去讨伐他们，也好挫败他们的阴谋。"晋襄公也赞成他的意见，便开始商议讨伐秦国的事情。

话分两头，再说秦穆公听闻三名元帅都被晋军俘虏，又气又急，寝食难安。过了几天，又听闻三名元帅被释放回国，喜形于色。穆公手下的大臣们都道："孟明视等人战败辱国，按罪当斩。昔日楚国杀了成得臣来警示三军，国君也应该效法他们。"秦穆公摇头道："寡人不听蹇叔、百里奚的谏言，累及到三位元帅受辱，过错在寡人，不在于他人。"于是穿着白色的丧服到郊外迎接，哭着吊唁死去的将士们，又再次任命三位元帅掌管军队，对他们比过去更加礼遇。百里奚叹息道："我们父子能够再次相见，已经喜出望外。"于是告老还乡，交出国政。秦穆公任命繇余、公孙枝为左右庶长，代替蹇叔、百里奚的职位。这些暂且搁在一边。

再说晋襄公正商议讨伐秦国的事宜，忽然边境上有快马来报："现有翟国国君白部胡，率兵侵犯我国边境，已经过了箕城，请求迅速发兵抵御！"晋襄公大吃一惊道："翟国和晋国一向没有嫌隙，为什么兴兵来犯呢？"先轸道："先君晋文公昔日逃亡在翟国时，翟国国君分别把二隗赐给我们一君一臣为妻，在翟国一住就是十二年，礼节十分隆重。等到先君回国即位，翟国国君又派人来祝贺，把二隗送到晋国。先君在世时，从来没有送给翟国哪怕一丝布帛。翟国国君念在先君的好处隐忍不发。现在他儿子白部胡继承君位，仗着自己勇猛无比，所以趁着我国大丧的时候前来讨伐我们。"晋襄公道："先君为了周王室日夜操劳，无暇考虑报答私人恩情。现在翟国国君趁我们发丧来讨伐，就是我们的仇人。子载你替寡人前去重创他们。"先轸下拜，再三推辞道："微臣因愤懑秦军元帅被放回国，一时激动，竟将口水吐到国君脸上，简直太无礼了！微臣听闻军队最重视秩序，只有礼义才能让百姓顺服。没有礼义的人，不能出任元帅。希望国君您罢免微臣的官职，再找别的良将出征！"晋襄公摇头道："爱卿是为了国事愤怒，乃是忠心激发，寡人怎能不谅解呢？今天抵抗翟国的举动，非爱卿不可，爱卿勿要推辞！"先轸迫不得已，接受了命令退出，叹息道："我本想死在和秦国的交锋中，没想到却死在与翟国的战事中！"听到的人都不理解其中含义。晋襄公自行回返绛都去了。

单说先轸升了中军帐，召集各路人马，问众将道："谁愿意担任前部先锋官？"有一人抬头挺胸走出队列道："我愿意前去。"先轸定睛一看，乃是新提升的右车将军狼瞫。先轸因为先前他升职不曾前来拜谢,心中已有不悦之意,现在眼见他毛遂自荐要当先锋官,更加反感他,就骂道:"你一个刚刚才升上来的无名小卒,只因为斩杀了一个囚犯,就获得重用。现在大敌压境,你却一点儿没有谦让的意思,这难道是在藐视我帐下无人吗?"狼瞫反驳道:"小将愿意为国家效力,元帅为什么阻止我呢?"先轸道:"眼前也有很多要为国效力的人,你有什么本事,竟敢位于众将之上?"于是呵斥他下去,不再任用。由于狐鞫居在崤山战役中有前后夹击的功劳,所以让其代替了狼瞫的职位。狼瞫垂头丧气,恨恨而出。在路上遇到他的朋友鲜伯,问他道:"听说元帅正在挑选将领对抗敌人,你怎么在这里如此悠闲的漫步呢?"狼瞫恨恨地道:"我自告奋勇充当前锋,本想为国出力,谁知反惹得先轸那家伙发怒。他问我有什么本事,说我不该位于众将之上,已经将我罢官不用了!"鲜伯非常愤怒地说道:"先轸妒贤嫉能,我和你一起发动家丁刺杀那家伙,以发泄心中的郁闷,就是死也死得爽快!"狼瞫道:"千万不可!千万不可!大丈夫若死一定要留下义名。死了却落下一个不义的名声,算不上勇士。我因勇猛而受国君的知遇之恩,被委任为戎右一职。先轸认为我不够勇武而罢免了我。如果因不义而死,那我今天被罢免,就是先轸罢黜了一个不义之人,反而让嫉妒我的那些人找到借口。您暂且等着看吧。"鲜伯叹了口气道:"你的见解高啊,我远远比不上你!"就和狼瞫一起回去了。这些再不必提。后人写诗评论先轸罢免狼瞫一事。诗中这样写道:

提戈斩将勇如贲,车右超升属主恩。

效力何辜遭黜逐?从来忠勇有冤吞!

再说先轸任命他的儿子先且居为先锋官,栾盾、郤缺为左右队主将,狐溱、狐鞫居在后面殿后,一共征集了军车四百辆,出了绛都的北门,向着箕城进发。晋军与翟军相遇,各自安营扎寨。先轸召集众将领传授战略道:"箕城有个地方名叫大谷,谷中宽阔,正是适合车战的地方。大谷两边树木丛生,可以埋伏军队。栾、郤二位将军,可以分兵埋伏在两旁。等先且居和翟国交战,假装败退,将翟军引诱到山谷中,伏兵一拥而上,翟军的君主一定可以擒住!狐射姑、狐鞫居领兵接应,以防翟兵赶来援救。"众将士依计行事。先轸把军队大营后撤了十几里重新安营扎寨。

第二天早上,两军摆下战阵相互对抗,翟国国主白部胡亲自叫阵。先且居只是稍战了几个回合,就带领战车撤退。白部胡带领着一百多骑兵,奋勇追击。被先且居引进了大谷,左右的伏兵一跃而起。白部胡振作精神,左右冲撞,所率的百余骑兵看着很快就要损失光了。晋军死伤也很多。过了很久,白部胡突破重围,众将没有一个能抵挡他的。快要到谷口时,遇到一员大将,从一边"嗖"的一声斜射来一支箭,正好射中白部胡的脑门。白部胡翻身跌到马下,兵士们上前擒住他。射箭的人是新任的下军大夫郤缺。箭穿透了脑门，白部胡当时就气绝身亡。郤缺认出是翟国国主，就割下他的首级献上邀功。这时先轸在中营中，听说白部胡被抓，仰天连声说道："晋侯有福气！晋侯有福气！"就要来纸笔，写了奏章一道，放在桌上。也不通知众位将领，竟然只和几个心腹驾着单车闯进翟军的大营中。

却说白部胡的弟弟白暾，还不知道自己的兄长死了，正要带着士兵上前接应白部胡。忽然看见有一辆单车飞驰而来，以为是来做诱饵的晋国士兵，白暾赶紧提着宝刀出来迎战。先轸把戈横在双肩之间，瞪大眼睛大叫一声，眼眶都瞪裂了，血水流到脸上。白暾大吃一惊，后退了几十步，看他没有援兵，就传令弓箭手围住他射击。先轸奋起神威，往来飞快地驰骋，亲手杀了三名敌军头目，还杀了翟军士兵二十多人，身上却一点伤痕都没有。原来这些弓箭手们都惧怕先轸的神勇，还没有射箭自己的手先软了，射出的箭也没了力气。又何况先轸身穿厚厚的盔甲，怎能射得进去？

先轸见箭不能将自己射伤，叹息道："我不杀敌，没法显示出我的勇武；既然你们已经知道我的勇武了，为什么还要多杀人呢？我就死在这里吧！"于是自己卸下盔甲以接受射来的弓箭，那箭密密麻麻，像刺猬一样扎在他身上。先轸虽已死尸首却不倒下。白暾想砍下他的头，却见他怒目圆睁，胡须扬起，和活着时没什么两样，心中非常害怕。有士兵认出先轸，说道："这是晋军的中军元帅先轸。"白暾于是带领士兵们列队下拜，赞叹道："真是位神人啊！"向着尸首祷告道："神人，允许我把您带回翟国供养吗？如果允许就请将尸身倒下来。"尸首还是僵直地站立着，和原先的姿势一样。于是白暾换了祷辞道："神人莫非依然想回到晋国？若是，我一定护送你回去。"祈祷完了，尸体便倒在了车上。

第四十六回
楚商臣宫中弑父　秦穆公殽谷封尸

话说翟国国主白部胡被晋军所杀，有逃命的翟军败兵将这消息报告给他的弟弟白暾。白暾痛哭流涕地说道："我曾对兄长说过：'晋国有老天相助，不能讨伐它。'兄长不听，今日果然遇难了！"并想用先轸的尸首和晋军换取白部胡的尸体，便派人到晋军中传话。且说郤缺提了白部胡的项上人头，和诸将一起到中军大帐献功，却不见了元帅先轸。有守营的士兵说道："元帅乘着单车出营去了，只是吩咐我们'紧守寨门'，不知到哪里去了。"先且居心里起疑，偶然看见案上有一道奏章，拿起来观看，只见上面写道：

罪臣中军大夫先轸上奏：

微臣自知对国君无礼。国君没有诛杀我，而且继续重用微臣，庆幸此次大胜敌军，国君的赏赐估计很快就要来。微臣回国如若不接受赏赐，就是有功劳君主却没赏赐；如果接受封赏，就是告诉世人，对君主无礼却可论功行赏。有功劳却不赏赐，怎么劝人立功？对国君无礼却能论功行赏，怎样惩处罪过？评定功过如此混乱，怎么治国？微臣将策马攻入翟军大营，借翟人之手，替国君讨回臣子对国君不恭的罪责。臣的儿子且居有统率军队的才华，完全可以替代臣子的职位。臣先轸临死前冒昧上书！

先且居看完道："我父亲奔往翟军中送死去了！"说罢放声大哭。于是想乘车闯入翟军中，查看他父亲的下落。这时候，郤缺、栾盾、狐鞫居、狐射姑等人都齐聚在兵营中，死命劝说才劝住他。大家商议道："必须得先派人去打探一下元帅的生死，才能够进军。"忽然有兵士来报："翟国国君的弟弟白暾，派人前来传话。"于是召见来者，才知道是前来商量双方交换尸首的事情。先且居知道父亲的死讯确实无误，又大哭了一回。

晋国与翟国的来使约定："明日两军阵前，各自抬着尸首，互相交换。"翟国的使者离去回禀后，先且居道："翟国人一向狡猾多诈，明天不能不做防备。"于是商议后命郤缺、栾盾依然把军队埋伏在左右两翼，只要出现了交战的情况，就从两面夹攻过来。狐鞫居、狐射姑坚守中军大营。

第二天，晋军和翟军两军结阵相持，先且居穿着白色的丧服，只身来到两军阵前，迎接父亲的尸首。白暾畏惧先轸的魂灵，拔掉箭头，用香水把尸体洗干净，脱下自己身上的锦袍给他盖上，装在车上，就像活着一样，把车推到两军阵前，交付先且居收领。晋军也把白部胡的人头，交还给翟军。翟军送过来的是带着香气的一具尸体，晋军送过去的却只是一颗血淋淋的人头。白暾心中着实难忍，就大叫道："你们晋国太欺负人了！为什么不把整个尸体还给我？"先且居派人回应道："如果想要整个尸体，你就自己去大谷那里的乱尸堆里寻找辨认吧！"白暾勃然大怒，手里握着开山斧，指挥着翟国的骑兵冲杀过来。晋军用轫车列阵，仿佛城墙一样，翟军连着冲锋了好多次，都不能闯过去。惹得白暾捶胸踏地，咆哮连连，有火发不出。忽然晋军队中鼓声震天，阵门打开之处，一员大将横端长戟冲了出来，原来是狐射姑。白暾便与他交战起来。打了没几个回合，左边冲出大将郤缺，右边冲出大将栾盾，两边的士兵全都包围上来。

　　白暾看见晋军人多势众，就急忙调转马头逃走，晋军跟在后面冲杀上来。翟国战死的士兵不可计数。狐射姑瞅准白暾，在后面紧紧追赶。白暾担心冲乱自己的大营，就打马往斜刺里跑过去。狐射姑紧追不放，跟着他的马尾追上来。白暾回头一看，掉转马头，问道："将军看着很面熟，难道是贾季吗？"狐射姑回答道："正是。"白暾道："很久不见，将军别来无恙？将军父子，都在我国住了十二年，我国待你们着实不薄，今天对我手下留情，来日难道没有再见面的机会吗？我是白部胡的弟弟白暾。"狐射姑见他旧事重提，起了恻隐之心，就回答道："我放你一条生路，你赶紧返回，率翟军回国，不得在此多停留！"说完，狐射姑驾战车返回晋军大营。晋兵已经得胜，即便抓不住白暾，大家也没什么话说。这天晚上，白暾带领军队悄悄回到翟国，白部胡没有子嗣，白暾为他举办了葬礼，然后继位当了翟国的国君。

　　且说晋军得胜归来，拜见晋襄公，把先轸留下的遗表呈了上去。晋襄公悲悯先轸之死，亲自为他主持葬礼。只见先轸的双眼再次睁开，显得很有生气，晋襄公抚摸着他的尸体道："将军为国而死，英魂永存，遗表上的话，足可以表现你的忠心，寡人不敢忘！"于是就在先轸的灵柩前，册封其子先且居为中军元帅，替代父亲的职位，先轸的眼睛这才合上了。后人在箕城建庙来祭祀先轸。晋襄公要嘉奖郤缺杀白部胡的功劳，便将冀邑重新恢复为他的封地，对他言道："你能赎清你父亲的罪过，所以把你父亲的封地还给你。"又对胥臣道："推举郤缺出仕，是你的功劳。没有你，我怎么能任用郤缺呢？"于是把先轸弟弟先茅的封地赏给他。众将领见晋襄公奖赏有功之臣，没有不心悦诚服的。

　　这时，许国和蔡国因为晋文公去世的变故，又重新和楚国结成盟国。晋襄公委任阳处父为大将军，率领军队去讨伐许国，顺道去袭击蔡国。楚成王命令斗勃和成大心带领军队救援两国。走到泜水附近，隔岸看见晋军，于是命令军队靠着泜水安营扎寨。两军之间只隔着一道泜水，就连巡夜敲梆子的声音彼此都清晰可闻。晋军被楚国军队所阻，不能前进，就这么僵持着，大约过了两个月。眼看到了年尾，晋军的粮食即将耗光，阳处父有了退兵的打算。但是他既害怕因撤退给了楚军可乘之机，又怕背上躲避楚军的名声被人耻笑。于是派人渡过泜水，直接奔往楚军大营，传话给斗勃道："谚语说：'来的不怕死，怕死的不来。'将军如果想和我们一战，我们便该退后三十里，让将军渡过泜水，和我军决一死战。如果将军不肯渡过泜水，那就请您退后三十里，让我渡河登上南岸，然后跟您定下战期。如果老是保持这样既不前进也不后退的局面，只能消耗军队、浪费财力，又有什么好处呢？处父现在驾着马车随时准备出发，等候将军的命令，请快点定夺！"斗勃愤怒地说道："晋国这不是欺负我不敢过河吗？"于是就想渡过泜水向晋军请战。成大心急忙阻止道："晋国人向来不讲信用，他说退后三十里，实际上是在引诱我军渡河。如果趁着我们渡河渡到一半时攻打我们，我军不管进退都失去了屏障。不如我们暂且撤退，让晋军先过河。我们占据主导地位，晋军占了不利地位。这么做不可以吗？"

斗勃恍然大悟道："孙伯所言极是！"于是传令军中，退后三十里安营扎寨，让晋军渡过泜水。楚军派人回复阳处父。阳处父更改了他们的措辞，当众宣布，只道："楚军大将斗勃因为害怕晋国不敢过河，现在已经逃跑了。"这消息一时传遍了军中。处父道："楚军已经逃跑了，我们还过河干什么？到了年底了，天气又如此寒冷，暂且回去休整吧，等待以后再发动进攻也不迟。"于是班师回到晋国。斗勃撤军三十里后又等待了两天，不见晋军有什么行动，派人前去打探，原来晋军早就离开了，也便下令班师回国。

再说楚成王的大儿子，名叫商臣，刚开始时成王想立他为太子，就问斗勃的意见。斗勃回答道："我楚国的王位继承人与中原地区的嫡长子制不同，纵观历史，少公子更容易即位，而长公子很难登位，历代楚君都是如此。况且长公子商臣，眼睛细小得像蜜蜂，声音嘶吼像豺狼，生性冷酷残忍，今天大王因为溺爱立他为储君，将来一定会因为厌恶而废黜他，他一定会为乱楚国。"楚成王不听劝阻，最终还是把商臣立为储君，任命潘崇为太傅，教导于他。商臣听说斗勃不想让自己当上储君，便心生怨恨。等到斗勃援救蔡国时，不战自退，商臣就在楚成王面前诬陷他道："斗勃收了阳处父的贿赂，所以避开晋军，为晋军撤退制造口实。"楚成王听信了他的话，不许斗勃前来拜见，让人赐了一把剑给他。斗勃无法证明自己的清白，就用此剑割喉自刎而死。成大心跑到楚成王面前，叩头痛哭，详细叙述了退兵的原因，如此这般地解释道:"并没有受贿一事,如果说退兵有罪,那么微臣也应该被此罪过连坐。"

楚成王道:"爱卿不必引咎自责,孤也已经后悔了!"从此楚成王就对太子商臣有了猜忌之心。后来楚成王又宠爱小儿子职,想废了商臣立职为楚君,担心商臣叛乱,就想找他的过失杀了他。宫里的人多次听到楚成王这个计划,此事便传扬开来。商臣迟疑着,不知该不该相信,就告诉了太傅潘崇。潘崇道:"我有一条计策,可判断这个消息的真假。"商臣问道:"老师有何计策?"潘崇道:"国君的妹妹芈氏,嫁到江国,近日回到楚国探亲,长时间住在宫里,她一定清楚这件事。江芈性情急躁,太子您可以设宴款待她,故意在席间冷落急慢她,激起她的怒火。她发怒时所说的话,一定会泄露一些内情。"商臣听从了他的计谋,于是就准备酒宴款待江芈。芈氏来到东宫,商臣很谦恭地迎接,酒过三巡之后,商臣慢慢开始怠慢芈氏,中间劝酒之际只让厨子上菜,自己却一直坐着不起身,又故意和招待的侍从窃窃私语,芈氏两次问话,商臣都没有回答。芈氏勃然大怒,拍着桌子站起来,骂道:"贱人这么不肖,大王就应该杀了你立职为太子!"商臣假装连连请罪,芈氏不屑一顾,坐车离开了,边走边骂,骂声不绝于耳。

商臣连夜把这事告诉了潘崇,趁机向他请教自保的方法。潘崇问道:"公子,您能像臣子一样侍奉您弟弟职吗?"商臣道:"以兄长的身份去侍奉弟弟,我做不到。"潘崇点头道:"如果不能委屈自己去侍奉国君,那么去别的国家避难如何?"商臣道:"无缘无故地出逃,只能自取其辱。"潘崇道:"除了这两条路,再也没有别的办法了。"商臣还是执拗地恳请他想办法,潘崇终于开口道:"有一个办法,很简单,就怕你下不了狠心。"商臣道:"生死关头,有什么不忍心的?"潘崇趴在他耳边低声道:"除非行废立的大事来夺取君位,才能转祸为福。"商臣恶狠狠地说道:"这事我能做。"

于是他便在宫中部署士兵,半夜的时候,谎称宫里发动政变,包围了王宫。潘崇持着剑和数名勇士涌进宫内,直接来到楚成王面前。楚成王身边的随从全都吓跑了。楚成王问道:"爱卿来这里所为何事?"潘崇回答道:"大王在位已经四十七年了,应该功成身退,现在国都的百姓想拥立新王,请传位给太子!"楚成王惊恐地回答道:"孤立刻让位给太子,但不知道能不能活命?"潘崇阴森森地说道:"一位君主死去,另一位君主才能被册立,一个国家怎么能有两位君主呢?为什么大王年老了便糊涂了?"楚成王道:"孤刚才命令厨师烹制熊掌,等熊掌熟后吃完再死,就算死了也不后悔!"潘崇高声说道:"熊掌很难熟,君王这是想拖延时间,等待外面的救援到来吗?请君王自行了断,别等微臣前来动手!"说完,解开束带扔到楚成王面前。楚成王仰天长叹道："好一个斗勃！好一个斗勃！孤不听你的忠言，自取灭亡，还有什么可说的呢？"就用束带系住自己的脖子，潘崇命令手下拽紧带子，不一会儿成王便气绝身亡了。江芈听闻此事，痛哭道："害死兄长的人，就是我啊！"也上吊自杀了。这天是周襄王二十六年冬季十月份的丁未日。

隐士徐霖评论这件事，认为楚成王当年以弟弟的身份杀死了自己的兄长熊囏登位，他的儿子商臣，以儿子的身份杀死了父亲登位，这是天理循环，报应不爽，毫无遗漏。有诗叹道：

楚君昔日弑熊囏，今日商臣报叔冤。
天遣潘崇为逆傅，痴心犹想食熊蹯。

商臣杀了自己的父王后，就以急病发作而亡为由发讣告给了诸侯们，自己登上了王位，就是历史上的楚穆王。他加封潘崇为太师，命他掌管宫廷警卫，又把自己当太子时的宫殿赐给了他。令尹斗般等大臣，都知道楚成王是被杀害的，但没有人敢说一句话。商公斗宜申听闻楚成王遭遇变故，借着给楚成王奔丧为名，和大夫仲归谋划诛杀穆王。计划败露，穆王派司马斗越椒抓住斗宜申和仲归，杀掉了他们。昔日巫师范峕好像说过："楚成王与子玉〔得臣〕、子西〔斗宜申〕三人，都不得好死。"到现在，这预言果真都应验了！斗越椒觊觎令尹的职位，就对穆王进言道："子扬〔斗般〕经常对别人道：'我们父子世代把持楚国的朝政，受了先王极大的恩惠，非常惭愧不能实现先王的遗愿。'他的意思是想扶植公子职为国君。子西之所以前来弑君，其实是子扬将他召来的。如今子西伏法，子扬心中惊慌，怕另有图谋，不能不防备。"楚穆王产生了疑心，就传令让斗般去杀公子职，斗般以不能下手为理由推辞。楚穆王怒气冲冲地道："你不是想继承先王的遗志吗？"便亲自拿起铜锤打死了斗般。公子职想投奔晋国，斗越椒在郊外追上并杀了他。楚穆王委任成大心担任令尹。不久，成大心也死了。便提升斗越椒担任令尹一职，芳贾为司马。后来楚穆王又念及子文治理楚国有功，让斗克黄担任箴尹一职。斗克黄字子仪，是斗般的儿子，子文的孙子。

晋襄公听闻楚成王被杀，就问赵盾道："老天难道开始厌弃楚国了吗？"赵盾回答道："楚成王虽然蛮横不讲理，但还可以用礼义进行教化。商臣不爱他的父亲，更何况其他的人呢。微臣担心诸侯国之间的战乱灾难，还远没有尽头啊！"果然，没过几年，楚穆王四处出兵讨伐，先灭了江国，接着吞并六国，灭掉了蓼国，又向陈国和郑国出兵，中原多战事，和赵盾所说不差分毫。这是后话。

却说周襄王二十七年春季二月，秦将孟明视向秦穆公请战，想兴兵攻打晋国，以报当日崤山大败之仇。秦穆公被他的大志所感动，答应了他的请求。孟明视便会合了西乞术、白乙丙，率领战车四百辆讨伐晋国。晋襄公担忧秦国会有报仇的举动，每天都派人远去秦国打探，一接到这个消息，笑着道："秦国前来感谢寡人上次的赐教了！"就任命先且居做大将军，赵衰为副将，狐鞫居为车右，到边境去抵抗秦军。军队即将出发之时，狼瞫毛遂自荐以私人身份跟随军队同行，先且居同意了。这时候孟明视等人还没有离开秦国边境，先且居道："与其等秦兵到了再打，不如直接去讨伐秦军。"就率军西行到彭衙地区，和秦军遭遇，两军各自列阵。

狼瞫向先且居请命道："昔日您父亲先轸元帅认为狼瞫我不够勇武，所以废黜不用。今天狼瞫我请战，并非打算立功受奖，只是想一雪前耻。"说完，就和他的朋友鲜伯等一百多人，直接冲到秦军的阵营中，一路厮杀，所向披靡，杀死秦军不计其数。其间，鲜伯被白乙丙所杀。先且居登上战车，看见秦军的阵形已经大乱，就指挥大军一路厮杀过去。孟明视等人无力抵挡，大败而逃。先且居救出狼瞫，只见他遍体鳞伤，呕血无数，第二天便死掉了。晋军得胜，班师回朝。先且居向晋襄公上奏道："今天得胜全靠狼瞫的力量，与微臣没有关系。"晋襄公下令用上大夫的礼仪，把狼瞫埋葬在都城的西面，命大臣们全都去为他送葬。这是晋襄公激励人才的妙处。史臣有诗夸赞狼瞫的英勇道：

壮哉狼车右，斩囚如割鸡！
被黜不妄怒，轻身犯敌威。
一死表生平，秦师因以摧。
重泉若有知，先轸应低眉。

再说孟明视打了败仗回到秦国，自己揣测必死无疑，没料到秦穆公将责任完全归结到自己身上，一点没有责怪孟明视的意思，依旧派人到郊外慰劳士兵们，和以前一样委任他处理国政。孟明视羞愧难当，于是更加用心完善国政，倾尽所有来救济阵亡将士的家属；每天都操练士兵，用忠义来激励他们，期盼着来年能更有力地讨伐晋国。

这一年冬天，晋襄公再度任命先且居为大将军，集合了宋国大夫公子成、陈国大夫辕选、郑大夫公子归生，率领军队去讨伐秦国，获取了汪邑和彭衙，班师返回。晋襄公开玩笑道："上次孟明视前来报答寡人赐教，现在寡人来报答孟明视的赐教了。"以前郭偃占卜有"一击三伤"的卦辞，到现在晋君已经三次打败秦军，他的话果然应验了。孟明视没有向君主请求亲自带兵抵挡晋军，秦国人都认为他是被晋军吓破胆了。只有秦穆公非常相信他，对大臣们道："孟明视一定可以报兵败之仇，只是时候不到而已。"

到了第二年夏天五月份，孟明视觉得兵车已足，士兵们训练有素，于是恳请秦穆公亲自前往督战："如果这次不能报仇雪恨,绝不生还秦国!"秦穆公激励他道:"寡人已经三次被晋国所打败。如果此次还是战而无功,寡人也没有脸面回国了。"于是挑选五百辆战车,选好日期出兵。凡是跟随出征的将士,都给了非常丰厚的奖赏,三军将士,摩拳擦掌,精神振奋,都愿意为国家拼命效力。秦军从蒲津关出发,渡过黄河后,孟明视下达命令,命士兵们将船只尽数焚毁。秦穆公奇怪地问他:"元帅烧船是什么用意呢?"孟明视回答道:"打仗靠的是士气。我军多次受挫后,士气已经衰竭。假如此次侥幸得胜,难道还担心过不了河吗?微臣之所以烧船,是告诫将士们,没有退路,必须死战,只能前进不能后退,以此来鼓舞他们的士气。"秦穆公道:"说得对。"孟明视亲自担当前锋,秦军势不可挡,长驱直入,攻破了王官城,并占领了城池。

告急的快报传到了晋国国都绛州,晋襄公召集文武大臣,商议出兵抗敌。赵衰道:"秦国的怒气已经到达顶点,这次倾尽了全国的军队,是想与我国决一死战。况且秦国国君御驾亲征,不能与其硬拼,不如就避开他们吧。让他们稍微得些好处,也能平息两国的纷争。"先且居也启奏道:"被围困的野兽还要做最后挣扎,何况一个大国呢?秦国国君以屡次战败为奇耻大辱,而孟明视、西乞术、白乙丙这三位将帅都想证明他们的骁勇,此番他们的计划是不获胜利绝不罢休。那么这场演变成灾祸的战争则会连绵不断,没有停止的日子了,子馀的看法是对的。"晋襄公于是传令国土边境的将领坚守城池,不与秦军交战。

繇余对秦穆公说道:"晋国这是害怕我们啊!国君可以趁此显示我军的军威,把昔日崤山战死将士的遗骨收回,可一雪从前战败的屈辱。"秦穆公听从了他的建议。于是带兵渡过黄河上游,在茅津地区上岸,驻扎在东崤一带,晋军没有一兵一骑敢上前迎战。秦穆公命令将士们在堕马崖、绝命岩、落魂涧等地,收殓战死将士的遗骨,用草包卷起来,埋在山谷中的僻静处,并宰牛杀马,隆重地举行祭奠。秦穆公穿着白色的孝服,亲自向地上倒酒,放声痛哭。孟明视等将领悲伤不已,伏倒在地上久久不能起来,全军哀恸不已,没有不落泪的。隐士徐霖有诗道:

曾嗔二老哭吾师,今日如何自哭之?

莫道封尸豪举事,崤山虽险本无尸。

汪邑和彭衙这两邑的老百姓,听闻秦穆公讨伐晋国得胜归来,一窝蜂似的迅速聚集起来,把镇守的晋军守将赶走,这两邑重新回到秦国手中。秦穆公高奏凯歌班师回朝,任命孟明视为亚卿,和两位卿相一起主持朝政。对西乞术、白乙丙,也都进行了封赏。将蒲津关改名为大庆关,以此来纪念这次出征的战绩。

却说西戎的首领赤班,刚开始时见秦兵多次战败,便欺侮秦国软弱,想带领各西部少数民族背叛秦国。等到伐晋归来，秦穆公便想转移军队前去讨伐西戎。繇余请求把檄文传到西戎，命令其向秦国朝拜纳贡，如果西戎不来，然后才攻打它。赤班打探到孟明视讨伐晋国得胜，正在忧愁恐惧，一看见檄文传来，就带领西部的二十几个小国割地给秦国，请求到朝廷来拜见，尊奉秦穆公为西戎的霸主。有史官谈论起秦国的事，认为"千军易得，一将难求"。秦穆公信赖孟明视的贤能，便一直重用他，所以最终帮助秦穆公成就了霸业。

这时秦国的威名一直传到了京城。周襄王对尹武公说道："秦国和晋国棋逢对手，平分秋色。他们的先人对周王朝都有功劳。过去重耳称霸中原诸侯，朕册封他为侯伯。如今的秦伯任好，其国家的强盛不次于晋国，朕也想像对重耳那样册封他。爱卿认为怎么样？"尹武公劝阻道："秦国自从称霸西戎以来，不能像晋国一样尽心服侍天子您。现在秦国和晋国的关系正处于交恶时期，而晋侯足以继承父业，如果册封秦国，就会失去晋国的支持。不如派使臣携带赏赐去祝贺秦国收服西戎各国。这样一来，秦国感恩天子，晋国也不会因此而怨恨周王室。"周襄王听从了他的建议。

第四十七回
弄玉吹箫双跨凤　赵盾背秦立灵公

话说秦穆公吞并了二十多个小国，于是称霸西戎。周襄王命尹武公赐给他四金和六鼓，以示庆贺。秦穆公自称年事已高，不方便入朝参拜，就派公孙枝出使周朝谢恩。这一年，繇余病故，秦穆公心痛不已，委任孟明视为右庶长。公孙枝从周朝回来，知道秦穆公想重用孟明视，就告老还乡，退还国政。

再说秦穆公有个小女儿，出生时正好有人献上璞玉，便精心雕琢成一块绝世美玉。女孩周岁时，宫中陈列了盛纸、笔、刀、箭等物品的晬盘，让其抓周，这个女孩唯独只抓了这块美玉，把玩着不放手，因此给她起名"弄玉"。稍微长大一点，其姿色举世无双，又非常聪慧，擅长吹笙，没经乐师指点，自己就能吹出曲调。秦穆公命能工巧匠把这块美玉剖开，制作成上等的笙。弄玉吹笙的时候，声音就如同凤凰鸣叫的声音。秦穆公非常宠爱这个女儿，为她专门建造了一座高楼给她居住，起名叫"凤楼"。凤楼的前面有一座高台，起名叫"凤台"。弄玉长到十五岁的时候，秦穆公有心为她寻觅良婿。弄玉自己发誓道："一定得寻觅一位擅长吹笙的人，能和我音乐和鸣，这样的人才配做我的夫婿。其他的人我不愿意选择作为我的夫婿。"秦穆公派人到处寻访，也没有寻找到符合要求的人。

忽然有一天，弄玉在楼上卷起珠帘四处闲看，只看见天空明亮无比，一片云彩也没有，月亮光洁明亮得像一面镜子，就吩咐侍女焚了一炷香，取出玉笙，靠着窗户吹奏起来。声音清脆悠扬，直冲云霄，微风轻轻拂动，忽然仿佛有和鸣的声音。那声音忽远忽近，弄玉心中惊诧，就停止吹奏倾听起来，那声音却也停止了，可是余音袅袅，依然绕梁不断。弄玉迎着清风有些迷茫，若有所失。斜靠着窗户一直到深夜，等到月亮的光晕慢慢消失了，才把玉笙放在床头，勉强入睡。梦中看见在天的西南方向，天门轰然打开，有五彩的霞光投射过来，照得大地如同白天一样。有一个美男子戴着用羽毛做的帽子，穿着用仙鹤毛做的道袍，骑着彩凤从天上飘然而至，站在凤台上，对弄玉言道："我是太华山的主人。玉皇大帝命令我来和你结成佳偶，应在中秋之日相见，以应验我们几世的缘分。"于是解开腰上的赤玉箫，倚着栏杆吹奏起来。那彩凤也张开翅膀飞翔，鸣叫起舞，凤声和箫声交织在一起，音韵如此协调完美，优美的声音充满了双耳。弄玉神思恍惚，沉迷不已，不自觉问道："这是什么曲子？"那个美男子回答道："这是《华山吟》的第一弄。"弄玉又问："这曲子我能学吗？"美男子道："你我既然结为夫妻，教给你又有何难呢？"说完，就上前握住弄玉的纤纤玉手。弄玉猛然之间从梦中惊醒，梦中的一切却历历在目。

等到天亮，弄玉把这些告诉了秦穆公。秦穆公于是差遣孟明视，按照梦中所见到的景象，到太华山探访。有位农民指点道："山上有个明星岩，住着一位奇人，七月十五来到此处，盖房子独自居住。他每天都下山打酒自己独酌。到了晚上，他必定要吹一首箫曲，箫声响彻四野，听到箫声的人都会陶醉得不知所以，忘记入睡，不知道这位奇人是哪里人。"孟明视登上太华山，到了明星岩下，果然看见一位头戴着用羽毛做的帽子，身穿用仙鹤毛做的衣服的人，玉貌丹唇，飘逸若仙，出尘脱俗。孟明视知道这是位不寻常的异人，就上前作揖，问他的姓名。那人回答道："我姓萧，名史。阁下是什么人？来这里所为何事？"孟明视道："我是本国的右庶长百里视。我们的国君要为爱女选择夫婿，国君的女儿善于吹笙，所选择的夫婿一定也要能够和她互相唱和。听说您精通音律，我们的国君想见您一面，派我来恭请您。"萧史道："我只是粗略懂点音律，没有别的长处，去了怕会辜负国君的期待。"孟明视道："您和我一道去见我们的国君，自有分晓了。"于是载着萧史共同回到秦国。

孟明视先拜见秦穆公，禀奏了此事，然后带着萧史进来拜见。秦穆公坐在凤台上，萧史拜见道："微臣乃是山村里的粗人，不懂得礼法，请国君原谅我的失礼之处！"秦穆公看他英俊潇洒，举止有礼，颇有不食人间烟火的风韵，心里就已经喜欢上了三分，于是让他坐在自己身边。秦穆公问他："听闻你善于吹箫，也擅长吹笙吗？"萧史摇头道："我只能吹箫，不能吹笙。"秦穆公遗憾地说道："寡人原本要帮女儿寻觅一位能吹笙的佳侣，现在你会的箫与小女擅长的笙是不一样的乐器，只怕你不是我女儿的良配。"秦穆公回望孟明视，让他带萧史下去。弄玉派手下内侍传话给秦穆公道："箫和笙是同类乐器。客人既然擅长吹箫，为什么不让他展示一下自己的长处呢？难道想让他空怀一身绝技离开吗？"秦穆公认为她说得有道理，就下令请萧史吹箫。萧史取出一枝赤玉箫，玉色温和柔润，红色光彩夺目，果然是稀世珍宝。才吹奏了一首曲子，就感觉有习习的凉风迎面而来；吹奏第二首的时候，只见天上的彩云不断地从四周围拢过来；吹奏到第三首的时候，只见成双成对的白鹤在空中飞翔凌舞着，孔雀一对一对的在树林中栖息，百鸟齐鸣过了很久方才散开。这时弄玉在珠帘内，看到了外面的这些异象，高兴地说道："这真是我的夫婿啊！"

  秦穆公问萧史道："你知道笙和箫是用什么制成的？制造于何时吗？"萧史回答道："笙，也就是'生'，是女娲制造的，意思取自'发生'。律调应和十二律中第三律'太簇'。箫，也就是'肃'，是伏羲氏制造的，意思取自'肃清'，律调应和十二律中第六律'仲吕'。"秦穆公道："请您详细解说一下。"萧史道："微臣所研究的技艺是箫，请让微臣单独谈一下箫。昔日伏羲氏用竹子编制成箫，形状各异，像凤的翅膀。它的声音悠扬动听，像凤的鸣叫声。大的箫叫'雅箫'，编有二十三个孔，长的有四寸。小的叫'颂箫'，编有十六个孔，长的有二寸。它们都被称为'箫管'。没有底的，被称作'洞箫'。后来，黄帝派伶伦在昆溪砍伐竹子，做成笛子，横排有七个孔，吹奏起来，发出的声音也像凤鸣的声音，造型非常简单。后人厌烦箫管的繁琐，就专门用一根竹管竖起来吹奏。又把长的叫作'箫'，短的称作'管'。现在的箫，早已不是古代的箫了。"

  秦穆公道："爱卿吹箫，为何能招来珍禽异鸟？"萧史回答道："箫的制作工艺虽然削减了，但是声音没变，吹箫的人模仿凤鸣的声音，凤是百鸟之王，所以众鸟听到凤鸣声就会飞过来聚集。昔日舜演奏箫韶之乐，凤凰都应声而来祝贺。凤凰能被招来，何况其他鸟呢？"萧史对答如流，声音洪亮。秦穆公越发地高兴，对萧史道："寡人有个宠爱的女儿叫弄玉，非常精通音律，不想让她嫁给不通音律之人，愿意把她嫁给你为妻。"萧史收敛笑容，严肃地再次施礼拒绝道："萧史我本是山野莽夫，怎么能娶王侯尊贵的女儿呢？"秦穆公道："小女以前曾起誓，想寻觅一位擅长吹笙的人为佳偶，现在你的箫声能感天动地，格致万物，比起笙来更胜一筹。况且小女梦里已经遇见阁下，今天正好是八月十五中秋之日，这是上天安排的姻缘，爱卿不可推辞。"萧史于是拜谢过秦穆公。秦穆公命太史选择好日子举行婚礼，太史回奏说今天中秋就是大吉之日，天上月亮团圆，地上夫妻圆满。于是命手下准备沐浴的热水，带萧史前去沐浴，赐给他新衣新帽，穿戴完整后将其送到凤楼，和弄玉成亲。夫妻两个琴瑟和鸣，自不必说。

第二天一早，秦穆公任命萧史担任中大夫一职。萧史虽然位居朝臣，却不参与国政，整天待在凤楼里，不食熟食，只有时喝几杯酒而已。弄玉学着他的导气方法，慢慢地也能不食五谷。萧史教弄玉吹箫，演奏《来凤》一曲。大约过了半年之久，忽然一天晚上，弄玉夫妇在月下吹箫，就有紫凤聚集在凤台的左面，赤龙盘踞在凤台的右面。萧史道："我本来是天上的神仙，天帝认为人间的史籍遗失混乱，命令我下凡来整理。于是在周宣王十七年的五月五日那天，托生在周国的萧氏家中，人称萧三郎。到宣王末年，史官失职，我就整理典籍，把遗漏的史实补充进去。周国人认为我编纂历史，立下大功，就称呼我为萧史，至今为止，我已经在人间待了一百一十多年了。天帝任命我为太华山之主，我与你命中有几世姻缘，所以就用箫声应和你，可我却不能一直住在人间。今天龙凤来迎接我们，我们可以离开了。"弄玉想与父亲辞行，萧史不让，道："既然已是神仙，就应该超然洒脱无忧无虑，怎么能被俗世的亲情眷恋所羁绊呢？"于是萧史乘着赤龙，弄玉乘着紫凤，从凤台腾云而去。现在的人把女婿称为"乘龙"，正是来源于此。

这天晚上，有人在太华山听到那里响起凤鸣声。第二天一早，宫里的侍卫就把这事报告给了秦穆公。秦穆公迷茫很久，慢慢地长叹道："世上有神仙一事，原来是真的啊！如果这时有龙凤前来迎接寡人，寡人也会把这江山看得跟破鞋一样，毫不可惜地抛弃掉！"秦穆公命人到太华山寻找神仙的踪迹，却杳无音讯。于是在明星岩立了祠堂，每年都用美酒蔬果进行祭祀，那里现在被叫作"萧女祠"，在祠院中，常常可以听到凤鸣的声音。六朝时鲍照做了一首《萧史曲》说道：

萧史爱少年，嬴女丢童颜。
火粒愿排弃，霞雾好登攀。
龙飞逸天路，凤起出秦关。
身去长不返，箫声时往还。

后来南朝的江总也有诗写道：

弄玉秦家女，萧史仙处童。
来时兔月满，去后凤楼空。
密笑开还敛，浮声咽更通。

相期红粉色，飞向紫烟中。

秦穆公从此便厌倦谈论战争，有了离开尘世、超脱世俗的想法，将国政完全委托给孟明视主管，自己修行清净无为的功业。没多久，公孙枝也去世了。孟明视推荐了子车氏的三个儿子：奄息、仲行、鍼虎，都是德才兼备之人，国都百姓称他们为"三良"。秦穆公把他们都任命为大夫，对待他们的礼遇也十分周到。又过了三年，即周襄王三十一年春季二月的农历十五，秦穆公坐在凤台上观赏月亮，思念女儿弄玉，不知道她去了哪里，感觉相见遥遥无期，突然便睡着了。梦里看见萧史和弄玉两人，骑着一只凤来迎接他，一起到广寒宫游赏，那里冰侵入骨，十分寒冷。梦醒后，就得了风寒，没过几日就去世了，人们都认为他成仙飞升了。秦穆公在位三十九年，去世时六十九岁。秦穆公最初娶了晋献公的女儿，生下了太子罃，这时他继承了王位，就是历史上的秦康公。秦康公把秦穆公安葬在雍地，按照西戎的习俗用活人陪葬，一共用了一百七十七人殉葬。子车氏的三个儿子也在殉葬之列，国都的百姓对他们的遭遇表示哀痛，作了一首名叫《黄鸟》的诗，后来收到了《毛诗·国风》里面。后人谈论起秦穆公用"三良"陪葬的举动，认为秦穆公死后白白杀害贤能之人，不是教育后代子孙的道理。只有苏东坡大学士有首题秦穆公墓的诗，让人有些意外。诗是这样写的：

橐泉在城东，墓在城中无百步。乃知昔未有此城，秦人以此识公墓。昔公生不诛孟明视，岂有死之日，而忍用其良？乃知三子殉公意，亦如齐之二子从田横。古人感一饭，尚能杀其身。今人不复见此等，乃以所见疑古人。古人不可望，今人益可伤！

话分两头，却说晋襄公六年时，立他儿子夷皋为世子，派他的异母弟弟公子乐到陈国做官。这一年，赵衰、栾枝、先且居、胥臣先后都去世了，接连失去四位卿相，职位都空缺了出来。到了第二年，晋襄公在夷地大规模检阅军队，撤销了二军，仍然恢复到三军的旧制。晋襄公想让士蒍的儿子士谷、梁益耳统帅中军，让箕郑父、先都率领上军。先且居的儿子先克进谏道："狐射姑、赵盾都对晋国立有大功，不能废置他们的儿子啊。何况士谷还担任着司空的位置，与梁益耳二人都没有战功，突然擢升为大将，恐怕众人心中不服。"晋襄公听从了他的意见。就任命狐射姑为中军元帅，赵衰的儿子赵盾为副将；任命箕郑父担任上军元帅，荀林父辅佐他；任命先蔑担任下军元帅，先都辅佐他。狐射姑登上点将台，指挥自如，目空一切。他的部下担任司马一职的臾骈进谏道："我听说，军队要取胜靠的是内部和睦。现在我三军的元帅，不是以前的老将，就是世家的子弟。元帅应该向他们请教学习，经常保持谦恭推让之心。刚愎自用就是昔日子玉败给我国的原因，不能不引以为戒啊！"狐射姑勃然大怒，叱喝道："本帅才刚开始号令三军，你这个匹夫怎敢胡言乱语，扰乱军心？"命令手下打了他一百鞭子。将士们都有了不服的情绪。

再说士谷、梁益耳听闻先克拦阻了他们的仕途，心中十分怨恨。先都没有当成上军元帅，也对先克怀恨在心。这时太傅阳处父出使卫国，没有参与谋划改革军制一事。等阳处父回到晋国，听闻狐射姑做了元帅，就秘密上奏晋襄公道："狐射姑性情刚烈，又争强好胜，不得人心，不是大将之材。我曾在赵衰的军队中辅佐过他，对他儿子赵盾非常熟悉，深知赵盾贤德而且富有才能。举贤任能，乃是国家最基本的政策。如今国君如果要斟酌元帅的人选，没人比赵盾更合适。"晋襄公采纳了他的建议，于是让阳处父改址去董邑检阅军队。狐射姑还不知道更换元帅一事，高高兴兴地去掌管中军大营，晋襄公直呼他的名字道："贾季，以前我让赵盾辅佐你，现在我让你辅佐赵盾。"狐射姑什么也不敢说，唯唯诺诺地退下了。晋襄公于是任命赵盾担任中军元帅一职，让狐射姑当副手辅助他。其余上军和下军的不变。赵盾从此开始掌管国事，大规模调整国家的政令，国都的百姓都对他心悦诚服。有人对阳处父说道："子孟说话直言不讳，说起忠心，确实非常忠心，难道不怕招致别人的怨恨吗？"阳处父凛然道："只要是有利于国家，怎么敢因避讳私人恩怨而不说呢？"隔日，狐射姑单独求见晋襄公，问道："承蒙国君念我先人的些许功劳，不认为臣一无是处，让我掌管中军。后来却忽然变更了命令，微臣不知道自己犯了什么罪过。难道是因为先父狐偃的功劳，比不上赵盾的父亲赵衰吗？还是有别的原因？"晋襄公道："没有其他原因。阳处父对寡人提了建议，说你不得人心，并非大将之材，所以将你与赵盾交换了一下。"狐射姑默默无语地退了下去。

这一年秋天八月份，晋襄公病重，临死前宣召太傅阳处父、上卿赵盾和众位大臣，在病床前嘱咐道："寡人继承了父侯的霸业，打败了狄戎，讨伐了秦国，锐气从来不曾被别国所挫。现在寡人命不久矣，要和众位永别了。太子夷皋年纪尚小，众位爱卿一定要尽心辅佐他，要谦和友好地对待邻国，不能丧失了盟主的霸业啊。"众位大臣再次向晋襄公行礼，接受了他的遗命，晋襄公便去世了。第二天，众大臣想拥立太子继位。赵盾道："现在国家处于危难之际，秦国和狄戎视我国为仇敌，不能将年幼的太子立为国君。先君文公的夫人杜祁所生的儿子公子雍，如今正在秦国为官，他心地善良并且年长成熟，可以将他迎回继承君位。"大臣们无人应声。狐射姑接话道："不如立公子乐为君。他的母亲深得先君宠幸。公子乐在陈国为官，而陈国一向都与晋国交好，不像秦国和我们结怨。要迎接他，早上去晚上就到了。"赵盾反对道："不行。陈国是个小国，而且路途遥远，秦国是大国而且离得比较近。到陈国去迎接公子乐回来出任国君，并不能使我国与陈国的关系更加和睦，可是到秦国迎接公子雍出任国君，就可以化解怨恨并把秦国变为后援，国君的位置必须公子雍才能担任。"话说到这里，大家的议论方才停止。于是派先蔑为正使，士会为副史，到秦国去报丧，趁机迎接公子雍回国出任国君。

使者们即将出发时，荀林父制止先蔑道："夫人和太子都还在，却想到别国迎接新国君，这事如果不成功，就会生出变乱。你为什么不假装生病，推辞了这差事？"先蔑不愿听从，说道："权力都掌握在赵氏一族手中，如何能生出变乱？"荀林父便不再劝，转头对别人说道："同朝为官，便是同僚。我和先蔑既然是同僚，不敢不尽心去劝阻他。他不听我的话，恐怕去了就回不来了。"先蔑出使秦国的事暂且按下不说。

且说狐射姑见赵盾不听从他的建议，大怒道："姓狐的和姓赵的地位相等。现在怎么只有你们赵家做主，没有狐家说话的余地呢？"于是暗中派人到陈国去召公子乐回国，计划着和公子雍争夺君位。早就有人把这个消息通知了赵盾。赵盾派他的门客公孙杵臼，带领一百多家丁，在半道上埋伏。等公子乐经过时，拦截并杀掉了他。狐射姑更加愤怒，道："让赵盾掌权的人是阳处父。阳处父一族弱小无助，现在他留宿在郊外，掌管先君殡葬之事，刺杀他易如反掌。赵盾杀了公子乐，我就去杀阳处父，不是顺理成章的事情吗？"于是就和他弟弟狐鞫居凑到一起商议。狐鞫居道："这事我靠自己之力便能办好。"就和家丁一起伪装成强盗，半夜爬墙跳到阳处父居住的地方。阳处父正在烛光之下读书，狐鞫居径直上前攻击他，击中了阳处父的肩膀。阳处父受惊逃跑，鞫居追上杀死了他，拿了他的人头返回。阳处父的随从中，有人认识狐鞫居，就跑去报告赵盾。赵盾假装不相信，呵斥道："阳太傅是被盗贼杀死的，你怎么敢污蔑狐鞫居呢？"命令手下收殓了阳处父的尸体。这是九月中旬发生的事。

到了十月份，晋襄公被安葬在曲沃。襄公夫人穆嬴和太子夷皋前去送葬，对赵盾道："先君有什么罪？他传位给太子有什么罪？非要舍弃这一位先君的骨肉，到他国去乞求送还一位国君？"赵盾叹息道："这是国家大事，不是赵盾自己的私心啊。"送葬完毕，大臣们拥着晋襄公的灵柩进了太庙。赵盾趁在太庙的机会对众大夫言道："先君只因赏罚分明，才能在诸侯中称霸。现在他的灵柩还未入土，可是狐鞫居却擅自杀死了太傅阳处父，作为大臣，谁心中不感觉自己也危在旦夕？这是不能不惩罚的行为！"于是抓住狐鞫居押送到司寇，历数他的罪状然后斩杀了他。又到他家，搜出了阳处父的人头，用线缝到阳处父脖子上然后安葬了他。狐射姑害怕赵盾已经识破他的阴谋，就趁夜色坐着小车，投靠翟国国主白暾去了。

当时翟国有个高个子叫侨如，他身高一丈五尺，人们叫他"长翟"。他能举起千钧重量，生得勇猛强悍，铜头铁额，即便扔瓦块也伤害不了他。白暾任用他为将军，派他入侵鲁国。鲁文公命令叔孙得臣带兵抵挡他。这时候正值冬天，到处都弥漫着大雾，大夫富父终甥料到雨雪即将到来，就献上一计道："长翟这人特别骁勇善战，只能智取，不能力敌。"于是在主要道路上深挖了好几处陷阱，用草盖上，再在上面堆上泥土。这天晚上果然天降大雪，把地面铺得严严实实，看不清虚实。富父终甥带领着一支队伍，去偷袭侨如的营寨。侨如出来迎战，富父终甥假装战败，转身就逃，侨如在后面奋勇追杀。富父终甥留下了暗号，认得道路，就沿着有陷阱的地方绕行。侨如随后紧跟赶来，掉落进了深深的陷阱里。叔孙得臣事先埋伏的士兵一起冲出，把翟军杀得落花流水，四散奔逃。富父终甥用戈刺向侨如的咽喉，杀死了他，然后把他的尸体搬上了战车，看见的人都惊骇不已，觉得就算古代传说中的巨人防风氏的尸骨，也怕是不如长翟。叔孙得臣的妻子此时刚好生了长子，就起名叫叔孙侨如，以纪念这次战斗的军功。

从此鲁国和齐国、卫国兵合一处，讨伐翟国，白暾被杀死，翟国便灭亡了。狐射姑就改投潞国，依附了潞国大夫酆舒。赵盾道："狐射姑曾与先父同时陪先君文公逃亡，伴随先君左右，其功劳不小。我杀了狐鞫居，是想让狐射姑安心。他害怕获罪而逃亡，但我怎么忍心让他的妻子和孩子留在翟国呢？"于是派臾骈把他的妻子和孩子都送到潞国。臾骈召集家丁，正要出发。这些家丁禀告道："以前检阅军队之时，主人对狐帅十分忠心，所以献上忠言，却反被他鞭笞、侮辱，这个仇不能不报。现在元帅派主人押送他的妻儿去潞国，正是天赐良机。应该把他们全部杀了，以雪当年之恨！"臾骈连连摇头道："千万不可，千万不可！元帅把送他的妻儿团圆这件事交托给我，是偏爱我啊。元帅要送他们，我却杀了他们，元帅难道不恼怒于我吗？趁着别人危难之际落井下石，是不仁的举动；主动惹人发怒，是愚蠢的行为啊！"于是迎狐射姑的妻儿上车，把他们的家产细软都仔仔细细地记录在册，亲自送出国境，一点也没出纰漏。狐射姑听说了这件事，长叹道："我身边有这样的贤人却丝毫不知，我逃亡在外，真是活该啊！"赵盾自此更加看重臾骈的人品，打算重用他。

再说先蔑〔即士伯〕和士会到了秦国，想迎接公子雍回国做国君。秦康公很高兴地道："我秦国先君穆公曾两次拥立晋国国君，现在又轮到寡人送公子雍复国为君，这说明晋国的国君世世代代都来自秦国啊。"于是命令白乙丙率领四百辆的车队，护送公子雍回晋国。

自从送葬归来回到朝廷之后，每当天快亮的时候，襄公夫人穆嬴必定怀抱太子夷皋到朝堂上放声大哭道："这是先君的嫡子啊，为什么废了他！"等到退朝后，就命令车夫赶到赵氏府中,对着赵盾磕头道:"先君临终前把这个孩子托付给爱卿,让你尽心辅佐。先君虽然离世,可是他的话好像还在耳边萦绕。如果册立别人,要把这个孩子置于何地?不册立我的孩子,我们母子只能去死了。"说完,号哭不停。国都的百姓听说这件事,没有不同情悲悯穆嬴的,而把责任都推到了赵盾身上。众位官员也都说迎接子雍回国是失策之举。赵盾心中十分忧虑,就和郤缺谋划道:"士伯已经到秦国去迎接年长的国君了,怎么能再立太子为君呢?"郤缺道:"今天如果废了幼小的太子而立了年长的君主,他日太子慢慢长大,一定会产生变乱。应该马上派人前往秦国,制止士伯接公子雍回来,才是最好的办法。"赵盾摇头道:"先确立国君的位置,然后再派使者去,这样才能名正言顺。"马上召集群臣,尊奉夷皋为国君,就是历史上的晋灵公,当年他才不过七岁而已。

文武百官刚朝贺完毕,忽然边境上传来谍报道:"秦国已经遣派大军送公子雍到了河边。"大夫们担忧道:"我们已经失信于秦国了,怎样请罪呢?"赵盾道:"我国如果立了公子雍为君,那么秦国就是我国的宾朋。现在既然不接纳公子雍为君,那秦国就成了敌国。派人前去请罪,他们反而有借口来责备我们,还不如派兵去抵抗他们。"于是派上军元帅箕郑父辅佐晋灵公留守国都。赵盾自己带领中军,先克为副将,以取代狐射姑的职位。荀林父自己单独带领上军。先都因为先蔑到秦国去了,便自己独自带领下军。三军整顿完毕,就出发去抗击秦军,驻扎在堇阴地区。秦国军队已经过了黄河向东行进,到令狐地区驻扎下来。听说前面有晋军,还以为是为迎接公子雍而来的,丝毫没有防备。先蔑先到了晋军大营来见赵盾。赵盾就把立太子为君的缘故告诉了他。先蔑怒目圆睁,痛斥道:"谋划迎接公子雍为国君,是谁主张的?现在怎么又立了太子而拒绝我们?"他甩着衣袖愤然而出。

正好遇到荀林父,先蔑惭愧地道:"我后悔没听你的话,才沦落到今天的地步。"荀林父打断他的话道:"你是晋国的大臣。除了晋国,你还能去哪儿?"先蔑道:"我奉命到秦国去迎接公子雍,那公子雍就是我的主公,秦国是我主公所效力的国家,我怎么能背弃自己说过的话而只贪图家乡的富贵呢?"于是回到秦军的营寨。赵盾道:"士伯不肯留在晋国,他日秦军必定来犯,还不如趁黑去偷袭秦军大营,打他们个措手不及,可以取胜。"就命令整兵喂马,将士们休息妥当,吃饱喝足,口中衔着草,安静地快速行进。到达秦军营寨时,恰好三更天。随着一声呐喊,号角吹响,晋军杀进了秦军的营门。秦军的将士在睡梦中被惊醒,马还来不及装上防具,人还来不及拿起武器,四处逃窜。晋军一直追到剡首地区,白乙丙奋力死战,才得以逃脱,公子雍死在乱军之中。先蔑叹息道:"赵盾背叛了我,我不能背叛秦国。"于是前往秦国效力。士会也叹息道:"我和士伯是同僚,士伯既然前往秦国,我也不能独自回到晋国。"也跟着秦军回去了。秦康公把他们都封为大夫。

荀林父对赵盾道："以前狐射姑投奔狄国,相国念在同僚的情谊上,送还他的妻儿家产。现在士伯、士会和我们也有同僚的情谊,我想仿效相国当初的做法。"赵盾点头道："荀伯重情重义,正合我的心意。"于是命令卫士把他们两家的家眷和财产,全都送到了秦国。

胡曾先生有诗写道:
谁当越境送妻孥?只为同僚义气多。
近日人情相忌刻,一般僚谊却如何?

又隐士徐霖有诗,讥赵宣子轻率地前去迎接公子雍,将朋友变成了敌人,道:
弈棋下子必踌躇,有嫡如何又外求?
宾寇须臾成反覆,赵宣谋国是何筹?

经过这一仗,晋军各部将领都有所斩获。只有先克的部下勇将蒯得,贪功冒进,被秦军打败,反而损失了五辆战车。先克打算按军法处斩了他,各位将领都替他苦苦求情。先克把这事禀报给赵盾,于是把他的田亩家产全都没收。蒯得对此怀恨在心。

再说箕郑父和士谷、梁益耳关系一向非常亲密,自从赵盾升职为中军元帅,士谷、梁益耳都失去了军权,连箕郑父心中也愤愤不平。这时箕郑父留守国都辅佐灵公,就和士谷、梁益耳勾连到一块,说道:"赵盾独断专行,擅自行废立国君的大事,妄自尊大。今天听闻秦国出动重兵护送公子雍回国,如果两国军队发生冲突,怕是很难分出胜负。我就在国都发动叛乱,反了赵盾,废了夷皋,迎接公子雍为国君,那么大权就都到了我们手中。"三人便在一起商量妥当。

第四十八回
刺先克五将乱晋　召士会寿余绐秦

却说箕郑父、士谷、梁益耳三个人商议好了，只等着秦军围困的危急时刻，便趁机从中作乱，替换赵盾的相国之位。没想到赵盾偷袭击败了秦军，凯旋而归，心中就更加愤懑了。先都担任下军佐一职，因为主将先蔑被赵盾出卖，无奈之下投奔秦国，也十分憎恨赵盾。蒯得因被先克以军事失利为由夺取他的田产的事情，心中无限怨恨，就向士谷诉苦。士谷道："先克仗着是赵盾的亲信，所以如此横行霸道。赵盾所管辖的只有中军而已。如果能寻得一位不怕死的勇士，先去刺杀先克，那么赵盾的势力就会被削弱。这事非得先子会［先都］帮忙不可。"蒯得道："子会因为其主帅先蔑被赵盾出卖，心里也正愤恨着赵盾呢。"士谷大喜道："既然这样，那刺杀先克就不难了。"然后附在他耳边道："只需要这样这样，就能成功。"蒯得喜出望外，道："我立刻前去游说。"蒯得去见先都，还没开口，倒是先都先说了起来："赵盾背弃了士季，改其留在了秦国，现在又发动突然袭击打败秦军，一点信用都没有，不能和他共事。"蒯得就把士谷的话都告诉了先都。先都道："果真能成功，那是晋国的福气啊！"

这时冬天快过去了，大约到了新春，先克前往箕城，谒拜他的先祖先轸的祠堂。先都派家丁在箕城外埋伏，只等先克走过去，远远地跟上，瞅了个机会，一起跳出来杀了他。先克的随从全都吓得四处逃窜。赵盾听说先克被贼人所杀，异常愤怒，严令司寇一定要抓到凶手，每过五天就盘查一次。先都等人心中开始慌乱，和蒯得一起商量，撺掇士谷、梁益耳等人快点发难。梁益耳喝醉后将这情况泄露给了梁弘。梁弘大惊失色道："这是灭族的大事！"于是偷偷告诉了臾骈，臾骈又告诉了赵盾。赵盾立刻集合士兵准备战车，吩咐他们随时待命。

先都听说赵盾准备兵马，怀疑他的计划已经泄露，就急忙跑到士谷那里，催着他们快点发动兵变。箕郑父想借着元宵节晋侯举行赐宴活动时，趁乱举兵，这些人讨论了很久还没有做出决定。赵盾已经抢先遣派臾骈包围了先都的家，把他抓起来关到监狱中。梁益耳、蒯得惊慌失措，想和箕郑父、士谷一起纠集家丁，先把先都从狱中救出来，然后发动暴乱。赵盾却派人反把先都的阴谋都告知了箕郑父，请他进朝堂议事。箕郑父道："赵盾既然肯召见我，恐怕还没怀疑我。"于是只身前往。

原来赵盾见箕郑父担任上军元帅，怕他鼓动上军犯上作乱，就假装召见他。箕郑父不知道这是陷阱，就安心上朝了。赵盾将他留在朝堂殿内，假意和他议论先都的事情。暗中却偷偷差遣荀林父、郤缺、栾盾带着三支军队，分别去缉拿士谷、梁益耳、蒯得三名人犯。把他们都捉拿归案，投进大牢以后，荀林父等三员大将就去朝堂殿内向赵盾回话。荀林父大声说道："箕郑父也在犯上作乱的人员之列，为什么还不把他抓进大牢？"箕郑父道："我留守国都时三军都在外抵御秦军，我不在那时候发动兵变，今天你们全都回到了国都，我再发动兵变，是要自寻死路吗？"赵盾道："你之所以推迟作乱时间，是因为你要等先都、蒯得他们罢了。我已经掌握了很多证据，你不必再狡辩！"箕郑父于是俯首认罪入狱。

赵盾把这些禀奏给晋灵公，想把先都等五人公开斩首。晋灵公此时年幼，只能言听计从。晋灵公下朝入宫后，襄公夫人听闻五人都被扣押在监狱，就问晋灵公道："相国要怎么处置他们啊？"晋灵公道："相国说：'这些人按罪当斩！'"襄公夫人道："这些人是因为争夺权势才起事的，原先并没有谋反的计划，并且杀害先克的主谋只不过那么一两人，犯罪自有首犯、从犯之分，怎么能不分青红皂白全都诛杀呢？近年来，老臣们老的老、死的死，人才极度缺乏，一天便斩杀了五位大臣，恐怕朝堂的职位都空缺了，这真是让人忧虑啊！"第二天，晋灵公把襄公夫人的话，转述给赵盾听。赵盾上奏道："国君年幼初立，人心疑惧不安。大臣们私行杀戮，如不严惩，怎能惩前毖后呢？"于是把先都、士谷、箕郑父、梁益耳、蒯得五人安上犯上作乱的罪名，在闹市公开问斩。后任命先克的儿子先谷为大夫。国都百姓都害怕赵盾的威严，听到他的名字，人人两腿发抖战栗。

狐射姑在潞国听说了这件事，害怕地道："万幸啊！我逃脱了一死！"一天，潞国大夫酆舒问狐射姑道："赵盾和赵衰两人，谁更贤能一些？"狐射姑道："赵衰像冬天的太阳，赵盾如同夏天的炎日。冬天的太阳，人们依赖他的温暖；夏天的日头，人们害怕他的毒烈。"酆舒笑着道："你是有名的老将，也会害怕赵盾吗？"

却说楚穆王自从篡位以来，也有争夺中原霸主的志向。听探马送来情报道：晋国刚立了新君，赵盾把持国政，众位大臣们在自相残杀。于是召集群臣商议，想对郑国用兵。大夫范山进言道："晋国国君尚且年幼，他的大臣们心中所想的只有争权夺利，根本无暇顾及诸侯国。趁现在出兵北方建立霸业，谁还能抵挡我军！"楚穆王十分高兴，就任命斗越椒为大将，芳贾为副将，率领兵车三百辆出征讨伐郑国。楚穆王自己亲自带领两广的精兵在狼渊地区驻扎，作为后援。另外委派息公子朱为大将，公子茷为副将，率领兵车三百辆前去讨伐陈国。

且说郑穆公听闻楚军大兵压境，急忙遣派大夫公子坚、公子庞、乐耳三个人，带领军队到边境上抵挡楚军，叮嘱他们只许稳固防守，千万不可出战，另外派人去晋国告急求援。斗越椒一连几天阵前挑战，郑国军队都不出战。蒍贾偷偷对斗越椒道："自从城濮之战后，我楚军的身影很长时间没到过郑国了。郑国人自恃有晋国前来援救，所以不与我军交锋。趁着晋兵还没到，设下圈套让他们自投罗网，才可以洗刷我们从前的耻辱。不然的话，时间拖延下去，等诸侯们集合起来，恐怕又会落到昔日子玉那样的下场，那时怎么办呢？"斗越椒点头道："现在想要引诱他们，应该用什么方法呢？"蒍贾趴在他耳边道："必须要如此这般……"斗越椒听从了他的计谋，于是传令军中，道："粮食将尽，士兵们可以到村子里去抢夺，以补充军需。"斗越椒自己便在军中饮酒作乐，每天到半夜才散去。早有人把这些消息传到了狼渊，楚穆王怀疑斗越椒轻敌，就想前往亲自监督战事。范山微笑道："伯嬴（蒍贾）此人足智多谋，其中必有诡计，不用几天，就会传来捷报。"

再说公子坚等人看楚军一直不来挑战，心中疑惑，就派人去打听。派去的人回复道："楚军到处抢夺粮食。斗元帅在中军大营中，天天饮酒作乐，喝完酒就破口大骂，骂郑国人无能，拼杀起来完全不是对手。"公子坚高兴地道："楚兵到处抢夺粮食，其大营一定十分空虚；楚军的将领饮酒作乐，其斗志一定十分懈怠。如果趁晚上前去偷袭他们的大营，必定能大获全胜。"公子庞、乐耳也赞同他的看法。这天晚上，将士们饱餐一顿后，公子庞想把兵士们分成前中后三队，按顺序进军。公子坚献计道："袭击敌营和两军对战不一样，是瞬间的袭敌战法，可以左右两军，不能分为前后队。"于是三支军队一起出发。快到楚营时，远远地看见楚军大营里灯火辉煌，笙歌燕舞。公子坚道："伯梦（斗越椒）今晚命中注定要死在此处了！"就指挥战车直接冲进楚营，完全没有遇到抵抗。公子坚首当其冲，闯进大营中，那些奏乐的乐师四处逃窜，只有斗越椒呆呆地坐着，一动不动。郑军靠近一看，不禁大吃一惊，原来楚军用稻草扎成假人，装扮成斗越椒的模样。公子坚急忙叫道："中计了！"想退出楚军营寨的时候，忽然营寨后面炮声大作，一员大将率军杀了过来，大声喊道："斗越椒在这里！"公子坚慌忙与公子庞和乐耳两员大将汇合在一起，一路逃跑。走了不到一里地，对面又响起了炮声，原来是蒍贾提前埋伏了一队人马，在半道上截杀郑军。前面有蒍贾，后面有斗越椒，楚军前后夹攻，郑军溃不成军。公子庞、乐耳先被楚军俘虏。公子坚奋不顾身来救他们，却不想马被绊倒，兵车翻了，也被楚军所俘虏。

郑穆公心惊胆战，对大臣们道："三名大将都被楚军俘虏了，晋军的援救还没到，怎么办？"大臣们都道："楚军太强大了，如果不投降，早晚会被他们攻进城来，即使有晋军也不能把他们怎样啊！"郑穆公于是派公子丰到楚营请罪，带了丰厚的礼物求和，并且发誓再也不背叛楚国。斗越椒派人去请示楚穆王的命令，楚穆王允准了郑国的请求。于是释放了公子坚、公子庞、乐耳三人，让他们返回郑国。

楚穆王传令撤军回国。走到半道，听闻楚公子朱讨伐陈国失败，副将公子茷被陈国俘虏，公子朱从狼渊一路来求见楚穆王，请求发兵报仇。楚穆王怒发冲冠，正准备派兵去攻打陈国。忽然有兵士来报道："陈国派来了使臣，送公子茷返回楚国，并且写了国书请求投降。"楚穆王打开来使带来的国书，大意是这样的：

寡人妠朔，所辖陈国国小地偏，不能在君王您身边服侍。结果导致君王您派一支军队前来平定，寡人边境的守将愚钝顽劣，不小心冒犯得罪了公子。妠朔惊慌交加，夜不能寐，如今恭谨地派出一位使臣，备了车马恭送公子返回贵国。妠朔愿终身依附于楚王羽翼之下，以求庇护。只希望君王您能屈尊收留我陈国！

楚穆王笑着道："陈国害怕我国兴师问罪，所以乞求归附我们，可以算是能见机行事啊。"于是允准他们归降。发布檄文征发郑国和陈国两国的国君，和蔡侯一起，于冬季的十月初一，在厥貉聚集会晤。

却说晋国的赵盾因为郑国请求救援，就派人联合了宋、鲁、卫、许四国的兵马，一起去援救郑国。还没到达郑国境内，听说郑国已经投降楚国，楚国军队已经回国了，又听说陈国也投降了楚国。宋大夫华耦、鲁大夫公子遂都请求前去讨伐郑国和陈国。赵盾道："我国距离太远，实在不能及时前去援救，所以丢掉了这两个国家，这又有什么罪过呢？不如回国整顿自己的国政。"于是班师回朝。隐士徐霖有诗感叹道：

谁专国柄主诸侯？却令荆蛮肆蠢谋。
今日郑陈连臂去，中原伯气黯然收。

再说陈侯朔与郑伯兰，在秋末时分一同到达息地，等候楚穆王大驾到来。楚王到后，双方行过见面礼，楚穆王问："原来打算到厥貉会面，现在为何停留在这里呢？"陈侯、郑伯齐声说道："承蒙君王与我们相约，实在担心迟到了获得罪名，所以提前在这里等候君王，然后一路侍奉君王，跟随您一同前行。"楚穆王喜出望外。忽然有兵士来报："蔡侯甲午已经预先到了厥貉境内。"楚穆王就和陈国、郑国两国的国君一起，坐上车一路疾驰。到达在厥貉后，蔡侯以臣子参拜君主的大礼参见楚穆王，连连叩首。陈侯、郑伯大惊失色，私下谈论道："蔡侯都的礼节如此谦卑，楚王一定会以为我等怠慢了。"于是相约一道去拜见楚穆王道："君王的车马在这里停留，宋国的国君却不来参拜，君王应该率兵攻打他。"楚穆王笑道："我的军队在这里逗留，正是为了攻打宋国啊。"此时，早有人把这个消息报告给宋国。

此时宋成公王臣已经去世，他儿子昭公杵臼被立为国君三年了，他听信任用小人，疏远王公大臣。宋穆公子和和宋襄公兹父的子孙后代和党羽发动叛乱，杀了司马公子卬，担任司城一职的荡意诸出逃鲁国，宋国国内一片混乱。幸亏有司寇华御在国内操持国事，请求荡意诸官复原职，国内局势才稍微安定了点。此时，听说楚国在厥貉联合了诸侯们，有进攻宋国的计划，华御向宋公请求道："微臣听闻，小国如果不仰仗依附于大国，国家就会因此灭亡。如今楚国收编了陈国和郑国，从前那些附庸国，就只剩下宋国还没有得到。请主公前去恭迎楚穆王。如果等到楚王发兵来讨伐我国，然后才去求和就来不及了。"宋公认为他的话很有道理，于是便亲自到了厥貉拜谒楚王，并且准备了狩猎用的器具，请楚王在宋国著名的狩猎地区——孟诸的丛林里狩猎。楚穆王十分高兴。陈侯请求作为前锋在前面开路，宋公带队在右边，郑伯带队在左边，蔡侯殿后，列队随着楚穆王出行狩猎。楚穆王下令，命令跟随打猎的诸侯们在黎明时驾车奔驰，并在车上放上取火的器具，以备不时之需。围猎进行了很久，楚穆王偶然间驱赶狐狸群奔进右边的军队中，狐狸受惊钻进深洞内，楚穆王回头让宋公拿取火的器具点火用烟将狐狸熏出来。可宋公的车上没有准备取火的器具。楚国司马申无畏上前启奏道："宋公违抗命令，但身为国君不能进行惩罚，请惩罚他的随从。"于是大声斥责宋公的马夫，将其鞭打了三百下，以此警告众位诸侯。宋公感到非常羞愧。这是周顷王二年发生的事情。这时楚国十分强横，派斗越椒带着礼物去交好齐国和鲁国，显然是把自己当作了中原的霸主自居，晋国也不能制衡它。

周顷王四年，秦康公召集大臣们商议道："寡人一直记挂着当日送公子雍回晋国即位，却被赵盾偷袭兵败令狐的仇恨，此仇到现在已经五年未报了！如今赵盾肆意诛杀大臣，不整顿边境军备。陈、蔡、郑、宋四国都已经改投楚国了，晋国也不能阻止，可见它们的国力衰弱到什么地步！现在不趁机讨伐晋国，还要等到什么时候呢？"大臣们纷纷表态道："愿为国家誓死效力！"秦康公于是大规模地阅兵，命孟明视留守国都，拜西乞术为大将军，白乙丙为副将，士会担任参谋，征发战车五百辆，大军浩浩荡荡，渡过黄河一路向东，围攻并很快攻克晋国边城羁马。

赵盾听到消息，急忙制订应对秦军的计划。他亲自带领中军军队，把上军大夫荀林父提升为中军副帅，以补乃先克职位的空缺，又任命提弥明为车右，命郤缺替代箕郑父担任上军元帅。赵盾有个堂弟叫赵穿，是晋襄公的爱婿，自请要担任上军副帅。赵盾对他言道："你年纪轻轻，血气方刚，没有经过磨砺，还是等以后再说吧。"于是任命臾骈担任上军佐。接着他任命栾盾为下军元帅，补了先蔑留下的空缺；胥臣的儿子胥甲为副将，补了先都留下的空缺。赵穿又请求把自己以及家奴、亲信，编入上军的战斗序列，以立下战功报效国家，赵盾允许了。军队中缺少司马一职，韩子舆的儿子韩厥从小在赵盾家长大，长期担任赵盾的门客，贤能而有才华，赵盾便把他举荐给晋灵公并重用他。

三军队伍整齐地走出绛城。走了不到十里,忽然有辆车闯进中军。韩厥派人质问他,驾车的人回答道:"赵相国忘了带饮食的器具,我奉了军令取来,特地追赶来送。"韩厥大怒道:"兵马队列已经排好,怎能容你擅自驾车闯入?按律当斩!"驾车的人哭着求饶道:"我是奉了相国的命令啊!"韩厥道:"韩厥我不才,担任司马一职,只知道有军法,不知道有相国。"于是斩杀了驾车的人,毁掉了他的车。将帅们对赵盾控诉道:"相国推荐韩厥,可是韩厥却杀了相国的人,毁了相国的车,这个人忘恩负义,恐怕不能大用啊。"赵盾听罢微笑不语,立刻派人去请韩厥前来。将帅们以为赵盾一定会训斥韩厥。韩厥到了之后,赵盾就起身离席行礼道:"我听闻侍候君主的人,亲近却不护短。你能这样执法,没有辜负我的举荐。继续努力吧!"韩厥拜谢后退下。赵盾又对身边的将领们道:"来日能执掌晋国大权的一定是韩厥!韩氏一族就要昌盛了!"

晋军在河曲地区宿营,臾骈献计道:"秦国军队养精蓄锐这么多年,就是为了此次军事行动,他们的气势锐不可挡。请您下令加深壕沟,砌好高墙,只准坚守,不能出战。他们的锐气肯定无法长时间保持,到时必定撤退,等到他们撤退的时候,我们再前去追击,这才是获胜的万全之策。"赵盾采纳了他的计谋。

秦康公屡次挑战,晋军都没有回应,就向士会征求对策。士会回答道:"赵盾最近提拔了一个人,姓臾名骈,这个人足智多谋。现在他们坚守不战,一定是采用了他的计谋,想拖垮我们的军队。赵氏一族中有一位赵盾的堂弟名叫赵穿,是晋国先君的爱婿。听说他请求出任上军的副帅,赵盾没有任用他,却起用了臾骈,赵穿一定会对他怀恨在心。现在赵盾采用了臾骈的计谋,赵穿定会心有不服。他现在以私人身份带着家丁跟着队伍同行,用意是夺取臾骈的功劳啊。如果派车兵去挑衅他所在的上军,即使臾骈不应战,赵穿也一定会凭借匹夫之勇来追赶,趁此机会开战,不是顺理成章吗?"秦康公听从了他的计谋,派白乙丙率领一百辆战车,偷袭晋军的上军大营并列位挑战。郤缺和臾骈都坚守不动。赵穿听闻秦兵前来偷袭,就带领自己手下的一百辆战车出去迎战。白乙丙见状转身就走,车行进速度非常迅速,赵穿追了十几里没能追上,无奈只好返回。回营后,赵穿责怪臾骈等人不和他并力追击,于是把军吏召来,破口大骂道:"我们积蓄粮草,全副武装,本来就是要与秦军决一雌雄的,现在敌人来了,却龟缩不出击,难道上军将士都是妇人吗?"军吏回复道:"主帅自有破敌的妙计,不在今日这一时半刻上。"赵穿又大骂道:"胆小鬼能有什么妙计?说穿了只是怕死罢了。别人都害怕秦军,我赵穿偏不怕!我要独自冲进秦军大营,拼死一战,以洗刷固守不战的耻辱。"于是对着大家大声呼喊道:"有志气的，都跟我走！"三军将士没有人回应他。只有下军副将胥甲赞叹道："这人是个真正的英雄好汉，我应当助他一臂之力。"便打算出兵。此时上军元帅郤缺听到消息急忙派人把赵穿要出战的事报告给赵盾，赵盾大惊失色道："这个狂妄自大的家伙独自出战，一定会被秦军擒获，不能不救。"于是号令三军一起出兵，与秦军正面交战。

却说赵穿闯进秦军大营，白乙丙截住与他交锋，大战了三十几个回合，互有折损。西乞术正想上前夹攻他，看见对面晋国大军到来，不敢混战，各自鸣锣撤军。赵穿回到自己的阵营，问赵盾道："我想独自破了秦军大营，为众位将领报仇雪耻，为什么突然鸣锣收兵？"赵盾道："秦国是大国，不能轻敌，应当用计谋来击败敌军。"赵穿大怒道："整天老说什么用计用计，受了一肚子好气！"话还没说完，就听见兵士来报："秦国有使者送来战书。"赵盾让臾骈接过秦国使者的战书。赵盾打开战书，只见上面写道："今日会战，两国的将士都毫发无损，请在来日决一雌雄！"赵盾道："定当遵从。"

秦国使者离开后，臾骈对赵盾道："秦国使者虽然嘴上说着请战，但是他的眼睛彷徨不安，四处游离查看，似乎有不安的想法，应该是惧怕我军，秦军夜里一定会逃跑。请预先伏兵守在黄河口，等到秦军过河时就冲出去进攻他们，一定能旗开得胜。"赵盾大喜道："这计谋绝妙！"正想发令派士兵们前去埋伏，胥甲听到他们的密谋，告诉了赵穿，赵穿就和胥甲一同来到大营门口，大声疾呼道："众位将士听我一句话：我们晋国兵强马壮，将士众多，岂在秦国之下？秦国前来请战，我们的主帅答应了他们。如今却又要在河口安排伏兵，使用那偷袭的阴谋，怎是光明磊落的大丈夫所为呢？"赵盾听到了，召见赵穿他们说道："我原本没有这种打算，你们不要扰乱军心！"秦国的探子将赵穿和胥甲在营门口的话回报给秦军，秦军便连夜逃离，没走河口地区，而是再次入侵瑕邑，从桃林塞回到秦国。赵盾也班师回朝。回国后他追究起泄露军情的罪责，由于赵穿是先君的爱婿，又是自己的堂弟，就特赦免其罪责，把责任全部推到胥甲身上，将其削去官职，逐到卫国安置。赵盾又对众人说道："胥甲的父亲胥臣，乃是跟随先君文公流亡的大功臣。他的后嗣，不可埋没。"仍然起用胥甲的儿子胥克担任下军佐。隐士徐霖曾有诗议论赵盾处事不公。诗是这么写的：

  同呼军门罪不殊，独将胥甲正刑书。
  相君庇族非无意，请把桃园问董狐。

周顷王五年时，赵盾生怕秦军再来，命大夫詹嘉驻守在瑕邑，以守住桃林要塞。臾骈进言道："河曲战役，为秦国出谋划策的人乃是士会。这人在秦国一日，我等怎么能高枕无忧呢？"赵盾也这样认为，就在诸浮的行宫里，召集另外五卿前来商议此事。那五卿分别是：郤缺、栾盾、荀林父、臾骈、胥克。全都到齐，赵盾开口道："如今狐射姑在狄国，士会在秦国，他们两人企图谋害晋国，应该用什么方法来对付他们呢？"荀林父道："请您召狐射姑回晋国，重新任用他。狐射姑能担当作战的重任，并且考虑到他父亲狐偃以前所立的功劳，也应该让他回国继承爵位。"郤缺反对道："话不能这样说，狐射姑虽然是有功的老臣，却有纵容其弟狐鞫居私自杀害大臣的罪过。如果让他官复原位，那怎样警示后人呢？不如把士会召回来。士会性格柔和忠顺，足智多谋，况且投奔秦国不是他的罪过。狄国的祸害暂且还未成型，而秦国的威胁却步步紧逼，想要除掉秦国的祸害，就得先去掉他得力的助手，召士会回来就是这个目的。"赵盾迟疑道："秦国如今十分宠信士会，直接去请他回国，他一定不会听从，有什么办法能把他召回来呢？"臾骈道："我有一位很好的朋友，是先臣毕万的孙子，名叫寿余，也是魏犨的侄子。现在在魏地自己的封邑生活，虽然在国内有世爵的封号，却没有担任官职。这个人很有权衡谋划、当机立断的才华。召回士会的任务只能落在这个人身上。"说完附在赵盾耳边：这样这样……赵盾大喜道："麻烦你帮我把他召来吧。"六卿散去以后，臾骈马上前去拜访寿余，寿余把他迎进去，坐下。臾骈请求到密室，把召士会回国的计策，告诉了寿余，寿余满口答应。臾骈便回去禀告赵盾。

第二天早上，赵盾上奏晋灵公道："秦军多次侵犯晋国，应该让河东各邑的县令各自操练地方军队，在黄河口岸安营扎寨，轮流守卫。并让当地封土赐爵却无官职禄位之人前去监督此事，如果有办事不利的人，就立刻夺去他们的封地爵位。这样他们一定会尽心尽力，小心防范敌人侵入。"晋灵公准奏。赵盾又道："魏邑，乃是大邑。从魏邑开始倡议督办这事，其他的城邑没有敢不听从命令的。"于是用晋灵公的名义召见了寿余，让他监督有关部门，带领地方兵在外戍守。寿余上奏道："微臣承蒙国君念及我先人的功劳，赐我一个大县作为我的封地，所以微臣从不过问战争之事。但黄河上游连绵一百多里，到处都能渡河，军士暴露在外，戍守也没多大用处。"赵盾愤怒地斥责他道："你一个小小的臣子怎敢来阻止相国我的长远计划呢？限令你在三天之内，把军籍呈报给我。如果再次违抗我的命令，军法处置！"寿余叹息着退下，回到家中闷闷不乐。妻子询问原因，寿余道："赵盾暴虐，想让我到黄河口去监督戍守，什么时候才能结束？你收拾一下家里的财物，和我一起逃往秦国，投奔士会去吧。"于是吩咐家人准备马车，这天晚上寿余开怀畅饮，借口下人呈上的食物不干净，将做饭的厨师鞭打了一百多下，还不解恨，扬言要杀死他。厨师投奔到赵盾府上，举报寿余想叛变晋国投奔秦国的事情，赵盾派韩厥率领士兵前去捉拿他。韩厥放走了寿余,只抓了他的妻子和孩子,将他们投进大狱里。

寿余当天晚上连夜逃到秦国,拜见秦康公,把赵盾暴虐强横的事情都说了出来。秦康公问士会道:"他前来投靠,是出于真心的吗?"士会回答道:"晋国人十分狡猾,不能相信。如果寿余真来投降,拿什么来献给国君呢?"寿余从袖子里抽出一张文书,上面记录着魏邑的土地和人口的数量,呈献给秦康公道:"主公如果能收留寿余,愿把我的封地魏邑奉献给您。"秦康公又问士会道:"能不能前去攻打魏邑?"寿余用目光示意士会,并且跺了跺脚。士会虽然出逃秦国,然而心里也思念着晋国,看见寿余此般模样,暗中便知晓了他的意思,就回答秦康公道:"秦国当年放弃了河东的五座城池,是为了与晋国结成姻亲,和平友好。如今两国举兵互相攻打,许多年都不曾停止,围攻城池,掠夺县邑,只看实力强弱。河东的那些城邑,没有比魏邑更大的了,如果攻下魏邑并占领它,就可以以此为跳板,慢慢收复河东的城池,也是一个良策。就怕魏邑的官员们害怕晋国的惩罚,不肯前来归顺啊!"寿余道:"魏邑的官员们虽然是晋国的臣子,实际上是我们魏氏的私人下属。如果主公率领一队人马驻扎在河西,远远地作为后援,微臣就能促成魏邑投降这件事。"秦康公看着士会道:"爱卿,你熟悉晋国的国情,必须和寡人同行。"于是拜西乞术为将军,士会辅佐他,亲自带领军队前往河东夺取魏邑。

到了河口之后,把营寨安扎下来,就有前哨士兵来报:"河东有一支队伍驻扎,不知道是什么用意?"寿余道:"一定是魏邑的人听闻有秦军前来,所以过来防备。他们不知道微臣已经归顺了秦国。如果能找到一个来自东方、熟悉晋国国情的人,和微臣一起前往,将利害关系告诉他们,不愁魏邑的官员不肯听从。"秦康公便命令士会一起前去,士会磕头推辞道:"晋国人天性如虎狼一般,残暴不可揣测。如果我前去劝说成功,那是国家的福分。万一劝说不成,把微臣捉拿下狱,国君再给我安上办事不力的罪名,降罪给我的妻子和孩子们,对国君也没有什么好处。而微臣的身家性命就这样白白地被冤枉遭殃,我到了九泉之下,怎能不追悔莫及呢?"秦康公不知士会在使诈,就道:"爱卿只管努力前去办事。如果能得到魏邑,寡人重重封赏与你。如果被晋国人捉住,寡人也会把你的家眷送到你晋国的门口,以表达你我的情谊。"说完,秦康公和士会对着黄河起誓。秦大夫绕朝进谏道:"士会本是晋国的谋臣,这一去就像大鱼越过沟壑,必不会再回来。国君为何轻信寿余的话,把我国的谋臣送给敌国呢?"秦康公道:"此事寡人自己能够分辨真伪,爱卿就不要再怀疑了。"士会和寿余辞别秦康公出发。绕朝慌忙驾车追上去送别,把皮鞭赠给士会,说道:"阁下不要欺负我秦国没有智谋之士,只是主公不听我的话啊。你拿着这马鞭速速鞭打马匹回晋国,晚了就怕大祸临头。"士会拜谢过他,就驾车奔驰而去。

史臣有诗写道：

策马挥衣古道前，殷勤赠友有长鞭。

休言秦国无名士，争奈康公不纳言。

士会等人渡过黄河一路东行。

第四十九回
公子鲍厚施买国　齐懿公竹池遇变

话说士会和寿余渡过了黄河，向东行进，没走上一里地，就看见一位少年将军率领着一支军队前来迎接，他在兵车上欠身行礼道："随季（士会的字），别来无恙？"士会近前细看，那名将军姓赵名朔，乃是相国赵盾的儿子。三个人下了车相见。士会问赵朔的来意，赵朔道："我是奉了父亲之命，前来接应你们回晋国的，后面还有大军到来。"很快就听见一声炮响，车水马龙般的军队簇拥着士会和寿余往晋国方向去了。秦康公所派的人隔着河远远地眺望，见状回去禀告了秦康公，秦康公听后勃然大怒，便想过河前去讨伐晋国。前面的士兵又来报告："已经探明河东又有大军到来，统兵大将乃是荀林父和郤缺两个人。"西乞术劝谏道："晋国既然派出大军来接应，肯定不容许我们渡过黄河，不如撤军回去吧。"于是班师回朝。荀林父等人见秦国军队已离去，便也回到晋国。士会在秦国待了三年，今天再次进入绛城，心中感慨万千。到了朝堂拜见晋灵公，他脱去上衣，露出身体，向晋灵公请罪。晋灵公道："爱卿无罪啊。"于是让士会位居六卿的行列。赵盾想嘉奖寿余的功劳，向晋灵公提出请求，赐给他十辆车。秦康公派人把士会的妻子、孩子都送到晋国，道："寡人没有辜负当初面对黄河立下的誓言！"士会感激秦康公的义举，就写信表示感谢，并且劝秦康公停止战争，让老百姓安定养息，两国分别守好边境。秦康公听从了他的规劝。从此以后，秦国和晋国之间有数十年没有发生战争。

周顷王六年时，周天子驾崩，太子班即位为王，就是历史上的周匡王。这时楚穆王也去世了，太子旅登上王位，就是历史上的楚庄王。赵盾因为楚国遭遇丧君之痛，想趁这个机会，恢复晋国先世的诸侯盟主地位，于是大张旗鼓地联合诸侯们在新城会面。宋昭公杵臼、鲁文公兴、陈灵公平国、卫成公郑、郑穆公兰、许昭公锡我，都到了聚会地点。宋国、陈国、郑国三国的国君讲述以前归附楚国实在因为不得已而为之。赵盾一一地安慰他们，诸侯们又重新开始归附晋国。只有蔡国和从前一样归附楚国，不肯来参加聚会。赵盾让郤缺带兵去攻打蔡国，蔡国派人求和，晋军便返回本国。

齐昭公潘本来想参加集会，可突然生病了，没有等到会盟的那天，他就去世了。太子舍登上君位。他的母亲是鲁国的叔姬，人们称她为"昭姬"。昭姬虽然是齐昭公的夫人，却并不得齐昭公宠爱。太子舍的才能和声望一般，并不被国都百姓拥戴。公子商人是齐桓公的少妃密姬所生，一直有篡位夺权的念头，幸亏齐昭公待他一直不薄，这个念头慢慢就淡了，想等到齐昭公去世后，再发动变乱之事。齐昭公末年时，将桓公死后逃到卫国的公子元召回齐国，把国政交给他打理。商人妒忌公子元的贤能，想要笼络人心，于是广散家财，周济贫困百姓，如果到时还不上，就继续借给他们周转，老百姓们没有不对他感谢涕零的；又收罗了许多不怕死的勇士在府中，日夜进行操练，出入都跟随在商人身边。等到太子舍登上君位时，正好有彗星出没在北斗星附近，商人就找人进行占卜。占卦的人道："宋国、齐国、晋国三国的国君，都将死于大乱之中。"商人道："能让齐国大乱的人，除了我还有别人吗？"于是命令自己豢养的死士躲藏在灵堂的帷幕后，刺杀了太子舍。因为公子元年纪比自己大，所以商人虚伪地说："太子舍没有人君该有的气质，不能担当君主的重任。我这样做是为了让兄长您接任君位啊。"公子元大惊失色道："我知道，你早就想当国君了，为什么要连累我？我能侍奉你，你却不能侍奉我。只是等你当了国君后，必须容我在齐国有一席栖身之地，让我寿终正寝就可以了。"于是商人当上了齐国国君，就是历史上的齐懿公。公子元心中反感商人不择手段的所作所为，就假装生病闭门不出，也不去上朝，这也是公子元的过人之处。

且说昭姬哀痛自己的儿子死于非命，从早到晚哭哭啼啼。齐懿公心中厌烦，就把她关到冷宫里，减少她的饮食。昭姬秘密贿赂宫人，让他向鲁国通风报信。鲁文公畏惧齐国的势力强大，就命令大夫东门遂出使周朝，把这些禀告给周匡王，想借着周天子的命令来解除昭姬被囚的困境。周匡王命令单伯到齐国去，对齐懿公道："你既然杀了她的儿子，又何必留着他的母亲？为什么不放她回到鲁国，也能彰显齐国的大度与宽宏？"齐懿公最忌讳别人谈论起弑杀的事，听到"杀死她的儿子"这句话，脸上发红，默不作声。单伯退下住在了驿馆。齐懿公把昭姬转移到别的宫殿，派人引诱单伯来看道："我们国君对于国母从来不敢怠慢。何况周天子降下口谕，怎么敢不遵从？你为什么不去拜见国母，让她知晓周天子对于同姓诸侯国的眷顾之意？"单伯只当是好意，就驾着车随着宫里的使者一起进宫，拜见昭姬。昭姬一看到单伯就开始流泪不止，把自己不幸的遭遇简单地讲给他听。单伯还没来得及说什么，齐懿公便从外面进来，大骂道："单伯，您怎敢私自闯进我们齐国的宫殿，来见国母，是想做男女间的苟且之事吗？寡人一定要上告周天子！"就把单伯关押了起来，和昭姬分别囚禁在两间牢房。齐懿公恼恨鲁国用周天子的命令来胁迫自己，就发动军队讨伐鲁国。后来评论这事的人都认为齐懿公杀死了幼小的国君，把国母关押起来，扣押了周天子的使者，对于邻国十分残暴，简直是穷凶极恶，天理昭昭！但是当时高姓和国姓这些齐国世家大臣们济济一堂，为什么不拥立公子元来声讨商人的罪过，却纵容他逞凶作恶，一言不发呢？有诗这样写道：

欲图大位欺孤主，先散家财买细民。

堪恨朝中绶若若，也随市井媚凶人！

鲁国派遣上卿季孙行父到晋国告急求援。晋国赵盾奉了晋灵公的命令，联合宋、卫、蔡、陈、郑、曹、许七个诸侯国，在扈地汇合，一起商讨讨伐齐国的大计。齐懿公重金贿赂了晋国，并且释放单伯回到周朝，把昭姬送回鲁国，诸侯们才各自散去返回自己国家。鲁国听说晋国讨伐齐国没了下文，也委派公子遂带着贵重的礼品到齐国请求和解。

却说宋襄公的夫人王姬，是周襄王的姐姐，宋成公王臣的母亲，宋昭公杵臼的祖母。宋昭公还是世子的时候，和公子印、公孙孔叔、公孙钟离三个人相交甚好，经常在一起狩猎游玩。等到当上国君，宋昭公就对这三个人言听计从，不设置六卿，不朝拜祖母，和宗族大臣们的关系也十分冷淡，对治理百姓的事情更不放在心上，天天只知道狩猎游玩。司马乐豫知道宋国必会大乱，就把自己的官位让给了公子印。司城公孙寿也意识到灾祸将至，便辞官告老还乡，交还国政。宋昭公就任用公孙寿的儿子荡意诸，接任了司城一职。襄公夫人王姬虽然年纪大了，但是荒淫无比，宋昭公有个异母兄弟叫公子鲍，长得比女子还要美艳动人。襄公夫人心中喜欢他，就把他灌醉，逼着他和自己私通，并计划废掉宋昭公拥立公子鲍为国君。宋昭公畏惧穆氏、襄氏两族势力，就和公子印等人密谋驱逐他们。王姬偷偷把消息告诉了这两族的人，后者就开始犯上作乱，围堵公子印、公孙钟离两人，在朝堂门口杀了他们。司城荡意诸非常害怕，就逃亡到鲁国去了。公子鲍平常对大臣们恭敬有礼，这时便和在位的众卿相们一起，和穆氏、襄氏两族讲和，不再追究他们擅自杀人的事情，到鲁国宣召荡意诸回国，恢复他原来的职位。

公子鲍听闻齐国公子商人大量施舍恩惠来收买人心，后来又篡夺了齐国的君位，便效仿他的做法，也广散财产，用来周济贫困的百姓。宋昭公七年，宋国发生大饥荒，公子鲍把自己所有的粮食都发了出去，以救济难民。他还非常尊重老人贤者，凡是都城中七十岁以上的老人，他每个月都供给粮食和衣帛，还奉上美味佳肴，不时地派人上门探望是否安好；凡是有才能特长的人，都收罗到自己门下，给他们丰厚的饭食款待；公卿大夫的家里，每个月都会收到他馈赠的礼品；宗族之间不分血缘远近，凡是有红白喜事，他都竭尽所能去帮助。宋昭公八年，宋国又发生饥荒，公子鲍的粮食已经散尽了，襄公夫人也倾尽所有，把自己在宫中多年的珍藏拿出来，帮助公子鲍周济百姓，全国百姓没有不称赞公子鲍仁爱的。宋国的人，不管亲疏贵贱，每个人都想让公子鲍做国君。公子鲍知道百姓都支持自己了，就秘密地禀告襄公夫人。襄公夫人道："我听说杵臼将到孟诸的丛林里狩猎，趁他车驾离开国都时，我让公子须关上城门，你率领国都的百姓去攻击他，万没有不胜的道理。"公子鲍听从了她的计谋。

司城荡意诸有贤德的名声，公子鲍一向对他敬重礼遇有加。到了此时，荡意诸听到了襄公夫人的密谋，就前去对宋昭公道："国君不可以外出狩猎，如果出去狩猎，恐怕就回不来了。"宋昭公道："他若想造反，即使留在国都内，我就能幸免于难吗？"于是命令担任右师一职的华元、担任左师一职的公孙友留守国都，自己满载库中财宝，和左右随从一起，在冬季的十一月份向着孟诸出发。宋昭公才刚刚出城，襄公夫人就把华元、公孙友召进宫中，让公子须关上宫门。公子鲍派司马华耦到军队中大声喊道："襄公夫人下令'今天扶立公子鲍做国君'，我们废了这昏庸的君主，一起拥戴有德有才的新君主，你们说怎么样？"将士们都争先恐后地欢呼着："愿意听从号令！"国都的老百姓们也没有不愿听从的。华耦带领大家出了城门，前去追赶宋昭公。

宋昭公走到半路听闻宫内发生政变，荡意诸劝宋昭公出逃到别的国家，日后再做打算。宋昭公道："上到祖母，下到百姓，没有一个不视我如仇敌的，诸侯们谁敢接纳我？与其死在别的国家，寡人宁可死在自己的家乡！"于是下令停车准备饭食，让跟从他打猎的随从都吃饱。吃完饭，宋昭公对身边的人道："罪过都在寡人一个人身上，和你们有什么相干？你们跟随我多年了，没有什么报答的，现在国库里的珠宝都在这里，就分别赏赐给你们，你们各自逃命，不要和寡人一起受死！"宋昭公身边的随从都苦苦哀求道："请国君先逃走，如果有追兵追来，我们愿意牺牲自己的性命来拼死一搏。"宋昭公摇头道："只是送死罢了，没有什么用处。寡人今天丧命于此，你们不要留恋于我！"不一会儿，华耦的军队就追上来了，把宋昭公团团围住，宣襄公夫人的口谕道："我们只是诛杀无道昏君，和其他人等无关！"宋昭公急忙指挥自己的手下迎战，可是手下逃跑了一大半，只有荡意诸执剑站在宋昭公身边。华耦又传达了一个襄公夫人的口谕，说要单独召回荡意诸。荡意诸长叹道："作为臣子却躲避国难，即便能活着还不如死掉！"华耦于是手执长戈逼近宋昭公，荡意诸用自己的身体掩护着宋昭公，用长剑与他搏斗。军民们一拥而上，先杀了荡意诸，然后杀死了宋昭公。宋昭公身边不愿意离开的随从，也全都被杀光。真是令人哀伤啊！史官有诗写道：

昔年华督弑殇公，华耦今朝又助凶。

贼子乱臣原有种，蔷薇桃李不相同。

华耦带兵回去禀告襄公夫人。右师华元、左师公孙友等人联合起来上奏道："公子鲍宅心仁厚，深得民心，应该继承君位。"于是大家拥立公子鲍做了国君，就是历史上的宋文公。华耦朝贺完新君以后，回到家就得了心疼病，突然去世。宋文公对荡意诸的忠勇十分嘉许，便任命他的弟弟荡虺担任司马，来替代华耦的职位。公子鲍的同母弟弟公子须做了司城，以补荡意诸死去留下的空缺。

赵盾听闻宋国发生了弑君篡位的内乱，就任命荀林父为将军，联合卫国、陈国、郑国的军队前去讨伐宋国。宋国右师华元到晋军中，表明了国都百姓愿意拥戴公子鲍的心意，并且进献了好几车金银和丝帛，作为犒劳晋军的厚礼，请求与晋国和解。荀林父想接受这个请求。郑穆公道："我们声势浩大地鸣金击鼓，跟着将军到宋国来，是要讨伐目无君主的叛贼啊！如果允许他们讲和，那么乱臣贼子一定会更加嚣张。"荀林父道："齐国和宋国是不可分割的一体，我们已经宽恕了齐国，怎么能单单诛灭宋国呢？并且这是国都百姓的呼声，宋国局面若因此稳定，不也是一件美事吗？"便和宋国华元结成联盟，承认了宋文公的合法国主位置后撤军回国。郑穆公回去后，对身边的人说道："晋国唯利是图，诸侯霸主的称号已经名存实亡了，再也不能继续称霸诸侯了。楚国国君刚刚即位，一定会大肆征伐，不如放弃晋国投靠楚国，还可以自保。"于是派人去和楚国言和，晋国并没拿郑国怎么样。隐士徐霖有诗写道：

仗义除残是伯图，兴师翻把乱臣扶。

商人无恙鲍安位，笑杀中原少丈夫！

再说齐懿公商人，天生贪婪成性，并且骄横无比。早在其父亲桓公在位时，曾和大夫邴原争夺田邑的边界，桓公派管仲来处理纠纷。管仲认为商人理亏，就把田邑的边界断给了邴原，商人对此一直怀恨在心。等他暗杀了太子舍当上国君后，就把邴氏的土地全都夺了过来，又记恨管仲偏向邴原，便削减了管氏家族的一半封地。管氏一族害怕获罪，就逃往楚国，他们的后代此后便都在楚国为官。齐懿公还是对邴原恼恨不休，这时候邴原已经去世，齐侯得知他的墓地葬在东郊，便趁着狩猎的机会经过他的墓地，派士兵们把他的坟墓掘开了，把他的尸体挖出来，斩断了他的脚。邴原的儿子邴歜此时正跟随在齐懿公身边伺候，齐懿公就问他："你父亲所犯之罪，应不应该斩断双脚？爱卿会因此埋怨寡人吗？"邴歜回答道："我父亲活着的时候没有受到惩罚,已经喜出望外了,何况如今已是冢中枯骨,微臣怎么敢埋怨国君呢?"齐懿公大悦,道:"爱卿可算得上能矫正父母过失的子孙了!"于是把掠夺邴氏的土地都归还给他。邴歜请求把父亲重新埋葬,齐懿公应允了这个请求。齐懿公又在国内到处寻觅美女,每天骄奢淫欲,仍不满足。有人称赞大夫阎职的妻子长得很美,于是懿公趁元旦这天下令,凡是大夫的妻子都要入宫朝拜懿公的国夫人。阎职的妻子也在其中,齐懿公见其貌美非常喜欢,就留宿在宫里,不放她回家。齐懿公对阎职道:"我的夫人喜爱你的妻子陪伴左右,你可以再娶他人为妻。"阎职惧怕齐懿公的淫威,敢怒而不敢言。

齐国都城的西南门有个叫申池的地方,池水清冽无比,可以沐浴。池子旁边长满了竹子和树木,郁郁葱葱。夏季五月之时,齐懿公要去申池避暑,于是命令邴歜驾车,阎职陪乘。右师华元私下对齐懿公劝谏道:"国君砍了邴歜父亲的双脚,又纳娶阎职的妻子,怎么知道这两个人不会怨恨国君呢?为何国君却这么亲近他们?齐国的大臣中并不缺少陪同人员,何必选这两个人呢?"齐懿公道:"这两人不敢怨恨我,爱卿不要怀疑。"于是驾车到申池游赏,饮酒作乐,欢乐无比。齐懿公喝得大罪,怕热,就让人取来卧床,放在竹林深处,躺在上面乘凉。邴歜和阎职在申池中沐浴。邴歜特别憎恨齐懿公,每次都想杀死他,来报父仇,可惜没有遇到帮手。知道阎职与齐懿公有夺妻的仇恨,想和他商量却难以开口,因为两人同在池子里沐浴,忽然心生一计,故意用断竹子敲打阎职的头。阎职恼怒地骂道:"你为何欺负我?"邴歜笑道:"有人夺去了你的妻子,你尚且不生气;我就打一下你的头,又没打伤,就不能忍了吗?"阎职说道:"失去了妻子固然是我的耻辱,然而和父亲尸体的双足被人砍掉相比较,孰轻孰重?你忍下了父仇,却嘲笑我能容忍夺妻之恨,简直是昧着良心说话啊!"邴歜闻言道:"我有满腔的真心话,正想告诉你,以前之所以克制自己不说出来,只是因为害怕你早已经忘记了以前的屈辱,我就算说了,也于事无补。"阎职道:"人人都有心,我何曾忘记过这屈辱呢?只是恨自己力量太小,不能报仇罢了。"邴歜大喜道:"现在那凶手喝醉酒正躺在竹丛里,他身边的随从只有你我二人。这是老天赐给我们报仇的机会啊,一定不能错失良机!"阎职道:"你如果能办此大事,我一定助你一臂之力。"两个人就擦干身体穿上衣服,一起进入竹林中。放眼望去,齐懿公正在熟睡中,鼾声如雷,内侍守在他身边。邴歜道:"主公如果醒了酒,一定会找汤水喝,你赶紧下去给主公预备。"内侍听后就去准备汤水了。阎职攥住齐懿公的双手,邴歜卡住齐懿公的咽喉,用随身的佩剑杀了他,人头掉到地上。两人把齐懿公的尸体扶起来,掩藏在竹林的深处,把他的人头扔进了申池里。齐懿公在位仅仅四年而已。

内侍取了汤水回来,邴歜对他道:"商人谋杀了国君自己登位,齐国的先君令我们杀了他。公子元贤惠孝顺,可以拥立为国君。"齐懿公的内侍唯唯诺诺,不敢说一句话。邴歜和阎职驾着车进了城,准备酒宴开怀痛饮,欢呼庆祝。早就有人把情况报告给上卿高倾、国归父。高倾道:"为什么不治他们的罪,杀了他们?也好警戒后人。"国归父摇头道:"商人当年弑杀了幼君,我们没有去治他的罪,现在有人讨伐了这昏君,又有什么罪呢?"两人喝完酒,吩咐家人用大车装满财物,用有帷幔的骈车载着他们的妻子和孩子,出了国都的南门。家人劝他们快点儿跑,邴歜道:"商人是无道的昏君,国都的百姓正在欢庆他的死亡,我又害怕什么呢?"马车缓缓地行进着,向楚国去了。高倾和国归父召集群臣们进行商议,拜请公子元担任国君一职,就是历史上的齐惠公。隐士徐霖有诗写道:

仇人岂可与同游?密迩仇人仇报仇。

不是逆臣无远计,天教二憾逞凶谋。

话分两头。只说鲁文公名兴,乃是鲁僖公嫡夫人声姜所生的儿子,于周襄王二十六年登上国君之位。鲁文公娶了齐昭公的女儿姜氏为夫人,生下两个儿子,一个叫"恶",一个叫"视"。他的爱妾秦女敬嬴,也生了两个儿子,一个叫"倭",一个叫"叔肸"。四个儿子当中,倭的年纪最大。恶是嫡夫人生的,所以鲁文公立恶当了世子。此时,鲁国的国政被"三桓"把持。孟孙氏名叫公孙敖,生下的儿子一个叫作"谷",一个叫作"难"。叔孙氏名叫公孙兹,生下的儿子一个叫叔仲彭生,一个叫叔孙得臣。鲁文公让彭生做了世子恶的太傅。季孙氏名叫季无佚,是季友的儿子,行父是无佚的儿子,也就是季文子。鲁庄公有个侄子名叫公子遂,又名仲遂,因为居住在东门,也被人们称为"东门遂"。僖公在世的时候,他就和三桓同朝共事。若论起辈分,公孙敖和仲遂是同宗兄弟,季孙行父就小了一辈。因为公孙敖得罪了仲遂,所以客死在异国他乡,因而孟孙氏失去了权势,反倒是仲孙氏、叔孙氏、季孙氏三家把持了鲁国的朝政。

再讲下公孙敖是怎么得罪了仲遂的。公孙敖娶了莒国女子戴己为妻,就是谷的母亲。戴己的妹妹声己,就是难的母亲。戴己病死,公孙敖生性沉迷美色,又去求娶己氏的女儿。莒国推辞道:"声己还在世,应该把声己提拔为继室妻子。"公孙敖道:"我弟弟仲遂还没娶妻,就算是替仲遂下聘迎娶也行。"莒国同意了。鲁文公七年,公孙敖奉君主之命到莒国进行友好访问,顺便为仲遂挑选妻子。到了鄢陵地区,公孙敖登上城楼观看,看见己氏十分貌美,这天晚上就和己氏同床共枕,自己娶回家了。仲遂见公孙敖夺去了自己的妻子,异常愤怒,就到鲁文公那里投诉,请求派兵攻打公孙敖。叔仲彭生进谏道:"不行。微臣听说,在国内发兵就意味着有内乱发生,在外面发兵就是侵略到来。幸好现在我国没有被侵略,怎么能自己发兵制造内乱呢?"鲁文公于是宣召公孙敖,让他把己氏还给莒国,以此缓解仲遂失妻的怨恨。仲遂和公孙敖兄弟言和,就像从前一样。公孙敖一心想念己氏,到第二年,公孙敖奉命出使周朝,为周襄王奔丧,不想他竟带着吊唁的钱款,私自跑到莒国去找己氏。鲁文公也不追究这件事,只是任命了他的儿子谷继承孟氏家族的爵位。

　　后来,公孙敖想念自己的故国,就派人给谷传话,谷把他的请求转达给他的叔叔仲遂。仲遂道:"你父亲如果想回来,必须同意我三件事:不进朝堂,不参与国政,不许带己氏回国。"谷派人回复了公孙敖。公孙敖急于回国,欣然答应。公孙敖回到鲁国三年,果然足不出户。忽然有一天,他把家里的珠宝和金帛全都带走,又去了莒国。孟孙谷思念父亲,第二年便生病去世。他的儿子仲孙蔑还小,就任命孟孙难为卿相。没多久,己氏死了,公孙敖又想回到鲁国,便宣称把自己的家产都交给鲁文公以及仲遂,让他的儿子难替他在鲁文公面前为他求情。鲁文公恩准了,于是他又准备返回鲁国。途径齐国的时候,公孙敖染病不能继续前行,死在了堂阜地区。孟孙难坚持向鲁文公请求,把公孙敖的尸首带回鲁国安葬。

　　孟孙难是过错之人的后代,又只是暂时继承爵位,以等待蔑长大后归还给他,所以并不过多地参与政事。季孙行父谦让仲遂,彭生和得臣他们都是叔父辈,遇到事情不敢独断专行。彭生宅心仁厚,又担任着太子的师傅。得臣多次掌管兵权,所以仲遂和得臣两人主要负责掌管政事。敬嬴凭借鲁文公的宠爱,恼恨她的儿子不能继任国君,于是用重金贿赂结交仲遂,趁机把她儿子倭托付给仲遂。仲遂被她托付的情义所感动,有心要拥戴公子倭即位,心道:"叔仲彭生,是太子恶的师傅,必定不肯和我们合谋。而叔孙得臣,贪财如命,可以用利益打动他。"仲遂不时地把敬嬴赐给的礼物分给得臣,道:"这是嬴氏夫人命令我转赠给你的。"又叫公子倭时常去得臣门上,虚心向得臣请教,所以得臣的心也偏向着公子倭。

　　周匡王四年,也就是鲁文公十八年。这年春天,鲁文公驾崩,世子恶主持丧礼并且登上国君之位。各国都派使臣前来吊唁。这时齐惠公也刚登上国君的位置,想要改变商人残暴的各项国策,于是特地派人到鲁国,参加鲁文公的葬礼。仲遂对叔孙得臣道:"齐国和鲁国是世代友好的伙伴,齐桓公和鲁僖公就像兄弟般融洽。孝公时两国结下仇怨,一直延续到商人,于是两国成为敌人。现在公子元刚刚即位,我国还未曾派人去祝贺,他们却先派人来参加我们国君的葬礼,这是重修旧好的美意,不能不去齐国致谢。趁着这个机会,把齐国结成后援,方便我们以后立公子倭为国君,这也算是一个计策。"叔孙得臣道:"你若要去,我和你同行。"

第五十回
东门遂援立子倭　赵宣子桃园强谏

　　话说仲遂和叔孙得臣两人出使齐国，向齐国的新君表示祝贺，并对齐惠公派人参加鲁文公的葬礼表示了谢意。行礼过后，齐惠公设宴款待他们，也趁机问起鲁国新君的情况："新君为什么起名叫恶呢？人世间好名字不少，为什么偏要取这么个不美好的名字？"仲遂回答道："我鲁国先君刚生这个儿子时，命太史算了一卦。卜辞说：'当恶死，不得享国。'因而先君给他命名为"恶"，意图以此压下卜辞，化解不吉。然而这个儿子并不得先君喜爱，先君最宠爱的儿子是长子，名叫倭，为人孝顺有贤德，礼敬大臣，国都百姓都想奉立他为国君。可惜受制于他的庶子身份。"齐惠公道："自古也有传位给长子的规矩，何况又是喜爱的长子呢。"叔孙得臣道："鲁国的规矩是传位要传给嫡子，嫡夫人无子，方能传位于长子。先君拘泥于常规，放弃了倭，反而选择了恶来即位，国内的百姓都不服。贵国若有意为鲁国改立一位贤君，我们愿意与齐国结下姻亲之好，每年按时前来觐见，不敢有丝毫怠慢。"齐惠公听到此话特别高兴，道："如果大夫您能在鲁国国内主持这事，寡人就唯大夫之命是从，怎敢反对呢？"仲遂、叔孙得臣恳请与齐惠公歃血立誓，趁机定下婚约。齐惠公允诺了此事。

　　仲遂、叔孙得臣等人回到鲁国后，对季孙行父道："当今天下，晋国的霸业日渐式微，齐国即将重新崛起。他们有意将齐侯的女儿许配给公子倭，这样强有力的外援不能错失啊。"行父道："鲁国即位的君主是齐侯的外甥。齐侯既然有意嫁女，为何不嫁给君主反而选择了公子倭呢？"仲遂道："齐侯听闻公子倭的贤德，一心和他交好，愿以翁婿相称。像夫人姜氏是齐昭公的女儿，齐国先君桓公的几个儿子互相攻击如同仇敌一般，结果四代国君，都是弟弟继承了兄长的君位，他们不认自己的兄长，干吗还要认他们的外甥呢？"行父沉默不言，回家长叹道："东门遂对齐国的君位已经萌生了其他的想法啊！"仲遂家住在都城的东门，所以人们称他为"东门遂"。行父把这件事偷偷告诉了叔仲彭生。彭生道："大局已定，谁敢对国君怀有二心呢？"一点也没将此事放在心上。

　　仲遂和敬嬴私底下密谋对策，在马圈里事先埋伏了士兵，派养马的人谎称道："马生马驹了，十分雄骏！"敬嬴就让公子倭、世子恶和公子视去马圈查看马驹的毛色。士兵猛然跳出来，用木棒击打杀死了恶，同时杀死了视。仲遂道："太傅彭生还活着，不除掉这人，此事不能算是成功。"于是叫内侍假传嗣君的命令，召叔仲彭生进宫。

彭生正准备进宫，他有个家臣叫公冉务人，平时就了解仲遂勾结内宫的事情，怀疑此行有诈，就阻止叔仲彭生道："太傅千万不可入宫，去了必死无疑。"彭生摇头道："主公有命，即便明知送死，还能逃跑吗？"公冉务人再次阻止道："这如果真是君主的命令，那太傅就不用死了。如果这次传来的并非是君主的命令，太傅您死了，死的有什么意义吗？"彭生不听劝阻，务人便揪住他的袖子大哭不止，彭生挣断衣袖登上了车，径直造访宫中，大声喊道："君主在哪里？"内侍欺骗他道："马圈里的马生了马驹，君主在那里观看。"就领着彭生赶往马圈，士兵又挥舞木棍杀死了他，并将他的尸体埋在马粪里。

敬嬴派人通报姜氏道："君主恶和公子视被发疯的马踢咬，全都去世了！"姜氏嚎啕大哭，到马圈去看，然而两具尸体都被移到了宫门外。季孙行父听闻君主恶、公子视的死讯，心中明白是仲遂等人所为，却不敢公开质疑，私下里对仲遂道："你做事太过狠毒，我都不忍心听到这消息啊。"仲遂辩解道："这是嬴氏夫人干的，和我毫不相干。"行父冷笑道："晋国如果前来兴师问罪，怎样应对？"仲遂回答："齐国、宋国都有这样的先例，已然很明了了。他们杀死自己年长的国君，还构不成被讨伐之罪。现在只是死了两个小孩而已，又何必讨伐我国呢？"行父抚摸着君主恶的尸体，痛哭不已，最后不觉哭得失了声。仲遂制止他道："身为大臣，应该讨论大事，怎么学孩童般哭哭啼啼的，对现状有何益处？"行父这才止住泪水。叔孙得臣也赶到了，询问他兄长彭生的下落。仲遂假以不知为借口推脱。得臣笑道："我兄长死了便是忠臣，这是他的志向，又何必忌讳呢？"仲遂于是偷偷告诉他埋尸的地方，并道："现在的情况，当务之急就是要确立新君。公子倭有贤德，并且在公子中年纪最长，理应继承国君之位。"文武百官都唯唯诺诺，不敢反对。于是大家就拥立公子倭为国君，也就是历史上的鲁宣公。文武百官都前来朝贺。

胡曾先生有咏史诗这样写道：
外权内宠私谋合，无罪嗣君一旦休。
可笑模棱季文子，三思不复有良谋。

得臣掘开马粪，挖出彭生的尸体，重新埋葬。这事暂且不提。

再说嫡夫人姜氏，得知两个儿子都被杀死，仲遂扶植公子倭当上了国君，就摇着胸膛大哭，哭晕了又清醒过来，如此反复好几次。仲遂又献媚于鲁宣公，引用"母以子贵"的礼法，把敬嬴尊为夫人，文武百官都致以祝贺。姜夫人在宫中惶恐不安，日夜哭泣，叫左右随从收拾车驾打算返回齐国。仲遂假惺惺地派人挽留她道："新君虽然不是夫人所生，然而夫人是他的嫡母，孝顺奉养自然也不会缺少，何必回娘家去寄人篱下呢？"姜氏骂道："仲遂贼子！我们母子哪里对不起你，非要做这样伤天害理的狠毒事？如今还用假话来挽留我！鬼神如果知晓，一定不会放过你！"姜氏也不见敬赢，径直走出宫门，登车离去。经过大街的十字路口时，她放声大哭道："苍天啊，苍天啊！我的两个小儿子有什么罪？我又有什么罪？贼子仲遂丧尽天良，弑杀嫡子另立庶子为国君。我今日与国都的百姓们永别了，今生再也不回鲁国了！"听她此番哭诉的路人们，十分怜惜她，很多人为之流泪。这一天，鲁国国都的商贩因此罢市。人们因此把姜氏叫"哀姜"，又因为她出了鲁国返回齐国，也叫她"出姜"。姜氏回到齐国，见到母亲昭公夫人，各自诉说自己的孩子死得冤枉，抱头大哭。齐惠公厌恶听到她们的哭声，就另造宫殿让她们母女搬过去。姜氏最后死在了齐国。

话说鲁宣公有个同母兄弟叫叔肸，为人忠厚耿直。他见到自己的兄长借助仲遂的力量，杀死了两个弟弟，自立为君，对此心中非常不满，便不去朝中拜贺。鲁宣公派人宣召他，想要重用他，叔肸坚决推辞。有朋友问其缘由，叔肸回答道："我并非讨厌荣华富贵，只是见到这个兄长就禁不住想起那两个无辜惨死的弟弟，于心不忍啊！"朋友道："既然你觉得这个兄长不讲道义，为什么不到别的国家去避难呢？"叔肸道："兄长没有和我断绝情谊，我怎么敢先和兄长断绝情谊呢？"正好这时鲁宣公派官员来问候叔肸，而且还把粮食和布帛赠予他。叔肸拜谢官员，推辞道："我侥幸不至于挨饿受冻，不敢浪费国库的财物。"这位官员反复表示这是鲁宣公的意思，要求他收下。叔肸道："如果缺什么，我必登门讨要，今天决不敢收。"他的朋友道："你坚决不肯接受官爵和俸禄，足以表明你的心志。可你家中没有多余的财物，稍稍接受些馈赠，也能应对你的日常家庭开支，这点财物损害不了你的廉洁之名，你却全部拒绝了，是不是有些过分了？"叔肸笑而不答，朋友叹息着离开了。这位官员不敢私自做主为叔肸留下财物粮食，就回去向鲁宣公复命。鲁宣公询问道："我弟弟一向贫困，不知他以什么手段谋生？"于是在夜里派人去观察他的一举一动，看见叔肸在灯下做草鞋，等第二天早上到集市上去卖，换来钱财来准备早饭。鲁宣公长叹一声，道："他是想学伯夷、叔齐到首阳山上去采薇菜吗？寡人应该帮助他完成志向。"一直到鲁宣公末年，叔肸才死去，他的一生没有接受鲁宣公的一根丝、一粒米，也一辈子没提及鲁宣公所犯的错误。史臣有诗称赞他道：

贤者叔肸，感时泣血。织屦自赡，于公不屑。顽民耻周，采薇甘绝。惟叔嗣音，入而不涅。一乳同枝，兄顽弟洁。形彼东门，言之污舌！

鲁国人都崇尚叔肸的气节，不停地称颂他。鲁成公初年，任命叔肸的儿子公孙婴齐担任了大夫一职。于是在叔孙这个姓氏之外，又有了"叔"这个姓氏，叔老、叔弓、叔辄、叔鞅、叔诣都是他的后人。

却说周匡王五年，也就是鲁宣公元年，十一月初一新年这天［周朝以十一月为每年的新年］，大臣们刚朝拜完，仲遂就上前启奏道："国君，您的正宫夫人尚空置，微臣上次曾与齐侯定下婚约，此事刻不容缓。"鲁宣公问："哪位爱卿能替我出使齐国求亲？"仲遂回答道："婚约是微臣所定，我愿意只身前往求亲。"于是鲁宣公就派仲遂出使齐国，求婚纳聘。仲遂正月到了齐国，二月便把鲁宣公夫人穆姜接了过来。他借此机会向鲁宣公奏道："齐侯虽然已经是主公的岳父了，但齐、鲁两国关系是好是坏，谁也无法预测。何况国家只要发生国君死亡、新君嗣位这样的大变动，必须要参加会盟，才能名正言顺地成为诸侯中的一员。微臣曾经和齐侯歃血立过盟誓，约好每年觐见一次，进献的礼物不敢缺少，并事先把让诸侯承认鲁国国君的事情嘱托给他。我认为主公一定不要吝啬，用重金贿赂，请齐侯参加会盟。如果他肯接受贿赂，答应参加会盟，我们此后就恭敬谨慎地对他，那么两国的关系便会和睦，就会像嘴唇和牙齿互相依存一样牢固，国君的位置也就稳若泰山了。"鲁宣公认为他说得很有道理，就派季孙行父到齐国就成婚一事表示谢意，并写信道：

我国君主仰仗齐侯的恩宠，取得了祭祀祖庙的资格。心中惴惴不安，只怕不能列入诸侯之列，让齐侯跟着蒙羞。您如果想关照一下我们国君，请给我们会盟的好处。我国所拥有的济水西岸的田地，虽然不算十分丰厚，却是晋文公给先主留下的，我们愿意作为礼物奉献给贵国，希望您不要嫌弃，收下它们！

齐惠公十分高兴，于是便和鲁君约定，夏天的五月间，两国国君在平州地区会晤。

到了约定的日期，鲁宣公先到了平州，齐惠公随后抵达。两人先叙了翁婿的情谊，又行过两位君主相见的礼节。仲遂捧着济西田地的数目簿册走上前来，齐惠公也不拒绝。会见结束后，鲁宣公与齐惠公告别，回到鲁国。仲遂道："今天开始我可以高枕无忧了。"从这以后，鲁国或朝见，或纳贡，国君、大臣一同到齐国，无一日懈怠。对于齐国的各项命令，鲁国没有不遵从的，对于齐国的军事行动，鲁国没有不参加的。到了齐惠公的晚年，因为感激鲁宣公对他恭敬顺从的态度，就把济西的田产归还给了鲁国。

话分两头。上回说到楚庄王旅登上了王位。三年过去了，庄王从不发号施令，每天忙着出去打猎，等回到宫里，又日夜与妃子们饮酒作乐。他在朝堂门口张贴着告示道："有敢进谏本王的，一律杀死，决不轻饶！"大夫申无畏进宫拜谒庄王。楚庄王右手抱着郑姬，左手搂着蔡女，盘腿坐在钟鼓中间，问道："大夫，您是来喝酒的，还是来听乐的？或者是有什么话想对寡人说？"申无畏道："微臣不是前来喝酒听乐的。刚才微臣在郊外的路上行走，有一高人对我说了几句话，微臣百思不得其解，想听听大王怎么说。"楚庄王来了兴致，问道："奇怪了！是什么话，大夫您居然都不明白。为何不对寡人说说呢！"申无畏道："有这样一只大鸟，身着五色彩羽，在楚国的上空待了三年。从来看不见它飞翔，听不到它鸣叫，不知道这是什么鸟儿呢？"楚庄王明白他是在讽喻自己，笑着道："寡人已经明白了！这不是普通的鸟啊！三年不飞，飞起来就会直冲云霄；三年不叫，叫起来必定一鸣惊人。你等着看吧。"申无畏又行了礼告辞退下。

  过了些日子，楚庄王还是和以前一样纵欲作乐。大夫苏从请求拜见楚庄王，进宫见到楚王便大哭起来。楚庄王不解地问道："苏大夫因为什么事这么悲伤呢？"苏从回答道："微臣哭的是微臣就要死了，而楚国也要灭亡了！"

  楚庄王大惊失色，问道："大夫你为什么会死？楚国又为什么会灭亡？"苏从道："微臣想要进谏大王，大王不听，必然会杀我。微臣如果死了，楚国就更没有敢进谏的人了。纵容大王的欲望，将导致楚国的统治衰败，楚国的灭亡指日可待。"楚庄王勃然大怒，道："寡人曾经下过命令：'敢劝谏的人必杀。'你明知道向寡人进谏必死无疑，却又想来劝谏寡人，难道不是愚蠢吗？"苏从道："微臣虽然愚蠢，但比起大王的愚蠢还远远不及！"楚庄王更恼怒了，问道："寡人为何比你更愚蠢？"苏从朗声道："大王位于有万辆战车的大国中，被千里沃土的税收奉养，兵强马壮，各诸侯国畏惧臣服。每年进献的贡品都会源源不断地送到朝廷，这是千秋万代的好事啊。现在却沉湎于酒色和靡靡之音，不治理朝政，疏远贤能的人才。大国在外面进攻我们，小国在内部背叛我们。眼前是开心，可后患无穷。因为一时的享乐，放弃了万代的基业，不是更愚蠢是什么？微臣的愚蠢，不过是招来杀身之祸，可大王杀死我，后人会把我称为忠臣，可以与昔日的龙逢、比干齐名，臣其实并不愚蠢啊。大王的愚蠢在于，若是楚国亡了，您就算想当一位平民百姓也不可能了。微臣的话讲完了。请借大王的佩剑一用，微臣这就自刎于大王面前，也好让大王的命令得以执行和伸张！"楚庄王幡然悔悟，站起身道："大夫，请不要说了！大夫的话都是忠贞之言，寡人听你的便是。"于是撤掉悬挂着的钟鼓，摒弃郑姬，疏远蔡女，立樊姬为夫人，让她主持后宫。楚庄王解释道："寡人爱好打猎，樊姬劝谏于我，我却没听从，她因此不吃鸟兽的肉，这真是我的贤内助啊。"然后，楚庄王任用芳贾、潘尪、屈荡，削弱了令尹斗越椒的职权。早朝过后，就开始发布命令。命令郑公子归生去攻打宋国，两国军队在大棘展开激战，俘虏了宋军右师华元。命令芳贾前去救援郑国，在北林与晋国军队交战，俘获晋国将领解扬，得胜归来，过了一年才把解扬放回晋国。从此楚国的国势越来越强,楚庄王便有了逐鹿中原的大志。

却说晋国的上卿赵盾,因为楚国一天比一天强横,便想要和秦国结盟来抵抗楚国。赵穿献计道:"秦国有个附属国叫'崇',依附秦国的时间最久,请让我带领一只军队去入侵崇国,秦国必会派兵救援,我们就可以趁机与秦国讲和,如此我们就占据了上风。"赵盾采纳了他的建议,于是启奏晋灵公,派出军车三百辆,任命赵穿为大将攻打崇国。赵盾之子赵朔听说此事,不解地问父亲道:"秦、晋两国宿怨已久,现在又侵犯它的附属国,秦国必然更加恼怒,又怎么肯和我们讲和呢?"赵盾道:"不必多言,我已经允诺赵穿出兵了。"赵朔又对韩厥说了这事,韩厥微微冷笑,贴在赵朔耳边道:"令尊这个举动是想扶持赵穿的势力,来加强赵家宗族的地位,并非是想联合秦国。"赵朔沉默不语,告辞而去。秦国听闻晋国入侵崇国,居然不去救援,反而调动军队讨伐晋国,把晋国的焦邑围困了起来。赵穿班师回国救援焦邑,秦国的军队才撤退。赵穿从此开始参与管理军队事务。上军佐臾骈病逝后,赵穿就取而代之。

这时晋灵公逐渐长大成人,荒淫无道,暴虐无度,大肆搜刮民脂民膏,大兴土木,整日沉溺于游乐享受。他宠信一个大夫,名字叫屠岸贾,是屠击的儿子,屠岸夷的孙子。屠岸贾擅长溜须拍马,晋灵公对他言听计从。晋灵公令屠岸贾在绛州城里建造一座花园,到处搜罗各种奇花异草,种在里面。其中唯独桃花开得最绚丽,春天盛开,如同锦缎一样灿烂,所以起名叫桃园。桃园筑有一座三层高台,台子的中间有一座绛霄楼,到处雕栏玉砌,精美无比,周围是红色的柱子和曲折的栏杆,凭栏向四周观望,闹市中的景物尽收眼底。晋灵公上去观赏一次之后,对此赞叹不已,以后便经常登上绛霄楼,有时张弓打鸟,有时与屠岸贾设置赌赛,饮酒作乐。

一天,晋灵公召来优人在台子上唱戏,园子外聚集了很多百姓围观。晋灵公对屠岸贾道:"打鸟哪有打人有意思?寡人想和你试试打人的滋味。打中围观百姓眼睛的人获胜,打中肩膀和手臂的免罚,哪里也没打中的人,就罚他用大斗喝酒。"晋灵公向右面的人群中弹射,屠岸贾向左面的人群中弹射。只听台上大喊一声:"看弹!"拉满的弓就像满月一样,弹子如流星一般飞了出去。人群中有一人被弹去了半只耳朵,有一人被弹中了左肩胛。百姓们吓得惊慌失措,四处逃窜,乱喊乱叫:"弹子又飞来了!"晋灵公勃然大怒,干脆让手下会放弹子的人一起齐放。那些弹丸像雨点一样密集地射了出去,老百姓躲闪不及,有被弹破头的,有被打伤额头的,有被弹伤眼珠的、被打掉门牙的,哭哭啼啼、大声喊叫的声音让人耳不忍闻。又有哭爹喊娘的,狼狈逃跑的,推搡跌倒的,那仓皇逃跑的样子让人目不忍睹。晋灵公在高台上看见这一幕,把弓扔到地上,哈哈大笑。晋灵公对屠岸贾道:"寡人登上这台子游玩很多遍了,从来没有今天这么开心!"从此老百姓只要看到台上有人,就不敢在桃园前行走。市中有谚语道:

莫看台,飞丸来。出门笑且忻,归家哭且哀!

又有周人敬献给晋灵公一只凶猛的大狗,名叫灵獒。这狗身高三尺,颜色红得像火,能听懂人的意思。手下如果犯了过错,晋灵公便呼唤灵獒撕咬他。灵獒立起身来专咬人的脑门,咬不死决不罢休。有一名奴仆专门喂养这只狗,每天喂它吃好几斤羊肉,狗也听从他的吩咐。这个奴仆被灵公称为"獒奴",享受和中大夫一样的俸禄。晋灵公不到朝堂议事,命百官到他宫中的寝殿上朝。每次上朝或者外出游玩,就命獒奴用细铁链牵着灵獒在身旁伺候,所见之人皆不寒而栗。这时,各诸侯国都开始和晋国疏远,老百姓也怨声不已。赵盾等大臣多次进谏,劝晋灵公礼贤下士,远离小人,勤政爱民。晋灵公却像被美玉制成的耳塞堵住了耳朵,一点儿也听不进去,反而起了猜疑怨恨的心理。

忽然有一天,晋灵公处理完朝事,各位大臣都散去了,只有赵盾与士会还留在寝殿内,商议国家政事,互相长吁短叹。只见有两个内廷侍卫抬着一个竹笼子,从小门走出来。赵盾奇道:"宫中怎么会有竹笼子要抬到外面?这里面一定有名堂。"于是就远远地叫喊道:"过来!过来!"内侍只是低着头不吱声。赵盾问道:"竹笼里放的是什么东西?"内侍道:"您是相国,想看就自己来看,小人可不敢说。"赵盾心里越发疑惑,就叫士会一同过去查看,只看见一只人手,微微露出笼子外面。两位大夫拉住竹笼仔细查看,原来是一个被肢解了的死人。赵盾非常吃惊,问死尸是怎么来的。内侍还什么都不肯说。赵盾发怒道:"你再不说,我就先斩了你!"内侍这才告诉他道:"这人是宫中的厨师。主公叫他煮熊掌,急着要下酒。可是催促了好几次也没熟,最后厨师只得把那熊掌端上。主公尝了,嫌熊掌没熟,就用铜斗把他打死了,又砍成了几截,命我们丢到野外。规定了时间要赶回汇报,晚了就要获得罪责了。"

赵盾于是让内侍抬着竹笼过去,扭头对士会道:"主上昏庸无道,把人命看得跟低贱的草芥一般。国家灭亡,只是时间问题了。我和你一起去苦劝一番,你意下如何?"士会道:"我们两个一起去劝,若是君主不听的话,就没人能继续劝了。我请求先去劝谏,如果主公一意孤行,你再接着劝。"此时晋灵公还在中堂,士会径直进入。晋灵公看见他,知道他一定有话进谏,就迎上去对他道:"大夫,您不要说了,寡人已经知道自己错了,今后必定改正!"士会叩头道:"人谁能不犯错,犯错了及时改正,是国家的福分!我们做臣子的不胜欢喜庆幸!"说完这些,士会就退下了，把经过告诉了赵盾。赵盾道："如果主公真的悔过了，一定会从其行动中看出端倪。"

到了第二天，晋灵公免除了朝堂议事，命令手下驾驶车辆到桃园游玩。赵盾道："主公这些举动，哪像要改过的人呢？我今天不能不进谏了！"他就预先赶到了桃园门外，等晋灵公一到，就上前拜见。晋灵公很惊讶，问道："寡人没有召爱卿前来，爱卿为何到这里来？"赵盾叩头拜了又拜，口中道："臣犯了死罪！微臣有话想奏明主公，请主公宽宏采纳。臣听闻：'贤明的君主把别人的欢乐当成真正的欢乐。昏庸的君主则把自己的欢乐当作真正的欢乐。'微臣一直以为，宠幸后宫，围猎游玩，身体上的享乐到此就达到顶点了，还没听说过把杀人当作乐趣的行为。现在主公放狗咬人，用弹弓打人，又因为小小的过错把厨师给肢解了，这种事贤明的君主是不会做的，可是主公您却做了。人命是最宝贵东西，如果滥杀无辜，老百姓在国内发动叛乱，诸侯国在外部疏远我们，昔日夏桀和商纣灭国的灾难，马上要降到主公的头上了。微臣今天不说的话，就再也没人敢说了。微臣不忍心眼看着国家陷入危亡却坐视不管，所以斗胆谏言毫无隐瞒。乞求主公调转车头回去上朝，痛改前非，不再作乐游玩，不再滥杀无辜。假如晋国能够转危为安，微臣即使死了也没有遗憾！"晋灵公非常羞惭，用袖子遮着脸道："爱卿，你先退下。请容许寡人今天再玩一天，下次就按照爱卿说的做。"赵盾用身体挡着园门，不肯放晋灵公进园。屠岸贾在旁边出言道："相国进谏，虽然是好意，但是主公的车驾已经到了这儿了，怎么能白跑一趟？就这样返回，不会被别人嘲笑吗？相国请您暂时还是去做自己的事吧。如果有什么国家大事，等主公明天早朝时，在朝堂上商议吧。怎么样？"晋灵公接着他的话说道："明天早朝时，寡人一定召见爱卿。"赵盾无可奈何，把身体闪到一边，放晋灵公进园子。他双目圆睁，愤恨不已地瞪着屠岸贾道："国家覆灭、老百姓妻离子散，都是你这样的小人害的！"。

屠岸贾侍奉晋灵公游玩，正玩得开心的时候，屠岸贾突然长叹一口气道："这种欢乐的日子，今后怕是不会再有了！"晋灵公奇怪地问道："大夫你为何发出这样的感慨啊？"屠岸贾道："赵相国明早肯定又来啰嗦，他怎么可能容许主公再来玩呢？"晋灵公气得脸色都变了，说道："从古至今，都是臣子听命于君主，没听说过君主听命于臣子的道理。只要这个老家伙在，寡人就不能随心所欲地做自己的事。有什么办法能除掉他呢？"屠岸贾进言道："微臣府上有个门客叫钮麂。他家里贫困，我常常周济他。他很感激微臣的恩惠，愿意为我献出生命。如果派他去行刺相国，主公就能随心所欲地游乐了，还怕什么呢？"晋灵公大喜道："这事如果办妥，爱卿功不可没！"

这晚，屠岸贾偷偷召见钼麂，赐给他美酒美食，告诉他道："赵盾独揽大权，不把主上放在眼里，现在我奉了晋侯的旨意，派你去刺杀他。你可以在相国府的门口进行埋伏，等五更天他上朝时行刺他，千万不能失败。"钼麂领了他的命令开始行动，装扮妥当，带了寒光逼人的匕首，在赵府的旁边埋伏了起来。听着打更声已到了五更天了，就绕道潜到赵府的大门口，所有的门都打开了，车马已经在门外准备妥当，又望见府里有灯火亮起。钼麂趁机绕到了中门，躲在暗处，仔细察看。只见正堂有一位官员，穿着上朝的礼服，带着上朝的帽子，手里拿着笏板，端端正正地坐在那里。这位官员就是相国赵盾，正准备前往早朝，可是天色还早，所以坐在那里等天亮。钼麂大吃一惊，退出门外，长叹道："观看赵相国，即便闲坐也不忘端正守礼，真是百姓的主心骨啊！来刺杀一位百姓的主心骨，便是不忠于国家；接受了君主的命令，却放弃执行任务，是不讲信用。我不忠不信，还怎么有脸面活在世上？"于是他在门外大喊道："我乃是钼麂，宁肯违抗君主的命令，也不忍心刺杀忠臣。我现在自杀于此！恐怕还会有人前来刺杀相国，相国一定要严加防范！"说完，他朝着门前的一棵大槐树一头撞上去，脑浆迸裂，当时身亡。史官有诗称赞他道：

壮哉钼麂，刺客之魁！闻义能徒，视死如归。
报屠存赵，身灭名垂，槐阴所在，生气依依！

这下惊动了赵府的守门人，就把钼麂身死的经过，如此这般全部报告给了赵盾知晓。赵盾的车右提弥明劝阻道："相国今天不能上朝，恐怕有变。"赵盾摇头道："主公应允今日上朝召见我，我如果不去，便是对君主无礼。再说人的死生上天早就定规，我还担心什么呢？"便吩咐家人，暂且把钼麂浅埋在槐树旁。赵盾登车上朝，随百官一起向晋灵公行礼。晋灵公看见赵盾没死，便召来屠岸贾询问钼麂刺杀一事。屠岸贾答道："钼麂去了再也没有回来，有人说他撞死在槐树上了，不清楚是什么原因。"晋灵公懊恼道："这次计谋失败了，怎么办？"屠岸贾道："微臣还有一条计谋，可以杀死赵盾，保证万无一失。"

晋灵公道："爱卿有什么妙计？"屠岸贾道："明天主公可以召见赵盾来宫里饮酒，先派士兵在墙后面埋伏起来。等酒过三巡之后，主公可以向赵盾要佩剑观看，他一定会捧着剑奉呈上来。臣就在旁边叫喊：'赵盾在国君面前拔剑，想要弑君，左右侍卫快来保护国君！'这时伏兵一起跳出来，把他绑起来杀掉。外人都以为是赵盾自取灭亡，主公也可避免杀害大臣的名声。这条计策怎么样？"晋灵公大喜道："高！实在是高！就按照爱卿的计谋进行。"

第二日，晋灵公又出现在早朝上议事，他对赵盾道："寡人因为听了您的逆耳忠言，才能和众臣们的关系如此亲近。特地恭敬地在宫内备了薄酒，以犒赏相国。"于是让屠岸贾把他领到宫中。车右提弥明跟着他们同去，就要登上堂前的台阶时，屠岸贾道："主公宴请相国，其他人等不得入内。"提弥明就站在了堂下。赵盾行过礼后，就坐在了晋灵公的右边。屠岸贾在晋灵公的左边伺候。厨师献上美食，酒过三巡以后，晋灵公对赵盾道："寡人听闻你的佩剑是一把锋利的宝剑。请解下来给寡人开开眼吧。"

赵盾不知这是晋灵公的诡计，就要解开配剑。提弥明在堂下看见，大声喊道："臣子侍奉君主饮酒，饮过三爵，就应该依照礼法退出酒筵，相国为何酒后在国君面前拔剑呢？"赵盾恍然大悟，站了起来。提弥明怒冲冲，径直冲上宫堂，搀扶着赵盾往外就走。屠岸贾大声命令獒奴释放灵獒，让它去追赶穿紫色官服的赵盾。灵獒跑得飞快，在宫门内便追上了赵盾。提弥明力大无比，用双手和灵獒肉搏，折断它的脖子，灵獒便一命呜呼了。晋灵公勃然大怒，命墙后的伏兵出来攻击赵盾，提弥明用自己的身体掩护着赵盾，让赵盾快走。提弥明独自留在后面和伏兵们作战，但因寡不敌众，遍体鳞伤，力尽死去。史官称颂他道：

君有獒，臣亦有獒，君之獒，不如臣之獒。君之獒，能害人；臣之獒，克保身。呜呼二獒！吾谁与亲？

却说多亏提弥明孤身与伏兵搏斗，赵盾才能脱身逃走。忽然后面有一个人发疯般地追赶赵盾，赵盾害怕极了。那人在后面喊道："相国无需害怕，我是来救你的，不是来害你的。"赵盾问道："你是什么人？"那人回答道："相国还记得昔日翳桑地区有位快饿死的人吗？我就是您救的那位灵辄啊。"

原来在五年前，赵盾曾经到九原山打猎。返回时在翳桑地区休息，看见一个男子倒在地上，赵盾怀疑是刺客，就派人把他抓住。那个人饿得无法起身，问他的姓名，回答道："我叫灵辄。在卫国求学三年，今天才回来，可身无分文，无法买食物果腹，已三天没吃东西了。"赵盾心生恻隐，就赐给他饭和肉干。灵辄拿出一个小筐，先把饭和肉留了一半放在里面，然后才开始吃另一半。赵盾问他道："你把饭藏起一半是什么原因？"灵辄回应道："我家还有位老母亲，住在西门。小人外出已经很长时间了，不知道老母亲是生是死。现在离家只有几里路了，如果我母亲侥幸还活着，便打算把大人赏赐的食物，奉送给老母亲充饥。"赵盾赞叹道："这人是个孝子啊！"就让他把剩下的那一半饭食也吃了，另外取了食物和肉，放在袋子里赠给他。灵辄拜谢后离开了。如今绛州有处地名为哺饥坂，就是因这个原因而得名。后来灵辄应征入伍，恰好在埋伏的士兵之列。念及赵盾昔日对自己的恩情，特地上前救他。

当时赵盾的随从听说发生了变故，早已逃跑散去。灵辄背着赵盾，小步快走出了朝堂大门。伏兵们杀死了提弥明，合力前来追赶。正好赵朔将家丁们全部召集了起来，赶着车来迎接赵盾，见此状扶着赵盾急忙登车。赵盾想叫灵辄一起坐车逃去，可是灵辄已经逃走无踪了。伏兵们看见赵府人多势众，不敢追赶。赵盾对赵朔道："我们不能再回家了！这一次逃亡，要么去翟国，要么去秦国，找一个安身之所就可以了。"于是父子俩一起出了西门，一路向西行进。

第五十一回
责赵盾董狐直笔　诛斗椒绝缨大会

话说晋灵公密谋杀害赵盾，虽然此事没有成功，但是赵盾因此逃离了绛城，灵公对此非常高兴，像是乡村的孩子离开了老师，又像顽皮的小儿离开了主人，顿时感到心情舒畅，快乐无比，就携带宫里的妃嫔们到桃园住了下来，整天都不返回宫中。

再说赵穿在都城西面的郊外打猎回来，正好遇到赵盾、赵朔父子二人，就停下车来相见，询问他们出逃的原因。赵穿道："你们先不要离开晋国，几天之内我就会有书信传过来，到时再决定去留。"赵盾道："既然这样，那我就暂住在首阳山，专门等候你的好消息。你做事千万要小心谨慎，不要使灾祸继续蔓延！"赵穿辞别了赵盾、赵朔父子，回到绛城，知道晋灵公住在桃园里，就假装去拜见，叩头请罪道："微臣赵穿虽然因娶了先君的女儿而位列宗室，然而也是罪臣赵盾的宗族，不敢继续在国君的身边侍奉，请国君免去我的官职吧。"晋灵公误以为这是他的真心话，就安慰他道："赵盾多次欺凌蔑视寡人，寡人实在不能继续忍受，这和爱卿有什么关系呢？爱卿，你只管安心做你的官。"赵穿叩谢过晋灵公，又上奏道："微臣听说最尊贵的君主，一定要极享人间的美色，听够人间最美好的声音。国君虽然周围钟鼓齐鸣，但是后宫中美女并不多，怎么会快乐呢？昔日齐桓公的妃嫔充斥后宫，除了正宫外还有六位夫人。先君文公虽然逃亡在外，落难的时候，所到之处也纳娶妃嫔，等回到晋国，已经六十多岁了，还是妻妾成群。国君既然建了名楼高台当作休息的地方，为什么不多挑选一些良家妇女放在这里，让有名的乐师来教她们歌舞，为君主您娱乐做好准备，难道不是美事一桩吗？"晋灵公大喜道："爱卿所言，正和寡人心意。现在想在国都内搜寻美女，可以派谁去执行这项重任？"赵穿回答道："可以遣派大夫屠岸贾前去。"晋灵公于是命令大夫屠岸贾专门去处理这件事。不管是城里还是乡下,只要是貌美的女子,年龄在二十岁以内还没有嫁人的,全部命令她们报上名来以供筛选,限令一个月之内必须办妥此事。赵穿借着这次挑选美女的差事,将屠岸贾支开了,又上奏晋灵公道:"桃园的守备力量太薄弱了,微臣在军队中挑选了两百名骁勇善战的士兵,愿意充当主公的护卫,恳请国君定夺!"晋灵公又批准了他的建议。

赵穿回到兵营,果然挑选了两百名士兵。士兵们问道:"将军,您有什么差遣?"赵穿道:"国君不管老百姓的死活,天天在桃园饮酒作乐,命令我挑选你们,替他在外面巡逻把风。你们都是拖家带口的人,此去天天风餐露宿,不知道什么时候才是尽头啊!"士兵们都埋怨道:"这么昏庸无道的国君,怎么不早点死去?如果赵相国在这里,一定不会发生这些事。"赵穿趁机道:"我有一句话,想和你们商量,不知道行不行?"这些士兵们都道:"将军如果能让我们免受这次差遣之苦,对我们来说,此恩情就如同再生父母!"赵穿道:"桃园比不得王宫守卫森严,你们可以等到二更天时攻到桃园里,就借口说是去讨要赏钱,我挥动袖子作为暗号,你们杀了晋侯之后,我自当把赵相国迎回来,另立新的君主。这条计策怎么样?"士兵们都道:"非常好!"赵穿就准备了食物与美酒犒劳他们,然后带到桃园的外面,他自己回到桃园禀告晋灵公。

晋灵公登上高台检阅这些士兵,只见一个个精神抖擞、英勇无比。晋灵公非常开心,留下赵穿在一旁陪他饮酒作乐,喝到二更天的时候,外面忽然传来喊声,晋灵公大惊失色,问外面发生了什么事。赵穿道:"这一定是守卫国君的士兵,在驱赶路上的过往行人。微臣前去传令他们,不要惊动了主公。"于是赵穿立刻命令手下点灯,走下了高台,此时二百个士兵已经毁坏大门闯了进来。赵穿让大家保持安静,带他们走到高台前,启奏道:"士兵们知道国君在这里宴饮,想要讨点酒作为犒劳,没有别的意思。"晋灵公就传旨派内侍取来酒水犒赏给大家,自己靠着栏杆在一边观看发酒的情形。赵穿在旁边大喊道:"国君亲自犒赏你们,你们可以上来领受!"说完,赵穿把袖子一挥,诸位士兵们认准了晋侯,就一拥而上。晋灵公心里着慌,对赵穿道:"士兵们上台来是什么意思?爱卿快点传令,让他们速速离去!"赵穿道:"大家都想见相国赵盾,想让国君宣召他回国啊。"晋灵公还没来得及答话,长戟已经密密麻麻地刺过来,晋灵公当场被刺身亡。他身边的内侍都吓得四处逃窜。赵穿大声道:"无道的昏君已被除掉,你们不要再乱杀一人,都随我前去迎接相国返到朝堂。"只因为晋侯昏庸无道,争强好杀,他身边的内侍每天都害怕被他杀掉,所以士兵们造反诛杀他,没有一个前来救驾的人。老百姓深受其苦,怨声载道很久,反而因晋灵公被杀感到大快人心，没有一个人把罪名加到赵穿身上。七年以前，彗星出现在北斗附近，占卜的相士道："齐、宋、晋三国的国君，都将会因内乱而死。"到现在全都应验了。隐士徐霖有一首诗这样写道：

崇台歌管未停声，血溅朱楼起外兵。

莫怪台前无救者，避丸之后绝人行。

屠岸贾此时正在乡下挨门逐户地寻觅美貌女子，忽然听到有人来报道："晋侯被杀了！"屠岸贾大吃一惊，心里明白这是赵穿所为，不敢宣扬，就偷偷地回到自己府中。士会等人听闻发生了兵变，一路小跑赶到桃园，里面已经是一片寂静，一个人也没有。他们也猜测到赵穿前去迎接赵盾回朝，就将桃园的大门紧锁，静静地等待赵盾回来。

没过一天，赵盾就驾车回来，进入绛城到桃园查看，文武百官一时全部聚集在此。赵盾伏在晋灵公的尸体上，放声大哭了一场，在桃园外很远的地方都能听到他的哭声。老百姓听见哭声都道："相国这么忠于国君，晋侯却自取灭亡，不是赵相国的过错啊。"赵盾吩咐人把晋灵公装殓起来，下葬在曲沃。一面又召集大臣们，讨论扶立新君的事宜。当时晋灵公还没有子嗣，赵盾道："先君襄公去世时，我曾建议想迎立年纪大的公子为国君，大家讨论后不赞成，以至于走到今天的地步。这一次拥立君主一定要谨慎！"士会道："国家有年长成熟的君主坐镇是国家的福分，正如赵相国所说的那样。"赵盾道："先君晋文公还有一个儿子，刚出生的时候，他母亲梦见神仙用黑色的手在他的臀部涂上了黑色，因此起名叫'黑臀'。如今他在周朝为官，年纪已经不小，我想迎立他为君，大家觉得怎么样？"文武百官没有人敢反对，都道："相国处理得十分得当。"赵盾想为赵穿的弑君之罪开脱，就派赵穿出使周朝，将公子黑臀接回晋国，在太庙之上接受大臣们的朝拜，登上国君之位。公子黑臀就是历史上的晋成公。

晋成公登上君位后，委派赵盾全权主持朝政，把自己的女儿嫁给赵盾的儿子赵朔。他的女儿就是历史上大有名气的赵庄姬。赵盾趁机启奏道："微臣的生母原本是狄国国君的女儿，后来因先君文公的女儿伯姬，也就是微臣的嫡母君姬氏身具谦逊礼让的美德，她派人将微臣母子迎回晋国，又力排众议立微臣为嫡子，微臣因此才有幸侍候国君，掌管中军。现在君姬氏的三个儿子赵同、赵括、赵婴都长大成人，微臣愿意把职位归还给他们。"晋成公道："伯姬乃是寡人的姐姐。爱卿的弟弟必定被我姐姐所钟爱，寡人自然会全部录用他们，爱卿不必如此过于谦让他们。"于是把赵同、赵括、赵婴都封为大夫。赵穿私下对赵盾道："屠岸贾谄媚地服侍先君，和赵氏一族为敌，桃园的事情，只有屠岸贾心中极其不满。如果不除掉这个人，恐怕赵氏一族今后不得安宁！"赵盾摇头道："人家不归罪与我，你怎么能想怪罪他人呢？我们赵氏一族地位日益高贵显赫，就应当和他在朝堂上友好相处，不能再寻仇滋事了。"赵穿于是不再提及此事。屠岸贾也恭敬小心地对待赵氏一族，以求自保。

赵盾始终对桃园之事抱有愧疚之心。一天，他走到史馆，看见太史董狐，就要来史书观看。董狐把史书呈给他，赵盾看见史书上清清楚楚地记录着："秋七月乙丑日，赵盾在桃园将其君主夷皋弑杀。"赵盾大吃一惊，叫道："太史，您弄错了！我当时已经出逃河东，距离绛城有二百多里，怎么知道弑杀国君的事呢？你却把罪名安到我身上，不是在诬陷我吗？"董狐大声道："你身为相国，逃亡却没有越过国境，回国来又没有惩罚凶手，说这事你不是主谋，谁会相信你的话？"赵盾哑口无言，又问道："还可以更改吗？"董狐道："明确详实地记载当世的是是非非，才被称为详实可靠的史书。我就算身首异处，这史书也断不可更改！"赵盾长叹一声道："唉！史官的权力比卿相还大！只后悔我当时没有立刻逃出晋国国境，这样背上遗臭万年的骂名，就是后悔也来不及了。"从此赵盾侍奉晋成公，更加恭敬小心。赵穿自恃其弑杀旧君、迎接新君有功，就请求做正卿。赵盾担心世人非议，就没答应。赵穿愤懑不已，后背上生了毒疮去世。赵穿的儿子赵旃请求继承父亲的职位，赵盾道："等你来日立下功劳，就是卿位也不在话下。"史臣议论赵盾不徇私情于赵穿父子，都是董狐尊重史实的耿直记录所造成的。有诗写道：

庸史纪事，良史诛意。穿弑其君，盾蒙其罪。

宁断吾头，敢以笔媚？卓哉董狐，是非可畏！

此时乃是周匡王六年。这一年，周匡王驾崩，他的弟弟瑜即位，就是历史上的周定王。

定王元年，楚庄王率领军队讨伐陆浑的少数民族，他们渡过雒水，将军队开进了周朝的疆土内，想以此威胁周天子，和周朝平分中原地区。周定王派大夫王孙满去慰问楚庄王。楚庄王问道："寡人听说大禹曾经制造了九个大鼎，已经传了夏、商、周三代，都以为是世传的宝贝，现在这大鼎就在雒阳。不知道这大鼎的形状大小和轻重都是怎样？寡人想了解一下。"王孙满道："三代口口相传的，都是大禹的美德，怎么会是这些鼎本身呢？昔日大禹拥有天下，九州的主管官员都向他朝贡金子，用这些金子铸造成大鼎。夏桀没有人道，大鼎就传到了商朝。商纣王残暴肆虐，大鼎又搬到了周朝。如果有德政，鼎即便很小，分量却很重；如果没有仁德，鼎即便很大也轻如鸿毛！周成王把鼎置放在郏鄏，占卜后预测可以传世三十年，享国七百年，天命这样安排，就是知道了鼎的情况，难道还有什么用吗？"楚庄王于是惭愧地离开，从此再也不敢产生觊觎周朝的念头了。

却说楚国的令尹斗越椒，自从楚庄王削弱了他的权力，就心生怨恨，与楚庄王之间产生了嫌隙。他自以为自己才勇双全，无人可比，并且先人曾立下汗马功劳，老百姓都顺从信赖他，所以一直有造反的念头，常常道："楚国称得上人才的只有司马伯嬴一人，其他的都不足一提。"楚庄王讨伐陆浑时，也考虑到斗越椒会造反，就特地把芳贾留在国都。斗越椒见楚庄王带兵出征离开了，就决定造反。他想发动全部的本族人叛乱，斗克不听从便被杀，然后又刺杀了司马芳贾。芳贾的儿子芳敖，搀扶着他的母亲跑到梦泽躲避灾难。斗越椒出兵驻守蒸野地区，想堵截楚庄王回来的退路。

楚庄王听闻国都发生变故，日夜赶路，即将抵达漳澨地区时，斗越椒带兵前来阻挡，他带着弓箭，挺戟跃马，在阵前纵横驰骋，楚军士兵看到他，都露出畏惧的神色。楚庄王道："斗氏一族在楚国世代都卓有功勋，宁可让斗越椒辜负寡人，寡人也不能辜负了斗越椒。"于是派遣大夫苏从造访斗越椒的大营，与他讲和，赦免他私自暗杀司马芳贾的罪过，并且答应派王子到他那里做人质。

斗越椒摇头道："我耻于继续担任令尹了，而不是希望得到赦免，想战斗的话就放马过来吧。"苏从再三劝说他，他都不听。苏从走后，斗越椒命令将士们击鼓前进。楚庄王问将领们："什么人可以击败斗越椒？"大将乐伯从队伍中挺身而出。斗越椒的儿子斗贲皇截住他，和他拼杀起来。潘尪看见乐伯不能战胜贲皇，连忙驾车冲出队伍助战。斗越椒的堂弟斗旗也驾车出来迎战。楚庄王站在战车上，亲自拿着鼓槌，击鼓指挥战斗。斗越椒远远看见楚庄王，就驾车快速驶向他，拉满弓一箭射了过来。那支箭越过了车前的横木，正好射在了鼓架上，把楚庄王吓得连手里的鼓槌都掉下车来。楚庄王急忙让手下挡箭，他的手下随从各自手持大斗笠来挡住楚庄王。斗越椒又射了一箭，正好把左边的斗笠射穿了。楚庄王命令驱车撤退，鸣锣收兵。斗越椒一马当先奋勇追来，却被右军大将公子侧、左军大将公子婴齐两支大军夹击，斗越椒这才后退。乐伯、潘尪听到鸣金声，也从战场上撤退。楚军损伤十分严重，后退到皋浒地区安营扎寨。拿过斗越椒的箭来仔细观看，这箭比其他的要长一半，用鹳鸟的羽做箭羽，豹牙为箭头，非常尖锐，身边的士兵传递着看，没有不被吓得吐舌头的。

这天晚上，楚庄王亲自到营中巡视，听见营中的士兵三五成群聚集在一起道："斗令尹的箭术太可怕了，很难取胜啊！"楚庄王就派人在大家面前散播谣言道："过去先君楚文王在世时，听说戎蛮制造的箭最锋利，派人去问他们，戎蛮献上了两支箭的样品，箭的名字叫'透骨风'，一直藏在太庙里，被斗越椒偷去了。今天他已经射完了这两支箭,不用再担心了。明天我们一定能破阵得胜。"众人的心这才开始安定下来。楚庄王于是下令退兵到随国,扬言道:"要发动全部的汉东诸侯,一起来讨伐斗越椒!"苏从劝阻道:"大敌在前,一旦后退,必定会被敌人抓住机会,国君失策了!"公子侧道:"这一定是国君的诱敌之计。我们一会儿进去觐见,一定会有别的安排。"于是和公子婴齐连夜去求见楚庄王。楚庄王道:"逆贼斗越椒的锋芒太盛,要用计策取胜,不能和他硬拼。"嘱咐两位大将,如此这般,事先做好埋伏。两位将领依照计谋前去行动了。

第二天一早,鸡刚打鸣,楚庄王就带领军队撤退了。斗越椒打探清楚后,带领军队前来追击。楚军日夜兼程地赶路,已经过了竟陵地区,向北前进。斗越椒追赶了一天一夜,走了二百多里,到达清河桥。楚军正在桥北准备早饭,看见追兵赶上来,丢下做饭的炊具逃跑了。斗越椒下令道:"捉到楚王以后,才允许吃早饭!"大家又累又困,还得忍受着饥饿,都勉强往前追赶,终于追上了后队潘尪的军队。潘尪在车上站着,对斗越椒道:"你的目的是捉拿楚王,为什么不快速前进?"斗越椒以为这是真心话,就丢下潘尪继续追赶。向前又跑了六十里,到了青山地区,遇到楚国将领熊负羁,就问道:"楚王在哪里?"熊负羁道:"楚王还没到这里。"斗越椒开始疑心,对负羁道:"你若帮我看着楚王,到时如果得到楚国,我一定和你平分。"熊负羁道:"我看你的手下又饿又困,暂时停下吃饱饭,才能交战啊。"斗越椒认为确实如此,就停下车队开始做饭。饭还没熟,就看见公子侧、公子婴齐率领两支队伍杀过来了。斗越椒的军队无法再战,只能向南逃跑。回到清河桥,却发现桥早就被拆了。原来楚庄王亲自带兵,埋伏在清河桥边,等斗越椒的军队一过去,就把桥给拆了,阻断了他的归路。斗越椒大惊失色,吩咐身边的士兵去测试河水的深浅,打算涉水过河。隔着清河,只听见一阵战鼓声响了起来,楚军将士在河边大叫:"乐伯在这里!逆贼斗越椒快点下马受降!"斗越椒勃然大怒,命令士兵隔着河开始放箭。

乐伯军队中有一个小将,射箭本领超群,姓养名繇基,军中将士都叫他"神箭养叔"。他到乐伯面前请缨,愿意和斗越椒一较射术高低。他就站在河边大声叫嚷着:"河面这么宽阔,箭怎么能射得过来呢?听说斗令尹射箭本领高强,我想和你一决高低,就站在桥堵上,每人分别向对方射三支箭,是死是生听天由命!"斗越椒问他道:"你是什么人?"回答道:"我是乐将军的部下小将养繇基。"斗越椒欺负他籍籍无名,就说道:"你要和我比射箭,就得让我先射三箭。"养繇基大笑道:"甭说三箭,就是射一百箭,我有什么怕的!谁若躲闪就算不得好汉!"于是各自让后面的军队停止前进,两人分别站在桥堵的南面和北面。

斗越椒拉满弓先射了一箭,恨不得把养繇基整个人连头带脚都射到河里去。谁知"忙者不会，会者不忙"。养繇基看见箭飞过来，就用弓梢轻轻一拨，那支箭就掉到水里了。养繇基高声大叫着："快点射！快点射！"斗越椒又把第二支箭搭在弓上，仔细瞄准后，"嗖"的一声射过来。养繇基把身体往下一蹲，那支箭就擦着他的头顶过去了。斗越椒大叫道："你说的不躲闪，为什么你要蹲下来躲箭？你不是大丈夫！"养繇基道："你还有一支箭，我现在不躲不闪，你这支箭如果再射不中我，就该换我射你了。"斗越椒心想：他如果不躲不闪的话，这支箭一定能射中。就拿了第三支箭，端端正正地射过去，大叫道："射中了！"养繇基两脚站稳，一动不动，箭飞来的时候，他张开大嘴，恰好就将那箭头咬住了。斗越椒三支箭都没射中，心里早就慌乱不已，只是大丈夫话说在前头，不能反悔，就大叫道："我就让你也射三箭，如果射不中我，还轮到我射。"养繇基笑着道："要是得三支箭才能射中你，我就只有初学的本领了。我只要一箭即可，你的小命可攥在我手心！"斗越椒道："你敢信口开河，想来也有点本事，不管好坏你尽管射吧。"心里却思忖着：哪有射一箭就能射中的？如果一箭射不着，我就喝止住他，不许再射。于是斗越椒壮着胆子任养繇基射。不料养繇基射出的箭，百发百中。只看那养繇基把箭拿在手里，大叫一声："令尹看箭！"却只是拉了拉弓弦，并没有真的放箭。斗越椒听见弓弦的声响，以为箭飞过来了，就把身体往左边一躲。养繇基道："箭还在我手上，没有放到弓弦上，我们事先说过，躲闪的就算不上好汉。你怎么躲闪了呢？"斗越椒道："怕别人躲闪的人，也不能算会射箭。"养繇基又虚晃一枪，把弓弦拉响，斗越椒又往右面躲闪。养繇基趁着他躲闪的时候，紧接着就放了一支箭，斗越椒没料到箭已经射过来，躲闪不及，这支箭直接射穿了他的头颅。可怜斗越椒英明一世，做了多年楚国的令尹，今天却命丧在小将养繇基的一箭之下！隐士徐霖有诗道：

  人生知足最为良，令尹贪心又想王。

  神箭将军聊试技，越椒已在隔桥亡。

  斗家的军队早就饥困交加，看见主帅被箭射中，吓得四散逃跑。楚国大将公子侧、公子婴齐在后面分路追赶，直杀得尸横遍野，血流成河。斗越椒的儿子斗贲皇逃到了晋国，晋侯让他做了大夫，把苗作为他的封地，人们都叫他"苗贲皇"。

  楚庄王已大获全胜，就下令撤兵回朝，抓到的俘虏在军前直接斩首示众。军队一路凯歌，回到郢都，把斗氏一族，不管老少，全都斩首。只有前令尹子文之孙，也就是斗般的儿子，时任箴尹，名叫克黄的人幸免于难。当时楚庄王派遣使臣分别去齐国和秦国进行友好访问。斗克黄奉命出使齐国，回来途径宋国时，听说了斗越椒犯上作乱的事情，他手下都劝阻道："不能回国了！"斗克黄摇头道："国君就像臣子的天一样，天命怎能违抗呢？"于是命令迅速回到郢都，把出使的情况禀告完毕，自己到司寇那里请罪，道："我的祖父子文曾经说过'越椒有叛乱的相貌，日后必定导致灭族'。祖父临死前嘱咐我父亲逃往别的国家，我父亲世代受楚国恩泽，不忍心去别的国家，被斗越椒陷害，死于先君穆王之手。今天果然应验了祖父的话！既然不幸生为逆贼的族人，又不幸违背祖父的家训没有出逃，今天的死也是理所应当。怎么敢逃脱罪责呢？"楚庄王听闻此言，叹息道："子文真是神人啊！何况他治理楚国，功劳极大，我怎么忍心让他断子绝孙呢？"于是赦免了斗克黄的罪过，表彰道："克黄宁死也不逃避刑罚，是位忠臣啊。"下令恢复了他的官职，让他改名叫"斗生"，意思就是本该死去却侥幸生存下来。

楚庄王因为一箭射死斗越椒的功劳嘉奖了养繇基，给他丰厚的赏赐，让他掌管亲军，担任车右一职。因为令尹一职一直空缺，听闻沈邑的地方长官虞邱非常贤明，就让他暂时掌管国事。楚庄王在渐台上大摆筵席，款待大臣们，宫里的妃嫔们也都前往出席。楚庄王道："到现在为止，寡人已经六年没有听钟鼓之音了。今天叛贼被诛，四海安宁，愿和卿相们一起尽情赏玩一天，今天的宴会就命名为'太平宴'。文武百官，不管大小，都可来入席，一定要喝得尽兴才好。"大臣们都再次拜谢，按照次序入席就坐。厨师上菜，太史奏乐。饮酒到日薄西山的时候，仍然余兴未了。楚庄王命令端上烛火继续宴饮，让他最宠爱的许姬姜氏一个个地给大臣们倒酒，大臣们都站起来一饮而尽。忽然刮来一阵怪风，把宴席上的蜡烛都吹灭了，前去取火种的手下还没回来。宴席中有一个人看见许姬貌若天仙，就趁着天黑去扯她的衣袖。许姬用左手拉回衣袖，右手使劲去扯那个人帽缨的带子，带子断了，那人害怕得松了手。许姬把帽缨带子拿在手里，快步走到楚庄王面前，在他耳边禀奏道："臣妾今天奉了您的命令，来为大臣们敬酒，宴席中有一个人对臣妾轻浮无礼，趁着蜡烛被吹灭，蛮横地牵扯臣妾的衣袖。臣妾现在已经揪下他的帽缨带子，大王可以点灯仔细查看。"楚庄王急忙制止点灯的人："暂且不要点灯！寡人今天设下宴会，约好和诸位大臣们尽情欢饮，各位都把帽缨带子去掉，否则就不能尽兴！"于是大臣们都去掉了帽缨带子，才允许点起蜡烛，最终也就找不到那位扯许姬袖口的大臣了。

宴席结束，楚王与姬妾们回宫，许姬上奏道："臣妾听闻男女之间不得有轻慢的举动，何况是君臣之间呢？今天大王让臣妾给大臣们倒酒，为的是表示敬意。有人拉扯臣妾的衣袖，大王却不追查，怎么能整肃君臣之间的礼节，端正男女之间的分别呢？"楚庄王笑着道："这就不是妇人之辈所了解的事情了。古代，君臣之间宴饮，一般酒不过三巡，只选择在白天，不选择晚上。今天寡人让大臣们尽情畅饮，一直饮到掌灯之后，酒后失态也是人之常情。如果彻查下去降罪与他，就会变成为了彰显妇人的气节,却伤害了大臣的心,结果会导致君臣都不高兴,不是寡人当初下令赐宴的本意啊。"许姬心悦诚服。后人就把这次宴会称作"绝缨会"。隐士徐霖有诗道:

　　暗中牵袂醉中情,玉手如风已绝缨。
　　尽说君王江海量,畜鱼水忌十分清。

　　一天,楚庄王和虞邱议论政事,到了晚上时分才开始回宫。夫人樊姬问他道:"朝中今天发生了什么事,结束如此之晚?"楚庄王道:"我和虞邱议论政事,一点儿也没察觉到这么晚。"樊姬道:"虞邱是什么人?"楚庄王道:"他是楚国的贤能之士。"樊姬道:"依臣妾来看,虞邱未必贤能!"楚庄王道:"你怎么知道虞邱不是贤能之士?"樊姬道:"大臣们侍候君主,就如同女子侍奉丈夫一个道理。臣妾位居中宫,只要是宫里貌美的女子,没有不呈献给大王的。现在虞邱和大王议论政事,动辄议论到半夜,然而却没有举荐一个贤能之人。一个人的智慧是有限的,而楚国的能人那么多,虞邱想要用一人的智慧来替代无数人的智慧,又怎么算得上是贤明呢?"楚庄王对她的话十分认同,第二天早上就把樊姬的话转述给虞邱听,虞邱惭愧道:"微臣竟没意识到这一点,我应当马上去寻访贤人。"于是到大臣们中间细细询问。斗生说芬贾的儿子芬敖很贤明。"为了躲避斗越椒之乱,他在梦泽隐姓埋名,这个人是位将相之才。"虞邱对楚庄王这么说。楚庄王点头道:"芬贾是位足智多谋的人,他的儿子肯定也不寻常。没有你的话,寡人几乎忘了他。"就命令虞邱和斗生驾车赶往梦泽,带芬敖回朝听候任命。

　　却说芬敖字孙叔,人们都叫他"孙叔敖",他带着母亲避难,居住在梦泽,自己耕地种粮养活自己。一天,他扛着锄头出去,看见地里有一条两个头的蛇,骇然失色道:"我听说两头蛇乃是不祥之物,看见它的人必死无疑,我怕是活到头了!"转念一想道:"如果留着这条蛇,别人再看见它,又得丧命,不如我一个人背下这丧命之祸好了。"于是挥动锄头把蛇打死了,埋在田边,跑回家对着母亲哭泣。母亲问他哭泣的缘故,孙叔敖回答道:"听说看见两头蛇的人必死无疑,儿子我今天看见了,恐怕不能给母亲养老送终了,所以哭泣。"母亲问道:"那蛇在什么地方?"孙叔敖回答道:"孩儿怕别人再看见它,已经把它打死埋了。"母亲笑道:"人有一念之仁,老天都会庇佑他。你看见两头蛇,怕祸及后人,就杀死并掩埋了它,这种善良岂止只是一念之善良?你一定不会死,而且还能获得后福。"过了几天,虞邱等人奉了楚庄王的命令前来,招孙叔敖为官。孙叔敖的母亲笑着说道:"这就是埋蛇的福报啊。"孙叔敖和他母亲就跟随着虞邱等人返回郢都。

　　楚庄王一见孙叔敖,便和他交谈了整整一天,非常高兴地道:"楚国的众位大臣,没有人可以和爱卿媲美的！"当天就拜请他做令尹。孙叔敖推辞道："微臣是从乡下被提拔起来的，突然执掌大权，怎能让别人信服？请把我的位置排在诸位大夫的后面吧。"楚庄王不听，道："寡人了解爱卿的才华，爱卿千万不要推辞了。"孙叔敖再三谦让，才接受任命出任令尹。他考察学习楚国的制度，重修了军令：凡是军队出行，在右边的被称为军右，左边的被称为军左。位列右军的人负责整理好战车，随时准备战斗；位列左军的搜集好茅草等物，准备宿营事宜。另外，他还要求军队做到"前茅虑无，中权后劲"。前茅虑无，就是说前军将士携带军旗走在前面，随时查看有没有敌情，以便后军好做准备。中权的意思就是指行使权力，出谋划策全都由中军决定，旁人不得干涉。后劲，就是把精锐的军队放在后面殿后，打仗时就当做特殊的奇兵军队，回国或者撤退时就在后面进行断后掩护。拱卫君王王宫的卫队，分为二广，每广有十五乘兵车，每乘兵车有步兵一百人，后面还有二十五人为流动作战军队。右广执勤的时间是丑、寅、卯、辰、巳这五个时辰；左广执勤的时间是午、未、申、酉、戌这五个时辰。每天鸡鸣的时辰，右广就开始准备马匹，以备君王出行。到了中午，就由左广代替右广，黄昏时方才停止。宫廷内的卫士也按照次序进行分班，主要负责亥、子这两个时段的巡逻工作，防止发生意外变故。命虞邱率领中军，公子婴齐率领左军，公子侧率领右军，养繇基率领右广，屈荡率领左广。每年四季都要进行检阅，每次都有固定的规章制度。三军军纪严明，绝不骚扰百姓。又修建了芍陂以发展水利，灌溉了六国、蓼国境内的万亩良田，老百姓都称颂孙叔敖。楚国的大臣们起初见楚庄王如此偏爱宠信孙叔敖，心中都不服气，等看到孙叔敖的举止行事，有章有法，有条不紊，都叹息道："楚国何等幸运啊，得到如此贤能的大臣，子文复活了啊！"当初楚国令尹子文，治理楚国有方，如今楚王得到孙叔敖，就像贤令尹子文重生了一样。

这时郑穆公兰去世了，世子夷登上君位，就是历史上的郑灵公。公子宋与公子归生掌管郑国朝政，还是周旋游离在晋国和楚国之间，不能决定到底投靠哪一国。楚庄王和孙叔敖商议想出兵攻打郑国，忽然听闻郑灵公被公子归生杀害了。楚庄王道："寡人进攻郑国的理由更加充分了！"

第五十二回
公子宋尝鼋构逆　陈灵公衵服戏朝

话说公子归生，字子家。公子宋，字子公。两个人都是郑国宗族出身的大臣。郑灵公夷元年，公子宋和归生相约早起，准备去拜见郑灵公。公子宋的食指忽然自己动了起来。什么是食指呢？人的第一个手指叫拇指，第三个手指叫中指，第四个叫无名指，第五个叫小指。只有第二个手指，一般拿取食物都得用得着它，所以叫食指。公子宋把食指自行跳动的状况，让归生观看。归生非常诧异。公子宋道："这没什么奇怪的。每当我的手指自行跳动时，这一天必定能品尝到不同的美味。前一次到晋国品尝到石花鱼，后来出使楚国那次品尝到天鹅肉，还有一次品尝到合欢橘。手指都预先自己跳动，没有一次不灵验的。不知道今天能品尝到什么美味呢？"

快进入朝门时，遇上宫内正在传令，非常着急地传唤厨师。公子宋问内侍道："你急忙传唤厨师有什么事？"内侍回答道："有位郑国的客人从汉江来，抓到一只大鳖，有两百多斤重，将它进献给主公。主公接受并赏赐了他。现在那大鳖就被绑缚在宫殿前，主公让我召厨师宰杀烹煮了它，想把它分给大夫们一起品尝。"公子宋笑道："美味果然在此，我的手指怎会自动呢？"上朝之后，看见宫殿前的柱子上所绑着的鼋个头相当大，两个人互相看了看，会心一笑。参拜国君的时候，笑容依然挂在脸上。郑灵公问："两位爱卿今天为何喜笑颜开呢？"公子归生回答道："公子宋和微臣上朝的时候，他的食指忽然自己跳动起来。他说：'每当食指自己跳动的时候，就必定有美味可食。'如今看见宫殿前有鼋，猜想主公会烹食此物，必定会分给大臣们享用，食指跳动的预兆便应验了，所以发笑。"郑灵公开起玩笑道："灵验不灵验，这权力还在寡人手里。"

两人退下。归生对公子宋道："美味虽然有了，可是如果国君不宣召你前去享用，怎么办？"公子宋笑道："既然和众位大臣分享，怎么能单单漏掉我呢？"到了吃饭的时辰，内侍果然遍召大臣们前去宫中了。公子宋开心地进入大殿，看见归生，笑道："我就知道国君不会不宣召我的。"不久，大臣们都到齐了，郑灵公下令准备宴席坐下叙话，对诸位大臣道："鼋是水族里美味的食物，寡人不敢自己独自享用，愿和众爱卿们一同分享。"大臣们一起致谢道："主公进食尚且不忘我们，让微臣等何以回报！"

坐定之后，厨师禀报说鼋的味道已调制好，先敬献给郑灵公，郑灵公尝了一下，觉得确实美味无比。郑灵公命令赐与每人一鼎鼋羹,一双象牙筷子,从下席开始分起,一直分到上席。恰好分到第一、二席时,鼋羹只剩一鼎了。厨师禀告道:"鼋羹已经分完了,只剩下一鼎,请国君命令该赐给谁呢?"郑灵公笑道:"赏赐给子家〔公子归生〕。"厨师便将羹放到公子归生面前。郑灵公大笑道:"寡人吩咐赏赐给所有的爱卿,可偏偏少了子公〔公子宋〕的那份。子公今日命中注定食用不到鼋羹了。你的食指预言何尝应验了呢?"原来郑灵公故意吩咐厨师,少上一鼎,不想让公子宋的食指预言灵验,并以此事为笑柄。

却不知公子宋早已在归生面前把话说得太满,今日百官都分得了赏赐的食物,唯独自己没有,顿时恼羞成怒,径直快步走到郑灵公面前,把手指伸进他的鼎中,取出一块鼋肉吃掉,道:"微臣已经尝到鼋肉了!我的食指预言何尝没有灵验呢?"说完,直接跑出了宫。郑灵公也异常愤怒,扔下筷子道:"公子宋无礼,竟敢欺君!难道以为郑国连一把利刃都没有,不能砍了他的头吗?"归生等诸位大臣都离开座位,趴在地上请求道:"子宋凭着国君心中对他的宠爱,本想一起享用国君的赏赐,此举只是玩笑罢了。他怎敢真对国君无礼呢?希望国君饶恕他!"郑灵公愤愤不已,君臣们不欢而散。离席后归生马上快步赶往公子宋的家里,把国君恼怒的事情告诉了他:"明天你应当入朝请罪。"公子宋摇头道:"我听说对人轻慢的人,别人也会轻慢于他。国君先轻慢于我,怎么不责怪自己反而来责怪我呢?"归生道:"即使是这样,但是我们是臣子,君臣之间有礼仪存在,不能不去请罪。"

第二天,两个人一起上朝。公子宋随大家一起朝拜行礼,没有说一句因恐惧而认罪的言语。倒是归生心内不安,启奏道:"公子宋害怕其染指主公食物的过失,特地过来赔罪,害怕得说不出话,希望主公能宽恕他!"郑灵公道:"是寡人害怕得罪子公,子公怎么会惧怕寡人呢?"说罢甩起衣袖便站起身退朝了。公子宋离开朝堂,邀请归生到他家,秘密地对他说道:"主公已非常痛恨我了!我恐怕会被他所诛杀,不如我们先发难,如果举事成功,就能免于一死了。"归生捂住耳朵道:"就是牲畜养久了,也不忍心杀它。何况是一国之君,怎么敢随便说出杀死国君这样大逆不道的话呢?"公子宋急忙道:"我只是开玩笑,你不要泄露出去。"归生告辞回家了。公子宋打探到归生和郑灵公的弟弟公子去疾相处甚好,平常经常往来,就在朝中扬言道:"子家与子良天天会面,不知道他们在密谋什么事情,恐怕不利于国家社稷啊!"归生急忙扯住公子宋的胳膊,到了僻静处,生气地对他道:"你在胡说些什么?"公子宋道:"你不和我同谋,我必须让你比我早一日而死!"归生一向性格懦弱,不能当机立断,听了公子宋的话,非常恐惧地言道:"你到底想干什么?"公子宋道:"国君无道的端倪,已经从分鼋一事中显露无疑。如果成就大事,我和你共同扶持子良为国君,然后对晋国示好,可以保证郑国接下来数年安定无事。"归生想了一会儿,慢慢回答道:"随便你如何动作,我不把你的秘密说出去便是。"公子宋于是偷偷召集自己的家丁,趁着郑灵公秋天祭祀住在宫外斋戒之时,用重金收买了灵公身边的随从,半夜悄悄摸进斋宫,用泥袋子压死了郑灵公,谎称郑灵公是中邪突然暴死。归生明知道这件事的真相,却不敢说。——孔子作《春秋》一书,这样写道:"郑公子归生弑杀了他的国君夷。"孔子为什么替公子宋开脱而归罪于归生,是因为归生手握重权,身居要职,却惧流言纵容逆行,正是所谓的"任重者,责亦重"。圣人如此书写,以此来警戒后世臣子,令人佩服。

第二天,归生和公子宋共同商议,想要推举公子去疾做国君。公子去疾大吃一惊,推辞道:"先君还有八个儿子。如果就贤能来说,去疾我无德无能;如果就年纪来说,还有公子坚在。去疾就是死,也不敢冒天下之大不韪。"于是迎接公子坚回国为国君,就是历史上的郑襄公。郑穆公总计有十三个儿子:郑灵公夷被杀,郑襄公坚继承君位,剩下还有十一个儿子,分别是:公子去疾,字子良;公子喜,字子罕;公子騑,字子驷;公子发,字子国;公子嘉,字子孔;公子偃,字子游;公子舒,字子印;又有公子丰、公子羽、公子然、公子志。郑襄公担心这些弟弟势力扩大,来日会产生变故,就私下里同公子去疾商量,想只留下公子去疾,把其余的弟弟全都驱逐出郑国。公子去疾道:"先君穆公是梦见天使赐兰而出生的,相士占卜后,说:'他一定会繁荣姬氏宗族。'兄弟们都是宗室一族,就像是树木一样枝繁叶茂,这样才会繁荣昌盛。如果剪掉枝叶,树根便会暴露出来,枯竭而死将是指日可待的事情。国君若能容下兄弟们,这也是我所希望看到的事。如果不能容下他们,我就和他们一起外逃,怎能自己单独留在国都,来日有何脸面去见地下的先君呢?"郑襄公被他的话所触动。于是任命他十一个弟弟都做了大夫,一同掌管郑国的朝政。公子宋派遣使臣到晋国求和,想以此安定郑国的局面。这是周定王二年的事情。

第二年,便是郑襄公元年,楚庄王任命公子婴齐为将军,率领军队攻打郑国,理由是:"为什么要杀害郑灵公?"晋国派使臣荀林父前往援救郑国,楚国于是转移军队前去攻打陈国。郑襄公跟随晋成公在黑壤地区会盟。

周定王三年,晋国的上卿赵盾去世。郤缺代替他担任中军元帅,听闻陈国和楚国讲和,就禀奏晋成公,派荀林父跟随晋成公,率领宋、卫、郑、曹四国的军队前去攻打陈国。晋成公在半路上病死,于是班师回朝。立世子獳为国君,就是历史上的晋景公。这一年,楚庄王亲自率领军队,再次在柳棼攻打郑国军队。晋国郤缺率领军队援救郑国,偷袭击败了楚国军队。郑国人欣喜若狂,唯独公子去疾脸上带有忧愁。郑襄公感到很奇怪,就问他原因。去疾回答道:"晋国打败楚国,只是偶然的事情。楚国如果将怒火都发泄到郑国身上，我们还能长期依赖晋国吗？很快就会经常可以看到楚军出现在我国郊外了！"第二年，楚庄王再次攻打郑国，在颖水的北面驻兵。这时公子归生刚好生病去世了，公子去疾追查尝鼋一事，杀死了公子宋，把他的尸首摆在朝堂上示众。砍了公子归生的棺材，驱逐了他的族人。然后郑襄公派遣使者去向楚王致歉道："寡人手下有反贼归生和公子宋，今天他们都已伏诛。我郑国国君愿意和陈侯一起与贵国歃血为盟。"楚庄王答应了他的请求，准备与陈国、郑国在辰陵地区举行会盟，于是派遣使者约陈侯前来会盟。使者从陈国回来，禀报道："陈侯被大夫夏征舒所杀，国内大乱。"有诗可以作证：

周室东迁世乱离，纷纷篡弑岁无虚。
妖星入斗征三国，又报陈侯遇夏舒。

话说陈灵公字平国，是陈共公朔的儿子，于周顷王六年那年继承君位。他为人轻浮又懒惰傲慢，毫无一点君主应有的气魄，而且整天沉迷于酒色，只知玩乐，国家朝政几乎完全荒怠。他宠信两位大夫，一个姓孔名宁，一个姓仪名行父，都是酒色场合里跟着陈侯摇旗呐喊的角色。一位君主和两个宠臣，志同道合，沉瀣一气，平日间的言语极具挑逗之事，毫无节制。那时候朝廷中有位贤明的大臣，姓泄名冶，是个忠良正直的君子，遇到事情敢于直言不讳，陈侯君臣三人都很畏惧他。朝中还有个大夫叫夏御叔，他的父亲公子少西乃是陈定公的儿子。少西字子夏，所以御叔氏族把夏作为自己的字，又叫少西氏，世代都担任陈国的司马一职，封地在株林一带。夏御叔娶了郑穆公的女儿为妻，人称夏姬。那夏姬长得蛾眉凤眼，杏脸桃腮，既有骊姬、息妫的美貌，又有妲己、文姜的妖媚。见到她的人，全都六神无主，神魂颠倒。她身上更发生了一件怪事。夏姬十五岁时，梦中见到一位身材魁梧的男子，身着星冠羽服，自称是天上的神仙，与她行了夫妻之事，教给她吸精导气的方法，与人交合，趁机采阳补阴，返老还童。夏姬一直待在国都没有出嫁，先是和郑灵公的异母兄弟公子蛮兄妹私通，不到三年子蛮便去世了。后来嫁给夏御叔为妻，生下一个儿子，名叫征舒。夏征舒字子南，他长到十二岁左右时，夏御叔病死了。夏姬因为有外遇，便把夏征舒留在城中，拜师学习，自己搬回株林居住。

孔宁、仪行父以前和御叔同朝为官，关系一向很好，曾经偷看到夏姬的美貌，各自产生了引诱夏姬私通的念头。夏姬有个侍女叫荷华，机灵又风骚，常为夏姬牵线搭桥与人偷情，招揽主顾。有一天，孔宁和夏征舒在郊外打猎，因其送夏征舒返回株林，所以留宿在他家。孔宁费尽心机，先勾搭上了荷华，赠给她贵重的发簪和耳饰，恳求她把自己推荐给夏姬，终于得手，并偷着把她的锦织背心穿出来，向仪行父炫耀。仪行父十分羡慕，便也用重金结交了荷华，请求她暗中帮忙与夏姬联系。

夏姬曾偷着见过仪行父，知道他身材魁梧，鼻高脸阔，对他也有倾心，就派荷华约他私下相会。仪行父到处寻求各种春药，千方百计地来讨好夏姬，夏姬喜欢他，比喜欢孔宁更甚。仪行父对夏姬道："孔大夫得到了你赐与的锦织背心，如今既然得你的垂青，也想请求你送我一物留作纪念，以表现出你也对我一般喜爱。"夏姬笑着道："那锦织背心是被他偷走的，不是臣妾赠给他的"然后趴在仪行父耳边道："即使都睡在同一张床上，还是会有关系好坏之分的。"于是解开自己贴身穿的绿色绫罗绸缎内衣赠给他。仪行父大喜过望。从此以后，仪行父和夏姬来往得更加频繁，对孔宁就不可避免地冷淡了些。有古诗为证：

郑风何其淫？桓武化已渺。
士女竞私奔，里巷失昏晓。
仲子墙欲逾，子充性偏狡。
东门忆茹藘，野外生蔓草。
褰裳望匪遥，驾车去何杳？
青衿萦我心，琼琚破人老。
风雨鸡鸣时，相会密以巧。
扬水流束薪，谗言莫相搅！
习气多感人，安能自美好？

曾因孔宁用锦织背心在他面前炫耀过，仪行父今日得到了夏姬的内衣，便也来向孔宁夸耀。

孔宁私下向荷华打听，得知夏姬和仪行父相处甚密，心中非常嫉妒，苦无办法拆散他们，就想出一条计策来："那陈侯生性极为淫荡好色，他早就听闻夏姬貌美，多次提到她，十分仰慕，就是无法得手，不如把陈侯也一同引来与夏姬私通，到时候陈侯肯定会感激我。况且，陈侯有个不为人知的毛病，医书上说此病名叫'狐臭'，也叫'腋气'，夏姬肯定不会喜欢他。我去做个贴身侍者，得空还能和夏姬偷情，得些便宜。这样一来，夏姬肯定就会冷淡仪大夫几分，也能出了我心中这点嫉妒的酸气，妙计！妙计！"于是便独自前去拜见灵公，闲谈中说到夏姬的美貌，真是天下无双！陈灵公道："寡人早就听闻她的大名，只是算算她的年纪快到四十岁了，恐怕她就如同暮春的桃花，早已变了颜色了！"孔宁启奏道："夏姬熟通房中之术，她的容颜变得很娇嫩，模样就和平常十七八岁的年轻女子一样。并且和她交合的好处，和平常的女子大不一样，国君亲自试一下，便会知晓其中的销魂之处。"陈灵公不知不觉间欲火中烧，脸颊发烫，问孔宁道："爱卿有什么办法让寡人和夏姬相会一次？寡人一定不会辜负于你！"孔宁上奏道："夏姬一直居住在株林，那地方草木竹子繁茂,是个适合游玩的好地方。国君明早只说要去株林游玩,夏姬一定会设宴迎接国君。夏姬身边有个婢女,名叫荷华,非常懂得男女之事,微臣把国君的意思转达给她,万万没有不成的道理。"陈灵公笑着道:"此事全仰仗爱卿来促成。"

第二天,陈灵公传旨驾着车,穿着便装到株林游玩,只叫大夫孔宁随从。孔宁先送信给夏姬,让她准备酒宴迎接,又把陈灵公的意图透露给荷华,让她转达给夏姬。那边的夏姬也是位什么事都不惧怕的人物,预先将一切都准备妥当了。陈灵公一心贪恋夏姬,只是把游玩当作个幌子,这正是:窃玉偷香真有意,观山玩水本无心,略微游赏了一会儿,便调转车头来到夏姬府中。夏姬穿着礼服将国君迎进大厅内就坐,上前拜见陈灵公说道:"臣妾的儿子征舒出外求学拜师,不知道国君大驾光临,有失远迎。"她的声音就像黄莺一样清脆婉转,悦耳动听。陈灵公端详她的容貌,简直和天仙一样!就是六宫妃嫔,也没有人的容貌能够与她相比。陈灵公道:"寡人偶尔闲游,打扰贵府,希望不要惊扰到夫人。"夏姬提起衣襟夹于带间行了礼,恭敬地回答道:"主公屈尊迁贵,光临寒舍,寒舍蓬荜生辉。臣妾略微准备了一点儿酒菜,还未敢呈上来。"陈灵公道:"既然夫人已预备了酒食,摆上即可,就不必遵循那些礼节了。听闻贵府的园林十分雅致,寡人想去观瞧,主人所摆下的美食,就劳烦在那里享用吧。"夏姬回答道:"自从我丈夫去世,园林已很长时间不曾打扫,恐怕怠慢了国君,臣妾先告罪前去打扫一番!"眼看夏姬应对得体,陈灵公心里越发爱慕,命令夏姬道:"换掉礼服,带寡人到园中游玩一番。"夏姬脱下礼服,露出了一身素服,宛如月光下的梨花,白雪中的寒梅,别具一番雅致的韵味。

夏姬在前面带路,走到后花园中,地方虽算不上宽敞,却有乔木松柏,奇山异石,一方池塘,花亭几座;中间的长廊左右有窗,朱红的栏杆,绣花的幕布,宽敞清凉,是个宴饮的好地方;左右两边都有厢房;长廊后边是几层高的内房,回廊尽头,一直通向寝室;园子立有马棚,可养马;西面是一大块空地,留为射猎之用。陈灵公四处观赏了一会儿,长廊中酒席已经备好,夏姬执盏敬酒开席。陈灵公赏赐夏姬坐在自己身旁,夏姬谦让,连称不敢。陈灵公道:"哪有主人不坐的道理?"于是命令孔宁坐在右边,夏姬坐在左边,道:"今天就免去君臣之礼,只图个尽兴。"饮酒期间,陈灵公目不转睛地盯着夏姬,夏姬也用一双美目向灵公暗送秋波。

陈灵公乘着酒兴,带了几分对夏姬的迷恋,又有孔大夫在一边周旋相劝,酒快速地落入肚中,不知不觉喝多了。太阳要落山时,仆从们点上蜡烛,重新洗杯换席,酒喝得就更加欢快了。陈灵公酩酊大醉,倒在坐席上,鼾声大作,沉沉睡去。孔宁偷偷对夏姬道:"国君思慕你的美貌很久了,今天前来此处,下定了决心要向你求欢,不能违抗。"夏姬微笑着不说话。孔宁就自作主张,出去安顿陈灵公的随从,也住宿安歇下来。夏姬准备了锦被绣枕,假意送到屋中,自己就用浸泡了香料的热水进行沐浴,准备被陈灵公临幸,只留下荷华在里面侍奉陈灵公。

过了一会儿,陈灵公睡醒过来,睁眼问:"你是什么人?"荷华跪着回禀道:"奴婢是荷华。奉了我家主母的命令,来侍奉千岁爷爷。"于是取来酸梅醒酒汤进献给陈灵公。陈灵公问:"这汤是谁煎的?"荷华回答道:"是奴婢煎的。"陈灵公笑道:"你能做梅汤,那能为寡人做媒吗?"荷华假装不明白他的意思,回答道:"奴婢虽然不习惯做媒,但是也愿意奔走效劳,只是不知千岁爷中意哪位女子?"陈灵公道:"为了你家主母,寡人已经神魂颠倒了!你如果能促成这事,必当重赏。"荷华回答道:"我家主母已不是处子之身,恐怕配不上贵人。如承蒙您不嫌弃,奴婢自当引荐。"陈灵公大喜,就命令荷华掌灯在前面带路,顺着弯弯曲曲的回廊,直接进入内室。夏姬坐在明灯之下,似乎有所期待。忽然听见脚步声,正想询问,陈灵公已经进入房内。荷华就把银灯带出来,陈灵公更不说话,直接搂着夏姬就倒在床上,解开她的衣服同床共枕。夏姬的皮肤细腻柔和,一碰到她的身体,就像要融化一般,欢会的时候,感觉宛如处女一般。陈灵公非常奇怪,问她原因。夏姬回答道:"臣妾有道家修炼内丹的方法,即使生过孩子后,不过三天的时间,便又和原先处女一样了。"陈灵公叹息道:"寡人就算遇到天上的仙女,也不过如此罢了!"若论起陈灵公,本来就比不上孔、仪两位大夫,何况还有暗疾。只因他身为国君,妇人家就不免先带了几分势利,不敢嗔怒嫌弃,在床上极尽所能虚情假意地迎合,陈灵公便以为这一番相处如同几世难寻的奇遇一般。

一直睡到鸡鸣时分,夏姬催促陈灵公赶紧起床,陈灵公道:"寡人得了你,回头看看六宫粉黛,都如同粪土一般。不知你心中是否有丝毫喜爱寡人?"夏姬怀疑陈灵公已经知道自己和孔、仪两人勾搭成奸的事情,就回答道:"臣妾实在不敢隐瞒,自从丈夫去世后,臣妾实在控制不了自己,难免失身于他人。今天既然能够侍奉君主,从此以后我便谢绝和其他人来往,怎敢怀有二心,自己获罪呢?"陈灵公开心地道:"爱卿平时结交的男子,都试着讲给寡人听听,不必隐瞒。"夏姬回答道:"孔、仪两位大夫,都因为帮臣妾抚养遗孤,所以与他们有了一些荒唐事,其他人确实再也没有了。"陈灵公笑着说道:"难怪孔宁说与你交合的美妙滋味,和普通人大不相同,如果不是他亲自试过,怎么能知道呢?"夏姬回答道:"臣妾先对主公不恭,希望国君宽恕!"陈灵公摇头道:"孔宁有举荐之功,寡人对其满怀感激,你不要猜疑。只希望今后能够和你常常见面,此情不断,其他的任凭你喜欢,寡人不限制你的自由。"夏姬大喜,回答道:"只要国君愿意经常来,那常常见面又有什么难的!"过了一会儿,陈灵公起床,夏姬把自己的贴身汗衫脱了下来,给陈灵公穿上言道:"国君看到这件汗衫,就像看到我一样!"荷华把灯拿来,仍然顺着来路把陈灵公送到住处。

天亮以后,厅上已经备好了早膳,孔宁带领着随从们驾车伺候。夏姬请陈灵公到了厅堂,问安以后,厨师端上饭食。随从们都各自有酒食犒劳。早饭吃完,孔宁为陈灵公驾车回到朝堂。文武百官都知道陈侯昨夜宿在宫外,这一天都集中到朝堂门口伺候圣驾。陈灵公传下命令道:"今日不上朝!"径直进宫门去了。仪行父扯住孔宁,盘问国君昨晚在何处夜宿。孔宁不能隐瞒,只能实话实说。仪行父知道是孔宁把夏姬引荐给陈灵公,就跺着脚道:"这么好的人情,怎么就给你一个人独吞了?"孔宁笑道:"国君十分满意,第二次的人情给你做就是!"两个人大笑着散去。

第二天,陈灵公上早朝,群臣见礼过后,文武百官都散去。陈灵公召孔宁到前面,感谢他推荐夏姬一事。又宣召仪行父问道:"这样的美事,你为何不早点告诉寡人?你们两个人却抢了先手,这算什么道理?"孔宁、仪行父一齐答道:"我们二人并没有做过这样的事。"陈灵公笑道:"这是美人亲口说的,你们也不必隐瞒了。"孔宁想了想,回答道:"就像国君要品尝美味,臣子先要尝一尝;父亲要品尝美味,儿子要先尝一尝。如果尝了味道却不好,就不敢献给国君。"陈灵公笑着啐道:"话不是这样讲。就像熊掌,让寡人先品尝也没什么。"孔、仪两人都笑了。陈灵公又道:"你们两人虽然都得手了,她却单单给了寡人信物。"于是扯开汗衫给他们看,说道:"这就是美人赠给我的,你们二人可有么?"孔宁道:"臣也有信物。"陈灵公饶有兴趣地问:"美人赠给爱卿什么物件?"孔宁撩开衣服,现出了那锦织背心,说道:"这就是夏姬所赠。不但臣有信物,行父也有一件。"陈灵公问仪行父道:"赠给你的又是什么物件呢?"仪行父解开内衣,给陈灵公观看。陈灵公大笑道:"我们三人,随身都携有美人的信物,他日一起到株林,可以开连床大会了!"一君二臣,正在朝堂玩笑。这话被传出朝堂,惹恼了一位正直的大臣,他咬牙切齿,大叫道:"朝堂是讲究律法的严肃地方,他们却如此胡乱作为,陈国灭亡指日可待了!"于是便整理好衣冠,端正竹简,又回身闯进朝堂进谏。

第五十三回

楚庄王纳谏复陈　晋景公出师救郑

　　却说陈灵公和孔宁、仪行父两位大夫，都穿了夏姬所赠的贴身内衣，在朝堂之上戏谑玩笑。大夫泄冶听见了，就整好衣冠，端正持笏，转身再次进了朝堂大门。孔、仪两位大夫平日就忌惮泄冶的刚正不阿，今天未得宣召却不请自来，必定又要向陈灵公进谏，就先辞别陈灵公退出大殿。陈灵公正想从御座上逃离，泄冶快步上前，扯住他的衣襟，跪下启奏道："臣听闻：'君臣之间最重要的是分尊卑，男女之间重要的是保持距离。'今天国君没有像《周南》那样的教化，以致国中有失节的妇女。而且君臣又在一起宣扬淫乐，互相吹捧，朝堂之上，污言秽语，难以入耳，礼义廉耻全部丧尽，毫无体统。君臣之分，男女之别，尽数沦丧！君臣不敬便会怠慢，男女无别就会淫乱，这是亡国之道啊。国君必须改正！"陈灵公自己感觉很羞愧，就用袖子遮着脸制止道："爱卿不必多言，寡人做错事的时候已经后悔了！"泄冶辞别陈灵公走出朝门，孔、仪两人还在门外打探消息，见泄冶怒气冲冲地走出来，急忙躲进人群中躲避他。不料泄冶早已看见，把他二人叫出来，责备他们道："国君的善行，臣子应该四处宣扬；国君做得不好的地方，臣子就应该帮助遮掩。今天你们自己做了坏事，还来引诱国君犯错，并且公开宣扬这件事，让士子百姓们尽数知晓，以后如何管理他们呢？你们不觉得羞愧吗？"这两个人无法应答，只能唯唯诺诺地谢罪。

　　泄冶离开后，孔、仪二人来求见陈灵公，详细讲述了泄冶责备陈灵公的话，"国君今后再也不能去株林游玩了！"陈灵公道："爱卿你们二人还去吗？"孔、仪两人回答道："泄冶以臣子的身份进谏国君，和臣等没关系。我们还可以前去，国君不可以前往。"陈灵公气愤地道："寡人宁可得罪泄冶，又怎么肯舍弃这片乐土呢？"孔、仪两人又上奏道："国君如果还要前去，恐怕又要忍受泄冶的絮叨了。怎么办？"陈灵公道："两位爱卿有什么妙计，能制止泄冶再啰嗦？"孔宁回答道："若是要泄冶不啰嗦，除非不让他开口。"陈灵公笑着道："人都有嘴，寡人怎么能禁止他不说话呢？"仪行父点头道："孔宁的话，微臣能明白其中含义。人死了嘴就闭上了，国君为什么不传旨，杀了泄冶，那就一辈子其乐无穷了啊！"陈灵公摇头道："寡人不能这么做。"孔宁低声道："那微臣派人去刺杀他怎么样？"陈灵公点头道："听凭爱卿你自己行动吧。"两人辞别了陈灵公，凑到一起商议。拿出重赏收买刺客，埋伏在泄冶的必经之路上，等泄冶上朝的时候，突然跳出来刺死了他。国都的百姓都认为是陈灵公派出的杀手，却不知道出自孔宁、仪行父两个人的谋划。史臣有诗感叹道：

陈丧明德，君臣宣淫；缨绅袒服，大廷株林。

壮哉泄冶，独矢直音！身死名高，龙血比心。

自从泄冶死后，陈灵公君臣三人更加肆无忌惮，三个人经常一起去往株林，开始一两次还是偷偷摸摸的，后来便习以为常，完全不忌讳别人知道。国都有人写了一首题为《株林》的诗来讽刺他们。诗歌这样写道：

胡为乎株林？从夏南！匪适株林，从夏南！

夏征舒字子南，作诗的人比较忠厚，所以不说夏姬，而说夏南，言从南面而来。

陈灵公是个没出息的人，孔宁、仪行父两个人一直在身边阿谀奉承，鞍前马后，就更加不顾礼义廉耻了。再加上夏姬善于周旋，三人相安无事，最后成了一妇三夫的局面，经常在一起淫乐，所以三人逐渐不以为怪了。夏征舒慢慢长大懂事，看见他母亲的所作所为，心如刀绞，只是碍于陈灵公的国君之面，毫无办法。每当听说陈灵公要到株林来，往往就找个借口躲出去，也落得眼睛清净。那些一起淫乐的男女，也都认为夏征舒不在更方便。

弹指间光阴流逝，夏征舒十八岁了，他长得身材高大，体格魁梧，力大无比，善于骑射。陈灵公为了取悦夏姬，就让夏征舒继承了他父亲的官位做了司马，掌管兵权。夏征舒谢过陈灵公后，回株林去拜见了他的母亲夏姬。夏姬道："这是陈侯的恩赐，你应当恪尽职守，为国分忧，不要为家里的事分心。"夏征舒告别了母亲，进入朝廷处理国事。

忽然有一天，陈灵公与孔、仪两人又到株林游玩，在夏姬家住宿。夏征舒因感激主公让其继承父亲官职的大恩，就特地赶回家里准备酒宴，招待陈灵公。夏姬因为他儿子坐在席间，就没敢出来陪伴。酒酣耳熟之后，君臣三人又开始互相嘲讽戏弄，手脚乱舞。夏征舒反感这种场面，就躲到屏风后，偷偷地听他们说话。陈灵公对仪行父道："夏征舒身材魁梧，有些像你，难道是你的儿子？"仪行父笑着道："夏征舒两眼特别明亮，像极了主公，还是主公的。"孔宁在旁边插嘴道："主公和仪行父的年纪还小，怎么能生得出他？他的爹很多，就是个杂种，恐怕连夏夫人自己也不知他爹是谁了！"三个人拍着巴掌哈哈大笑。夏征舒没听见还好，听见之后，羞愧恼怒之心升起，不觉怒不可遏。这正是：怒从心头起，恶向胆边生。于是暗地里把夏姬锁在里屋，自己从偏门溜出去，吩咐随行的士兵道："把夏府紧紧包围住，不准放走了陈侯以及孔宁、仪行父二人！"士兵们接到命令，就大喊一声，包围了夏府。

夏征舒戎装披挂，穿戴整齐，手持利刃，带着几个精干的家丁从大门杀进去。嘴里大喊道："快来捉拿淫贼！"陈灵公嘴里还在那里不三不四、耍着酒疯开着玩笑。却是孔宁首先听见了，大叫道："主公不好了！征舒举办的这次酒宴怕是不怀好意。现在他带兵杀过来了，口称要捉拿淫贼。快点逃跑吧！"仪行父慌张地说道："前门已被堵住，必须走后门。"三人常常在夏家穿梭奔走，道路比较熟悉。陈侯原指望着跑进里屋，向夏姬求救，却发现正中的大门已被锁上，就越发慌张，急忙向后园逃跑。征舒随后紧追上来。陈灵公记得东边的马厩有矮墙可以翻过去，就向马厩那里逃跑。夏征舒大喊着："昏君不要跑！"抓起弓来，"嗖"的一箭，却没有射中。陈灵公跑进马厩，想要躲藏起来，马厩里的马都被惊得嘶叫起来，陈灵公只得连忙退出来。夏征舒刚刚靠近便又是一箭，正射中陈灵公的心窝。可怜陈侯平国，当了十五年的国君，现在却惨死在马厩下！孔宁、仪行父起先看见陈灵公向东逃跑，知道夏征舒一定会紧追不舍，就往西逃到射圃。夏征舒果然只去追赶陈侯一人。孔宁、仪行父两个人就从狗洞里钻了出去，没有回家，什么都来不及带便逃到楚国去了。

夏征舒射死了陈灵公之后，便带兵进了京城，只推说陈灵公醉酒后暴病身亡，留下遗诏命世子午继位，就是历史上的陈成公。陈成公心里虽然憎恨夏征舒，其实力却不足以对付他，只能憋在心里一言不发。夏征舒也怕诸侯们前来讨伐，就强逼着陈成公去朝见晋国，以此获得晋国的欢心。

再接上文说楚国的使臣，原本奉命约请陈灵公赶往辰陵会盟，还没到达陈国，便听说了陈国发生了内乱，中途返回楚国。正好孔宁、仪行父两人逃到楚国，见了楚庄王，就隐瞒了君臣一起淫乱的事情，只说"夏征舒造反，杀死了陈侯平国"。这话和楚国使臣听到的一样。楚庄王便召集大臣们进行商议。

却说楚国有一位大夫，姓屈名巫，字子灵，乃是屈荡的儿子。这个人外貌秀美，文武兼备，就是有一个毛病，贪恋女色，好讲彭祖的房中之术。几年前，他曾经出使陈国，偶遇夏姬外出游玩，偷窥到她的容貌，又听说她善于补阳采阴，返老还童，心中非常仰慕。等听说夏征舒造反弑杀了国君，便想借着这个机会，前去掳取夏姬，就极力劝楚庄王兴兵攻打陈国。令尹孙叔敖也道："陈国有罪，应当讨伐。"楚庄王的心意便确定了下来。当时是周定王九年，陈成公午元年。楚庄王先传了一篇檄文到陈国，檄文上写着：

楚王郑重地通知你们：

少西氏弑杀君主，神人共愤。你们国家不能讨伐，寡人将代你们兴师问罪。罪行只由逆贼夏征舒一人承担，其余大臣百姓，可静候佳音，丝毫无犯。

陈国人看见了檄文，每个人都将责任推到夏征舒身上，恨不能假手于楚国将其诛杀，因而没有准备防御敌人的计划。

楚庄王亲率三军，带领着公子婴齐、公子侧、屈巫一众人，风驰电掣般直冲向陈国都城，如同进入无人之地，所到之处，抚慰百姓，毫不侵犯。夏征舒知道陈国人都在怨恨自己，就偷偷地跑到株林。当时陈成公身在晋国，还没有返回。大夫辕颇便和众位大臣商议道："楚王替我们征讨罪人，想要诛杀的仅夏征舒一人而已。不如我们把夏征舒抓起来献给楚军，派使者前去讲和，保全国家，这是最好的办法。"大臣们都认同他的话。于是辕颇命令他的儿子侨如率兵前往株林，捉拿夏征舒。侨如还没出发，楚军已兵临城下。陈国好久没有颁发政令，而且陈成公不在国都，老百姓就自己做主，打开城门迎接楚军。楚庄王整顿军队，进入城中。将领们把辕颇等押到楚庄王面前，楚庄王问道："夏征舒在哪里？"辕颇回答道："在株林。"楚庄王又质问道："众位哪一位不是陈侯的臣子？为何如此容忍逆贼，不去讨伐诛杀他？"辕颇回答道："不是不想讨伐，而是力量不足。"楚庄王就任命辕颇为向导，自己带领着大军，浩浩荡荡地向株林前进，只留下公子婴齐一支军队，驻扎在陈国国都中。

再说夏征舒正准备收拾家财，带上母亲夏姬逃往郑国。仅晚了一会儿，楚军抢先围困了株林，将夏征舒捉住。楚庄王命令把他先关押在后面的战车上，又问："怎么没看见夏姬？"便让将士们在其家中搜索，结果在园子里抓到了她。荷华逃脱，不知逃到哪里了。夏姬向楚庄王再三叩拜后道："很不幸遇到国家混乱、家庭破灭的情况，贱妾夏姬一介妇人，命运全掌握在大王的手中。如果您能怜悯并宽恕我，愿意给大王为奴为仆！"夏姬的姿色十分美丽，说话也十分稳妥温雅。楚庄王一见夏姬，心志已经被她迷惑，对众将领说道："楚国后宫的妃嫔们虽然不少，但是像夏姬这样的绝色几乎没有，寡人想纳娶她，将其收进后宫位列妃嫔。众爱卿认为可行否？"屈巫也想将夏姬据为己有，于是进谏道："万万不可！万万不可！国君此次发兵陈国，是要征讨他们的罪孽。如果纳娶了夏姬，就是贪慕她的美色。征讨是义举，贪慕美色就是淫乱的举动。因义举开始却结束于淫乱，诸侯霸主的所作所为，不应该这样啊。"

楚庄王点头道："子灵的话很对，寡人确实不敢冒天下之大不韪而纳娶夏姬啊。只是这女子乃是世间少有的美女，如果再让寡人多看一眼，必定控制不了自己。"就让士兵凿开后墙，放她去她想去的地方。这时将军公子侧在一边，也贪恋夏姬的美貌，看见楚庄王已经不再准备留为己用，就下跪恳求道："微臣人到中年还没有妻室，请求大王将她赏赐给我作为妻室。"屈巫又启奏道："国君不可答应。"公子侧恼怒地问道："子灵不允许我娶夏姬，是什么原因？"屈巫道："这个女子乃是天地间最不吉利的人，据我所知道的遭殃者已有：她的庶兄公子蛮早死，丈夫御叔暴死，陈侯被弑,儿子夏南也因其被害,孔、仪两人逃亡在外,陈国沦丧,不祥的程度世间少见!天下那么多美女,为什么一定要娶这个淫妇,以至于后悔终生?"楚庄王点头道:"真如子灵所说的那样,寡人也害怕她了!"公子侧大怒道:"既然这样,我也不娶了。只是有一件,你说主公不能娶,我也不能娶,难道你要娶了她吗?"屈巫连声道:"微臣不敢!微臣不敢!"楚庄王道:"有价值的事物没有主人,必定出现人人争抢的局面。寡人听说连尹襄老最近死了夫人,就赏赐给他当继室吧。"当时襄老也带兵跟随楚王出征,就在后队之中。楚庄王将他召来,把夏姬赏赐给他,夫妻两人谢过恩后离去。公子侧倒还罢了,只是屈巫进谏阻止了楚庄王纳妃的意图,打消了公子侧迎娶的主意,本来是想把夏姬留给自己的,如今却眼睁睁看着楚庄王把夏姬赏赐给了襄老,心里暗暗叫道:可惜了,可惜了!又转念一想:这个老头,怎么能消受得了那个妇人?说不定一年半载的,夏姬就又成了寡妇,到时候我再做打算。但这是屈巫的心事,嘴上却没有说出口。

楚庄王在株林住了一宿后,仍然回到了陈国国都。公子婴齐迎接楚庄王进城。楚庄王下令把夏征舒押到栗门,处以车裂之刑,也就是昔日齐襄公处置高渠弥同样的刑罚。史臣有诗道:

陈主荒淫虽自取,征舒弑逆亦违条。
庄王吊伐如时雨,泗上诸侯望羽旄。

楚庄王下令处斩了夏征舒后,便调查清楚陈国的版图,灭掉陈国,改立为楚国的一个县。加封公子婴齐为陈公,使其驻守陈国。陈大夫辕颇等人全都被楚王带回郢都。南方的那些附属国,听闻楚王灭了陈国回来,纷纷都来道贺,各地的县尹就更不必提了。只有大夫申叔时,出使齐国还没回来。

当时,齐惠公去世了,世子无野登上王位,就是历史上的齐顷公。齐国和楚国的关系此时很好,所以楚庄王派遣申叔时前去履行吊唁旧主恭贺新君的礼节。这次出使发生在还未讨伐陈国之前。等楚庄王回到楚国三天之后,申叔时才返回楚国,回禀了一下出使经过,便向楚王告退,一句道贺的话都没说。楚庄王派内侍传话责备他道:"夏征舒不讲道义,杀死了他的君主,寡人征讨他的罪责杀死了他,并把陈国的版图收入我国疆土之内,仁义的大名已经传遍天下。就连各地的县尹都来道贺。只有你没说一句祝贺的话,难道认为寡人征讨陈国的举动是不义的行为吗?"申叔时跟随使者求见楚王,请求当面对楚王讲明原由。楚庄王允诺了。

申叔时问道:"大王听说过'蹊田夺牛'的典故吗?"楚庄王道:"没听说过。"申叔时言道:"有个人牵着牛直接走到别人的田地里,踩踏庄稼,田地的主人气愤地抢走了他的牛。这个案子如果放在大王面前,该怎么审判呢?"楚庄王道:"牵着牛踩踏别人的田地，受到的损失并不多。抢走别人的牛，就太过分了！如果由寡人来断这桩官司，一定会批评牵牛的人，而把那头牛还给他。你认为是否妥当呢？"申叔时点头道："大王为何在断案时十分清明，却在决断陈国一事上犯了糊涂呢？那夏征舒的确有罪，其罪只是弑杀了国君，却没到亡国的地步，大王征讨他的罪责就足够了，却又灭了他的国家，这和抢走别人的牛有什么差别？又有什么值得庆贺的呢？"楚庄王跺着脚道："这话说得太对了！寡人前所未闻！"申叔时道："大王既然认为微臣说得对，为什么不仿效把牛还给别人的举动呢？"楚庄王立刻召见陈国的大夫辕颇，问："陈国国君如今在哪里？"辕颇回答道："先前去往晋国了，现在不清楚在哪里。"说完禁不住泪如雨下。楚庄王悲痛地道："寡人想要下令恢复你的故国，你去迎接陈国的国君，然后扶立他重登君位。今后你们陈国要世世代代依附楚国，不要朝三暮四，有负寡人的恩德。"又召见孔宁、仪行父二人，吩咐道："寡人放你们回国，共同辅助国君！"

却说辕颇心里明知孔、仪二人是个祸根，却不敢在楚王面前明说，只是含糊地与他二人一同拜谢后出发。快出楚境的时候，正遇到陈侯午从晋国回归，听闻自己的国家已经灭亡，也想到楚国去面见楚王。辕颇于是述说了楚王的美意，君臣一起庆贺后，回到陈国。守将公子婴齐已接到楚王的命令，召他返回楚国，于是把版图交还给陈国，自己返回楚国去了。这是楚庄王做的第一件好事。

隐士徐霖有诗称赞道：
县陈谁料复封陈？跖舜还从一念新。
南楚义声驰四海，须知贤主赖贤臣。

孔宁回国还不到一个月，光天化日之下竟看见夏征舒前来索命，于是得了疯病，自己跳到池子里淹死了。孔宁死后，仪行父梦见陈灵公、孔宁和夏征舒三个人，前来捉拿他到朝廷上受审，梦中受到极大的惊吓，从此也得了急病死了。这就是淫邪之人的报应！

再说公子婴齐返回到楚国后，入朝拜见楚庄王，还自称为陈公婴齐。楚庄王制止他道："寡人已经下令恢复陈国了，就应当另外补偿爱卿。"婴齐于是申请想要申、吕的土地，楚庄王想应允他的请求。屈巫上奏道："这是北方比较富饶的土地，国家依靠它的赋税来抵挡晋国入侵，不能封赏给臣子。"楚庄王于是打消了这个念头。等申叔时告老还乡的时候，楚庄王册封屈巫为申公，屈巫没有推辞。婴齐从此也与屈巫产生了嫌隙。这时正是周定王十年，楚庄王十七年。

楚庄王认为陈国虽然依附自己，郑国却还依附晋国，不肯归顺楚国，就和众位大夫们商议。令尹孙叔敖进言道："我军若讨伐郑国，晋国必定前来救援，必须出动大军讨伐才可以。"楚庄王点头道："寡人也这么想。"于是全面召集了三军两广所有将士，浩浩荡荡杀向荥阳，连尹襄老担任前锋。快出发时，骁勇善战的将军唐狡请命道："郑国是小国而已，不值得动用大军，我唐狡愿独自率领手下一百人，提前出发一天，为三军开路扫清障碍。"襄老认为他的志向高远，便应允了他。唐狡所到之处奋勇杀敌，抵抗他的人就会被击溃，进军神速，毫不耽搁，每天晚上都打扫新的营地，等待大军到来。

楚庄王率领众将士径直进军到了郑国国都城郊，没有遇到一兵一卒的抵挡，没有耽误一天的行程。楚庄王惊异于进军的神速，对襄老道："没想到爱卿老当益壮，进军如此勇猛神速！"襄老回答道："这不是臣一人之力所及，是副将唐狡奋勇杀敌的功劳。"楚庄王立刻召见唐狡，想要重重地赏赐他。唐狡回答道："微臣领受君王的赏赐已经很厚重了，今天只是小小的报效了一下国家，怎么敢再领取君王的赏赐呢？"楚庄王惊讶地问道："寡人以前并不认识爱卿，你在何处接受过寡人的赏赐呢？"唐狡回答道："绝缨会上，拉扯美人衣袖的就是罪臣。承蒙君王的不杀之恩，所以舍弃性命前来报恩。"楚庄王叹息道："唉！如果寡人当初命令点灯治罪，又怎么能得到这人的誓死效力呢？"下令军中的执法官记录下唐狡的头功，等平定郑国以后，就要重用他。唐狡对别人道："我对君王犯下了死罪，君王帮我隐瞒，并不杀我，所以我要报答他。既然一切都已说明白，不敢以戴罪之身追求以后的封赏。"当天晚上，唐狡就走了，不知去了哪里。楚庄王听说这件事，叹息道："真是个有气节的人啊！"

楚国大军攻破了郑国都城的郊关，直奔城下。楚庄王传令，在四面筑起长营进行围困攻打，每十天中必定会有七天日夜不停地攻城。郑襄公倚仗晋国将会救援的缘故，没有马上求和。士兵们死伤惨重，都城东北角倒塌陷落几十丈。楚军即将登上城头，楚庄王听见城内哭声震地，心中不忍，就指挥军队退兵十里。公子婴齐进言道："城墙坍塌，正好乘胜进攻，为什么要退兵呢？"楚庄王道："郑国已经领教了我们的威力，却不晓得寡人的贤德，暂且退兵以展示我们的贤德，看他们是归顺还是违抗，然后再决定进攻还是后退就行了。"

郑襄公听闻楚军退兵了，误以为晋国的援兵已经来到，便驱赶百姓修筑城墙，男女老少都上城墙巡逻守卫。楚庄王明白郑国没有投降的意思，就又带兵包围了城池。郑军坚守了城池三个月，再也支撑不住。楚将乐伯率领将士从郑国都城大门登上城墙，劈开了城门。楚庄王下令，不许将士们烧杀掳掠，三军纪律十分严明。军队行进到逵路时，郑襄公袒露着臂膀牵着羊，前来迎接楚国军队，道歉道："孤乃是无德之人，不能归顺服侍大国，以至于君王恼怒，带领军队来到我们都城，孤已经知道自己的罪过了！郑国的生死存亡，全凭着君王的命令。如果能顾念先人的好处，不立即消灭郑国，使我们的宗祀能得以绵延，让郑国成为楚国的归附国，就是君王对我们天大的恩惠了！"公子婴齐进言道："郑国到了穷途末路才投降，即便饶恕他们还会再次反叛，不如灭了他们的国家。"楚庄王摇头道："申公若在这里，又会用'蹊田夺牛'的故事来笑话寡人了！"庄王立即率领军队后退三十里。郑襄公亲自到楚军大营请罪，并请求结盟，还把他的弟弟公子去疾留在楚军作为人质。

楚庄王带领军队班师向北返回楚国，停留在郯地时，有探马来报："晋国任命荀林父为大将军，先谷为副将，带兵车六百乘，赶来救援郑国，已经渡过了黄河。"楚庄王问众将领道："晋国军队即将到来，我们是返回楚国呢？还是和他们交战呢？"令尹孙叔敖回答道："郑国如果没有求和，与晋国交战是理所应当的事。如今我们已经得到了郑国的效忠，再要与晋国结仇，为什么要这么做呢？不如全军撤退回国，这样万无一失。"楚王的宠臣伍参上奏道："令尹说得不对。郑国认为我们力量比不上晋国，所以归顺晋国；如果晋国一来我们就避开，那岂不是说明我们真的不如晋国了？更何况晋国若知道郑国归顺了楚国，势必会带兵攻打郑国。晋国是为救郑国而来的，我国也是为了救郑国而去的，不是顺理成章的事情吗？"孙叔敖进谏道："去年讨伐陈国，今年攻打郑国，我楚军早就疲惫不堪了。如果交战却不能取胜，就算吃了伍参的肉，难道就能赎罪吗？"伍参道："这一战如果胜了，令尹您就是没有谋略的人；如果不胜，伍参的肉就会被晋军吃掉，怎么还轮得到楚国人的嘴来吃呢？"楚庄王于是问遍所有的将领，各自发给他们笔，让他们在自己掌心写字，主张交战的人就在手心写"战"，主张撤退的就写"退"。诸将写完后，楚庄王命令他们打开手掌查看。只有中军元帅虞邱、连尹襄老、裨将蔡鸠居、彭名四人，掌中写着"退"字，其他像公子婴齐、公子侧、公子谷臣、屈荡、潘党、乐伯、养繇基、许伯、熊负羁、许偃等二十多人，都写下了"战"字。楚庄王道："虞邱老成持重，他的见解与令尹不谋而合，那撤军就对了。"于是传令调转车辕反打战旗，第二天在黄河边饮完马便班师回朝。

伍参连夜去求见楚庄王道："君王为何惧怕晋国，丢下郑国送给他们呢？"楚庄王道："寡人未曾放弃郑国啊。"伍参道："楚军停留在郑国城下九十天，才仅仅得到了郑国的求和。现在晋军来了，楚军却退去，让晋军以援救郑国的功劳而重新收回郑国，那样楚国从此就再也不会有郑国这个附属国了，这不是抛弃郑国是什么？"楚庄王道："令尹说与晋国交战未必能取胜，所以撤军。"伍参道："微臣早就算计过这点了。荀林父刚刚统领中军，他的威望还不足以服众。他的副将先谷，是先轸的孙子，先且居的儿子，倚仗他们家族世代立下的功勋，其人刚愎自用，不是一个肯听命令的将领。栾、赵之辈，家族世代都是有名的将领，他们各行其是，步调从不一致。晋国军队人数虽然众多,想打败它却很容易。况且君王是一国之主,却躲避晋国的大臣所统率的军队,这将会让天下人嘲笑,怎么还能拥有郑国呢?"楚庄王惊讶道:"寡人虽然不善于带兵打仗,但怎会输给晋国的大臣呢?寡人听从你的话,准备与晋国交战!"当天晚上楚庄王派人通知令尹孙叔敖,把军队开进到管城,等待晋国军队。

第五十四回
荀林父纵属亡师　孟侏儒托优悟主

话说晋景公即位三年,听闻楚王亲自讨伐郑国,便打算前去援救。于是任命荀林父为中军元帅,先谷为副将;任命士会为上军元帅,郤克辅助他;任命赵朔为下军元帅,栾书辅助他。任命赵括、赵婴齐为中军大夫,巩朔、韩穿为上军大夫,荀首、赵同为下军大夫,韩厥为司马。还有魏锜、赵旃、荀䓨、逢伯、鲍癸等几十员部将,征发兵车六百辆,在夏季的六月份从绛州出发。到了黄河岸边,前面的探马得知郑国已被楚国围困很长时间了,因等不到救援,已经投降楚国,楚军队也即将向北进军返回本国。

荀林父召集众位将领商量下一步行动事宜。士会道:"援救郑国已经来不及了,这样已经没有了与楚国开战的借口。不如班师回朝,等待以后再做打算。"荀林父认为他说得很对,就准备下令让将士们班师回朝。此时,中军的一位将军,挺身而出道:"万万不可!千万不行!晋国能在诸侯国中称霸,就是因为我们能挽救别国危难的缘故。现在郑国等待我军援救却久久不到,实在无法才投降了楚国。我军若能挫败楚国的锐气,郑国必定重新归顺晋国。如今抛弃郑国而逃避楚国,那些小国还能依靠谁呢?晋国再也不能称霸诸侯了!元帅如果执意班师回朝,小将我甘愿独自带领本部军队继续前进。"荀林父一看,原来是中军副将先谷〔字彘子〕。荀林父道:"楚王亲自统率大军,兵多将广,你只靠一支偏师独自前往,就像把肉扔给饥饿的老虎,对战事有什么益处呢?"先谷咆哮道:"我如果不去,就会让别人以为堂堂的一个晋国,竟然没有一个敢出战的人,难道不是耻辱吗?这一去,即使死在两军阵前,也没有丧失志气。"

说完,先谷径直走出营门,遇到赵同、赵括兄弟两人,对他们说道:"元帅害怕楚国,想班师回朝,我计划独自渡河迎战。"赵同、赵括赞叹道:"大丈夫就应当这样。我弟兄二人愿意率领自己的军队跟随将军。"三人没得到元帅的命令,就带兵渡过黄河。荀首找不到赵同,正在纳闷,有士兵来报:"赵将军已经跟随先将军去迎战楚军了。"荀首大吃一惊,把这事禀报给司马韩厥。韩厥特地造访中军,来见荀林父,说道:"元帅难道没听说彘子他们渡过黄河了吗?如果遇到楚国大军,必败无疑。您总领中军,可彘子却葬送了军队,责任全在于您。不知道您想如何处理?"荀林父恐慌不已,就向其询问对策。韩厥道:"事情已经到了这个地步,不如三军一起前进。如果能得胜,你就有功。万一失败,六个人分担罪责,不比一个人获罪强些吗?"荀林父下拜韩厥道:"您所言极是。"于是传令三军将士一起渡河,在敖、鄗两山之间安营扎寨。先谷高兴地道:"我就知道元帅不能不听我的话。"

话分两头。且说郑襄公得知晋军兵势浩大,害怕晋军一旦得胜,就会追讨郑国归顺楚国的罪过,于是急忙召集大臣们商议。大夫皇戌进言道:"微臣恳请替国君出使晋军,劝晋军和楚军交战。晋国若得胜我国就归顺晋国,楚国若得胜我们就归顺楚国,选择归顺强大的国家,还担心什么呢?"郑襄公认为他的计谋极好,就派遣皇戌到晋军中,把郑襄公的意思传达过去道:"我们的国君等待贵国的援救,就像禾苗盼望及时雨一样迫切,因为国家危在旦夕的缘故,不得已暂时向楚国投降,只是为了自救,并非想背叛晋国。楚军战胜了郑军后骄纵无比,而且其出兵时间很久,早已疲惫不堪,晋军如果进攻他们,我们郑国愿在后面跟随支援。"先谷道:"要想打败楚军,收服郑国,就在此一战了。"栾书劝谏道:"郑国人反复无常,他们的话不能全信。"赵同、赵括道:"有附属国前来助战,这良机不可失去。彘子说得对。"于是不等荀林父的命令,便与先谷一道,与皇戌定好和楚国交战的约定。谁知郑襄公又派使臣赶到楚军中,也劝楚王和晋军交战。这就是两边挑拨,坐山观虎斗的意思了。孙叔敖担忧晋军的强大,就对楚王道:"晋军没有决战的打算,还不如请和,求和不成的话再交战,那么过错就都在晋国了。"楚庄王深以为是。于是派使者蔡鸠居到晋军请求停战言和。

荀林父高兴地道:"这是两国的福气!"先谷冲着蔡鸠居骂道:"你们抢去了我们的附属国,又想用求和来拖住我们,就算是我们元帅同意谈和,我先谷也决不答应,一定杀得你们落花流水,才能让你们领教我先谷的厉害!快点回去告诉楚王,让他赶快逃走,我便会饶过他一条性命!"蔡鸠居被臭骂一通,抱头鼠窜。即将走出晋军营门时,不巧又遇到赵同、赵括兄弟俩,他们用剑指着他道:"你若胆敢再来,就让你先受我一剑!"蔡鸠居离开了晋军大营,又遇到晋军将领赵旃,拉满弓对着他,说道:"你就是我的箭下之肉,早晚肯定会捉到你!劳烦你带个话回去,让你那蛮王小心着点！"

蔡鸠居回到自己的营寨，把这些禀奏给楚庄王。楚庄王勃然大怒，问道："谁敢前去挑战？"话音刚落，大将乐伯应声走出队伍道："微臣愿意前往！"乐伯坐着一辆单车出战，许伯为他驾车，摄叔作为车右。许伯驾车风驰电掣一般，直接逼近晋军大营。乐伯故意代替许伯驾车，让许伯下车整理套在马脖子上的装饰，以展现自己的悠闲自得。有十几个晋军散兵过来，乐伯不慌不忙地一支箭射出去，射倒了一个士兵；摄叔跳下车，只用一只手生擒一人，然后飞身跳上车，剩下的晋兵都大喊着四散逃开。许伯仍然返回车上驾车，朝着楚军大营奔回。

晋军听闻楚国大将前来挑战，并杀死了晋兵，就兵分三路赶了上去。鲍癸位于当中，逢宁在左边，逢盖在右边。乐伯大喝一声道："我左边的箭射马，右边的箭射人，如果射错了，就算是我输了！"于是把弓拉满，左一箭，右一箭，急急地射了出去，却十分精准，分毫不差。左边连着射倒了三四匹马，马跌倒了，兵车就不能前进。右边逢盖的脸上被射中一箭，士兵们被射伤的很多。后面左右两路的追兵，都无法前进。只有鲍癸紧紧跟随着，眼看即将赶上。乐伯手中只剩下一支箭了，他把箭搭在弓上，想要射鲍癸，心里暗想：我这一箭如果不能射中，一定会遭到敌手。正想着，车马向前奔跑的间隙里，有一头麋鹿跑了出来，正好从乐伯面前经过。乐伯就改变了主意，这一箭向着麋鹿射了过去，正好射中了它的心脏。于是叫摄叔下车收取麋鹿，把它献给了鲍癸道："愿意把这麋鹿献给追赶我的将军充当食物。"鲍癸看见乐伯的弓箭百发百中，心里正在惊惧交加，就借着乐伯献鹿的机会，假意地赞叹道："楚国将军如此有礼，我们不能冒犯啊！"就指挥他的手下调转车头回师。乐伯也不慌不忙地返回本营了。有诗为证：

单车挑战骋豪雄，车似雷轰马似龙。

神箭将军谁不怕？追军缩首去如风。

晋国将领魏锜得知鲍癸放走了乐伯，心中怒火中烧，说道："楚军前来挑战，晋国竟没有一个人敢去往两军阵前，怕是要被楚国人讥笑。小将我愿意驾着单车，去探听一下楚军的虚实。"赵旃也出面道："小将愿意和魏将军共同走一趟。"荀林父叮嘱道："楚军先来求和，然后才挑战。你如果到了楚军，也要先讲和，才是答谢的礼节。"魏锜道："小的就是前去讲和的。"赵旃先送魏锜登车，对魏锜道："将军此去是对鸠居前来和谈的回访，我是报乐伯单车挑战之仇，咱们只管各行其事就可以了。"

却说上军元帅士会，听闻赵旃、魏锜两名将军自讨差事前往楚营，慌忙去见荀林父，想要阻止这次行动。等他赶到中军时，这两名将军已经离开了。士会私下对荀林父道："魏锜、赵旃自恃祖上有功却没有受到重用，早就心怀不满。何况他们年轻气盛，不懂得进退的尺度，此次出行必定惹怒楚国。如果楚军突然袭击我们，怎样抵挡？"这时副将郤克也言道："楚国的意图不明，不可不防备。"先谷大叫道："早晚都要厮杀，何须防备？"荀林父迟疑不决。士会退下后，对郤克说道："荀伯像木偶一般！我们得靠自己筹划了！"于是派郤克约了上军大夫巩朔、韩穿，各自带领本部人马分成三处，埋伏在敖山前面。中军大夫赵婴齐，也担心晋军可能遇挫，提前派人在黄河的岸边准备船只。

话分两头。再说魏锜一心嫉妒荀林父担任主将，想败坏他的名声，在荀林父面前只说前去讲和，到了楚军后，竟然自作主张请战，然后返回。楚国大将潘党得知蔡鸠居出使晋营，受到晋国将士的辱骂，今日魏锜前来，正好找机会报仇。他连忙一路小跑赶到中军，魏锜却已经离开楚军大营了，于是骑马去追赶。魏锜走到一片沼泽地，看见追兵越来越近，正准备应战，忽然看见沼泽里有六头麋鹿，因而想起楚军大将射杀麋鹿一事，就端起弓来，也射中了一只麋鹿，让驾车的从人献给潘党道："以前承蒙乐将军呈献了美味，现在也恭敬地献上礼物酬谢。"潘党笑道："他这是想学我们从前的事情依样画葫芦啊！如果我继续追赶，未免显得我楚国人无理了。"于是命令驾车的人回车返回楚军大营。魏锜回到大营，谎称：楚王不允准讲和，一定要交战，决一雌雄。"荀林父问道："赵旃在哪里？"魏锜道："我前面出发，他在后面，没有遇上。"荀林父道："楚国既然不允许讲和，赵将军势必会吃亏。"于是派荀䓨率领轫车二十辆，步兵一千五百人，前去接应赵旃。

再说赵旃夜晚潜入楚军，在军门外铺设坐席，从车上取下酒来，坐在那里畅饮。接着他命令二十几个随从，学着楚国人说话，四处来回巡查，获得了楚军的暗号，混到楚军中。有士兵觉得他们可疑，就上前盘问他们，有随从就拔出刀刺伤了士兵。楚军士兵们乱叫乱嚷起来，举着火把到处捉贼，有十几人被捉住。逃出来的人，看见赵旃还安坐在席上，就把他扶起来，登上战车，寻找驾车的人，却已经落在楚军手里了。天色渐渐亮了起来，赵旃亲自手执缰绳驾车，可马腹中饥饿，不能快跑。

楚庄王听闻营中有贼人逃跑了，就亲自驾着兵车，带着士兵前去追赶，速度非常快。赵旃害怕被楚军追上，就扔下车子，只身跑向松树林里，恰被楚国大将屈荡看见了，也下车前来追赶他。赵旃把自己的战甲脱下来，挂到一棵小松树上，自己轻装逃跑了。屈荡拿了他的战甲，收了他的战车，献给楚庄王。正想调车回头，看见一辆单车飞速跑来，仔细一看，原来是潘党。潘党指着北面滚滚车马扬起的尘土，对楚王道："晋国的大军到了！"这尘土是荀林父派遣前来接应赵旃的战车扬起的。潘党远远地看过去，误以为是晋国大军，吓得楚庄王面色如土。忽然听见南面鼓声震天，为首的大臣，带领一队人马飞驰过来。这员大臣是谁？原来是令尹孙叔敖。楚庄王心里这才稍微安定一点,问道:"相国怎么知道晋军来了,前来营救寡人?"孙叔敖回答道:"微臣不知道啊,只是担心国君轻敌前进,误闯入晋军中。微臣先来救驾,三军随后就到。"楚庄王再向北看时,只见扬起的尘土不高,道:"这不是晋国主力部队啊。"孙叔敖回答道:"兵法有云:'宁可让我逼迫别人,不要让别人来逼迫我。'众将既然已经到齐,国君可以传令下去,只管向前冲杀。如果能击败他们的中军,其余两支军队都不能站稳脚跟了。"

楚庄王果然传下命令,让公子婴齐和副将蔡鸠居,率领左军进攻晋军的上军;公子侧和副将工尹齐,率领右军进攻晋军的下军;自己率领中军两广的将士,直接攻向荀林父的中军大营。楚庄王亲自拿着鼓槌击鼓助阵,众将士一齐擂鼓,顿时鼓声震天,声动如雷,车马奔驰,步兵跟着兵车,飞奔前进。晋军一点防备也没有,荀林父听到鼓声,才想起让人打听消息,楚军已经漫山遍野,布满中军大营外,让其措手不及。荀林父匆忙之间,无计可施,传令集中所有兵力应战。楚兵人人耀武,个个扬威,就如同大海汹涌澎湃,天崩地裂一般。晋兵则像做梦方才醒转过来,如喝醉刚刚醒酒一般,东西南北浑然不知。无心之人遇到有心之人,怎么能抵挡得住?一时间分崩离析,被楚兵砍瓜切菜一样,直杀得人仰马翻,四分五裂,七零八碎。荀罃率领兵车,没有迎到赵旃,却碰上了楚军将领熊负羁,两下短兵相接。楚兵大部队蜂拥上来,晋军寡不敌众,士兵四处逃窜,荀罃所乘坐战车中左面的马匹中箭倒下,于是被熊负羁俘虏了。

再说晋国将领逢伯,带着他两个儿子逢宁、逢盖同乘一辆小车,正在逃跑。恰好赵旃逃脱后走到附近,两只脚都裂开了,看见前面有乘坐兵车的人,大叫道:"车上是谁?希望您能带我前行!"逢伯听出是赵旃的声音,就嘱咐两个儿子道:"快点赶车,不要回头。"两个儿子不懂父亲的意思,回头去看,赵旃认出他们,马上大叫道:"逢君快载我一程!"两个儿子对父亲说道:"赵叟在后面叫我们。"逢伯大怒道:"你们既然看见了赵叟,就应该把座位让给他乘坐!"逢伯呵斥两个儿子下车,把缰绳递给赵旃,让他一起登车逃去。逢宁、逢盖没有车坐,便死在乱军之中。

荀林父和韩厥从后营登车,带着残兵败将,从右边的山路沿着河边逃跑,晋军丢下的车马武器不计其数。先谷从后面追上来,额头中了一箭,鲜血直流,撕下战袍包裹住。荀林父指着他道:"敢迎战的将军怎会如此狼狈?"走到黄河河口的时候,赵括也已赶到,便告诉他的兄弟赵婴齐私下准备了船只,自己先渡过黄河了:"他不禀告我们,便私自渡河,是什么道理?"荀林父摇头道:"生死关头,哪有时间来通报啊?"赵括心中愤愤不平,从此便和赵婴齐就有了过节。荀林父道:"我军不能再战了!当务之急,是先渡过黄河。"于是命令先谷到黄河周围招募船只。那些船只都停泊得七零八落，一时之间很难凑齐。

正吵闹混乱的时候，河边出现了无数人马，接二连三地都赶了过来。荀林父一看，原来是下军正副将赵朔、栾书，被楚将公子侧偷袭击败，带领着残余的兵马追了上来。两支军队一起挤在岸边，哪一个不想过河？船只就越发显得不够用了。向南一看，尘土又起，荀林父害怕这是楚兵乘胜前来追击，就击鼓下令道："先渡过黄河的重重有赏！"两支军队开始争夺船只，自相残杀。等到船上人满了，后来的士兵把着船不停地往上攀爬，好多船因此翻覆，又坏了三十多只船。先谷在船上喝令士兵道："凡是有攀附船只扯船桨的人，一律用刀砍他的手！"每只船都效仿他的做法。手指被砍掉到船上，就像花瓣纷纷坠落，数也数不完，都被丢到河里去了。岸上哭声震天，山谷也被震得轰鸣，一时间，天昏地暗。史臣有诗道：

舟翻巨浪连帆倒，人逐洪波带血流。
可怜数万山西卒，半丧黄河作水囚！

后面又扬起了尘土，原来是荀首、赵同、魏锜、逢伯、鲍癸一帮败将陆陆续续地逃过来。荀首已经登上船，没看见他的儿子荀罃，就叫人在岸上呼喊。有个小兵看见荀罃被晋军俘虏，就告知了荀首。荀首道："我的儿子既然被抓，我不能空手回去。"于是再次上岸，整顿车马要出发。荀林父劝他道："荀罃已经落到楚军手里，去了也是白去。"荀首摇头道："我若能捉到别人的儿子，或许可能换回我的儿子。"魏锜平时和荀罃关系甚好，也愿意一起同行，荀首非常高兴。集合起荀氏的家兵，还有几百人。加上荀首平时体恤百姓爱惜将士，深得军心，因而下军的将士，在岸上的没有不乐意跟从他的，即使是已经上船的，听说下军的荀大夫想冲进楚军寻找小将军，也都上岸跟随，愿意誓死效力。这时候晋军的一股锐气，比起当初全军出征时，反倒让人觉得更加旺盛。荀首在晋军当中也算得上是数一数二的射手了，带了许多好箭，直闯入楚军。恰巧撞上老将连尹襄老，正在掠夺晋军留下的车马武器，没想到晋军突然到来，没有防备，被荀首一箭射过去，正好射穿了他的面颊，倒在车上。公子谷臣看见襄老中箭，就驾车飞驰而来救援。魏锜迎上去厮杀起来。荀首在旁边瞅了个空子，又射了一箭，射中了谷臣的右手腕。谷臣忍痛拔出箭，被魏锜趁势活捉了去，连襄老的尸体一起拉上车。荀首道："有这两样东西，可以赎回我的儿子了！楚军那么强势，不能再抵挡了。"于是策马疾走。等到楚军发觉，想要追赶他，已经赶不上了。

且说公子婴齐前来攻打上军。士会预先已料到有事发生，得到消息最早，已提前布好阵势，边战边走。婴齐追到敖山之下，忽然鼓声大响，有一支军队杀出来，为首一员大将在兵车中高叫道："巩朔在此，已经等候多时了！"婴齐反倒吃了一惊。

巩朔截住婴齐大战，大约斗了二十多个回合，不敢恋战，保着士会，慢慢撤退。婴齐不肯罢休，在后面紧追上来，忽然听闻前面又响起了炮声，原来是晋将韩穿带兵来到。楚国偏将蔡鸠居出车迎敌，刚要交锋，山洼里炮声又响了，竖起了如云的旌旗，原来是晋君大将郤克领兵又到。婴齐见晋军设置了很多埋伏，恐怕堕入晋军的陷阱中，便鸣金退兵。士会检查将士，并没有折损一人，便依傍敖山险峻的地势，扎下七个小寨，像七星连结，使楚兵不敢逼近。直到楚兵全部撤退了，这才整顿旌旗返回晋国。这是后话。

再说荀首带兵转回河边，荀林父大兵还没有完全渡过黄河，心里异常惊慌。幸而赵婴齐渡过北岸，打发空船南下接应。这时天昏暗了，楚军已经追到了邲城。伍参请求赶快追击晋军。楚庄王摇头道："楚国自从城濮之战失利，让国家蒙受耻辱，这一战已足以为以前一雪耻辱了。晋国和楚国终究还是得讲和，何必多加杀戮呢？"于是下令安营扎寨。晋军趁着天黑渡过黄河，一路上混乱不堪，一直到天亮后才止住混乱之势。史臣评论荀林父，智慧不足以预测敌人，才能不堪统率诸将，进退失所，犹豫不决，以至于一败涂地，于是将中原的霸气尽数送给楚国，岂不令人悲伤！有诗道：

阃外元戎无地天，如何裨将敢挠权？
舟中掬指真堪痛，纵渡黄河也靦然！

郑襄公得知楚军得胜，亲自到邲城慰劳楚军，将楚王迎接到衡雍，让他僭居王宫，大摆筵席以示庆祝。潘党请求用晋兵的尸首筑成高台，并在上面立下木牌，以此来使千秋万代记住楚国的卓然武功。楚庄王摇头道："寡人并非晋军有罪才去讨伐，如今侥幸战胜了他们，怎么能称得上武功卓然呢？"命令将士们随地掩埋了晋兵的遗骨，撰文祭祀河神，高奏凯歌回国了。回国后按照战功的大小进行封赏，对伍参的计谋大加赞赏，任用他做了大夫。伍举、伍奢、伍尚、伍员就是他的后代。令尹孙叔敖叹息道："立下战胜晋国大功的，竟然是国君宠信的小臣，我真是要羞愧死了！"因此抑郁于心，病倒了。

话分两头。却说荀林父率领着残兵败将回去拜见晋景公，晋景公大怒，想斩了荀林父。大臣们都竭力为他做保道："林父是先朝的重臣，虽然有战败的罪过，也都是因先谷故意违抗军令，所以才造成兵败。主公只要杀了先谷，以警戒后人就足够了。昔日楚国诛杀得臣，先君文公因此大喜；秦国留下孟明视，先君襄公因此畏惧。希望主公赦免林父的罪过，以观后效。"晋景公听从了大家的意见，便斩杀了先谷，荀林父官复原职。命令六卿整顿军务，为将来报仇做准备。这是周定王十年的事情。

定王十二年春季三月，楚国令尹孙叔敖病重将逝，嘱咐他的儿子孙安道："我还有一道遗表，等我死后帮我转给大王。大王如果封你做官，万万不可接受。你才华庸碌，没有治国安邦的雄才伟略，尸位素餐。如果大王要将大城邑封给你，你一定要坚决推辞掉。如果实在推辞不掉，就请求大王把寝邱封给你。那里土地贫瘠，几乎没人想要，或许这样可以保住后辈的生计了。"孙叔敖说完这些便去世了。孙安把父亲的遗表呈献给楚王，楚庄王打开阅读，只见上面写道：

我本是罪臣的家属，承蒙君王的恩典提拔我坐上了相位。这么多年来，我十分惭愧自己没有多少建树，有负君王的重托。今天仰仗君王的庇佑，能寿终正寝，实在是臣的荣幸！臣只有一个儿子，不成器，不能让其担任官职。臣的侄子蒍凭，很有才华，可委任其担任一个职位。晋国被称为"数代霸主"，即使偶尔战败，也不能轻视他们。楚国百姓受战争之苦已经很长时间了，只有停止战争、安定民心才是上策。人之将死，其言也善。希望君王能够采纳！

楚庄王读完，长叹道："孙叔临死前还在操心国事，是寡人没有福气，老天夺走了我的忠臣！"就下令驾车亲自前往参加孙叔敖的葬礼，他抚摸着棺材失声痛哭，跟随楚庄王的人没有不流泪的。第二天，楚庄王任命公子婴齐担任令尹。宣召蒍凭担任箴尹，也就是蒍氏。楚庄王想让孙安担任工正一职，孙安听从父亲的遗命，坚决推辞不仕，回去以务农为生。

楚庄王有位宠信的优人孟是个身材矮小的侏儒，人们称他为"优孟"，他身长不足五尺，平时喜欢插科打诨，逗笑身边的人。一天他到郊外办事，看见孙安砍了柴禾，自己背着回家。优孟就迎上去问道："公子为何如此辛苦地亲自背着柴禾呢？"孙安回答道："父亲做相国这么多年，两袖清风，死后家里没有钱，我怎么能不亲自去背柴禾呢？"优孟叹了口气道："公子要多加努力，大王很快就要召见你了！"

于是优孟仿照孙叔敖生前的样子，制作了衣服、鞋子和一把佩剑，并学习他生前的言行，模仿了三天，无一处不像孙叔敖，就像后者又活过来了一样。正赶上楚庄王在宫里设宴，召集全部艺人表演。优孟先让别的艺人扮演楚王，做出思念孙叔敖的样子，自己则扮作孙叔敖上了台。楚王一见，非常惊讶，道："孙叔敖你还好吗？寡人非常牵挂你，快回来辅佐寡人吧！"优孟回答道："我并非真的孙叔敖，只是有那么一点像罢了。"楚王懊恼道："寡人思念孙叔敖却不能相见，见到貌似孙叔敖的人，也足以稍微安慰寡人的思念之苦，爱卿不要推辞，马上登上相位。"优孟回答道："大王果真要重用臣，臣也十分愿意。只是家里还有老妻，非常通情达理，请容我回去和老妻商量一下，才敢接受任命。"于是下了台，一会儿又上台道："微臣刚才和老妻商量了，老妻劝我不要当官。"楚王疑惑地问道："什么原因呢？"优孟回答道："老妻唱了一首村歌规劝微臣，臣请唱给大王听。"于是便唱了起来：

贪官污吏不可以做，也可以做；廉吏可以做，也可以不做。贪吏不可以做的原因，因为他们贪污且品格卑下；而可以做的原因，是因为他的子孙会因他留下的赃款而乘坐坚车、驱赶肥马，衣食无忧。廉吏可以做的原因，是因为他们品德高尚且廉洁；而不可以做的原因，是因为他的子孙缺衣少食。你没看到楚国的令尹孙叔敖，生前没有任何的私人财产，等他去世后家无余财，子孙外出求食，栖息荒野。劝你不要去学孙叔敖，君王不会念及他从前的功劳！

楚庄王在席上看见优孟的回答，十分神似孙叔敖，心里早已凄然。等听优孟把歌唱完，忍不住潸然泪下道："孙叔敖的功劳，寡人从来都不敢忘啊！"立即命令优孟前去召孙安来见。孙安穿着破衣草鞋而来，拜见楚庄王。楚庄王问道："你怎么竟然穷困潦倒到这种地步？"优孟在一边说道："我若不穷困，大王就看不出前令尹的贤德了。"楚庄王道："孙安不愿为官，就应该把拥有万户子民的城邑封给他。"孙安坚决推辞。楚庄王道："寡人心意已定，爱卿不能推辞。"孙安启奏道："君王如果还顾念着家父的一点儿功劳，想赐给微臣衣食，那请把寝邱封给我，微臣便心满意足了。"楚庄王不解道："寝邱是个荒凉贫瘠的地方，爱卿能得到什么好处呢？"孙安道："家父留下遗命，若非此处，微臣实在不敢接受。"楚庄王只好同意了。后人因为寝邱荒凉贫瘠，没有人屑于争夺，也就成为孙氏一族世世代代传袭下去的封地了。从这一点就能看出孙叔敖具有先见之明。史臣有诗单说优孟的事情。诗这样写道：

清官遣计子孙贫，身死褒崇赖主君。
不是侏儒能讽谏，庄王安肯念先臣？

却说晋国大臣荀林父，听闻孙叔敖去世，知道楚国不能立即出兵，便请求带兵攻打郑国，在郑国的郊区大肆掠夺，然后率军返回。众将领都请求趁机围攻郑国，荀林父道："就是围困了也不一定能马上攻下来，万一楚军救援忽然到来，就是在为自己树立敌人啊。暂且让郑国人惧怕我们，然后自己前来求和吧。"郑襄公果然十分害怕，派使者到楚国去求助，并且用他的弟弟公子张将公子去疾换回郑国，共同处理国事。楚庄王道："郑国如果真的守信，怎么还需要人质呢？"于是把公子张、公子去疾都打发回郑国，召集群臣进行商议。

第五十五回
华元登床劫子反　老人结草亢杜回

话说楚庄王召集诸位大臣，共同商议如何对付晋国。公子侧进言道："齐国跟楚国的关系最要好，而宋国又是追随晋国最坚定的。如果我们举兵讨伐宋国，晋国肯定忙着救宋国，谁还敢跟我们抢夺郑国？"楚庄王说："你的计策虽好，但是我们没有攻打宋国的理由啊。先王在泓水击败宋国，重伤了宋襄公的大腿，宋国都能忍耐；在厥貉大会上，宋昭公更是亲自迎接楚穆王。后来宋昭公被刺杀，公子鲍继位，到现在已经十八年了，我们该用什么名义去讨伐宋国呢？"公子婴齐回答说："这件事并不难，齐君多次来请婚，我们一直没有给他答复。现在应当派遣使者前往齐国报聘，在途经宋国的时候向他们借路，来试探他们的态度。如果他们不计较，便是对我们心存畏惧；如果他们认为我们无理，便会借此侮辱我们的使者。到时候我们便用这个理由去讨伐宋国，还担心没有借口发起战争吗？"楚庄王问道："谁可以当这个使者？"婴齐回答道："申无畏参加过厥貉大会，可以让他去。"

于是楚庄王命令申无畏去齐国完成请婚之事。申无畏说："去齐国行聘礼，肯定要经过宋国，必须要有借道的文书，才能通过啊！"楚庄王问道："你害怕宋国不让使臣经过吗？"申无畏回答道："以前开厥貉大会的时候，各位君主于孟诸一带狩猎，由于宋君违抗命令，臣就将他的仆人抓起来杀了，以至于宋君对臣恨之入骨。此次路经宋国如果没有借路文书，微臣必死无疑。"庄王说道："我把借路文书上你的名字改成申舟，不用申无畏这个名字，不就可以了！"申无畏依然不肯前往，说道："名字可以改，容貌改不了。"楚庄王大怒说道："如果他们敢杀你，我就举兵消灭宋国，为你报仇！"听到这里，申无畏不敢再推辞了。

第二天，申无畏带着儿子申犀去见楚庄王，说："臣以死殉国，乃是臣的本分。但是希望大王可以善待我的儿子。"楚庄王说道："这是寡人的事情，你就不必多虑了。"于是申无畏带着出使的礼物，辞别楚王后便出发了。其子申犀送申无畏到了郊外，申无畏嘱咐道："为父此行，必将死于宋国。到时候你一定要请求大王为我报仇，我的话你一定要牢记心里。"父子洒泪分别。

走了不止一日，一行人来到了宋国的都城睢阳，官吏知道他们是楚国的使者，索要借路文书。申无畏回答："我们奉楚王命令，只有去齐国行聘礼的文书，没有借路的文书。"于是官吏就将申无畏留下,前去通报宋文公。当时华元执政,上奏宋文公:"楚国跟我们世代为仇,如今派遣使者公然经过宋国,却不按照借道的规矩办,实在欺人太甚,臣请把他杀了!"宋文公说:"如果杀了楚国的使者,楚国一定会攻打我们,那时候怎么办?"华元对宋文公说:"被他国欺凌所带来的耻辱,要比被他国攻打所带来的耻辱更大;更何况楚国人如此欺辱我们,肯定存有讨伐我国之心,既然我们无论怎么做都会受到他们的攻打,那么我们正好可以借此报仇雪恨。"于是命人将申无畏绑着带到朝廷之上,华元一眼便认出所谓的"申舟"就是申无畏,不由得更加愤怒,斥责道:"我先王的仆人曾被你杀死,如今改了名字,是想逃脱一死吗?"申无畏知道自己必死无疑,于是大骂宋文公道:"你奸淫祖母,杀害亲生侄子,幸免天谴。如今竟然妄杀大国使臣,楚国的兵马一到,你们全部都会被碾成粉末!"华元命人先把他的舌头割了下来,然后杀死。将楚国给齐国的聘礼还有文书,在郊外全部烧毁。申无畏身边跟随的人弃车逃回楚国,向楚庄王回报。楚庄王当时正在吃午饭,听到申无畏被杀,将手中的筷子摔到地上,拂袖而起。即刻任命司马公子侧为大将,申叔为副将,整理作战车马,亲自讨伐宋国,又任命申犀为军正,跟随大军征敌作战。申无畏在夏天的四月份被杀,楚兵到达宋国的领地时是秋天的九月,可以说是兵之神速!潜渊有诗写道:

明知欺宋必遭屯,君命如天敢惜身!

投袂兴师风雨至,华元应悔杀行人。

楚国大军将睢阳城团团围住,建造了与城池一般高的楼车,从四面攻城。华元一边带领兵民守城,一边派遣大夫乐婴齐前往晋国告急寻求援助。晋景公想要发兵救宋,谋臣伯宗却谏言道:"荀林父跟楚军在邲城之战中,即使带领六百辆战车还是战败了,这是因为楚国有上天的帮助,我们派兵救宋,并不一定会成功。"晋景公说道:"如今跟晋国亲近的只有宋国,如果不救,就会失去宋国啊!"伯宗说道:"楚国跟宋国相距两千里,楚国大军粮草不足,必定无法长期作战。我们现在只需派遣一名使臣前往宋国,告诉他们说'晋国已派遣大军前来营救,你们定要坚守城池'。用不了几个月,楚国大军便会自行离去。如此一来,我们不仅没有与楚国作战的辛苦,而且有营救宋国的功劳啊!"晋景公听罢,问道:"谁愿意当此使者前往宋国呢?"大夫解扬请求前往宋国。晋景公说道:"只有子虎〔解扬字子虎〕才能担此大任。"

解扬身穿便装来到宋国的郊外,被楚国巡游的士兵抓住盘问,献给楚庄王。楚庄王认出来他是晋国的大将解扬,问道:"你来是所为何事?"解扬回答道:"我是奉了晋王的命令来告诉宋国,让他们坚守城池等待救援。"楚庄王说:"原来是晋国的使臣啊！在之前的北林之战中，你被我的将领芳贾擒获，寡人没有杀你放你回国，如今你又自投罗网，还有什么要说的吗？"解扬说："晋楚两国仇怨颇深，杀我也是理所应该，又有什么好说的呢？"楚庄王从他身上搜出来文书，看完说道："宋国的城池早晚都要被攻破，如果你能违背文书中所说，对宋国说：'你国中有急事，急切无法援救，怕耽误自己国中大事，特地派遣你来送口信。'如此，宋国绝望，一定会出城投降，也减轻了两国人民的杀戮。事成之后，我封你为县公，留在楚国当官。"解扬低头沉默。楚庄王说道："要不然，就把你斩首。"解扬本不想顺从，但恐怕自己死在楚军，没有人将晋王的命令送达，于是假装答应说道："遵命！"楚庄王让人将解扬升到了楼车上，找人在旁边催促他。于是解扬就朝着宋人大喊："我是晋国的使臣解扬，被楚军擒获，让我引诱你们出城投降。你们千万不要上当！我的主公亲自率领大军前来援救，用不了多久就会到达。"楚庄王听罢，赶紧命人将解扬从楼车上降下来，斥责道："你既然承诺寡人，然而又违背约定，你既然言而无信，就不是寡人的错了。"于是叱令左右将其斩杀。解扬脸上毫无惧意，有条不紊地说道："我并没有失信。如果我对楚国守信，那就必将失信于晋国。假如楚国有臣子为了讨好其他的国家，而违背自己主公，您认为是守信用，还是不守信用呢？请您杀了我来证明楚国守信用，这是对外而不是对内而言的！"楚庄王感叹地说道："忠臣不畏惧生死啊！说的就是这样。"于是便放他回国了。

因为解扬的话，华元修缮了城池，更加努力地防守。公子侧让士兵在城外堆土为山，就像是敌方城池的形状一样，并亲自居住在上面，以方便随时可以观察了解城内的一举一动。华元同样在城内堆土成山，跟敌方相对。自从九月份楚军围城到第二年夏天的五月份，楚宋两军对峙了九个月。睢阳城内，粮草用尽，饿死了很多人。华元以忠义之言激励军民，百姓感激涕零，甚至交换孩子当作食物，捡拾尸骨当作柴火，依然坚守志向。楚王无可奈何。军吏向楚王禀告："军营中只剩下七天的粮食了！"楚庄王说："我没有想到宋国竟然如此难以攻破！"于是亲自登上楼车，观望宋国，看到守城的军士甚为整齐统一，不由长叹一声，于是召回公子侧商议班师回朝。

申犀跪在马前哭着说："臣的父亲为了执行大王的命令付出生命，大王现在是要失信于臣的父亲吗？"楚庄王面露愧色。此时申叔在马车上为楚王驾车，便献上计策说："宋国久久不降，应该是猜到我们无法长期作战。如果让士兵在这里建屋耕田，向宋国展示我们要长久作战，他们肯定害怕。"楚王说道："这是个好办法！"于是下令，让士兵沿着城墙外一带建造营房，并拆除城外居民的房子，砍伐竹子，当作建造营房的材料。每十个士兵，留五个攻城，五个耕种，每十天轮换一次，并在军中相互传播消息。华元听说以后，对宋文公说："楚王并没有回去的意思！晋国的救兵又迟迟不来，怎么办？我请求进入楚营，面见子反，趁机劫持他来议和，也许可以侥幸成事。"宋文公说道："此乃关系国家存亡之事，你一定要小心行事！"华元打探到公子侧住在土堆成的城楼上，提前打听好了公子侧左右随从的名字，和侍奉他的官差守夜的详细情况，等到夜深的时候，装扮成觐见者的模样，从城上下来，来到了土楼前，遇到敲梆子的巡逻士兵问道："主帅在上面吗？"巡逻的士兵回答道："在。"华元又问："睡着了吗？"巡逻的士兵回答道："将军这几日辛苦，今晚大王赏赐了一罇酒，将军喝下便休息了。"华元走上土山，被守山的将领拦了下来。华元说道："我是大王派来拜见主帅的庸僚，大王有重要的机密告诉主帅。因为将军刚才饮酒了，大王害怕主帅醉酒，特地派我来当面嘱咐主帅，大王正在等待回复。"士兵信以为真，于是让华元登上城楼。土山上的营帐内烛火通明，公子侧穿着衣服睡着了。华元直接上到公子侧的床上，用手轻轻地推他。公子侧醒来，准备翻身的时候，两只袖子却被华元坐住了。于是着急地问道："你是谁？"华元低声回答道："元帅不要惊慌，我是宋国右师华元。我奉主公之命，特地在晚上来到这里求和。主帅若同意，楚宋两国将士世代交好；如若不从，我与主帅今天晚上都将命丧于此！"说完，左手按着床上的席子，右手从袖子里拿出一把匕首，在灯光下挥了两下。公子侧慌忙说道："有事好商量，没必要如此粗鲁。"华元将匕首收回去，说道："我这是死罪，主帅切勿怪罪！情势所逼，无法从容啊！"公子侧说道："你们国家现在情况如何？"华元说道："换子为食，捡拾尸骨为柴，已是十分狼狈！"公子侧惊讶地说道："宋国已经到了如此困境吗？我听军事上所言'虚者实之，实者虚之'，你为什么要把实情告诉我呢？"华元说道："君子同情孱弱，小人趁人之危，主帅是君子不是小人，华元不敢隐瞒实情。"公子侧问道："那为什么不投降呢？"华元回答："国家虽然被围困了，但是人有解除围困的志向。军民愿意为君死，愿意与国家共存亡，岂能愿意投降啊？倘若可以承蒙主帅的怜悯，退军三十里，我国君主愿意追随楚国，发誓绝无二心！"公子侧说道："我不想欺骗你，我军中也只剩下七天的粮食，如果七天以后，依旧破不了城，我们也要班师回朝。筑室耕田的命令，是吓唬你们的。明天我就奏请楚王，退军一舍；你们也要守信用。"华元道："华元愿意做人质，与主帅共立誓词，你我都不反悔。"两人立下誓词以后，公子侧跟华元结为兄弟，并交给华元一支令箭，嘱咐道："速速回去。"华元有了令箭，一路通行无阻，走到城下，说出暗号以后，便有一个兜子放了下来，将华元吊到了城上。华元连夜将这个喜讯报告给了宋文公，两人高兴地等待着明天楚军退军的喜讯。

第二天早上，公子侧将昨晚华元来时所说的话，告诉了楚庄王，说道："臣的这条命，险些丧于匕首上。幸亏华元仁慈，将宋国实情告诉了我，并诚恳地哀求我们退军。臣已经许诺了他，请您降旨！"楚庄王说道："宋国已经到了如此困境，寡人应当攻破城池再班师回朝。"公子侧停顿了一下说道："我军只剩下七天粮草的实情，我已经告诉了他。"楚庄王勃然大怒道："你为什么要把实情告诉敌人？"公子侧回答道："区区一个羸弱的宋国，尚有不欺瞒他人的臣子；我堂堂大楚，难道没有吗？所以臣不敢有所隐瞒。"楚庄王怒火顿时就平息了，说道："司马的话说得对啊！"于是下旨，将大军退到三十里以外！申犀见军令已经下达，不敢再次阻拦，只得捶胸痛哭。楚庄王让人安慰他说道："你不要再悲伤了，你的孝心最后一定会被成全的。"楚军安营扎寨以后，华元便先来到了楚军，转达宋文公的命令，请求结为同盟。公子侧跟华元一起入城，与宋文公歃血为盟。宋文公让华元把申无畏的棺椁送到了楚营，华元也留下来当人质。楚庄王班师回朝，厚葬申无畏，朝中所有大臣都去送葬。葬礼结束，封申犀为大夫。

华元在楚国，通过公子侧又结交了公子婴齐，并跟婴齐结成了好朋友。一日聚会的时候，谈论到现在的局势，公子婴齐感叹地说："如今晋、楚相争，时常大动干戈，天下何时才能太平啊？"华元说道："以我的愚见，晋、楚两国互为雌雄，实力不相上下，如果能有一个人将两国联合起来，各自管理好自己的属下，停战修好，民众也就能免于生灵涂炭，这实在是天下最大的幸运啊！"婴齐道："你能胜任这件事吗？"华元道："我与晋国的栾书关系要好，以往出使晋国的时候，也曾经提起过这件事情，但是没有人从中间联合。"第二天，婴齐将华元的话告诉了公子侧。公子侧说道："两国还没有停战的意思，这件事情尚不可轻易言论。"华元留在楚国六年，直到周定王十八年，宋文公子鲍过世，他的儿子宋共公子固继位，华元请求回国奔丧，才回到宋国。

再说晋景公听说宋国被楚军包围一年都没有解围，便对伯宗说："宋国守城已经守得筋疲力尽，寡人不能对宋国失信，应该赶紧前往营救。"正要发兵的时候，忽然有人来报："潞国有密书送来。"潞国是赤狄的别支，姓隗，子爵位，跟黎国相邻。周平王时，潞国君主赶走了黎侯才有了领地，从此赤狄日益繁荣。此时的潞子名叫婴儿，娶了晋景公的妹妹伯姬为妻。婴儿软弱，国相酆舒专权跋扈。刚开始的时候，狐射姑来到潞国，他是晋国的功臣，见多识广，酆舒还让他三分，不敢放肆。狐射姑死后，酆舒便更加肆无忌惮，想要断绝与晋国的关系。先是诬陷伯姬有罪，逼着国君将她杀死；后来在跟潞子去郊外狩猎的时候，喝醉酒后跟他比赛弹飞鸟，并故意用弹弓误伤了潞子的眼睛，后来将弹弓扔在地上，笑着说道："臣弹得不准，自愿罚酒一杯。"潞子无法忍受他的虐待，又无力制住他，只得写了密书送到晋国来，请求晋国起兵讨伐酆舒的罪责。谋臣伯宗进言道："如若杀了酆舒，兼并潞国的领地，顺势拿下旁边的国家，赤狄的领地便会全部归我们所有，则西南的疆土就被扩展，而晋国的士兵也将越来越充足，切不可错失良机啊。"晋景公也因为潞子婴儿不能保护他的妹妹而感到愤怒，于是命令荀林父为大将，魏颗为副将，派出三百辆战车讨伐潞国。

酆舒派出士兵在曲梁御敌，战败以后逃到了卫国。卫穆公素来与晋国交好，将酆舒囚禁起来献给了晋军。荀林父下令将他绑到绛都杀了。晋军直接进入潞城，潞国国君婴儿在马前迎接。荀林父细数他杀害伯姬的罪名，并将他捉拿回去，并留下话说："黎人已经思念他们的君主很久了。"于是拜访黎侯的后代，割出五百家，建城让他们居住，表面上是恢复黎国，实际上是灭了潞国。婴儿哀其亡国之痛，自杀而死。潞人为了哀悼他，为他建了祠堂。在现在的黎城南十五里的地方，便是潞祠堂。

晋景公担心荀林父不能讨伐成功，便亲自率领大军驻扎在稷山，荀林父先到稷山汇报捷信，将副将魏颗留下来，以安定赤狄之地。才走到辅氏之地，忽然看到前面尘土飞扬遮天蔽日，喊杀声接连不断，晋兵不知道来者何人。前方哨兵来报："秦国派遣大将杜回起兵已经到了这里。"自从秦康公在周匡王四年去世以后，他的儿子秦共公嬴稻继位。因为赵穿侵犯崇国挑起战端，秦兵围困了焦地，却劳而无功，于是用厚礼跟酆舒结交，共同对抗晋国。秦共公继位第四年去世，他的儿子嬴荣继位被立为秦桓公。此时是秦桓公十一年，听说晋军讨伐酆舒，就准备发兵来救；又听说酆舒已经被晋所杀，并绑走了潞子，于是派遣杜回带领士兵来争夺潞国的领地。

杜回是秦国有名的大力士，白色的牙齿像凿子一样，金色的眼睛往外突出，拳头跟铜锤一样大，脸如铁钵，长胡子卷头发，身高有一丈多。他可以举起千斤重的东西，平时习惯用一把足有一百二十斤重的开山大斧当作武器。杜回原本是白翟人，曾经在青眉山一天之内打死五只老虎，并把老虎皮剥下来带了回来。秦桓公听说他很有勇力，将他招募为自己的右将军。后来杜回又仅带了三百人就攻破了嵯峨山的一万名贼寇，一时间名声大噪，被封为大将。

魏颗摆好阵势，等待交战。杜回却不用车马，手拿大斧，领着三百个经常作战的勇士，大步冲到阵里来，下砍马腿，上劈身穿铠甲的将领，就像是从天而降的神煞！晋军从来没有见过如此凶狠的人，竟招架不住，败下阵来。魏颗下令，驻扎营地，切不可轻易出战。杜回带着一队刀斧手，在晋军的大营外跳着喊骂了三天，魏颗都不敢出门迎战。忽然魏颗听到报告说是本国有士兵到来，领兵的主将是他的弟弟魏锜。魏锜对他说："主公担心赤狄之党勾连秦国发生突变，特地派遣我来帮忙。"魏颗告诉魏锜，秦国将领杜回十分骁勇善战，正想要派人去请求援兵。魏锜不相信，说道："区区草寇有什么能耐？等改日我跟他在阵上见面，一定能赢了他。"

第二天，杜回又来挑战，魏锜气愤地想要迎战，魏颗阻止他前去，魏锜却不听劝说，当即就领着新来的士兵驱车迎战，秦兵却朝四面八方逃去，魏锜将马车分散开去追赶。忽然听到大呼一声，三百个勇士又重新归到了一起，然后跟随杜回，拿着大刀斧头，砍断马足，劈向身穿铠甲的将领。北边步卒随车行转，可大战车不便转弯，魏锜大败，幸亏魏颗带着士兵前来接应，才返回营地。

等到了夜晚，魏颗苦闷地坐在营中，冥思苦想也没有想出好计策。坐到三更时分，疲惫不堪，竟然朦朦胧胧地睡着了，耳边似乎有人在说"青草坡"这三个字，他醒来以后不明白什么意思，再睡着，还跟刚才一样有人在耳边说"青草坡"。他醒了之后，就将这件怪事给魏锜说了一遍。魏锜告诉他："往辅氏的方向走十里，便有一个叫青草坡的大坡，也许秦军会在这个地方战败。我先带领一支军队埋伏在那里，兄长你引诱敌军来到此处，左右夹攻，可以战胜。"魏锜独自去准备埋伏的事情。魏颗下令："拔起营寨起军出发，暂且先回黎城。"杜回果然来追赶，魏颗只是象征性地跟他交手了几个回合，便回到车上继续赶路，渐渐靠近了青草坡。一声炮响，埋伏着的魏锜带着士兵全部起身，魏颗也回过身来，将杜回围住，前后夹攻。杜回却无丝毫畏惧之色，手握一百二十斤的开山大斧横竖开劈，被劈到者一命呜呼，虽然秦国的很多勇士受了伤，但是晋军并不能取胜。魏颗、魏锜率领着众位将领，奋力与杜回大战，眼看着已经杀到了青草坡的中间，杜回忽然脚下不稳，就好像是沾油的靴子踏在冰上一样。军中突然发出喊声，魏颗抬眼远远看到一个老人，穿着布袍草鞋，像是庄稼人的样子，一路上将青草挽成结，用来绊住杜回的脚。魏颗、魏锜两兄弟驾车赶到，双戟并用，才把杜回打倒在地，活捉了过来。秦国的勇士们看到主将被擒，四散逃命，晋兵见状连忙追赶，三百个勇士只逃跑了不到四五十个人。魏颗问杜回："你不是自称英雄吗？怎么还会被我捉住呢？"杜回说道："我的双脚好像被什么东西绊住了，没有办法动弹，此乃天要绝我，不是我的力气不够。"魏颗暗自觉得奇怪。魏锜说道："他力大无穷，若留在军中，恐怕有什么变故。"魏颗说："我也正是担心这件事。"于是即刻将杜回斩首，并前往稷山请功。

这天晚上，魏颗刚刚安心睡着，又梦见白天看到的那个老人，老人上前作揖说道："将军知道杜回是怎么被擒获的吗？是我这个老汉将草打成结套住他的脚将他绊倒，您才能擒获他。"魏颗大吃一惊，说道："我与你素不相识，却得到你如此大的帮助，我该如何报答你呢？"老人说道："我是祖姬的父亲，你按照你先父清醒时的嘱托，帮我的女儿嫁了一个好人家，老汉我泉下有知，感谢你救了我女儿的性命，特地为你效微薄之力，助将军你得此军功。将军只要勤勉，后代定将世代繁荣，子孙贵为王侯，千万不要忘了我的话。"

原来，魏颗的父亲魏犨有一名爱妾，名叫祖姬。魏犨每次出征的时候，必定嘱咐魏颗："若我战死沙场，你一定要选一个好人家，把这个女子嫁出去，不要让她流离失所，那么我死也能瞑目了。"等到魏犨病危的时候，魏犨又告诉魏颗说："此女是我心中所爱，一定要用她给我陪葬，让我在黄泉下有人可以做伴。"说完便去世了。魏颗安葬了自己的父亲，但并没有用祖姬来殉葬。魏锜说："难道你不记得父亲临终时候的嘱托了吗？"魏颗说："父亲平日里嘱咐一定要将此女嫁出去，临终时候说的话都是昏迷时候的胡话。孝子应该听从清醒时候的话，而不是昏迷时候的胡话。"处理完丧事以后，他便选择了好人家将祖姬嫁了过去。有此阴德，所以才有了老人结草来报答。魏颗从梦中醒来，将这件事告诉了魏锜，说道："我当时曲解了父亲的心意，没有杀此女，没想到此女的父亲在泉下竟然如此感恩。"魏锜也感叹不已。隐士徐霖有诗写道：

结草何人亢杜回？梦中明说报恩来。

劝人广积阴功事，理顺心安福自该。

秦国逃脱的士兵跑回之后，知道杜回已经战死，君臣都泄了气。晋景公为了嘉奖魏颗的功劳，将令狐之地赐封给了他，又铸造了一个大钟，来记录这件事，标注上年份。因为是晋景公让人铸造的，因此起名为"景钟"。晋景公又派遣士会领兵灭了赤狄余党，总共消灭了三国，即甲氏、留吁，以及留吁的附属国铎辰。从此以后，赤狄的领土全部归为晋国所有。

此时正值晋国闹饥荒，国内盗贼四起，荀林父在国中到处寻找能识别盗贼的能人。最后找到了一个人，却是郤氏的族人，名叫郤雍。此人擅长分析人的肢体语言，曾经在市井之间游走时突然指着一个人说他是盗贼，就命人将他抓起来审问，果然就是盗贼。荀林父问他："你是怎么知道的？"郤雍说道："我发现他在看市场里的东西的时候，眼睛中露出贪婪的神色；在看到市场里的人时，却好像很惭愧的样子；当看到我过来的时候又面露恐惧，因为这些我才知道的。"郤雍每天抓获盗贼十人，市场上的人都十分害怕，但是盗贼却反而越来越多。大夫羊舌职对林父说："主帅让郤雍捉强盗，强盗没捉尽，而郤雍的死期却到了。"林父惊讶地问："这是何故？"